路梅村遺稿

下册

路百占◎撰

NLCPH
國家圖書館出版社

下册目録

楚辭發微四卷（卷四）

楚辭發微

第四卷

路百占著

稿　　纸

目次

20×15=300　　第 000 页

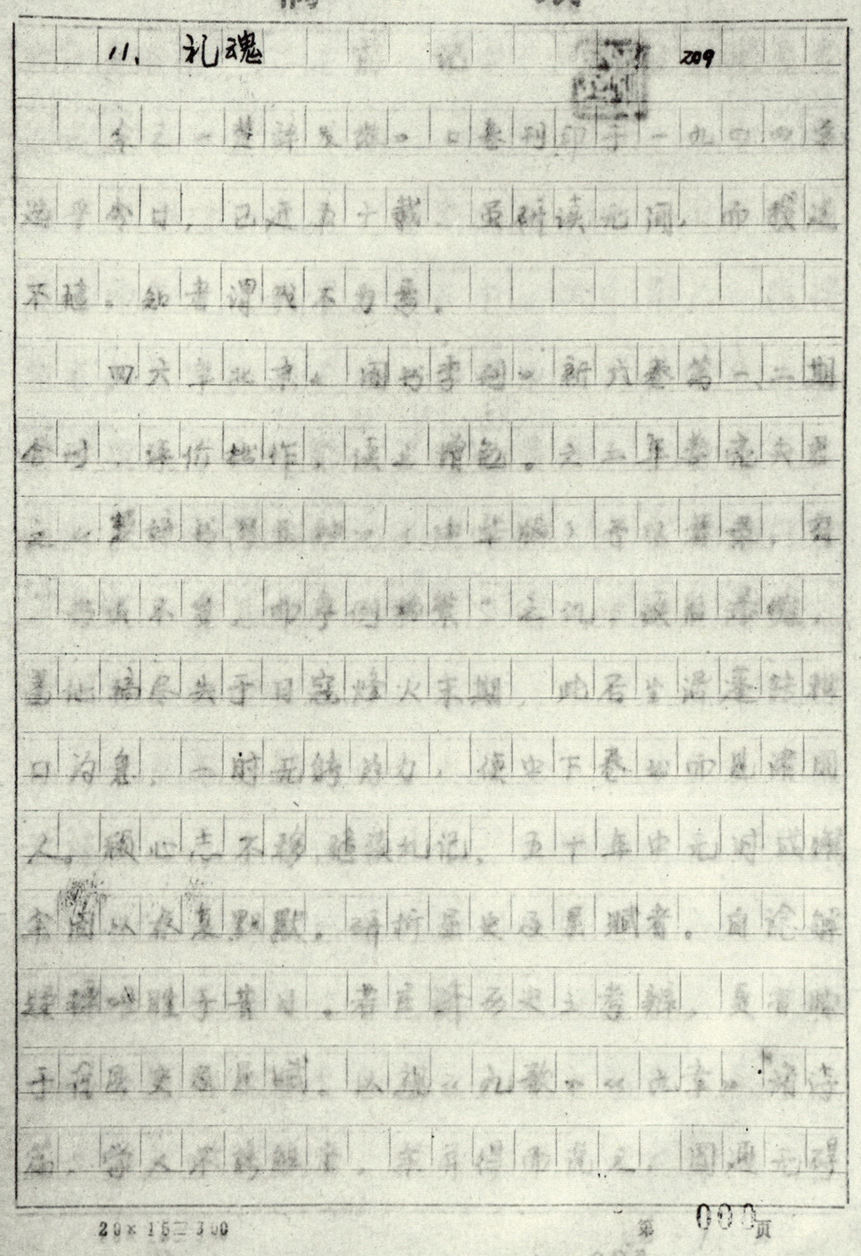

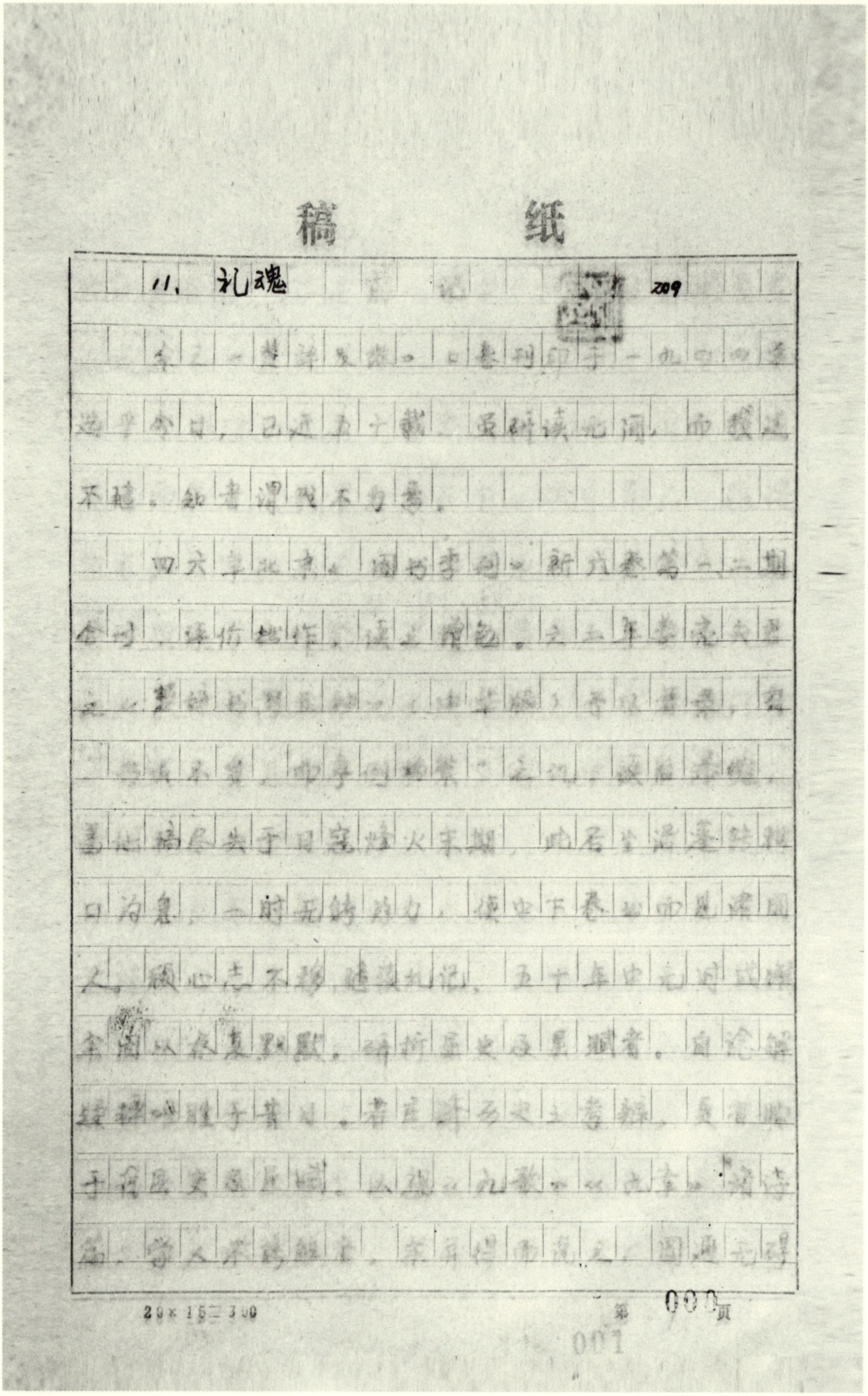

稿　纸

11、礼魂　209

余之《楚辞□□》、《□□》刊印于一九四四年，迄乎今日，已近五十载。虽研读无间，而□□不□。□者谓我不□□。

四六年北京《国学季刊》新六卷第一、二期合刊，□□□作，□□□□。□□年□□□□ [illegible]

[illegible]

稿纸

前记

余之《楚辞发微》上卷刊印于一九四四年，迄乎今日，已近五十载，虽研读无间，而撰述不继。知者谓我不力焉。

四六年北京《图书季刊》新六卷第一、二期合刊，评价拙作，读之增色。之二年姜亮夫君之《楚辞书目五种》（中华版）于以著录，有"书虽不多，而序例稍繁"之讥。读后添愧，盖他稿尽失于日寇烽火末期，此后生活蓬转糊口为急，一时无能为力，使中下卷出而见诸国人。顾心志不移，继续札记，五十年中无时或懈。余固从容复默默，研析屈史及屈赋者。自谂解疑释难胜于昔日。若庄蹻与史之考辩，更有助于说屈史及屈赋。以视《九歌》《九章》诸诗篇，学人不能解者，余并得而说之，圆通无碍

20×15=300　　第 1 页

001

稿　　纸

固窃喜在心，早不能已于言，而思继为撰著者久矣。

但林(彪)肆虐，四害(王張江姚)毁学；矰弋机而在上，罻羅张而在下；排斥异己，践踏学术。放眼报刊，如不为其反动政治服务，凡属古典文学之研究，岂能献诸世人；余时如狂如痴，一心潜研，终不以屈原之诗与人能毁灭于魔爪。重见天日，会当有时。中虽家人规止，余则不屈心而抑志。

七五年为慰阔别二十年之心，过舍弟自灵于桂西。谈及吾之爱屈原，兴叹吾业之不幸。乃于右江之侧，以月半时间，撰《屈原列传发微》及《屈传考论》，凡二十余万言。当赋北归，吾弟仍以此卒业为勉，使能献诸人民。为治屈史屈赋之一助。殷切之望，不敢忘也。

20×15=300　　002　页

客岁，四害除矣，真理张矣。信手瞰出兮东方，夜皎皎既明。人奋智能，献身建国，余国尊才，敢不黾勉。惜去冬重病，今夏肾炎，未及半载，肾厥者三。噫，冉冉已老，孰知何日不饭耶？真惧身殁而业不就，乃于病后窗前，重理旧笺，耗时两月，再稿《屈赋历史考辨》及《九歌发微》，增订《离骚发微》。

《九歌》之诗，除《东皇》赋祀典，《东君》借祀礼而抒情外，其他诗章，不见祀神之踪迹。名篇题神称，假以陈怀，文中蕴屈史不少。以论作地，在江南者少，论其作时，当怀王者多。固非一时一地之作也。叔师之论，得失并有，朱熹等说，以改定民歌，用之祀典，失于不考。凡此愚见，见之《九歌通论》。

研析《云中君》两《湘》之诗，知大夫谈

稿　纸

江入辰溆，旨在联庄跻兴义师，扫秦寇。庄以秦兵在巫黔中，不及践约，暂作战略退却。大夫乃责怨于庄氏，固不知用兵之妙也。两《司命》于怀世抱大有为之志，适应历史发展，冀怀王统一华夏也。《东君》作于怀王留秦后。陈欢迎太子横归楚之急切情绪。东君，喻太子横也。《河伯》喻齐王。赋使齐时，说齐王之理辞，及成从之欢心。《山鬼》，大夫于襄初被放于鄀，以山鬼自况。抒对怀襄父子之衰旺也。若《国殇》作于怀世，见大夫报秦之心，当处放地，仍不稍懈。故壮怀激烈，颂悼死国将士。凡此皆学人所未言者，详见于《发微》。

余之藏书，早多灰灭。为此《九歌发微》端赖旧时札记，或冥搜胸臆。如时间之核对，更劳心神。倘引文有误，实不得已也。兹当卒

20×15＝300　　004　第3页

稿　纸

作脱稿，记始末于此。回首印行《离骚发微》（即本作上卷）至于今日，虽有五十余年之时距，若就全书论，方半征途。治学固难，亦由人钝，自当继为奋勉，汲汲完业，献诸人民，请正其不然者。倘能受益生前，还当再稿异日，敢三致祷焉。再者，余当日草稿时正值四害横行，纸张难买，故以浅鲜文言。

长葛路百占于鄢陵

一九七七年九月九日泥首缅怀之夜十时

20×15二300　　005　第　4　页

稿　纸

楚辞發微

九歌发微

《九歌》通论

一、《九歌》为屈原创作？抑或改作？

王叔师为《楚辞章句》序《九歌》曰："《九歌》者，屈原之所作也，昔楚南郢之邑，沅湘之间，其俗信鬼而好祀，其祀必作歌乐鼓舞以乐诸神。屈原放逐，窜伏其域，怀忧苦毒，愁思沸郁。出見俗人祭祀之礼，歌舞之乐，其词鄙陋。因为作《九歌》之曲，上陈事神之敬，下見己之冤结，託之以讽谏。故其文意不同，章句杂错，而广异义焉，又《九辯序》云："作九歌九章之頌以讽谏怀王。是叔师主《九歌》乃屈原之作。雖有見于祀祭，实无袭于旧曲；民歌在于乐神，屈制在"上陈事神之敬，下見

稿　　纸

己之怨结，讬之以讽谏，"固困于抒怀。此其大较也。

后之作者，误解王说，竟以屈作乃在取代楚之民歌，用以祀祭鬼神。《隋书·地理志》云："荆州率敬鬼，尤重祠祀之事，昔屈原为制《九歌》，盖由此也。"沈亚之《屈原外传》："原尝游沅湘，俗好祀，必作乐歌以乐神，词甚俚，原因棲玉笥山，作《九歌》。"刘禹锡《竹枝词序》"昔屈原居沅湘间，其民迎神，词多鄙陋，乃为作《九歌》。到于今，荆楚鼓舞之。"三者并云屈作《九歌》旨在祠祀；甚或主屈原之作，意在取代民歌，盖由民间《九歌》，词甚鄙陋耳，此说大不同于叔师。后之人更加恢廓焉。

至宋朱熹竟曰："《九歌》者，屈原之所作

稿 纸

也。昔楚南郢之邑，沅湘之间，其俗信鬼而好祀，其祀必使巫觋作乐歌舞以娱神。蛮荆陋俗，词既鄙俚，而其阴阳人鬼之间，又或不能无亵慢淫荒之杂，原既放逐，见而感之，故颇为更定其词，去其泰甚。而又因其事神之心，以寄吾忠君爱国眷恋不忘之意，是以其言虽若不能无嫌于燕昵，而君子反有取焉。"朱熹之说，显主屈子因依民歌，更定其词，为修订之工，非创作之人。且用于祀祠，此异于王说也。至云"又因彼事神之心，以寄吾忠君爱国眷恋不忘之意，"则又近于叔师。殆其同也。

自朱氏承隋唐之说，倡屈原润色民间《九歌》，用于祠祀之说出，明清以迄当代，论说《九歌》者，莫不谓《九歌》乃祀神之歌曲。或就巫风淫祠，（见《汉书·地理志》）证阐朱说论。或依巫歌巫舞，推想祭祀，或据灵巫预祝，考索戏始，新说纷纭，愈出愈奇。倘知朱熹之说，卒为不经，《九歌》之曲，无关祀神，则众说摧折，庶王逸论定也。

二、屈原《九歌》非祀神所用

王逸说屈原《九歌》乃其自制，非祀神之歌。其文至明，不宜误解。然竟有误解，视同朱说者，诚难解之事。若清夏大霖《屈骚心印》云："读书之疑信，必定理先操于我也。如《九歌》题为鬼神，设诸篇如首篇神降而歆享，则如王说谓之祭祀辞章也可。乃卒读之，神有降或不降，或并未言祭祀，或近于淫亵之词，或至于非享之鬼，一派无礼，可无疑乎？"

夏梅皋曲解王逸说，乃"祭祀辞章。"言近于诬。然能就《九歌》内容，发现多非祭祀辞

稿　纸

章，又濬发巧心，推演王论矣。

乾隆十七年休宁戴东原（公元一七二三年—一七七七年）《屈原赋注》成，虽后于夏说十年，精言要论，实多发明，论《九歌》曰："东皇等篇，皆就当时祀典赋之，非祀神所歌。"（卢文弨序中语，于每篇题之下，多所证说，此不具引，略见后文。）戴氏能不惑于朱熹，考较祀祭之礼俗，斟酌诗歌之内容，故得发前此肯之论，独步后代也。兹本戴氏治学原则，申说略见于下：

（1）《九歌》篇题并非尽神名。《九歌》十一篇，曰《东皇太一》、《云中君》、《湘君》、《湘夫人》、《大司命》、《少司命》、《东君》、《河伯》、《山鬼》、《国殇》、《礼魂》是也。其中《山鬼》《国殇》、《礼魂》

三者，显非神名。若曰《山鬼》、《国殇》属祭神鬼之鬼，则《礼魂》为神乎？鬼乎？既非尽神（或鬼）之名，胡得称名祭神之歌耶？

（2）如为神名，亦非尽楚人所祀之神。《史记·封禅书》："天神贵者太一，太一佐曰五帝。古者天子以春秋祭太一东南郊，用太牢，七日，为坛，开八通之鬼道。"吕向曰："祠在楚东，故云东皇。"戴东原曰："古未有祀太一者，以太一为神名，殆起于周末。"是则太一乃天子所祀，非诸侯所宜祀。及乎战代，果为楚王所僭，亦非民间所祀，以楚民不祀之神，胡得有祭太一之民歌，《汉书·郊祀志》："晋巫祀五帝、东君、云中君、巫社、巫祠、族人炊之属……荆巫祠堂下、巫先、司命、施糜之……其河巫祀河于临晋，"所谓晋巫，晋地之巫，荆巫，楚地之巫，河巫，

稿纸

临河之巫也。巫所祀，必皆依故土之习而作专祠，为其专职也。是则东君，云中君固晋上原祀之神，司命固荆楚原祀之神，而《史记·封禅书》载晋巫亦祀司命，则"司命"一神，固又晋地所祀者。《论衡·祭义》引《礼》曰："诸侯为国立五祀，首曰司命，则司命固诸侯国所共祀者也。而河伯为河域之神，秦、三晋，齐皆祀焉，若楚不祀祸河，昭王明戒（见《左氏传》哀公六年）是河伯亦非楚王所祀之神也。楚民岂谓祀楚王所不祀？此外，若湘君，湘夫人，人以为楚神，以湘君之祀见于《始皇本纪》。然亦又同左氏之号也，如上陈论，属于楚神者，仅四篇，非楚神者，亦四数。非楚神如是之多，楚民何贵而祀之？楚民祀之肇始于何时？徵乎？既非楚王或楚民所祀礼之神，则所谓九歌乃祭神之民歌云云者，岂非妄言哉！

(3)诗之内容，多与祀神无关。就十篇之内容论，涉及祀典者，唯《东皇太一》耳。然亦非赋祀典，非祭神之歌也。论者不察，因《东皇太一》之赋祀礼，轻谓之祭歌，本无不可，乃遂篇而目为祭歌更属妄解。虽受蒙于朱熹，然亦失于不深思。若《国殇》一作，确属颂死于国事者，强云祭鬼，尚无不可，但亦"直赋其事"耳。与祭祀何关系？再者《九歌》多就神职掌、威灵，发钦敬、殷望之诚，实借貌神功，内写胸境，所以寄忠君爱国之悃，记谏国致乾之志，困怨慕、幽愤，充斥文中。王逸之论之以讽谏，非河汉之谈也。若朱熹者，虽陷溺于祭歌，而云"以寄吾忠君爱国，眷恋不忘之意"，固亦窥见诗志，不离忠贞。然终以锢于神

稿纸

论，泥于祭歌，所说多非，诗意蒙尘。

揆诸创作，屈原曾以荃荪、修喻楚王矣（见离骚九章）。则托神之职事，借抒胸怀。以司命（大司命五臣注为"司命、星名、主生死"）托喻楚王，河伯托喻齐王，东君托喻质齐之太子横，亦非无由也。结合楚势、屈遗诗作以论，非臆说也。（详见考篇《发微》）。然亦非尽托神之名也。若"云中君"、"湘君"又庄跻之号也。（详见拙作《庄跻与史考辩》）庄氏之号，同于神名，史册缺记，后人不详，遂亦以神之歌目之，不亦傎乎？今知为庄氏之号，读诗旨细绎，得知大夫之入辰溆，曾有约庄举兵复国之谋，庄且应约，第以军事窘乏，有违预期，大夫乃于诗中抒殷望之诚，失望之痛，以责庄氏。（详见后文）

稿纸

戴东原序言曰："《九歌》迁于江南所作也。昭诚敬作《东皇太一》。怀幽思作《云中君》，盖以况事君精忠也。致怨慕作《湘君》、《湘夫人》，以己之弃于人世，犹巫之致神，而神不顾也。正于天，作《大司命》、《少司命》，皆言神之正直，而惓惓欲亲之也。怀王入秦不反，而顷襄继世，作《东君》，末言狼弧，秦之占星也。其辞有报秦之心焉。从河伯水游，作《河伯》。与魑魅为群，作《山鬼》。阅战争不已，作《国殇》。恐常祀之或绝，作《礼魂》。"虽不尽是或当我意，同异之处，逐次见于后文。然戴氏终不以为祀神之歌，至明矣。

然篇数十一，不符《九歌》篇题者，何耶？按九，数词，固用于表多数（见汪中《释三九》）

实不限于九。又九有集聚意，《左氏传》僖公廿六年"桓公是以纠合诸侯，谋其不协。"杜注"纠，聚也。"《论语》作"桓公九合诸侯。"注九"春秋传作纠，古字通用。"则九又表数之极复有聚集义也。是则《九歌》者，犹云《歌集》耳。《四库提要》离骚经九歌解义（李光地作）下云："古人以九记数，实其大凡之名，犹雅颂之称什，故篇十有一，仍题曰九。"此之谓也。

(4)就迎神曲，送神曲说论，祭歌说之迷人。

清王夫之（公元一六一六年——公元一六二九年）为《楚辞通释》，释《九歌》之《礼魂》为送神之曲，为前十祀所通用。吴世尚《楚辞疏》曰："九歌之《礼魂》，明是送神之曲，非可指为一神也。"王闿运《楚辞释·九歌》注曰："《礼魂》者，每篇之乱也。"近人马其昶、梁启超、郑振铎、游国恩等人宗之。闻一多君益张斯帜，恢宏祭神之说。其言曰："九歌十一章，皆祀东皇太一之乐章。就中'吉日兮辰良'章（旧题《东皇太一》非是）为迎神曲。'成礼兮会鼓'章（旧题《礼魂》非是）为送神曲，其余各章，皆为娱神之曲也。诸娱神之曲，又各以一小神主之，而此诸小神又皆两两相偶，共为一类。"（《闻一多全集》第二册二八三页）说至新颖，煞有介事，殆欲扫今古之论。蒙本疑送神曲之说，而闻君又创迎神曲之说，疑上加疑，始陈陋见。

夫《礼魂》如为送神之曲，且为送诸神之

稿纸

曲。则胡为题曰《礼魂》乎？若东皇太一，云中君、湘君、湘夫人、大司命、少司命、东君河伯，果为神也，其尚有魂乎？山鬼亦复有魂乎？于此知立说之虚诞也。至如《国殇》可云魂之有。故或主《礼魂》应与《国殇》为一篇者，就五句之义主《国殇》诗旨，绵密无间观之，或得其解焉。闻君明鉴及此，乃又创说曰："《礼魂》之曲，实有目无辞……后人以求《礼魂》之辞不得，而径题送神曲曰《礼魂》，妄也。"余敢请益焉。"送神曲"当时有题乎？无题乎？如有题也。宜将更其题名为《礼魂》？如无题也，则亡辞存题之事固不能信也。之《礼魂》且当与"国殇"并。盖古之篇题，类在文后。虽浅学者，类能知之，固不当以"礼魂"称之也。闻君审知前人说"送神曲"之不当于事理，

稿纸

乃创《礼魂》有目无辞之说以證成之。今撰《礼魂》之辞，虽为礼魂，无关送神。固不得之有目无辞也。果如闻说，则礼魂之目应与"国殇"并，其后则为今礼魂之辞，辞后复当有送神曲之目。既有迎神曲之目，更以《礼魂》之题称之者有斯理乎？闻君用思诚苦，奈不当于情理何！然闻君本前人抒己見，既谓祭歌之终有"送神之曲矣"，则祭曲之前岂终无迎神之歌？编导无着乃曰："吉日兮辰良"章，为"迎神曲"。并注曰："旧题《东皇太一》非是。"于此，蒙更不敢置信，夫"东皇太一"旧题也，今以旧题为非是，将置四字于何地？况此有目有辞之诗也，为持"迎神曲"说，不惜删其目，犹持"送神曲"说，于有目有辞之《礼魂》，亦不惜删其题，两删之后，曲备迎送，所余篇章数适为九。

20×15二300　　第 18 页

018

稿纸

九歌之名，于此得之。此说也貌似圆通，若就治学方法论，乃以后代戏曲结构，悬想古初情况，以后律古，用我代人。刀斧在握，取舍由己，強求"似我"，失在主观矣。

闻君之失，不徒此也。若其论全诗"皆祀东皇太一之乐章""诸篇娱神之曲，又各以一小神主之。今读诸诗，难見娱神之情趣，且不見与东皇太一有何内在联系。说虽新颖不必再以各诗内容非之也。

姜亮夫君为《屈原赋校注》亦主《东皇太一》为"迎神曲"《礼魂》为"送神曲"长在无闻君删改之术，蒙虽不是其说，但钦其治学态度。所以标著者，为示祭神曲说，误人，害人建人之甚也。

(5)虽出觋乐器，亦非祭神之歌。《九歌》

中曾出现乐器，若《湘君》"吹参差兮谁思，"《国殇》"援玉桴兮击鼓鸣"非祀神所用之乐器，其非祭歌也明矣。若《东皇》、《礼魂》中可指实为祀礼中演奏之乐器者，有鼓、钟、竽、瑟、篪等。然一究内容，则陈祀坛供张，巫饰舞容之际，有音乐演奏焉。盖赋陈祀典，诗作本身非祭歌也。论者不察，以赋陈祀典之诗，强作祭神之歌，此郢书燕说之类也。

三、驳《九歌》合乐诸说，证其非祭歌。

自明清以讫近世，学人论《九歌》者，率宗朱熹之说，谓屈原《九歌》为祀神之歌。歌既用于祀神，则必合乐。因之研寻殷勤，力主合乐。实则屈作《九歌》非祀神所用，自非祭歌，前已证论，兹为进一步说明其非祭歌，故不惮烦以论焉。

稿　纸

(2)或曰刘禹锡曾言"昔屈原居沅湘之间，其民迎神，词多鄙陋，乃为作《九歌》。到于今荆楚鼓舞之。"不亦明言其为祭歌之證也！

按《汉书·地理志》称荆楚之俗"信巫鬼(疑鬼乃覡之误)重淫祠。"四时之祀，有其乐歌，王逸称"其词鄙陋"可證也。又按屈原诗作，至汉而大行。民间不察《九歌》之内容，由篇目神名，取以祀神，乃易知之事。下迄有唐，仍沿其常，职斯之故。况《九歌》诗也，自便乐舞，虽用祀神，旨在怀屈。刘氏称"到于今荆楚鼓舞之"者，此也。然楚民间于祀歌，固无碍于始初之非祀歌。以后世之用，论其初始，看似得源，实非笃论。

(3)或曰屈原《九歌》，旨在取代民间九歌自为含乐之祭歌。《九歌》如为祀神之组诗，则当作于同时，制于一地。始可取代民间之九歌。今考《九歌》之诚，非一时之笔，论其时距(怀前三一二年)，若而《司命》作于(怀王十七年左近)，《云中君》、《湘君》、《湘夫人》作于顷襄二十二年(前二七七年)中有三十五年之隔。一言作地，在大江以北者居大半以上，在江南作者不及三分之一。(见后文)岂为旨在取代民歌，其能取代沅湘之祭歌，再者以及鬼神之大夫窜伏沅湘。值白起破郢，心忧如焚，奔走联齐之不暇，岂能满怀优游，从赛祀歌哉？近世学人据《吕氏春秋·侈乐》"楚之衰也，作为巫音。"以人多传怀王隆祭祀，祀鬼神，阻秦兵；大夫习巫说之掌者；乃斤斤以说《九歌》为祭歌，若知屈原《九歌》非一时一地之作，当不张祀歌之论也。

稿纸

(4)论《九歌》来自改定民歌说。南宋朱熹称沅湘民间《九歌》，"词既鄙俚"，屈原"颇为更定其词"（见前引文）。谓民歌"鄙俚"，言据王逸。称"更定其词"，实无所本。此说一出，风扇近日。莫不谓屈原有润色《九歌》之功，而非其创作大业。

荆楚祀神之民歌究如何，今无可考。屈原果为更定之，其内容应尽为祭神祝福之词。今按其内容，究其以言，赋陈祭典耳，无关祭歌用者，更定之作，应有祭祀痕迹，应有民间俗言。不当有屈原忠君恤楚之衷，不当有符合屈原当身世之情。论其描述，盛尊华贵，不见朴素。道及情怀，幽思怨慕，唯关祈神。一言风格，飘渺超忽。祈神求合，固已见诸骚篇。而荃荪喻君，灵修称王，公子佳人之闲，三撞杜若

稿纸

之饰，亦复同于屈章。今视《九歌》，应有者确无，不当有者屡见，情怀非民，风格尽屈。若非大夫之创作，而为更定之歌曲，岂能具此彰彰之异同也。

(5)世多谓《湘君》、《湘夫人》、《山鬼》恋歌也，以此为重宝。余殊疑曰《离骚》中曾言"求宓妃之所在"，见"有娀之佚女"，且求"二姚"，并云"令蹇修以为理"、"吾令鸩为媒"矣。岂大夫自写失恋后单相思之情哉？此大夫之创作手法也，无关于恋爱。若两《湘》者，揉隐喻，托国事，盖责屈氏之不应约也。（参拙作《屈赋历史考辨》）岂得视为恋歌乎？史公曰："其称文小而其指极大，举类迩而见义远。"以之论《湘君》、《湘夫人》，亦属的当。至若《山鬼》沉郁悲哀，幽峭凄苦。正抒怨愤悲哀，再放后之

稿纸

心肠耳，实非恋歌而为创作手法之表现，其非祭歌也明矣！况写作于既放之后，窜伏于兵争之域，焉有闲情改定民歌祭歌，复写状神之恋情哉？

（6）或以屈原《九歌》言少章短，便于歌唱，故为祭神之歌，若《离骚》诸篇，字多篇长，句度亦长，不便于歌，故为诵赋之诗。

夫先秦之世，诗歌无殊。故《汉书·艺文志》云"诵其言谓之诗，咏其声谓之歌。"屈原受斥怀襄，荀况退老兰陵。吐属韵制，推为赋宗。然传世之作，不见咏歌。若骚赋巨篇，多杂短句，的系诗作，谁云合乐？其余短章，或备"讯辞"。短句抒情，形似古初，虽名《九章》不传入乐。至如荀卿《佹诗》，以诗题目，四言为主，韵则合古，又不入乐。是知言少篇短

稿纸

之作，虽产自战代，亦不必入乐也。又刘邦三侯之诗（大风歌）原系天籁，后命乐人歌之，自为歌诗，刘季卒后，遇祀则歌，又为祭歌矣。

句短者易歌，语少者便乐。此寻常之理。然稽诸《三百》，六言者"我姑酌彼金罍"，七言者"交交黄鸟止于桑"之属，悉可入乐（採挚虞《文章流别》说）。斯则，長句非不可入乐者。

诗至炎汉，五言为宗。降及魏晋，拟古有作。陈思乃建安之英，陆机为太康之傑，其所拟作，多不合乐。论者谓未诏伶人，故事谢管弦。斯则，虽具五言，亦多不歌。

稽之古初，察诸魏晋，句度无长短，均可入乐也。所以不入乐者，无诏伶人也。故屈作《九歌》，若矇叟事诸管弦，亦为歌诗。然无据以说其曾合管弦也。况刘勰《声事篇》曰："楚辞辞楚，故讹韵实繁。"讹韵既多，岂能利于唇吻，便于乐歌？是知其非乐歌也。

（7）或谓《九歌》巫歌也。陈娱神之事，故为祭歌。

《国语·楚语》观射父答楚昭王云："九黎乱德，民神雜揉，不可方物。夫人作享，家为巫史。"《汉书·地理志》："楚地家信巫觋，重淫祀。"《吕氏春秋·侈乐篇》："楚之衰也，作为巫音。"此荆楚之民重巫，因巫而盛巫音之证也。

就屈原以观，《离骚》陈巫咸之占，《招魂》设巫阳之对，而《九歌》亦有巫舞之容，因大夫自道楚之风习也。

巫者，古以为神之托，能见神鬼，侍神鬼

稿　纸

之意，且代人祝神，以求降福，固沟通人神意念之人焉。其事妄，旧奴隶主藉以统治民众之术耳。故又名曰灵，或灵保。就其代神受祭论：名曰尸，就保佑后世论：曰保，或子保，就代天帝言，曰天保，就其位尊贵言曰大保。以其为尸像神也，又名神保或陈保。（参方孝岳君《关于屈原天问》）

然屈原一怀疑天命，非难天命之巨人焉，不信天帝之说也。于巫咸之占，灵氛之论，不受焉。（见《离骚》）曾戏笑于巫阳以掘帝命焉（见《招魂》）曾窘困太卜，使自应曰："龟策不能知事焉。"（见《卜居》）非"皇天不纯命"而诡责难焉。（见《哀郢》）若《天问》一篇，辩驳于天命说者，由上古以迄战代，更见夫夫非天帝之心焉，夫乃反天命之政治家、文学家及其

稿 纸

是故也，岂能视神之歌，岂能为巫之祀神而为巫歌也。故为巫歌说者，置大夫之思想于不顾耳。至谓为娱神之歌，则尤妄焉者矣。盖忧郁哀怨，蕴藉多篇，实不多见其欢乐焉。

近世学人多骋怪谲之思，或谓神以两偶，共为一类。若云《湘君》《湘夫人》有夫妇之义，尚可附会。若《河伯》《山鬼》何关于夫妇？而《司命》何关于男女？《国殇》《礼魂》尤其可为偶或类耶？论之不经，积非成是，然竟有笃而信之者，至可怪也。

四、《九歌》篇数。屈作《九歌》凡十一篇，篇各有其主题，意不相複，用思绵密，组织完整。非大手笔如屈原者不能作也。研究屈赋者，因《九章》、《九辩》篇数皆九为总题目，而《九歌》独十一，但王洪无说，朱氏盖阙。

乃纷然离合其篇目，令其为九。盖准《汉书·礼乐志》所载《郊祀歌》："《九歌》毕陈"以为言也。若林云铭《九歌总论》云："《九歌》之数至《山鬼》已满，《国殇》、《礼魂》似多二作，盖《山鬼》与正神不同，《国殇》《礼魂》乃人之所死为鬼者，物以类聚，虽三篇实只一篇，合前共得九。"而朱天闲亦云："盖于祀鬼一章中特回分《山鬼》《国殇》《礼魂》三项，以抒写其胸中之寄托耳，篇目虽三，合而成一。"夫既名三焉，何得为一。凭空合并，不察内容，而以《山鬼》为祭其鬼，至昧昧也。而《国殇》《山鬼》内容迥别，不能合并，人知其理。若

　　骥《楚辞余篇》云："《九歌》本十一章，其言九者，盖以神之类有九而名。两《司命》类也，《湘夫人》与《湘君》亦类也。"顾成天《九

歌解》亦有此说。蒋顾两论，无害于篇目，就神分类，亦非巨谬。王闿运《楚辞释》云："《礼魂》者，每篇之乱也，《国殇》旧祀所无，兵兴以来新增之，故不在数。"轻删二篇，强就九数。第不知所云"《国殇》旧祀所无"之"旧祀"指何代何国而言，若为故楚，则《山鬼》亦旧祀所有乎？若属周祀，则三晋亦祀《湘君》《湘夫人》乎？是想"旧祀"不足为训。青木正儿于《楚辞九歌之舞曲的结构》云："湘君与湘夫人、大司命与小司命，乃春秋二祠分用之词，盖据礼魂"春兰兮秋菊，长无绝兮终古"二语，涉及春秋二词。青木氏更引篇中时令之词，以证湘君大司命用于春祀，湘夫人、小司命用于秋祀。虽持之有故，发言侃侃，若谓以同为神也，同应祀也。岂能于春秋祀祠时，祀此而

20×15=300　第33页

稿　纸

不礼彼，有所轩轾于神耶？如此分祀，不見祀典。而云民间所为，亦不合俗情。说虽独创，不見精当。姜亮夫君于《九歌解题》主《东皇太一》为迎神曲，《礼魂》为送神曲，并不入九数。（見《屈原赋校注》第193页，此主《九歌》以祀九神而为言也。主歌必合乐，为祀九神而用也。此说也，摒除《东皇太一》于神外，盖由于歌不颂神貌，神之特性不具，无祀颂之语，而歌礼备迎神之事，故云迎神之曲。然《东皇太一》神名也，故以为至尊之神，《汉书·郊祀志》："神君最贵者曰太一。"其证也。如《九歌》为祭歌，礼当先祀太一，次及其他。今以为迎神曲不入九数，是以不祀东皇太一为说也。祀太一以下之神鬼，而不礼古民心目最贵之神有斯礼乎？摒太一不祀，而祀楚昭王不祀之河

稿纸

伯，有斯礼乎？再者果为迎神之曲，胡不以他词题目？今以《东皇太一》题篇，不亵渎于神灵乎？此民萌所不为，宁能出于知尊卑，谙巫风之屈原乎？诸家之论，不惟不能證成九歌之为祭歌，适足以证明其非祭歌，非祭歌也，固不必论其合乐与否矣。

或曰《九歌》古曲旧名，源自夏代其数九。每引《山海经·大荒西经》"夏后开上嫔于天，得九辩九歌以下。"《离骚》亦云："启九辩与九歌兮，夏康娱以自纵。"《天问》亦曰："启棘宾商，九辩九歌"等为證。夫夏之《九歌》其词云何不得而知，篇数如何，更不得而知。兹设想古初《九歌》数为九，乃必屈子之《九歌》亦为九。论者甚之，自我作古，强为离合，以成九数，谓为合乐，谬论也。

20×15二300　　第 35 页

稿纸

篇数十一，不符《九歌》篇题者何耶？按九数词，固用于表多数（见注中《释三九》）实不限于九。又九有集聚意，《左氏传》僖公二十六年"桓公是以纠合诸侯，谋其不协。"杜注："纠，聚也。"《论语》作"桓公九合诸侯。"注九"春秋传作纠，古字通用。"则九义表数之极复有聚集义也。是则《九歌》者，犹云《歌集》耳，《九章》之九义亦如此。数之为九，偶合耳。《四库提要》《离骚经·九歌解》（李光地作）下云："故人以九记数，实其大凡之名，犹雅颂什，故篇十有一，仍题曰九"此之谓也。

五.《九歌》作成时地。考《九章》九篇或作于汉北，或作于江南（参《九章发微》）时不同也。史迁曰："余读《离骚》、《天问》、《招魂》、《哀郢》悲其志。"今《哀郢》入《九

稿纸

章》。而史公不曰："读……《九章》悲其志。"

知史公时尚无《九章》之名也。其为后人编集

时以其思想同，篇题类，归为一编，而名曰《九

章》夫复何疑？《九章》之得名既后于史公之

世，则《九歌》之得名，亦必类之。寻《九歌》

中之篇，有作于使齐时，《河伯》是也。就内

容言，纪行之作也，河伯託喻齐王。《东君》

怀王囚秦时作。盖望质齐之太子横速归楚以承

王位，靖国难也，作地在郢，而《司命》託喻

楚王，大夫同抒对楚王之殷念与忠诚，故亦当

为在汉北之作。《山鬼》隐喻自身，痛其再放

于汉北也。时在鄀山，《东皇太一》赋祀典也

並无故事，当为在郢之作。《国殇》所以颂怀

王世，死于反秦战争之英雄，而悼阵亡将士，

时当在汉北之作。《礼魂》时地或同。若《云

中君》、《湘君》、《湘夫人》与庄跻之号同，以抒对庄氏父子之殷望与失望，此真在辰溆之作也。故论《九歌》之作地，在江北者居太半强之上，在江南者不及三之一焉。王逸曰："昔楚南郢之邑，沅湘之间，其俗信鬼而好祀，……屈原放逐，窜伏其域……因作《九歌》。"论作地包举大江南北，固不限于沅湘也。而近世论《九歌》之产地，率曰"江南""沅湘"不及江北，弃王逸之说于不顾。参诸愚论，则应断叔师之说为确然不可移者。

是则《九歌》之作，不同时且不同地。其为用也，或赋祀神之礼，《东皇太一》是也。或颂抗战烈士，《国殇》是也。若其余作，究其以言，尽隐喻以抒忠君爱国之怀也。晚于史公之书或为刘向编辑屈赋时，以其尽属神鬼之题，

稿　纸

乃归为一编，题曰《九歌》。初当与《九章》之得名，无二致之可言，固非大夫旧题也。后人不察，以为屈原作于一地一时，甚且《九歌》且以为春祀神之祭歌，其失于不考矣。

《九歌》中的思想表现。

屈原生于战国晚期之楚国，正在跻领导奴隶革命汹涌澎湃之会，亦嬴秦窥楚进之重要时期。故大夫立朝怀王时，内主变法，以缓和国内之阶级矛盾；外事联齐以反抗西来侵略。此固大夫之政治外交纲领，终其身以奉行者。然国内之旧贵族（亦即奴隶主）持策与屈原异，于内政守旧而不变，外交则绝齐而事秦。故屈原与守旧派间之斗争至为激烈。中以怀王持策不固，听之谗辄，迁屈原于野。后虽以秦祸亟，复起用大夫以联齐，终因怀王视短，守旧势众，

稿　纸

忠谋不得施。及顷襄立，又听谗而再黜，大夫遂去朝而不能反矣。楚亦竟以削亡。

屈原在阶级斗争中，属于失败者，有惨痛之经历，敏锐之洞察，凄苦之怀抱，哀怨之心情，故其为诗也，不能不注入其思想情感与愿望，以见其人格与形象。其诗作实阶级斗争之产物，为推进阶级斗争而服务也。王逸云："作《九歌》、《九章》之颂，以讽谏怀王。"盖谓《九歌》亦赋也，而非祭歌，且有其政治目的，实早鉴及诗心及其用矣。故《九歌》之作为熟悉生活，再现生活，憧憬未来，鼓舞战斗之作也。若编者云为祀神娱神之歌者，自贬低作品价值也。

八、反天命思想：

旧奴隶主以天命论巩固统治地位，称"受

命于天。"号"天子""帝子"者，谓受上帝命也。屈子生当奴隶制向封建地主制度过渡时期，力主变法，即反天命论之具体行动。见诸言论者《天问》一篇，乃反天命观之具体表现。《汉书·郊祀志》云："楚怀王曾隆祭祀，事鬼神，欲以获福，助却秦师。"而《天问》则云："厥严不奉，帝何求？"意谓不坚持进步政治原则，求之上帝亦无益也。又云："天命反侧，何罚何佑？齐桓九会，卒然身杀。"竟公开指明天命反复无常，不可凭信，於人之善恶，固无所罚，亦无所佑。若齐桓公乃九会诸侯之伯主，竟受困而死，何关上天之佑罚也。意之所指，兴亡成败，基于人事，而不系于上帝也。

屈原《九歌》亦强烈表示反天命思想：

东皇太一，天神之尊贵者，然屈原为赋，

稿 纸

唯写祀典，巫之服饰，祭器陈设，音乐繁会，灵巫娇姿及其喜悦，固未见邀福之祷，与降福人间之语。此屈原不迷信于神祇，亦即不信天命之文学描绘也。

《司命》用说神主生死，此诗寄怀楚王于被黜之后，司命即楚王之代词也。屈原忠不忘王，故曰："老冉冉兮既极，不寖近兮愈疏。"深惧年将老大，如不能逐渐接近朝廷，则势将愈为疏远矣，特重人为。又曰："固人命兮有当同常孰离合兮可为。"意谓人之生命，固有常期，臣之离合于君，无关神意，权在君王也。

其他诗章，虽以神名为题目，揆其内容，无关祀神，真所谓"借题发挥"、"浮想联翩"。如《东君》借迎日望太子横归国之急情。《河伯》描陈从战之欢心，《山鬼》描写黜后之境过遇

稿　纸

情操。总是神意鬼态乃弃射人事，苦思遐想奇怀之术也、篇题神称，不见天命之思。屈原反天命神祇之卓越思想，可谓独步南楚。

(2) 要求以楚统一天下。

战国时期，楚疆域最大，物产丰富，与秦角力，固可并包天下，然东方之齐，亦一强国，与秦则秦王，与楚则楚帝，齐之轻重，概可想见，屈原事王联齐变法者，其终极目的，即在以楚统一天下，此一忠诚谋国思想，《九歌》中叙述最明矣。

《云中君》中曰："览（同揽）冀州兮有余，横四海兮焉穷"，敦促庄蹻奋发抗秦，统一天下也。《大司命》："纷总总兮九州，何（同呵，责也）寿夭兮在予。"称九州之民，纷然以长寿之任，责我南楚，即责我以楚统一九州也，又云：

稿 纸

"吾与君兮齐速，导帝之兮九坑"，述助楚王统一天下之志也。"逾空桑兮从女"以伊尹自许于怀王也。《少司命》云："登九天兮抚（同拂）彗星"，"竦长剑兮拥幼艾，荪独宜兮为民正"。要求楚王消灭强秦，保护老幼，以常天下也。

若《河伯》一诗，涧及秦祸之惨烈，所以因齐王之心也，如云："衝风起兮横波"状秦兵之肆虐中国也。"流澌（同尸）纷兮将来下"，更明言秦兵之残毒。屈原之联齐抗秦，为其统一中国之行动，政治纲领服务至明矣！亦即《司命》所云："乘清气兮御阴阳"也。

(3)坚决反抗秦国侵略。

屈原忠君爱国之诗人，坚持反秦侵略，昭昭然见之行事，见其诗作《离骚》，若《九歌》

中亦有炽烈之反映。

《湘君》云："令沅湘兮无波，使江水兮安流。""横大江兮扬舲(威也)，殷望庄跻驱逐秦兵于境外。《东君》"举长矢兮射天狼(喻秦)，"操余弧兮反沦降。"遥冀未归国之太子横能于继位后，射杀秦寇，光复故土。若《国殇》一诗，歌颂为抗击秦兵侵略，英勇奋战，壮烈殉国之英雄将士，其形象刚毅勇武，有进无退，视死如归，其情感则炽烈、奔放、悲壮、慷慨。爱国死国之崇高精神异常感人。

秦亡楚之心为屈原所深知，盖视秦为楚之死敌，颂扬殉国之战士，正激励楚君臣及人民同仇敌忾之情也。《国殇》诗，透露大夫爱国思想，反秦思想最直截了当，无所假託，不似其他篇章，比兴兼用，隐喻含蓄，令后人捉摸

稿　纸

不定，解说不同。

若屈原联庄氏抗秦，收复故土之举，余曾辩考于他作。然庄氏以秦兵袭巫黔中（庄氏根据地）庄氏未能践约于即时，故屈原于《云中君》云："思夫君兮太息，极劳心兮忡忡。"于《湘君》曰："望夫君兮未来，吹参差兮谁思。""横流涕兮潺湲，隐思君兮悱恻。""交不忠兮怨长，期不信兮告余以不闲"，多设其哀怨于庄蹻，其爱国抗秦之思想，含辞隐喻，但一经指破，义即鲜明，屈原至老仍以反秦为志也。

(4)关心人民疾苦。

《离骚》云："余独好修以为常。"修之为意，统言之即"美政"。分析言之内主变法，外事联齐以抗秦也。盖关心人民疾苦，楚运兴衰为大夫日夜不忘者，诗人于《九歌》中，亦每三致意

稿纸

焉。

《湘君》云："美要眇兮宜修，沛吾乘兮桂舟。"终极目的在"令沅湘兮无波，使江水兮安流。"盖大夫深患秦祸"冲风起兮横波"（《河伯》）也。正以此大夫以伊尹助汤治天下许于怀王矣，曰："踰空桑兮从女。"自道也，曰："纷总总兮九州，何（同呵，责也）寿夭兮在余。"以拯天下之民为己任也（并见《大司命》）曰："高飞兮安翔，乘清气兮御阴阳。"谓此统一天下救民之计，应借自然之势，广结南北力量，一俟行动，应重策略，故或公开之，或不公开之，"壹阴兮壹阳，众莫知兮余所为"（《大司命》）之谓也。然己臣子也，可以与谋，权之者楚王耳，故曰："竦长剑兮拥幼艾，荪独宜兮为民正。"（《少司命》）惜乎怀王一代，不卒用屈子之谋也。

20×15=300　　第 47 页

047

国益衰，民益苦，故又望于顷襄能"举长矢射天狼，"而己则必"操余弧兮反沦降"（并《东君》词）以出民于水火。此情此志，虽远离朝廷，无地或忘也。观夫《国殇》赞颂卫国战士，倍敬死国英雄，赞叹之不已殷者，崇其能死敌，幸楚人不可能受秦之奴隶也。

七、创作《九歌》之手法。

一切作品之创作，皆基于作者之生活实践。无生活实践者，不能从事创作，不能具有切合主题之表现形式。所谓生活实践有二，首为阶级斗争，次为生产斗争。

屈原处战国晚期，楚国内部阶级斗争既尖锐，外来秦国侵略复尤重。屈原受任怀王，为适应统治之需要及实现北争雄天下之思想，故一生主张行变法，所谓"美政"也。然守旧之奴隶主贵族，宁削国以事秦，反变法以害民。进步之政治家屈原虽为没落阶级，排挤攻击之对象，必不使之足朝廷，以维护其剥削地位与制度。故屈原一生两次遭放，忠君爱国之怀莫展，诬陷诽谤之毁屡加。忠者不忠，贤者不贤，抑郁冤结，胸背交痛，而贵族灵魂，贪婪残酷，又为切恨，故发而为诗，哀怨充篇，指摘党人无遗恶端。其诗作实基于现实斗争之实际，揭露政治黑暗，贵族腐朽，民生疾苦，国势危殆之真像，深刻且形象，显示忠谋在胸，为君为国，取法前修，九死不悔之精神。若论其用，则预言时代，憧憬未来，号召忠贞，鼓舞斗志耳。

即如《九歌》，虽以神名为题，亦所以抒胸怀，示忠贞。冀君上之猛醒，初无关于祀神

稿纸

无关于祭歌，兹为助證此论，故进而论其创作手法，以见大夫在残酷之阶级斗争中无时无地不勇往直前也。

(1)：外托神名，借写隐情。

屈原"博闻强记"为楚左徒，习于故礼，明乎世势，当闻屈丐覆军于汉北，赋《国殇》吐歌哭之诚。自无所依傍，纯系创作。以此例他，想皆由己，故东皇太一仅赋祀典。若《云中君》以至《河伯》，外号虽神，无关祭歌。徒假神号，略就神职，托言寄意，以抒胸臆，盖《东君》日神也，出于东方，有昭昭之明，故冠希望于顷襄之东返。河伯，河神也，隐喻河域之齐王，抒从成之快，司命掌人之寿夭，故喻楚王，幸其奋发有为，坚持合从，反己于朝，速成帝业，使民富且寿。若云中君、湘君

20×15=300　第50页　050

稿纸

本系神名，而庄蹻述旨。固利乘便。借以直抒交通隐情耳。以状庄蹻之威武雄材，辉煌德业并述约庄兴师之目的，对庄毁约之怨慕，然庄蹻不臣楚，领导奴隶革命者，素与楚王敌，故庄蹻之约必密，其行也道，其约也密，故言多譬况，诗意隐微。今知庄蹻革命活动之时代，与屈原同，其根据地又为巫黔中，赖以洞悉屈原深入辰溆之目的。云中君、湘君之诗意，豁然显露，屈原爱国之心至老不懈，庄蹻反秦之英姿昭然在目矣。

屈原不信天命鬼神，已见前论，其不能作祭神之歌，可以断言。由《九歌》作成时地不同（见前论）其非改定民歌，亦可窥知。然大夫终以神名题篇者，何耶？曰：此大夫之创作手法也。兴托展胸臆之隐，譬况寄怨痛之思，

稿纸

非习熟生活，志虑高洁，爱恶平分，百折不屈者，莫能为也。王叔师论《离骚》云："善鸟香草以配忠贞，恶禽臭物以比谗佞，灵修美人以媲于君，宓妃佚女以譬贤臣，虬龙鸾凤以托君子，飘风云霓以为小人"云云，阐濬发巧目，濬jùn 深得文心，若《九章》篇题《悲回风》《思美人》亦犹是也。譬况之间，演及篇题。验诸三百，《硕鼠》已著前世，并非大夫国作者，至如《九歌》神名为题，形虽有异，细审诗旨，亦见褒贬焉。

夫古之谓神，至大至刚，至公至正者也。故远古君主，亦得称神。《山经》每言神者，即君也。实即部族酋长耳。屈原以神名题目，盖羡于神德，比类及王，望其如神，克尽其职：有神之明，有神之威，有神之德，有神之功。

稿　纸

以福民佑国也。此尊君爱君之思想，亦忠国爱民之情操。虽有责怨之言，指数之辞，正见爱君不二心。王逸曰："作《九歌》《九章》之颂，以讽谏怀王。"正今日所谓基于现实，鼓以浪漫，为斗争服务也。然歌颂光明，直言娱情，揭示秽恶，微辞痛深，故《国殇》悲壮而激烈，《山鬼》缠绵而凄苦，《河伯》清新而明快；《东君》深沉而劲健，若《云中君》高妙含蓄，《湘君》绮丽哀怨，《司命》雄肆伤情。虽并托喻神祇，而情致同源自哀怜。彦和云："九歌九辩绮靡以伤情。"（《离骚》）总全诗以为论，允得风骨之底蕴。

（二）驰骋想象，情致浪漫。

屈赋特色之一，为驱使神话，借抒胸怀。若《离骚》云："讬之龙，说迂怪，丰隆求宓妃

20×15＝300　　第 53 页　053

稿纸

鸩鸟媒娀女，诡异之词也。康回倾地，夷羿蔽日，木夫九首，土伯三目，谲怪之谈也。"凡此之闻，驰骋想象，思想浪漫，卷舒古今之际，呼吸八荒之表，思想得以形象表达，感情藉之洋溢倾吐，是以爱情得表，情思感人。借神话妙用，文学冠冕，想象功力，莫之能京，于骚赋见之矣。

若夫《九歌》想象亦卓。如状云中君之服饰，则曰："浴兰汤兮沐芳，华采衣兮若英。"庄跻之德高行洁，令人钦敬，道其神威，曰："览冀州兮有余，横四海兮焉穷。"席卷天下，绰有余力之姿见矣。于《湘君》则望以"令沅湘兮无波，使江水兮安流。"驱逐秦兵于楚外之情，形象而贴切。若云："桂棹兮兰枻，斫冰兮积雪，采薜荔兮水中，搴芙蓉兮木末。"写困难之境，

稿纸

引事不易。犹所採非地，不能得物。隐道屈庄之关系不等，密谋明谐也，故下文云："心不同兮媒劳，恩不甚兮轻绝。""交不忠兮怨长，期不信兮告余以不闲。"如此设喻，与庄跻不应屈豹之故，亦想象之极致。大夫自道如此明白，尚得谓为娱神之祭歌或神间之恋歌耶？

(3)、特重形象描绘

屈原参与激烈阶级斗争，其生活即斗士之生活，其创作必反映斗争思想、情感、愿望与经过。若祀神祭歌，岂乐为耶？《九歌》之作，率重托喻。视神若君，神职等人。华贵状荤，德才符身。故写神愈真，因人事益显者，生活之再现也。虽风物缥缈，人面依稀，若解脱神衣，则骨相绝人矣。是故妙笔布形，寄思

稿　纸

善哉，落人于神，情在言外，并非崇神而天，抑人而地，实乃视人等神，特重譬况之思耳。若神号多殊，形象略异，容或有隐现，而作者之形象，坚毅果决，怒目横眉之姿，亦复栩栩之如见矣。倘非习生活，备尝苦甘，不能有逼真之形象，动人之情感也。

《司命》，天神也，为诸侯共祀，职掌寿夭。屈子之《大司命》隐喻怀王也，盖王者之喜怒爱恶，行止动静，亦关乎人民之寿夭也。

戴东原曰："（司命）虽在祀典，然二篇歌皆祭歌也。……怀王初甚任屈原，后乃以谗疏黜之，故二歌并托于与司命离合为辞。"甚得我心。

诗之始，不写大司命居于天及天庭之状，

稿纸

截断众流，曰："广开兮天门"喻怀王即位后大召贤士，以佐己也。际此时也，"纷吾乘兮玄云，令飘风兮先驱，使涑雨兮洒尘。"大夫应命而至矣，其行通思法意念、飘然而至，"君回翔下以下，踰空桑兮从女。"与怀王信任己，而己亦以伊尹自许也。"纷总总兮九州，何（同呵，责也）寿夭兮在予。"谓九州之人皆望长寿以责于楚。统一天下之思想也。三章曰："高飞兮安翔，乘清气兮御阴阳，吾与君兮齐速，导帝之兮九坑。"谓多高举安图，顺自然之势，结合从之力，我当共君驰驱，导帝成帝业统一中国耳。四章曰："灵衣兮被被，玉佩兮陆离，壹阴兮壹阳，众莫知兮余所为"状己威仪齐饬，忠于王事，所谋或公开或不公开，凡众不知余为所为也。此转写默居之思想与行动，五章曰："折疏麻兮瑶华，将以遗兮离居。”被放后欲陈忠谋于怀王，曰：“老冉冉兮既极，不寖近兮愈疏。”老年将至，不来近王，则必日远。又章曰：“乘龙兮辚辚，高驰兮冲天。”急急返朝之思。曰：“结桂枝兮延伫，羌愈思兮愁人。”谓抱治国善策，仍立朝廷思之又思，令人愁苦；末章曰：“愁人兮奈何，愿若今兮无亏。”伤心虽愁苦，无可如何；惟忍其痛，无改于忠。结曰：“固人命兮有当，孰离合兮可为？”谓人寿百年，乃其规律。离合之权在于君王，他则无能为力，固殷望怀王能返己于朝也。

大夫驰风雨于笔端，状幻疾而心贞，振高飞以安翱，绘施政之图貌。折疏麻之瑶华，传心地以洁白，形象之高大，思想之纯洁，愿望之无私，感情之炽热，突兀眼前，感人肺腑，

稿纸

盖题想外物，近写内心，虽揽捨之技巧，终心裁之兼妙。不徒篇题神名之奇且当也。

若夫篇名司命，涉及君身者二言，曰"广开兮天门"，曰"君回翔兮以下"而已。余言虽众，皆说"君"（屈原也）刻划吾之形象，雄才与忠贞毕见，高驰与索居相映，欢快于为政之日，凄苦于离朝之后。即使索居若独，仍复励志念君，终以楚王愚之于往，而不合之于今，乃不能无切怨焉。至若司命之失职无能，志大才疏之形象，则于大夫之侧见之。固一不能权离合之宜，益不能掌寿夭之柄之蠢人焉。得无负王号乎？得无负司命之称乎？赋以司命，讥讽而已矣。岂有关于祭辞哉！

夫如上述，已见大夫创作之功力。然无炽烈之感情，斗争之生涯，固不能再现实践之生

稿　纸

法，若无乘龙驾驰之御术，又焉能描绘逼真，贯注情感于形象乎？是以驰骋想象，有助描绘，诗之内容，实富且深，情之爱憎，既严且正，实便于表述思想，抒发情感。验诸司命，知夫诗歌创作难离形象，而驰骋想象，又刻划形象之妙术矣！

（四）《九歌》中叙事、抒情、写景、状物技巧之卓绝。

屈原于诗作中叙事、抒情、写景、状物，皆服务于主题思想，精思妙虑，每多叙事而兼抒情，写景，亦融性灵，不为写景而写事，见状物而遗情。盖情动于衷，或来自事景，流诸笔端，乃为著情之物。情染之景物，景固无能逃于情外。杜甫《春望》云："国破山河在，城春草木深。感时花溅泪，恨别鸟惊心。"所接

20×15＝300　　第 60 页　060

稿纸

景物，无不传神，与景乎？与情乎？难得而别情景交融之妙笔也。若《九歌》之文，早妙臻此境矣。

《湘君》云："采薜荔兮水中，搴芙蓉兮木末"、"心不同兮媒劳，恩不甚兮轻绝"(同上)始就物以比况，终述事而吐怨，盖物为我役，由物及我。我本抱怨，借物展怀。是状物以叙事，盖叙事亦抒情也。它如："鸟萃兮蘋中，罾何为兮木上"、"麋何食兮庭中？蛟何为兮水裔？"(《湘夫人》)设喻谓处非所宜，何能展才，固讥庄氏侧居巫黔，胸无大志耳。凡此叙述，情理相洽，理端见于言表，怨思蕴诸腔内，理可悬诸日月，怨如江水之东流也。

"帝子降兮北渚，目眇眇兮愁予，嫋嫋兮秋风，洞庭波兮木叶下。"(《湘夫人》)戴震云：

"降兮北渚，""意之之辞也。"因预期之不周至，而意中以为君，虽举目远视，终无所见，故而生愁。使人如见大夫凝神伫立，秋风吹拂，伴之者洞庭微波，木叶摇落。萧瑟孤寂，一见神伤，而波兴叶落，益足增悲。此真人欲静而不能；物仍知而有情矣，如此叙事，深入肺肝，绘景图物，更助波澜，神于叙事，妙于写形也。

其抒情也，"秋兰兮青青，绿叶兮紫茎，满堂兮美人，忽独与余兮目成。"（《少司命》）兰为国香，姿亦佳胜，诗人美情，郁陶斯生。虽云譬况，取兴于兰也。而"忽独与余兮目成"知音之感，跃于心外。喜形于色，人得而见，此假物以摅情，并沿情以叙事，若："悲莫悲兮生别离，乐莫乐兮新相知。"（《少司命》）总人生之常情，吐一己之悲凉，而韵调自然，质朴无华，又千古之绝唱也。

他如："君思我兮然疑作""君思我兮不得闲"（《山鬼》）以我之心，想君之意。怨人慰己，愁肠自结者也。像似此刻划，入客出主，孰不感其细腻且缠绵耶？

(五) 结构绵密

《九歌》诸诗之结构，至为绵密，盖剪裁允当，方克臻此。若《山鬼》一诗，当为大夫自喻也。身受放逐，居近苦山，犹如孤鬼，故云山鬼。寻吟诗作，结合身世，可得此解也。故《山鬼》一诗，至舒哀思，若凄风苦雨，猿啾狖鸣，路险昼晦，篁幽岁晏，莫不倾吐危难，寄泻幽恨焉。

诗之开端，即明山鬼所在，写衣饰，性格以美人为形状品质之高人也。继写乘从车仪，

稿纸

被芳折馨而"遗所思"。所思者，始信之终黜之之怀王也。自"余处幽篁"至"孰华余"皆"遗所思"之辞，描绘山鬼虽苦极不懈，忠志如故，"留（疑思之误）灵修兮憺忘归，岁既晏兮孰华余"，为辞之枢纽，末章自颂绝语，忠贞，思襄王之或念己，又因疑而不返己，终以虽处幽暗险恶中，仍不忘君上作结，情思複沓，加深哀苦，益见惨怛焉。

故从内容《山鬼》所写者有四：胸怀忠贞，无时或忘一也。环境艰险，时代黑暗二也。襄王不能返己于朝，以见"王之不明"三也。褒怀王而贬顷襄四也。

若就词句论，句法多同《离骚》与《九章》，想象驰骋，亦类骚篇，固抒情之绝妙诗章。今古论者迷于"鬼"字，以祭鬼之歌视之，宁知

屈赋哉！　　九歌校释

东皇太一

戴震曰："古未有祀太一者，以太一为神名，殆起于周末。汉武帝用方士之言，立其祠长安东南郊。唐宋祀之尤重。盖自战国时奉为祈福神，其祀最隆。故屈原就当时祀典赋之。非祠神所歌也。"戴说是。考《汉书·郊祀志》曰："神君最贵者曰太一。其佐曰太禁，司命之属皆从之。"说本《史记》《封禅书》曰："天神贵者太一。"《天官书》："中宫天极星，其一明者，太一常居也。"《正义》："太一，天帝之别名也。"刘伯庄云："太一，天神之最尊贵者也。"亦作泰一，《史记·孝武纪》："天神贵者泰一。"太泰古通用也。姜亮夫君曰："春于方位属东，而皇者战国以来所以尊天，为人之主宰及君主之义，

稿纸

九歌发微

东皇太一

戴震曰："古未有祀太一者，以太一为神名，殆始于周末。汉武帝因方士之言，立其祠长安东南郊。唐宋祀之尤重。盖自战国时奉为祈福神，其祀最隆。故屈原就当时祀典赋之。非祠神所歌也。"戴说是。考《汉书·郊祀志》曰："神名最贵者曰太一。其佐曰太禁，司命之属皆从之。"说本《史记》、《封禅书》曰："天神贵者太一。"《天官书》"中宫天极星，其一明者，太一常居也。《正义》："太一天帝之别名也。刘伯庄云："太一天神之最尊贵者也。"并作泰一，《史记·孝武纪》："天神贵者泰一。"太泰古通用也，姜君亮夫君曰："春于方位属东，而皇者战国以来所以溢天，与人之主宰及君王之义，

稿纸

故东皇亦如今世称玉皇矣，则"东皇太一"盖名之重叠累赘者欤？与今人称玉皇大帝相类。"盖说甚题。考"东皇"一词，诗中称"上皇"。《哀郢》云："皇天之不纯命兮"，以皇状天，而皇亦天也。《庄子·秋水》"彼方跐黄泉而登大皇"，成疏云："大皇，天也。"《淮南子·主术》："上通太一。"《要略》："象太一之容。""太一"亦天也，故"东皇太一"叠床架屋之号耳，无神秘之可云。又按本诗赋祀太一之典，始陈斋戒明服，中叙醴酒芳草，乐舞歌以祭，终则状神之康乐以享。于楚人之祀，当有关系。揆其作期，屈原未黜之前也。

吉日兮辰良

《论衡·讥日篇》云："《春秋》祭祀，不言卜日。《礼》曰：内事以柔日，外事以刚日。

稿　纸

刚柔以侠内外，不论吉凶以为祸福。"知春秋祭祀，尚不择日。及于战国乃有十日之祭。"吉日兮辰良"盖其事也。辰良，即良辰吉时也，为协韵，故倒用。此述怀王之信神鬼与祭祀，无关大夫自身也。

穆将愉兮上皇。

王逸曰："穆，敬也，《尚书·金縢》：'其为王穆卜'。穆亦敬也。"戴震曰："穆犹穆穆，《尔雅》：'穆穆，敬也'；自占某愉乐也。"穆将愉即"将穆愉"。穆，状字，用以饰愉。

抚长剑兮玉珥。

王逸曰抚"持也"。《离骚》："不抚壮而弃秽兮"。抚亦可训持。《广雅》云："珥，耳饰也。"玉珥，王注为剑□，意剑柄之玉饰也。今用之此句主语，当为巫。降神者也，省略。

璆锵鸣兮琳琅

璆锵，朱熹曰："皆玉声，《孔子世家》云：璆佩玉声璆然，《玉藻》云：'古之君子必佩玉，进则揖之，退则扬之，然后玉锵鸣也。'"琳琅，美玉名，戴震曰："琳即《禹贡》球琳，美玉也，琅即琅玕，或谓之珠树，或谓之碧树，其赤者为珊瑚，或谓之火树。"百占案："抚长剑"句写神（即巫）英武之状，"璆锵鸣"句写盛装之貌。

瑶席兮玉瑱

案此下四句，述迎神之供张。旧说以瑶席为瑶玉之席，指大夫之修饰清洁。大误，姜亮夫君谓"瑶"乃《大司命》"折疏麻兮瑶华"之瑶。席即"藉"之声借字。盖用瑶华藉玉瑱，惧拜时之或毁伤。（见《屈原赋校注》后再引姜说，不再注）其说难胜。"玉瑱"一本作"玉镇"。《周礼·天府》："凡国之玉镇大宝器藏焉。若有大祭大丧，则出而陈之，既事，藏之。"注玉镇大宝器，玉瑞玉器之美者，禘祫及丧陈之，以华国也。"贾疏云："此云玉镇，即《大宗伯》之以玉作六瑞镇圭之属，即此宝瑱也。"则玉镇实圭璧之属。

盍将把兮琼芳

王逸曰："盍，何不也；把，持也；琼，玉枝也，言己修饰清洁，以瑶玉为席，美玉为瑱，灵巫何持乎？乃复把玉枝以为香也。"五臣曰："灵巫何不持琼枝，以为芳香，取美洁也。"百占案：王说及五臣注均有误，将屈原介入祀礼一误，谓神巫不持琼枝二误。盖未洞悉诗作内容为赋祀典之作，乃妄解也。寻《尔雅》云：

稿纸

"盍，合也，"引申有满盈之义。将持也。《荀子成相》"吏谨将之无铍滑，"杨注"将，持也"是其证，《说文》："把，握也。""盍将把"即"将盍把"，此句叙灵巫持盈握之琼芳，以礼神也。朱季海《楚辞解故》以琼芳为香茅，一新说也，今用同之。

奠桂酒兮椒浆

　　朱注"奠，置也。"自占案奠定声同，古相通，《易说卦》："天地定位。"《太玄经·玄攡》引作"天地奠位"注"奠，定也。"《书·禹贡》"奠高山大川"《史记·夏纪》奠作定，是其證。定有安意，故奠得训置。"瑶席"至"椒浆"四句，赋享品也。

扬枹兮拊鼓

　　自占案《说文》"枹，击鼓杖也。"洪朱

稿　纸

皆引一本作桴，借字也。王注"拊，击也。"是。

又案本诗四句为一章，此下自为赋享神之乐歌

独三句，当有误。而扬枹兮拊鼓，不适于缓节安

歌，故疑"拊鼓"下当有捝句。

疏缓节兮安歌

因上案本句与"陈竽瑟兮浩倡"为同一结

构，陈，动字，则疏亦动字也。王注："疏，希

也。"不谛。疑疏，犹陈也。缓节，今语慢拍。

安，徐也，《湘君》"使江水兮安流"，《东君》

"抚余马兮安驱"。安，并徐意，慢也，安歌，

今谓之低唱。

陈竽瑟兮浩倡

王逸注此句为原陈列竽瑟，大倡作乐。

是又视原参加祭典之歌唱，其误同前。

灵偃蹇兮姣服

20×15＝300　第 72 页　072

稿纸

靈王注："巫也"。极是，盖古以巫降神，視巫为神，故得称巫为靈也，实指太一。偃蹇，王注"舞貌"疑非是。按《广雅》"偃蹇，夭挢也。"引申之当有华美意。《离骚》"望瑶台之偃蹇""何琼佩之偃蹇兮"皆当如斯训。王注为"高貌"众盛貌，并不切当。《淮南子·本经训》："龙偃蹇蓼纠，曲成文章。"《上林赋》"夭挢枝格，偃蹇柯颠，"偃蹇亦华美之意。字更作"連蜷"，《云中君》"靈連蜷兮既留"，"連蜷"亦华美也。《方言》"凡好而轻者谓之娥"。

君欣欣兮乐康

君，王注云："谓东皇也，"戴东原云："上章陈所以享神者，此章则言神降于巫，而享其芬香音乐也。"盲古案此意想之词。

東君

戴震曰："东君，日也。《礼记·祭义篇》曰："祭日于坛。"又曰："祭日于东"。《祭法篇》曰："王宫祭日也。"此歌备陈乐舞之事，盖举迎日典礼赋之。又曰："怀王入秦不反，而顷襄继世，作《东君》。末言，狼狐，秦之占星也。其辞有报秦之心焉。"自占案戴氏叛离旧说，慧眼独具，然仍言之不详，且不尽然。余谓东君之祀，至战国诸侯王亦得礼焉。然仍非民间祀典可断言也。惟其为诸侯王得祀，当屈子立朝时，固得参与祀礼而见祭日之[illegible]旦典，此应知者一。

稿纸

太子横质齐，在怀王入秦前，当怀王客死于秦三年中楚实无王。怀王庶子与横争王位者，亦且三年。此三年中楚庭大臣有立庶立长之争，当与昭雎同为主立太子横之人物，此应知者二。（详见拙作《试说熊子蘭阴谋王位》及《顷襄怨迁屈原史情初探》）、怀王入秦三年中，祀日之礼，当未间断，当其觐祀典之迎日，必思及太子横归楚，及枚易之情也。此应知者三。东君，日也。诸侯王，亦民之日也。横质于齐，在楚之东，以君喻之，固无不当，此应知者四。东君如非喻太子横，则诗中"长太息兮将上，心低回兮顾怀"即无着落可指，而"举长矢射天狼，操余弧反沦降"又不必叠见诸诗章。此应知者五。故《东君》一诗，当作于顷襄未反之前。大夫望太子横归自齐承王位，以安楚廷，

20×15＝300　第75页

御国难也。"暾将出兮东方，照吾槛兮扶桑。"

暾：朱注："温和而明盛也。"两"兮"字用同"于"，从也。槛，洪补："兰也。"按兰即槛之省。槛欄同义通假。古代宫殿四面槛，纵者槛，横者楯。又兰，实以喻河山及国家。《史记·魏世家》："晋国去梁千里，有河山以兰之。""又况于使秦先韩有郑地，无河山而兰之"《魏策》三及《战国纵横家书》十六文同《史记》，此以河山为兰之证，大矣因以兰代河山，即国家也。扶桑，王注言东方有扶桑之木，其高万仞，日出下，浴于汤谷，上拂其扶桑，爰始而登，照耀四方。日以扶桑为舍槛，故曰："照吾槛兮扶桑也。"于《离骚》曾注云："扶桑，日所拂木也。东方朔《十洲记》曰："扶桑在碧海中，叶似桑，树长数千丈，大二千围，两两同根，更相依倚，是名扶桑。《说文》云："榑桑，神木日所出也。"吾 王逸、朱熹等并以此吾字及下文"抚余马兮安驱"之"余"，同为主祭者自称。而及后文之"操余弧""撰余辔"之余，朱又以为指东君。前后矛盾，近人姜亮夫君等氏又以此第一身代词为东君之自吾。亦于诗意不切。白占案：东君一诗，本大夫参与迎日祀典，就其见闻，抒发心怀。借迎日神，展迎太子归国之心也。此吾当为屈子之自称，与东君日神，或主祭者俱无关系。两句谓日始出东方，其容温和而明盛，继从扶桑之木，照亮我之舍槛。此写日将出也。喻横将从齐归，王德将及于己和楚国。

抚余马兮安驱，夜皎皎兮既明

白占案：抚，持也；安，徐也。案顷襄归国，用时三年，国内迎者，自可云安驱也。皎

稿纸

洪引一本作晈。补曰："晈字从日，与皎同。"既当为即之假，亦将也。两句谓我按辔徐驱以迎日出，夜空将晈晈然为之明洁。喻己迎太子归楚之心，安然事之。太子得立，楚之黑暗时期将逝，国势必为之振兴，四句写祝典前之思想。

驾龙辀兮乘雷，载云旗兮委蛇

辀，《方言》："辕，楚韩之间谓之辀。"龙辀，犹言龙车。雷，朱注云："雷气转似轮，故以为车轮。"王逸曰："言日以龙为车辕，乘雷而行，以云为旌旗，委蛇而长。"自占案此写想像中东君行天明时之行旌，以喻太子返回时之盛仪。

长太息兮将上，心低佪兮顾怀

自占案长太息，长声叹息也；将上，谓日将上升于天。日固仍在东方也。低佪，犹徘徊。

稿　纸

迟疑不进貌。顾怀，犹顾念，顾虑也。两句谓东君将上升于天之时，久久太息，心中多虑，迟疑其行。此意之之词也。寻日之运天，无迟疑之实。大夫今以“长太息”、“心低徊”状之者，若非以东君喻质齐之太子，实无缘出此语也。昔怀王入秦不返，国内摄政之王，与太子横争王位时，曾以楚之东国市于齐，谋杀太子，横在齐实知之。国内之臣子亦当知之。其心理状态曰“叹息”，曰“顾怀”也。然横亦争王位者，既忧不能返国，亦忧归国后，能否即位耳。故大夫于殷望太子回国时，借日之运行，而以写状。

羌声色兮娱人，观者憺兮忘归。

羌，犹竟也，楚语，见《离骚发微》。声色，音乐与女色，淫者径径以下文瑟鼓钟之声，

20×15＝300　第79页　079

灵保翾飞之色说之，大误。顷襄之溺于声色，盖于即位之前已为著称。娱，乐也。观者《文选》沈约《早发定山诗》注引作"游子"是也。指顷襄。憺，安也。两句谓东君于"将上"之时，所以太息由于顾怀，乃亦以声色迷人，使游者乐而忘归也。此承"将上"而来上以言也。此上六句说东君之行动，心理，况横之思想与生活，过往注家，于此多误说，概不可从。

緪瑟兮交鼓，箫钟兮瑶簴

緪，王注："急张弦也。"交鼓，王云："对击鼓也。"箫，一本作萧。通用。戴云："洪景卢云洪庆善注《东君篇》箫钟，一蜀客过而见之，曰：一本箫作橚，《广韵》训为击也。盖是击钟，正与緪瑟为对耳。"按戴本见《容斋续笔》十五《注书难》条。文又云："庆善谢而改之。"寻今本补注，并未改之，则改本亡矣。瑶，疑当假作摇，方与緪、交、搷动字相应。案《国语·晋语》荀瑶，《墨子》作荀摇，《山海经·西山经·西次山经》："帝乃戮之钟山之东，曰瑶崖。"《吕氏春秋》作摇崖，是其证。《招魂》云："铿钟摇簴，"王注云："铿，撞也，摇，动也。"五臣云："簴，悬钟格，言击钟则摇动其格。"词句构造，与"箫钟瑶簴"固同也。此尤可证瑶之假作摇也。簴《汉书·郊祀志》五下注引师古曰："虡，神兽名也，悬钟之木，刻饰为之，名曰虡也。"两句谓瑟鼓，钟之音齐发耳。

鸣篪兮吹竽，思灵保兮贤姱。

篪，戴云："一作箎。"以竹为之八孔。按字同。《尔雅》云："箎以竹为之，长尺四寸，围三寸，一孔上出，一寸三分，名翘，横吹之小

稿纸

者尺一寸。"等，古代笙类乐器，有三十六簧，长四尺二寸。思，大夫之思也。灵保，《诗经·楚茨》："神保降福"之神保，而此之灵保，盖巫为尸像神之称也。灵保假托能事鬼神，能与之交通，实则还传天命，用以卫护政权。如汉石渠《礼论》云："周公祭天，以太公为尸。"《白虎通》云："周公祭太山以召公为尸。"召公即周之太保。就其事神言可曰灵保也。故可视周殷之臣，或良臣。《吕氏春秋》卷二十三《直谏》载有"葆申束细荆五十，跪楚文王背事。"高注"葆，太保官，申名也。"知楚有太保之官也，葆申良臣也。贤，美。姱，好也。两句谓当管弦钟鼓之乐齐奏时，吾思及灵保之美好。美好之意，因如下文。

翾飞兮翠曾，展诗兮会舞。

20×15＝300　第 82 页　082

稿　纸

翾，《说文》："小飞也。"曾与䎖通，王云："举也。"翠曾，翠鸟之举也。"展诗，洪补云："犹陈诗也。"会舞，合舞也。两句写灵保之舞，翾然若飞，似翠鸟之轻举。亦且陈诗会舞见其美好。

应律兮合节，灵之来兮蔽日

应律合节：王注："合会六律，以应舞节。"灵句：谓蔽日而来。两句谓灵保之歌舞应律合节，缘此美妙，日神因之蔽日而来。此设想之词，以上八句叙在迎神祀典之众乐声中，思及灵保歌舞之美妙，应律合节，招致日神蔽日而来。此一描叙确有二疑，一曰明知观见灵保之歌舞，何为曰"思"耶？二曰明知在迎东君（日神）何为言"灵之来兮蔽日？"此无他，盖屈原以东君况太子耳。对太子来归，故思及良臣之迎横。

20×15＝300　　第 83 页　083

稿　纸

写其歌舞应律合节"者，喻良臣之行动，应乎需要也。曰："靈之来兮蔽日。"盖状太子回国时德威之大，能蔽日也。于此又可知，此诗果为祀神之歌，固不当以"蔽日"一词复状日神也。"思"及"蔽日"二词，屈子望太子横归国为王之隐秘矣。总之，此章诗，盖就眼前景，联想及于楚良臣迎立太子横之诚心，符合楚国之需要，而太子横亦蔽日以归矣。古今注者不明灵保之意图，而又忽于比况之妙，无怪其不能得正解，而发为臆钆之说也。

青云衣兮白霓裳，举長矢兮射天狼

青云两句，王注：以青云为上衣，白霓为下裳也。日出东方入西方，故用其方色以为饰也。"天狼，王注："星名。"《晋志·天文志》云："狼一星，在狼东南，为野将，主侵略。"《史记·天官书》："两宫咸池……其东有大星曰狼，狼角变色，多盗贼。下有四星曰弧，直狼。"《正义》："狼一星，参东南，狼为野将，主侵略。弧九星在狼东南，天之弓也，以伐叛怀远。又主备贼盗知奸邪者。"据史知天狼星在东井近处，而秦位雍州，古说是东井之野，则天狼喻秦至明显也。此下四句，想象太子横归国后，能奋发有为，外报秦仇，以安楚国。而文字上，皆东君除凶残，以安天下为喻。

操余弧兮反沦降，援北斗兮酌桂浆

　　操，持也；余，神吾侪也，意同《大司命》："何寿夭兮在予"之"予"。弧，洪补曰："《说文》木弓也。一曰往体寡，来体多曰弧。"《晋志》："弧九星，在狼东南，天弓也。主备盗贼。《天文大象赋》云："弧矢九星，常属矢而向狼，直

20×15＝300　　第85页

稿纸

狼多盗贼，引满则天下兵起。”反，翻通。《后汉书·吕布传》：“术既初食贪，布亦翻覆。”《魏志·吕布传》作反覆，其证也。沦，没也。降，下也。沦降，谓陷于敌手之土地及人民也。援，引也。北斗，《诗·大东》：“维北有斗，不可以挹酒浆。”此以北斗喻酒器，夸词也。斗下兮字用同以。两句谓东君再持吾侪之弧弓，使沦丧之土地及人民重见天日，当引北斗取桂浆之酒以饮。以庆东君靖天安地之武功也。戴震云：“此章有报秦之心。”“歌此以见顷襄王之当复仇而不可安于声色之娱也。”戴说目光炯炯，深窥作意。又云：“援北斗以酌桂浆，则施德布泽之喻。”说亦胜于他家。

撰余辔兮高驼翔，杳冥冥兮以东行

撰，戴云：“理而 之也。”按即顺持之意，

稿纸

驼，洪引一本作驰。驼驰一字之变也，一本无驰字非是。杳，深也；冥冥，幽也。《山鬼》：“杳冥冥兮羌昼晦。”“杳冥冥”意用同此。东引，西东而引，为迎日出也。“杳冥冥兮以东引，”时间上日犹未出，与“暾将出兮东方”“长太息兮将上”时间极一致。于此可证“夜皎皎兮既明”之“既”当为“即”之假字，不当训为“既已”之义。“兮”用同“而”“以”一本无以字，是也，

自上象此前文字陈想象中东君出现后，定能除西方之凶残，以安众生。犹如诗首章所云：“照吾槛兮扶桑”，“夜皎皎兮既（将也）明”光明普照大地，时代之黑暗尽扫。大夫渴望光明，厌恶秽恶，殷盼太子归国之情，跃然纸上。结语两句，盖谓为迎日出而见光明，乃总持弓

辔，在幽暗之夜，疾驰而东。此一急迫感情，较诸首章，"抚余马兮安驱"之心境，轻重有别驰张不同。情感之激烈，实以眼前景色，触动心弦，愈弹而愈急也。

此诗也就祀典而赋见闻，借东君以喻太子，比况切当，前后有秩。就我舒感，悬想陈情。欢快中寄托忧苦，玄思时尽为君国。若比况之无间，照应之自然，心理之节引动，剪裁之得轻重，不徒思想卓跞，亦且手法绝伦，惜哉！今古学人视为祀神之歌，埋没楚庭政治斗争，削弱屈原爱国思想者，两千年矣。

雲中君

《汉书·郊祀志》："晋巫祠五帝，东君、云中君之属。"云中君固神名也。王逸谓云中君为云师，名丰隆，一曰屏翳。后世祖其说。及徐文靖为《管城硕记》疑之，主为云梦水神。姜亮夫君又疑为月神。余固皆乃以为然也。

考云中，楚地名。《左氏定公四年传》(昭王)"入于云中"。《九辩》"愿赐不肖之躯而别离兮，放游志乎云中。"是其证。又《左昭三年传》"王以田江南之梦"，杜注"楚之云梦，跨江南北。"《左宣四年传》云"夫人使弃诸梦中，虎乳之。"王逸章句"楚人谓泽为梦。"则云意即云泽，云中者云泽之中也。云中得名，当由于此。饶宗颐君谓云中非楚地名，失考之言也。

宋作《庄骚历史考辨》，知庄与屈并世。

窃疑庄跻首难，地当云中，不论自号或众推，皆可号云中君，乃据巫黔中地及湘水，又号湘君与商君、春君（季布）信陵君得名同，并据《云中君》诗作内容，论说《云中君》非祀神之曲。结合屈原身入辰溆，地近庄身，且时在秦兵寇楚巫黔，因而推知屈原有要约庄氏举兵抗秦之谋。而庄氏因秦兵复压巫黔，军事旁午，无暇践应屈之约。屈子乃为《云中君》、《湘君》以舒愤懑而责怨于庄氏。揆诗作内容，既非祭歌，又非赋祀典之诗，而为抒幽怨之辞，固舍此而莫可解者也。后人以史书缺载庄跻之号，缺载屈庄之交通关系，仅知云中君神名，乃以为祭神之歌，以戴震治学之谨严，虽知其非祭歌，乃"怀幽思作《云中君》。"然终以未睹此秘，不能言之实且详也。

稿纸

再者，庄之号适与神同，大夫当知之。而联跻抗秦，又为隐秘之事，故乃借题发挥之。

浴蘭汤兮沐芳，华采衣兮若英。

王注"蘭，香草也。"《夏小正》："五月蓄蘭，为沐浴也。"芳，洪补"《本草》曰芷，一名芳香。"自占案杨慎《丹铅雜錄》卷八引刘义庆曰："古制庙方四丈，不墉壁。道庞四尺，树兰香。帝者煮以沐浴，然后親祭。"当即浴蘭汤也。华采，王注："五色采也。"若王注："杜若也。"戴震曰："言笔采如花之英耳。"训若为如，又云："芳草之通称。""芳与若皆不必指一物。"说胜王洪。

此二句，戴曰："言巫之洁以致神。"犹未脱子赋祀神之说。其他注家亦类是。窃此乃状庄踦之内美与修能耳。考大夫以服青佩芳以状己之德操，陈词亦多类此。如《离骚》"扈江离与辟芷兮，纫秋兰以为佩。""杂申椒与菌桂兮，岂维纫夫蕙茝"，"朝饮木兰之坠露兮，夕餐秋菊之落英。""制芰荷以为衣兮，集芙蓉以为裳。""佩缤纷其繁饰兮，芳菲菲其弥章。"《九章·惜诵》曰："擣木兰以矫蕙兮，糳申椒以为粮。"《哀郢》："文质疏内兮，众不知余之异采。"《惜往日》："君无度而弗察兮，使芳草为薮幽。"并以服芳佩青状己之内美与修能。此"浴兰汤兮沐芳，华采衣兮若英"，为赞屈踦之德能可无疑也。旧说尽误，不可从。

灵连蜷兮既留，烂昭昭兮未央

王注"灵，巫也。"戴震曰："按神降于巫，故以是称巫，实称神耳。"是谓神不谓巫。王说

稿纸

非是。”自占案戴以灵指神君，犹未的，灵实称庄蹻也。寻《东皇太一》末章云：“靈”与“君”乃一体，并指太一神。若《云中君》篇中之“灵”粗视之则指云中君，细究之则实指庄蹻。寻《云中君》非祭神之歌，靈不得指神，一也。即如戴君谓为赋祭神之事，则靈应为巫，而戴君又审知其不为巫而为神，与“云中君”同义。则灵实“云中君”之代词，二也。大夫爱用“灵”字，以状行，写人。《离骚》中曰：“靈均”怀王之奖词，“灵修”乃为怀王之敬称，盖益取于“灵”之“善”意，则于此取“善”意之单词灵以代庄蹻，又胡为不可，三也。庄蹻领导奴隶革命，“善附民者”名振天下，神威远扬称之曰：“靈”胡为不可，四也。《左氏成三年传》知䓨对楚王曰：“以君之灵，纍臣得归骨于晋……”

稿纸

状楚王之德盛曰："灵"也。则屈原以"灵"称庄跻，又胡为不可，五也。《湘君》一诗两見"扬灵"犹扬盛也，乃就"湘君"言，亦即就庄跻言也，则此之"灵"胡不可代庄跻？六也。以《云中君》论"灵"与"思夫君兮太息"之"君"为同一身数，则"灵"之义实"君"也。此"君"又同于《湘君》中"望夫君兮未来，""隐思君兮陫侧"之"君"，并当为"云中君"或"湘君"之简称亦即就庄跻之号，简称为君者，七也。再者《抽思》："愁叹苦神，灵遥思兮"。"灵"称怀王也，则此之"灵"自可称庄跻，八也。八项说明，可知"灵"之一词，尊庄跻之称也。今古学人溺于绎歌，不审诗旨或骛新奇，宜乎不得其解也。

王注："连蜷，巫迎神导引貌"大误"连蜷"

稿　纸

同偃蹇，华美貌，见上文。既，久也。（详《屈传发微》）留，止也。《湘君》蹇谁留兮中洲。"留亦止也。"既留，久止也。谓庄蹻据巫黔中，久止其处也。考庄蹻于怀王初（前三二八年）至顷襄二十二年（前二七七年）秦夺之巴黔中前，始终据其地，时有五十年，自可云"久留"也。（参拙作《庄蹻历史考辨》）"烂"王注"光貌也。""昭昭"王注"明也。""央"王注"已也"。戴曰："按央，中也。凡物以未中为盛，过中则就衰。"则"未央"犹言已未尽也。《离骚》"及年岁之未晏，兮时亦犹其未央"。未央亦未尽之意，可证也。二句谓庄蹻声誉华美，久居黔中事业之光明，昭然未有已时。旧说皆就神灵为言，前后扞格，余所不取。

蹇将憺兮寿宫，与日月兮齐光。

稿纸

百占案蹇，当为楚方言，朱本作謇，通蹇。一声之转。意如竟，《离骚》"謇吾法夫前修兮"，"謇朝谇而夕替"，下文"蹇谁留兮中州"。及此句之蹇意并乃也。将，欲也，檐《汉书·郊祀志》注引作澹，安也，动词。寿宫，学人率以奉神之宫释之，大误。寻《吕氏春秋·知接》（桓公）"绝乎寿宫"，高注"寝室也。"《晏子春秋·内篇》杂三"景公游于寿宫，"《说苑·贵德篇》同。而《晏子春秋·谏上》则云："放（桓公）身死于胡宫而不举。"《新书·连语》亦云："饿死胡宫，虫流而不葬，"则寿宫即胡宫也。胡大也，胡寿同义，可假，寿考亦作胡考。其证也。故寿宫实即大宫而已。育、洪、朱两本皆引一本作争。揆之文意，齐字较胜，《涉江》"与日月兮齐光"可证，惟《涉江》意

稿纸

为统一中国之大业耳。两句陈疑虑，谓庄蹻竟欲安君黔中（以寿宫为喻）冀得与日月共存乎？果如此，不餍大夫之心也。

龙驾兮帝服，聊翱游兮周章

百占案大夫如先敦促庄蹻起兵逐秦，进而统一天下之谋约，则不当有"灵连蜷兮既留，烂昭昭兮未央"之誉，亦不当有"蹇将憺兮寿宫，与日月兮齐光"之疑。今曰："龙驾兮帝服"显以帝业望于庄蹻，非仅望逐秦兵于楚外可断言也。就上章诗观之，大夫固许庄氏有卓踔之德操，雄武之力量，事业方兴未艾，前途光明远大，故此章承之，冀其莫以黔中为限，自鸣得意，应更图大事，进成帝业。"龙驾帝服"泄其隐情矣。翱游：姜曰："当作翱翔"是。聊，赖也。周章，王注"犹周流也，"误，王匡之："翱遊周章，往来迅疾貌。"得其趣。考周章即徟徨《集韵·十一唐徨字注》"徟徨，行貌。"又徟徨，苍黄，一音之衍，苍黄有急遽意，则周章应有疾行之训。《论衡·道虚篇》"周章远方终无所得"《后汉书·陈忠传》"或随吏追赴，周章道路，"《家训·风操》"蓬头垢面，周章道路。"又《勉学》"时伺间隙，周章询请，每至文林馆，气喘汗流。"诸周章并疾行意，予证也。故聊"翱翔兮周章"，意谓（常世之哉）端赖迅速从事，望于庄跻者情殷而识，谍忽而远。此志也又明见于下文，说《湘君》书译。

靈皇皇兮既降，猋远举兮雲中

自占象，靈称庄跻也，《抽思》："灵遥思兮。""灵"指怀王予证也。皇皇，王注："美貌"。戴曰："《尔雅》皇皇，美也。"研屈赋者宗之。

稿　纸

寻本诗前八句写大夫对庄跻之认识与期许，皆就己怀抒发，以明其所谓谋。此二句乃就庄跻之行止写状。"皇皇"，为降之疏状字，训为"美貌"实不词。考《广雅·释训》"惶惶，剧也"有忧遽，惶遽意。省心作"皇皇"。《孟子》"古之人三月无君，则皇皇如也。"《汉书·董仲舒传》"皇皇求仁义，常恐不能化民者，大夫之意也。"又《叙传》："是以圣哲之治，栖栖皇皇"。颜注："皇皇，不安之意也。"刘向《九叹·怨思》"征夫皇皇，其孰依兮"，王注"皇皇，惶遽貌"。是皇皇本皆惶惶之省。"皇皇兮既降"之"皇皇"当亦犹是，应训惶遽。既，已也。降，下也。亦至也。谓庄氏应约降临，猋，王注："去疾貌"是。远举，犹言飞，远去，远扬也。云中，当系庄跻新居地名，亦系水乡，故以江北云中君之。《湘君》"蹇谁留兮中洲","中洲"谓正指水泽处可证也。世多以为云神原在地,说之殆非。承上文,知庄蹻"既降",乃应屈原之愿而降。二句谓庄蹻应屈原之约,怀惶遽不安之情而至,继则迅疾远扬于云中,谓庄不迎战秦兵也。史云:"秦复拔我巫黔中,今于屈赋验之矣。"

斯年楚割汉北地及上庸与秦,屈子当离汉北而南。前二七九年,白起拔西陵鄢邓,秦兵已近逼郢都,屈子乃渡江而南。在庄氏已失巫黔中一部之后,不能不估计其力。如以蕞尔巫黔中,抗秦屡胜之师,庄倘不"惶遽不安",殆不近情,诗曰:"灵皇皇兮既降,""皇皇"一词,状出庄氏影响下之精神状态。公元前二七九年,白起兵复庄巫黔中,庄乃"猋远举兮云中"又

稿纸

見庄氏战略退却，兵行神速之状。此二句透出黔中兵事情况，极符历史记载。然大夫于时由不知兵机之妙，故于庄氏之远举有微词也。

览冀州兮占有馀，横四海兮焉穷

自案：览，揽之省。疑作擥，《广韵》"擥手擥取。"《离骚》"夕揽洲之宿莽。"揽即假作擥。《说文》"揽，持也。""擥木根以结茝兮"作擥"揽茹蕙以掩涕兮"作揽《思美人》"擥涕而伫眙"、"擥大薄之芳茝兮"并作擥。是其证。冀州，当时中土之别称。《夏本纪》"禹行水自冀州始"《正义》云"东河之西，西河之东，南河之北，皆冀州也。"《淮南子·地形训》"正中冀州，曰中土。"高注："冀，大也，四方之主，故曰中土也。"此楚言泛指中原诸国也。有同又。横，戴曰："充也。"四海，《尔雅》

"九夷八狄七戎六蛮，谓之四海。"焉，何也。穷，尽也。两句设想之词，谓庄蹻如能出师，以其神威擊取中土，縱有余力，即充塞四海，力亦难尽。岂止驱秦兵而已，盖责怨庄氏远扬而疾去也。荀子曰："庄蹻古之善附民，善用兵者也。"知庄蹻具有卓越之用兵才能。

思夫君兮太息，极劳心兮𢞀𢞀

洪补曰："记曰：夫，夫也，为习于礼者。上夫音扶。"自占 巢夫君，犹此君也。君，云中之简称，亦尊称，谓庄蹻也。𢞀𢞀，王注："𢞀忧心貌。"洪朱两氏皆引一本作忡。《说文》"忡忧也。"引诗"忧心忡忡。"两句谓思及庄蹻既远豹又远扬，不禁为之太息。楚国命运，何时得救，忧思殷殷，至为劳心矣。神伤语苦，无限感慨。戴震曰："怀幽思作《云中君》，盖以况

稿纸

事君精忠也。"余因究其身行之事，始有如此忧郁，以其行秘，故隐约其辞。此史前史缺载，人间不传，两千余年之密秘，余得发之于屈赋，私心自快，亦不必掩。第不知守古君子，博雅学士，能信吾说于何日？

湘君

《屈原赋注》云："《周官》凡以神仕者，在男曰觋，在女曰巫，巫亦通称也。男巫事阳神，女巫事阴神，湘君、湘夫人並阴神，用女巫明矣。二歌不陈享神之物，及主祭者之辞，以神不来，但使巫致之也，其非祀神所歌，於斯可决。"又曰："屈原为歌辞，托意於神既不来，巫犹竭诚尽忠思之，用喻与其事君之幽思如是也。"又曰："致怨慕作《湘君》《湘夫人》，以己之弃于人世，犹巫之致神，而神不顾也。"戴君谓"非祀神所歌"，屈原所以"怨慕"，极确，但仍以巫致神，而神不至说之，终不能脱旧说之窠臼也。

寻楚地跨大江南北，应有江神之祀。今《九歌》中无之。如《湘君》、《湘夫人》为湘江之神(?)

稿　纸

而得祀于楚，以视楚之不祀江神，此大可疑者一。过往神说《湘君》、《湘夫人》者，异岐纷纭，莫衷一是，终无定论，二可疑。旧说两《湘》为祀神之歌，戴氏则谓非祀神之歌，又一岐也，三可疑。为定三疑之是非，兹先说神说之不同，以窥其实。

一、称"湘君"乃舜之二妃

《始皇本纪》二十八年至湘山祠，逢大风几不得渡，上问博士曰："湘君何神？"博士对曰："闻尧之女舜之妻而葬此。"于是始皇大怒，使刑徒三千人，皆伐湘山树，赭其山。"《索隐》"按楚辞九歌，有湘君、湘夫人。夫人是尧女则湘君当是舜，今此文以湘君为尧女，是总而言之。"案《本纪》明言湘君为舜之二女，而《索隐》曲解："夫人是尧女，则湘君当是舜。"违博

20×15=300　第 105 页

稿纸

士之说也。

刘向《列女传》曰："舜既嗣位，升为天子，娥皇为后，女英为妃。舜陟方死苍梧，号曰重华。二妃死于江湘之间，俗谓之湘君。"承《本纪》说也。王圆照氏于"君"下补"湘夫人也"四字，实误。

二、称《湘夫人》为舜之二妃

《礼记·檀弓》："舜葬苍梧之野，盖二妃未之从也。"郑注："离骚所歌湘夫人，乃舜妃也。"王逸《章句》曰："尧用二女妻舜，有苗不服，舜往征之，二女从而不反，道死于沅湘之中，因为湘夫人也。"《博物志》六《地理考》："洞庭君山，帝之二女居之，曰湘夫人。"与《史记》说二妃为湘君者大异。然不变其为女性，固以二妃与湘夫人之属性相合为说也。言外之意，

稿纸

湘君为男性，应为舜也。

三、称湘君乃娥皇，湘夫人乃女英

韩愈《黄陵庙碑》云："尧之长女娥皇为舜正妃，故曰君。其二女女英，自宜降曰夫人也。故九歌词谓娥皇为君，谓女英帝子，各以其盛者，推言之也。"此说也，洪兴祖《补注》，朱熹《集注》皆宗之。盖化二妃为神矣。然仍不离其为女性。

四、谓二女乃天帝之女

《山海经·中山经》："又东南一百二十里曰洞庭之山，……帝之二女居之，是常游于江渊，澧沅之风，交潇湘之渊。"郭璞注以二女乃天帝之二女，与尧无关，自非舜妻也，顾炎武《日知录》亦谓"湘夫人"不为尧女。盖湘夫人与尧女娥皇、女英本不相涉，为后人附会，

20×15二300　第107页

稿　纸

融而为一矣。

五、主二《湘》乃舜女霄明与烛光，乃舜第二妃癸比所出，舜死之后，癸比与两女迁潇湘，女英死于商州，故二湘决非娥皇女英（《山海经》）、《山海经·海内北经》："舜妻登比氏生霄明烛光，在河州大泽。"《淮南·地形》："霄明烛光在河州，所照方千里。"《孟子》："九男二女"赵岐注："《帝王世纪》云：'舜二妃娥皇无出，女英生商均，次妃癸比氏生二女，霄明烛光'。"

就上述可知时愈古，说湘君或湘夫人之事者愈简，时愈近说其事者则益详，然详中若同则可信，今虽详而大异，则不可信也。如韩愈之论显是就前人一说而推引，为臆造之言，其不可信也益甚。吾固不以为神话之演变，乃文人之妄测耳。

稿纸

前于史公之《山经》，不谓二女为尧女，及始皇时问"湘君何祠？"博士对以尧女舜妻，《博物志》云："洞庭君山帝之二女居也。曰湘夫人。"又《荆州图经》曰："湘君所游，故曰君山也。"是湘夫人之称于时尚无之也。此应知者一。如《云中君》为尧女而思舜，则无须重华之词，谓湘夫人为二妃，则诗中无内证之可寻，其与二妃无关，可以决矣。此应知者二。《九歌》中若云中君、东君，以君名者为男性，则湘君以君名亦男性也，然古人以尧之二女说湘妃矣。揆其内容，则男性也。则湘君不论其为人为神应为男性必矣，此应知者三。《九歌》中其他篇章之首题，《东皇太一》、《司命》、《河伯》、《国殇》、《山鬼》固皆男性也，近人虽有曰《山鬼》为女性者，亦非必然之说（参《山

稿　纸

鬼发微》）又可佐证之非女性也。此应知者四。秦博士对始皇（湘君何祠），而始皇竟怒："使刑徒三千人皆（《论衡》作斩是）伐湘山树，赭其山。"（《史记》）秦政之不重舜及二妃者竟至于此，乃一至可怪之事，此应知者五。

案庄蹻率奴隶革命，先号之中君，及据黔中，地跨沅湘上游，又号湘君，而庄蹻在反秦战争中，曾于前二七六年逐白起之兵于境外，复其据地。下迄前二二二年（即秦始皇二十五年）"王翦遂定荆江南地"时，庄氏继统其地者五十四年，即在始皇时代仍有二十五年。始皇与庄氏之仇秦，不能不忍于平时。而江南楚民之居沅湘流域者，在庄氏领导和统制下，不受秦祸者亦五十余年，在庄蹻死后，由感其德而祀之，即以"湘君"之名祀，就楚俗说，

稿纸

人心论非不可能。故君疑湘山所祀之"湘君"即庄跻也。惟其为庄跻也，始皇闻湘君之名，必宿怨于庄氏，自然之理，博士对湘君之问，应以尧女舜妻，而不敢直言所祀者为庄跻。盖"秦俗多忌讳"（见《过秦论》）耳。然秦既知庄跻号"湘君"也，命刑徒伐山之树，"赭其山"。即以毁湘君之祠也，即以泄其近三十年之怨也，即以除庄跻在楚民心中之影响也。

然庄跻亦楚地统制者敌视之人，不仅秦王也。《离骚》云："留有虞之二姚"。当郢都已破，顷襄伏于陈，屈子以被放之臣南游为兴国之谋，交通于庄跻，自当隐秘其事，当庄跻作战略退却，一时不能践约，由屈原不谙兵机之妙，而有怨望之情。以湘君题篇者，岂有借

20×15＝300　第 111 页　111

稿　纸

于神名⑾实乃庄跻之号，极便于舒隐衷也。

今统观《湘君》全诗，无祭神之享品，无乐歌，更无祝祭之辞，非祀歌甚明。一论其作戚时地，屈原振辰溆时也。曰："令沅湘兮无波，使江水兮安流，"望江南氛氛浮靖也。曰："驾飞龙兮北征，邅吾道兮洞庭。"由洞庭为南北代也。曰："望涔阳兮极浦，横大江兮扬灵。"越洞庭渡长江以扬威灵也。倘非屈子振辰溆时之心境，有望于庄跻不能吐此语也。"望夫君兮未来"，"扬灵兮未极，"盖由"心不同兮媒劳，恩不甚兮轻绝。""交不忠兮怨长，期不信兮告余以不闲"之回答。实写庄跻不能应屈原之期约，大夫之幽怨亦于此见之矣。全诗内容何有关于祀歌？何有关于恋情也？更何有关于舜之二妃耶？君诗作写法，极类《离骚》，又见其为创

稿纸

作，而非改制。义例极显，不再烦辞。

若湘夫人不为尧女舜妻，顾宁人，早已鉴及。今证知湘君为庄蹻，则湘夫人之非尧女舜妻，益可定论。就《湘夫人》一诗内容，无一语涉及女性者，题曰《湘夫人》实荒唐之名。二湘内容，论《湘君》重自责，不识湘君之为人，庄不实现诺言，而《湘夫人》诗意联绵而来，重在责庄，乐其小天地。在终不可见时，又设想庄在逃避民族斗争，且欲牵己，苟且偷生于其域。大夫之怨恩愈加浓重，热爱祖国，勇于斗争之精神，亦愈加昂扬。此诗也透出屈原与庄蹻在秦兵压境时之密约，为历史添光辉之页，亦见庄蹻善附民、善用兵之真象。荀子以庄蹻与田单并列者实有据之言也。故余疑二湘原为一篇，本题曰《湘君》，其割裂为二篇，当在

稿　纸

刘向之后，《列女传》只称湘君，当在王逸之前，以章句本首解见《湘君》、《湘夫人》之分篇名二妃也。就时推之，其或班固之徒，析而为二乎？

君不行兮夷犹，蹇谁留兮中洲

首句章，君，庄蹻也。旧说指湘夫人者，均不可从。戴氏曰："此章托为巫与神期约，而候之不至，故曰湘君犹豫不行，为谁留于中洲乎？"以君指湘君是也。夷犹，王注"夷犹犹豫也。"寻《离骚》"心犹豫而狐疑。"夷犹，犹豫，并双声联绵字，可通用。蹇，竟也，见《云中君》。留，止也。中洲，即洲中，水中地可居者曰洲。沅湘流域多水，故曰洲中。两句谓庄蹻心怀犹豫而不兴师，乃为谁留止于居地耶？此意与《云中君》"蹇将憺兮寿宫，与日月兮齐光"并观，

20×15=300　　第 114 页　114

稿纸

盖知庄蹻曾应屈原之谋，将以自起进兵巫黔中而止其行。大夫为此诗时当不知庄蹻作战略退却之故也。

美要眇兮宜修，沛吾乘兮桂舟

白占案：美，名词，《离骚》"两美其必合兮"，"孰求美而释女"，其证也。美，犹贤人、爱国者，此指庄蹻。要眇，王注"好貌"。洪朱引一本眇作妙。修，有贤意。《离骚》"恐修名不立"，戴震曰："修名，犹贤名。"屈赋单用修作名词者，意如良策、新政，如"余独好修以为常"，"苟中情其好修兮"，"莫好修之害也"是其证。此处修字，当谓发兵抗秦之良策。宜修，庄有良策也。沛，王注"行貌"，洪补引《孟子》"如水之就下，沛然谁能御之"。沛，实有速行意，吾，大夫称庄及己也。桂舟，五臣云：

20×15=300　　第 115 页

稿　纸

舟同桂者，取香洁之异。"余谓同舟共济之喻。爱国者造应良策，吾人应亲乘桂舟（喻同结在一起）谋兴国之大业。

令沅湘兮无波，使江水兮安流

百占案，沅，沅江也。湘，湘江也。江水之江，长江也。洪补引《水经》及《荆州记》曰："江初在犍为，与青衣水汶水合；东北至巴郡，与涪水汉水自水合；至长沙，与澧水、沅水、湘水合。"两句谓使诸江水无波涛之险，宁静之，使安其流，喻寇灾息灭，楚地平靖也。备非此，无所指也。

望夫君兮未来，吹参差兮谁思

百占案，望，怨也。夫君，此君也，与《云中君》"思夫君兮太息"之"夫君"同义，见前。君：湘君，即庄蹻也．参差，王注"洞箫也"

20×15=300　第 116 页

稿　纸

洪补引应劭《风俗通》云："舜作箫，其形参差，象凤翼参差不齐之貌。"两句意谓怨庄跻不来赴约。我吹参差当复思何人耶？言外庄跻在反秦兵争中举足轻重，仍思之耳！望（怨也）情承"君不行兮夷由，蹇谁留兮中洲？"而来。亦贯全篇，思字又启下文。盖设想之辞也。又夫解作犹乎，亦可，《离骚》"忽临睨夫旧乡""又好射夫封狐"夫并同，是其证。

驾飞龙兮北征，邅吾道兮洞庭

飞龙，王逸以指屈原，大误。戴震曰："飞龙，舟名，自沅湘以望涔阳，故曰北征，洞庭在其中，道所邅回也。"自占案，戴说是。飞龙即上文之桂舟。北征，北伐也，自中洲而北也。庄跻据地，实在洞庭西南，故转向洞庭，可望郢城。为入郢，故下文曰："横大江也，行程之

20×15＝300　第117页

方向，可证行动之目的。如为舜思二妃，或二妃念舜，均不当傍洞庭之西而望涔阳也。知旧说解必误。吾，犹吾侪也，包举大夫及庄而言，“沛吾乘兮桂舟”之“吾”同此。大夫称己，仅曰余（或予）也，两句谓自居地中洲，乘飞龙之舟北伐秦兵，吾侪当回道于洞庭。

薜荔柏兮蕙绸，荪桡兮兰旌。

自占案：薜荔，香叶名。柏：六臣本《文选》作拍，朱注本同。戴震曰：“拍，滂各切，与箔通。”王注：“柏，搏壁也。”刘成国《释名》云：“搏壁，以席搏著壁也。”此谓舟之间阁搏壁也。”又案贾谊《治安策》：“白縠之衣，薄纨之里，……今富人大贾嘉会招客者以被墙，……而富民墙屋（案墙屋当乙）衣文绣。”则搏壁，实即饰墙之衣也。绸疑借作帱。《史记·礼书》：“大

稿纸

路之素持也。"《索隐》："持音绸，谓盖以素帷，亦盾之也。"是绸当为持也。是知柏所以饰舟之内壁。持，所以饰船外。《招魂》："翡阿拂壁"，就室内言之也。《方言》："楫谓之桡，或谓之櫂。"《周官·司常》曰："析羽为旌。"《尔雅》注："旄首曰旌。"两句谓所乘桂舟，以薜荔为柏，蕙草为持，荪为桡而兰为旌，以服用香洁，喻行动正确，必为人民赞赏也。

望涔阳兮极浦，横大江兮扬灵

首占案：望，别于"望夫君未来"之望，远眺也。许慎《说文》云："涔阳渚在郢中"（据段本）王逸云："涔阳，江碕名，附近郢。"《文选》吕向注："涔阳，浦接于楚都。"是本许王两家说。近人饶宗颐《涔阳考》疑之，曰："渚，曰'江碕'，曰'浦'，盖从本文'极浦'设训。"又

稿纸

曰："察《湘君》'涔阳极浦'，初意当为涔水以北之远浦。涔阳未必为浦名，考其文曰'驾飞龙兮北征，邅吾道兮洞庭'，此湘君（占案，应云大夫及庄蹻）转引向北，故取道于洞庭。涔水在洞庭西北，适当洞庭前，自南遥瞩涔水以北之远渚，则云'望涔阳兮极浦'。涔水以北，大江在焉，故续曰：'横大江兮扬灵'也。盖湘水以北为洞庭，洞庭以北为涔水，涔水又北则为大江，以涔阳为涔水，位置固甚合，且从其对文之大江言之，涔亦以指涔水为当。在文理上'望涔阳兮极浦'，涔阳亦不宜解为浦名，《湘君》文'本意当如此'"。缪君此说极精辟，当从之。故此句中"兮"用同"之"。横，绝渡也，大江，即长江。灵，犹威也，旧说灵与船同，或船之或体，盖不可信。两句谓眺望涔阳以北

稿　纸

之远浦，当横渡大江以扬神威。意即当扬威驱逐郢南北之秦兵于楚境之外。此上之句尽设想之词。冀于庄也。

扬灵兮未极，女婵媛兮为余太息

自占案：扬灵，扬威也，旧说尽非。极，至也。婵媛，近族也，见《离骚发微》，引申之可有亲人义。王逸以女指原姊。就祭歌或赋祀神诗说之，原姊不当出现。就放逐之身说之，七十六年，原姊亦不当随之也。知王说实误。疑女者当为随屈原之侍女也。故以婵媛状之。两句谓庄跻扬威北征之举，未得实现，近侍之女亦为余（大夫自谓）仇秦忠国之谋而叹息也。曲会塞碍，不可从也。

横流涕兮潺湲，隐思君兮陫侧

王注："潺湲，流貌。"洪补："隐，痛也。"王

稿　纸

注："君，谓怀王也。"姜说："君指湘君，思君者夫君称之之思庄蹻也。"王姜说并误解，不可从。王注又曰："陫，陋也，言己虽见放弃，隐伏山野，犹从侧陋之中，思念君也。"案王注称隐伏山野，是也。惟以侧陋释侧字，尚非达诂，考《玉篇》厂部、《说文系传》十八并引陫所厞《尔雅·释言》云："厞陋，隐也。"王注厞作陫，此厞陫通用之证。《仪礼·特牲馈食礼》郑注："厞，隐也。"《淮南子·原道训》"侧谿谷之间"高注："侧，伏也。"是厞侧乃隐伏之义也。寻前二七七年白起率秦兵攻巫黔中，庄蹻作战略退却，屈原于辰溆之行动，均隐伏。"厞侧"一词，反映当时代面目及屈子生活状况矣，此足证屈庄有交通也。此两句承上言，意谓庄蹻不事北伐，侍女已为我太息，而我亦涕流纵横，

稿纸

痼思在踌于隐伏之际。"隐思"又启下文所思也。意近"思美人兮，擥涕而竚眙"。

桂櫂兮兰枻，斵冰兮积雪。

櫂，王注："楫也。"戴云："舷谓之枻，或谓之舩。""桂櫂兰枻，行具特异，喻行动高尚也。"斵冰积雪，王逸曰："斵，斫也。言己乘船，遭天盛寒，举其櫂楫，斵斫冰冻，纷然如积雪，言己勤苦也。"戴氏诸家多袭其说，惟姜亮夫君非之，曰："此说至陋，既需斫冰，乃能行舟，又何以采薜荔搴芙蓉乎？此盖喻词非写实。斵冰者，言刺船之速，破冰而去，如斵冰，水自船舷激而为浪，翻腾如雪之积也。此言舟行之速，本亦有艰辛之义。"自占案王说固过腐，然能味出勤苦亦佳说。姜云"有艰辛义"，当本王氏。然谓"此言舟行之速"，则亦非也。自占案桂櫂

20×15＝300　第123页

稿　纸

与三楫应，断冰与积雪亦当应。积为形容词，则断为动词者待商矣。疑断为斲之形误，寻《淮南子·说林》"镇（镆）铘断割，砥砺之力"，又《主术》"仁者虽在断割之中，其所不忍之色，可见也"，是"断割"一复合词也。而《韩非子·安危》"危道，一曰斲削于绳之内，二曰断割于法之外。"下断字当为斲之误，盖涉上文断，且形近致误耳。断冰之为斲冰，可得而解矣，斲冰者，谓冰断而相积也。《招魂》"增（同層）冰峨峨"，斲冰，犹層冰也。此与积雪又自应，故断冰积雪实状环境险，时间恶也。两句谓乘舟诊异，确遇断冰积雪之境，行必艰也，喻虽具高尚、正确、前进之爱国保家思想，却处于艰险之时间及地域，诗意明然，与下两句意亦协和，固不当取王叔师以下不深谙诗情者诸旧说也。

采薜荔兮水中，搴芙蓉兮木末

　　王注："薜荔之草缘木而生"，"搴，采取也"，"芙蓉，荷华也"。自占案：采薜荔应于木上，搴芙蓉应于水中，今于水中采薜荔，于木末搴芙蓉，采非其地，徒劳无益。设喻为兴灭国报秦之仇，谋于巫黔中之庄跻，非其地也。非其人也，己之无成功于事，于不善择人耳，自怨自艾之言也。

心不同兮媒劳，恩不甚兮轻绝

　　自占案，此又以两事为譬也。心，男女之心。劳，苦也。恩，恩情也。甚，笃也。厚也。轻，易也。两句谓譬诸婚媾，男女心异，媒虽劳而不谐。又如道谊不笃，虽已成交，则易绝交也。观此知大夫责庄无报国复仇之心，说明屈庄之间关系本不笃厚，南行之举，出自屈子本人耳。

20×15=300　　第125页

稿　纸

又窠上文句叙己报国之深谋，庄蹻与己异趣，及事不济之可悲。所谓"隐恩"也，然此大夫之私臆也，固不知庄氏战略退却之奥秘。诸多责怨，实冤庄氏。

石濑兮浅浅，飞龙兮翩翩。

濑，《说文》"水流沙上也。"浅浅，王注："流疾貌。"实即溅溅之省。飞龙，舟名。翩翩，"急飞貌。"两句谓沙石间水流浅浅，飞龙舟翩翩疾驶。与篇首"君不行兮夷犹，蹇谁留兮中洲"应。此况庄蹻居地，石多水湍，而自以为乐土。翩翩其上，不事抗秦也。

交不忠兮怨长，期不信兮告余以不闻（闲）。

交，王注："交友也。"忠，厚也。长，生也。期，要约之谓。《帛书·战国纵横家书》四："是王之所与臣期也。"期，约定也。信，诚也。余，

稿纸

五臣引之臣本作我。间，王逸："暇也"，两句谓交友道不原则怨生。要约不践者，告我以无暇也。此与前文"恩不甚兮轻绝"意同。观此大夫与庄确有交通之事，庄亦确应屈原北伐之约，以秦兵压境而能践约，且退却，屈子责怨乃生。

又百占案，果如旧说，湘君、湘夫人为尧之二女，其间何不当有爱恋之情。如湘君为舜，湘夫人为二妃，即有思慕之想，亦不当云"北征""横大江兮扬灵"以引程之向，不合故事情节也。再者，"心不同兮媒劳，恩不甚兮轻绝""交不忠兮怨长，期不信兮告余以不闲"加之二妃，固已不当，即视诸舜及尧女，亦乖理。夫舜死苍梧，妃葬湘山（据旧说，见前引文），生前不闻有乖夫妻之道，胡为于死后多生责怨之辞，甚合情理乎？就诗言，若又写男女慕

稿纸

怨，无他内容。大夫何贵为传于险恶之时也，况就譬况之词论，实无关于男女之爱，与舜夫妻盖无涉也。不知今日学人，何为固执恋爱歌，附会诗歌？无怪其说之多罅柄也。

朝骋骛兮江皋，夕弭节兮北渚

百占案，鼂，借作朝，旦也。《说文》"骋，直驰也"，"骛，乱驰也。"，王注"泽曲曰皋"。夕，夜也，《新书·先醒》"昼学道而夕讲之"。《谕诚》"一夕而五徙"，"一夕而五易"：夕，并夜也。是其证。弭，王注"安也"。戴于《离骚》注曰："弭，止也"。节，行舟之节也。弭节，谓止其行节，即止宿也。北渚，江北岸水涯也，泛指。两句就在途之面写。上文已明（即在途）不能践约之因，乃出于"不得闲"，此言湘君朝驰骛于江泽之曲，夜止宿于北渚之

稿纸

滨。承上明"不闲"之况。则正沉重打击秦寇之会，而庄作战略退却，保存实力。且告大夫以无暇履约，故大夫责以期不信也。遂出笔情渠急即却之行动。曰"江皋"曰"北渚"当即篇首所云"蹇谁留兮中洲"之"中洲"也。盖庄蹻故居，藏兵力于泽矣。《秦本纪》"取巫郡及江南为黔中郡"《六国年表》秦复拔我巫黔中，"当为占领城邑，未能统治广大农村。庄蹻实力固在也。故能于翌年一举而复故地，且北击南郡。（参《庄蹻历史考辨》）

鸟次兮屋上，水周兮堂下

姜曰："次，舍也，再宿曰信，过信曰次。"周，绕也，自古案此写庄蹻转移至水泽后，其故居之凄寂景象。但见鸟止屋上，水绕堂下，不鸣不响，一片沉寂，大有"国破山河在，城春草

20×15=300　　第 129 页

稿　纸

木深"之凄凉悲哀。宋大夫曾亲入庄蹻之都乎？不然，何有此凄苦之辞也。

捐余玦兮江中，遗余佩兮醴浦

捐，弃也。余，大夫自我也。戴曰："玦如环而缺不连。"洪补曰："《左传》曰：'佩以金玦，弃其衷也。'荀子曰：'绝人以玦。'皆取弃绝之义。庄子曰：'缓佩玦者，事至而断。'史记曰：'举佩玦以示之。'皆取决断之义。"遗，留也；佩，佩玉也。醴，水名，为澧之借字。《书·禹贡》："又东至于澧。"《水经》云："澧水出武陵充县，注于洞庭。"醴浦者，澧水之涯岸也。两句谓湘君违约他去，不我同心。余则坚守初衷，决不改易，故捐玉于江中，遗佩于澧滨，以示决心于湘澧。固不计及湘君知之与否也。

采芳洲兮杜若，将以遗兮下女

采，今作採，后起字也。芳洲，王注："香草丛生中之处。"遗，赠与也，犹今言赠与。下女，姜亮夫君注云："下女，即上文女婵媛之女，湘夫人之侍女也，故曰下女。"百占案姜解本诗谓"巫者扮为湘君之神，而召湘夫人之词也。"果如所云，而湘夫人并未应召也。湘夫人不应召，其侍女能离夫人而以息于湘君之前耶？故知解女为湘夫人之侍女者误矣。至"下女"之"女"余疑与侍女无关，固无论其为湘夫人之侍女抑或大夫之侍女也。盖遗杜若于己之侍女，无必要，即与湘夫人之侍女，亦不可能。夫人之侍女固无因而在侧也。古今人情不相远，即之神话亦当有人情味也。故解为侍女不切合诗意。余疑下女为佚之字误。佚脱失则为人，人篆文作[illegible]，与下形近易误。佚女即美女也，《离骚》：

"见有娀之佚女"，"相下女之可诒"而喻贤人。意同《湘夫人》之"远者"，并以喻贤人，可与共谋国事者也。两句谓湘君（庄跻）已不可恃，且不可求，当另择诚以求其他爱国者，与图兴国之举也。

旹不可兮再得，聊逍遥兮容与

旹，文选本作时，洪朱两氏引一本亦作时。按旹时，古今字也。王逸注此两句云："逍遥游戏也……己年已老矣，不过于时，聊且逍遥而游，容与而戏，以待天命之至也。"自古案叔师为《章句》，解逍遥容与多不辞。试思大夫于放逐之后，夙夜不忘君国。入辰溆之时，正自起鏖兵巫黔之际，岂能志存游戏，以待天命？持此怀抱，尚得为爱国之屈原？故知王说必误。而后之注屈者，率多采之，又莫深思耳。蒙疑

稿纸

逍遥有往来意，容与有疾行意。《诗郑风·清人》"河上乎逍遥"又《桧风·羔裘》"羔裘逍遥"《庄子·让王》"逍遥于天地之间"《淮南子·原道》："逍遥于广泽之中"《离骚》"聊浮游以逍遥。"诸逍遥训作往来，义明当也。若《离骚》"忽吾行此流沙兮，遵赤水而容与"王注"容与，游戏貌。"《哀郢》"楫齐扬以容与兮"王注："低徊容与。"《远游》"屯余车之万乘兮，纷容与而并驰。"又"氾容与而遐举兮，聊抑志而自弭。"《思美人》"浮之兮容与，导余兮何至也。"诸"容与"训疾行，莫不切当。夫连语之义，固当求于声音，然亦不能离乎句，方能得其谊也。两句谓机不可失，时不再来，吾且积极从事焉。

湘夫人

帝子降兮北渚，目眇眇兮愁予.

帝子，王逸注"谓尧女也。降，下也。"言尧二女娥皇女英，随舜不反，没于湘水之渚，因为湘夫人。"自古案叔师承旧说以为解，固不自知其误。而后人复袭其说，以讹传讹，几两千年矣。今细绎诗旨"帝子降兮北渚"即承《湘君》"夕弭节兮北渚而来。"主语并为湘君（即庄跻），帝子当即湘君也，降与弭节同意，北渚又为一地。诗意至灼然也。寻之古初，弥重皇天，谓天为帝，为民作君，故王天下者称天子，或皇帝焉。庄跻，楚庄王之苗裔（见《史记》）率奴隶革命，据巫黔中之地，先号云中君，后号湘君（见拙作《庄跻历史考辩》）以裂于楚，故得称帝子也。后文曰公子，曰佳人，皆以称

稿　纸

庄氏也。降，训下，不谛。疑即《纪年》"昌意降居若水。"《墨子·节用》"尧治天下，南抚交址，北降幽都"之降。降固有抚居之意也。亦即《湘君》"留于中洲"之"留"（止也）。北渚，与湘君中之北渚为同一地，即"中洲也"。目，《广雅释诂》作"目，视也"。《东京赋》"目玩阿房"薛注"目，视也。"补注曰："眇眇，微貌"是也。予读杼协下。两句谓湘君离居而止于北渚，固不践宿约也。余则望之微微然而不见，中心为愁。戴曰："帝子降此北渚，意之之辞也。"按戴说非也，此实写庄蹻作战略退却于"中洲"之情也。又《续世说·俳调》"梁刘谅为湘东王所善，王一目，尝游江滨，叹秋望之美。谅曰："今日可谓帝子降于北渚。"王以为刺己，曰："卿乃以目眇眇而愁予也。由此嫌之。"

可助解此诗也。

嫋嫋兮秋风，洞庭波兮木叶下

洪补曰："嫋嫋，长弱貌。"两句谓由庄跻退却水乡，望之无影，但见秋风袅袅起，洞庭已波，木叶摇落。天地为我添愁耳。

登白薠兮骋望，与佳期兮夕张

文选本，朱本句首皆有登字。文选引五臣云一本无登字，朱本亦云一本无登字，按就句义圆满论，有登字是也。登，履也，升也。白薠，《说文》"青薠似莎者。"骋望，朱注"纵目也"。与通作为。《论语》："可与言而不与之言，失人；不可与言而与之言，失言。"《史记·淮阴侯传》"子可与言乎？"《孟荀列传》"岂寡人不足为言邪？"与言义同为言，是与通为之证。佳《说文》"善也。"期要约也。佳期者，正谓

稿纸

之约言。夕，夜也，见《湘君》注。張通帐，帷帐也。《史记·高祖本纪》"高祖复留止张。"《集释》引张晏说"张，帷帐。"《汉书·王莽传》"张于西厢。"注引李奇"张，帐也。"此下文字承上文愁字而阐发。两句意谓当庄蹻退却水乡，余视而不见其踪影之后，乃复步履于白蘋之上，肆目以望，盖为曾有正确要约（当指出兵抗秦）于夜帐，望庄之能实现也。戴云"本与神为吉期，故而夕张设，待其来降。"误解屈意特甚。

鸟何萃兮蘋中？罾何为兮木上

何萃，戴云："一本无何字。"按与下句"罾何为兮木上"句法同，有何字是也。萃，集也。即止也。蘋，水草名，一本作蘋者，涉上文而误也。罾，王注"鱼网也。"王又注此两句云：

稿　纸

"夫鸟当集木巅，而言草中，罾当在水中，而言木上，以喻所愿不得，失其所也。戴注云："汉国所见，而言鸟与罾之处非其宜，盖疑此地不足以待神矣。"姜亮夫君云："此盖有两义：一则指湘君何为不在所期处而他往；一则自念何为来此非己所当到之地；对湘君为责望之词，对己为自怨之词也。"自占案三家说义，皆有偏误。寻两句之宜，与《湘君》"采薜荔兮水中，搴芙蓉兮木末"之自怨自艾者，同为设喻。而异工同妙。夫鸟宜翱于天，不宜止于蘋中低下之地，罾宜设于水，不宜张于木上，此并不能展才之计也。盖设喻在隐当奋发抗秦，虏其渠帅，不当退避水乡，使英雄无用武之地。此系端责在之不履行"佳期"，发于骋望时之感慨也。诗情绵密，怨在至深，正见大夫之爱国热肠，忠形于色貌。

×15二300　　　第 138 页

稿　纸

沅有茝兮醴有兰，思公子兮未敢言。

　　六臣本茝作芷音止。朱本作芷，洪引一本作芷。按芷《说文》作茝，即白芷，虈也，生下泽，春生，叶相对婆娑紫色，楚人谓之药。醴为澧之借字，洪补引《水经》云："澧水又东南注于沅水，曰澧口，盖其枝渎耳。"思，爱念也。公子，戴云："犹帝子。"是也，沅澧楚地之水，其域产者芷幽兰。谕楚地风物可爱，民心可贵耳。"思公子兮未敢言"谓念公子（庄跻）能不振旅抗秦乎？尚未敢言之。虽未敢言，总冀其能抗秦也。故前有"目眇眇"之视，继有"骋望"之言，下则又远念于庄跻矣。而思字又启下文，为一关键词。

荒忽兮远望，观流水兮潺湲

　　荒忽，洪补云："不分明之貌。"此言思之至

20×15＝300　　第 139 页

殷，乃荒忽远望。望而不见，俯视流水，但见潺湲而下，不舍昼夜，就己之忧心不已矣。

麋何食兮庭中，蛟何为兮水裔？

麋，王注"兽名，似鹿也。"蛟，王注"龙类也。"裔，"边也"。食，朱引一本作为。案，王逸注云："麋当在山林，而在庭中；蛟当在深渊，而在水"则王逸本食亦作为。两句谓麋在庭中，蛟困在水边，并处非其宜。而失于深山大泽。喻庄跻不当退却水乡，乐小天地，坐失抗秦、兴国之大业。与上文"鸟何萃兮蘋中，罾何为兮木上"设喻同。并责庄之引动，迷失方向，胸怀狭小，不务远大。王逸说为喻君子小人易位，远误诗意殊甚。戴云："见物之失其居，疑事多反侧"，并不得当。姜云："此湘夫人自明处非其地。"说为湘夫人自怨之词，既误解人身

稿纸

关系，复忽于"恋歌"中用喻之不伦不类也。

又此文承上"思公子"来，当指公子之行动，岂得湘夫人之自怨乎？

朝驰余马兮江皋，夕济乎西澨

"余马"二字，洪补引一本作骋字。按此仍写湘君之行动，作骋是也。济，渡也。澨《说文》"埤增水边，土人所止者。"王逸曰："此自伤驱驰不出湘潭之间。"百占案将"自伤"改作"伤其"，差是矣，两句谓庄跻徘徊于水泽之曲，不出而实现"佳期"也。承上，文意畅通。

闻佳人兮召予，将腾驾兮偕逝

佳人，指湘君，即庄跻也。召，口呼也，予借作余。将，欲也，愿也。腾，《说文》"传也"。谓传车马奔驰，《离骚》"腾众车使径持"。"腾众车"即此腾驾也。偕，王注"俱也"。逝，王注"往也。"偕逝，王注言与召己之使者俱往也。

百占案王说大误，此仍承上文思字，而写设想中庄跻逃避民族斗争之思想也。两句谓闻庄跻告我："愿腾車与我俱逝乐土。"非若王云"与召己之使者俱往"之意。戴云："欲与偕往。"姜云："余乃传車而与使者偕往。"盖同误于以为"腾車"句之主语，而忽于其主张仍係"佳人"。并凭空生出与"使者偕往"之解。此说也大为削弱屈原之光辉思想，并贬低其崇高人格。以将设想庄跻逃避民族斗争之行动，加诸屈原耳。

築室兮水中，葺之兮荷盖

葺，《说文》"茨也。"俞樾云"此当作芷葺兮荷盖。"芷字阙坏，僅存下半止字，误作之字，文不成义。因移葺字于上，便成文义耳。《说文》草部，葺、茨也，盖苫也。葺也，皆草屋之名。以芷为葺，以荷为盖，极言其清洁也。下文云："芷葺兮荷屋"，与此同句法相同，可据以订正此句之误。"自占案俞说确凿无可疑，自将腾驾兮偕逝，下至"靈之来兮如云"并系大夫设想庄跻告己之语，即上文所云逝彼乐土，以逃避民族斗争。此大夫往极坏处设想庄跻。反欲引己以逃避斗争也。两句谓吾侪筑室于水乡，而以芷荷葺盖之，务使清洁芳香。意犹自据一方，建立乐国，不与人争胜负也。以下即筑室之设计蓝图。

蓀壁兮紫壇，匊芳椒兮成堂。

　　蓀，文匡本，洪朱本并引一本作荃。紫，紫贝也。洪补曰："荀子曰：东海则有紫紶鱼盐焉。紫，紫贝也。《相贝经》曰：赤電黑云谓之紫贝。"陆玑曰："紫贝其白质如玉，紫點为文，坛《淮南子》云："腐鼠在坛"高注云："楚人谓中庭为坛。"洪朱皆音善。匊或作匊，播之初文。敷布意也。成，姜亮夫曰："成读为《周礼·考工记》匠人白盛之盛。注曰："盛之言成也，以蜃灰垩墙，所以饰成宫室。"盖古豪门以芳椒和泥中涂墙，取其芳香辟恶也。"自占案姜说极是。寻《汉官仪》曰："皇后称椒房，以椒涂壁，取其温也。"可助证其说。

桂栋兮兰橑，辛夷楣兮药房

戴震曰："栋，仪礼谓之阿，或谓之极。複屋栋谓之棼。橑，周谓之榱，秦谓之椽，齐鲁之间谓之桷。楣或谓之梁。古者堂室南北五架，正中曰栋，次栋曰楣，北楣以北，为室与房。"辛夷，洪补曰："《本草》云：辛夷树大连合抱，高数仞。此花初发如笔。北人呼为木笔。其花

稿　纸

最早，南人呼为迎春。药、洪补曰："本草，白芷楚人谓之药。"药房者，当系以芷粉泥房，犹上文所云椒堂也。自占桌以上写筑室之材料，尽属芬芳之質也。

罔薜荔兮为帷，擗蕙櫋兮既张

自占桌，罔，網之初文。结也。擗，也折也。《说文》："屋櫓联也。或谓之櫓，或谓之屋梠，礼注谓之承壁材。"寻櫋，乃就屋之结构言，与上句之言"罔薜荔兮为帷"不类，与"既张"亦不协。[illegible]，洪补引一本作櫋，而櫋乃朽意，更不辞，疑櫋乃幔之误字，形近之故。盖原作幔误作櫋，又误作牀[床牀]也。"擗蕙幔"者，折蕙草以为幔也。与上句意类矣，而帷、幔俱帐类，故云既张也。《释名·释牀帐》云："帐，张也。張施于牀上也。"是其證。《招魂》云："翡帷翠

稿　纸

帐。饰高堂。"帷帐对用，桃此帷幔之并用也。注屋赋者率以屋之结构幔，为室内之装设，多见其不深思耳。

白玉兮为镇，疏石蘭兮为芳

自占案，此亦陈室内之布置也。为镇，王注"以白玉镇坐席也。"疏，王注："布，陈也。"石蘭，香草名，《山鬼》"被石蘭兮带杜衡。"王注："石蘭，杜衡皆香草。"姜亮夫云："以为芳，芳字义不可通。此处当为一物名，不当为一事名，更不当为一形容字。"案芳疑方字之伪，以其下所指，皆为芳草，故加草头为芳。方即古匚字（占案当云匚即古方字）。匚即今匡字，匡本受物器而借为匡牀。《淮南子·主術训》"匡牀蒻席。"《庄子·齐物论》"与王同匡牀。"匡牀连文则匡亦牀也。上言白玉为席之镇，故此

稿纸

言石菊为牀也。”案姜说可从。

芷葺兮荷屋，缭之兮杜衡

王注“缭，缚束也。”洪补曰：“谓以荷为屋，以芷覆之，又以杜衡缭之也。”

合百草兮实庭，建芳馨兮庑门

百占案堂下为庭。王注“言合百草之花，以实庭中。”馨，香之远者。庑，《说文》：“堂下周屋。”戴云：“檐所覆谓之庑。”余疑庑借作芜即蘼芜之省，亦香叶也。芜门犹药房，荷屋之构词也。设湘君筑室之说止此。

九嶷缤兮并迎，灵之来兮如云

九嶷，王注：“山名，舜所葬也。”《汉书·诸侯王表序》曰九嶷为长沙。《玉篇·下山部》“九嶷山，舜所葬在零陵营道县也。”百占案庄跻所据之黔中正当九嶷山之西北。灵，九嶷山

20×15＝300　第147页

147

稿纸

附近诸部落酋长也。两句谓堂室既成，芳馨远播，九嶷之君，纷然如云，并来迎我而拥戴之。此实设想庄蹻向南发展，建立小邦，而不北向抗秦也。大夫对庄蹻之设想至此而毕。旧说"言筑室既成，而舜又使九嶷山神来迎之以去。"（戴说）或"其事方举，而九嶷之神，纷然如云之盛，已来迎舜而归。"（姜说）固皆不察诗之底蕴，遂使人事错乱、关系混淆，难归允当。致削弱大夫爱国反秦之崇高思想与品质，不亦大为谬妄乎！

捐余袂兮江中，遗余褋兮澧浦

戴震云："褏（即袖字）谓之袂。"《方言》"禅衣，江淮南楚之间谓之褋，关之东西谓之禅衣。"可知褋，即禅襦，短衣也。亦作襜襦。襜褕。《释名·释衣服》"禅襦如襦而无絮也。"《方言》

稿纸

曰："汗襦，陈魏宋楚之间谓之襜襦，或谓之禅襦。"郭注："今或呼衫为禅襦。"《汉书·直不疑》"有一男子，衣黄襜褕。"颜注："襜褕直裾禅衣也。"知褋短制之裹衣也。其服用固不限于男女。寻捐袂遗褋，与捐玦遗佩同其意，而玦佩自体，弃之水中以示决心，而袂褋亦去自体，弃之水中，可证亦在示决心焉。此盖大夫湘君（即庄跻）违约之后，复欲引己，同游乐土，苟且偷生之不当，为示坚守初志，决不后退，故捐袂遗褋，以表决心，何尝计及湘君知之与否也。王注：于捐玦遗佩云："冀君求己，示有还意。"于捐袂遗褋云："穷困无所依，故捐弃衣物，裸身而行，将适九夷也。"同词异解，何者为是？而洪补云："玦、佩，贵之也；袂褋，亲之也。"又自造之臆说，唯不深味诗旨者盲从之。

搴汀洲兮杜若，将以遗兮远者

自占案，搴，取也，亦采也。汀，《说文》云："平也，水际平地也。"远者，即《湘君》所云之"下女"。以不在近旁，故云远者。荀子云："庄跻起楚分为三四。"庄跻者尚有人在，其人当在今湘东赣境一带。

案《涉江》终云："怀信侘傺，忽吾将行兮"即为思寻东方之爱国人士，业绩素著者，其谋兴国之举可互证也。两句意谓既不可恃湘君以复国，且掬诚再求爱国者，与图抗秦救国之大业。

時不可兮骤得，聊逍遥兮容与

骤，王注："数也。"逍遥，容与，解说是《湘君》。两句谓机不可失，时不数得，吾且积极从事焉。文句与《湘君》篇终六句同义，大央同一

稿　纸

再展亍坚谋爱国之怀也。

大司命

司命，古以为神名。《礼记·祭法》："王为群姓立七祀"，"诸侯为国立五祀"，皆首曰司命。《周礼·大宗伯》："以槱燎祀司中司命。"《庄子·至乐篇》"吾使司命复生子形为子骨肉肌肤，反子父母妻子。"《太平御览》五二四引《月令》"命有司祀司中，司命、司人，司禄。"《汉书·郊祀志》"荆巫有司命，说者曰文昌第四星也。"《说文》示部，祉下云："以豚祀司命者也。汉律祠祉司命。"段云："祭法郑注曰：司命小神，居人之间，司察小过。又引应劭《风俗通义》曰：汝南余郡祠司命皆以猪。"五臣云："司命，星名，主知生死，辅天行化，

稿 纸

诛恶遵善也。"

戴震曰："三台，上台曰司命，主寿夭，《九歌》之大司命也。文昌宫，四曰司命，主灾祥《九歌》之少司命也。《周官·大宗伯》：以槱燎祀司中司命。虽在祀典，然二歌皆非祭祠也……，怀王初甚任屈原，复乃以谗疏黜之。故二歌并托于与司命离合为辞。"又云："正于天，作大司命，少司命，皆言神之正直，而惓惓欲亲之也。"东原谓二诗非祀歌甚确，千古笃论。余于《九歌通论》中，亦为辨析，申证戴说。就内容论之，大夬实以司命比况楚王，以抒与君王离合之怀也，诗作时间，当在初黜之后。

广开兮天门，纷吾乘兮玄云

自占案，广开，敞开也。天门，补注曰："汉乐歌云，天门开，诛荡荡。《淮南子》云："天

20×15二300　第 152 页

稿　纸

门，上帝所居紫微宫门也。"此用以喻朝庭。纷补语，纷乘，乘，架也。吾，旧解为大司命之自吾，非是。就诗作乃大夫托喻之抒怀诗说，吾应为大夫之自语。《离骚》中不乏此类造句亦可證也。下文第一身代词，皆当作如是解，玄犹天也。《释名·释天》："天谓之玄，玄，悬也，如悬物在上也。"故玄雲当即天雲。惜诵："昔余梦登天兮"登天即此所云也。两句谓怀王即位时，大开朝庭之门，招贤辅己。吾时疾驾天雲以应诏，喻乘良机也。戴云："言神乘雲而行。"误也。

令飘风兮先驱，使涷雨兮灑塵。

飘风，王注："回风为飘。"驱，朱本作驱。涷，洪补同音涷，《尔雅》云："今江东呼夏月暴雨为涷雨。"姜云："灑借作洒，即今洗字也。"

稿　纸

两句谓当吾入朝时，令飘风为吾先驱戒路，復命猛雨为我洗去尘埃。喻行动迅疾，有洗宇宙秽物之志。王逸谓"言司命爵位尊高，出则风伯雨师先驱为拭路也。"误称其人，莫其志。

君迴翔兮以下，踰空桑兮从女

姜亮夫云："君，指大司命而言。此主祭者之词。"自占案称君指大司命，是也。然不若径指怀王之为愈。曰："此主祭者之词"，以守祭歌旧说，故迂曲不可从，又不若视为屈原之语为切当。姜又云："言大司命已翱翔而下来，余将逾越空桑之山，以从大司命自以要之也。"试问欲从大司命，何为逾越空桑之山？空桑山与大司命有何关系？所谓"要之"复要谁耶？诗中无此意也。似此解释，岂符作意？又案，迴翔，洪补："犹翱翔也。"是。引申之当有满意自得之

20×15＝300　　第 154 页

稿纸

谊。踰通愈，贤也。《史记·汲黯传》：“助曰：使黯职居官，无以踰人。”《汉书》踰作愈，其證也。空桑，地名。伊尹自生。《史记·殷本纪》“伊尹名阿衡。”《集解》引皇甫谧云：“伊尹，力牧之裔，生于空桑。”《吕氏春秋·本味》：“此伊尹生空桑之故也。”《淮南子》“舜之时，共工振滔洪水以薄空桑。”注云：“空桑，地名。在鲁也。”是伊尹生于空桑之證也。大夫图以空桑代伊尹，在周典矣。“愈空桑”者，谓心贤伊尹而抱其志，有统一中国之怀也。女读汝，大司命也。两句谓君王满意以任己职，我则抱伊尹之志以从君也。斯则大夫初视怀王为汤矣。下文更申足此义。

纷总总兮九州，何寿夭兮在予

王注：“总总，众貌。”《离骚》纷总总其离

稿　纸

合兮。”王注：“緫緫抚僔僔，聚貌。”五臣云：“纷乱也。”何借作呵，责求也。贾谊《过秦论》“陈利兵而谁何？”谁何当为谯呵。《治安策》“故其在大谴大何之域者，闻谴何则白冠牦缨，盘水加剑，造请室而请罪也。”《谏铸钱疏》“纵而弗呵乎？则市肆异用，钱文大乱。”《汉书·王绾传》“不孰何绾。”李奇曰：“孰，谁也，何，呵也。”是何呵通用之证。（拙作《贾谊集简注》有评说）。寿夭，偏义，复合词，重在寿字。在犹向也。《惜诵》“矰弋机而在上兮，罻罗张而在下。”两在字向也。两句盖大夫初任司徒时为怀王提出统一九州之政治任务。而论天下之形势曰：“中国所有人民莫不向我楚提出求长寿要求，意即望楚统一天下，出四海之民于水火焉。”《新书·修政语下》周成王曰：“寡人闻之，

20×15＝300　　第156页

聖王在上位，使民富且寿云……民无夭遏之诛……故夫富且寿者，聖王之功也。"屈原盖以圣王期于怀王，故提出统一中国之要务。于下文又云："导帝之兮九坑。"大夫统一中国之思想昭昭然如日月之悬焉。下文提出策略，文情极自然明白。

高飞兮安翔，乘清气兮御阴阳

　　高飞，高举。喻远着。安，徐也。清气，清澄之气，喻革新之政。御，即驰也。阴阳，犹合縱也。《战国策·秦策》"臣闻天下阴燕阳魏，连荆固齐，收餘韩成縱，将西南以与秦为难。"连固，联合之义，则阴阳自亦联合而与连固同义。故阴阳者，即南北之合縱也。帛书战国《纵横家书》十七"且使燕尽阳地，以河为为境燕齐毋□难矣。"又十三"韩宣献书于齐章：

稿　纸

"齐取燕之阳地。"阳地在大河以北之地也。又古以河北为阳，河南为阴，则御阴阳者谓取大河南北之国家也。作名词解释并通。两句承上述统一国家之策略，应高瞻图安，内施政治革新之术，外採南北合纵之策。此其政治纲领也。

吾与君兮齐速，导帝之兮九坑。

自占集，吾，屈子自谓也。与犹参与也，与预豫古字通也。《礼记·玉藻》："见所尊者，齐速。"郑注："谏，貌也。"此戴君之法也。导，前引也。帝，帝女也。之，犹至也。九坑，洪补"《周礼·职方氏》："九州山镇，会稽衡山，华山，沂山，岱山，岳山，医无闾，霍山，恒山也。"戴云："九坑，盖犹九野。"坑，洪朱皆引一本作阬，《文苑》本作冈。坑，阬同音同义。冈则借字也，前兮字用同以，后兮字用同於。

稿纸

余疑九坑即九垓，垓，阬声之转也。《国语·周语》"天子之田九垓"注"九垓，九州之地也。"意同戴说。两句谓我陈慎恭忠诚以事君，使在中国成就帝业。

靈衣兮被被，玉佩兮陆离

姜云："靈衣，当作雲衣。"案《东君》"青雲衣兮白霓裳。"《文选·寡妇赋》注引作"雲衣兮披披"，则姜说是也。被被，王注："长貌。"两句屈自道衣饰美丽，喻行动正确，有益于国也。

壹阴兮壹阳，众莫知兮余所为

姜云："一阴一阳，犹今言或阴或阳，言变化无方。"白卢案姜说"一"为"或"是也。《战国策从横家书》，苏秦自齐献书于燕王章："齐赵之交，一美一恶，一合一离。""一"即"或"

20×15＝300　第 159 页

稿纸

也。《大戴礼·文王官人》"考其阴阳。"注："阴阳犹隐显也。"是其證。余谓阴者不公开之意。《惜往日》："秘密事之载心兮。"即不公开者。阳者公开之意。众，奴隶主贵族。"众莫知余所为"即《怀沙》"众莫知余之异彩。"两句承上齐速而言，谓在执行变法及外交政策时，或公开之，或不公开之。守旧之贵族，率不知我之所为。戴云："已上得与司命相从，是其先之合。"案戴说极确。以上文字，屈原叙述受任于怀王时，内政主变法，外交持合从，旨在佐王统一中国也。且述于施政时极讲求策略，有公开或不公开之异。至云："众莫知余所为，"未免估计敌人过低，无怪其受谗而遭黜也。

折疏麻兮瑶华，将以遗兮离居

　　启占案，折，取也。疏麻，王注："神麻也。"

稿纸

补曰："谢灵运诗云'折麻心莫展'，又云：'瑶花未堪折。'说者云瑶花麻华也。其色白，故比于瑶。此花香，服食可致长寿，故以为美。"洪说是也。又案麻下兮犹之，遗下兮犹乎。离居，戴云："谓前相从而今隔离也。"按戴确，实指怀王盖叙被放汉北以后事也，远离怀王矣。两句谓虽遭君黜，仍抱纯洁忠君之心，继续献之。此与《山鬼》："折芳馨兮遗所思"同意。

老冉冉兮既极，不寖近兮愈疏

自占案，老，老年也。《离骚》："老冉冉其将至兮。"王注冉冉，渐渐也。"《九章·悲回风》："时亦冉冉而将至。"冉冉亦渐渐也，冉渐同韵，故后世又作渐冉，皆逐渐之义。既，已也，极，至也。寖，稍也，借作浸。两句谓老年已渐渐至前，如不稍接近君王，则心更加疏

稿纸

远，难以实现己志。

乘龙兮辚辚，高驼兮冲天

辚辚，王注："車声。"驼，洪引一本作驰。驼驰一字。冲，直上飞也。天，戴云："古音他因切。"姜亮夫云："此两句言司命高驰而去，不复留也。"疑非是。案此承上文，欲"寖近"而言，仍为大夫之志。谓当乘飞龙辚辚高驰，上达天庭。与篇首言"广开兮天门，纷吾乘兮玄雲"行动地址相侔也。喻己当返朝庭耳。

结桂枝兮延竚，羌愈思兮愁人

首占案延竚，王注："延，长也。竚，立也。诗曰：'竚立以泣。'"寻延竚一词，亦见《离骚》"结幽兰以延竚"，"延竚乎吾将返"是也。王训长立，意即长待也。两句意谓今未能立返朝庭，惟採结桂枝，长立待时。处此时地乃更令人愁

20×15＝300　第 162 页　162

稿纸

矣。

愁人兮奈何？愿若今兮无亏。

　　自占案，亏，损也。两句言今之愁人，未日应如之何耶？愿无失于忠君爱国之道。

固人命兮有当，孰离合兮可为！

　　自占案，人命，人之生命也。旧解作人之命运者，皆不可从。当，通常。《文选·高唐赋》："当年遨游。"当通常，年为羊之形误。当年，即常年也。是当通常之證。有常有自然规律之谓，人寿百年常期。两句谓人之生命，固有常期。但臣之在朝，谁使合之？臣之去朝，谁使离之？言外之意，权在君王也。若余能再返朝庭，重合于君，权宜在怀王也。

　　《大司命》共两大段文字：第一段叙君臣相合时之抱负及己之谋略；第二段叙离君后，不

20×15＝300　　第 163 页　　163

稿纸

变忠君之怀，殷望怀王返己于朝庭。故大司命实喻怀王，其非祀歌也甚明。戴震云："又言即此离合之不偶，固命有当然，非人所得为，以结前得而否离居之意。"以神说解屈作，不亦大诬大夫乎？后之注者从之，不尤信诬而复传诬乎。

少司命

或说少司命为主小儿命运之神。或说："即阴阳之义引而为夫妇之神者，大司命，少司命是也。"揆诸诗作，悉无的据，不可信也。按《少司命》一作，仍承前诗陈与君王离合之经过，并殷望楚怀，奋发有为，扫除秽恶，安抚老少，为天下人民共主。盖屈子痛惜楚王之离己，毁

灭 成之大业。而发为"悲莫悲兮生别离"之叹也。以《少司命》为题，亦托喻耳。

近人或谓"纷然以屈子身世，附会其中，宜其言之无当于文理。"乃以神巫祭巫问答为说，然一察其持论，倘恍迷离，关系不明，道物说事，捉摸不定，亦复不当于文理。视诸以历史说诗，不离神踪者之不当于文理，诚裸裎与袒裼同浴而相讥也。摆脱旧说，脱去神衣，而一以历史说之，自觉文理无碍，诗情尽显，得其情趣，见其神髓，岂爱逞诡异，故婴学者之逆鳞哉。

秋兰兮麋芜，罗生兮堂下；绿叶兮素枝，芳菲菲兮袭予。夫人自有兮美子，荪何以兮愁苦。

百占案秋兰下兮字，绿叶下兮字，并用同与字。罗生下兮字用同於字，菲菲下兮字用同

稿　　纸

而。枝（桜）文臣本作叶是也。素，白叶也，菲菲，浓香也。袭，及也。夫人，王注以为"万民"。洪补解作"凡人"，朱注说为"彼人"，皆非也。疑夫为大之形误。大人，一称谓词，于此，犹君王也。义之見于他籍者如《汉书·司马相如传》"世有大人兮，在乎中州"。颜注："大人以喻天子也。"《东夷传》："无君长其邑落，各有大人。"《鲜卑传》："于是鲜卑大人，皆来归附。"此大人，酋长也，义同君上。此一證也。见于屈赋者若《怀沙》"内厚质正兮，大人所盛。"大人，王误注为君子，实指怀王也，《卜居》"将遊大人以成名乎？"五臣注大人"为君之贵幸"，若解作诸侯王，益切当。此屈赋之證，亦二證也。有，多也。《管子·九变》曰："田宅富厚足居也。"《汉书·食货志》："先富有而后礼让。"

稿纸

原有同义，即多也，是其证。自有，犹今语"有的是"之谓也。美子，犹下文所称之美人，喻良臣。荪一本作荃，一字异体，怀王代词，见之《离骚》。"何以"以字用同为，五臣本作为，洪朱两注引一本亦作为。就文义论，作为者长。

戴震曰："从今之离忧，而追其始之尝相得。"是也。又云："先设为人语己之辞，言此人自有所美之子，意忽属彼不属此矣。尔何以思之愁苦乎。因答是问，言尝于美人集会之中，独亲己也。"此言非也。案诗为取喻怀王，自怀王忧贤臣之不多。

秋兰至袭予四句，写怀王初即位时，刻意兴趣，所有施设，如秋兰之与蘼芜，绿叶之与素华，列生堂下。誉称远近，其浓烈之芳香，亦菲菲浸袭于我。深感国事可为，喜在我心。

20×15二300　　第168页　　167

稿纸

然为君者多有，贤臣（美人）何为复愁苦耶？旨在赞怀王求贤之心耳。今古说此诗者，迂曲晦涩不得衣缊，皆在蹈于神巫祭祀之阱，不能自出耳。

秋兰兮青青，绿叶兮紫茎，满堂兮美人，忽独与余兮目成。

戴震曰："成者，结好之谓"是也。秋兰下兮字，用同之。青青，茂盛也。叶下兮用同而。《水经·资水》"资水出零陵，都梁县路山。"注曰："县西有小山，山上有渟水，既清且浅，其中悉生兰草，绿叶紫茎，芳风藻川，兰馨远馥，俗谓兰为都梁。"美人，屈赋或用以喻君王，或用以自喻。喻君者如《离骚》"恐美人之迟暮。"《抽思》"矫以遗夫美人"，"与美人抽思兮。"《思美人》"思美人兮，擥涕而伫眙。"是

20×15＝300　第169页

也。自喻者如《河伯》"送美人兮南浦。"《哀郢》"美超远而愈迈。"《悲回风》"惟佳人之永都兮，"是也。兼喻君臣者，如《离骚》"两美其必合兮，"是也。此篇之美人则以说贤臣。犹《离骚》所称"孰求美而释汝"之美。不当视为情场中之美女也，过往注者，率忽于大夫之善用比辞，而解作恋歌，甚或以为神之恋歌实背作意也。又"满堂兮美人。"与上文"夫人自有（多有也）兮美子"意相应。

此四句盖喻时代特好，环境优美，朝堂之上，人才济济，而君王于群臣中，独垂青于余，受以重任也。此叙往事，喜与君之合，即下文之："乐莫乐兮新相知"也。

入不言兮出不辞，乘回风兮载云旗。悲莫悲兮生别离，乐莫乐兮新相知。

稿纸

过往注者，无不以"不言语""不辞别"解"不言""不辞"。实则乃极大之误解。案此文之前已述君之合己，此则承上叙君之离己。遇合时涉及君王之形象，叙离时则又不能不写怀王之动态。此必然之笔。疑不通否。鄙，恶也。《国语·晋语》"至于今，吾其知纣之善不哉"。不即否，恶也。《尚书·伊训》"德惟治，否德乱"。否德即恶德也。《论语》"予所否者，天厌之"。《论衡·问孔》引否作鄙，是不，否，鄙，通用之證。故"入不言"谓怀王听入谗言也。"出不辞"谓怀王吐恶语，怒而黜己也。"乘回风兮载云旗"。《世说·豪爽》引作"乘回风兮载雲氣"，是也。谓浮云蔽日。明君离己之故。因生"悲莫悲兮生别离，乐莫乐兮新相知"悲喜之叹。

20×15＝300　第171页　170

稿纸

荷衣兮蕙带，儵而来兮忽而逝

荷衣兮蕙带，指少司命之衣饰香洁，兮同与。即以状怀王曾有香洁之行。忆往意也。儵疾也，一作倏。"倏而来"即"忽独与余兮目成。""忽而逝"，即"乘回风兮载云旗"之离己也。所以喻怀王之行中途回叛，志意不坚也。

夕宿兮帝郊，君谁须兮云之际

夕，夜也，见《湘君》。帝郊，天帝之野，明未至帝庭，喻帝业未成也。须假作盨。《说文》"待也。"此两句喻怀王，为群小所蔽后，如夜止于天帝之野，难进帝庭。君待谁于云际耶？意为胡不即我耶？

20×15=300　第172页　171

稿　纸

（接前页）

孔盖兮翠旌，登九天兮抚彗星

孔盖翠旌，王注："以孔雀之翅为車盖，以翡翠之羽为旗。言殊饰也。"九天，王注"《天问》曰：九天，东方皞天，东南陽天，南方赤天，西南方朱天，西方成天，西北方幽天，北方玄天，东北方变天，中央均天。"自占案古人将天空分划九区，故名九天。《孙子兵法·形篇》"善守者藏于九地之下，善攻者动于九天之上。""登九天"者，盖状其善攻也。抚，持也。彗星，《尔雅》"彗星为欃枪，或谓之扫星，妖星也。"戴云："按抚之，使不为灾害。"是

20×15＝300　　第 178 页

稿　纸

也。两句盖望司命的威仪，上登九天，抚持彗星，不使为害，以靖天空，喻怀王应整饬除天下凶残，使中国不受其害。

竦长剑兮拥幼艾，荪独宜兮为民正

竦，王注"执也"。自占案《广雅·释言》"竦，執也"。洪补引《释文》作慫，并曰："慫竦並息拱切。"寻竦慫古字通。《文选·长杨赋》"蹔興簉戎"。李善注"竦簉古字通。"其證也。又案《华严经音义》上引《切韻》："簉，高也。"知竦亦可训高。故"竦长剑"者高举长剑之谓也。拥，卫護也。幼，少。艾，老。《曲礼》"五十曰艾"。幼艾，今语老少也。戴云："以比善人。"是也。荪，司命也，即怀王代词，見于《离骚》等作品。独，特也。正，通征。《国语·齐语》"使关市幾而不征。"《管子·戒》

稿　纸

"关，幾而正。"《礼·王制》"譏而不征。"《释文》"征本又作正"是正征通用之證。征，税也。此《少司命》之正（通征）当训行。《离骚》"济沅湘以南征兮，"溘埃风余上征。"《湘君》"驾飞龙兮北征，"征並当训行。两句谓高高举长剑保卫天下之老幼，吾王特宜为民而行动也。

浩歌四句壮怀激烈，气冲斗牛，有澄清宇宙，安斯民于磐石之坚定意志，与《大司命》"纷總總兮九州，何（通呵）寿夭兮在予"思想感情全同。若非屈子期怀王寿国寿民者，胡得有此非凡之望也。然此又屈子处高愁之境，急切望怀王能大有为。固不以己之不能合于君而失望于朝廷。其忠君爱民之心，虽居下流，无时或忘，正見其操，今古注多迷于祀神之

20×15＝300　　第175页

之恋歌，岂知原子，岂知九歌哉？今知假讬神灵，寄写忠怀，则含蓄者得吐，而隐微者方明。

　　再者，结语两句，陈文具体，基此以说前文之为设喻，乃允非悬想之解，非然者，前神灵而后人事，自行乖刺，义不相衔，天地间尚无此文也。

稿　纸

河伯

河伯，河神也。北方沿河之国祀之，《史记·西门豹》所载之为河伯娶妇，历史上著名事件也，其事发生在魏文侯（前446—前397）之时。

《史记·六国表序》引"礼曰：天子祭天地，诸侯祀其域内名山大川"，称河水为海《七发》："南望荆山，北望汝海，李引郭注《山海经》曰汝水出鲁阳山东北入淮海。汝称海大言之也。《史记·六国年表》秦灵公八年（前417年）下云："城堑河濒，初以君主妻河"。索隐云："谓初以此年，取他女为君主。君主，犹公主也。妻河犹嫁之河伯。殊异其事，故云初"。盖秦境至于河，效魏祭河之典，增益之，以"公主"妻河，时与西门豹之禁祀，相去不远。于

20×15二300　　第 197 页　　178

稿　纸

此当注意者，祀河之礼，特重沉人于水。此又古初之遗俗。

《韩非子·内储说世术》："齐人有谓齐王曰：河伯大神也。王何不试与之遇乎，臣请使王遇之，乃为坛场大水之上，而与王立之焉，有间，大鱼动，因曰此河伯。"

齐，东方之大国，滨河域，《说苑》十八载有齐景公问祠河伯于晏子之事。公元前547年后事也，就时间论，其祀河尚早于魏秦。

考古初祭神，多以人为牺牲，属天者焚之，属地者沉之，或埋之，如成汤逢旱祈雨，以自身为牺牲，而祷于桑林（见《吕氏春秋·顺民》）周公祈成王之病愈，自断爪而沉之河（见《周公世家》）。鲁僖公因旱，而欲焚宗巫尪（《左氏》僖公二十五年传），秦魏之民为河伯娶妇。

20×15＝300　　第 193 页

稿　纸

而沈女子于河（见上引文）楚怀王起沈白马祠，岁沈白马（见《国殇》引文）皆显事也。

楚居江汉，初不祀河，可以断言。洎乎后世或祀与否，间见史传。如《左氏》僖公二十八年，前六三四年传云：“楚子玉梦河神索其琼弁玉缨，子玉不致。”此楚有河伯说之证也。《左氏成公传》云：“楚子祀于河，作先君宫，告成事而已。”此元前588年后事。楚共王祀河，明见载记矣。《左传》哀公六年（前488年）云：“初昭王有疾，曰：‘河为祟。’王弗祭。大夫请祭诸郊。王曰：‘三代命祀，祭不越望。江汉睢漳，楚之望也。祸福之至，不是过也。不谷虽不德，河非所获罪也。’遂弗祭。”是共王后之昭王又不祀河也。寻之历史，楚简王时（前431年—前408年）楚境已北至河，与魏接壤，祀河伯之风，

稿　纸

不能不为信鬼神之楚人所接受。虽未见楚人事河伯之史，淮北之楚人，不能不信河神也。江汉之楚人或不祀河神也。以楚疆之大，固当分别论焉。近人多谓楚不祀河，仅据昭王事，失考矣。

《九歌·河伯》就内容论，绝非祀神之歌，亦非赋祀典之诗。就屈原立朝时间，或放逐地域论，亦无缘见祀河伯之礼也。盖沅湘之民，既不祀江神，亦必不祀河神也。考屈原曾两使齐以成合从（参拙作《屈原时代大事年表》），一在公元前三二三年齧桑会盟后。一在公元前三一一年（即怀王十八年）。后者明载于《屈原列传》。今已知河伯非祀神之曲，甚非作于楚可断言也。窃疑为使齐时所作，以河伯喻齐王也，诗作内容有形势之论，有仇秦之谈，有坚

20×15＝300　　第19页　179

稿　纸

盟之语，有欢乐之唱，盖无不符合从之行也。其或大夫离齐时赠别之作乎？果如斯，则以诗赠别，又肇始于屈原矣，其时又当在第一次使齐时耳。戴震云："从河伯水游作《河伯》。"又云："屈原之歌《河伯》，歌辞但言，相与游而已。盖投汨罗之意已决。故曰'灵何为兮水中'亦以自谓也，又曰'波来迎，鱼媵予'，自伤也。"此论虽异前人，然去诗旨尚远，亦不可从。若顾成天《九歌解》以《河伯》旧之怀王入秦而死。虽涉穿凿不实，不以祀神视之，不为无见。

朱熹《辨证》云："旧说河伯位视大夫，屈原以官相友，故得汝之。其凿如此，又云河伯之居，沉没水中，喻贤人之不得其所也。夫谓之河伯，则居于水中，固其所矣。而以为失其所，则不知使居于何处，乃为得其所，此与

20×15=300　　第 196 页

稿　纸

上下文意皆无所当。真衍说也。"可知前于朱氏，于河伯之说解，悉为不确。然朱氏以下，以迄近世亦复不能作圆通之解说。余据诸说，立新见，不知当否？

与女游兮九河，衝风起兮横波

女，古通汝。河伯也，即终篇所见之"子"，用称河伯，其他注家以巫说之者，準祀神之说也，不可从。九河，大河下流，九派入海，故曰九河，流经齐境。故得游也。衝风，王逸："隧风。"引诗云："大风有隧。"五臣云："衝风暴风也。"按意同回风，喻秦祸也。横，大也。一本上有水字是。顷襄名横，时为太子，故"临文不讳"也。水横波者，谓水面波连波而下，喻连横之秦祸也。两兮字，前用同於，后用同而。两句谓在河之下流与君共游，正回风起，水横

20×15＝300　第 196 页

稿纸

波之时。喻时代动荡不安，齐国亦不能免，盖由西方之秦，持连横之策，施祸各国。此吾侪共游九河所当见者也。此形势之论。

乘水車兮荷盖，驾两龙兮骖螭

两龙，洪补曰：《据地志》云：冯夷常乘雲車，驾二龙。"骖，参驾也。在旁曰骖，两骓也。螭，《说文》云："如龙而黄，北方谓之地蝼。"或曰无角曰螭"。洪补引一本螭上有白字，按螭色黄，有白字非也。又案《论衡·龙虚篇》"古者畜龙，乘車驾龙，故有豢龙氏，御龙氏。"两句谓已游东方之九河，拟将西游，乃乘荷盖之水車，驾以两龙，骖以螭，溯河而西上，此设想之词。

登崑崙兮四望，心飞揚兮浩蕩。

崑崙，王注："崑崙山，河源所从出。"四望，

20×15=300　　第 198 页

182

稿　纸

东西南北尽入目矣。浩荡，犹激荡，两兮字用同而。两句谓登昆仑之巅，极目四望，心意飞扬，胸怀激荡。

日将暮兮怅忘归，惟极浦兮寤怀。

怅，王注："言已心乐志悦，忽忘返归。"是以怅为憺也。非是。案怅，忧也，"怅忘归"，忧而忘归也。惟，思也，极浦，远浦也。《湘君》"望涔阳兮极浦"。此用以喻楚国。寤怀，姜云"犹《东君》之顾怀也，顾寤一声之转。"是也。案顾怀，今语顾虑也。

两句谓：日之将夕，忧而忘归，由念江汉故乡，兴顾虑耳。舒对宗国之眷念者，虑秦之攻楚也。此当为告齐王者。

鱼鳞屋兮龙堂，紫贝阙兮朱宫。灵何为兮水中

朱宫，王逸云："朱丹其宫。"案朱旧校之：

20×15=300　　第 198 页　183

稿纸

"文苑朱作珠。"是也。寻《列子·汤问》"离朱,"《文选·琴赋》注引作珠。《后汉·袁安传》注"珠与朱通。"珠宫者以珠饰之宫也。又"紫贝阙兮珠宫,"与上文:"鱼鳞屋兮龙堂,"相对成文,故知珠者是也。此写河伯之居。灵喻齐王。

三句谓河伯之居,以鱼鳞为屋,龙文画堂,紫贝作阙,珠光饰宫。信乎美轮美奂矣。然河伯何为处之,安居水中,而不他事。盖设喻齐王不当安于小天地,为深藏计。应瞩目国外,参于合从之列,方能保其所处之齐也。

乘白鼋兮逐文鱼,与女游兮河之渚,流澌纷兮将来下。

鼋,王注:"大鳖为鼋,鱼属也。"今用同而逐,王注:"从也"文鱼,王注即鲤鱼。渚,水

20×15=300　　第199页　184

稿纸

漄也。河之渚即河渚，《山海经·中次山经》"和山，实惟河之九都。"郭注："九水所潜，故曰九都。"日人小川琢治《山海经考》谓九都即黄河九渚。流澌，王注："解冰也。"案《说文》澌，流水也。"不作澌。此无言流冰之要，还以作流澌为是。自占案澌，借作屍。《说文》："死（同屍）澌也，人所离也。"澌固可借作屍或尸也。考《淮南·泰族》"水之性淖以清，虽有腐髊流澌，弗能污也。"《太平御览》引作流澌，澌亦当作澌，《说林训》"海不受流胔。"高诱曰："骨有肉，曰胔，有不义之骴流入海，海神荡而出之，故曰不受。"则胔亦屍也。《论衡·实知》："沟有流壍，泽有枯骨，发首陋亡，肌肉腐绝。"可证澌壍同为澌之形误。《论衡·四讳》："出见腐澌于沟。"腐澌即腐屍，腐胔也。

20×15=300　第 201 页

185

稿纸

可证澌借作屍，或作尸，而澌声近屍，故亦可借也。《七谏·沈江》："赴湘沅之流澌兮，恐逐波而复东。"《史记·秦本纪》："晋楚流死（同屍）河中二万人。"知流死"固战代习用词也。古今注家不解"流澌"之为流屍，故于河伯全诗亦不能得其正解矣。

此章诗乃承上文激励齐王之后，劝其放开眼光，远望秦祸之烈，将及于齐之可惧，以坚其合从之心也。故设喻曰：试乘白鼋而从文鱼同吾君游于河渚，当见自西而来之流死纷然盈河而下。此章诗，乃揭露秦兵惨杀中原人民极形象，悲残之描绘。若非警醒齐王，应有所备，参与合从，共御秦祸，胡得为此言耶？果为祀神之歌，又胡为发此不祥之言耶！戴云："观流水，将与河伯别"亦非是。

20×15二300　　第 20 页　　186

稿纸

子交手兮东行，送美人兮南浦.

洪朱引一本子上有与字，非也、子，河伯也，交手，疑为叉手之形误，《魏志·公孙度传》注引《吴书》云："叔親叉手，北向稽颡"。《增韵》"俗呼拱手为叉手。"兮，用同于.东行，齐在天下之东。行，名词，路也.用其初意。东行，齐之国道也。美人，屈原自道也。下兮字亦用同于。浦，步同。浦度也。南浦，南渡口之谓，可證回程自北而南也。

两句谓河伯拱手于国道，送我至于南浦。意为齐王欣应合从。当我回国时，礼送于南浦也。此写齐王之诚，不必齐王躬送。

波滔滔兮来迎，鱼鳞鳞兮媵予

滔滔，水流貌，鳞鳞，洪朱引一本作鳞鳞声同可借也。媵，从也。予，借作余，大夫自

稿　纸

渭也，两句谓当余行抵南浦，但见流水滔滔来迎，而鱼亦鳞鳞然相从。盖无生之水，有生之鱼，皆为余此行之成功而欣喜云。此盖由大夫合齐成功，欢快之情，寄情于物也。戴震曰："波来迎，鱼媵余，自伤也。"异于我之感受，未见其然。

山　鬼

戴震云："与魑魅为群，作山鬼。"又云："通篇皆为山鬼与己相亲之词，亦可以假山鬼自喻盖自吊其与山鬼为伍，又自悲其同乎山鬼也。歌词反侧读之，皆其寄意所在。此歌与《涉江》相表里。以此知九歌之作，在顷襄复迁之江南时也。"

不少注家，以山鬼为女神，忽于大夫爱，

20×15二300　　第 204 页　　188

稿　纸

以美女，美人，佚女，佳人等词自况或况人之设喻用法。寻《山鬼》中有思念，灵修之事。灵修者大夫称怀王之词也，其非祀神鬼之歌，于此可窥见消息矣。

据本诗案顷襄王初立，放大夫于外，实在鄀地，亦汉北也。大夫固以山鬼自况，抒对怀襄公子之怀思也。诗当作于鄀地襄王四，五年间也。戴云作于江南，非是。

若有人兮山之阿

自占案："若有人"与下文"山中人"意近。若固非虚词之若，应为名词。疑若，地名，亦山名也。寻《方舆纪要》十九，宜城县下云："鄀城，县东南九十里，春秋时鄀，自商密迁于此，为楚附庸，楚灭之，而县其地，定六年楚令尹子西迁郢于鄀，是也。秦置若县属南郡，

20×15二300　　　　第20页

189

稿纸

汉国之，后汉改为若县。”《路史》云：“鄀今襄之宜城，西南有鄀亭山，上有城险固，有鄀乡鄀水，此即鄀城也。楚灭为邑，昭王曾徙于此。”《水经》：“沔水又经鄀县故城南。”郦注云：“鄀县，南临沔津，津南有石（自占案据《路史》石当为若之形误）山，山上有烽火台，台北有大城，城即楚昭王为吴所迫，迯郢徙鄀之所。”就三书所载，知若即鄀，字之繁简也。地在今湖北宜城县东，汉水之北。顷襄初即位，听谗言，“怒而迁之。”说者，以汉北为迁地。然汉北一广阔地域也，难指其中之何地。今知“若”傍汉水之北。就《山鬼》言，知迁地即鄀矣。《山鬼》即作于此地。又鄀与鄢近，鄢当在今宜城境，亦楚之故都，其地当有楚宗庙。壁画，则《天问》巨制，亦当作于此地，此期矣。今，

20×15=300　　第 205 页

稿　纸

用同於。阿，王注："曲隅。"

此句诗盖谓"在若山之阿有人焉。"此与下文"山中人"意当。注家或以"如像""恍惚"说若，或以发声词"若夫"说"若"者，并失于不深考。再案《宋书·乐志·相和歌辞》有《陌上桑》一曲，全袭《山鬼》，其首句为"今有人山之阿。"原不以"若"为发声词也。可为重要之佐證。兹为助解本诗，録之如下：

"今有人，山之阿，被服薜荔带女萝。既含睇，又宜笑，子恋慕予善窈窕。乘赤豹，从文狸，辛夷車驾结桂旗。被石蘭，带杜衡，折芳拔荃遗所思。处幽室，终不见，天路险艰独后来。表独立，山之上，雲何容容而在下。杳冥冥，羌昼晦，东风飘飘神灵雨。木摟摟，思念公子徒以爱。"

20×15二300　　第206页　　191

稿纸

子慕予兮善窈窕

自占案本诗中子，君，公子，灵修诸词，皆用以代君王。此"子"指怀王。慕，恋慕也。予，借作余，山鬼自谓。即大夫自谓也。今用同之。善，好也。引申有爱意。窈窕，《方言》"美状为窕，美心为窈。"与《离骚》之"修姱""好修"同意。

本句诗谓怀王恋慕我爱美心美状之德行。此况怀王深爱，屈原政治上之革新行动也。上文"被薜荔兮带女萝，既含睇兮又宜笑"，即此所谓"善窈窕"也。此叙往者怀王信己之故。下则述处朝时之行动与思想，日不忘德行之修善。所以忠君也。故曰："乘赤豹兮从文貍，辛夷車兮结桂旗，被石蘭兮带杜衡，折芳馨兮遗所思。"折芳馨兮遗所思。

20×15=300　　第 20页

稿纸

芳馨，喻己所抱变法及合从之策也。所思即上文"子慕予"之子，即怀王也。怀王为今日心中所怀念者，故曰所思。本句诗谓吾朝时以变法合从之良好政策，献于今日吾所思之怀王。此句与《大司命》"折疏麻兮瑶华"句意近似。

余处幽篁兮终不见天，

幽篁，《宋书·乐志》作幽室，是也。幽室，冥暗之室。迁后所居。悽苦之处也。本句诗谓我于迁后，居于终日不见日光，幽暗之室。

路险难兮独后来。

"独后来"独自迟来也。此意与上下文不谐。盖幽暗之所，人之欲往，若非众人同赴，故不能较诸时间先后，曰"独后来"也。疑独

20×15=300　　第208页

稿纸

犹之误，形相近且涉下文独字。故耳。本句诗谓世路艰难，人心险恶，余困早应获遣，今之处此，犹惊迟来。大夫揭露时代黑暗，"路险难"三字，极形象。注者多不悟此，故其说解不能畅通于上下文义。

表独立兮山之上

表，王注"特也"非是。案表，犹身也。今"身表"连词，可证表，有身意也。

留靈修兮憺忘归

自占案此上四句，大夫颂吐己身独立于若山之上，观其下则云动昼晦，风起雨落，社会极为动荡不安。乃发"留靈修兮憺忘归，岁既晏兮孰华余"之叹，寻上文"所思"即思怀王也。"留靈修"不合情理，疑留为思之形误。下文"怨公子兮怅忘归"与此同一句法，怨字

20×15=300　　第 2AQ 页　194

稿纸

可證此留之为思也。《离骚》"留有虞之二姚"亦思之误，尤可证也。靈修，怀王也。憺，忧也。《九辩》"心烦憺兮忘食"补曰："憺，忧也。"同怅，"怅忘归"见于《河伯》及下文可證也。本句承上文谓时代如此动荡，思及怀王过往之爱余，乃忧而忘归。意在抨击顷襄之不爱己。

岁既晏兮孰華予

晏，晚也，岁晏，暮年也。華，荣顯之谓。本句诗谓怀王已死，己年已老，尚有谁顯荣于我也。旨在抨击顷襄不能返己于朝为可叹耳。此与"伯乐既没，驥焉程兮。"（见怀沙）同慨，故知作于襄世。

自占案以上叙对怀王之怀念，间抨顷襄。

采三秀兮於山间

稿 纸

三秀，芝草也。姜亮夫云："兮作於字解。於字疑衍，兮字已作於字解，则此不得更言於也。"自占案於，非衍文，当读作巫。於山，即巫山也。然非巫夔之巫。《楚策》云："庄辛去之赵，秦果举鄢，郢、巫、上蔡。陈之地，襄王流揜于城陽。"《新序·杂事》："王果亡巫山，江汉、鄢郢之地。"此顷襄二十一年事也，此巫必在郢之东北，又必在上蔡鄢郢之间，近陈都地。或云今宜城东南之大洪山，即巫山，盖以音之通转言之。今据《山鬼》，其说可取也。

怨公子兮怅忘归。

公子，姜云："即所欲留止之灵修也。"自占案，姜说非也。公子实指顷襄。寻大夫于怀王有好感，故常以灵修，荃，荪，美人称之。于顷襄则无此称。怨恩也。故知公子，实指顷襄

20×15=300　　第 217 页

196

稿纸

非目怀王也。

此句诗谓我怨迁我之公子不止，因忧而忘归。

君思我兮不得闲.

君，即上文所称之公子.闲，暇也。《湘君》"期不信兮，告余以不闲"、"不得闲"与"不闲"同为无暇之意。诗意谓顷襄在思而返我，惜不得闲暇也。此设想之词，怨思更深。

山中人兮芳杜若

自占案山中人，山鬼自谓，即大夫自谓。芳，杜若，言己如杜若为芬芳也。《韩非子·六微》"其立少见爱幸，长为贵卿。被玉衣，含杜若，握玉环，以立于朝。"当时贵族，固有含杜若之习。大夫以芬芳杜若"状己之德行香洁，盖取于生活，非徒想像也。诗谓山居之人，德

20×15=300　第 21号 页

137

稿　纸

高行洁，芳如杜若。

君思我兮疑然作.

　　自占案，作，生也。诗意谓顷襄果在思我，但于我之为人，疑信参半，终不能决定返我之事。此与上文"君思我"并设想之词，谌澄屈原在顷襄放之初，不置忠君之心，又疑"君"前有脱句，文义不足故也。

思公子兮徒離忧

　　自占案公子，实指顷襄。徒，但也，离通罹，遭也. 诗谓在迁地。思及顷襄不能返己于朝，则惟抱忧伤耳，盖见众口铄金，瓦釜雷鸣，忠正之士，难以展忠国之谋，诚为大可悲者. 又案后三章并为怨顷襄之词，统观全诗，诗人于怀襄父子，允褒怀而贬其子。注者视山鬼为女性，不知何据？视此诗为祀歌者实曲会之甚

20×15＝300　　　第 215 页　198

稿　纸

也。

国殇

戴震曰："殇之義二：男女未冠笄而死者，谓之殇，在外而死者，谓之殇。殇之言伤也。國殇，死国事，则所以别于二者之殇也。歌此以吊之，通篇直赋其事。"

自占案戴说极是。寻古代战后，必悼死事者，《檀弓》记："勿殇童子汪踦"即其例也。《汉书·郊祀志》载谷永之言曰："楚怀王隆祭祀，事鬼神，欲邀福助却秦军，而兵挫地削，身辱国危。"《七国考》引陆机《要览》云："楚怀王于国东偏，起沈白马祠。岁沈白马，名飨楚邦河神，欲崇祭祀，拒秦师。卒破其国，天不佑之。"是怀王为却秦师而隆祭祀之记载也。

考《六国年表》怀王十七年"秦败我将軍

20×15＝300　第 21 页　199

屈丐。"二十八年,"秦韩魏齐败我将軍唐眛于重丘。"二十九年,"秦取我襄城,殺景缺"此三大战役中以十七年牺牲最大。《楚世家》云:"秦大败我軍,斩甲士八万虏我大将軍屈丐,裨将軍逢侯丑等七十余人,遂取汉中之郡。"怀王大怒,乃悉发国中兵,战于蓝田。韩魏闻之,袭楚至鄧,楚兵惧,自秦归,而齐竟怒罢不救楚,楚大困。"此楚败北之祥情也,揆诸怀王,不能缺国殤之祀于兴师之前,然屈原时未返朝,不当见其祀典再师之前。

寻屈原之赋,除《橘颂》《河伯》外,莫不为失意时之作,即如《九歌》其他篇章,亦无多例外,故《国殤》一诗,不作于复位之后,可以断言,考十七年正屈原失职之时,怀王虽有国殤之祀典,大夫不能与其祭,亦可断言。

20×15=300　　第216页

200

稿纸

则《国殇》一作，固非自觐祀典之赋也，亦非祝死于国事者之祭歌也。

然大夫为国殇之歌矣，窃疑屈丐覆軍殺身之役，正屈之放居江北之时。地近战场，得耗最早，大夫闻讯之后，自当钦敬忠烈，哀悼五内，製《国殇》以颂殉国之将士，以励未死之楚人。不能违乎此时此地也。商鞅曰："以战去战，虽战可也。以殺去殺，虽殺可也。"（见《商君书·画策》），《荀子》曰："兵者，所以禁暴除害也。"（见《议兵》）。大夫之为《国殇》，思致之极亦犹此耳。

要之，《国殇》一诗，乃屈子于怀王十七年，身居汉北之地，闻屈丐大軍英勇殺敌以身殉国之壮烈事迹后，立制之颂歌。颂卫国英雄敢于牺牲之崇高品质也，说者谓为祭歌，赋祀

20×15＝300　第 216 页

稿纸

典之诗，作于郢，作于江南，盖皆失于不考矣。

操吴戈兮被犀甲，車錯轂兮短兵接

吴戈，王注：“或曰吴科，楯之别名也。”《廣雅·释器》：“吴魁，盾也。”王念孙曰：“《方言》吴大也。《吴语》奉文犀之渠。韦昭注云：渠楯也。渠与魁一声之转，故盾谓之渠，亦谓之魁。”向占案二王并以吴科（即吴魁）为盾，是也，以之说吴戈则非也。诚思吴魁为防禦之兵与犀甲同非进攻之器，楚人岂能仅持防身之盾，被護身之甲，以赴敌耶？人知其不然也。戴震曰：“句子戟也，或谓之鸡鸣，或谓之擁颈。”義则为进击之兵矣，蒙疑吴戈，吴地製之戈也。下文“帶長剑兮挟秦弓。”吴戈，秦弓均以地著称其物也。考吴古以製兵著称。《释名》：“吴魁，楯也，大而平者曰吴魁，本出于吴魁師所

稿　纸

持。"《考工记》"郑之刀，宋之斤，鲁之削，吴粤之剑。"《吴越春秋》载莫邪之剑，吴钩之製，季札之剑，《山海经·海内经》郭注引《开筮》云："鲧死三岁不腐，剖之以吴刀，化为黄龙也。"吴之兵利，此其明證。若戈时吴製者利，弓以秦製者佳，故有吴戈秦弓之称。又戈长兵也，车战击远故与短兵异用。

再者楚早灭越，吴地之精兵得尽赋于楚，楚人执吴制之戈，不违于事理也。

犀甲，以犀皮为铠甲也。《荀子·议兵》"楚人鲛革犀兕为甲，鞈如金石。"車，战車也。时仍用車战。《史记·韩世家》陳軫曰："秦之欲伐楚久矣……王听臣为之警四境之内，起师言救韩，命战車满道路发。"帛书《战国从横家书》二四："王听臣之为之警四境之内，兴师救

20×15=300　　第218页

203

稿纸

韩，名（命）战車盈夏路。发信臣……"《韩非子·十過》作"楚王因发車騎陈之下路。"其證也。错，王注"交也"。轂，車軸之两端。短兵，刀剑之属，車战宜近故。王注"言戎車相迫，輪轂交错，长兵不施，故用刀剑以相接击也。"《史记·范雎传》秦昭王曰："吾闻楚之刀剑利，而倡优拙。"

旌蔽日兮敌若雲。

　　百占案：旌蔽日，写楚战士之多，敌若雲写秦兵之盛。

矢交墜兮士争先

　　墜，落也。王注"言两軍相射，流矢交墜，壮夫奋怒，争先在前也。"戴震云："此章言其战"。

百占案：首章四句叙战陣之情，士卒之勇。

凌余陣兮躐余行

凌，王注，"犯也"。陣，朱注引一本作陳，洪补曰："行陳之义，取于陳列耳，俗作阜旁車非也。"百占案陳陣古字通。躐践也，行，所陳之行列也，姜云"凌余陣，躐余行，犹言余凌陣，余躐行也。楚词句例多有以主词倒置动词后者，若解为敌人凌躐，则不见其为士卒争先之义，亦不见其为鬼雄之意。"百占案姜说非也。此写敌人凌我陣，躐我行之来犯也。若解为楚向敌之凌躐，则何为"霾两轮兮絷四马"，坚持不退，英勇战斗，而非前进之姿也。

左骖殪兮右刃伤。

殪，死也，右，右骖也。省骖字，右刃伤者谓右骖为敌刃所伤也。

霾两轮兮絷四马

霾，薶之借字，今作埋。絷，王注"绊也。"

稿纸

姜云："余之車輪，亦以埋藏損毀，而马亦为所絷绊。"匈占案姜说非是。寻《孙子·九地篇》："方马埋轮，未足恃也。"曹操曰："方马，缚马也，埋轮示不动也。此言专难不如权巧。故曰方马埋轮不足恃也。"知埋轮缚马出于主帅之命，示坚持战斗，决不后退。王逸曰："终不反顾，示必死也。"得其旨矣。然絷当训缚。

援玉枹兮击鸣鼓。

援，引也，持也。枹，击鼓之木。《史记·司马穰苴传》："援枹鼓之急。"盖鼓所以鼓励士气，进行激战耳。左骖句至此句，写敌人进犯楚陳时，楚帅命埋轮方马，英勇迎击，并亲击鼓，以励戎行。示必杀尽敌人，决不反顾之坚定意志。

天时墜(对)兮威靈怒

20×15＝300　　第 224 页

206

稿　纸

墜，洪补引《文苑》本作懟，是也。按懟怨也，与下文怒字义谐。威靈，犹神也。诗谓反击奋勇，于时犹如天怒神怒。姜云："犹言天命彻墜，死而怨气不散也。"大违诗意。

嚴殺尽兮弃原壄。

嚴殺，朱注："犹言鏖战痛殺也。"闻一多云："嚴当为莊，通作壮，壮士也，避汉讳改。"按"壮殺尽"亦不词，疑严，犹险也，通作崖。《孟子》"不立乎严墙之下。"朱注："严墙，墙之将覆者。"则严墙，即险墙也，"险殺尽"者，谓几乎殺尽敌人也。壄，洪补、朱注皆曰古野字，是也。弃原野者谓楚战士，亦弃尸战场。此章写楚士卒英勇殺敌至死。又案舒、抒、杼、纾与野弃从予得声，则野当读如舒，方与怒协。此下为第三章。

20×15＝300　　第 223 页

207

稿纸

出不入兮往不返，平原忽兮路超远。

自占案：《怀沙》"道远忽兮"之忽，与此并假作迢，迢，远也，引申作辽阔，超假为迢，亦远也，《方言》"东齐曰超"。

首身离兮心不懲。

自占案《离骚》"虽体解吾犹未变兮，岂余心之可懲。"懲，王注："艾也，创也。"《广雅》"懲，恐也。""心不懲"谓意志不受威胁，不改杀敌之志。奋战之后，已亦壮烈牺牲。

诚既勇兮又以武。

自占案诚情古字通。

又案第三章热诚歌颂楚国将士，英勇杀敌为国牺牲之壮烈精神。屈子忠国家报秦仇思想之坚定高昂又见之于国殇矣。

稿　纸

禮魂

戴震云："概言人鬼之有常祀者，亦直赋其事。歌词反侧读之，可以知其寄意发矣。"

梁启超《楚辞解题》曰："九歌十一篇，截子目，更无问题。惟末篇《礼魂》仅有五句，似不能独立成篇。"窃疑此为前十篇之乱辞。每篇歌毕，皆殿以此五句。果尔，则九歌仅有十篇耳，梁本王夫之说也。

余谓《礼魂》既为独立之篇题与以前各篇无关，自不待言，若《东皇太一》为赋祀典之歌，馀实与大夫之身世有极密切之关系。概为假论，抒发胸情。并非祀典所用。若此《礼魂》诚如东原所谓"概言人鬼之有常祀者，亦直赋其事"。不能认作前十篇之乱辞。

余疑《礼魂》原文当多，不能仅今日所传

20×15＝300　　第 22 页

209

稿　纸

之五句，第其译不能明矣。

传芭兮代舞，姱女倡兮容与。

芭，与葩同。《说文》："华之初秀曰芭。"此盖巫所持之香草也。姱女，即美女。倡，即今唱字。容与，旧注："舒徐也。"按篇首言："成礼兮鼓。"已急疾击鼓，巫女之舞岂能舒徐，而不应节？疑非是。按《湘君》"聊逍遥兮容与"，"余释"："容与"有疾行意，则"容与"实状唱声，意当如激疾也。

一九七七年九月八日脱稿于鄢陵

20×15＝300　　第225页

屈原列傳發微

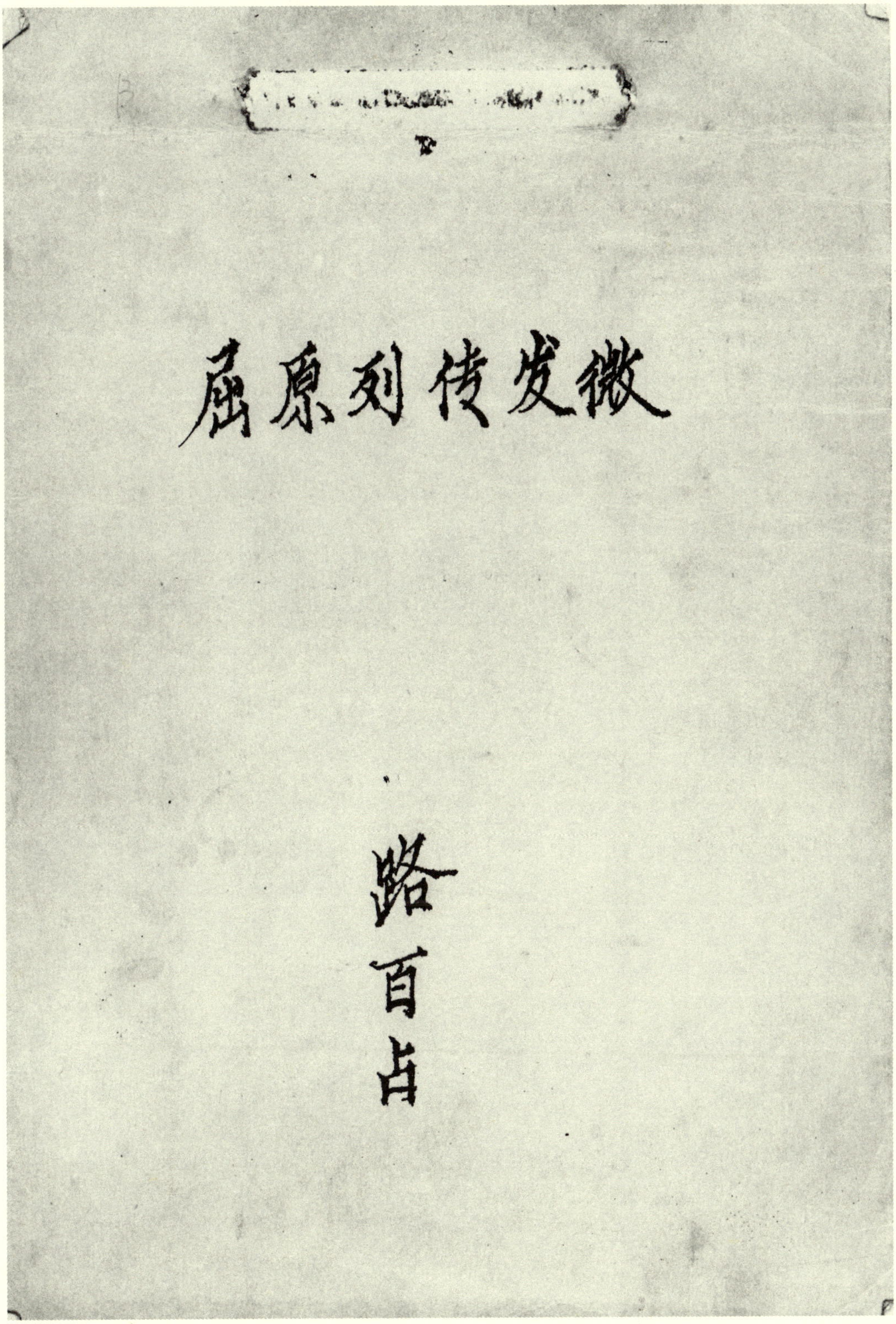

屈原列传发微

路百占

自序

屈原之名，首见于贾谊《吊屈》，而其史则初著于刘安《骚传》。虽其评议偏，然导夫先路之功，不可磨也。

洎龙门为史，弥纶群言，通书遗孙；益以读《离骚》之创获，浮沅、湘之见闻，覼缕为《屈原列传》，大夫之忠贞显、身世明，而赋作亦光于天下。垂教百代，永不刊灭。史公诚传辨稽古之良史也。

惟史公去世，岁纪绵邈。书经传写，难免帝虎；子山篇编，或非初貌。复字多古义，文有通假，若以今释古，义必乖舛。读者非精研不能析其辞，非博学不能综其理。岂其才疏，抑亦趣幽旨深耳。故唐前说屈，尚少迷离之叙，

20×15=300

近人考史，乃生无屈之论。一言屈史，犹浮云蔽日，阴霾塞空，瑰玮之姿，益为难见矣。

向余撰《楚辞发微》之际，兼治屈史。出入典籍，识与众殊。卅余年来，每思载笔，扫除诬屈之论，澄清窜迁之说，揭屈原之真史，明史公之传信。由深惧壮悔，期以髦耋，然亦望夫达者先我而为之，庶我之不之为也。

兹马齿见老，精力日衰，前望不至，深悔不怀。旧念丛胜之说，不入章编，千虑一得，或弃一旦。乃寻暇风雨，谨事笔砚。以史公全书验屈传，就屈子《离骚》证迁作。并搜讨群典，审视诂训；排比史迹，明沏原委；考订隐事，烛照微言；始见屈原之真史，龙门之言诠。回首始终，前乎吾之作，虽多刻舟以求剑，而于吾固多启迪诱发之助也。至若披沙柬金，则敢告不懈。

蒙藏书无多，才识更下。以視史公载筆，文溢百卷，书光宇宙，业垂千秋者，岂不渺乎小哉！顾际遇不同，获獲有别。若非生逢昭代，浅识马列，得知阶级斗争贯于古今，余固无缘窥屈原之英姿也。以此自慰，则幸于史公者多矣。

然征途尚远，为学戒满。窃冀止旅之前，继续搜讨，庶"古为今用"，克収明效，则余之志焉。

书三削稿于桂西山水间。吾弟百灵以考论文章杂于内，有碍阅读，乃抽出而另辑之。若其要旨，则遂宜而見于文内，不详于此云。

再者本书行文，所以用浅鲜文言者，以当时生活困难，稿纸难买，为省纸张，故采用之。

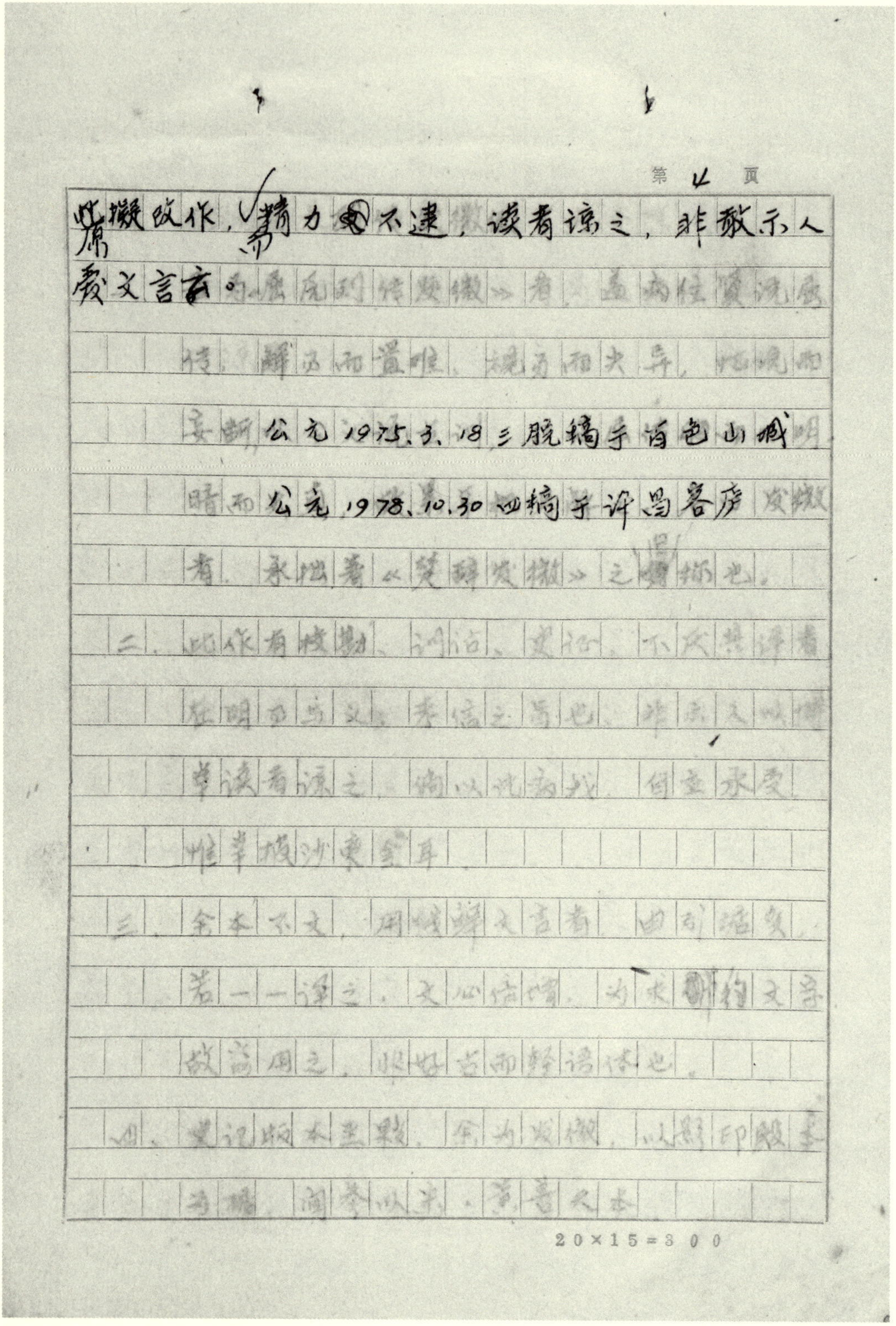

原拟改作，而精力不逮，读者谅之，非敢示人爱文言也。为《唐风列传发微》者，盖兩性質況處

特，解亦而置唯、幾乃相大异，

安断 公元1975.3.18三脱稿于首邑山城

暗而 公元1978.10.30四稿于许昌客序 发微

者，承继着《楚辞发微》之遗绪也。

二、此作有校勘、训诂、考证，不成熟译者

在明白易文，参信之旨也，非求人以博

学读者谅之，倘以此为戒，何妄求受

惟幸披沙柬金耳。

三、余本不文，用浅近文言者，由引语多，

若一一译之，文必倍增，为求简约文字

故而用之，非好古而轻语体也。

四、书记版本要数，余为发微，以影印殿本

为据，间参以宋、元善本。

列传发微例言

一、吾为《屈原列传发微》者，盖病往贤说屈传，解句而置难、视句而失异，忆说而妄断，以今文说古训，乃使屈传晦而不明、暗而失真，故累年积月解之。名曰发微者，承拙著《楚辞发微》之旧称也。

二、此作有校勘、训诂、史证，不厌其详者，在明句与文，求信之旨也。非示人以博，幸读者谅之。倘以此病我，自应承受。惟幸披沙拣金耳。

三、余本不文，用浅鲜文言者，由引据多，若一一译之，文必倍增，为求节约文字，故兹用之，非好古而轻语体也。

四、史记版本至繁，余为发微，以影印殿本为据，间参以宋·黄善夫本。

五、拙稿由长子雨霖誊录，内子陈琰校正。余老矣，不能亲自一一为之，或有舛误，祈谅焉。

20×15=300

第 1 页

屈原列传发微

路百占

绪论

一、

司马迁《史记·自序》曰："怀王客死，兰、咎屈原，好谀信谗，楚并于秦。嘉庄王之义，作《楚世家第十》。"视屈子之存于楚，关系楚社之存亡者至钜。又曰："作辞以讽谏，连类以争义，《离骚》有之。作《屈原贾生列传》第二十四。"重传屈贾之为人与其作品可知矣。

"列"之义云何？

《史记·高祖功臣侯年表》："后之君子，欲推而列之，得以览焉。"《伯夷列传》："

20×15=300

孔子序列古之仁圣贤人，如吴太伯、伯夷之伦详矣。”《史记·田儋列传》：“田横之高节，宾客慕义，而从横死，岂非至贤！余因而列焉。”《汉书·司马迁传》：“拳拳之忠，终不能自列。”师古注曰：“列，陈也。”又《史记·苏秦列传》：“吾故列其行事，次其时序，毋令独蒙恶声焉”。诸“列”字并序列之义。王充《论衡·变动篇》：“（苏秦张仪）二子宛曲，太史公列记其状”。刘勰《文心雕龙·书记篇》：“列者，陈也。陈列事情，昭然可见也”。解“列”字为“陈列”、“列记”，亦即“序列”之义。

“传”谊云何？

《释名·释书契》：“传，转也。”《史通·六家》：“传者，传也。所以传示来世”。

第 3 页

又《列传》："盖纪者，编年也。传者，列事也"。《二体》："《史记》者，纪以包举大端，传以委曲细事"。说"传"谊，并谓传示往事、细事，以贻后来世耳。

赵翼《二十二史札记》："古书凡记事立论及解经者，皆谓之传。非专记一人事迹也。其专记一人为一传者，自迁始"。释传谊至确。惟谓"自迁始"，则失其朔。考《史记·伯夷列传》："其传曰：伯夷、叔齐，孤竹君之二子也……"。迁前固有伯夷传焉。《世本》中亦有传焉。史迁为"列传"，盖有所祖，非自迁始也。又按太康竹书，有"穆天子传"，史公虽未见，而相类之传，时必及目。《伯夷传》外；若刘安之《离骚传》亦必涉及屈原事迹，为史迁所寓目者也。

20×15=300

第4页

"列"与"传"之文明，进而说《列传》。

班彪《史记论》曰："司马迁叙帝王，则曰本纪，公侯传国则曰世家，卿士特起则曰列传"。班氏以列传所传，仅限"卿士特起"，非笃论也。后之解"列传"一词者，大抵沿班说。若《伯夷列传》司马贞《索隐》曰："列传者，谓叙列人臣事迹，令可传于后世，故曰列传"。《史通·列传篇》曰："列传者，录人臣之行状，犹春秋之传。春秋则传以解经，史汉则传以释纪"。《六家篇》曰："纪传以统君臣"，皆是也。

按《史记》列传七十，"人臣"未能概其全。若匈奴、南越、朝鲜、西南夷、大宛，则国别史；若游侠又不臣诸侯，抗礼朝廷，非人臣也。若货殖非卿士特起也。斯以知班彪、司

20×15=300

马贞、刘知几之说有不周之病。惟张守节《正义》曰："其人行迹可序列，故曰列传"。说较《索隐》为进。而刘氏于《二体篇》云："《史记》者，纪以包举大端，传以委曲细事"。或适重人事，疏略国史乎？《汉书·陈胜项籍列传》注引服虔曰："传，次其时之先后耳，不以贤智、功之大小也"。师古曰："若次时之先后，亦以事类相从"。余谓颜氏之说，亦待商榷。如《伯夷传》第一，胡有事相从之实？若苏秦、张仪事类矣，而分居九、十，并不同篇。匈奴与南越、东越事类矣，宜分篇相从矣。而匈奴之后，间以卫青、霍去病、……公孙弘、主父偃等传，《大宛传传》反远居六十三之次。若吴王濞不与五王三宗同为世家，独名列传，居四十六，又何类之从耶？颜说虽在说《汉书》

列传之义，其视《史记》，亦犹是耳。然律诸《史记》，实不吻合。

太史公《自序》，《索隐》引刘勰云："有本则纪，有家则代，有年则表，有名则传"。善疏"列传"之义，粗而不精。

按《史记》一书，综合前人记述，删除芜说，存其精要。吾谓"列传"者，序列往事也。史迁居其阶级立场，依其史学观点，铺叙太初以上，各类人物之事迹，或四周兄弟民族之史也。就其史学方法说，确有以传释纪之妙。

《史通·列传》说曰："编次同类，不求年月。后生而擢居前帙，先辈而归抑末章。遂使汉之贾谊将楚屈原同列，鲁之曹沫与燕荆轲并编，此其所以为短也。"余谓司马迁总结黄帝以至太初之史而为《太史公书》，古史赖以传，其书纪传之鼻祖，而又通史之导夫先路者。"编次同类"，实为创举。"不求年月"，当有难求之苦。既编次同类之务，则"后生而擢居前帙，先辈而归抑末章"，其势难免也。若屈原与贾谊同列、曹沫与荆轲并编，又编次同类之功，非短识之病。刘氏既审知史迁有此草创之功，而复以屈贾同传为訾，何识之矛盾乃尔。

二

考司马迁为《屈原列传》，史料来源当有五：

1、采刘安《离骚传》中语。

王逸《楚辞章句》卷一引班孟坚《离骚赞序》曰："昔在孝武博览古文。淮南王安叙《离骚传》，以'国风好色而不淫，小雅怨诽而

第 8 页

不乱，若《离骚》者，可谓兼之。蝉蜕浊秽之中，浮游尘埃之外，皭然泥而不滓。推此志虽与日月争光可也”。斯说似过其真”。孟坚明谓自“国风”至“与日月争光可也”五十三字，为刘安语，今在《屈原列传》中，可复按也。班氏生于后汉，见书多，所言当有据。南齐刘勰《文心雕龙·辨骚篇》亦主之。

唐沈亚子著《屈原外传》，前言曰：“昔汉武爱《骚》，令淮南作《传》，大概屈原已尽于此。故太史公因之以入《史记》”。盖谓《屈原列传》文字，大半乃刘安《骚传》所有。极有见地。惜未明文字之起讫，而其说较班氏为文进。

宋洪兴祖《楚辞补注》曰：“……班孟坚、刘勰皆以为淮南王语，岂太史公取其语以作传

20×15=300

乎？"语似遊戏，实洪氏治学谦慎之怀，非轻班刘之论也。

陈本礼《楚辞精义》曰："华太史公《屈原列传》尚载有'国风好色而不淫'，五十二字，犹是《离骚传》中语也。"

马其昶《屈赋微序》曰："淮南王安叙《离骚传》，以为兼国风小雅之变，推其志与日月争光。太史公採其说入本传。"

章太炎《检论》曰："班孟坚叙引《离骚传》文，与《屈原列传》正同。知斯传非太史自纂也。"谓史迁採刘文入传可也，谓斯传非太史自纂，其言过矣。

黄侃《文心雕龙札记》曰："案国风好色而不淫已下，至与日月争光可也数语，今见《史记屈原传》，知史公作传，即取《离骚传序》

第 12 页

《史通·采撰篇》云："马迁《史记》，采《世本》、《国语》、《战国策》、《楚汉春秋》。"古人说之详矣。就《屈传》说，若张仪之谲诈怀王，郑袖之弄术宫内，凡涉及秦楚关系者，显系约《国策》之文，以昭明史实。然亦有为史公所刊落者，如靳尚被杀于邹道上，怀王入秦后，楚廷之夺位斗争……并详后文，兹不赘。此《屈传》史料来源之三也。

4、采屈原作品入传

考诸历史，刘安为《离骚传》必在武帝建元二年之际（当公元一三九年）。而刘安为《离骚传》之前，必有搜集、编订屈赋之功。其所编辑者，又必随《离骚传》进于汉武帝之前。其书亦必藏诸"金匮石室"，可断言也。"百年之间，天下遗文古事，靡不毕集太史公。太

20×15=300

史公仍父子相续纂其职"。则史公固能见安书者。《屈原列传》云："余读《离骚》、《天问》、《招魂》、《哀郢》悲其志……"。史公親覽屈作，情生共鸣，故以《渔父》、《怀沙》入诗，此又直採屈作矣。此屈传史料来源之四也。

5、以"求问"所得入传。

太史公于《屈原列传》又曰："适长沙，观屈原所自沈渊，未尝不垂涕想见其为人。"史公读屈作"悲其志"，观沈渊想其人，于屈子仰且慕者如此弥高弥坚，则适长沙时，亦必有所"求问"（此词见《信陵君列传》）收集，将所得以入传。所谓"網罗天下放失旧闻"也。

《贾生传》云："贾嘉最好学，世其家。与余通书。"通，交通，来往之意。书，信札。通书，犹信札往返也。《樊、郦、滕、灌列传》

第 14 頁

云："余与他庞通，为言高祖功臣之兴时若此"。按他庞，樊哙之孙，与史迁有往还之交，曾以樊等诸将之史告诸史迁。史公乃以入传。《后汉书·冯异传》："轶自通书后，不复与异争锋"。"通书"词义，亦当为书札往返也。又按嘉乃谊之孙。谊曾为《左氏传训诂》（見《汉书·儒林传》）。而"嘉颇能言《尚书》"（同上）。此所谓世其家。

据《贾生列传》，谊曾吊屈原于长沙，为长沙王太傅者且三载。谊爱好辞赋，亦主变法，受谗被迁，多似屈子之为人与遭遇。其特崇屈原者在此。贾居长沙时，不能不访屈子之历史与遗文。《吊屈原文》曰："侧闻屈原兮，自汨罗"。曰"侧闻"，足证有所访获矣。

嘉既世其家，必谂所闻且珍藏乃祖之搜访，

20×15=300

第15页

嘉既与史公通书，故得以《弔屈原文》、《鹏鸟赋》，入《贾生传》。若贾谊行事，亦必多闻之贾嘉，此可断言者。谊传既有贾嘉贡献之史料，而嘉将其所知有关屈原之史料与作品，举以予史公，尤可断言也。史公尝曰："平原君与余善，是以得具论之（《郦生陆贾列传》）。""唐子逐字王孙，与余善（《冯唐传》）。""吾闻冯王孙曰……（见《赵世家》）。"春秋以后，史事採访，亦要信也（《伯夷列传》）"。凡此皆足以证明太史公为《史记》时，不徒重石室之藏，更特重个人之採辑。谓史公为《屈原传》有得于贾嘉，当非虚言也。此《屈原传》史料来源之五也。

然何者来自贾氏耶？余疑《离骚》、《天问》、《招魂》、《哀郢》乃皇家石室所藏，

20×15=300

第 16 页

不欲引录。若《怀沙》乃贾谊（或史公）所搜集者，其词多不同于《章句》本，亦即不同于刘向据石室所藏屈作而辑校之屈赋，故司马迁引之入传，以广异闻耳！

就《屈原列传》史料来源之分析，当知《屈原列传》乃司马迁力求"考信"，矜慎有据之作，绝非草率荒唐之笔，然近世资产阶级反动学者如胡适辈，以虚无主义对待祖国文化遗产，以买办思想奴役中国人民，为帝国主义开路，加速国家之沦亡，妄说无屈原其人，屈赋尽汉人作，或谓刘向伪作屈传，篡入太史公书，竟欲灭我中华国史之光芒，摧折文学之冠冕，不独诬屈子，亦且狂吠龙门也。

陈本礼曰："汉孝武爱骚，命淮南作传，而义以明。龙门作史，而旨益显。此亦千载一时

20×15=300

之知遇也（见《楚辞精义序》）。"要言不烦，《离骚传》、《屈原传》之价值明矣，二者之关系明矣。岂若后世不窥堂奥之徒，为居心叵测之论乎？

三

论列屈原事迹及其作品者，贾谊最居前，刘安次之，至司马迁完成《屈原列传》，屈原之生平、才能、爱好、政治主张、外交策略以及文学上之光辉成就，方有系统之叙述。屈原一生之战斗业绩，始得传于后世。故史迁传屈之功为最钜。

贾谊（元前二〇〇年—元前一六八年）在长沙为《吊屈原文》，乃在元前一七六年，时贾二十五岁（据《贾谊传》推定），去屈原之卒（余考当在元前二七七年）约百年。《吊屈原文》虽非传记，而屈原之姓名、性格、生时环境、斗争精神、爱国思想、崇高品质，与夫悲剧性之一生，皆昭然若日月光乎天地。贾谊实传屈之第一功臣。

淮南王刘安（元前一八〇年—元前一二三年）为《离骚传》（见于《汉书·淮南王安传》："初，安入朝，献所作内篇，新出，上爱秘之，使为《离骚传》。旦受诏，日食时上……安初入朝，雅善太尉武安侯。"

按《史记》武帝建元二年（前一三九年）淮南王安入朝；是年十月太尉武安侯田蚡罢。此事在太初改历之前，年以十月为岁首。《史记·武安侯传》及《汉书》记太尉武安侯田蚡迎淮南王安至灞上，若在十月后，则太尉已罢，势不能迎。故知淮南王安入朝，当在十月之前。

20×15=300

建元二年去贾谊为《吊屈原文》之时，仅三十七年。前文曾说《屈传》史料，大半取之《离骚传》，知淮南传屈之功，与贾谊比，伯仲之间耳。

司马迁总撮前人叙说，益以己之访求，成《屈原列传》，当在全书完成之时。考史迁于太始四年（前九三年）十一月为《报任安书》时（从王国维《太史公行年考》），《史记》一书，基本卒业。司马迁时五十三岁，当公元前九十三年。去屈原之卒百八十四年，去《吊屈原文》之成，约八十三年，去淮南之为《离骚传》则为四十六年左右。此其大略也。

三人之作不同体。贾旨在吊，刘意重说，唯马迁之传，序列行事。自汉迄今，多赖《屈传》以传屈子，又多赖《屈传》以解屈赋。后

20×15=300

虽有作，无能并驾。信乎！其为良史也。

然史迁（元前一四五年—元前八七年？）去今，邈矣两千余载。其书确有难读处。崔适《史记探源》云："至若年代悬隔，章句割裂，当是后世妄人所增与钞写所脱。其幸免乎此，又有误衍、误倒、误改、误解诸弊。要不若窜乱之祸为剧烈。"此前人论《史记》难读之故也。

就《屈原列传》言，吾以为无剧烈之窜乱，第少有误衍，乃过往传钞之病。至于误解，由于读者浅识。其归也，古今学人动称《屈传》情节矛盾，文理不贯，不曰难解，即云错简。率以己意颠倒其文次。于是，矛盾迭生，情节愈乖。屈大夫之强烈爱国思想，仇视旧奴隶主之昂扬斗志，乃湮没而不彰。而旧奴隶主贪残、狠毒之心肠，反为之隐。斯皆生于不明诂训，不悉心研考，不遍读史公书之故。盖诂训不明，说事必为歪曲，读书不细且遍，脱漏大事，在所不免。史事不考，势必穿凿其说，大逞唯心之论。凡此，无不导致曲解、妄解，使屈传寸寸磔者，几希！降及近世，去古益远，学人夙逞肊说，不究诂训，为祸之烈，尤甚于前。事例不鲜，并可见诸后文。

四、

东方朔（元前一六一年左右——元前八七年左右）与司马迁并世。《史记·自序》、《索隐》引桓谭云："迁所著书成，以示东方朔。朔皆署曰太史公。"可证《史记》曾为东方朔所观。朔好屈辞，则《屈传》又必为所重，二人于屈原历史或有同见焉。

考朔有《七谏》之制，虽系赋作，类衣屈

志（王逸说）。《七谏》仅七篇，而非九篇，可证屈作九也。中蕴屈原史料，堪与屈传印证，宜可珍也。然近人或据《汉书·东方朔传》无《七谏》之著目，《汉志》缺朔赋之著录，乃疑为东汉人伪作。余考《汉书·东方朔传》"有《封泰山》、《责和氏璧》及《皇太子生禖》、《屏风》、《殿上柏柱》、《平乐观武猎》诸篇"。《御览·三百五十》有朔《对骠骑难》。《文心雕龙·诠赋》"品物毕图"，实指枚皋、东方朔辈受诏赋宫观、奇兽、畋猎及封禅也。朔之赋盖众矣。况东方朔明著《猎赋》、《答客难》……为后人所熟知，不得以《汉志》缺录，谓曼倩无赋作也。犹之屈传未录《涉江》及《九歌》，不得谓非屈子之作也。犹之《贾谊传》未载《过秦论》（见《秦本纪》），不得

第23頁

谓非长沙之制也。准此以论，《七谏》之名，虽不见朔传及《汉志》，亦不得谓为非东方朔之赋也。况刘向（元前七九年—元前八年）之生距史公、东方之卒不及十年，校书中秘于汉成帝河平二年（元前二六年）去东方之卒，亦仅六十二年。《汉志》云："至成帝时，诏光禄大夫刘向校经传诸子诗赋"。向纂屈赋必于斯期。以《七谏》入《楚辞》自出向手（见王逸《楚辞章句》），且必有据。若谓刘向作伪，旨在欺天下后世，岂能欺同校秘书之士？岂敢欺並世学人？尤岂敢欺爱文之成帝？当人知其不敢也。《汉书·叙传》云："（班斿）与刘向校秘书。每奏事，斿以选，受诏進读群书，上器其能，赐以秘书之副。"又"嗣子叔皮……家有赐书，内足于财，好古之士，自远方至。父党扬子云

20×15=300

第24页

以下，莫不造门”。知刘向与班斿同校书中秘，刘向岂能空谷生风，不究故实，而妄为之乎？

况刘向纂《楚辞》附己作《九叹》于内，若为欺人，胡不以《九叹》归之屈原或东方朔？此又可证《七谏》必为曼倩之赋。

再者王逸（公元八九年——一五八年间在世）自为“章句之仪”，其生也去刘向仅百年，去班固（公元三二年——九二年）仅三年。而班固之生去刘向之卒四十年。班彪父子岂能无闻刘向之伪作而受其欺，且父子相欺？王叔师岂能亦无所闻而受刘向两班之共欺乎？此可证《七谏》为东方朔之诗作，其说传自刘向，为叔师所祖述也。乃论《七谏》者，率于此而忽诸，不亦大可异哉！

究历传者，不珍视与史过益世之东方朔所

20×15=300

为之《七谏》中蕴藏之史料，甚且屏除之，多见其愚其诬。以此治学，焉能不厚诬古人且重欺来世也哉？余重《七谏》，故不惮烦而辨之如此云。

《汉书·刘向传》："采传记行事，著《新序》、《说苑》凡五十篇"。而《史记·商君列传》《索隐》云："《新序》是刘歆所撰，其中说商君，故裴氏引之"。谓向子刘歆作《新序》，说晚出，不可信。

按《新序·节士篇》内有《屈原传》（原作无此标题，係笔者所命）。记事与《屈原列传》较，稍有出入，且为简略。然史实大要与史迁作者无异。益刘氏约略《屈原列传》，益以己所闻而成者。以之对勘《屈原列传》，可明史迁《屈传》所以为人误解而得正解者良

20×15=300

多（详见后文）。若谓马迁为传屈子之功臣，则刘向之辑《楚辞》，实传屈作之功臣。若其为《屈原传》存之《新序》，又为传史迁《屈原列传》之功臣，实非过誉也。然刘向胡为有此一作，此不可不探索者。

《汉书·艺文志》载：《晏子》八篇，《孟子》十一篇，《孙卿子》三十三篇，《鲁仲连子》四十篇，《筦子》八十六篇，《商君》二十九篇，《苏子》三十一篇，《张子》十篇，《吴起》四十八篇，《魏公子无忌》二十一篇，《屈原赋》二十五篇，下并注"有列传"三字。凡此共十一见。《屈原赋》下之注为"楚怀王大夫，有列传"。颜师古首于《晏子》下注曰："有列传者，谓太史公书"。是《屈原赋》下之"有列传"，颜意当为《史记·屈原列传》也。

第27页

若不深思，必以师古之说为是。然细究之，则大不然。

试用稽《汉志》所载：《贾谊》、《庄子》、《申子》、《韩子》、《吕氏春秋》、《贾谊赋》、《韩信》，凡此诸书作者，《史记》中并有列传，而《汉志》在各篇目之下，均不注"有列传"三字。仅于《吕氏春秋》下曰："秦相吕不韦辑智略士作"。亦不注"有列传"字样。一视前述十一人之作，何详略之不同如此？揆其不著"有列传"之因，当非刘歆为《七略》时之疏忽，亦非由于人物之尊卑隐显，更非由于班孟坚之删除，当别有故焉。

按刘向"校经传诸子诗赋"，"每一书已，向辄条其篇目，撮其旨意，录而奏之（见《汉志》）"。是刘向校一书讫，必撮书旨意，伊时

20×15=300

涉及作者身世，亦属必要，所以便帝之省览也。若向辑录用力最勤者，当更不缺此类之字。其依据多係史公书。然损约其辞，不必照抄史公书也。《新序·节士篇》中之《屈原传》，当係校录《屈原赋》后，据史迁之《屈原列传》、撮而书之，附之书后，上之于汉帝者。此种文字，共十一篇，故于该书下皆注曰"有列传"也。此后为《新序》，根据内容之需要，复分录于《新序》中。由其序列前人行事，有整齐、约略、分类之劳，为别于述作或他人之作，故名《新序》。此书名之所自出也。《刘向传》曰："採传记行事，著《新序》、《说苑》凡五十篇"。可证其材料之来源。《文心雕龙·才略》云："《新序》该练"。固洞鉴事则有据，文復要切矣。

若史公书有列传，而《汉志》不著者，人必为世所熟知，或近属汉朝，固不须约其传以附校录之书后。如淮阴侯韩信，在汉帝国无不知者，辑校其书时，不劳约其事以附书后，故无"有列传"之注语，此一因也。如书属先秦，人若孔子老庄申韩，书迹显赫，昭在人目，自无约其传之要。故此等书下不着"有列传"字样，此二因也。倘如歆说，"有列传"者，皆属太史公书，何以史公书有之，而刘歆《七略》不著"有列传"者，如彼之多？若谓遗漏，则尤不当如斯之甚。若为刘向不为十一家之小传，何属史迁所作，何以《汉志》著录"五百九十六家"，而"有列传"者仅十一耶？至如"不知作者"，"不知何世"无据以为列传者，又何不注曰"无列传"耶？

20×15=300

《韩子·五十五篇》下注曰："名非，韩诸公子，使秦，李斯害而杀之"。简写非事，本史公书，而不曰"有列传"，明非遗漏，可断言也。

若谓班固《汉志》，本刘歆《七略》，"删其要，以备篇籍（见《汉志》）"，无列传之注者，乃由班氏删去，则班氏何为不尽删？且有何删之必要？

据上辨析，足证《汉志》所云"有列传"，当係指各校书中附有作者小传而言，非谓史公书中有列传也。故此十一"有列传"之说，显係伪作。《新序·节士》中之《屈原传》原应在《屈原赋》后，为刘向奏进前所撮录，后乃採入《新序》，此一例耳。然今传《楚辞章句》乃就刘向本改编者，非刘氏之旧，故不見《屈

20×15=300

尾传》耳。颜师古谓为《太史公书》，盖溺于习知，未加深考也。

近人或谓《新序》不可据。盖不知《新序》所载，皆有所自（见前引证）。惜西汉以下，书册散失孔多，不能以无从考见其流，谓为刘向伪造也。若苏武被羁匈奴，"受毡裹晒日之苦"，《汉书》未之载也。然在向必有所耳闻。又如王恢与韩安国争论伐匈奴事，孟坚据以入安国传矣。以生时近刘向之孟坚，笃信而不疑，当知《新序》不仅"该练"，亦且"信真"。

考《后汉书·杨终传》，杨子山（终字）"曾受诏删太史公书，为十余万言"，则今本历传或经删削乎？刘向西汉人，所见史公书，当为原面。故刘举之党人有司马子椒。斯人者多见东汉以前人之作品，如班固《离骚赞序》"责数怀王，怨恶椒兰”。杨雄《反离骚》：“灵修既信椒兰之唼佞兮”。东方朔《七谏·哀命》：“惟椒兰之不反兮”。《汉书·古今人表》：“令尹子椒子兰”。《盐铁论·讼贤》：“夫屈原之沉渊，遭子椒之谗也”。《潜夫论》：“屈原得君，而椒兰徙谗”。曹操《与孔融书》：“屈原悼楚，受谮于椒兰”。上引诸书，并以椒兰为谗原之人，与刘向《节士》说同。

《离骚》曰：“椒专佞以慢謟兮”。“览椒兰之若兹兮”。屈作固亦隐示有椒其人。斯则刘向所述之“司马子椒”，与东方朔、杨雄、班固、桓宽……所称之“椒”，必为一人，且同据史迁之《屈原列传》。然今本《屈原列传》，不著子椒其人，岂为杨子山所删乎？要之，吾人今所見《屈原列传》，非史迁本色可知矣。后人

20×15=300

岂得轻议《新序》为不可信之书耶？第就子椒人名见于《节士》，反足证向书为信而有徵之作矣。

总前论述，可知《屈原列传》为研究屈原历史第一手资料。此外，若《史记》、诸《世家》、《列传》、《国策》及屈原诗作，亦当如斯观也。若东方《七谏》、刘向《节士·屈原传》及《九叹》自为第二手资料。他如东、西两汉，学人孔多，其辞赋、论著凡涉及屈原者，无论长篇钜制，片言只语，皆可窥得屈原之生平及思想，应予珍视、详搜、对勘，不宜遐弃。即如晚作若《越绝书》者，亦可游猎，吾于此实获多助。

五

古人不乏论史迁《屈原列传》之作。兹录

20×15=300

载则于下，以见屈作与屈传之关系，屈传之重要性；並知研究屈原历史之必要。

明赵南星曰："司马子长天才伟与屈子，而愤世疾俗之意，异代一揆，故为之立传，叙次其事。才及数行，不胜愤懑，辄为论议；又复叙次，未及数行，又论议焉。且读且诉，且唱且叹。子长以前作史者，亦无此体也。要之，世有屈子，乃能为《离骚》。为屈子传，必以子长之文。亦惟子长乃能传屈子耳"（《离骚经订注序》）。

清李安溪曰："幼时读《离骚》曾纂过。《离骚》精义尽于屈原传中，亦宜读纂过"（《楚辞贯序》引文）。

清董国英曰："列传为屈子而作，实为《离骚》而作。二子世相近，而皆不得志乎时。

術才情，足一一相当。马迁自是屈之知己。列传大半为《離騷》注脚，后千百载欲舍此而读《離騷》，何啻济川者之先自弃其舟楫也"（《楚辞贯·凡例》）。

清胡濬源曰："求楚辞注家，不若求之于史传。求之于史传，不若求之于本辞为确也"（《楚辞新注求确》）。

萧穆曰："余以为千古之第一知騷者，莫如太史公……学者但熟读太史公《屈原列传》，可悟读屈原各篇精义之所在"（《敬孚类稿》）。

古人论屈传与《離騷》之关系，史迁与屈原之遭遇及愤世之情思，不为無见。第受阶级及时代之拘限，不审屈原乃南楚力求变法之杰出人物。其一生怀抱为变法图强，统一中国。屈始终反对奴隶制而爱新兴之封建制，实新兴主阶级之代言人，同情奴隶反压迫之斗士。屈一人之历史，反映当时两个阶级之殊死斗争，实时代之写照耳。

司马迁叙列屈原之史，虽无此观点，由于尊重客观现实，阶级斗争之激烈，路线斗争之尖锐，仍可于屈传中获知。若藉《屈传》以读屈原诗作，屈所流露之爱国思想，昂扬斗志，守死不屈，谋国之诚；与夫信宗国之危亡，民生之多艰，疾党人之卑劣，永矢体解不变之壮志，皆历历如在目前。凡此皆有助于历史之了解。故屈原之思想与行动，不仅为南楚之历史放出异彩，亦且为我华族历史闪耀永恒光辉。若其诗作又战代之奇葩，芳馨远射于后世。师范百代，永不刊灭者也。

故吾人今日读《屈传》，当用阶级观点、

视其有助于历史发展者如何？当用辩证法察之，详其长而明所短。要之，读《屈传》在明战代晚期楚国之阶级斗争、两条路线之继续博斗；在明先进者之革新精神，腐朽者之反动面目；为吸取历史教训，古为今用；为继续革命，巩固无产阶级专政也。然欲通晓《屈传》，更须精析屈赋，方能识马迁之是，补史公之阙，正旧说之误，得历史之真。此古人所云："读屈传有助于读楚辞，读屈赋有助于读屈传"也。

六、

吾为《屈原列传发微》者，缘治屈赋时，兼顾屈传。病说者解分而置难，轻注而忘贯，视分而非解，旧说而妄断，今文说古训，执一而弃全，乃使屈史晦而失真，阶级斗争暗而不明。故积思累年解说之。名曰《发微》者，承旧作《楚辞发微》之后，以为名耳。

《史记》版本多种，余为发微，以宋黄善夫本为据。

此作有校勘，有训诂，有史证，有考订，有补遗，有事表。不厌其详者，在明文意与史实"考信"之旨也。非示人以博。倘以繁琐视之，自应承受。弟幸识者，披沙拣金也。

余本不能文，引文用浅鲜文言者，由引据浩繁，一一译之，则篇幅倍增。为求节约文字，不仅不译引文，即个人陈说，亦用文言，非好古也。读者谅焉。

20×15=300

第 1 页

屈原列传发微

路百占

屈原者，名平，

唐张守节《史记·正义》曰："屈、景、昭，皆楚之族。"王逸云："楚王始都，是生子瑕，受屈为卿，因以为氏。"

按《庄子·庚桑楚》："三者虽异，公族也。昭、景也，著戴也。甲氏也，著封也。"《礼》："毼於阼（东阶），以著代也"。代、戴古字通。著戴即著代也。《说文》："首、戴也"。戴训首，即始也。"著戴"者，谓明其氏所始之君也。甲、屈古双声，鱼、沐通转。则甲实屈氏。屈之先受封于屈，故曰著封也。此三氏见于战代最早之记载。

王逸《楚辞章句》："帝高阳之苗裔兮"

20×15=300

注引《帝繫》曰："武王（740年——690年）求尊爵于周，周不与。遂僭号称王，始都于郢。是时生子瑕，受屈为客（《正义》引无此客字）卿，因以为氏"。《元和姓纂》云："屈，楚公族，芈姓之后。楚武王子瑕，食采于屈，因氏焉。屈重、屈到、屈建、屈平并其后"。《古今姓氏书辩证》卷三十九，屈姓下云："出自芈姓。楚武王子瑕为莫敖，食采于屈，以邑为氏。自瑕及屈重，屈完而下世系具《春秋人谱》"。并说屈原受氏之祖为楚武王子瑕，因食采于屈，而得氏焉。

《曲礼》："子生三月，父咳而名之"。又"男子二十，冠而字之，成人之道也"。阶级社会中之贵族，幼名冠字，所以显其贵也。命字多方，字与名义相应又为常道。《论衡诘术篇》："其立字也，展名取同义。名赐字子贡，名予字子我"。可证也。

《尔雅·释地》："大野曰平，广平曰原"。《公羊昭元年传》："上平曰原"。《说文》原字下："高平之野，人所登"。字则作邍(yuan)也。"屈原名平"，原当为字，与平义相应。合贵族命字之则。若《卜居》、《渔父》，贾谊《吊屈原文》并著称屈原，不以名呼，特以尊屈，亦可为字原之证。《九叹·初放》："平生于(中)国兮，长于原野"。为名平之证。刘向《节士》"屈原者，名平，楚之同姓"。同史迁说。名平字原，应无疑义。然后世说屈原名字者，不乏误解，谨辨之于下。

余尝释《离骚》"名余曰正则兮，字余曰灵均"，"名"、"字"乃一再奖誉之意。

"正则"、"灵均"乃怀王奖誉之词。正则即政则，谓品性忠贞，持策纯正，实为政之则也。灵均者，许屈原之主张变法，必喜使楚国达于均平，亦即富强康乐之境（参《离骚发微》）。

王逸曰："灵，神也。均，调也。言正平可法则者，莫过天，养物均调者，莫神于地。高平曰原，故父伯庸名我为平以法天，字我为原以法地。言已上能安君，下能养民也（见《楚辞章句》）"。王氏以伯庸为原之父已大误，又以汉代附会穿凿之能，误正则灵均为原之名字所由命，实出于不察史实，强为牵合。降及唐代，刘知幾《史通》曰："光叙厥生（按误说也），次显名字"。以其博雅，竟亦误解正则灵均为屈原名字。宋洪兴祖曰："正则以

第 5 页

释名平为义，灵均以释字原之义。名以立，屈原以德命也（见《补注》）”。朱熹曰：“高平曰原，故名平而字原也。正则灵均各释其义，以为美称耳（见《集注》）”。戴震曰：“正则者平之谓，灵均者，原之谓（见《屈原赋注》）”。四家莫不附会王说，以正则灵均为原之又一名字也。

考战国屈原一文名时期，正则、灵均乃怀王奖词，而非名字，余有考证，著于《楚辞发微》，此不赘矣。

《文选》五臣《濫注》，又反王说，主屈原名原字平。其言曰：“正则，平正可法则也。其名原之义如此。灵、善也，均亦平也。其字平之义如此。《史记》以为原名平者，误矣”。五说仅以字意求之，而无他据，不足以推翻马迁之记，撰其误说之由，同于王逸齿纳平原之文，与正则、灵均二者之关係耳。

后之探故者，不惬前人之说，又为肊造之论。若蒋骥《楚辞余论》引郁玄敬《听雨纪谈》之说曰："古人有小名小字……正则、灵均则其小名小字也"。蒙孝"小名小字，屈原時尚未着用。其为命也秦汉后始盛。况小名小字，多不雅训，若司马相如名犬子者是。正则灵均文意尔雅，又属不合（見《离骚发微》）"。必非小名小字也。陈本礼亦不請名史，于《楚辞精义》云："正则灵均，跟上贞字来，伯庸取以名子之文。《离骚》明明自道，何以史迁曰名平，又曰原者？岂古人果有乳名小字，如令尹子文之一名鬥穀於菟耶"？按"穀於菟"楚言也，虎乳之意，的属小名。

然陈氏以平、原为屈子之小名小字，而以正则、灵均为屈原成人后之名字，亦欲反过说焉。寻战国为一文名时期，如苏秦、商鞅、吴起、唐雎、李斯并一文名也。屈子何得背时俗，以二文为名也。况战代命字，率以伯仲季诸美称字配之，屈原又何得以"灵均"为字耶？陈氏与前人并误者，皆坐不谙名字之史也。

王邦采《离骚汇订》曰："嗟夫！文字之祸，自古而然哉！……正则隐其名矣，灵均隐其字矣。夫非畏谗忧讥之意乎"？语虽感慨要非实况。

乃至近世爱奇之士，复谓正则、灵均乃屈原之笔名，是则一文中有二笔名，不知何贵乎尔？诚可谓唐突历史，滑稽之雄。兹文人操觚，亦称灵均，虽借代为用，实非端揆师。猜之名史，终属不当，可无论矣。

后世以平为名者，韩相有张平，张良之父也。汉相有陈平，刘季之功臣也。岂孟钦屈子之令德，犹司马长卿之名相如乎？

关于屈原生时，学者皆据《离骚》"摄提贞于孟陬兮，惟庚寅吾以降"两语之王逸及朱熹注解："降，下也。原又自言此月庚寅之日，己始下母体而生也"，进行考证。首谓生年寅年寅月寅日，继考说当于何年。如邹汉勋、陈旸、刘申叔推定为楚宣王二十七年（元前三四三年），郭沫若推定为公元前三四零年，浦江清推定为公元前三三九年，其著者也。

蒙谓此原叙其官时间也，与生辰无缘毫

关係。诸说据王、朱之解，以孝定屈原生時者，绝非是。吾于《离骚发微》中，提出六证，以明其误。兹约言之：一、降为罢退意，二、古名生，不用"降"字；三、屈赋中"降"字，无作生训者；四、屈作《离骚》在放逐之后，诗之开始，即叙罢官放黜之時，切合情理；五、降意之同黜逐，《离骚》中有内证；六、庚寅日在楚视为凶日。（详参《离骚发微》）

余据上六说，否定乃屈原之生辰，释为屈原罢官之年月日。時当在楚怀王十二年（公元前三一七年），据日本新城新藏氏《东洋天文学史研究》此年为壬寅年也。至屈原之生時，经考定，疑为楚宣王二十三年左右，即公元前三四七年左右。详说余于《楚辞会

15×20=300　　08429·7811　　第 9 页

盟考》一文中考论之。其辛年疑当在顷襄王二十二年，即公元前二七七年也。屈子生年盖在七十一岁左右矣。

关于屈原故里，旧前记载，多云秭归。如庾仲雍《荆州记》："秭归县有屈原田宅，女媭庙捣衣石犹在（《艺文类聚·居处部》引，《御览》引略同）"。《后汉书·郡国志》注引庾文较详："（秭归）县北一百里有屈原故宅，方七顷。累石为屋基。今其地名乐平。宅东北六十里有女媭庙。"《水经注》卷三四《江水》注引袁山松《宜都山川记》"秭归，盖楚子熊绎之始国，而屈原之乡里也。原田宅于今俱存"。又云："（秭归）县东北数十里，有屈原旧田宅。虽畦堰縻漫，犹保屈田之称也。"《楚胜迹志》云："归州三闾乡有玉米田，

15×20=300　　08429·7811　　第10頁

相传屈原耕此，宋玉来从焉。三闾乡一名归乡。”其后出之说，如《湘阴志》所称之玉笥山，《一统志》所称之巴陵东太平寺，《寰宇记》所著之澧阳三闾大夫山，均出于崇敬之余，实非屈子故里也。

清戴震《屈原赋通释》，笃信秭归之说，曾据前徵诸说，援以为释。稽诸实际，则非也。屈原盖郢人耳。

《七谏·初放》云：“平生于国兮，长于原野。”王逸注曰：“言屈原少生于楚国，与君同朝，长大远见，弃于山野”。按国，非楚国之谓。洪氏补注“一本有中字”，是中国者，即国中也。京城之内也。盖古以京都为国。《鲁周公世家》“周公往营城周雒邑，卜居焉，曰吉，遂国之”。《乐毅传》“轻卒锐兵，长驱至国”。国，临淄也，齐都。《廉颇蔺相如传》“兵去邯郸三十里，……夫去国三十里而军不行增垒”。《正义》“国，谓邯郸。赵之都也”。宋玉《对楚王问》“客有歌于郢中者，其始曰下里巴人，国中属而和者数千人”。诸国字，並谓都城也。就楚都言，专名曰郢，泛称曰“国”。《哀郢》云：“去终古之所居兮”，“发郢都而去闾兮”，明谓郢乃其故里也。故《离骚》云：“尔何怀乎故宇？”“又何怀乎故都？”故宇、故都当为一地，实即郢也。屈子自道，乃郢人也，郢，其生地也。《七谏·自悲》“悲不反余之所居兮，恨离余之故乡。”王逸曰：“不得归郢，见故居也。”叔师于此，亦谓屈原郢人也。刘向《九叹·思古》云：“违郢都之旧闾兮，回沅湘而远迁”。

15×20=300　03429·7811　第 12 页

亦生郢为屈之旧居也。谓屈子郢人，不为无据，然汉代以后典籍，所以屡称秭归者，想缘之屈在其地耳。

屈原之家属实不可考。《离骚》云："女媭之婵媛兮，申申其詈余"。解者多以女媭为原姊，原妾说之。蒙以婵媛乃近族、近人之意，亦限于女性，且妾无资格詈原，姊不忍心詈原之理推之，认为女媭为王族之人，名以女媭者，轻视其人无识也。

《襄阳风俗记》云："屈原五月五日投汨罗江，其妻每投食于水祭之。原通梦告妻，所祭食皆为蛟龙所夺。龙畏五色丝及竹，故妻以竹（叶）为粽，以五色丝缠之（《太平寰宇记》卷一四五引文）"。原妻有可能随大夫同时离郢，流亡江南。后大夫而死，亦屈

15×20=300　08429·7811　第 13 页

可能。若大夫有无子女，则不可考矣。

楚之同姓也。

按《楚世家》："楚之先祖，出自帝颛顼高阳。"又"熊绎当周成王之時，举文武勤劳之后嗣，而封熊绎於楚蛮，封以子男之田，姓芈氏，居丹阳。《离骚》云："帝高阳之苗裔兮，朕皇考曰伯庸"。亦自谓系出高阳，则高阳其远祖、始祖也。伯庸，即楚武王熊通（武王之名，今本《楚世家》作熊通。《左氏传》文十六年、宣十二年、昭十六年孔颖达《正义》及陆德明《释文》引《世家》，並作熊达。按达亦通也）近祖也。（详说見《离骚发微》）前述曰"武王子瑕食采于屈，因以为氏"。屈原固楚王族，芈姓而屈氏。此述曰同姓，实指芈姓，称与楚王之族谊关係

15×20=300　　08429·7811　　第 14 頁

耳。《节士篇》亦云"屈原者，名平。楚之同姓也"。自本《史记》。又《史记·高祖本纪》，九年"徙贵族楚昭、屈、景、怀、齐田氏于关中"。知屈氏至汉初，仍为贵族也。为楚怀王左徒。

按《楚世家》：威王熊商立十一年卒(当公元前三二九年)，子怀王熊槐(《诅楚文》作楚相)立。一本《史记·年表》槐作魏，槐、魏古读同。怀王之立当元前三二八年。《节士》"大夫有博通之知，清洁之行，怀王用之"。王逸《离骚经序》："屈原与楚同姓，仕於怀王为三闾大夫。"不曰左徒。寻左徒遂称曰三闾大夫，不曰左徒。寻左徒乃左司徒之简称，司徒之副贰也。与三闾同官而异称，雅俗之别耳。详说見拙作《楚左徒考》。

至屈子任左徒之始，蒙疑当在怀王元年，時约二十岁许。《大司命》："广开兮天门，纷吾乘兮玄云。令飘风兮先驱，使涷雨兮洒尘。君迴翔兮以下，踰空桑兮从女。纷总总兮九州，何（同呵，责也）寿夭兮在余"。当为叙怀王初即位時，屈子受官時之欢情也。又《惜颂》一诗，当作于任左徒后之近期，所以抒谋国之志与诚以自励也。

博闻强志

按《荀子·修身》："多闻曰博，少闻曰浅"。博闻，即多闻也。《国语·楚语》："闻一二之言，必诵志而纳之"。韦昭注："志，记也"。《左氏成十四年传》："志而晦"。杜注："志，记也"。《周礼·保章氏》："以志日月星辰之变动"。郑注："志，古文识，记也"。故古籍亦多作识或记。如《礼记》"博闻强识而让，谓之君子"。《越绝书·吴王占梦》："公孙圣……博闻而识强，通于方来之事"。《新书·保傅》："博闻而强记"。《史记·孟荀列传》"博闻强记，学无所主"。皆其证也。《文选·报任少卿书》注引作"博文强志"，误闻为文。博闻强志，称屈原之学养也。若《离骚》一作，多陈古史，以论盛衰兴亡之实，《天问》之篇，益难往昔离奇之说，《招魂》之制，多名物方俗之识。若鸟兽草木虫鱼之名，神灵山川理地之称，每篇富其词。马迁曰"博闻强志"，允非溢美。班孟坚云："宏博丽雅，为辞赋宗"。王叔师云："故智弥盛者，其言博，才益多者，其识远。屈原之辞，诚博远矣"。班、王之论，就屈赋以立说，然制作之博丽正"博闻强志"之反映也。

明于治乱，

按史公称屈子怀抱卓见，深晓国家治乱之因。《离骚》云："彼尧舜之耿介兮，既遵道而得路，何桀纣之猖披兮，夫唯捷径以窘步"。"汤禹俨而祗敬兮，周论道而莫差。举贤而授能兮，循绳墨而不颇"。论尧舜之耿介，尚听纳忠言以兴治；桀纣则违法乱行，不务法治以亡国。若大禹举贤授能，遵守法律而不偏废，此其所以治也。俯察楚国，则"怨灵修之浩荡"（张铣注："法度坏貌"，是也）兮，终不察夫民心"。痛述怀王毁弃新变之法，终于不考虑广大群众（即奴隶）之要求。"固时俗之工巧兮，偭规矩（新法也）而改错，背绳墨（新法也）以追曲兮，竞周容以为度。

15×20=300　08429·7811　第 18 页

抨击所有奴隶主贵族，总是善于巧取豪夺、成为一时风尚，完全背弃前时之新法，争以保存全部旧奴隶制为其行动纲领。故屈子"长太息以掩涕兮，哀民生之多艰"。大夫不仅明察古昔治乱之国，而于当时楚国旧贵族之罪恶行动，亦深刻洞察而痛恶之。史公曰："明于乱治"，就屈作《离骚》所陈，以证楚势之变化，固非虚言也。下文曰"治乱之条贯，靡不毕现"，史公固再再赞扬大夫之卓识。《节士》"大夫有博通之知"，就赏与识言之耳。《韩非子·难势》："抱法处势，则治；背法去势，则乱"。屈子盖早有所见矣。

娴于辞令。

裴骃《集解》引《史记音隐》云："娴，音闲"。按《尔雅》："闲，习也"。《说文》：

"嫺，雅也。从女，閒声。"閒、闲古字通，故闲可通嫺。《诗》："四马既闲"，"既閒且驰"。《传》《笺》並云："闲，習也"。《荀子·修身》："多見曰闲"。楊注曰："闲，習也。能習其事，则不迫遽也"。《乐毅报遗燕惠王书》："闲于甲兵，習于战功"。闲即習，又可证也。通解作習、熟、善均可。又《文选》卷四十一注引作"敏于辞令"。按《怀沙》"文质疏内"，内同讷。东方朔《七谏》"屈平言语讷澀"。並谓屈原不善言谈，则比之。"辞令"一通解作应对之语言，不适于屈辞。蒙意"辞令"意同"法令"，引申之，亦同于政治。"閒于辞令"，熟習于法令也。说详拙作《释辞令》。

入则与王图议国事，以出号令；

按入、在庙堂也。《少司命》："满堂兮美人，忽独与余兮目成"。述君臣之相契也。《离骚》云："初既与余成言兮"，《九章·抽思》："昔君与我诚言兮"。並叙与王图议国事也。《惜往日》云："奉先功以照下兮，明法度之嫌疑。国富强而法立兮，属贞臣而日娭"。明叙所图议之国事，乃承悼王变法之大业（先功），以制定新法，剥夺奴隶主之特权，保护新兴地主阶级之利益。新法既立，国以富强，证怀王心情，日益快慰，乃将国之大事，尽付于大夫。此可证图议国事之详情，与收得之效果。就怀王元年任左徒，至十二年被黜，任职十二年，亦即变法十二年，收富强之效，固无可疑也。《楚世家》云："（怀王）六年，楚使柱国昭阳将兵而攻魏，破之于襄

15×20=300　　08429·7811　　第21頁

陵，得八邑。又移兵而攻齐，齐王患之……十一年，苏秦约从山东六国兵攻秦，楚怀王为从长"。此富强之史证也。《七谏·初放》："数言便事兮，见怨门下"，"数言便事"，即"国议国事"也。《九叹·逢纷》："始结言于庙堂兮，信中途而叛之"。亦可证上解之非虚。又"号令"，当係随事而发，临时之举。《楚世家》："庄王即位三年，不出号令"。《始皇本纪》："李斯上书说，乃上逐客令"。其证也。然亦必着文辞。《汉书艺文志》："《书》者，古之号令。号令于众，其言不立具，则听受施行者不晓"。说至当。然屈原所制之号令，当不限于一时一事之令，实包制定新法一举。于此不当泥看。朱骏声《说文通训定声》曰："按在事为令，在言为命。

15×20=300　　08429·7811　　第22页

散文则通，对文则别”。可备参考。

凡此可明屈子当为反奴隶制度，以促进新兴封建制度之实现者。犹吴起变法于楚，商鞅变法于秦，並为战代之法家。並新兴地主阶级中之杰出斗士。其后遭旧势力之陷诬与斥逐，竟至于沈湘，适足以说明，自有阶级以来，阶级斗争、路线斗争之巨烈，无时或息焉。参后“造为宪令”句。

出则接遇宾客，应对诸侯，

按两句谓屈原在庙堂之上，接待外来使臣，或出使中原作外交活动也。据原传载怀王十七年，兵败于秦后，继受张仪之欺时，“屈原使齐归”，当为十八年事。而十七年楚攻秦前有“齐与楚从亲”之记。《楚世家》云：“十六年秦欲伐齐，而楚与齐从亲，秦惠王患之”。是齐楚从亲，必在怀王十六年之前已成。然齐楚从亲，究成于何年？是否出于屈原之活动，史无记载。今考《新序·节士》云：“秦欲吞灭诸侯，并兼天下。屈原为楚东使于齐，以结强党，秦国患之”。则明著屈原乃结楚齐以成从亲者。斯刘向之文，必本于未经删落之《屈原列传》以为言，刘向之说极可信也。

余为《啮桑会盟考》，知怀王六年“秦使张仪，与楚齐魏相会盟啮桑”。楚之使者当为屈原。原于会盟后，往赴齐为合从之行。故屈原之出使齐国，怀王六年为第一次，从亲后，有《河伯》一诗，抒从成之欢心。其第二次当在十八年，明见于史文矣。

《文心雕龙·才略篇》：“及乎春秋，大

15×20＝300　08429·7811　第24页

大则修辞聘会，磊落如琅玕之圃，琨缺似缔锦之肆。遂敷择楚国之令典，随会讲晋国之礼法，赵衰以文胜从飨，国侨以修辞扞郑，子太叔美秀而文，公孙挥善于辞令，皆文名之标者也”。足证春秋聘会，莫不以学富识高，雅善于文学及政令者充之。降至战代，虽“周道寝坏，聘问歌咏不行于列国（《汉书·诗赋略》）”。然从横之阵，樽俎折衝，仍赖多士，方为国光。屈子“博闻强志，明于治乱”，加之雅爱文学，受任怀王，居朝廷以接遇宾客，入中原以应对诸侯。揆诸当时，自其选矣。屈原盖无地而不参加阶级斗争者。王甚任之。

　　按任，信也。《战国策·秦策》：“王闻之而弗任也”。注：“任，犹信也”。《吕氏春秋

15×20=300　　08429·7811　　第25页

正名》："齐湣王任卓齿而信公玉丹"。《淮南子·氾论训》："湣王专用淖齿而死庙"。《说苑·君道》："夫有贤而不知，一不详。知而不用，二不祥。用而不任，三不祥"。知任，信也，亦即专用之意。《抽思》："昔君与我诚言兮，曰黄昏以为期"。《惜往日》："秘密事之载心兮，虽过失（疑夫之误）犹弗治（疑怠之误）"。屈子自道受信任之快意耳。若《少司命》："满堂兮美人，忽独与余兮目成"。状怀王赞赏于屈者，更为形象。《离骚》："名余曰正则兮，字余曰灵均"。述一再奖誉，更见信任之状。王逸《离骚经序》云："入则与王图议国事，决定嫌疑，出则监察群下，应对诸侯。谋行职修，王甚珍之"。述史略同迁文，唯多出"监察群下"，是又权同令尹。就

15×20=300　　08429·7811　　第26页

"位"之意同于"专用"，叔师之说，亦自可信。

又按此上文字，叙屈原姓名、出身、职官、才能、政治建树、外交活动，及怀王信任之史实也。

上官大夫与之同列，争宠而心害其能。

按班孟坚《离骚赞序》："同列上官大夫妒害其宠"。王逸《离骚经序》："同列大夫上官、靳尚，妒害其能，共谮毁之"。曰"共谮毁之"，是以上官、靳尚为二人，並以二人为屈原之同列大夫甚明也。《惜往日》注："遭靳尚及上官也"。《新序·节士》："令张仪之楚，货楚贵臣上官大夫、靳尚之属"。曰"之属"，亦谓非一人也。《汉书·古今人表》上官大夫与靳尚，别为二人。是皆谓上官大夫非靳

15×20=300　　08429·7811　　第 27 页

尚也。

本传后文云："卒使上官大夫短屈原于顷襄"。《盐铁论·非鞅》："是以上官大夫短屈原于顷襄"。《风俗通义》："怀王佞臣上官子兰，斥远忠臣。屈原作《离骚》之赋，自投汨罗水。王困为张仪所欺，客死于秦"。本传下文又云："疏屈平而信上官大夫令尹（按令尹当为衍文，见后）子兰"。并不言上官大夫即靳尚也。《楚世家》张仪曰："臣善其左右靳尚"。《列传》曰："又因厚币用事者靳尚"。亦未谓靳尚即上官大夫也。

上举诸证，可明上官大夫非靳尚，靳尚与上官大夫，实为二人。然朱熹为《楚辞辩证》云："王逸云：同列大夫上官靳尚，妒害其能。似以为同列之大夫，姓上官而名靳尚

15×20=300　08429·7811　第 28 页

者。洪氏曰：《史记》云：上官大夫与之同列。又云：用事臣靳尚。则是两人明甚。逸以强名家者，不应谬误如此。然词不别白，亦足以误后人矣"。朱氏于王逸文，脱读"共谗毁之"一语，竟误解为"同列大夫姓上官而名靳尚者"。此朱熹最大之疏忽与谬妄。而近人纷云王逸误上官大夫靳尚为一人，信朱氏之妄而不辨，诚可怪也。

按上官大夫，楚官名。上、尚古字通。尚，主也。尚官者，主建言楚臣之進退。盖楚廷之主人事者。故屈子两次被逐，皆受谗于上官大夫，而非受短于其他人员。拙作《上官大夫考略》有详说焉。 同列，谓官阶同，今语同级也。 害，忌也。《史记·燕世家》"诸侯害齐湣王骄暴"。注"害，忌也"。《吴起列传》："李斯为相，尚魏公主，而害吴起"。《韩非列传》："李斯姚贾害之"。害、并当训忌。是其证。《离骚》云："各兴心而嫉妒"，"众女嫉余之蛾眉兮"，《哀郢》："众谗人之嫉妒兮"，屈子固屡道受反动奴隶主贵族之忌害（即嫉妒）也。

《韩非子·孤愤》云："智法之士，与当涂之人，不可两存之仇也"。《人主》云："法术之士，与当涂之臣，不相容也"。上官、重臣也。其所以害屈者，不同阶级之斗争，新旧思想之斗争，"不可两存之仇"之殊死斗争也。韩非深见底蕴矣。

怀王使屈原造为宪令，

按《文选》卷四十一注引无屈、造二字。《尔雅·释言》："作、造，为也"。知造即作为、亦造也。造为，意即造作。令谓制订也。兴新而不循旧，变法之举也。《左襄二十八年传》："游吉曰：此（楚）君之宪令，而小国之望也"。《国语·周语》："布宪施令（令、原作舍，当为令之误）於百姓"。韦昭注："宪、法也"。《国语·周语》："以为宪令而布诸民。"《管子·权修》："然后申之以宪令"。《乐记》："其在序官也，曰修宪命"。《荀子·王制》："修其宪命"。杨注："修宪法之命"。命古通令。宪命，即宪令也。《韩非子·定法》："法者，宪令著于官府，刑罚必于民心"。知宪令即法令，当为有系统之成文法，与临时发布之号令有别。屈原所为之法令，其进步性质，与孔丘攻击之晋国所铸刑鼎，当有近似之功用。

15×20=300　　08429·7811　　第31页

前文曰："娴于辞令"。原固娴习于政令者。《惜往日》云："奉先功以照下兮，明法度之嫌疑"。亦谓制作新法，乃受王命。《抽思》："初吾所陈之耿著兮，岂至今其庸亡（忘通）"。耿著，即新法也（详见《九章发微》）。述在怀王黜己后，不忘制作之新法也。屈原确为继先君变法未竟之业，致力于新法之制订。马克思云："无论是政治的立法，或市民的立法，都只是表明和记载经济关系的要求而已（《哲学的贫困》）"。屈原受怀王命为"宪令"，当亦为受被压迫之奴隶之政治要求、经济要求所迫使，时代精神所觉醒，以勇往直前之巨大变革精神而为之者也。

屈平属草稾未定。

《索隐》曰："属，音烛。草稾，谓创制

宪令之本。《汉书》作草具。崔浩谓发始造端也"。

按《文选》卷四十一注引作"原草稾未定"。比黄善夫本《史记》稾下有二字，当是稾之重文，连"未定读"。又按属、缀辑也。《史记·贾谊列传》："以能诵诗属书，闻于郡中"。《汉书》本传作"以能诵诗书属文，闻于郡中"。师古注曰："属、谓缀辑之也。言其能为文也。属、音之欲反"。《汉书·孔光传》："时有所言，辄削草稾"。服虔曰："言已缮书，辄削坏其草也"。知草稾，犹今语底稿也。《说文》："定、安也"。稿未定者，草稿未经更定，尚未脱稿也。

上官大夫，见而欲夺之，屈平不与。

《正义》云："王逸云：上官靳尚"。陈本

15×20=300　08429·7811　第33页

礼《楚辞精义》引原传，平上无屈字。

按《正义》说误。上文已辨明王逸以上官与靳尚乃二人，并未谓为一人。自《正义》误解王逸之语，后世若朱晦翁亦谓王逸误为一人，且抵叔师，实未当也。又余疑怀世之上官即子兰。上官之职主建言廷臣之进退。实楚廷主人事之官。《新序·刺奢》："遽召尚书曰：书之，寡人不肖，好为大室，香子止寡人也"。尚书，官名；尚，主也，主记事之吏也。可证上官一职。详见《上官大夫考略》。

又按近世说屈史之学人，率浅解"夺"为"抢夺"之夺，继误解"与"为"给予"之义。揆诸古训与事理，至背谬也。

《说文》又部云："夺，手持隹，失之也"。

夬即脱去之脱。《后汉书·李膺传》："岂可以漏夺名籍"。刘攽曰："案夺当作脱。脱作夺音耳"。可证夺乃脱之初文，脱后起俗字。脱亦作捝。《说文》攴部云："敚、彊取也"。《周书》曰："敚攘矫虔"。夺取义之字正作敚。经传多借作夺也。原传"欲夺之"之夺，用其引申义。"夺"有"夬"义，引申之有削损、删落、更定诸义。《论语》："夺伯氏骈邑三百。"又"恶紫之夺朱也"，夺、改变也。《墨子·节葬》："亏夺民衣食之财"。夺字损削之义。《楚世家》："身死爵夺，有僇于楚"。《秦世家》："君试遣其女乐，以夺其志"。夺、削也。《毛诗序》："父母欲夺而嫁之"。《孟子》："匹夫不可夺志也"。《吕览·察今》："先王之法，经乎上世而来者也，人或益之，人或损之，胡可得而法”。……荆国之为政有似于此”。《淮南子·汜论训》：“武王克殷，……“此所以三十六世而不夺也”。《三国志·魏书·吴质传》注引《典略》曰：“瑀随从，因于马上具草，书成呈之。太祖擥笔欲有所定，而竟不能增损”。诸夺字并当训改。原传之“夺”，既与上文“定”字应，亦当为损削、改更之义。盖上官见屈原造为之宪令，对贵族利益有严重之削弱，为保其阶级利益，乃欲依己意删改宪令条文也。

又按“与”字，古作予。《淮阴侯传》：“恐不能予”。《楚世家》：“以我予吴”。《司马迁传》：“取予义”。是其证。“屈平不与”之“与”，应作许意解。《论语·述而》：“与其进也，不与其退也”。《公冶长》：“吾与汝弗如也”。朱熹注：“与，许也”。《司马迁传》：“此世又不与死节者比”。师古注：“与，许也”。《魏其武安侯传》：“且灌夫何与也”。与，许也。《三国志·魏志·阮瑀传》：“太祖揽笔欲有所定，而竟不能增损”。是与训许之证。屈原“不与”者，屈原“不许上官参加意见，进行删改也”。《惜往日》云：“心纯庞而不泄兮，遭谗人而嫉之”。事关重大，怀王所命，只求惟忠诚为之，岂敢怠息，令他人侧其间也。岂能令上官删改之乎？

再校夺为删改意，求诸史籍，却证不鲜。如《史记·晁错传》云“法令多所更定，丞相申屠嘉心弗便，力未有以伤”。又“错所更令三十章，诸侯皆諠哗”。《史记·彭越传》：“越谢曰：‘臣不欲与诸君，少年强请，乃许’”。

与、许之义甚明。《魏志·钟会传》："虽在外司，时政损益，当世与夺，无不综典"。《吴志》："于是（孙权）令有司尽写科条，使郎中褚逢齎以就（陆）逊。意所不安，令损益之"。所云更定、更、损益，与夺，并当与原传"夺"字同解。曰"弗便"，曰"讙哗"，亦示新旧派矛盾之尖锐。事虽晚出，益可证上官之欲"夺"者，必删改，更定之谓也。

俯察当时各国变法，相率为减轻对奴隶之剥削，保障新兴地主之利益，冀缓和矛盾，消灭革命，讲求耕战，巩固统制。屈子审楚国阶级矛盾之尖锐，在踌虎视眈眈之雄姿，徵先君变法图强之成效，怀北上统一中国之大志。故内而变法，外以合齐。此新法必仍悼王之旧，多损贵族之权益。上官急急于图谋删改者，职斯之故。阴谋不遂，乃复寻机进谗，此因新兴势力与旧奴隶主间两条路线斗争之规律也。”

倘如时人所解，“夺”乃抢夺，直视上官乃一无知之徒。试问上官明知“王使屈平为令”，乃震撼楚廷之大事，他人不得为也。即云上官有胆以抢之，岂敢犯“为令”之命？岂能上诸怀王，冒称己作？即云敢上诸怀王，岂不惧怀王发其奸？况上官果为憂新法者，唯有尊之重之，岂有屈平不知尊之重之耶？屈于上官又恶得不尊之重之耶？则与其“夺”也必许之，胡得有“不与”之举也。又焉能招上官之谗耶？凡此皆可证诸学人之解“夺”“与”，直为儿戏，泯没阶级斗争之真像矣。

因谗之曰：“王使屈平为令，众莫不知，每一令

15×20=300　　08429·7811　　第39页

出，平伐其功曰：以为非我莫能为也"。

按百纳本、中华标点本《史记》，第二曰字下，並有"以为"二字。《文选》卷四十二注引，《楚辞精义》引之並无"以为"二字，知《文选》引前半字作原。《续博物志·十》引无此"曰"字。

金王若虚《滹南遗老集》三十七云："《史记·屈原列传》……平伐其功曰：以为非我莫能为也。王怒而疏屈平。曰字以下为二字，意重複"。王说与上校並观，其说甚是。《荀子·修身》云："伤良曰谗"。又伐，矜功之谓。《左氏襄公十三年传》："小人伐其技"，注："自称其能曰伐"。《论语·公冶长》："愿无伐善，无施劳"。朱注："伐，夸也。"是其证。《老子·不自伐，故有功"。《小尔雅》："伐，美也”。《游侠列传》：“不矜其能，不伐其功”。伐，亦夸功之谓。

又按班氏《离骚传序》：“屈原初事怀王，甚見信任。同列上官大夫妒害其宠，谗之王。王怒而疏屈原”。王逸《离骚经序》：“同列上官靳尚，共谗毁之”。并未明所以，当以有屈传在也。上文曰：“怀王使屈原造为宪令”，此曰：“王使屈平为令”。承上文甚紧，则“为令”当指“造为宪令”。未可以“出号令”释也。

揆上官谗原之因，就本文论，乃出于“王甚任之”，“争宠而心害其能”。所谓“任之”、“其能”之事实，当为始任以左徒，继为如余《齧絜会盟考》中所述，屈原在会盟中，击败张仪之阴谋，使楚获巨大之胜利，且东与齐以親，为怀王所重。伊辈相形见拙，乃萌嫉害。而多年来屈从事变法，触动旧贵族之利益，尤为宵小所腹怨。今本《史记》叙此事为谗原之主因，亦吻合情理，不为无据。

然就《节士》："张仪至楚，货楚贵臣上官大夫靳尚之属，……共谮屈原，遂放于外"言之，乃十六年事。而屈原实于怀王十二年罢官（见前说），并非黜于十六年论之，又似大有矛盾。

细理史料，即知刘向见本《史记》详于今本。其约略之文，当係总撮前后事以成。故在时间上有殊误。就《齐楚会盟考》因知"屈平为楚东使于齐以结强党"，乃怀王六年事。十一年为合从长，伐秦失利，怀王动摇于合从。上官等进谗，当于斯年。谗毁事实，亦係非合从而主事秦，兼及于"伐功"。吾人今目视"伐功"之谗，不应仅限于"草宪令"，实应及于屈原为从合从（为求功），促成合从（外交成功），当举兴无功，委罪屈原矣。后之春申君亦曾有此遭遇，可证也。如曰不然，试问怀王虽矜高，不能以"非我莫能为"一语而黜之也。亦惟因怀王自视甚高，竟致失败迁怒屈原，谗得以入耳。论乎此，当知今见本《屈传》被删削者，尚能于《节士》中，窥得迹像。刘向《屈原传》，诚有可贵者。若时贤，遇此矛盾，不得其解，竟发无屈原其人之说。资产阶级唯心论，其能治学哉！

　　夫吴起变法于楚悼王之世，奴隶主贵族"皆甚苦之"（见《吕氏春秋·贵卒》）。"楚之贵戚，尽欲害起（《吴起列传》）"。知夫楚奴隶主贵族，怀恨于变法者为如何！《七谏》

《沈江》云："明法令而修理兮，兰芷幽而有芳。苦众人之妬余兮，箕子寤而佯狂"。屈子受谗之主因，当如斯也。可证前说。

王怒而踈屈平。

按百衲本、中华标点本，踈作疏。王逸《离骚叙》曰"王乃疏屈原"。踈疏同。洪注曰："疏，一作逖"。

又按《离骚赞序》："王怒而疏屈原"。亦谓怀王听上官之谗后，为之发怒。考怀王矜高自恃，料事多舛，不自责其短，爱加怒于他人，见于《楚世家》者，如见欺于张仪后，"怀王大怒"。被囚于秦时，"怀王怒曰：秦诈我"。与此"王怒而踈屈平"，凡三见其怒。每怒必见其失。

《史记·货殖列传》云："此西楚也，其

俗剽轻，易发怒”。《论衡·率性》：“齐舒缓，秦慢易，楚促急，燕戆投”。並谓楚人性急易怒也，怀王固赋此性格者。《離骚》：“荃不察余之悲情兮，反信谗而齌怒”。《惜往日》：“君含怒以待臣兮”。《抽思》：“数惟荪之多怒兮”。屈原言“王怒”，堪证传文记事之确。

《韩非子·说难》曰：“夫贵人得计，而欲自以为功，说者与知焉，其身危”。怀王听“伐功”之谗而黜屈原，其亦坐斯乎？《庄子·则阳篇》：“夫楚王之为人言，形尊而严，其于罪人也，无赦如虎”。陆贾《陆子·本行》：“故尊于位而无德者黜，富于财而无义者刑”。

又疎、疏、逐、黜同。余另有考文证解，此不赘。若怀王十二年黜屈原，原之年令在三十五岁左近。

又按《離骚》依前圣以节中兮，喟凭心而历兹"。谓依悼王吴起变法之故迹，以制新法，以献忠心者已多年矣。《惜往日》云："奉先功以照下兮，明法度之嫌疑。国富强而法立兮，属贞臣而日娭"。实并云新法已行多年，且见成效。与屈传所载宪令未成，即被毁之说大异。余谓当信大夫之自述，司马迁于此为误记。当据屈赋校正史公之说也。

详说参《離骚发微》及《九章·惜往日发微》。

屈平疾王听之不聪也，谗谄之蔽明也，邪曲之害公也，方正之不容也，故忧愁幽思而作《離骚》。

《索隐》曰："慅，亦作骚。按《楚辞》慅作骚。音素刀反。应劭云：離，遭也。骚，忧也。又《離骚序》云："離，别也。骚，愁也"。案《文选》卷四十一李善注引疾作痛。

疾，怨也。《左氏成公二年传》："齐疾我失"。《国语·楚语》："使神无有怨痛于楚国"。韦昭注："痛，疾也"。是疾亦训痛之证。下文"屈平之作《离骚》，盖自怨生也"。怨，正疾之果。就《离骚》中多用伤、哀、悲、怀、长太息、乱（同歎）诸词，并怨情之露，亦可证疾之为义。寻屈之见黜，固由群小构陷，然"王之不明"，适足以启谗而蒙蔽。若归也耶曲得以害公，方正竟至不容而见黜矣。罪责主次，剖析分明，屈子怀幽情、抱怨痛，时无可告，宜为作《离骚》也。史公明谓《离骚》作于怀世被黜以后，证之屈赋他作，实无可疑。余考屈原被黜于怀王十二年，则《离骚》当作于黜后之近期。斗令当在三十二岁左近也。

然亦有主《离骚》作期，当顷襄之世者，不可不论焉。

《汉书·冯奉世传·赞》曰："申生雉经，屈原赴湘，《小弁》之诗作，《离骚》之辞兴"。谓《离骚》作于沉湘之前，即顷襄晚期也。及李刘勰，于《文心雕龙·才略篇》云："楚襄信谗，三闾忠烈。依诗制骚，讽兼比兴"。更明言作于襄王世。《史记志疑》曰："《古史》曰：太史公言《离骚》作自怀王之世，原始见疏而作。案《离骚》之文反刺子兰，宜在怀王末年，顷襄王世"。梁氏玉绳亦主顷襄世作《离骚》也。凡此并用思不典，未可依据。然近人治屈史者，竟推若成风，甚或主《离骚》之作，始于怀王十六年，

15×20=300　　08429·7811　　第 48 页

完成于顷襄之初，历年十五，方告厥成。是谓复位后，仍在继草《離骚》，直视屈原为大紧伯，为无病之呻吟者，尤乖乎事理，不及揣象之说焉。

《離骚》全诗计三百七十三句，二千四百九十字。若依洪兴祖说："曰黄昏以为期兮，羌中道而改路"十三字为后人所增，则全文为二千四百七十七字。乃我国古代抒情叙事诗第一鉅制。

《離骚》本名《離骚》，史公屡称者数。下如《汉书·贾谊传》："屈原、楚贤臣也。被谗放逐，作《離骚赋》"。《地理志》："作《離骚》诸赋"。《離骚赞序》："《離骚》者，屈原之所作也。……忧愁幽思，而作《離骚》……故作《離骚》"。《扬雄传》："又怪屈原，……作《离骚》"。刘向《九叹·惜贤》："览屈原之《离骚》兮"。《后汉书·马融传》："注……《离骚》"。桓谭《新论》："余少时好《离骚》，博观群书，辄欲反学（《北堂书钞》九十七引）"。两汉学人，固不以《经》称《离骚》也。即如王逸于《楚辞章句序》，固亦多次称《离骚》。独于《离骚章句序》则曰："《离骚经》者，屈原之所作也……乃作《离骚经》"；于《楚辞章句序》又曰："（武帝）使淮南王安作《离骚经章句》。《报任少卿书》李善注："史记曰，屈原名平，楚之同姓……本病所之不聪作《离骚经》"。（明冀文焕极信斯说，以为乃骚称经之始）……班固、贾逵复以所见，改易前疑，各作《离骚经章句》。谓刘安下至班、贾皆称《离骚》

15×20＝300　　08429·7811　　第50页

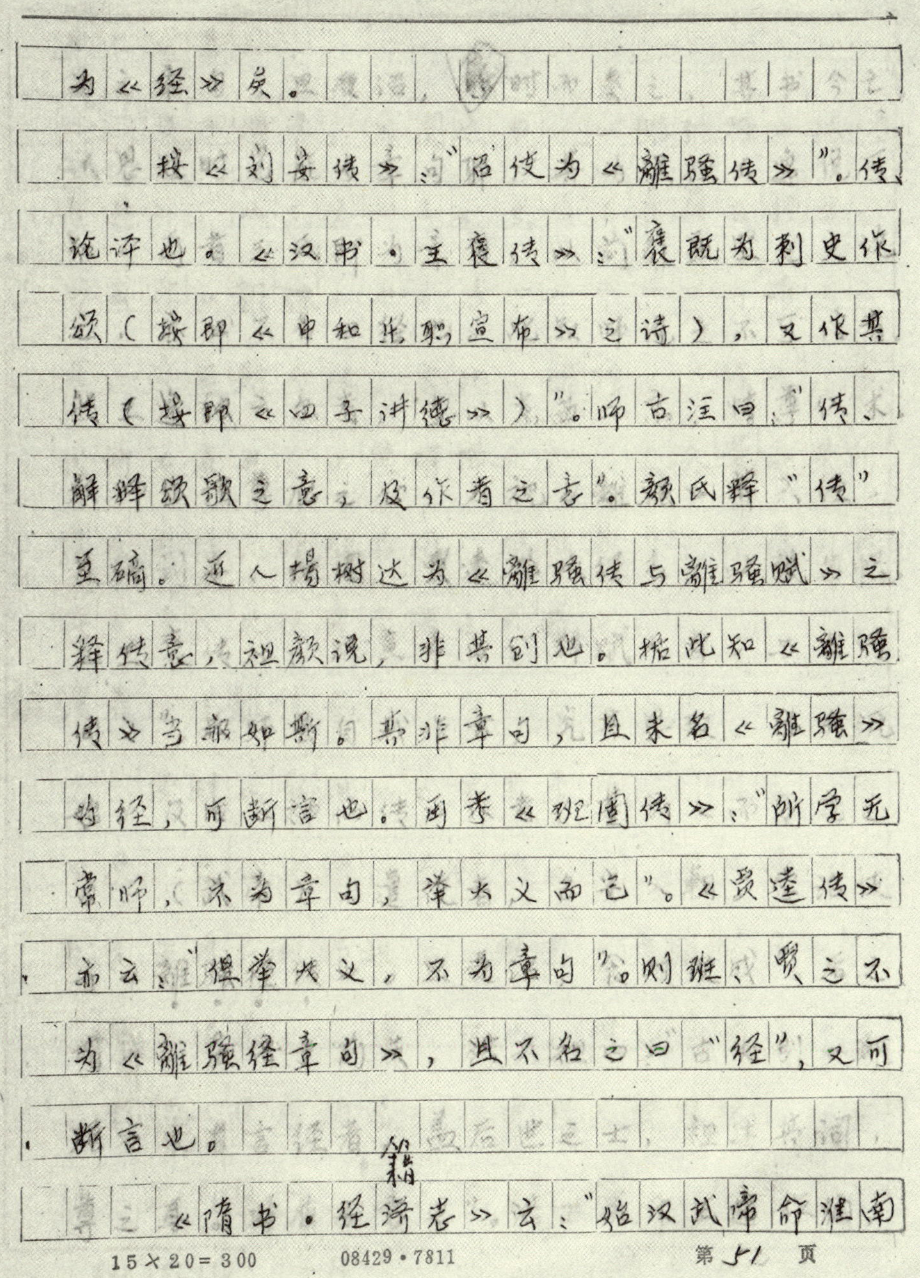

为《经》矣。

按《刘安传》："召使为《离骚传》"。传，论评也。《汉书·王褒传》："褒既为刺史作颂（按即《中和乐职宣布》之诗），又作其传（按即《四子讲德》）"。师古注曰："传，解释颂歌之意，及作者之言"。颜氏释"传"至确。近人杨树达为《离骚传与离骚赋》之释传意，祖颜说，非其创也。据此知《离骚传》当解如斯。其非章句，且未名《离骚》为经，可断言也。再考《班固传》："所学无常师，不为章句，举大义而已"。《贾逵传》亦云："但举大义，不为章句"。则班、贾之不为《离骚经章句》，且不名之曰"经"，又可断言也。

《隋书·经籍志》云："始汉武帝命淮南

15×20=300　　08429·7811　　第51页

为之章句，旦受诏，食时而奏之，其书今亡"。试思短时岂能为章句耶？其为误袒王逸说可知。再者三氏即为章句，以前引孟坚之文论之，亦必不名曰经也。此叔师说之不可信者。然王逸独云尔者，当以东西二京，特尊儒术。叔师出诸尊屈之心，乃视《离骚》等六经，且托刘安、班固、贾逵早以经名，以张其帜。《王褒传》：汉宣帝曰："辞赋大者，与古诗同义"。叔师虽自我作古，究其思致，亦有源始。及后《神仙传》作者，基前人而变亮之曰："（武帝）乃遣使者，召安入朝。尝诏使为《离骚经传》。旦受诏，食时便成"。后之增饰，益倍于前矣。洪兴祖曰："古人引《离骚》未有言经者，盖后世之士，祖述其词，尊之耳。非屈子意也"。洪不直斥王逸作俑，为王讳耳！

及乎清季，王闿运曰："《离骚经》犹《逍遥游》，以三字为名。史公不容翦去经字，而云作《离骚》也。屈子此作，讬于诗之六义，故自题为经。言此《离骚》乃经义，百代所不废也（《楚辞释》）"。王氏置前贤所论于不顾，师心自用，妲豆妄说，诬屈子且诬史公，此往昔学者之大蔽也。

离骚者，犹离忧也。

按解《离骚》之义者多异。约言之，有四说。史公此解，当採自刘安，其说最古，为第一说。叔师视之。班固《离骚赞序》："离，犹遭也，骚，忧也。明己遭忧作辞也"。《索隐》引应劭说，《汉书·贾谊传》师古注，并同班说，此二说也。肖该《汉书音义》

稿纸

王应麟《困学纪闻》、赵令时《侯鲭录》，据扬雄《畔牢愁》及《楚语》，谓"离骚"即《牢骚》，乃楚之歌曲名称，此三说也。清钱澄之（号田间，桐城人）著《屈诂》，谓離、遭也。骚、扰也。离骚之意谓遭扰也。此第四说也。余或谓离骚乃地名，或谓忧郢离间后之忧愁幽思。妄诞迂晦，不切于事。蒙考诗内用词如离别、离合、离心、别离，并离别之意，无作遭意者，故吾仍宗史公说而不以孟坚以下之他说为是。

又据《离骚赞序》称，自"离骚者"，至"虽与日月争光可也"，为史公引刘安《离骚传》中语。是证孟坚尚及见《离骚传》。

天夫者，人之始也。父母者，人之本也。

按《国语·楚语》："民，天之生也"。《荀

稿纸

子·礼论》："礼有三本：天地者，生之本也。先祖者，类（族类）之本也。君师者，治之本也。（《史记·礼书》引同）"。人生于自然，故曰天者人之始；子生自父母，故曰父母者人之本。"本""始"义同。《史记·高祖本纪》："本定天下，诸侯及（项）籍也"。《张良世家》："竟不易太子者，留侯本招此四人之力也"。《陈丞相世家》："若子可谓不背本矣"。诸本字，並始初之意。是其证。

人穷则反本，

按穷，困穷也。艰险困苦，凡不能生之谓。下文"谗人间之，可谓穷矣"。《离骚》："吾独穷困乎此时也"。所称之"穷"同此。《孟子》："君子必自反"。反，還也，引申之有回想之义。此句意谓人处困穷艰难之境，

20×15＝300　　第55页

稿　纸

必还念其本。本兼指天及父母。故下文有"呼天"，"呼父母"之言。《史记·礼书》："故三王之正，若循环，穷则反本"。反，归也。义不同此。

故劳苦倦极，未尝不呼天也；

按劳苦倦极，指反动统治者，残酷压榨，驱役劳动人民之罪行言。《淮南子·精神训》："竭力而劳万民"，《汜论训》："以劳天下之民"。高诱并注："劳，忧也"。《吴太伯世家》孙武曰："民劳未可"。劳，疲病也。《吕氏春秋·权勲篇》："触子苦之"。《贵卒》："皆甚苦之"。高诱并注："苦，病也"。《陈涉世家》："天下苦秦吏者，皆刑其长吏杀之，以应陈涉"。《主父偃传》："並为战国，此民之始苦也"。又"丁男被甲，丁女转输。苦不聊生，

20×15=300　　第56页

稿纸

自经于道树，死者相望”。《南越尉佗列传》：“为中国劳苦，故释佗弗诛”。《平准书》：“兵连而不解，天下苦其劳，而干戈日滋”。诸苦字，並当训病。知所谓劳苦，实由繇役繁数，干戈扰攘所致。《齐太公世家》：“（晏子曰）百姓苦怨以万数，而君令一人禳之，安能胜众口乎？是时景公好治宫室，聚狗马，奢侈，厚赋重刑。故晏子以此谏之”。可证苦怨之所由起也。《淮阴侯传》：“百姓罢极怨望”。《汉书·匈奴传》：“罢极苦之”。师古曰：“极，困也”。《战国策》：“兔极于前，犬疲于后”。《韩非子·存韩》：“诸侯其困力极”。两极字，亦当训困。总上诸证，知“劳苦倦极”，实即忧病倦困之意。其所自来，实由徭役赋敛之重，频繁战争所造成，此暴政之果。

20×15=300　　第57页

稿纸

故不可以寄意辞。唯民不堪其苦，乃以呼天也”。《曲礼》：“城上不呼”。《释文》：“呼，呼叫也”。亦作謼。《说文》“謼，号也”。《惜诵》：“进号呼又莫余带闻”。可见号之意焉。疾痛惨怛，未尝不呼父母也。

《正义》：“上，七感反。下丁达反。惨，毒也。怛，痛也”。

按《淮南衡山列传》：“政苛刑峻，天下熬然若焦。民皆引领而望，倾耳听而，悲号仰天，叩心而怨上。故陈胜大呼，天下响应”。《新书·耳痹》：“越王之穷，至乎吃山草，饮腐水，易子而食。于是履甗戴璧，号吟告母，罪呼皇天”。此反本之呼号也。《哀郢》：“皇天之不纯命兮，何百姓之震愆？”《离骚》：“哀民生之多艰”，“终不察民心”，《惜诵》：

稿纸

"进号呼又莫余闻"。屈子为楚之民命，多为呼号矣。故此之疾痛惨怛，当係由政治压迫所造成。自不可以常意解释。

屈平正道直行，竭忠尽智，以事其君。谗人间事，可谓穷矣。

《正义》（行）"寒梦反"。

《离骚》云："名余曰正则兮，字余曰灵均"。述怀王奖誉屈子正道直行，以从政也。"岂余身之惮殃兮，恐皇舆之败绩"。"忽奔走以先后兮，及前王之踵武"。"謇吾法夫前修兮，非世俗之所服"。"伏清白以死直兮，固前圣之所厚"。《怀沙》："内直质正兮"。並屈子自称正道直行，竭忠尽智，以事君上也。《离骚》又曰："众女嫉余之蛾眉兮，谣诼谓余以善淫"。"世溷浊而不分兮，好蔽美而嫉

稿纸

妒"。"荃不察余之忠情兮，反信谗而齌怒"。此所谓谗人间之也。间，构陷也。同下文之谤。王逸《哀时命》："孰知困它不改操兮"。困，即此所谓穷。《越绝书·外传·纪策考》："子胥……是非不讳，直言不休。庶几正君，反以见疏（同黜）。谗人间之，身且以诛"。伍胥，屈原所崇敬者，其遇相同。比观其忠行，可以见其所以穷焉。

信而见疑，忠而被谤，能无怨乎？

按信与忠，指"正道直行，竭忠尽智，以事其君"言，质言之，力主合从抗秦，变法新政二事也。"疑"，出于怀王十一年后动摇于合从之策也。"谤"，由于众妒。上官靳谤变法，非难合从也。惟怀王先自疑，而后谤得入。罪责主次，不予混淆；行动先

20×15=300　第60页

后，亦有显示。大夫抱"正则"、"灵均"之忠谋，终至于黜，能无怨乎？见，犹被也。

《离骚》云："初既与余成言兮，后悔遁而有他。余既不难（同歎）夫离别兮，伤灵修之数（同术）化"。述怀王动摇于屈原之持策也。《战国策·楚策》，十一年楚为从长，不胜秦，"与欲之平"，又"皆引兵归，齐独后"。此即屈子所谓"悔遁"也。后以谗言，竟改变其政策，且黜屈子也。

屈平之作《離骚》，盖自怨生也。

按《離骚》云："余既不歎夫离别兮，伤灵修之数化"。致怨于怀王改变新政而反于旧也，若己之被黜，小焉者耳。"长太息以掩涕兮，哀民生之多艰"。"怨灵修之浩荡兮，终不察夫民心"。为之太息流涕者，伤劳动群

稿　纸

众之生活，日为艰难；怨恨于怀王破坏法制，始终不考虑人民之要求。此盖怨痛惨怛之词，出自关心民命国运耳。

《报任少卿书》："屈原被逐，乃赋《離骚》……志有郁结，大抵发愤之所为作也"。上文云："信而见疑，忠而被谤，能无怨乎"？亦"郁结在心"之论也。证诸诗作，确由于怨。后之论者，若班固曰："责数怀王，怨恶椒兰（《離骚赞序》）"。"既陷极刑，幽而发愤（《司马迁列传赞》）"。谓屈原、史公盖以怨愤为文也。王逸曰："屈原履忠被谗，忧悲愁思，独依诗人之义，而作《離骚》（《章句序》）"。刘勰曰："故《骚经》、《九章》，朗丽以哀志……故其叙情怨，则郁抑而易感（《辨骚》）"。朱熹曰："原之为书，其辞旨

20×15＝300　　第 62 页

虽或流于跌宕、怪神、怨怼、激发，而不可以为训，然皆生于缱绻恻怛，不能自已之至意（《集注序》）"。朱应祺曰："楚辞皆以写其愤懑，无聊之情，幽思不平之致。至今读者，犹为伤感。如入虚墓，而闻秋虫之吟。莫不咨嗟叹息，泣下沾襟（儿岛献吉《楚辞考》引文）"。大抵皆祖史公说，足见史公立言之正。至朱熹称"辞旨不可以为训"，乃谓不合"温柔敦厚"之诗教。意其揭露者深刻，鞭打者沉重，斗争精神昂扬，坚持进步绝伦。朱熹身受其痛也。故朱言实不可以为训。若以"优游"之格论《离骚》者，复见其不知屈作老辣之心焉。

又以上文字，叙屈原黜官后，乃作《离骚》，并及其诗情一出于怨。

稿　　纸

国风好色而不淫，小雅怨诽而不乱。若《離骚》者，可谓兼之矣。

《正義》"诽，方畏反"。

按班固《離骚赞序》（《文选》卷二十四注引作《楚辞序》）无"矣"字。唐写本《辯骚》无"兼之"二字。《楚辞精义》引无"者"字。

楚人熟习《三百篇》，早見于《左氏传》。如楚子赋《吉日》以享郑伯，武王赋《周颂》以论京观，此其著者也。足证《三百篇》早传于楚。《国语·楚语》申叔时曰："教之《春秋》，而为之聳善而抑恶焉，以戒劝其心。教之《世》，而为之昭明德，而发幽昏焉，以休惧其动。教之《诗》，而为之道廣显德，以耿明其志。教之《礼》……教之《乐》……

20×15=300　　　　第64页

稿纸

教之《令》……教之《语》……教之《故志》……教之《训典》……。”知太子所习者，有《春秋》、《世》、《诗》、《礼》、《乐》、《令》、《语》、《故志》、《训典》，凡九事。韦昭注《诗》云：“显德，若成汤、文、武、周、召、僖公之属，诗所美者”。斯楚以《诗》授太子，《诗》早传于楚矣。屈子王族，官左徒，掌昭、屈、景三姓，不能不习于《诗》也。屈子之所以交接邻国，应对诸侯，俯聘享之际者，亦正以有斯学也。故论屈作思想感情及艺术手法，不无受《诗》之影响。若云继承，似尚未然。

《论语·八佾》：“《关雎》乐而不淫，哀而不伤”。《毛诗序》：“是以《关雎》乐得淑女以配君子，忧在进贤，不淫女色。哀窈

20×15二300　　第65页

稿　纸

露，思贤才，而无伤善之心焉"。荀卿于《大略篇》云："《国风》之好色也。《传》曰：盈其欲而不愆其止……《小雅》不以污于上，自引而居下。疾今之政以思往者，其言有文焉，其声有哀焉"。厥后，汉宣论《骚》，亦曰："辞赋大者，与《诗》同义。小者辩丽可喜"。莫不比诗而观之。按《小雅》存《小弁》怨亲，《巧言》、《巷伯》刺谗特甚，乃忠臣孽子愤懑无聊，幽愁不平之作。古人率以发乎情，止于礼，而不曰乱也。今细味《离骚》，情出幽伤，实《小雅》之怨。曰："求宓妃之所在"，"留有虞之二姚"，情喻忠贞，品同《国风》，故曰不淫也。

彦和《辨骚》云："故其陈尧舜之耿介，称汤武之祗敬，典诰之体也。讥桀纣之猖狈，

稿　纸

伤羿浇之颠陨，规讽之旨也。虬龙以喻君子，云蜺以譬谗邪，比兴之义也。观此四事，同于风雅者也。"案谓典诰比兴，文涉体用，规讽忠怨，方关风雅。彦和混一而论，亦鉴而未精矣。黄季刚《文心雕龙札记》云："屈子之作，其意等于风雅，而其体沿自讴谣。"信哉斯论。

史公于此，等《离骚》于风雅，崇诗心以规讽，实张尊骚之巨帜，启称经之先路。及王逸乃径称曰《离骚经》，且曰刘安为经之章句，虽师心自用，亦史公有以开之也。

上称帝喾，下道齐桓，中述汤武。

按上、中、下，指时代言。犹云上古、中古、下古也。《商君书·塞》："上世亲亲而爱私，中世尚贤而说（悦）仁，下世贵

20×15=300　　第67页

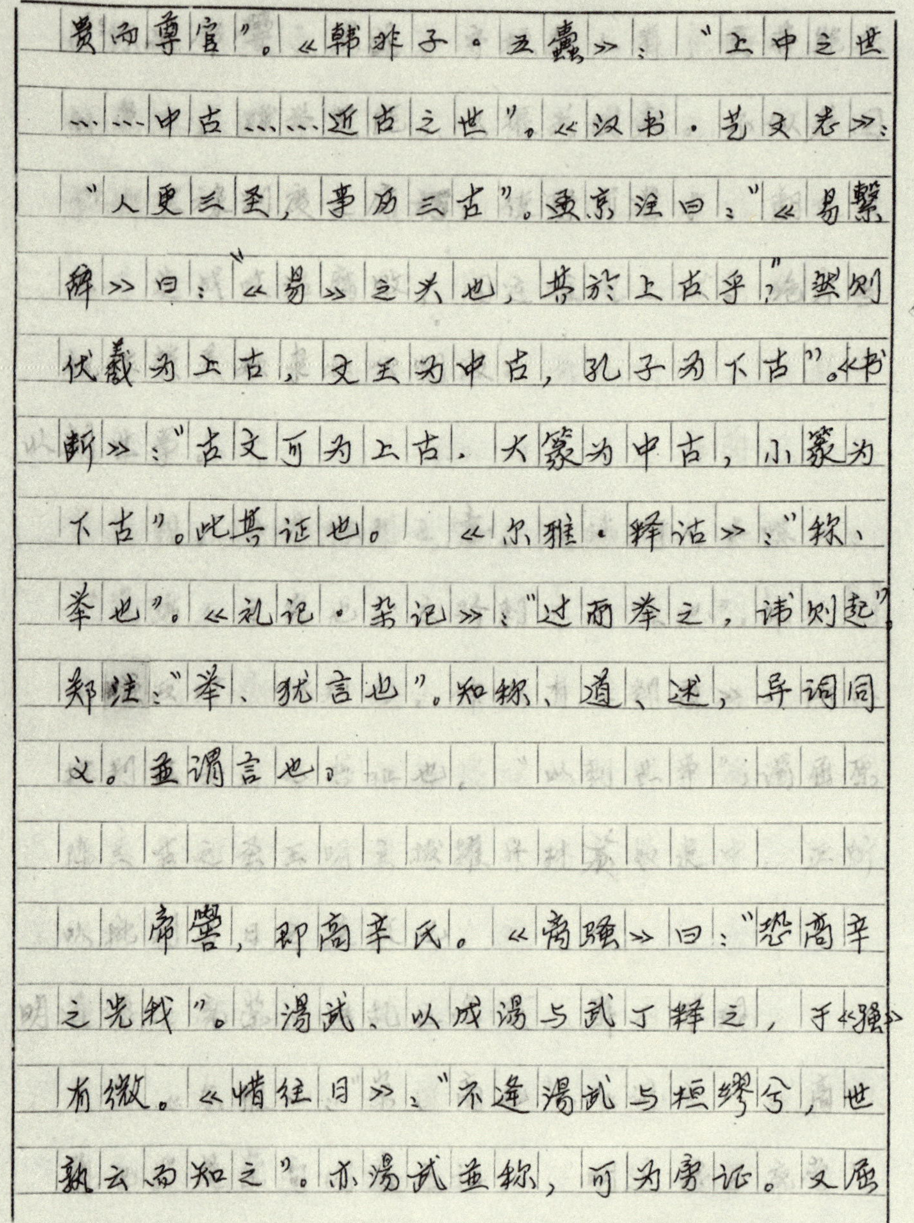

稿纸

贵而尊官"。《韩非子·五蠹》："上中之世……中古……近古之世"。《汉书·艺文志》："人更三圣，事历三古"。孟康注曰："《易繫辞》曰："《易》之兴也，其於上古乎"，然则伏羲为上古，文王为中古，孔子为下古"。《书断》："古文可为上古，大篆为中古，小篆为下古"。此其证也。《尔雅·释诂》："称、举也"。《礼记·杂记》："过而举之，讳则起"。郑注："举，犹言也"。知称、道、述，异词同义。并谓言也。

帝喾，即高辛氏。《离骚》曰："恐高辛之先我"。汤武，以成汤与武丁释之，于《骚》有徵。《惜往日》："不逢汤武与桓缪兮，世孰云而知之"。亦汤武并称，可为旁证。又屈

20×15＝300　　第68页

稿　纸

原称述帝嚳、湯武、齐桓数人者，重其能在奴隶中，拔举贤能，以振兴国家。不似楚国世卿世禄制度之腐朽，使野有遗才，朝乏贤士，造成政治腐败，国运难挽之状。绝不当视作赞美奴隶社会制度。

以刺世事。

刺，今语批判之意。《论衡·本性》："盗跖人之窃也。庄跻刺人之盗也"。"非"、"刺"同为反对，批判意。仲任有《刺孟》，所以批判孟子，尤其证也。"以刺世事"，谓屈原陈三古之圣王明主拔擢异材于奴隶中，正所以批判当日之楚政也。

明道德之廣崇，治乱之条贯，靡不毕现。

《尔雅》："崇，高也"。《说文》："高，崇也。"是崇高同意之证。"明道德之廣崇"，

20×15＝300　　　　第 69 页

稿　纸

谓大夫刘陈圣君求贤才以佐己，在阐明其道德宏庞崇高也。治乱，或治或乱。同前文"明于治乱"。条贯，今语规律也。《汉书·董仲舒传》："同条共贯"。《论衡·薄葬》："博览古今，窥涉百家，条入叶贯，不能审知"。知条贯，乃"条入叶贯"之缩简。以条贯业，乃治事之术。先后次第有焉，治术准则生焉。故条贯一词，引申其义，则有条理、次第、内容、准则、治术、规律诸义。《董仲舒传》"帝王之条贯同"。条贯，治术也。《东方朔传》："通其条贯，考其文理"。条贯，内容也。《黄霸传》："汉家承敝通变，造起律令，所以劝善禁奸。条贯详备，不可复加"。条贯，章则也。《後汉书·百官志序》："班固著《百官公卿表》，记汉承秦置官本末，

20×15＝300　　第 70 页

稿纸

说于王莽，差有条贯”。条贯、次第也。是其证。故“治乱之条贯”，当即或治或乱之规律。所以治者，《离骚》所称，已见上文。所以乱者，若“桀纣之猖披兮，夫唯捷径以窘步”。“夏桀之常违兮，乃遂焉而逢殃”。“后辛之菹醢兮，殷宗用而不长”。“浇身被服强圉兮，纵欲而不忍。日康娱而不忘兮，厥首用夫颠陨”。诸衰国之主，酷杀贤臣，暴政虐民，以绝其祀。而如此明之矣。靡、无也。毕、尽也。此句与“明于治乱”参看，意当愈显。

其文约，

约、要也。简约之谓。要、约古读同。故通用。《汉书·高祖纪》：“待诸侯至而定要束耳”。颜注：“要、音约”。《史记·高祖本纪》要、正作约。是其证。古经传“约盟”，

20×15=300　　第 71 页

稿纸

多作"要盟"，亦其证。《荀子·劝学篇》："《春秋》约而速"。杨注："文意隐约，褒贬难明，不能使速晓其意也"。《不苟篇》："故操弥约而事弥大"。杨注："约、少也"。《孔子世家》："约其文辞而旨博"。《太史公自序》："夫诗书隐约者，欲遂其志之思也"。《索隐》："按谓其意隐微而言约也"。《十二诸侯年表》："约其辞文，去其繁重"。《汉书·河间献王传》："文约旨明"。师古曰："约、少也"。约、並为练要，简约意。"文约"、今语要言不繁耳。

其辞微，

《尔雅·释诂》："幽、微也"。又"幽、深也"。故微可训幽隐深藏之意。易言之，即以隐微之言，寄深沈之思。《公羊定元年传》："定哀多微辞"。《左传》成公十四年："《春秋》

稿纸

之称，微而显，志而晦，婉而成章。尽而不污，惩恶而劝善。”《史记·匈奴列传赞》：“孔氏著《春秋》，隐桓之间则章，至定哀之际则微。为其切当世之文，而罔褒忌讳之辞也”。《索隐》曰：“仲尼仕于定哀，故其著《春秋》，不切论当世，而微其辞也”。《汉书·艺文志》：“昔仲尼没，而微言绝”。注引李奇曰：“隐微不显之言也”。师古曰：“精微要妙之言耳”。诸家释微，多以隐微为训。颜氏虽曰精微，要不离幽隐深藏之意。《汉书·扬雄传》：“以为……赋莫深于《离骚》，反而广之”。扬雄所谓深，盖微词之感于人者也。

荀悦《申鉴·杂言》云：“或曰辞达而已矣。圣人之文，其隩也有五：曰玄、曰妙、曰包、曰要、曰文。幽深谓之玄，理微谓之

20×15＝300　第73页

稿纸

妙，数博谓之包，辞约谓之要，章成谓之文"。

申氏之说，可窥史公之评。

寻《离骚》之文，虬龙以喻君子，云霓以况谗佞，托凤鸟，说迂怪，丰隆求宓妃，鸩鸟媒娀女；服香佩芳，上天下地，皆寄忠悃，以刺当世。故云辞微也。若好修以譬变法，灵修借状君德；规矩绳墨，喻新法之要，蕙纕兰佩，颂美政之用，当以贪谗执政，文纲堪虑。困被迫而为诗，乃隐语以露苦。岂大夫之常爱？不得已耳。

其志洁，其行廉。

按此评屈子之思想品德也。《离骚》云："纷吾既有此内美兮，又重之以修能"。"余既滋兰之九畹兮，又树蕙之百亩"。"恐修名之不立"。"不吾知其亦已兮，苟余情其信芳"。

稿　纸

"虽九死其犹未悔"，"余独好修以为常"……其他服香佩芳之语，并志洁之证。《孟子·万章》："顽夫廉"。赵岐《章句》云："顽贪之夫，更思廉洁"。是廉亦洁也。志洁属诸内，行之外则为廉矣。《离骚》云："虽体解吾犹未变兮，岂余心之可惩"。"所非忠而言之兮，指苍天以为证。"悲愤激昂，岂徒怨乎？寻大夫一生，被放者二，黜于原野，廿又六年（见后文），终不离宗邦，身殉湘江，岂非行廉之证乎？

其称文小，而其旨极大。

按此承上评价"其文约"。《左氏传》："《春秋》之称，微而显"。《尔雅》："称、举也"。此称与下文"举"相俪成文，知称、举并述也。小乃少之初文。古少小通用。《史

20×15＝300　　第75页

稿　纸

记·天官书》："诸侯莫朝周，周为少"。少、即小也。《汉书·匈奴传》："今以少吏之败约"。师古曰："少吏，即小吏"。《史记·匈奴传》少正作小。是小即少之证。少、小与约同意。《淮南子·要略》："说小以包大，守约以治广"。约小相俪，广约意反，可证小即约也。《战国策·楚策》："昔者灵王好小腰。楚士约食，冯而能立，式而能起"。高注："约，犹节"。亦即少也。故"其称文小"，即上文"其文约"之意。旨，他本皆作指，字通，意也。《司马迁传》："《春秋》文成数万，其指数千"。又"即以此指，推言陵功"。师古曰："指，意也"。《史记·鲁仲连列传》："鲁连其指意虽不合大义"。指意複用，亦可证旨（或指）即意也。大、犹重，深远之意。

20×15＝300　　第 76 页

稿　纸

举类迩，而见义远。

按此句承上，评价"其辞微"。举，述也。见前。《方言》："类，法也。齐曰类"。《怀沙》："吾将以为类兮"。王注："类，法也"。《荀子·儒效篇》："其言有类，其行有礼"。《非十二子》："甚僻违而无类"。《王制篇》："听断以类"。王念孙并注曰："类，法也"。是类即可取法之事例。迩，近也，引申为浅显。谓所陈守法之君，若帝喾等并德业昭著，人所熟知。而"昔三后之纯粹兮，固众芳之所在"。《抽思》："望三五（五疑王之形误）以为像兮，指彭咸以为仪"。三后、三王并指楚变法之先王，尤为人所熟知者。然怀王终不察夫民心，其心"浩荡"。此所以旨在讽刺当世，见义深远也。《易·繫辞·下》："其旨远，

20×15＝300　　第 77 页

稿纸

其辞文"。《正义》云："其旨远者，近道此事，远明彼事，是其旨意深远。其辞文者，不直言所论之事，乃以文理明之，是其辞之饰也"。《孟子·尽心》："言近而旨远者，善言也"。可疏解史公之文。王叔师云："故智弥盛者，其言博；才益多者，其识远。屈原之辞，诚博远矣。"亦可参看。

其志洁，故其称物芳。

按此承上，评衍志洁流露于文辞者。所谓形诸内，见诸外，语言乃思想之反映，故多称芳草焉。《论衡·谴告》："屈原疾楚之臭洿，故称香洁之辞；渔夫议以不随俗，故称沐浴之言"。仲任之论，可申证史公说。

其行廉，故死而不容。（自疏）。

泷川《史记会注考证》，"自疏"连下读。

20×15＝300　　第78页

稿纸

楊树达《古书句读释例》百零六条："通读以不容自疏为句，黄侃以自疏二字属下读，是也。"《汉书·楊雄传》云：'又怪屈原文过相如至不容'。王逸《章句序》注引班固《离骚序》云：'忿怼不容，沈江而死'。皆本此文，斯其证矣"。

按《离骚》云："虽不周于今之人兮。""世溷浊而不分兮，好蔽美而嫉妒"。谓不容也。《七谏·沈江》："独廉洁而不容兮，叔齐久而愈明"。《怨思》："贤士穷而隐处兮，廉方正而不容"。庄忌《哀时命》："为凤皇作鹑笼兮，虽翕翅其不容"。东方朔皆以不容为句。又史公于本传云："以彼其材游诸侯，何国不容"？马迁于此亦以不容为句，可补证楊说也。

20×15=300 第79页

稿纸

自疏濯淖汙泥之中，

《索隐》曰："濯音浊，淖音闹，汙音乌，泥音奴计反"。

按自借作嗜，甘也。详说见《离骚发微》。疏同黜，逐。详说见《疏黜同义证解》。自疏谓甘嗜黜船也。疏下省于字。意谓甘受黜于黑暗汙秽之朝廷，决不能适合時俗，同流合汙，進行复辟奴隶制之行动，且向侵略者屈膝投降。故史公论曰"其行廉"。

又按濯音浊。濯浊古韵同部，自可通用。《说文》："淖，泥也。奴教反"。是濯淖，犹浊泥也。《说文》："汙，薉也"。薉即秽字。秽亦浊也。字通作濊。秽貊作濊貊，是其证。泥借作涅。《说文》："涅，黑土在水中也，奴结切"。《论语》："不曰白乎，涅而不缁"。

20×15＝300　　第 80 页

稿　纸

屈传下文作"泥而不滓"。是泥为涅之借，缁又借作滓，古声韵同之故。荀子《劝学篇》注引王念孙曰："《洪范》《正义》云：荀卿书云：蓬生麻中，不扶自直；白沙在涅，与之俱黑。褚少孙补《三王世家》云：传曰蓬生麻中，不扶自直；白沙在泥，与之俱黑者，土地教化使之然也……"又案《群书治要·曾子制言篇》云："故蓬生麻中，不扶乃直；白沙在泥，与之俱黑"。尤可证泥为涅之段字。故"汙泥"当为秽臭之黑泥。《韩非子·诡使》云："今士大夫不羞汙泥，醜辱而宦"。是溷浊与汙泥同义，借喻黑暗腐朽，守旧反动之朝廷也。

再者，古今学人，或不解"自疏"之意，误谓屈原自求疏远，並据以说当怀王世大夫

稿纸

无被黜之事，《离骚》乃作于顷襄时。据上论证，知乃臆说耳。盖置史公之言于不顾，且不细绎《离骚》之语焉。无怪歧说纷纭，捉衿见肘也。

蝉蜕于浊秽，以浮游尘埃之外。

按班孟坚《离骚序》："蝉蜕浊秽之中，浮游尘埃之外"。无于字，秽下有之中二字。《辨骚》浊秽作秽浊。《史记·正义》："蜕音税，去皮也。又他卧反"。

《说文》："蜕，蛇蝉所解皮也"。《淮南子·说林》："蝉饮而不食，三十日而蜕"。《方言·十一》云："蝉，楚谓蜩"。《春秋繁露·天道施》："蜩蜕于浊秽之中"。蝉蜕亦作蜩蜕。《续汉书·逸民传序》："蝉蜕嚣埃之中，自致寰区之外"。《汉书·阳球传》："蝉蜕滓浊"。

稿　纸

并谓蝉蜕于浊秽。据班序及《续汉书》，可知为"之中"二字是，因与"之外"对文也。

考《论衡·无形篇》云："蛴螬化为复育，复育转而为蝉。蝉生两翼，不类蛴螬"。《奇怪篇》云："夫蝉之生复育也，闿背而出"。按复育乃土中蛴螬所化，破土而出，上爬于树，开背脱皮，即为蝉。所解皮名蝉蜕。谓蝉所自脱也。古人以蝉饮露上天，乃蝉之洁贞。故曰"蝉蜕于浊秽之中"。《艺文类聚》引郭舍人赞曰："虫之洁清（《全梁文》作精洁），可贵惟蝉。潜蜕弃秽，饮露恒鲜。万物皆化，人胡不然"。法古人意耳。原传云云者，赞屈原去秽恶之地，居朝廷之外，犹蝉离秽浊，浮游太空，清洁其行。此譬况之辞也。《九怀·陶壅》："济江湘兮蝉蜕，绝北梁兮永辞"。

稿纸

效史公文耳。

不獲世之滋垢，

按班序引无此六字。《说文》以获为猎所获。古籍多训获为得。引申之，获有取、受意。不获，谓不受也。《齐太公世家》：“乃与国人盟曰：不与崔庆者，死。晏子仰天曰：婴所不获。唯忠于君利社稷者是从。不肯盟”。不获，即不受也。是其证。《哀时命》“不获世之尘垢”。王注：“不为谗佞所尘垢”。《渔父》“安能以皓皓之白，而蒙世俗之尘埃乎？”王注“被点污也”。是获蒙同意，亦即受意之又一证明也。而尘垢、尘埃当即原传所谓之滋垢也。又滋当为淄之借字。《说文》：“淄，黑土在水中也。”《汉书。后妃传序》注：“淄，黑也”。又《说文》“垢，浊也”。

20×15=300　第 84 页

稿纸

是滋垢，犹汙浊，即前文之汙泥也。故"不获世之滋垢"，谓不受染于恶俗，持进步思想以守身也。

皭然泥而不滓者也。

《集解》徐广曰："皭，疏静之貌"。《索隐》曰："皭，音自若反。泥音涅，滓，音淄。又並如字"。

按徐广说皭为疏静之貌，不谛。考皭，古文作皦，从又与从寸同。《埤苍》曰："皭，白也。皭与皦同"。《广雅·释训》："皭皭，洁白貌。"《韩诗外传》："莫能以己之皭皭，容人之混混然"。《荀子·不苟》："其谁能以己之潐潐，受人之掝掝者哉"。皭作潐，音同字通。是皭当训白也。皭然者，状屈子廉洁之质也。

又按班固序作"涅而不淄"。《新语·道

20×15=300　　第 85 页

稿纸

基》"涅而不淄"。《辩强》"涅而不淄"。皆本《论语》"涅而不淄"以为说。知泥滓当为涅淄之段字。此句犹荀子所称出污泥而不染也。《涉江》"吾不能变心而从俗兮，固将愁苦而终穷"。大夫处困穷而不改其操，诚皎然涅而不淄者也。

推此志也，

班序引作"推此志"，无也字。

按古典籍中推字，皆用作说、赞意。《淮南子·精神训》："推其志，非能贪高贵之位，不便侈靡之乐"。《韩非列传》："贵人有过端，而说者明言善议，以推其恶者，则身危（亦见《说难》）"。《秦始皇本纪》："善哉乎，贾生推言之也"。《高祖功臣侯表序》："欲推而列之"。《司马相如传》："故空籍此三人为

20×15=300　　第86页

稿纸

辞，以推天子诸侯之阖阊"。诸推字並说也。

《汉书·司马迁传》："即以此指，推言陵功"。《张骞传》："其吏卒亦辄復盛推外国所有"。《史记·周勃世家》："孝文帝择绛侯诸子贤者，皆推亚夫"。诸推字並赞也，说且美之意。故"推其志也"，意为说美屈原之志。

虽与日月争光可也。

《正义》曰："言屈平之仕浊世，去其污垢，在尘埃之外。推此志意，虽与日月争其光明，斯亦可矣"。

按《九章·涉江》及《九歌·云中君》並有"与日月兮齐光"一语。《淮南子·缪称训》"与日月争光"。《俶真训》："能游冥冥者，与日月同光"。句意一同原传，淮南必效诸屈诗。此又足证《列传》文字，必多出

20×15=300　　第87页

稿纸

自刘安《离骚传》，以其遗词有同也。

此上文字，乃评《离骚》之艺术成就、崇高思想。颂屈原敢于揭露黑暗，坚持真理之伟大人格。实为颂屈论骚之首出文字。明杨慎曰："《屈原传》，其文便似《离骚》。其论作骚一节，婉雅凄怆，真得《骚》之趣者也"。升庵盖深感于史公能共鸣于屈原也。

及后汉班固论曰："屈子之篇，万世归善（《后汉书》）"。于《汉志》云："大儒荀卿及楚臣屈原，离谗忧国，皆作赋以讽。咸有恻隐古诗之义"（当本刘歆《七略》）。褒尊屈赋，言重金石。然于《离骚序》又曰："露才扬己，显暴君过"。抵牾反复，一何瞢焉。若杨雄讥以"过以浮"，颜介诋以"多陷轻薄……显暴君过（《家训·文章篇》）"，于

20×15＝300　　第 88 页

稿纸

屈原乎何损？后之非屈者，复有其人，终为蚍蜉撼树之举，固不若东坡所云："屈原作《离骚经》，盖风雅之再变者，虽与日月争光可也（《答谢师民书》）"之有识。

黄侃《文心雕龙札记》曰："彦和以前论《楚辞》之文，有淮南王《离骚传序》、太史公《屈原传》、《汉书·艺文志·诗赋略序》、班孟坚《离骚序》、《离骚赞序》、王逸《楚辞章句序》及诸篇小序、《楚辞章句》十六卷"。

《文史通义·说林》云："著作之体，援引古文。袭用成文，不称所出，非为掠美，体势有所不暇及也。亦必视其志识之足以自立，而无所藉重于所引之言；且所引者并悬天壤，而吾不病其重见焉。乃可语于著作之

20×15=300　　第89页

稿　纸

事也"。吾于此有徵焉。陈伯弢云："《文心·宗经篇》：易惟谈天至表里之异体也二百字，本王仲宣《荆州文学志》文"。黄季刚《文心札记》于《序志》申之曰："故《文心》多袭前人之说，而不嫌其抄袭。未若后之君子，必以己言为贵也。即如《颂赞篇》，大意本之《文章流别》，《哀吊篇》亦有取于挚君。信乎通人之识，自有殊于流俗已"。太史公援引刘安《离骚传》以为《屈原列传》，马作如斯观，而舍人尤师史公为文之术也。

余谓《离骚》作者，秉爱国之诚，接三百之风，以扇南楚之唱；乘以横之波，驰散文之势，以创《楚辞》之制，启汉赋之涂，更奠五七言之基。之后衣被词人，果功多代诗国异葩，各放丽彩。如仲伟《诗品》，推

20×15=300　　第 90 页

稿纸

论源流》，来自《国风》者十四家，源于《楚辞》者仅二人。所论虽未必尽是，概云无承，自亦不当。至若爱国精诚，斗争业绩，灌溉国土，垂教后世者，亦复光同日月，功等山岳。屈子诚诗苑之冠冕，国史之光耀也。

屈平既绌，其后秦欲伐齐。

按"既，久也"。详说见后文"既疾之"句下。绌黜並从出得声，可通用。《老子列传》："学老子者，则绌儒学，儒学亦绌老子"。《索隐》云："绌音黜，黜退而后之也"。《论语》："柳下惠为士师，三黜"。皇侃疏："黜，退也"。《荀子·成相》："展禽三绌"。《新序·杂事》："昔柳下季为理于鲁，三绌不去"。是绌、黜通用之证。前于"王怒而疏屈平"句下，已证疏同黜，並说证乃怀王十二年事；

20×15＝300　　第 91 页

稿纸

而张仪相楚乃十六年事，则十二年至十六年，中计五年为被黜之时间，故得云久黜也。此盖承前文"王怒而疏（同黜）屈平"而言。文字脉络极清，毫无抵牾乖违之病。如此训说，且可证"疏"之必同黜。

考《楚世家》怀王十一年"怀王为从长，至函谷关，秦出之，六国皆引归，齐独后"。《孟尝君列传》："五国攻秦不胜，罢于成皋，赵欲构于秦，楚与韩魏将应之，齐弗欲"。堪证从事不固，然未至破裂地步也。至十二年，"秦与齐争长"，知齐反秦甚力，故为秦忌，而欲攻之也。又"秦与齐争长"，又显示楚退下从长地位，为齐所代。屈子素主合从，此时受黜失势，既可于此局势之变化推知之，且可证知秦人入楚破从，亦恃有机可乘也。

稿纸

曰："既黠"，切合实际之笔也。

齐与楚从親，惠王患之。

《韩非子·五蠹》云："从者，合众弱以攻一强也。而横者，事一强以攻众弱也"。就战代从横之形成说，东西为横，南北为从。就地形说，连关中之为横，合关东之为从。就行动目的说，关东六国相联以摈秦曰合从，秦屈关东之国以事己，而攻其余曰连横。从成则国与国親，故曰"从親"。齐楚从親之成，当始于怀王六年，吾于《啮桑会盟考》中已明之。又据《楚世家》，知怀王十二年"秦与齐争长"，必因怀王于十一年失利函谷，遂辍于合从，齐代为从长也。故"齐与楚从親"，当指怀王十二年后若即若离之齐楚关係。

惠王，秦孝公子，名驷。即位于元前三三七

稿　纸

年，卒于元前三一一年。《战国策·齐策》：“齐大夫国子曰：秦得齐则权重于中国，赵魏楚得齐，则足以敌秦”。以当日形势论，齐东方强国，楚南方强国，秦攻一强，一或相俾，齐楚从亲，势必凌秦，以为秦祸。故惠王患之。

乃令张仪详去秦，厚币委质事楚。

按详，借作佯。《精义》引作佯。佯，诈伪也。去，离也。厚币，犹重赂。《齐世家》：“重赂与谋……厚赂之三子……币厚言甘”。《韩非子·存韩》：“使人使荆，重币（同币）用事之臣”。王先慎曰：“重币，犹言厚赂”。亦即重赂也。本传下文：“又因厚币用事者臣靳尚”。《新序·节士》：“使张仪之楚，厚赂贵臣上官大夫靳尚之属”。币，货并动词。

20×15＝300　　　　第94页

稿纸

是厚幣、厚貨、重幣、厚賂，乃同一义也。

《仲尼弟子列传》云："子路後儒服，委质，因门人请为弟子"。《索隐》曰：服虔注《左氏》云："古者始事，必先书其名于策，委死之质于君，然后为臣。示必死节于其君也"。则委质乃示忠于上之誓书也。

又按《楚世家》云：（怀王）十六年，秦欲伐齐，而楚与齐从親，秦王患之。乃宣言张仪免相，使张仪南見楚王"。《秦世家》云："惠王更元十二年，'张仪相楚'"。《张仪传》云："秦欲伐齐，齐楚从親。于是，张仪往相楚。楚怀王聞张仪来，虛上舍而自館之"。可前证十一年怀王"欲与秦平"，动摇合从之思想。至此十六年，动摇者更甚。故于张仪之来，"虛上舍而自館之"。然亦必拔降派排除屈

20×15＝300　第95页

原后，有秦主连横之仪，怀王早受其毒。乃張仪至楚厚贻，上官辈乃肆无忌惮，力促親秦也。时屈原若在，不能无反对之言行着于竹帛也。

曰："秦甚憎齐，齐与楚从親。楚诚能绝齐，秦願献商於之地六百里"。

《集解》曰："商於之地，在今顺陽郡南乡丹水二县。有商城在於中，故曰商於"。

《正义》曰："於商在邓州内乡县东七里，古於邑也。商洛县在商州东八十九里，本商邑周之商国。按十五邑近此三邑"。

按《越王勾践世家》云："商於析郦宗胡之地"。《正义》引《括地志》文曰："商洛县则古商国地也。《荆州图副》云：'邓州内乡县东七里於村，即於中地也'"。《正义》之说

稿纸

於商、於中乃一地而二名，《集解》之说商於，又仅限于一隅，並不得商於之地六百里之形势。

顾祖禹《方舆纪要》云："商，即商州，於，即内乡，自商州（今商县）至内乡六百里，皆古商於地矣"。说较前为正。

蒙按《竹书纪年》显王二十八年下云："秦封卫鞅于邬，改名商"。《诅楚文》云："遂（即求）取我边地新郢及邬长新，我不敢曰可"。两文之邬当为一地。於乌、於同音於，古乌字。则邬於为一地矣。而商商同音，是於改名商，又可曰於商也。《史记·商君传》云："封之於商十五邑，号为商君"。《楚世家》："宣王三十年，秦封卫鞅於商，南侵楚"。《战国策·秦策》："卫鞅亡魏入秦，

20×15＝300　　第97页

稿　纸

孝公以为相，封之於商，号曰商君"。《盐铁论·非鞅》："封之於商之地，方五百里"。此四称之於商，当指原来鄔之一地而言，地望当在今内乡境。非专就商洛而言。亦非就商国（今商县）而言，实至明之理，曰"於商十五邑"，就於商一邑，加他十四邑而言。於商当为其首治地，绝非自於及于商之意。然其领域不妨於至于商也。《索隐》曰："於商二县名，在弘农"。似未察及此史实而为之说。《汉书·地理志》弘农郡商县下注云："秦相卫鞅邑也"。意当为属于卫鞅之封邑，在十五邑之内。如以旧说视作卫鞅封地之首邑，则乖违于史实。盖卫鞅被封之商实为鄔（即於），故称商，故又称於商。其地在今之内乡境，当如《正义》说。此史实为前人所未解，故

20×15＝300　　第 98 页

赘于此。

又按《楚世家》："（张仪）谓楚王曰：敝邑之王所甚悦者，无先大王；虽仪所甚愿为门阑之厮者，亦无先大王。敝邑之王，所甚憎者，无先齐王；虽仪之所憎者，亦无先齐王，而大王和之。是以敝邑之王，不得事王，而仪亦不得为门阑之厮也。王为仪闭关而绝齐，今使使者从仪西入秦，取故秦所分楚商於之地六百里，如斯则齐弱矣。是北弱齐，西德于秦，私商於以为富，此一计而三利俱至也。怀王大悦，乃置相玺于张仪，日与置酒，宣言吾复得吾商於之地，群臣皆贺（下为陈轸独吊语，略）。《张仪列传》云："大王诚能听臣，闭关绝约于齐，臣请献商於之地六百里……乃以相印授张仪"。记事较概

稿纸

传》详赡，故並录之，以見屈子之必"既黜"而张仪谲诈楚廷，竟使楚王大悦，群臣皆贺者，若非大夫在野，上官辈以親秦为利，助翦怀王，张仪收功不能如斯之易也。

据《楚世家》所述，知"商於之地六百里"，原为楚之故地，为秦所攻取者；故一则曰"取故秦所分楚商於之地六百里"，再者曰"吾复得吾商於之地"。至商於入秦之时间，当在秦孝公十一年（元前三五一年）商城塞之前。

考《左氏禧公二十五年传》：楚师"戍商密"，旧注"商密、鄀地，在淅川西"。知元前六三五年前为楚地也。《左氏传》文公十年，又记元前六一七年城濮战后：楚使子西"为商公"。杜注："商、楚邑，今上洛商县"。

知元前七世纪时，今商县尚为楚地。

《史记·六国年表》秦孝公十一年，当楚宣王十九年，元前三五一年，"城商塞"。当即李斯《谏逐客书》所云："孝公用商鞅之法，……获楚魏之师，举地千里"之战果。秦城商塞，於孝公十一年，其取商亦必在斯年或其前。楚西北之故地削矣。

《楚世家》楚宣王三十年，当秦孝公二十年，元前三四零年。"秦封卫鞅於商，南侵楚"。据前述知於商乃鄔（即於）易名作啇（即商）后之名称，实一邑名。地在今河南内乡境。是则於商为秦之南镇，为侵楚之前进基地矣。此於商在商塞之东。就楚地说，自商至於六百里之地，于秦孝公世为秦所据。仪总括其地曰商於，犹言商至于於也。然不

稿纸

能解作《商君列传》、《盐铁论》中之於商。盖"於商"乃一邑之称，"商於"乃商至於一处大区域之总称也。

正以楚西北如此辽阔之国土为秦所侵占，所加于楚之威胁，更为严重。怀王虽愚，必察及此。故屈原主从，怀王是听。及不胜秦又欲谋平，怀王固不能坚持国策者也。十六年仪以商於六百里之地饵楚，使楚绝齐，怀王喜于兵不血刃，坐复其失土而许仪，又見其智浅而妄动矣。

楚怀王贪而信张仪，遂绝齐。

按汉贾谊《新书·春秋》云："楚怀王心矜好高人，无道而欲有霸王之号"。可与史公所说之贪字互证。《史记·甘茂传》苏代谓向寿曰："人皆言楚之善变也"。亦谓怀王操持

20×15=300　　第102页

稿　纸

不啻，盖由贪而轻信于人，故常变其策焉。

《淮南子·兵略训》："楚怀王北畏孟尝君，背社稷之守，而委身强秦"。则怀王改事秦者，另有畏齐之心。此独见于《淮南》者，可补史传之阙。又据《楚世家》绝齐在怀王十六年。

使使如秦受地。张仪诈之曰："与王约六里，不闻六百里。"

《楚世家》："（陈轸谏毕）怀王弗听，因使一将军西受封地。张仪至秦，详醉坠车，称病不出，三月，地不可得。楚王曰：仪以我绝齐尚薄邪？乃使勇士宋遗北辱齐王。齐王大怒，折楚符而合于秦。秦齐交合，张仪乃起朝，谓楚将军曰：子何不受地？从某至某，广袤六里。楚将军曰：臣之所以见命者

20×15＝300　　第103页

稿纸

六百里，不闻六里。即以归报怀王，怀王大怒”。《秦策》曰：“楚王使人绝齐，使者未来，又重绝之。张仪反，秦使人使齐，齐秦之交阴合。”《说文》：“闻，知闻也。”

又考怀王之受秦欺，此为第一次。后六年又受冯章类此之欺。《战国策·秦策》曰：“秦使冯章许楚汉中，而拔宜阳。楚以其言责汉中于冯章。冯章谓秦王曰：王遂亡臣。固谓楚王曰：寡人固无地许楚王”。怀王固不以前事为鉴，轻信敌国者如此。后之死秦，尤其大者。

楚使怒去，归告怀王。怀王大怒，兴师伐秦。秦发兵击之，大败楚师于丹阳，斩首八万，虏楚将屈丐，遂取楚之汉中地。

丹阳，他本作丹淅。《索隐》云：“丹、

稿纸

淅二水名。谓于丹水之北，淅水之南。丹水淅水，皆县名，在弘农，所谓丹阳、淅也"。《正义》："丹阳，今枝江故城"。又《索隐》："屈姓，丐名，青盖也"。又"徐广曰：楚怀王十六年，张仪来相。十七年秦败屈丐"。《正义》："（汉中）梁州"。

《史记志疑》云："史各处皆作丹阳，而此作丹淅者，《索隐》云："丹、淅二水名，谓于丹水之北、淅水之南。皆为县名，在宏农"。然则即《汉地理志》丹水县、淅县也。《通鉴》胡注云："丹阳，丹水之阳。按《志》丹水出上洛冢领山，东至淅入钧水。丹水盖在丹水、淅两县之间，武关之外，秦楚交战，当在此水之阳。楚师既败，秦乘胜取上庸路，西入川收汉中，其势易失"。据此，则丹阳、

20×15=300　　第105页

稿纸

丹淅原是一地，惟《国策》言杜陵是误耳。但《索隐》既知丹淅在宏农，而于《楚世家》又云丹阳在汉中，于《韩世家》云在今均州，三处不同，岂非自相抵牾乎？《正义》谓在枝江。胡注亦辨之，云"楚遣屈丐伐秦，秦发兵遂击之，枝江之丹阳则距郢逼近，秭归之丹阳则不当秦楚之路。《索隐》因下文遂取汉中，即谓丹阳之汉中，皆非也"。

按此怀王第一次单独攻秦之军事行动，事在怀王十七年。《楚世家》云："怀王大怒，兴师将伐秦……楚发兵西击秦，秦亦发兵击之。十七年春，与秦战丹阳（《索隐》：此丹阳在汉中）。秦大败我军，斩甲士八万，虏我大将军屈丐、逢侯丑等七十余人，遂取汉中之郡"。《张仪传》："楚王大怒，发兵而攻秦，

20×15=300　　第106页

稿纸

陈轸曰："轸可发言乎？攻之不如割地，反以赂秦，与之并兵而攻齐，是我出地于秦，取偿于齐也。王国尚可存。"楚王不听，卒发兵而使将军屈丐击秦。秦齐共攻楚，斩首八万，遂取丹阳（徐广曰：在枝江，误。）汉中之地（《正义》曰：今梁州也，在汉水北。）"。可见楚出兵之众，牺牲之多，丧地之广。疑《国殇》作于此役之后，用哀悼阵亡之将士者。

考之他史，此役助秦者不仅齐国。韩亦出兵攻楚矣。《韩世家》云：韩宣惠王二十一年"与秦共攻楚，败楚将屈丐，斩首八万于丹阳"。然考古本《竹书纪年》，当怀王十七年时，"楚景翠围雍氏"。似楚先用兵于韩。韩之助秦，此为一因也。

又考秦史记载，攻楚之时军有三。《秦

20×15=300　　第107页

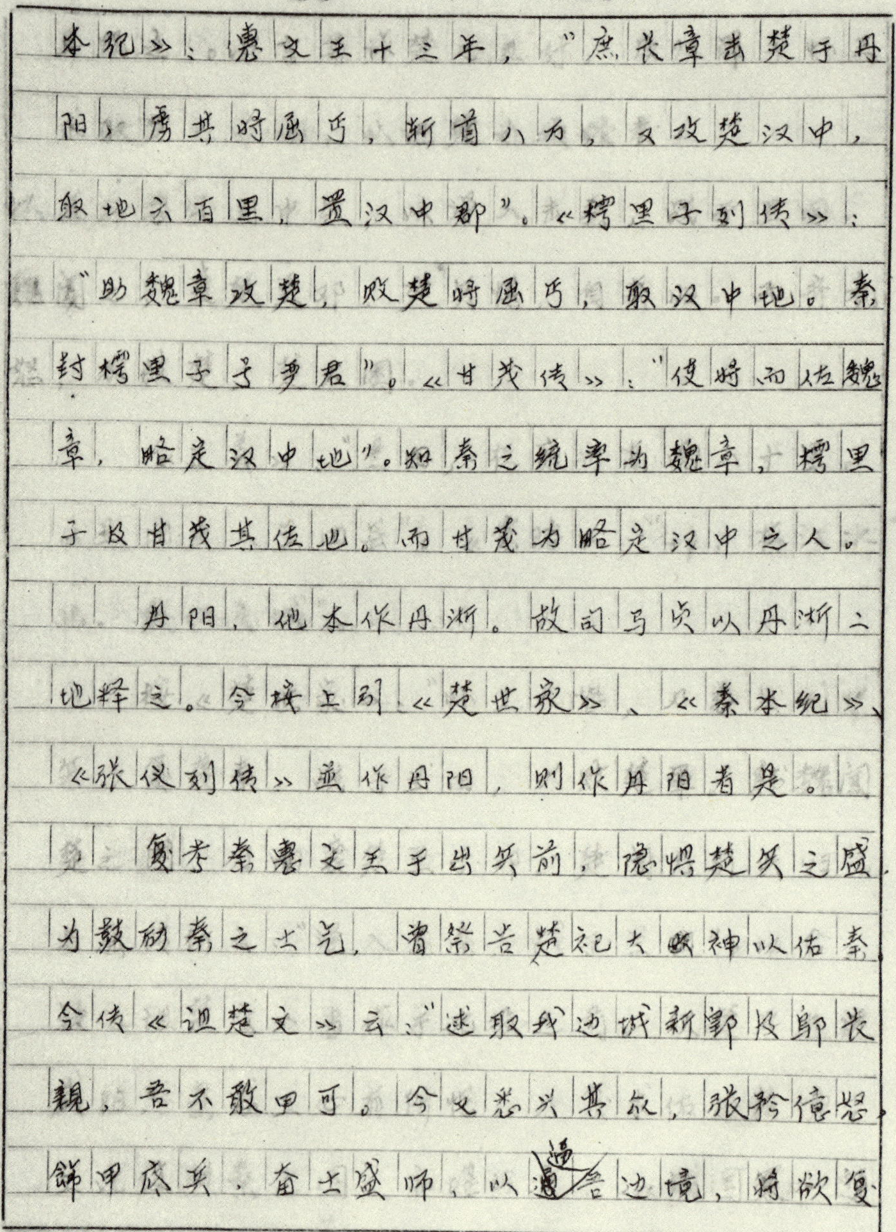

稿纸

本纪》：惠文王十三年，“庶长章击楚于丹阳，虏其将屈丐，斩首八万，又攻楚汉中，取地六百里，置汉中郡”。《樗里子列传》：“助魏章攻楚，败楚将屈丐，取汉中地。秦封樗里子号严君”。《甘茂传》：“使将而佐魏章，略定汉中地”。知秦之统率为魏章，樗里子及甘茂其佐也。而甘茂为略定汉中之人。

丹阳，他本作丹淅。故司马贞以丹淅之地释之。今校上引《楚世家》、《秦本纪》、《张仪列传》並作丹阳，则作丹阳者是。

复考秦惠文王于出兵前，隐惧楚兵之盛，为鼓励秦之士气，曾祭告楚祀大沈神以佑秦。今传《诅楚文》云：“述取我边城新郢及郇长亲，吾不敢曰可。今又悉兴其众，张矜意怒，饰甲底兵，奋士盛师，以逼吾边境，将欲复

20×15＝300　　第108页

稿纸

其既迹"。诈言其诉楚之丑行，且归罪于怀王求取楚之故地，以诬楚为侵略者。

怀王乃悉发国中兵，以深入击秦，战于兰田。魏闻之，袭楚至邓，楚兵惧，自秦归。而齐竟怒，不救楚，楚大困。

《正义》："兰田，在雍州东南八十里。从兰田关入兰田县"。《索隐》："邓，在汉水北。故邓侯城"。

按《楚世家》："怀王大怒，乃悉发国中兵，复袭秦，战于兰田，大败楚军。韩魏闻楚之困，乃南袭楚至于邓。楚闻乃引兵归"。与屈传所云："深入击秦，战于兰田"。切合。疑《诅楚文》当作于此役之前。以楚兵迫近咸阳，秦惠王心有所惧，乃复求佑于楚神。至此役助秦之国，亦堪注意。《战国策·赵

20×15＝300　　第109页

策》：秦昭王谓公子他曰："日者，秦楚战于兰田，韩出锐师以佐秦"。不及齐之行动。《秦策》云："秦取楚汉中，再战于兰田，大败楚军。韩魏闻楚之困，乃南袭至邓。楚王引归"。记事与《屈原列传》略同。惟党于秦者除韩外，多出魏国，与《赵策》所记异。然不及齐之党秦，此又《秦策》、《赵策》之所同。《秦策》又云："楚王不听，遂举兵伐秦，秦与齐合，韩氏从之，楚兵大败于杜陵"。此谓"秦与齐合"，不仅与上引诸史料相违，且与《屈原传》相乖。按《屈传》明言"齐竟怒，不救楚"，则齐于此第二役，亦必无党秦之军事行动。齐盖怒于楚之绝从，戒于秦之再胜，乃置身事外耳。斯可证《秦策》所云"秦与齐合"，必係涉第一役而误记。再就"韩魏闻……"说之，疑齐乃魏之误，就原传"魏闻之，袭楚至邓"说，亦当为魏之误。如此校改，方合乎史实。若就《秦策》、《赵策》两云"韩出锐师"，"韩魏闻楚之困"说，则《屈传》"魏闻之"，魏前亦应补韩字，为无可疑者。《史记志疑》云："魏当作韩，说在《楚世家》"。

齐因楚之背从，实有怨心。故当楚攻秦之第一役中，共秦击楚。楚失败之惨，又当给齐以警惕。故于楚攻秦第二役中，既不党秦，又不助楚，此自然之势。及楚怀王再遭失败，当又念及合从之利，重启联齐之心。屈原得复职，再使于齐，一方由于怀王暂时之觉醒，一方当由于齐之动向，有以启之。故原之再使齐，实种因于此际齐楚之微妙关

稿　纸

係。《楚世家》载齐湣王与怀王书，亦可参证。

再就"深入击秦，至于兰田"①。《秦策》曰："楚兵大败于杜陵"。兰田、杜陵並在长安之南，地望相近，堪证楚兵强大，竟长驱至咸阳以南，威胁秦都。由于韩魏袭邓，乃引兵归。则第二役兵力之损失，或不若第一役之巨。《张仪传》云："至兰田，大战，楚大败。于是楚割两城，以与秦平"。则此役之后楚又损失二城矣。《孙子兵法·作战》："主不可以怒而兴师"。信哉！

又考秦楚之争，事播诸夏，致宋牼（即宋荣子）将赴秦楚，说以利而罢之；而孟轲则主说以"仁义"（事见《孟子·告子章》）。张宗泰《孟子诸国年表》谓孟宋遇于石邱，

20×15＝300　　第 112 页

稿　纸

即在斯年。而屈子年今当在三十七岁左近。

《思美人》"车既覆而马颠兮"，当指兵败于秦也②。曰"观南人之变态"，冀怀王悔悟，返己于朝，用事合从也。故疑《思美人》一作当写于怀王十七年，时屈原居汉北也。

明年秦割汉中地与楚以和。

按《楚世家》："十八年，秦使使约，复与楚亲，分汉中地之半以和楚"。《张仪列传》"秦要楚，欲得楚黔中地，欲以武关外易之"③。《正義》曰："即商於之地"。余疑《正义》说非也。盖商於之地，早为秦有（见前文），而楚之汉中，乃在十七年第一次战败后，为秦所略去。秦经营商於已久，岂能以之餌楚？若汉中为秦略，时仅一年，在楚固创伤痛深，以此钓诱，胜于商於。且仪曾以"商於六百

20×15=300　　第113页

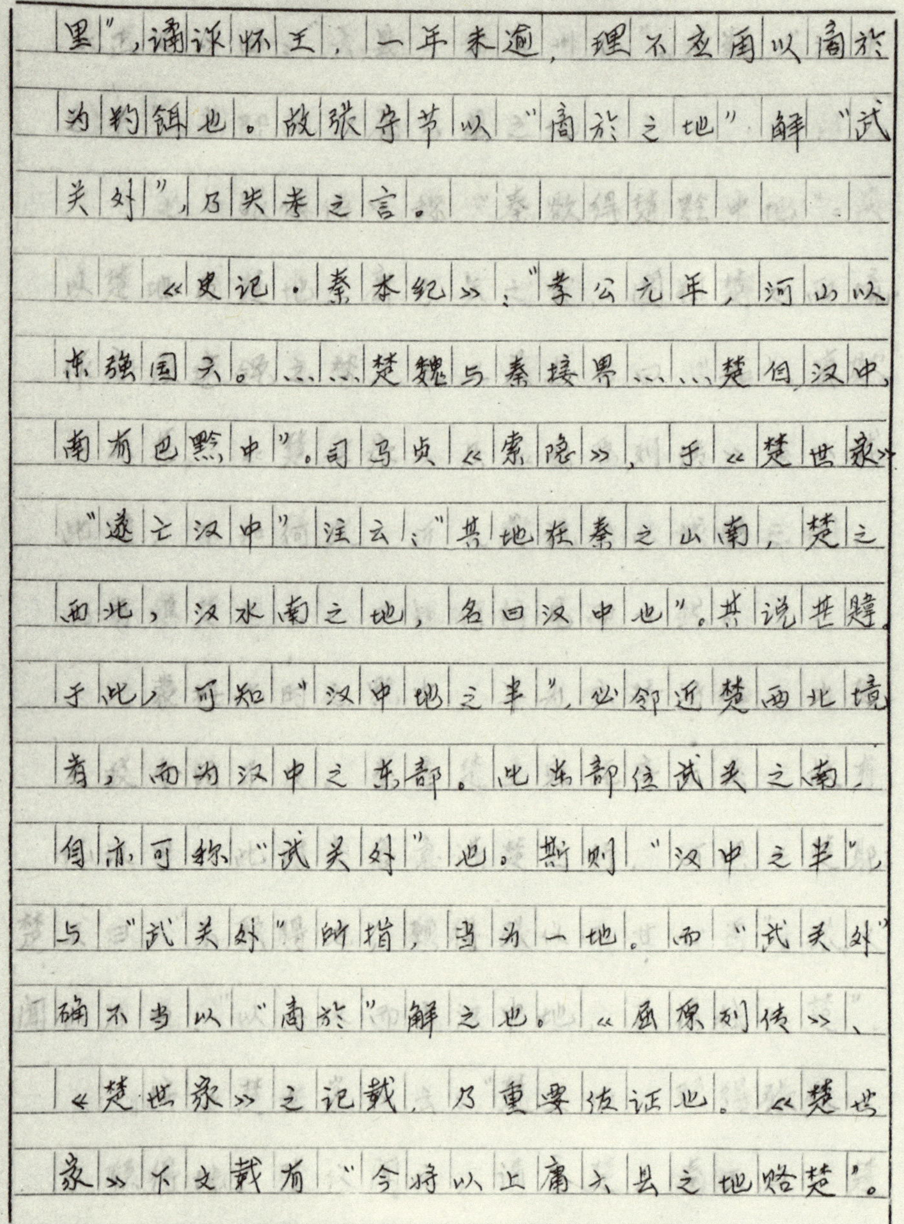
稿纸

里”，诱诈怀王，一年未逾，理不应用以商於为钓饵也。故张守节以“商於之地”解“武关外”，乃失考之言。

《史记·秦本纪》：“孝公元年，河山以东强国六。……楚魏与秦接界……楚自汉中，南有巴黔中”。司马贞《索隐》，于《楚世家》“遂亡汉中”注云：“其地在秦之山南，楚之西北，汉水南之地，名曰汉中也”。其说甚韪。于此，可知“汉中地之半”，必邻近楚西北境者，而为汉中之东部。此东部位武关之南，自亦可称“武关外”也。斯则“汉中之半”，与“武关外”所指，当为一地。而“武关外”确不当以“商於”解之也。《屈原列传》、《楚世家》之记载，乃重要佐证也。《楚世家》下文载有“今将以上庸六县之地赂楚”。

20×15=300　　第104页

《正义》曰："六县，今房州也"。余疑"汉中之半"，当即此上庸六县之地。

又《张仪传》称"秦欲得楚黔中地"。实以楚地易楚地，靡弓矢之费，图据楚之西境，作高屋建瓴之势，且又美其名曰"知"。真欺人太甚。《楚世家》及《屈原列传》并不载此语，不知何故？近人或说秦以战胜之国，仍有惧楚之心，不知何所见而云然。

蒙按此时之黔中，早为庄跻所据，为楚王政令所不及。秦虑楚王或能亲于秦，故有此议乎？此时秦急急谋楚之行，何惧于楚耶？楚王曰："不愿得地，愿得张仪而甘心焉"。张仪闻，乃曰："以一仪而当汉中地，臣请往如楚"。

按《楚世家》云："楚王曰：愿得张仪，不愿得地。张仪闻之，请之楚。秦王曰：楚

稿纸

且甘心于子，奈何？张仪曰：臣善其左右靳尚，靳尚又能得事于楚王幸姬郑袖，袖所言无不从者。且仪以前使负楚以商於之约，今秦楚大战有恶，臣非面自谢，楚不解。且大王在，楚不宜敢取仪。诚杀仪以便国，臣之愿也。仪遂使楚”。《秦本纪》阙此不载。《张仪传》云：“楚王曰：不愿易地，愿得张仪，而献黔中地”。以下记述，略同《楚世家》。

《新序·节士篇》：“怀王大怒，兴师伐秦，大战者数，大败楚师。秦使人愿以汉中地谢。怀王不听，愿得张仪而甘心焉。张仪曰：以一仪而易汉中地，何爱仪，请行”。刘向之文，来自史公，此又一证也。

《天官书》：“世主莫不甘心焉”。《索隐》注曰：“（甘心）谓心甘羡也”。蒙按就今语快

20×15二300　　第116页

稿　　纸

意。

　　又按《韩非子·内储说下》记有"秦侏儒善于荆王，而阴有（又）善荆王左右，而内重于惠文君，荆适有谋，侏儒当先闻之，以告惠文君"。知秦惠文时用间谍于楚，不仅一张仪。怀王之持策不固，虽由于守旧投降派之煽动，而国外之敌特予以操纵、指挥，亦一主因焉。此当为阶级斗争、复杂尖锐之具体反映。

如楚，又因厚币用事者臣靳尚，而设诡辩于怀王之宠姬郑袖。怀王竟听郑袖，复释去张仪。

　　厚币，重金收买，解見前。　靳尚，疑亦作景尚。盖靳、景同声可转，景固可作靳也。犹昭齿之作卓齿（《吕氏春秋·正名》）、淖齿（《淮南子·氾论训》），庾氏之作甲

20×15二300　　　　第 117 页

稿 纸

氏（见前说），此一证也。《韩非子》"楚两用昭景而亡鄢郢"。反映昭景两氏权重楚廷。依韩非之说，乃"争事而外市"之人。然就怀世之大臣论，有昭阳、昭雎、景翠、景鲤、景缺等。此並楚强宗屈、昭、景三氏中之人物。若靳尚不属于楚之强宗，则不能为怀王之"用事者臣"（见《屈传》），为怀王之左右（《楚世家》），与左徒、上官为同列大夫（王逸说），更不能称"贵臣"（《新序·节士》）。再就靳尚党于上官，排逐屈原，力争废新法，自非客卿所能为，亦非异姓所欲为。况楚"任人唯亲"，靳尚之为王族，可断言也。此靳尚应作景尚之二证也。又疑靳尚乃怀王十六年，受张仪牢笼之楚奸。

《说文》："设，施陈也"。诡变即伪辩。

20×15=300　　第 118 页

稿纸

《淮南子·齐俗训》："争为诡辩，久稽而不决，无益于治"。《汉书·石显传》："持诡辩以中伤人"。师古注曰："诡，违也。违道之辩"。今语背谬悖理之诡辩也。《文子·上义》："上书伪辩"。伪辩之意当即诡辩。诡伪声近意同，故得相通也。郑袖，《楚策》作郑儇，又作郑褎。《招魂》注引《淮南子》云："郑袖，楚怀幸姬，善歌工舞，因名郑舞"。《楚策》："当是之时，南后、郑褎贵于楚"。补注曰："袖褎同"。注引周紫芝《楚辞说》："郑国之女多美而善舞，楚怀王幸姬郑袖，当是善舞，故名袖者，所以舞也"。按周书已佚，此为其说之仅存者。

张仪所设之诡辩，详见于《楚世家》。《世家》云："至，怀王不见。困而囚张仪，

20×15＝300　　第119页

稿　　纸

欲杀之。仪私于靳尚，靳尚为请怀王曰：拘张仪，秦王必怒。天下见楚无秦，必轻王矣。又谓夫人郑袖曰：秦王甚爱张仪，而王欲杀之。今将以上庸六县之地赂楚，以美人聘楚王，以宫中善歌者为之媵。楚王重地，秦女必贵，而夫人必斥矣。夫人不若言而出之。郑袖卒言张仪于王而出之。仪出，怀王因善遇仪。仪因说楚王以叛从约，而与秦合親，约婚姻”。于此当注意者，为张仪又“说楚王以叛从约”一事。

考楚怀王十六年，曾受欺于张仪而绝齐。则此之所云“说楚王以叛从”，自为楚有再合于齐之举。寻怀王攻秦，失利两次，必生重新合齐之心。而齐于楚第二次攻秦时，置身事外，既不助楚，亦不助秦，实质则助于楚

20×15=300　　第120页

稿　纸

失。亦必为楚所审知。齐湣王与楚怀王书中曾曰："且王欺于张仪，亡地汉中，兵锉蓝田天下莫不代王怀怒。（《楚世家》）"。虽係外交辞令，确道出齐楚相亲，共同防秦之必要。夫如斯，齐楚复合之机成，则楚之合于齐，必在十七年败后，迅速实现矣。齐楚复从，秦当患之如前。乃谋及以"战利品"汉中之半饵楚，借以消楚王怒、恐之情，杜齐楚复合之路，且進而谋取黔中。此盖秦廷之周谋计划，亦必楚使使齐再谋合从之行，早为秦所侦知之故。际张仪入楚，齐楚之从约已成。故张仪乘机"说楚王以叛从约"。事理发展之逻辑，固当如斯也。

此段史实，虽未明载于《屈原列传》，然《楚世家》此一语，却道破前此之情况。

20×15＝300　　第121页

稿纸

而《屈原传》下文称屈原"使于齐"，当即再联齐之行动，其时间应在怀王十七年新败之后。故屈原之使齐，应早于十八年张仪之再入楚。张仪抵楚时，大夫固不在国内也。下文云"顾反，谏曰：何不杀张仪"可证也。于此可知《屈传》虽未明载屈原再使于齐之时间与原因，史公确巧妙示人以时间与原因。不得谓史公之作有疏漏也。

郑袖出张仪之言，详于《张仪传》：靳尚说郑袖曰："子内擅楚之贵，外结秦之交，畜张子以为用，子之子必为楚太子矣"。于是"郑袖日夜言怀王曰：人臣各为其主用，今地未入秦，秦使张仪来，至重王。王未有礼，而杀张仪，秦必大怒攻楚。妾请母子俱迁江南，毋为秦所鱼肉也。怀王后悔，赦张仪，

20×15＝300　　第 122 页

稿纸

厚礼之如故"。此下云仪"闻苏秦死"，不符史情，为史公失考之言，当另详。

《新序·节士》："仪请行，遂至楚，楚囚之。上官大夫之属，共言之王，王归之"。

谨注刘向见本《史记》，出张仪之楚奸不止靳尚一人，上官大夫固亦亲秦，恐秦之人焉。

考靳尚于怀王十八年，随张仪出楚，为魏张旄遣人刺杀于道。《战国策·楚策》云："楚王将出张子，恐其败己也。靳尚谓楚王曰：臣请随之，仪事王不善，臣请杀之。楚（疑魏之误）小臣，靳尚之仇也，谓张旄曰：以张仪之智，而有秦楚之用，君必弱矣。君不若使人微要靳尚而刺之，楚王必大怒仪也。彼仪穷，则子重矣。楚秦相难，则魏无患矣。张旄果令人微要靳尚刺之。楚王大怒秦，构

20×15＝300　第123页

稿　纸

兵而战。秦楚争事魏，张旄果大重"。

是时，屈平既疏，不复在位，使于齐。

按是时，此时也。承上"楚大困"，楚败于秦后，怀王之十七年也。此追叙文字之提起笔法。既，久也。疏同黜，見前。"既黜"，久黜之意。屈子黜官于怀王十二年，至十七年楚惨败于秦，中历时六年，为屈原被逐之时间，曰"既黜"至当也。又按"不复在位"与"黜"意同，史公文字不当如斯冗累；而与"使于齐"之事理乖，史公文字又不当如此矛盾，显有舛误。

考《新序·节士篇》云："是时，怀王悔不用屈原之策，以至于此，于是复用（一本用上有起字）屈原。屈原使齐还，闻张仪已去，大为王言张仪之罪。怀王使人追之不及"。

20×15＝300　　第124页

稿 纸

《节士》所云之“是时”，亦指楚大败于秦之后。“悔不用屈原之策，以至于此”，悔被与齐之从亲，遭攻秦之大败也。“於是复用屈原”，虽未著其官名，然在既悔又用之时，必复左徒之位，必不能有所改官。否则，岂能示悔？况用使于齐，如非旧职，稍加贬损，岂能任使齐之重责？岂不腾笑齐邦？据此当信屈原重任左徒也。《节士》之记，事理文脉，固无误也。按《节士》之《屈原传》，乃刘向据《屈原列传》缩写而成（详说见《绪言》）。曰“复用屈原”，在刘向见本《史记》，必如斯说。故吾疑《屈原列传》之“不复在位”之“不”必为误字，据《节士》之文，可作斯疑。

复考《南阳志》屈原岗下云：“昔怀王兴、

20×15=300　　第125页

稿　纸

师伐秦，为秦兵所击，败北，楚王至此地，追念屈原，亟呼之，因以名其地”。屈原岗在内乡境，解放前余过其地，尚见古碑，有尺大字曰“屈原岗”，旁著数语，文如《南阳志》所云。惜钞本损失，不复记碑为何代所刻矣。

《南阳志》之记述虽简，必本之传说及史公之《屈原列传》。云“追念屈原”，时在兵败于秦之后，其意同于“悔不用屈原之策”。曰“亟呼之”，显示急于见屈，急于用屈之迫切心情。可证屈原时放汉北，故得亟呼而至也。故吾疑此“亟”字，本《屈传》以遣词。今本《史记》“不复在位”之“不”，原本应作“亟”，隶文笔划有夺，乃误作“不”。故“不复在位”，原文应是“亟复在位”。亟，《说文》“敏疾也”。立刻之谓。若以“不”为“立”

20×15＝300　　第126页

稿纸

之形误，亦通。第不若据《南阳志》"亟呼之"以为校改，为有佐证耳。

然"亟复在位"之"在"，亦不词。若以《史记·田齐世家》："宣王召田忌，复故位"。《孟尝君列传》："王召孟尝君，而复其相位……今秦先生得复其位"。《左传》宣十二年："晋侯使复其（荀林父）位"。诸文例证之，则"亟复在位"，疑应作"亟复其位"，或"亟复故位"。验《卜居》"复用屈原"一语，可助证此校改，不背于事实及文理也。

按秦楚大战，在怀王十七年春及其后共二役（见前）。屈子之复位，自应在第二役兵败之后。使于齐，乃新败后之紧急外交行动，更当在十七年后。就《思美人》"开春发岁"说，当非十七年之春，而为十八年之

20×15=300　　第127页

稿　　纸

春。然十八年正月，屈尚未复位，故有《思美人》之作也。其复位当在此后不长时间之内。不然，不能于十八年使齐，亦不能于十八年自齐返楚谏杀张仪也。

又考《楚世家》云："十八年……张仪已去，屈原使从齐来，谏王曰：何不诛张仪？怀王悔，追张仪弗及。是岁，秦惠王卒"。述事与《屈原列传》、《新序》所云略同。就"是岁，秦惠王卒"验之，屈子自齐归，实为怀王十八年。游兴祖氏以为召用于十八年，虽未明所以，揆当日形势，至当也。

再按屈原《惜诵》一诗，涉及怀襄两世，中曾涉及在怀世复位之愉快心情。其言曰："言与行其可迹兮，情与貌其不变。故相臣莫若君兮，所以证（同徵，徵召也）之不远"。

20×15＝300　　　　第 128 页

稿纸

盖谓一己之言说与行动，是否正确，可以验诸往事，忠君之心，爱国之谋不曾改变。我深感于知臣莫若君，以言王之明察，再受徵用，不为久远也。此一叙述，若非叙怀世被黜，终受明察，得以复位，岂能云"相臣莫若君兮，所以证之不远"乎？岂能如此感情激动，以颂怀王乎？旧注率不辨此，吾为说屈原之复位，故援引以为证，参《九章发微》。

顾反，谏怀王曰：何不杀张仪？怀王悔，追张仪不及。

《索隐》曰："《张仪传》无此语也"。

按《穆天子传》"吾顾见汝"。郭注"顾，还也"。反、返通，顾反，亦衍作旋反，还反。其不同于单言"还"者，亦返者情急行速耳。

《战国策·燕策》载《乐毅报燕王书》曰：

20×15＝300　第129页

稿纸

"南使质于赵，顾返，命起兵随而攻齐"。注云："回顾而反，言其速"。是其证。《韩非子·外储说·左》："曾子之妻之市，其子随之而泣。其母曰：汝还，顾反，为汝杀彘"。《淮南子·人间训》："阳货揭剑提戈而走，门者出之，顾反，取出之者，以戈推之"。《新序》："延陵季子……使于晋，顾反，则徐君死"。《古诗十九首》"浮云蔽白日，游子不顾反"。诸"顾反"并谓情迫行速之归返。又同旋反。《诗·载驰》"既不我嘉，不能旋反"。是也。故《屈原列传》之"顾反"，亦当为情迫行速之归反。明乎此，可窥知屈在使齐，于以约复合之后，闻张仪至楚，虑其重新欺诳怀王，故情急速反，藉谏杀仪之言。不意甫至，张仪已去（据《张仪传》，原归自齐，仪尚未

20×15＝300　　第130页

稿　纸

去。说有歧）。而怀王又复合秦，故有谏怀王之言也。"顾反"一词，实露大夫忠君爱国之卓越情操。刘何易之以"还"，失其情趣，削弱大夫之爱国形象矣。

《楚世家》、《新序》记此段史实，已見上引。惟原谏怀王之言，特详于《张仪传》，不可不知也。按仪在获释之后，复说楚王曰："大王诚能听臣，臣请使秦太子入质于楚，楚太子入质于秦。请以秦女为大王箕帚之妾，效万室之都，以为汤沐之邑，长为兄弟之国，终身无相攻伐。臣以为计无便于此者。"于是楚王已得（同德）张仪，而重出黔中地，欲许之。屈原曰："前大王見欺于张仪，张仪至，臣以为大王烹之；今纵弗忍杀，又听其邪说，不可。"怀王曰："许张仪而得黔中，美利也。

20×15二300　　第131页

稿　纸

后而信之，不可。故卒许张仪与秦親”。楚怀王实投降派之首领也。

于此可知，怀王听仪复与秦合，出尔反尔，操持不经，弃友亲仇，昏聩殊甚。屈原虽立足朝廷，由于怀王受内外反动派之愚弄，实已无能为力矣。

又按张仪之入楚被扣，一在屈原被黜后之怀王十六年；此次于十八年，当屈原使齐未归之际，并屈子不在朝廷时，仪盖能选择时机，逞其狡计者。

《屈原传》不着怀王十八年至二十七年间大事，当由于屈原不能有所建树，不烦词费。然吾人为明当时情况，仍须撮引，以见楚王之无能。《楚世家》载，怀王二十年听齐湣王言又合齐。黄式三《周纪编略》称怀

20×15＝300　　第132页

稿　纸

去。说有歧）。而怀王又复合秦，故有谏怀
王之言也。"顾反"一词，实露大夫忠君爱
国之卓……失其情趣，
削弱大……
"……史实，已
见上引……《张仪传》，
不可不……说楚王曰：
"大王诚能听臣，臣请使秦太子入质于楚，
楚太子入质于秦，请以秦女为大王箕帚之妾，
效万室之都，以为汤沐之邑，长为兄弟之国，
终身无相攻伐。臣以为计无便于此者。"于是
楚王已得（同德）张仪，而重出黔中地，欲
许之。屈原曰："前大王见欺于张仪，张仪至，
臣以为大王烹之；今纵弗忍杀，又听其邪说，
不可。"怀王曰："许张仪而得黔中，美利也。

《楚世家》怀王六年，楚使柱国昭阳将兵而攻魏，破之于襄陵，得八邑。"襄陵即襄城，陵、城古通也

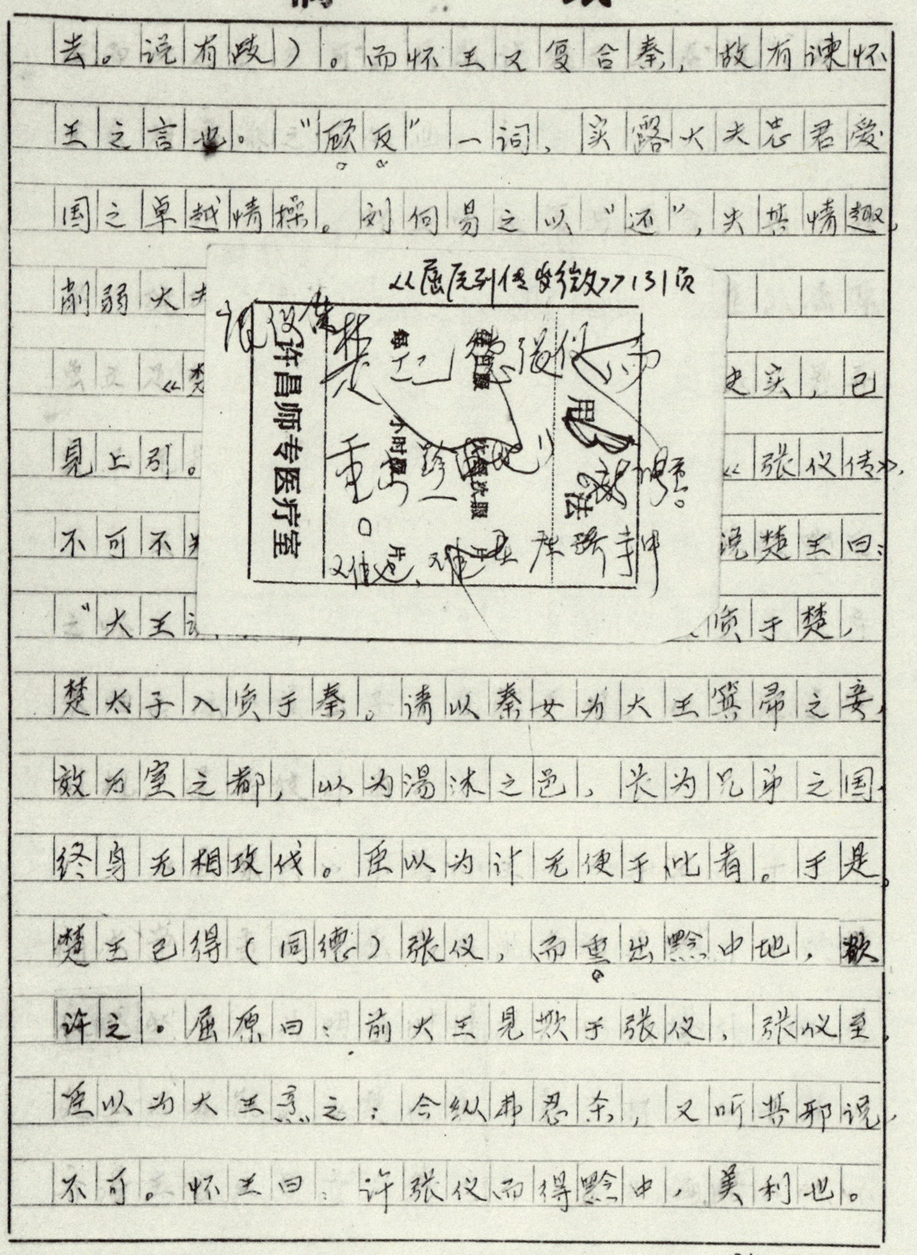
稿　纸

去。说有歧）。而怀王又复合秦，故有谏怀
王之言也。"顾反"一词，实露大夫忠君爱
国之卓越情操。刘向易之以"还"，失其情趣，
削弱大夫
《楚　史实，已
见上引。　《张仪传》，
不可不　说楚王曰：
"大王　质于楚，
楚太子入质于秦。请以秦女为大王箕帚之妾，
效万室之都，以为汤沐之邑，长为兄弟之国，
终身无相攻伐。臣以为计无便于此者。于是
楚王已得（同德）张仪，而重出黔中地，欲
许之。屈原曰：前大王见欺于张仪，张仪至，
臣以为大王烹之；今纵弗忍杀，又听其邪说，
不可。怀王曰：许张仪而得黔中，美利也。

20×15=300　　第131页

稿纸

王二十二年（元前三零七年）楚灭越。《世家》又言二十四年，倍齐合秦，楚迎妇。《六国表》作"秦来迎妇"。二十五年与秦昭王盟于黄棘（在今河南新野东北七十里），秦复与楚上庸。二十六年齐、韩、魏为楚负从亲，合纵共伐楚。太子质于秦。二十七年楚太子杀秦大夫而亡归，秦楚之交破。十年之中，合齐者五年，事秦者五年。屈原此期，虽立足朝廷，由亲秦派之得势，当系备员而已。其后诸侯共击楚，大破之，杀其将唐眛。

《集解》引徐广曰："二十八年败唐眛也"。《正义》："眛，莫葛反"。《史记志疑》云："眛当作昧"。

按《楚世家》云："二十八年，秦乃与齐、韩、魏共攻楚，杀楚将唐眛，取我重丘而去"。

20×15＝300　　第133页

稿　纸

《秦世家》云："八年使将军芊戎攻楚，攻新市。齐使章子，魏使公孙喜，韩使暴鸢共攻楚方城，取唐眛"。並云唐眛也。《吕氏春秋·处方篇》："齐令章子将，与韩魏攻荆……荆令唐蔑将而应之……果杀唐蔑"。《荀子·议兵篇》："楚始于垂沙，唐蔑死"。杨注："即楚相唐眛"。《商君书·弱民篇》："唐蔑死于垂沙"。《史记·礼书》："兵殆于垂沙，唐眛死焉"。《汉书·古今人表》作唐蔑。按眛莫葛反，与蔑不同音。疑为眛之形误，当从目从未。《说文》："眛，目不明也。莫佩切"。眛从直目，蔑从横目，音义同，自得与蔑通用。而《赵策》："魏败楚于陉山，禽唐明，楚王惧，令昭应奉太子，以委和于薛公。"注曰："明岂眛之字？"按眛、明意相反，固可得为

20×15＝300　　第134页

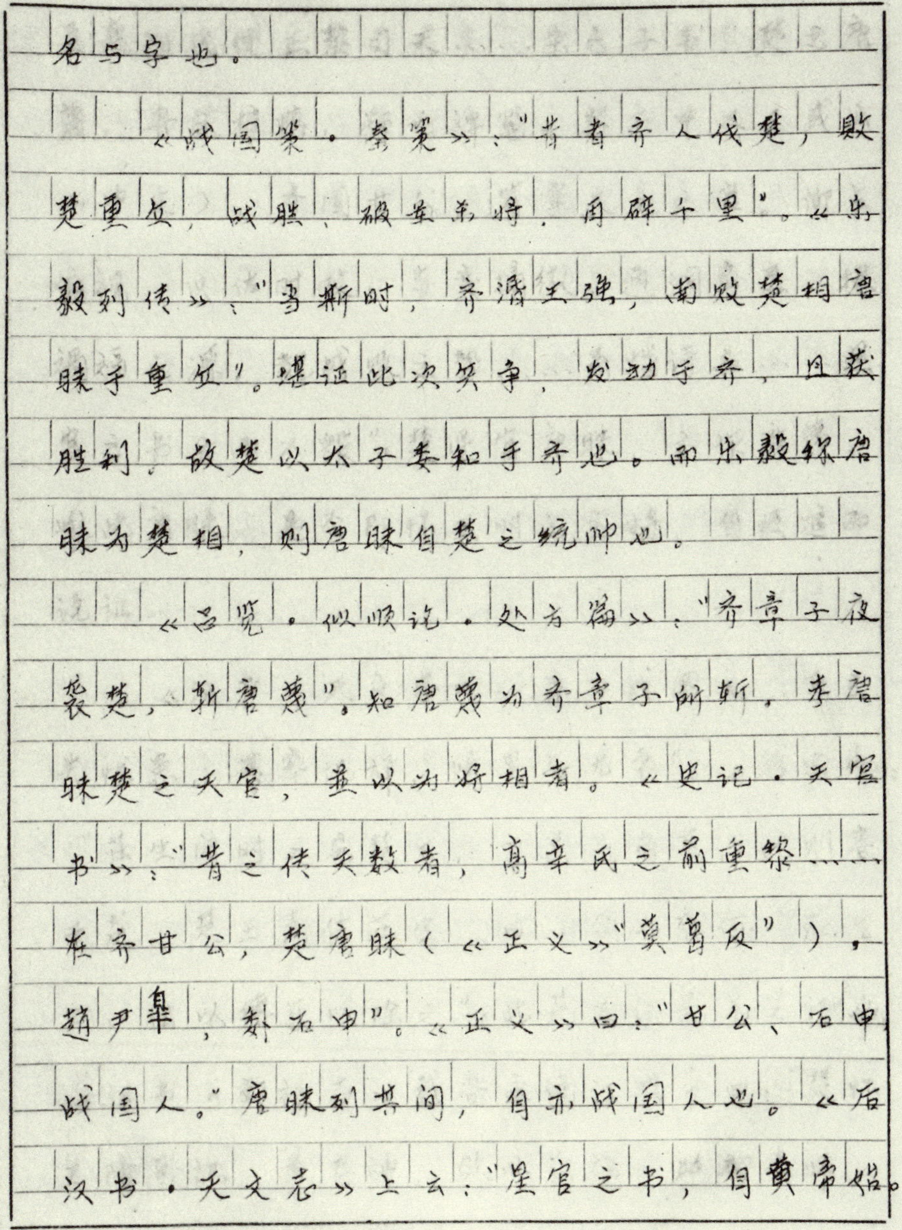

稿　纸

名与字也。

《战国策·秦策》："昔者齐人伐楚，败楚重丘，战胜，破军杀将，再辟千里"。《乐毅列传》："当斯时，齐湣王强，南败楚相唐眛于重丘"。是证此次战争，发动于齐，且获胜利。故楚以太子委和于齐也。而乐毅称唐眛为楚相，则唐眛自楚之统帅也。

《吕览·似顺论·处方篇》："齐章子夜袭楚，斩唐蔑"。知唐蔑为齐章子所斩。本唐眛楚之天官，并以为将相者。《史记·天官书》："昔之传天数者，高辛氏之前重黎……在齐甘公，楚唐眛（《正义》"莫葛反"），赵尹皋，魏石申"。《正义》曰："甘公、石申，战国人。"唐眛列其间，自亦战国人也。《后汉书·天文志》上云："星官之书，自黄帝始。

20×15＝300　　第 135 页

稿　纸

至高阳氏使正黎司天……宋之子韦，楚之唐蔑，鲁之梓慎，郑之裨灶，魏石申夫（或云石申父），齐国甘公，皆掌天文之官。仰占俯视，以佐时政，步变擿微，通洞密至。採祸福之源，视成败之势……秦燔诗书……星官之书全而不毁"。楚星官唐眛，亦作唐蔑。惟此唐眛，是否即怀王时之主将，有待进而论证。

《汉书·天文志》："并为战国……及主共忧患。其察讥祥，候星气尤急"。《越世家》："庄生间时入见楚王，言某星宿某，此则害于楚。楚王素信庄生，曰：今为奈何？庄生曰：独以德可以除之"。此楚王信星气之证也。《汉书·郊祀志》载谷永说汉成帝曰："楚怀王隆祭祀，事鬼神，欲以获福，助却秦师，

20×15＝300　　　　第 136 页

稿　纸

而兵挫地削，身辱国危"。谷永之指斥怀王者，疑即此役以星官唐昧为将一事。盖怀王迷信神鬼之君，以唐昧能候星气、察讥祥，故任以为将，冀其能却秦师耳。是则天官唐昧必怀王时人，即怀王任以为将，为齐章子所斩死于重丘者。

《七国考》引陆机《要览》："楚怀王于国东偏，起沈白马祠，岁沈白马，名飨楚邦河神。欲崇祭祀，拒秦师。卒破其国，天不佑之"。亦明怀王崇祭祀，冀却秦师。怀王于鬼神且崇之，则于能候星气之天官唐昧，能不崇之乎？则为将之唐昧，必即天官唐昧矣。

又考怀王二十八年之兵争，凡与楚险之国，莫不去楚。而秦齐为怀王时合从之国，攻楚者更力，比中原国，盖由于秦楚各怀略土

稿　纸

之心，而楚之与齐秦反复离合，实启人以机。若贾谊所云，乃尤树怨之道也。

《新书·春秋篇》云："楚怀王心矜好高人，无道而有霸王之号。铸金以象诸侯人君，令大国之王编而先马，梁王御，宋王骖乘，周、召、毕、陈、滕、薛、卫、中山之君，皆象，使随而趋。诸侯闻之，以为不宜。故兴师而伐之。楚王见士民为用之不劝也，乃征役万人，且掘国人之墓。国人闻之振动，昼旅而夜乱。齐人袭之，楚师乃溃。"黄式三《周纪编略》推定乃怀王乃二十九年事。余则疑即此二十八年之役。由其特书"齐人袭之"与范雎乐毅之说合也。

贾谊所述"楚士民为用之不劝"，说明楚军在怀王晚年，实已缺乏战斗力。当以奴隶

20×15＝300　　　　第138页

稿纸

受奴隶主贵族之残酷剥削与虐待，谁肯默为奴隶主作无益之牺牲也。此楚之所以屡败也。反观秦国，经商鞅变法，倡耕战之术，奴隶之疾苦减轻，生活较苏，地位改善，有军功则受赏，故至战阵，则奋勇杀敌，冀获军功，每战则胜，职是之故。此进步力量，战胜落后力量，进步制度战胜落后制度之明证。故商鞅虽诛，继行其法，秦势仍日盛；屈子虽在，新法则亡，楚力日益衰。是在主政者行不行新制，不在个人之去留也。

時秦昭王与楚婚，欲与怀王会。

按"与楚婚"，乃怀王二十四年事。"欲与怀王会"，乃三十年事。史公于此，文联一气，不得误为一年之举。寻《六国年表》二十四年"秦来迎妇"。《考证》引袒庚曰："按

20×15＝300　　第139页

稿纸

秦来，秦来赂楚也。逆妇、楚往逆妇也。当作两句读”。《世家》云：“（怀王）二十四年，倍齐而合秦。秦昭王初立，乃厚赂于楚。楚往迎妇”。《甘茂传》：“楚怀王新与秦婚，合而欢”。是“与楚婚”，在二十四年（元前三零五年）之证也。

此后两国间之大事，见于《楚世家》者，“二十五年，怀王入与秦昭王盟约于黄棘。秦复楚上庸”（《六国表》同）。二十六年“齐、韩、魏为楚负从合于秦，三国共伐楚。楚太子质于秦而请救。秦遣客卿通将兵救楚，三国引兵去”。二十七年，“楚太子杀秦大夫逃归”。二十八年，“秦乃与齐、韩、魏共攻楚，杀楚将唐昧，取我重丘而去”。二十九年，“秦复大攻楚，楚军死者两万。将军景缺亦被杀。

20×15=300　　第140页

稿纸

怀王恐。乃使太子为质于齐以求平"。三十年，"秦复伐楚，取八城"。观夫上述大事，当知秦昭王初以婚姻牢笼楚王，相安四年。此后直至怀王三十年（前二九九年），三年之中，每年皆加兵于楚。怀王在折冲争持之后，又急急求救于齐。昭王知其合齐也，于三十年先取楚之八城以恐怀王，继以书贻怀王，设好言请会于武关。"楚怀王见秦王书，患之。欲往，恐见欺；无往，恐秦怒"（见《楚世家》）"。楚怀处境，实为狼狈。楚之君臣事秦乎？反秦乎？必然引起外交路线上之斗争。怀王欲行，屈平曰："秦虎狼之国，不可信，不如勿行"。

《索隐》曰："《楚世家》昭睢有此言。盖二人同谏怀王，故彼此多随录之也"。说是。

20×15=300　第141页

稿 纸

按屈平于十八年复位，一使于齐之后，至怀王二十九年之前，十余年内，楚之国情极为动荡。当合齐时不能无所行动。惜史传失载，不能得详。及三十年怀王欲会武关，爱国忠君之屈原，当此国家安危时刻，又不能止于言。其谏阻怀王，明达观大，洞见危险，其词固同于昭睢。然一时之同见者，岂能仅限于一屈平或一昭睢哉？凡同屈平之识者，孰不可吐此语也。即愚如怀王，不亦"恐见欺"乎？否定屈原者以此为抵牾，竟谓屈原无其人，置《索隐》说于不顾，其识逊于古人者远矣。

当战代名秦为"虎狼"之国者，在楚非屈子一人，在当世亦非楚之一国。此盖被侵之国，仇其敌人之词，于秦之人民无与也。

20×15＝300　　第142页

稿 纸

楚威王曰："秦虎狼之国，不可亲也（《苏秦传》）"。苏秦曰："夫秦虎狼之国也，有吞天下之心（同上）"。苏代曰："今秦虎狼之国也而君欲往（《孟尝君列传》）"。虞卿曰："此秦虎狼之国也（《战国策·赵策》）"。《国策·周策》："游腾谓楚王曰：今秦虎狼之国也。兼有吞二国之心"。"虎狼之国"，已成战代之惯用语，秉赞国心肠之屈原，胡为不可呓耶？

《新序·节士》："后秦嫁女于楚，与怀王欢，为兰田之会。屈原以为秦不可信，愿勿会"。述事约同原传至明也。斯年屈之年令当在四十九岁左近。

怀王稚子子兰劝王行，"奈何绝秦欢"。怀王卒行。

稿　纸

《离骚》："余以兰为可恃兮"。王逸注："怀王少弟、司马子兰也。椒：司马子椒也"。

按《楚世家》云："怀王子子兰劝王行，曰：奈何绝秦之欢心。于是遂往会秦昭王"。据《世家》"奈何"上"曰"字不当有。《新序·节士》云："群臣皆以为可会。怀王遂会"。刘向见本《史记》劝怀王行者，不仅子兰一人也，故曰"群臣皆以为可会"。于此可见楚廷親秦恐秦者之众。伊辈視秦连年加兵于楚，及谋噬怀王之心为秦之"友好"行动，对此"欢心"不惟不揭露其阴谋，且务满足秦昭之嗜欲，此真内奸之语言，同声相应者也。子兰，怀王子，居上官大夫，唱言楚廷，力反屈说，此立场之不同，胸衿之不同，故持说相异。楚之祸福肇基于此，德怨親仇，当

20×15=300　　第144页

稿　纸

愈漓愈烈。屈平于《天问》曰："何试(同弑)上自予，忠名弥章"，屈子因视劝怀王入秦之子兰，乃弑君之巨奸，后且谋取王位，竟被人視作忠良。黑白之颠倒，是非之混淆，不为怀王知，尤不为襄王知，此屈子所深慨者也。

行，入武关，秦伏兵绝其后，因留怀王，求割地。

《集解》徐广曰："三十年入秦"。

(案殿本《史记》及《楚辞精义》引传文並无行字。怀王三十年，当秦昭王八年，公元前二九九年。

案《秦本纪》昭王十年(《六国表》作八年，是。《本纪》纪年，误。)"楚怀王入朝秦，秦留之。"曰"朝秦"，秦史辱楚之辞也。

20×15=300　第145页

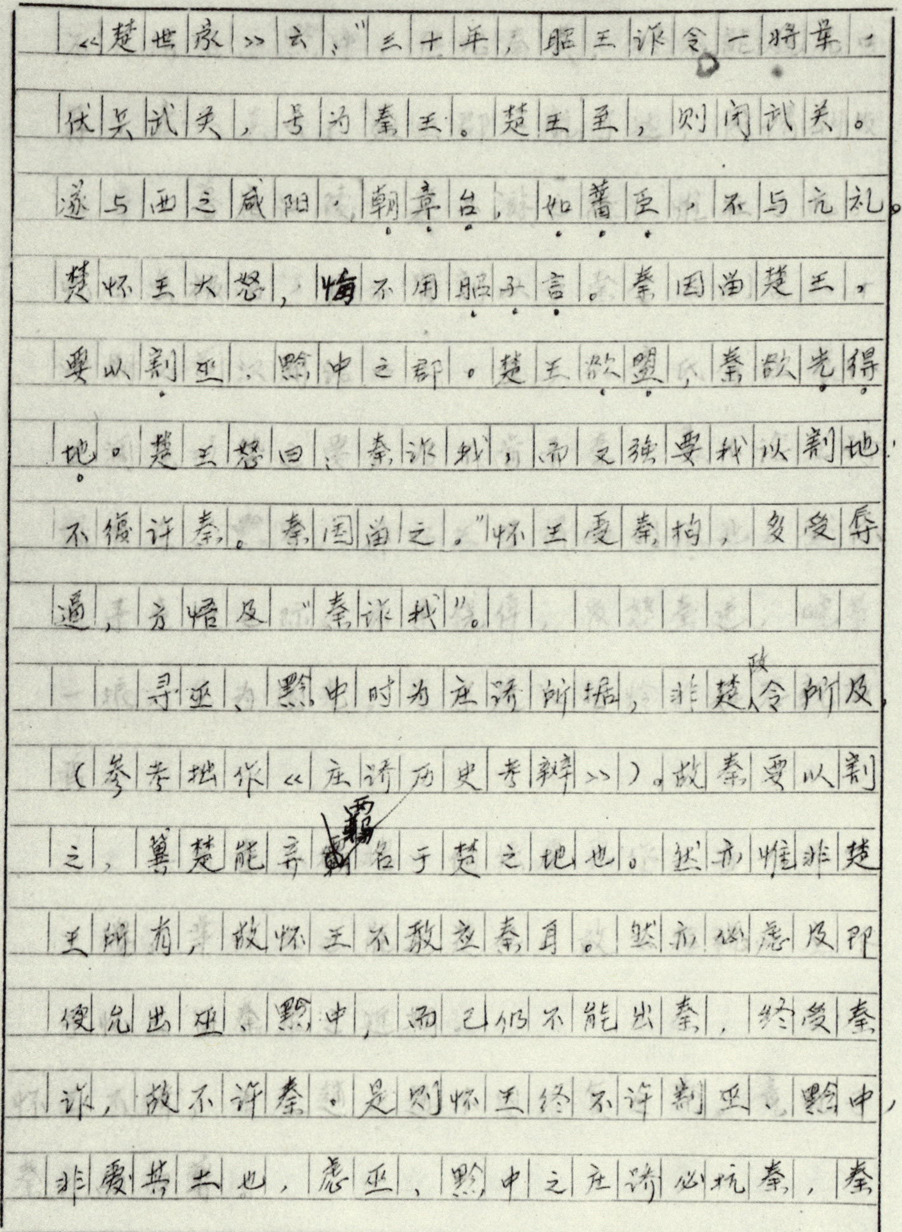

稿　纸

《楚世家》云："三十年，昭王诈令一将军伏兵武关，号为秦王。楚王至，则闭武关。遂与西至咸阳，朝章台，如蕃臣，不与亢礼。楚怀王大怒，悔不用昭子言。秦因留楚王，要以割巫、黔中之郡。楚王欲盟，秦欲先得地。楚王怒曰：秦诈我，而又强要我以割地！不复许秦。秦因留之。"怀王受秦拘，多受辱逼，方悟及"秦诈我"。

寻巫、黔中时为庄蹻所据，非楚政令所及，（参考拙作《庄蹻历史考辨》）。故秦要以割之，冀楚能弃羁名于楚之地也。然亦惟非楚王所有，故怀王不敢应秦耳。然亦必虑及即使允出巫、黔中，而己仍不能出秦，终受秦诈，故不许秦。是则怀王终不许割巫、黔中，非爱其土也，虑巫、黔中之庄蹻必抗秦，秦

20×15＝300　　　　第146页

稿纸

不乃得巫、黔中，继招秦责，终不能脱虎口耳。章太炎云："盖巫郡一航可达，所谓朝发白帝，暮宿江陵，楚上游之险，惟在于此。怀王虽被留，犹不肯割以予秦（《制言》十四期《菿汉闲话》二十五）"。章氏旨在褒怀王洞见形势之要，乃不肯予秦。盖不论庄蹻据有巫、黔中，非怀王可得而割让也。然怀王于危难之际，不事侥倖，发怒秦廷，晚节一振，允为国光。宜乎楚人皆怜，如悲亲戚焉。

又余考《招魂》的系屈原作，当为招楚王魂，希怀王之能返楚也。故《招魂》应作于怀王留秦后之近期。

怀王不听，亡走赵。赵不内，复之秦。竟死于秦，而归葬。

稿　纸

按殿本，及中华标点本，"怀王"下有

卒字，是。内，通纳。归葬，归其丧以葬也。

《秦本纪》："十一年（应作十年），楚怀

王走之赵，赵不受。还之秦，即死。归葬。"

记事过简，有所讳也。《楚世家》稍加详焉。

《世家》云："（顷襄二年）楚怀王亡，逃归。

秦觉之，遮楚道。怀王恐，乃从间道走赵，

以求归。赵主父在代，其子惠王初立，行王

事，不敢入楚王。楚王欲走魏，秦追至。遂

与秦使复至秦。怀王遂发病。顷襄王三年，

怀王卒于秦。秦归其丧于楚。楚人皆怜之，

如悲亲戚。诸侯由是不直秦，秦楚绝。"

吾又考之，怀王实非病死也。《秦本纪》

云："赵不受，还之秦，即死，归葬。"称死之

速与楚史所记之迟死大异，当以秦史近真也。

20×15＝300　　第 148 页

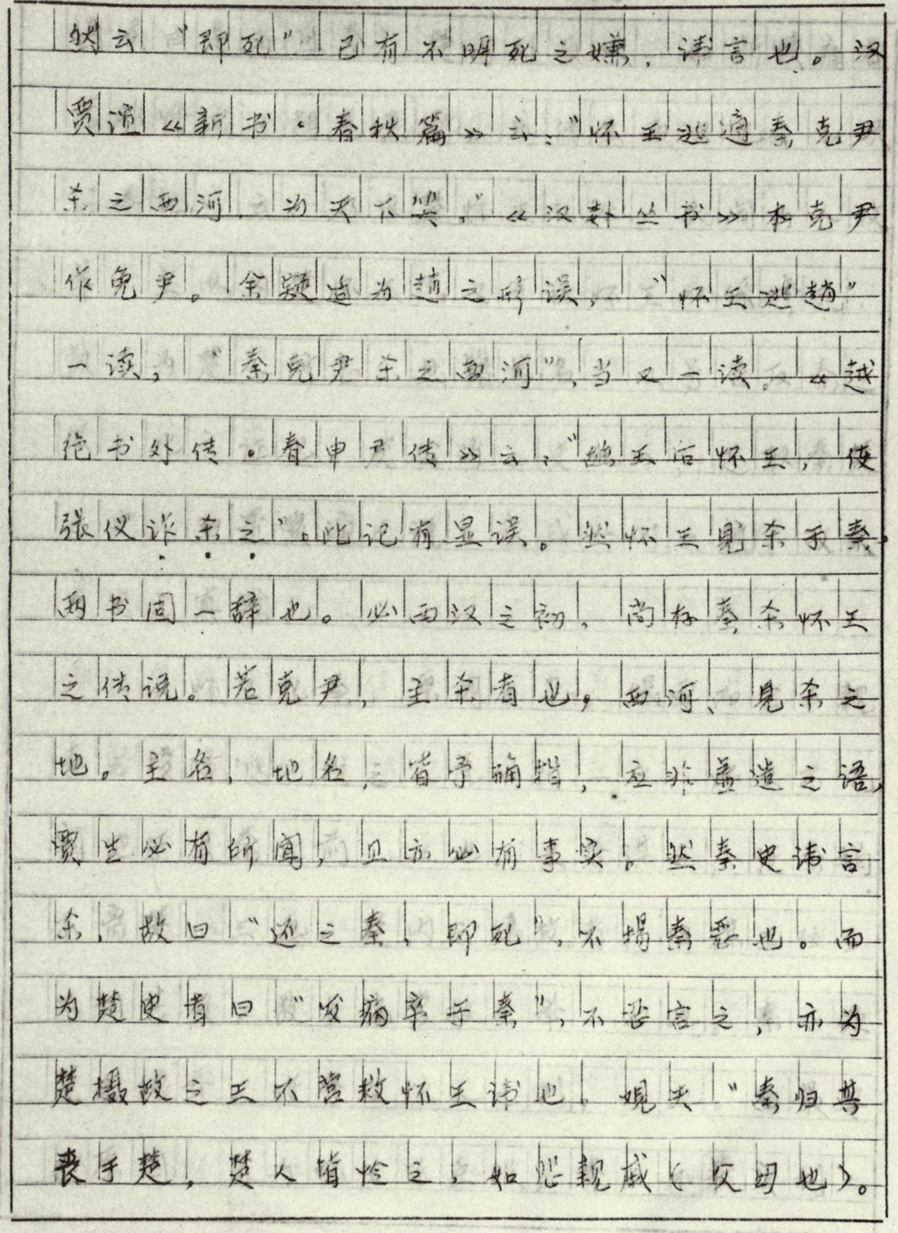

然云"即死"已有不明死之嫌，讳言也。汉贾谊《新书·春秋篇》云："怀王逃適秦克尹杀之西河，为天下笑。"《汉魏丛书》本克尹作免尹。余疑適为趙之形误，"怀王逃趙"一读，"秦克尹杀之西河"当又一读。《越绝书外传·春申君传》云："幽王后怀王，使张仪诈杀之"。此记有显误。然怀王则杀于秦，两书固一辞也。必西汉之初，尚存秦杀怀王之传说。若克尹，主杀者也，西河，是杀之地。主名，地名，皆予确指，应非蔓道之语，贾生必有所闻，且亦必有事实。然秦史讳言杀，故曰"逃之秦，即死"，不揭秦恶也。而为楚史者曰"发病卒于秦"，不啻言之，亦为楚横攻之兵不营救怀王讳也。观夫"秦归其丧于楚，楚人皆怜之，如悲亲戚（反因也）。

稿纸

诸侯由是不直秦"。楚内外反映，如斯愤痛者若非惨死，胡克至斯，且传至西汉也？《项羽本纪》云："乃求楚怀王孙心，民间为人牧羊，立以为楚怀王"。又可证怀王必係惨死，故不为楚人所忘，且藉其名，以号召反秦之兵。此亦证也。史公为《史记》，近取秦楚之史，而贯贾谊之说，宜或一时之疏，致失历史之真欤！

又怀王死秦，原因复杂，撮要而言：亲秦之投降派，推之入虎口，一也。怀王不允割地于出秦之前，二也。三晋谋之，使秦祸不离楚，三也。楚内之摄政者，阴谋王位，不利其反，故不施营救之举，四也。秦不欲楚之德齐，使齐收渔人之利，五也。而最要之原因，当为怀王不屈服，秦人不获实利，

20×15=300 第 150 页

稿纸

大也。矛盾纷繁，各为私制，怀王不欲为国内外之牺牲，不可得矣。余于《怀王死秦之原因初探》一文中，当详考论焉。

长子顷襄王立，而以少子子兰为令尹。

《索隐》云："顷襄王名横"。

按顷襄王，或称顷王，《鲁周公世家》："顷公二年，秦拔楚之郢，楚顷王东徙于陈"，是也。或称襄王，《楚世家》："楚襄王兵败，遂不复战，东北保于陈城"。是也。或称庄王，《韩非子·奸劫弑臣》云："楚庄王之弟春申君，有爱妾曰余"。是也。又称庄襄王。

按殿本及标点本，"少子"作"弟"。前文云"怀王稚子子兰"，则子兰乃顷襄王之少弟也。疑少子原作少弟。

考怀王在位三十年，其三十年当秦昭王

20×15＝300　　第151页

稿　纸

八年（元前二九九年）。怀王入秦不反，即在斯年。昭王十一年"怀王卒于秦，来归葬《六国年表》）"。计怀王囚秦至死，前后四年，即元前二九九年至元前二九六年。此为最确凿之时间，昭昭在目者。

太子横之嗣位，就《楚世家》说，乃在怀王囚秦未死之前，故曰："（顷襄二年）楚怀王亡逃归"。"顷襄王三年，怀王卒于秦"。然就《屈原列传》叙事说，顷襄即位乃在怀王卒后，当怀王死前，横固未嗣王位也。此一问题，经余初探，知《屈原列传》之叙述，完全符合史情。而《楚世家》之记，乃排续怀王年代之笔。二者似矛盾而不矛盾。然事顷襄未即之前，楚无王者三年，诸子争王，各求外市，内閧之时，各施毒谋。奴隶主间为

20×15＝300　　第152页

稿纸

王位之争至为激烈。及昭襄自齐归而继位，王权之争始息焉。史情至繁，详拙作《试说子兰阴谋王位》一文。

楚人既咎子兰，以劝怀王入秦而不反也。

按既当训尽、皆。《公羊桓三年传》："既者尽也"。《周本纪》："周既不祀"。《索隐》："既，尽也"。《左氏僖公二十二年传》："楚人既济"。既亦尽也。《淮南子·精神训》："精神何能久驰骋，而不既乎？"高注："既，尽也"。《周语》："偏丧有咎，既丧则国从之"。韦注："既，尽也。[illegible]者尽丧，国从而亡。"是其证。咎，怨也。《宋世家》："国人皆怨公"。《左氏僖公二十二年传》作"国人皆咎公"。是咎即怨之证。"以劝"句申说楚人皆怨子兰之故。《楚世家》云："秦归其丧于楚，楚

20×15=300　　第153页

稿纸

人皆怜之，如悲親戚”。既怜怀王之死，自怨子兰之误君误国也。

屈平既嫉之，

按此“既”字表时间，不同于上既字表数量。《尔雅·释诂》：“卒，终也”。《释言》：“卒，既也”。是既、终意同也。终有久意，故既亦可训久。且既久同声，可通用。《殷本纪》：“太甲既立三年”。《战策》：“老子曰：圣人无积，尽以与人，己愈有，既已与人，己愈多”。注：“既亦尽也”。《书序》：“太甲既立不明”。既立，谓久立也。《楚元王世家》：“赵王刘遂……遂既王赵二十六年”。《贾生传》：“贾生既以长沙”。《司马迁传》：“周道既衰，秦拨去古文”。《渔父》：“屈原既放”。诸既字并当训久。“屈平既嫉之”，称大夫久已嫉恨

20×15=300　　第154页

稿　纸

子兰于怀王十二年破合从、毁新法之时，今则仍嫉之。与国人之怨恶子兰，仅以劝怀王入秦而不返者有别也。既字之意明，方知史公文字脉络极清。

又"屈平既嫉之"一语，实统下文"虽放流"以迄"岂足福哉"一段文字。追叙昔日屈原被放逐后，流露于《离骚》中之情愫及对国事之判断。史公以叙且论之笔调，叙怀王之不明及群小之误国，以证实"楚人既嫉子兰"与屈子过往嫉恶之之正确，并称颂大夫之忠贞与高瞻远瞩之卓识。此盖史公为文时感喟屈原之遭迂，以愤怨之气，发而为跌宕之笔，乃于述事中忽转而论往事。实非谓此际在放逐中也。

明乎此，方知古今以错简说《屈传》者，

20×15=300　　第155页

稿纸

盖皆由不慎审此关键语之意义与作用，乃妄为之说。议论愈多，无益于史。如龚景瀚《离骚笺》据此段文字，主《离骚》作于"怀王未返，顷襄未立之时"；张云璈《选学胶言》十三卷主"《离骚》作于顷襄之世"；近人或主《离骚》作于顷襄迁陈后，纷纭异说，莫衷一是者，皆坐误解史公文意，不深析《离骚》内容而为妄诞之说也。

雖放流、

按放流，同义复合词。《尚书·尧典》："放驩兜于崇山"。疏"放、逐"。《孟子·万章》："舜流共攻于幽州，放驩兜于崇山，杀（禁也）三苗于三危，殛（囚也）鲧于羽山"《大学》"唯仁人放流之，迸诸四夷，不与同中国"。《说文》："放、逐"。《小尔雅》：

20×15=300　第 156 页

稿纸

"放，投弃也"。是流放，即黜逐也。又可证上古之放，率皆投诸远方荒僻之域。《战国策·齐策》："齐放其大臣孟尝君于诸侯"。《燕策》："乐毅曰：臣若获戾，放在他国"。所谓放，即逐，放于他国，乃逐后自入于他国，非所居国之法如斯也。《汉书·地理志》："始楚臣屈原，被谗放流，作《离骚》诸赋"。曰放流，即黜逐。指怀王世之被黜。单言则曰放也。《渔父》"屈原既放"。王注："放，身斥逐也。""是以见放"，注"弃草野也"。"自令放为"。注："远在他域"。意用并同班文之"放流"。故《渔父》亦当作于怀世。

梁玉绳《史记志疑》云："古史曰太史公言《离骚》作自怀王之世，原始见疏而作。按《离骚》之文，斥刺子兰，宜在怀王末年，

20×15=300　　第157页

稿纸

顷襄之世。自此至"岂足福哉"，似宜在"怒而迁之"后。《读史漫录》曰："说怀王事，引《易》断之曰：王之不明，岂足福哉，即继之曰：令尹子兰闻之大怒。何文章不贯如此？世之好奇者，求其故而不得，则以为文章之妙，变化不测，何其迂乎"。《日知录》二十六曰："屈放流，睠顾楚国，系心怀王，不忘欲反，卒以此见怀王之终不悟也，似屈原放流于怀王之时"。又云"令尹子兰闻之大怒，卒使上官大夫短屈原于顷襄王，顷襄王怒而迁之，则实在顷襄王之时也。放流一节，当在此文之下，太史公信笔书之，失其次序耳"。原注：细玩文势，终不甚顺。按梁氏之说，由于不解史公在叙"楚人既咎子兰"之当时情况后，继而追说屈平早日嫉子兰之心，与

20×15＝300　　第158页

稿　　纸

怀抱之忠贞，不为怀王所明，致遭今日之秦祸。所以颂大夫过往之持策与卓识。故"屈平既嫉之"，以时间论追溯过往，以情感论，不及怀王之死。其之文紧下文至"其足福哉"，而后文"令尹子兰闻之大怒"，即指"屈平既嫉之"之行也。文脉一气，中生波澜。梁氏不解，反以他人为迂，治学岂易哉！

睠顾楚国，繫心怀王，不忘欲反。

按刘向《九叹·忧苦》："思念郢路兮，还顾睠睠。"王注："睠睠，顾貌。"洪补："睠，古倦切。顾也。"《广韵》："眷，顾也。睠，上同。"又"顾，还视也。"故睠顾者，久顾之顾。所以眷顾，事起深念。故引申之，可解作深念。睠顾与繫心相俪，尤可证其意为深念。《离骚》："哀民生之多艰兮，长太息以

20×15=300　　第159页

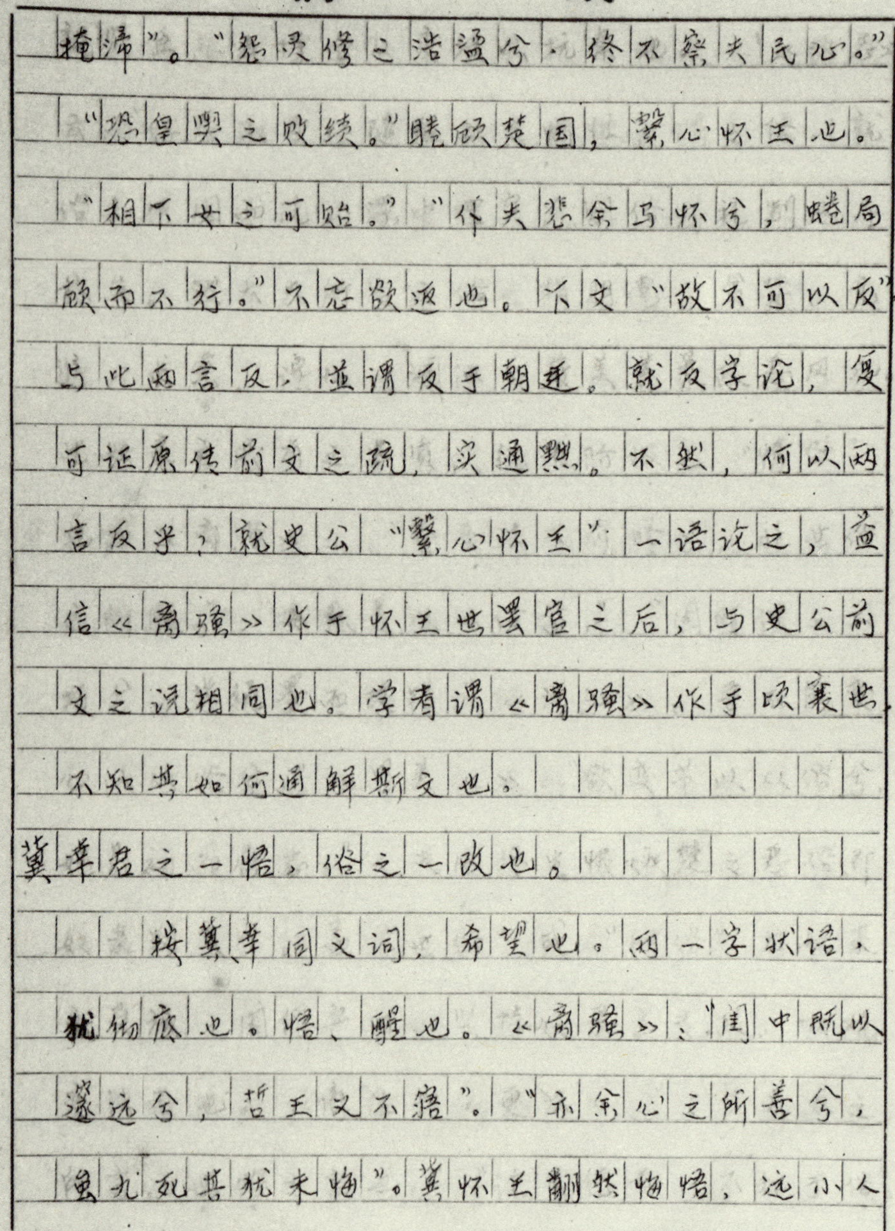

稿　纸

掩涕"。"怨灵修之浩荡兮，终不察夫民心。"
"恐皇舆之败绩。"眷顾楚国，系心怀王也。
"相下女之可贻。""仆夫悲余马怀兮，蜷局
顾而不行。"不忘欲返也。下文"故不可以反"
与此两言反，並谓反于朝廷。就反字论，复
可证原传前文之疏，实通黜。不然，何以两
言反乎？就史公"系心怀王"一语论之，益
信《离骚》作于怀王世罢官之后，与史公前
文之说相同也。学者谓《离骚》作于顷襄世
不知其如何通解斯文也。

冀幸君之一悟，俗之一改也。

按冀幸同义词，希望也。两一字状语，
犹彻底也。悟，醒也。《离骚》："闺中既以
邃远兮，哲王又不寤"。"亦余心之所善兮，
虽九死其犹未悔"。冀怀王翻然悔悟，远小人

20×15二300　　第160页

稿纸

親贤臣，力持合从变法以抗秦也。《汉志》云："好恶取舍，随君上之情欲，谓之俗。"就俗之成因而论，深中理实。则俗乃礼制之异称矣。然大夫所名之俗，指朋党、贪婪、竞進、求索、嫉妬、溷浊、蔽美等暴政恶风也。此奴隶主贵族之本质，统治阶级之"情欲"也。《离骚》云："謇吾法夫前修兮，非世俗之所服。""委厥美以从俗兮，""固时俗之工巧兮，背绳墨而改错。"《涉江》："吾不能变心以从俗兮，"《思美人》："欲变节以从俗兮，媿易初而屈志。"大夫固终生恨嫉楚之恶俗（即奴隶制度）。盖"世俗"或"时俗"，乃奴隶主贵族，因循守旧，坚持奴隶主专政，反对变法者也。《商君书·更法》："（甘）龙之所言，世俗之言也。""论至德者，不和于俗。"

商鞅所非之"俗"，亦奴隶主专制度也。故屈子之"草宪令"，必效前贤吴起从事变法以事改革。不图上官等奴隶主贵族，竭力破坏，并排逐屈原。此又为大夫所痛恨者。故于《离骚》中流露欲反之情，亦兼怀未能恢复合从之策，並彻底改革愿望也。

其存君兴国，

按存、振古音同部，通用。《国语·周语·下》："量资币，权轻重，以振救民。"韦注："振，拯也"。《秦始皇本纪》："振救黔首"。潘岳《藉田赋》："周览汤之用心，而存救之要术"。存救即振救。《吕氏春秋·怀宠》："求其孤寡，而振恤之"。《汉书·谷永传》："存恤孤寡。"存恤即振恤也。是存振通用之证。故存君即振君，与兴国相俪也。又《史

稿纸

记·蒙恬列传》："臣闻轻虑者，未可以治国独治者不可以存君。"存君意同此。蒙恬曰："过可振，而谏可觉也。"《索隐》曰："振，救也。"知存君之正诂，当为救君之过。而欲反覆之，一篇之中，三致意焉。

按反覆一词，古有四谊。一、喻事之易。《陆贾列传》："越杀王降汉，如反覆手耳"。反覆犹翻转也。二、用为同义词，义同单词覆。《战国策·赵策》张仪曰："（苏）秦荧惑诸侯，以是为非，以非为是，欲反覆齐国而不能，自令车裂于齐之市。"按苏秦在张仪死后二十五年为齐车裂，张仪不当说及苏秦之死。《秦策》范雎曰："虽以臣为贱，而轻辱臣，独不重任臣者，得无反覆于王前耶？"反覆意同颠覆、破坏。三、用为反复无常，

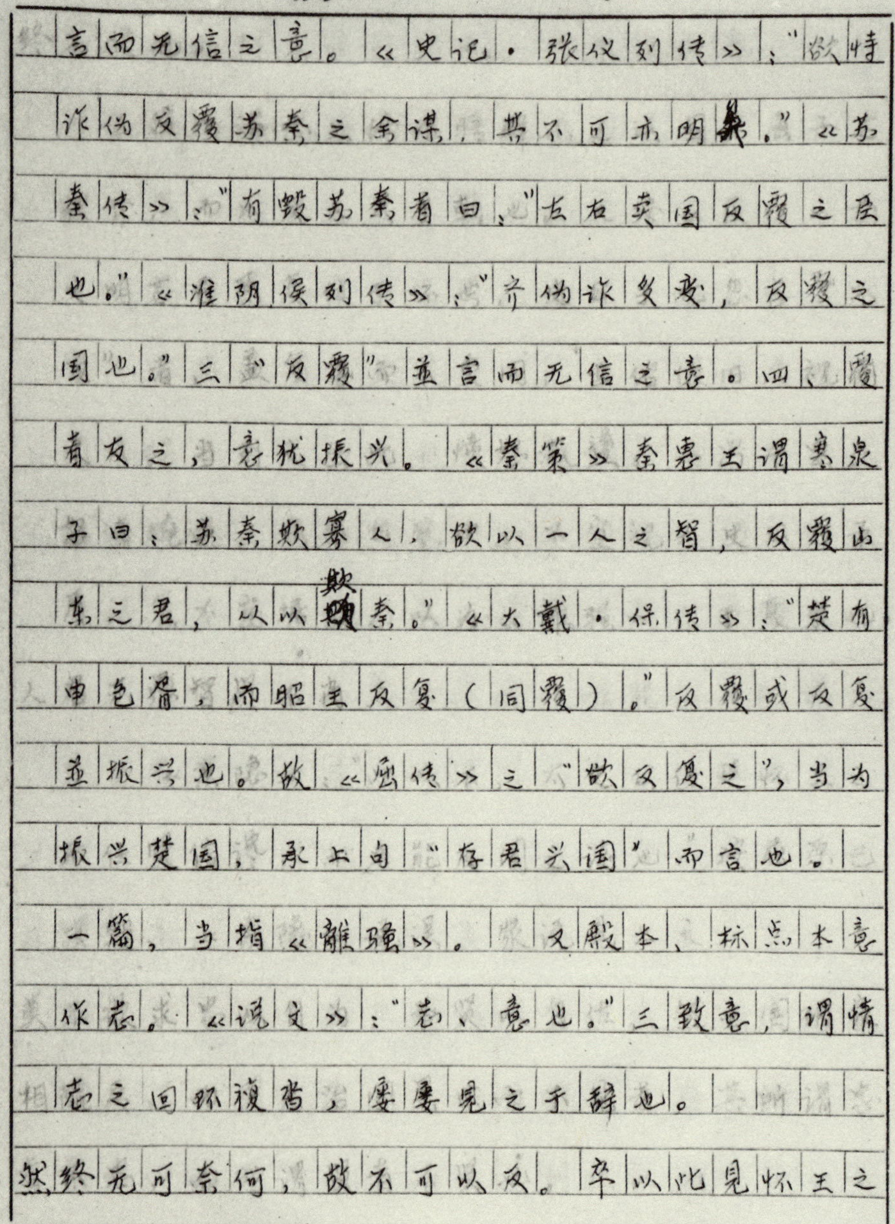

稿纸

言而无信之意。《史记·张仪列传》："欲肆诈伪反覆苏秦之余谋，其不可亦明矣。"《苏秦传》："有毁苏秦者曰：'左右卖国反覆之臣也。'"《淮阴侯列传》："齐伪诈多变，反覆之国也。"三"反覆"并言而无信之意。四、覆有反之，意犹振兴。《秦策》秦惠王谓寒泉子曰：苏秦欺寡人，欲以一人之智，反覆山东之君，从以欺秦。"《大戴·保傅》："楚有申包胥，而昭王反复（同覆）。"反覆或反复并振兴也。故《屈传》之"欲反覆之"，当为振兴楚国，承上句"存君兴国"而言也。

一篇，当指《离骚》。又殿本、标点本意作志。《说文》："志，意也。"三致意，谓情志之回环複沓，屡屡见之于辞也。

然终无可奈何，故不可以反。卒以此见怀王之

20×15＝300　　第164页

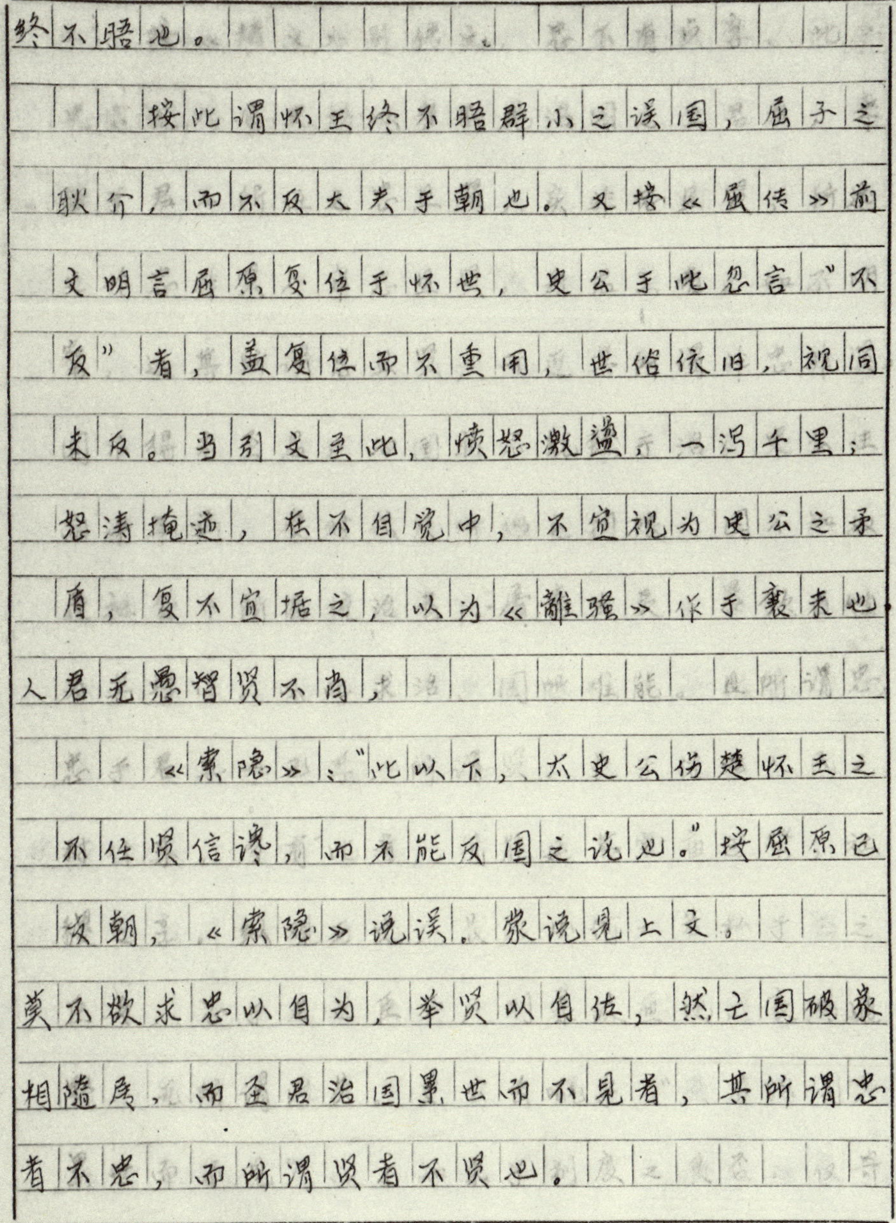

稿　纸

终不昭也。

按此谓怀王终不昭群小之误国，屈子之耿介，而不反大夫于朝也。又按《屈传》前文明言屈原复任于怀世，史公于此忽言"不反"者，盖复任而不重用，世俗依旧，视同未反。当引文至此，愤怒激荡，一泻千里；怒涛掩迹，在不自觉中，不宜视为史公之矛盾，复不宜据之，以为《离骚》作于襄末也。

人君无愚智贤不肖，

《索隐》："此以下，太史公伤楚怀王之不任贤信谗，而不能反国之论也。"按屈原已返朝，《索隐》说误。蒙说见上文。

莫不欲求忠以自为，举贤以自佐，然亡国破家相随属，而圣君治国累世而不见者，其所谓忠者不忠，而所谓贤者不贤也。

20×15＝300　　第 165 页

稿纸

按《精义》引传文，忠下有贞字。此史公泛论古史所以多不见治国之圣君者，率由于君王所任之忠且贤，实非忠且贤；所远之非忠非贤，实忠且贤。为君王者，如不明察，远其所谓忠且贤，而近其所谓非忠非贤。国不得为圣君，而国亦不能臻于治。史公生两千年前，受时代及阶级之拘限，固不知奴隶社会中所有统治者，屠毒生灵，暴敛百姓，为其特性。以此求治，固所难能。且所谓忠，忠于君王一己耳，所谓贤，长于统治人民之材行耳。多有此者，稍能延其宗庙之祭，社稷之享。纵观历史，长治几何？若私于己之臣多，忠于君之臣少，则暴政匝地，哀鸿遍野，无所谓治矣。史公感慨乎“圣君治国，累世而不见”，而不知求乎制度之良否，仅寄

20×15＝300　　第 166 页

稿纸

希望于一人之圣君，此则时代及阶级之蔽障也。

怀王以不知忠臣之分，故内惑于郑袖，外欺于张仪，踈屈平而信上官大夫令尹子兰，

按疏同黜，见前解说。"令尹"二字，当涉上下文而衍。怀王时上官大夫为子兰，一证也。此误上官大夫与子兰为二人，不符史情，二证也。顷襄时子兰始为令尹，此说怀王时事，不当云令尹子兰，三证也。拙稿《上官大夫考略》有详说。

兵挫地削，亡其六郡，身客死于秦，为天下笑。此不知人之祸也。

贾谊《新书·春秋》云："怀王逃适（疑趋之形误）。秦克尹荼之西河，为天下笑。此好矜不谏之罪也，不亦羞乎？"《淮南子·兵

20×15=300 第 167 页

稿　纸

略训》云："然怀王北畏孟尝君，背社稷之守，而委身强秦，兵挫地削，身死不还。"史公之说，似本贾谊及淮南。

又按楚设郡在边远之地，大于县。《楚世家》："范涓对楚王曰：'楚南塞厉门而郡江东。'又春申君曰：'淮北地边齐，其事急，请以为郡便。'"此云"亡其六郡"，自楚西北边地。六郡之名，不可考。就《楚世家》、《秦本纪》、《六国年表》合观，怀王十七年至三十年，楚怀失于秦之地，约当今河南襄城以南，迤丽至南阳唐河境。今襄樊以西，鄂之西北部，陕之西南部，所谓汉中之郡，凡隐乎秦者，并为秦有，在楚固为六郡也。

以上文字，史公直斥怀王黜忠信谗，致兵挫地削，身死于秦。所以彰《離骚》忠情，

20×15＝300　　第 168 页

稿 纸

逆睹国事，所见者远。此又是证《离骚》作于怀王十二年罢官之初。若云作于此后，或顷襄之世，胡为于诗中不见楚折兵杀将，失城削地之丝毫反映？更不着怀王拒谏入秦，身受挫辱之些微痕迹？屈子忠君者，岂能视君国之辱，轻于一己之黜乎？是以知史公云"屈原放逐，乃赋《离骚》"，为无可疑者。

《易》曰："井渫不食，

《集解》："向秀曰：渫者，浚治去泥浊也。"《索隐》："向秀，晋人，注《周易》。"

为我心恻，

《集解》："张璠曰：可谓恻然，伤道未行也。"《索隐》："张璠，亦晋人。注《周易》"。

可以汲。

《索隐》："按京房《易章句》言：我道

20×15＝300　　第 169 页

稿纸

可汲而用也。"

王明，并受其福。

《集解》："《易象》曰：求王明受福也。"

《索隐》："按京房《章句》曰：上有明王汲我道而用之，天下並受其福。故曰王明並受其福也。"

按"井渫"至"並受其福"，乃《易·井卦》九三爻辞。今本以作用，義同。

王之不明，岂足福哉！

《集解》："徐广曰：一云不足福"。《正义》："言楚王不明忠臣，岂足受福。故屈原怀沙自沈。"

按史公引《易·象辞》，作论之结语，慨乎以大夫之忠且贤，见弃于怀王，而怀王终受欺于秦昭，遭国亡家破之患，皆在楚怀之

20×15＝300　　第170页

稿　纸

不明，故不自福，且不福楚人也。激怒之愤，无异屈子。鲁迅云《屈原传》为"无韵之《离骚》"，信然。

令尹子兰闻之大怒，卒使上官大夫短屈原于顷襄王。

《史记志疑》云："王逸《离骚序》云：'上官靳尚'，盖仍《新序·节士》之误。考《楚策》靳尚为张旄所杀，在怀王世。而此言上官为子兰所使，当顷襄时，必别一人，故《汉书人表》列上官大夫五等，靳尚七等。"

按"令尹子兰闻之大怒"，承上"国人既咎子兰，屈平既嫉之"而来。闻、闻知也。之、代国人皆怨，及屈平过往及当前之恨。

当顷襄即位之初，子兰闻知楚人责怨，当已如坐针毡，再知屈平同前恨已，益当有

稿纸

所惊愕。盖子兰所为不利于前王及新君者，实卑鄙、阴险、图谋王位之罪恶勾当。襄王虽"不察其罪"，且以之为令尹，子兰必惧于屈原之揭露（据余考屈原确有揭露，見《天问发微》）。故子兰以先发制人之计，命上官大夫（疑即子椒，見《上官大夫考略》）在顷襄面前，谗毁屈平，务除之而后快。至其谗毁之语，就中外古今反动派，惯于捏造是非，颠倒黑白之伎俩衡之，势必反诬屈原有不利于故君及新王之行。故"顷襄怒而迁之"也。余拙作《顷襄怒迁屈原初探》一文，考知短毁屈原者二事：一为"怀王死秦，兰咎屈原"。此史公明言也。一为诬屈原"欲立庶子在国者"，以拒太子之归国。详说見该文。

顷襄怒而迁之。

20×15=300　　第172页

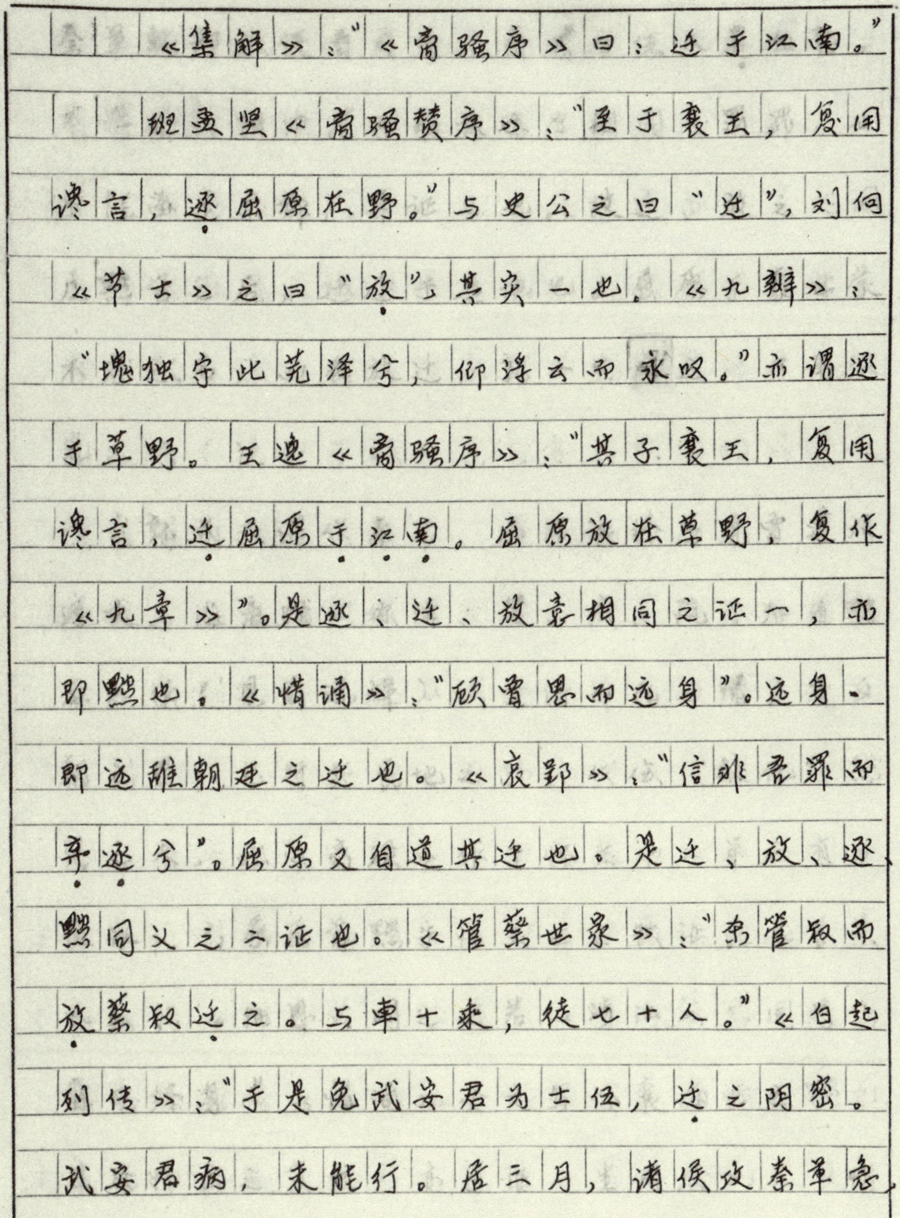

稿　　纸

《集解》："《离骚序》曰：迁于江南。"班孟坚《离骚赞序》："至于襄王，复用谗言，逐屈原在野。"与史公之曰"迁"，刘向《节士》之曰"放"，其实一也。《九辩》："块独守此无泽兮，仰浮云而永叹。"亦谓逐于草野。王逸《离骚序》："其子襄王，复用谗言，迁屈原于江南。屈原放在草野，复作《九章》"。是逐、迁、放意相同之证一，亦即黜也。《惜诵》："愿曾思而远身"。远身，即远离朝廷之迁也。《哀郢》："信非吾罪而弃逐兮"。屈原又自道其迁也。是迁、放、逐、黜同义之二证也。《管蔡世家》："杀管叔而放蔡叔迁之。与车十乘，徒七十人。"《白起列传》："于是免武安君为士伍，迁之阴密。武安君病，未能行。居三月，诸侯攻秦军急，

20×15=300　　　　第173页

稿　纸

秦军数却，使者日至。秦王乃使人遣白起，不得留咸阳中。”可知放迁乃相同之罚罪，必不能留于京都，其证三也。放迁、放之义同，乃黜官之后，迁逐于远地也。屈原于襄世蒙不忠之名，而受放迁，就一生论之，乃再放也。

就大夫诗作考之，亦可证终其身曾遭放两次。《离骚》称降、替、废、疏，知为黜后之作（見前说解）。全诗无死之情，有反朝之思；无折兵丧地之跡，仅伤“数化”黜退之失。此《离骚》作于怀王十二年之有力佐证，亦屈原首黜于怀王世之铁证。《思美人》、《抽思》同之。若《涉江》“固将重昏以终身，”《惜诵》全文写怀襄两世之黜已，且及怀世之復位，亦可证一生再放也。《惜

20×15＝300　　第 174 页

稿纸

往日》述及两次遭放之事，亦足证大夫一生曾遭两黜之痛史。史公载言固无可疑也。

屈原再迁之年，以"楚人既咎子兰"，"屈平既嫉之"之激烈情况论，子兰必惧且怒大夫发其阴谋，乃以毁屈。其时不能逾顷襄嗣位之初。屈子之被迁，亦当于斯时。按顷襄即位，实为怀王死后，顷襄之三年。以公历计之，为公元前二九六年。屈子年令当在五十三岁左近。详见《试说熊子兰阴谋王位》一文。

又考《楚世家》载，顷襄三年秦归怀王丧后，"秦楚绝"。交不绝于怀王死前，而绝于死后，当为楚人仇秦，不得不绝也。以屈子素主排秦之立场论，此期不当迁原。然事实告人，竟于此时迁原矣。若非子兰罪诬屈原主怀王入秦，主立庶子在国者，以脱己罪，

20×15=300　　第125页

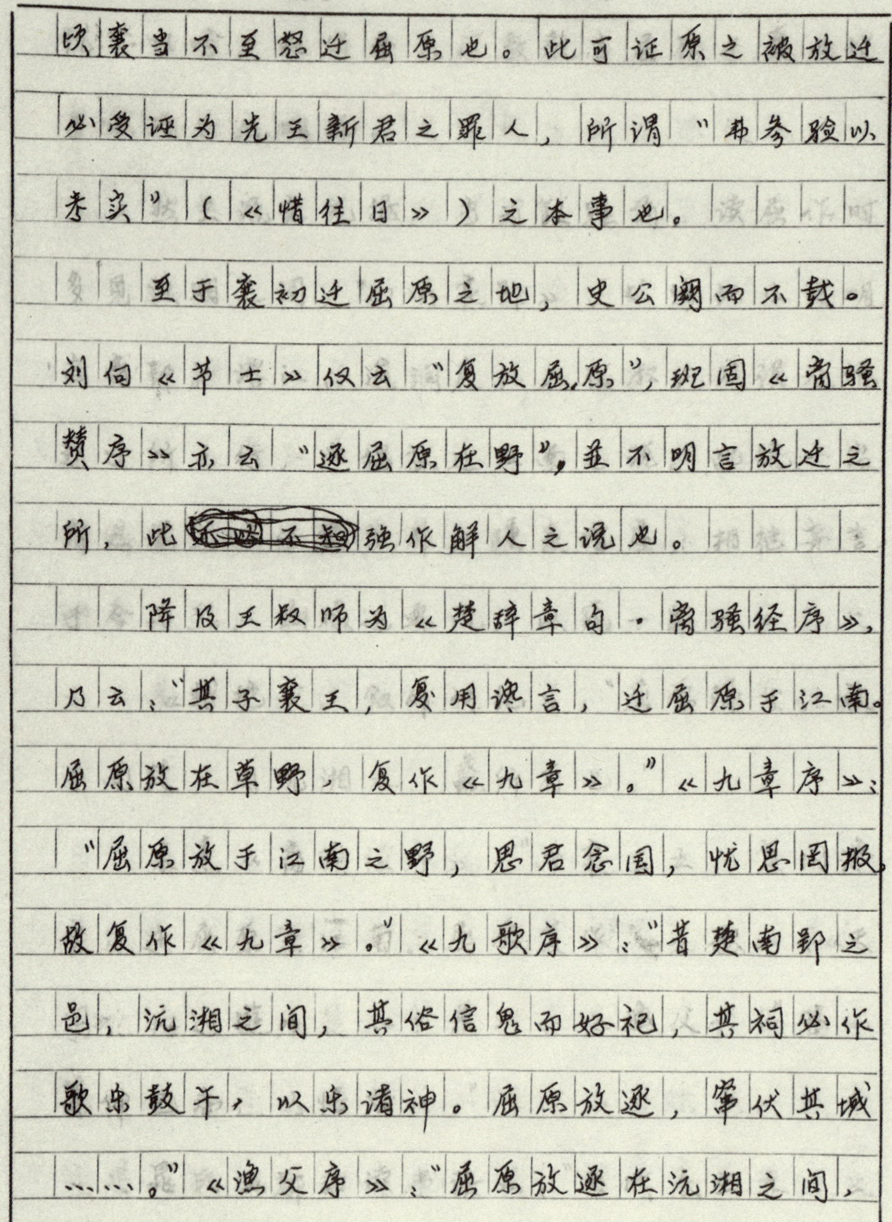

稿　纸

故襄当不至怒迁屈原也。此可证原之被放迁必受诬为先王新君之罪人，所谓"弗参验以考实"（《惜往日》）之本事也。

至于襄初迁屈原之地，史公阙而不载。刘向《节士》仅云"复放屈原"，班固《离骚赞序》亦云"逐屈原在野"，并不明言放迁之所，此强作解人之说也。

降及王叔师为《楚辞章句·离骚经序》，乃云："其子襄王，复用谗言，迁屈原于江南。屈原放在草野，复作《九章》。"《九章序》："屈原放于江南之野，思君念国，忧思罔极，故复作《九章》。"《九歌序》："昔楚南郢之邑，沅湘之间，其俗信鬼而好祀，其祠必作歌乐鼓舞，以乐诸神。屈原放逐，窜伏其域……。"《渔父序》："屈原放逐在沅湘之间，

20×15=300　　第176页

稿纸

忧愁叹吟，仪容变易。"数数言屈原于襄世放于江南之沅湘也。

然王说实无据，当为诠骚前，读屈作时多见沅湘之词，而《哀郢》、《涉江》文明言离郢，浮江，逾洞庭，入辰溆，乃误为係赴迁所之行，遂倡放迁江南之说。此说一出，后之学人，不察其非，踵事增虚，相徒妄言，于今为烈。兹撮述要说，以窥一般。

《越绝书·叙外传纪》："屈原隔介，放于南楚，自沉湘水，蠡所有也。"

朱熹《离骚经序》："而襄王立，复用谗言，迁屈原于江南。屈原复作《九歌》、《天问》、《远游》、《卜居》、《渔父》等篇，冀伸己志，以悟君心。"

晁氏《郡斋读书志》："及顷襄王立，又

20×15=300　　第177页

稿纸

放之江南，复作《九歌》、《天问》、《九章》、《远游》、《卜居》、《渔父》、《大招》，自沉汨罗以死。”

顾炎武云：“今顷襄王复听上官大夫之谮，而迁之江南，一身不足惜，其如社稷何。”

戴东原《屈原赋注》：“《九歌》迁于江南所作也。”于《山鬼》云：“此歌与《涉江》相表里，以此知《九歌》之作，在顷襄复迁之江南也。”又于《惜诵》云：“盖顷襄复迁之江南时也。”

洎乎近今，学人孔多，一言屈史，莫不祖述叔师。书册并在，不须辞废。

据余考，屈原于襄初之迁地，仍在汉北，亦即鄀地。《山鬼》一诗，可为佐证。及秦攻楚，取汉北上庸地，继之破郢，屈原乃自

20×15＝300　　第178页

稿　纸

渡江南（详《哀郢》及《涉江》发微），旨在联庄蹻以抗秦，为兴国之举耳。余于《庄蹻历史考辨》一文中有详说焉。《七谏·自悲》："闻南藩乐而欲往兮，至会稽而且止。"谓东土乃南藩，不以为迁所之行也，且欲到会稽，更见其行动不受拘束，极自由也。王叔师及后之学人，不知此一历史，乃以屈原晚年有沅湘之行，且沈于汨罗，遂臆推为屈原于襄初窜迁江南之说。不仅抹煞屈原之光辉历史，亦且不能解《九歌》、《九章》诸多诗作矣。

屈原至於江滨，

按《渔父》："屈原既放，游於江潭。"王注"戏水侧也"。训潭为水侧，是。寻本文，江滨当指汨罗之滨。《渔父》之江潭，实即

20×15＝300　　第 179 页

稿　纸

江滨也。《抽思》云："泝江潭兮。"所称之江潭，当在汉北。王注、洪补复训潭为渊，义不确切。

被发行吟泽畔。

按被发之义有三，被发之制同之。古代少数兄弟民族，以生活地域之不同，各有习性，而异其制焉。

《后汉书·西羌传》："爰剑与劓女遇于野，遂成夫妇。女耻其状，被发覆面。羌人因以为俗。"被，散也，谓散乱其发。此第一制也。

《左氏僖公二十二年传》云："辛有适伊川，见被发而祭于野者。曰：不及百年，此其戎乎？其礼先亡矣。"《说苑十二·奉使》："尉佗椎结箕踞，见陆生。"《说苑·卷十一》

稿纸

"西戎左衽而椎结。由余亦出焉。"《论语》："微管仲，吾其被发左衽矣"。《后汉书·西羌传》："羌胡，被发左衽"。《华阳国志·南中志》作"编发左衽"。《汉书·终军传》："殆将有解编发，削左衽，袭冠带，要衣裳，而蒙化者焉"。颜师古曰："编，读曰辫"。是被发即编发、辫发，此第二制也。

《淮南子·原道训》："九疑之南，陆事寡而水事众。于是民人被发文身，以像鳞虫；短绻不绔，以便涉游；短袂攘卷，以便刺舟。因之也。"高诱注："被，翦也"。《齐俗训》云："越王句践，鬋发文身。"《汉书·严助传》云："越方外之地，鬋发文身之民也。"晋灼曰："淮南云越人鬋发。张揖以为古翦字也。"师古曰"鬋翦同，张说是也"。是被发，即鬋发、

20×15=300　　第181页

稿纸

翦发也。被发，亦作断发。《汉书·地理志》称吴越之民"断发文身，以避蛟龙之害"。《左氏哀公七年传》："仲雍之嗣，断发文身。"《楚世家》作"翦发文身"。是其证。亦作披发。《国策·赵策》："披发文身，错臂左衽，瓯越之民也"。《史记·赵世家》披作翦。是披亦翦也。《越王勾践世家》："披草莱而邑焉"。《范雎列传》："木实繁者，披其枝。"《韩非子·揚权》："为人君者数披其木，使木枝扶疏。"是披亦翦短之意也。亦作祝发，《谷梁哀公十三年传》："仲雍居吴，祝发文身，裸以为饰。"《列子·汤问》："南国之人，祝发而裸"。《广雅·释诂》"祝，断也。"是其证。要之，被发又为翦发、断发，此第三制也。吴越人民之风习也。据淮南之说，九疑之南

20×15二300　　第 182 页

稿　纸

亦尚之焉。

寻屈原南抵辰溆，密联庄蹻，以谋兴国，旋以秦兵压巫黔，蹻不果行。屈原乃北返，图再谋於其他之"远者"（东方豪杰之士）。行近洞庭，秦兵又塞路。屈或翦发以傢众庶，幸越过封锁线也。故屈子之被发，自当为断发也。

再者，屈原之被发，与接舆之髡首（剔发）不若，不得以刑余视之。旧注率不明此，故不惮烦而说之如此云。

尝见为屈原像者，服饰一同诸夏，疑不类。《战国策·秦策》云："不韦使以楚服见王后"。是谓子楚特着楚服也。《史记·叔孙通传》云："叔孙通仪服，汉王憎之。乃变其服，服短衣，楚製，汉王喜。"《索隐》曰：

稿纸

"按孙文祥云：短衣便事，非入者衣服。高祖楚人，故从其俗裁製。"可证楚衣尚短，汉初如故。其详虽不可知，然知为屈原像者皆失考矣。因说被发，涉及楚服。想屈入沅湘时，必着此短製之楚服也。

又行，道路也，此其初意。吟，哭也。《淮南子·修务训》："（申包胥）昼吟宵哭。《楚策》同。《史记·伍子胥列传》作"包胥立于秦庭，昼夜哭"。《左氏传》作包胥"立倚于庭墙而哭，日夜不绝声"。是吟同哭也。《墨子·非攻下》："有鬼宵吟"。《新书·耳痹》："号吟告母"。吟，亦当训哭，解作叹者误。《悲回风》："孤子唫而抆泪兮。"王注："唫，叹也。"按唫即吟，亦当训哭，王注误。故行吟即行哭。行哭一词，古籍多见。《新

20×15=300　　第194页

稿　纸

书·春秋》："郑之百姓，若失慈父，行哭三月。四境之内于郑者，士民乡（同向）方而道哭，抱手而忧行"。《吴越春秋》："行哭而为隶"。又"一老妪行哭而来。"行哭，即哭于道也。《说苑》："齐景公吊晏子之丧，比至于国者，四下而趋，行哭而往矣。"行哭，即一边行，一边哭之意。《九叹·愍命》"行唫累欷"。行唫，亦行哭耳。《新序·杂事》："赵简子上羊肠之坂，群臣皆偏担推车，而虎会独担戟行歌，不推车。"行歌，即歌于道也，与行吟义相反。

颜色憔悴，形容枯槁。

按形，身体也。《墨子·所染》："不能为君者，伤形费神。"《战国策·燕策》："不知吾形已不逮也。"《秦策》："形容枯槁"。《淮

稿纸

屈原曰："举世混浊而我独清，

按《文选》作"世人皆浊，我独清。"王逸注曰："众贪鄙也。己忠洁也。"是。

众人皆醉而我独醒，是以见放。"

按《文选》无而字。王注："贪财贿也。廉自守也。"又按众人，指奴隶主贵族。皆醉者，指守旧制，事强秦。独醒，谓己明于治乱，反众人之行也。见放，王注："弃草野也。"

渔父曰：

王注："隐士言也。"

"夫圣人者，不凝滞於物，而能与世推移。

《文选》本，无夫、者二字。凝滞，停滞之谓。《涉江》"淹回水而疑滞"。疑滞即凝滞，义同此。物，事也。不凝滞于物，

稿　纸

谓不为事物所拘阂。王注："不困辱其身也。"深得其义。　與、共也。推移，王注："随俗方圜。"

举世混浊，何不随其流而揚其波？

《文选》本作"世人皆浊，何不淈其泥而揚其波？"《史记·索隐》："按《楚词》作滑其泥。"《说文》："淈、浊也。"又"滑、利也。"作滑者借字也。王注"世人皆浊，人贪婪也。"随其流、谓逐世之浊流。揚其波、谓鼓其泥波，同浮沈也。

众人皆醉，何不餔其糟，而啜其釃？

《文选》本啜作歠。釃或作醨。

按餔、食也。糟、酒滓。啜、飲也。釃、《说文》："薄酒也。"餔其糟、王注："从其俗。"啜其釃、王注："食其禄。"按此

稿纸

与上文随流揚波同义，总谓不宜独善，当同流合污耳。

何故懷瑾握瑜，而自令見放为？”

懷瑾握瑜，《文选》作“深思高举”。无而見两字。按此责屈原，不当独行忠直，自遭放弃。渔父之语止此。

屈原曰：“吾闻之，新沐者必弹冠，新浴者必振衣，

按《新序·节士》吾下有独字。新沐句次新浴句后。《荀子》：“新浴者振其衣，新沐者弹其冠，人之情也。”《说苑·十六》：“初沐者必拭冠，新浴者必振衣。”文字稍异。知其为战国流行之语。弹冠，王注：“拂土芥也。”振衣，王注：“去尘秽也。”

人又谁能以身之察察，受物之汶汶者乎！

20×15＝300　　第 190 页

人又谁、《文选》作一安字。察察、王注："己清洁也。"《集解》引王说作"己清絜。"《新序·节士》此两句作"又乌能以其冷冷，更事世之嘿嘿者哉。"按察察、状洁白也。物、事也。见前。汶汶、王注："蒙尘垢也。"《索隐》："汶汶者、音闵。汶汶犹昏暗也。"按汶汶，犹玷辱。洪补曰："汶音门，一音昏。《荀子》注引此作惛惛。惛惛不明也。"此承上沐浴而言。

宁赴常流，而葬乎江鱼腹中耳，

《文选》常流作湘流，无而字，乎作於，无耳字。《索隐》曰："常流犹长流也。"按此时屈在湘域，作湘流者是。宁赴湘流，谓自沉湘渊也。

又安能以皓皓之白，而蒙世俗之温蠖乎"？

稿纸

《文选》无又字、而字。温蠖作尘埃。王注"皓皓犹皎皎也。"蒙温蠖"被汙点也"。《索隐》："蠖音乌廓反。温蠖犹惛愦。楚词作蒙世之尘埃哉"。按屈原之答词止此。章句本此下有"渔父莞尔而笑"等四十一字。

乃作《怀沙》之赋，其辞曰：

按此下为《怀沙》全文。详说见《楚辞发微·九章·怀沙》，故略焉。又"怀沙"一词，司马迁解作"怀石"，后之释屈赋者多宗之。清代蒋骥虽有异说，近人或有崇信，然破绽不完，难成定论。余疑"怀沙"，本作"怀殁"，"怀殁"者，怀念久死之怀王也。详说见拙稿《~~司马迁解~~〈怀沙〉质疑》一文中。

於是，怀石投汨罗而死。

20×15二300　　第192页

稿纸

《史记·集解》应劭曰："汨水在罗，故曰汨罗也。"《索隐》"汨水在罗，故曰汨罗"。《地理志》"长沙有罗县，罗子之所徙。"《荆州记》："罗县北带汨水。汨音觅也。"《正义》："故罗县城在岳州湘阴县东北六十里。春秋时罗子国，秦置长沙郡而为县也"。按：县北有汨水及屈原庙。《续齐谐记》云："屈原以五月五日投汨罗而死，楚人哀之，每於此日以竹筒贮米投水祭之。"汉建武中，长沙区回白日忽见一人，自称三闾大夫。谓回曰：闻君常见祭，甚善。但常年所遗，并为蛟龙所窃。今若有惠，可以楝树叶塞上，以五色丝转缚之，此物蛟龙所惮。回依其言。世人五月五日作糉，并带五色丝及楝叶，皆汨罗之遗风。"

稿　纸

蒙按《说文》："汨，长沙汨罗渊也。从水冥省声。屈原所沈水。"又有溟字，当于汨为古今字（段玉裁说）。《水经注·湘水篇》："汨水又西，经汨罗戍南，西南注入湘。春秋之罗汭矣。世谓之汨罗江。"又"汨水亦谓之罗水"。当由经罗县而名也。又"汨水又经罗县北"，注云："本罗国也。故在襄阳宜城县西，楚文王移之於此。秦立长沙郡，因以为县。"周圣楷有《汨罗赤》，谓今湘阴县，即古罗子国。其地在今湘阴县北七十里。"

"挟怀，抱也。《书·尧典》："荡荡怀山襄陵。"怀即抱义。王逸"重任石之何益？"《江赋》："悲灵均之任石"。任，亦抱也。怀石投水，冀速死也。

贾谊《吊屈原文》："侧闻屈原兮，自沈

20×15＝300　　第 194 页

稿　纸

汨罗。"此记屈原沈汨罗之最早文字。东忌《哀时命》："屈原沈于汨罗。"王褒《九怀》："屈子兮沈湘。"太史公曰："适长沙，观屈原所自沈渊。"刘向《节士》："遂自投湘水汨罗之中而死。"《班固传》："灵均纳忠，终于沈身……永无荆山汨罗之恨。"《论衡·书虚》："屈原怀恨，自投湘江。"王逸《离骚经序》："遂赴汨渊，自沈而死"。两汉作者，固皆称屈原沈于湘水之汨罗，无异说焉。及宋林应辰《龙岗楚辞说》（书佚，见陈振孙《直斋书录解题》），明汪瑗《楚辞集解》，明陈子龙为李陈玉《楚辞笺注后序》並谓"屈原不沈于汨罗，盖比于浮家遁迹之志。"致疑于古记，实诬屈子以不忠也。无俟辩焉。

据拙考，屈子沈汨罗，应在顷襄二十二

年，即公元前二七七年。得年七十岁。

又史公以上文字，叙大夫于顷襄王初立蒙谗再迁，及其沈江之死。惜乎！史公不知大夫晚年联庄蹻以兴楚之壮举，及沈江之原因耳。余之此说，详于《庄蹻历史考辨》。

屈原既死之后，楚有宋玉、唐勒、景差之徒，

《集解》徐广曰："差或作庆。"《索隐》"按：扬子《法言》及《汉书古今人表》皆作景瑳。今作差是字省耳。又按徐、裴、邹三家俱无音，是读如字也。" [邹]

按殿本、中华标点本、《楚辞精义》引传文，徒下并有者字。

《汉书·地理志》云："作《离骚》诸赋以自伤悼。后有宋玉、唐勒之属，慕而述之，皆以显名。"《艺文志》又云："大儒荀卿及楚

稿纸

屈原，离谗忧国，皆作赋以讽，咸有恻隐古诗之义。其后宋玉、唐勒……"又"唐勒赋四篇。"注"楚人"。又"宋玉赋十六篇。"注"楚人。与唐勒并时，在屈原后也。"《汉书古今人表》有宋玉、唐勒、景瑳。师古曰："瑳、子何反，即景差也。"《论衡·超奇篇》："唐勒、宋玉亦楚文人也。竹帛不纪者，屈原在其上也。"并谓宋等楚人，在屈原后。

王逸《九辩序》云："宋玉者，屈原弟子也。"首谓宋玉乃屈原弟子，或于宜城得自传述。《新序·杂事》云："宋玉因其友，以见于楚襄王。"又"宋玉事楚襄王，而不见察。意气不得，形于颜色。"习凿齿《襄阳耆旧记》云："宋玉者，楚之鄢郢人也。故宜城有宋玉塚。"按鄢郢，宜城之鄢也。一本无郢字。又

20×15＝300　　第197页

稿纸

按宋玉既晚于屈原，又事顷襄，其卒葬之地当在"东伏于陈"之陈。若鄢、郢、随、郢早为秦有，宜城固不当有宋玉塚也。

《西京杂记》云："霍光曰：楚大夫唐勒一产二子，一男一女。男曰贞夫，女曰琼花。皆以先生为良。"谓唐勒有后。然命名不合战国一文名之礼俗，不可信。

文徒，众也，表多数。《孟子荀卿列传》云："如淳于髡、慎到、环渊、接予、田骈、驺奭之徒，各著书言治乱之事以干世主。"是其证。

皆好辞而以赋见称。

按此就宋、唐、景三人文学创作言。辞，文辞，今语文学也。《汉书·地理志》："及司马相如游宦京师，以文辞显于世，乡党慕

20×15＝300　　第198页

循其迹。后有王褒、严遵、扬雄之徒，文章冠天下。”是其证。《汉书·艺文志》载：“宋玉赋十六篇。”传于今者，有《九辩》（最可信）、《招魂》（余考乃屈作）、《风赋》、《高唐赋》、《神女赋》、《登徒子好色赋》（上並見《昭明文选》）、《笛赋》、《大言赋》、《小言赋》、《讽赋》、《午赋》、《钓赋》（上並見《古文苑》），计十二篇。張惠言以为尽五代宋人黎欽假托为之。唐勒之赋无传。郦道元《水经注》汝水下引唐勒《奏土论》曰：“我是楚也，世霸南土。自越以至葉垂，弘境万里，故号曰万城也。”为唐文仅传于今者，是郦氏尚及見其作也。王逸《大招序》曰：“屈原之所作也，或曰景差，疑不能明也。”至朱熹则主景差作《大招》。今人或

20×15＝300　第199页

主属原作，是景作亦不传矣。然《法言·吾子》云："或问景差、唐勒、宋玉、枚乘之赋也益乎？"则唐景之制，在西汉未固在人间，故《汉志》得着录之。

《汉书·地理志》："后有唐勒、宋玉之属，慕而述之，皆以显名。"谓唐、宋皆以赋见称也。《三都赋序》云："及宋玉之徒，淫文啓发，言过于实；夸竞之兴，体失之渐；风雅之则，于是乎乖。"贬宋玉等文，尚淫丽，失夸竞。挚虞《文章流别》论曰："至宋玉则多淫浮之病。"其所短病，皆祖扬雄《法言》"辞人之赋丽以淫"，以为说也。六朝尚丽，故《谢灵运传论》云："屈平宋玉导清源于前，贾谊相如振芳尘于后，英辞润金石，高义薄云天。"齐美屈宋，不作高下，如此誉宋，窃乎误矣。顾炎武说《九辩》云："后人辞赋，罕有及之者。"就一作而陈说，斯为得之。

然皆祖屈原之从容辞令，

按王逸《章句序》云："祖式模范。"沈约《宋书》云："莫不同祖风骚。"刘勰《文心》云："祖述《楚辞》"。朱熹《集注序》云："盖自屈原赋《离骚》，而南国宗之，名章继作，通号《楚辞》，大抵皆祖原意，而《离骚》深远矣。"明冯绍祖《章句后序》曰："宋玉以下二三君子，法其从容，而祖其辞令。"所谓宗、祖，皆就史公此语"祖"字，以为推阐。若王逸云："屈原之辞，优游婉顺。"魏文帝《典论》云："优游案衍，屈原之尚也。穷极侈妙，相如之长也。然原据托譬谕，其意周旋，绰有余味矣。长卿子云意未能及也（《北堂书

稿　纸

钞》卷一百引）"。王、曹说屈辞以"优游"，实解史公"从容辞令"一语，盖以从容为优游，以辞令为文章耳。总上徵引，知东汉以降，莫不谓史公此语，乃称颂宋景辈，能祖效屈原优游于文章。

粗视此说，一似无病。若诘以屈原果曾以文学为专业乎？抑发愤之所为作也？屈原之作，果优游婉顺乎？抑抉垒万千，怨怒充塞耶？再者，史公上文明言"皆好辞而以赋见称，"已著其爱好及成就矣，于此果以"然"字作转，岂能与上文语意累同耶？执此三疑，验诸屈宋之作，当知为谬说。不惟冤诬史公作意，亦且贬损大夫之伟大人格，与辉煌作品之价值。其不可取，彰彰明甚。

余疑祖通段作沮，谓毁弃也。从容、忠

20×15＝300　　　第202页

稿 纸

诚也。犹今语积极。辞令，即政治（辞令，即法令，引申作政治解。见《释辞令》一文）。史公原意盖谓"但是宋景等人皆毁弃屈原忠诚（或积极）于政治之行动"，故"终于莫敢直谏"也。为求徵信，试说祖之义于下，若从容之义，见专文《试解从容》。

按祖、沮并从且得声，自可通用。《韩非子·说林上》"冯沮"，《国策》作"冯且"。顾千里曰："沮且同字"。《楚世家》："季連生附沮"。《集解》孙检曰："一作祖"。是沮祖通之证也。"《毛诗·巧言》："乱庶遄沮"。传云："沮止也。"《国策·齐策》："故人非之不为沮。"注："沮、止也。"《史记·刘敬传》："今乃妄言沮吾军。"《索隐》曰："沮、止也，坏也。"《汉书·李陵传》："上以迁诬罔，欲沮

稿　纸

贰师，为陵游说。"师古注："沮，谓毁坏之"。《诸葛丰传》："忠臣沮心，智士杜口。"师古曰："沮，坏。"是沮有停止、毁弃、败坏、放弃意之证。

《淮南子·主术训》："顷襄好色，不使风议"。顷襄既不爱讽议，自更不喜直谏。宋玉等仕于顷襄，必审知屈原以忠诚国事，然极纳谏，袭谗群小，而遭放逐之痛史。伊辈惧蹈原祸，居危求安，乃以屈行事为戒，杜口不言。此史公抨击伊辈毫无屈原忠诚国事之品性耳、抨击其放弃屈原精忠谋国之崇高行动，不以为法也。然顷襄终竟昏聩之主也，故宋等亦"终不敢直谏"。"终不敢直谏"，道出宋辈明哲保身，忠不及屈，以屈为戒之实质矣。宋等既"终不敢直谏"，若云效屈子之

20×15＝300　　　　第204页

稿纸

思以为文者，必无斯理。此足证以祖式、模范、宗祖之义释史公之"祖"字，大背于文理，大背于史情也。

试察宋玉之徒，虽"以赋见称"，若《九辩》云："颇衔枚而无言兮，尝被君之渥洽"。不正是其倡优自高，尸位素食，噤若寒蝉，保禄安身之丑态乎？史公讥以"终不敢直谏"，可谓言而有据，铁证如山。即以《九辩》全诗论，无酣战衝杀之姿，极微弱哀感之音。此正宋玉情感之真，何有祖于屈原思想？何有祖于屈原性格？更何有祖于屈原之文章？《汉志》云："其后宋玉、唐勒，汉兴枚乘、司马相如，下及扬子云，竞为侈丽宏衍之词，没其讽谕之义。"《法言》云："辞人之赋，丽以淫。"皇甫谧《三都赋序》："古人称不歌而颂

20×15=300 第 205 页

稿　纸

谓之赋……故知赋者古诗之流也。至于战国，王道陵迟，风雅寝颇，于是贤人失志，词赋作焉。是以孙卿屈原之属，遗文炳然，辞义可观，存其所感，咸有古诗之意，皆以文以寄其心，托理以全其制，赋之首也。及宋玉之徒，淫文放发，言过于实，夸竞之兴，体失之渐，风雅之则，于是乎乖。"赋作既"无讽谕之旨"，岂能望屈原之项背？若宋等之制，多不传于今，不唯以其辞不及屈子，殆以其品亦远逊于大夫也。今传宋作，固多依托，然可见其不敢直谏之状，岂尽无据乎？

凡此，以袒之诂训、通段证，以顷襄不爱讽议证，以宋自道不敢直谏证，以史公上下文理证，以孟坚之议论证，以伊等诗作传世之少证，"袒"不当为袒效谊，乃放弃、败坏、毁弃而不为之意也。故史公之文，于叙其"以赋见称"后，急转而揭露、而鞭打其丑恶政治行径。世之以"祖式"解"祖"者，诚厚诬史公作意，贻损大夫崇高品德，虚美宋等腐朽面目于不自觉中。悲乎可！

终莫可直谏。

终，从始到终。今语到底。莫，亦无人焉。直谏，《白虎通·谏诤篇》："人怀五常，故谏有五：其一曰讽谏，二曰顺谏，三曰窥谏，四曰指谏，五曰陷谏。……指谏者，质也，质相（相，《大戴记》作指，是）其事而谏，此信之性也。"陷谏者，义也。恻隐发于中，直言国之害，励志忘生，为君不避丧身，此义之性也。"故直谏当即指谏与陷谏二者之谏，谓质直献谏，谈事无隐，一忠

稿纸

于君，不避斧钺也。

若宋等三人，"终身不敢直谏"，在主观方面当由素无屈原忠君爱国之品，客观方面，当由顷襄黜屈之狠毒，惊悸其怯懦之心，以保禄为重耳。若顷襄之昏聩无能，侈靡荒淫，不爱讽议，又必使其"衔枚无言"矣。《后汉书·蔡邕传》曰："今皆杜口结舌，以臣为戒。"谁敢为陛下尽忠孝乎。"所语情况，犹是也。《后汉书·吕强传》："今群臣皆以邕为戒，上畏不测之难，下惧剑客之害，臣知朝廷，不复得闻忠言矣。"兹录有关记载，以见顷襄之为人。

《淮南子·主术训》："顷襄好色，不使讽议，而民多昏乱，其积至昭奇之难。"似楚襄亦未善终。《修务训》："今剑或绝侧羸文，

鏨缺卷铤，而称以顷襄之剑，则贵人争带之。琴或拔刺枉挠，阔解漏越，而称以楚庄之琴，侧室争鼓之。”（仰后移一格）

《战国策·楚策》记庄辛谏楚顷襄王曰：“专淫逸侈靡，不顾国政，郢都必危矣。”《新序·杂事》引文略同。

《楚世家》载顷襄十八年，有弋者讽襄王后，继言曰：“夫先王为秦所欺，而客死于外，怨莫大焉。今以匹夫有怨，尚有报万乘，白公子胥是也。今楚之地方五千里，带甲百万，犹足以踊跃中原也。而坐受困，臣窃为大王不取也。”弋者，劳动人民也，以不忍顷襄之不恤国事，当面抨击楚襄，足見人民愤怒之情。

《史记·滑稽列传》记最昏聩一事。“楚

庄王之时，有所爱马死，使群臣丧之，欲以棺椁大夫礼葬之，左右争之不可。"襄王亦称庄王。当非伍举时之楚庄王，故系于此。

《列子·辩通篇》："庄姬见楚顷襄王曰："大鱼失水，有龙无尾，墙欲内崩，而王不视。"

《襄阳耆旧记》："宋玉者，楚之鄢人也……始事屈原。屈原放逐，求事楚友景差。……襄王好乐爱赋，既美其才，又憎之似屈原也。曰：子盍从俗，使楚人贵子之德乎？"此一记载最堪注意。所谓皆好辞而以赋见称者，亦见称于顷襄也。曰"憎之似屈原"，楚襄恨于屈原者，久久不忘其直谏也。曰"似"，宋玉初或染有忠君之思，由于顷襄"不使讽议"，劝以"从俗"，在高压之下，乃"终不敢

稿纸

直谏”矣。终不敢直谏者，岂能袒效屈原之积极于政治乎？

前人多误解史公之文，遂使宋玉等之意不见。故特为详出之。

其后楚日以削。

《楚世家》载顷襄十八年有弋者非议襄王，不念父仇，不恤国难，“而坐守国”。与苏代云“十七年恶秦”，极吻合。斯年楚顷襄遣使诸侯，“复为从，欲伐秦。秦闻之，发兵伐楚”。自此秦兵压境，迄无宁日。《楚世家》云，顷襄十九年（元前二八〇年）“秦伐楚，楚军败，割上庸、汉北地予秦（《六国年表》同）”。二十年“秦将白起，拔我西陵（《六国年表》西陵前有鄢字）”。二十一年“秦将白起，遂拔我郢，烧先王墓、夷陵。

楚襄王兵败，遂不復战，东北保于陈城”。《六国年表》云：“白起击楚拔郢，更东至竟陵，以为南郡”。二十二年“秦复拔我巫黔中郡”。二十七年至三十六年顷襄之卒，与秦平。“考烈元年，纳州于秦以平。是时楚益弱”。《六国年表》考烈十年“徙于钜阳（在今安徽省太和县）”。《楚世家》未载。考烈二十二年楚东徙都寿春，命曰郢。顷襄、考烈父子两代，四十年间，困被秦兵，国土日丧，国势益衰，三徙其都，此日削之实也。数十年，竟为秦所灭。

《楚世家》：“负刍二年，王贲击楚，取十城”。“四年秦将王翦，破楚军于蕲，杀项燕。五年秦灭楚”。公元前二二三年也。

《风俗通义》：“自歇顼至负刍，六十四

稿纸

世，凡千六百一十六载”。

按屈原死于公元前二七七年，下至楚灭，仅五十六年。而公元前二〇七年，楚人又灭秦。上距楚之灭仅十六年，距屈原之死则为七十三年。

《风俗通义》引贾谊《过秦论》云：“于时议者，恨楚疏远屈原，魏不用公子无忌，故国削以至于亡”。史公深慨于屈原之死，故曰：“楚日以削，数十年竟为秦所灭”，同贾谊之说也。班固《离骚赞序》亦曰：“原死之后，秦果灭楚。”有同慨焉。林云铭《楚辞灯》：“故太史公将楚见灭于秦，系在本传之末，以其身之死生，关係于国之存亡也。”深得史公作意。然皆不出“安危在出令，存亡在所任”（此语《主父偃传》云出《周书》。亦见《韩非子》、《楚王交传》）之观点。盖不知秦之新兴地主制度，必战胜楚之奴隶制度，乃历史规律也。

《战国策·齐策》云："即墨大夫入见齐王（建）曰：鄢郢大夫不欲为秦，而在城南下者百数。王收而与之十万之师，使收秦故地，即武关可以入矣。"此一记载反映楚较大之奴隶贵族，于亡国后狼狈逃齐之境况。然伊辈既不能当未亡国之前，有为于国内，岂能在亡国之后，有为于国外乎；即墨大夫之言空说耳。

然楚实未尽亡也。太史公曰："秦灭诸侯惟楚苗裔尚有滇王。"宋范晔《后汉书·南蛮西南夷传》云："楚顷襄时遣将庄豪，从沅水伐夜郎……既灭夜郎，因留王滇池。"又"滇

稿　纸

王者，庄蹻之后也。"《史记·西南夷传》云："元封二年（元前一〇九年）天子发巴蜀兵……以兵临滇，滇王始首善，以故弗诛……赐滇王王印，复长其民。"又"汉诛西南夷，国多灭矣，惟滇复为宠王。"

余为《庄蹻历史考辨》，知庄蹻并未王滇池，实据巫黔中，独立于楚之外。及元前二二二年，秦王翦平定荆江南地时，庄蹻后人庄豪乃率其众，作战略退却，由沅水上溯，西王滇池，终不臣于秦。至元前一〇九年，庄氏立国于滇池者，计一百一十三年。详见该文。

自屈原沈汨罗后，百有余年，汉有贾生为长沙王太傅，过湘水为赋以吊屈原（下为《贾生列传》，略）。

20×15＝300　　第215页

稿　纸

按《贾生列传·正义》云："《汉文帝年表》云："吴芮之玄孙差，袭长沙王也。傅为长沙靖王差之二年也。"余考《汉兴以来诸侯年表》孝文前四年，乃长沙着（与差形近，当有一误）二年，当公元前一七六年。上距屈原死于顷襄二十二年，计百有二年。史公云"百有余年"极确。

又按《吊屈原文》（宋陈振孙《直斋书录解题》作《吊湘赋》）见《史记·贾生列传》、《汉书·贾谊传》，及《昭明文选》，文字小异。《文心雕龙·哀吊篇》云："自贾谊浮湘，发愤吊屈，体同而事核，辞凄而理哀。盖首出之作也。"此后吊屈之作，有扬雄《反离骚》（见《汉书》本传）、班彪《悼离骚》（见《艺文类聚》五十八，已残，尹

20×15=300　　第 216 页

稿纸

可均《全汉文》录载）、后汉梁竦《悼骚赋》（見《东观汉记》）、蔡邕《弔屈原文》（見《类聚》四十，已残）、颜延之《祭屈原文》（見《文选》）、唐释皎然《弔灵均词》（見《画上人集》）、柳宗元《弔屈原文》（見《楚辞后语》卷五）、唐刘蜕《弔屈原词》（見《文冢子集》）、宋苏辙《屈原庙赋》（見《欒城集》）、宋王为《弔屈赋》（見《欧堂集》卷四）、明王守仁《弔屈原赋》（見《王文成公全书》）、清张澍《弔三闾大夫文》（見《养素堂文集》）、蒋之翘《弔屈原》（見《续楚辞后语》）。

关于弔屈原之诗作，明蒋之翘《七十二家评楚辞》引李白、刘长卿至陸佃十一家之作，便查阅。

20×15＝300　第217页

稿纸

元后有关屈原之戏剧，睢景臣之《屈原投江》，郑瑜之《汨罗江》，嵇永仁之《续离骚》，尤侗之《续离骚》，丁澍之《遇骚》，周文泉之《纫兰佩》，现代郭沫若之《屈原》话剧也。

又按史公以上文字，叙屈原死后，楚廷无屈原之忠贞，以直谏楚王，终为秦灭。史公云："怀王客死，兰咎屈原。好谀信谗，楚并于秦。"固一再叹屈原之遭黜，关係楚之存亡也。

太史公曰：余读《离骚》、《天问》、《招魂》、《哀郢》悲其志，

按四作並是屈原之忠贞，爱大夫之自传文字，或有关自传之文字，得见其峥嵘巍峨之人格，匡君救时之精诚，然终为鬼蜮所谗，

.20×15＝300　　　　第218页

稿　纸

忠无所用，故史公读之悲其志也。

适长沙，观屈原所自沈渊，未尝不垂涕想见其为人。及见贾生吊之，又怪屈原，以彼其材游诸侯，何国不容，而自令若是！读《鹏鸟赋》，同死生，轻去就，又爽然自失矣。

《索隐》按《荆州记》云："长沙罗县，北带汨水，去县四十里，是原自沈处。北岸有庙也。"《集解》徐广曰："（爽）一本作奭"。

按王国维《太史公行年考》（《观堂集林》卷十一）、梁启超《要籍解题及其读法》、张鹏一《太史公年谱》（《关陇丛书》）、郑鹤声《司马迁年谱》、日本泷川龟太郎《太史公年谱》（《史记会注考证》第十册）均主史公生于汉景帝中元五年，当公元前一四五年。

20×15＝300　　第219页

稿纸

《汉书·司马迁传》："二十而南游江淮，上会稽，探禹穴，窥九疑，浮沅湘。"二十岁当汉武帝元朔三年，即公元前一二六年。其至沅湘当已二十许矣。

《离骚》云："何所独无芳草兮，尔何怀乎故宇？""国无人莫我知兮，又何怀乎故都？"《吊屈原文》曰："瞝九州而相其君兮，何必怀此都也？"当为史公论屈原不游诸侯一观点所自来。

《汉书·扬雄传》"怪屈原文过相如，至不容，作《离骚》投江而死。悲其死，读之未尝不流涕也。以为君子得时则大行，不得时则龙蛇。遇不遇命也，何必沈身哉！迺作书，往往摭《离骚》文而反之，自岷山投诸江流，以吊屈原。"《反离骚》为扬雄出蜀

20×15＝300　　第220页

稿纸

前之制，为屈原也，轻其沈身。不知屈原沈湘时楚国形势之言也。若谓《離騷》作于沈身之前，雄又失考也。

呜乎！屈原以爱国之士，抱变法之志；有仇视旧制之勇，怀统一华夏之心。遭群奸之诋毁，遇怀襄之听谗，虽罹两黜，终不去国。爱国心性，高云天矣。及秦兵压境，呼号江南，以衰老残年，谋振楚社，后以道塞，虑受秦辱，虽知楚必不亡，而己则无所往，乃跃身汨罗，了恨湘天。历史悲剧，感泣人寰矣。韩愈云："楚大国也，其亡也以屈原鸣。"悲哉！

然屈原受时代之局限，阶级之涸蔽，依贵族，事变法，亦即但求恩赐，不务夺权，心虽忠君，于事无补。故无庄蹻之成就，受

20×15＝300　　第 221 页

稿　纸

谤诬而两黜。成功失败，发人深思。

凡爱国者，进步者或革命者，时无古今，也无中外，于屈原之死，莫不痛焉。而媚外者、倒退者、复辟者，不仅憎大夫于当时，且恨之于千载之下。此无他，反动立场同，思想同也。颜介曰："露才扬己，显暴君过。"刘献之曰："屈子狂人，死何足惜！"若司马光倍憎于屈原，为《资治通鉴》竟不著屈原姓名，朱熹名为尊屈，而发"屈子之过，过于忠者也"之论。凡此狂妄，莫不出于维护旧制，反对变法。实子兰幽灵现于后世。然其所为复大别于子兰。盖子兰亲屈身于当世，而此辈以诬其忠尚不足以餍其心，且欲灭屈原姓名于天壤间。用心险恶，倍于子兰。若国内外学人叫嚣屈原无其人者，更見其妾妇之心。

20×15=300　　第 222 页

此心上同子兰，中通颜魏辈，一脉相传，同师共祖，为求不利于人民，为媚其内外主子身。

猗嗟史迁，伟哉屈原。信史传信，流光禹甸。笑尔蚍蜉，徒将树撼，金声玉振，亿万斯年。

注：

①、《赵策》云："秦王（昭）谓公子他曰：日者秦楚战于兰田，韩出锐师以佐秦。秦战不利，因转与楚，不固信盟，唯便是从，韩在我为心腹之疾，吾将伐之，何如？"是，则楚胜秦矣，韩复与楚。

②、《楚策》云："术视（秦人）伐楚，楚令昭鼠以十万军汉中，昭雎胜秦于重丘。"是则

稿　　纸

楚胜秦于重丘。

③、《秦策》："秦取楚汉中，再战于兰田，大败楚军。韩魏闻楚之困，乃南袭至邓。楚王引归。后三国谋攻楚，恐秦之救也。或说薛公可发使告楚曰，今三国之兵且去楚，楚能应而共攻秦，虽兰田岂难得哉。况于楚之故地。楚疑于秦之未必救己也，而今三国之辞云，则楚之应之也必劝，是楚与三国谋出秦兵矣。秦为知之，必不救也，三国疾攻楚，楚必走秦以急，秦愈不敢出，则是我离秦而攻楚，兵必有功。薛公曰善，遂发重使之楚，楚之应之果劝，于是三国并力攻楚，楚果告急于秦，秦遂不敢出兵，大胜有功。"是楚败兰田后，齐、韩、魏谋攻楚。

20×15＝300　　　　第224页

屈原歷史論文集

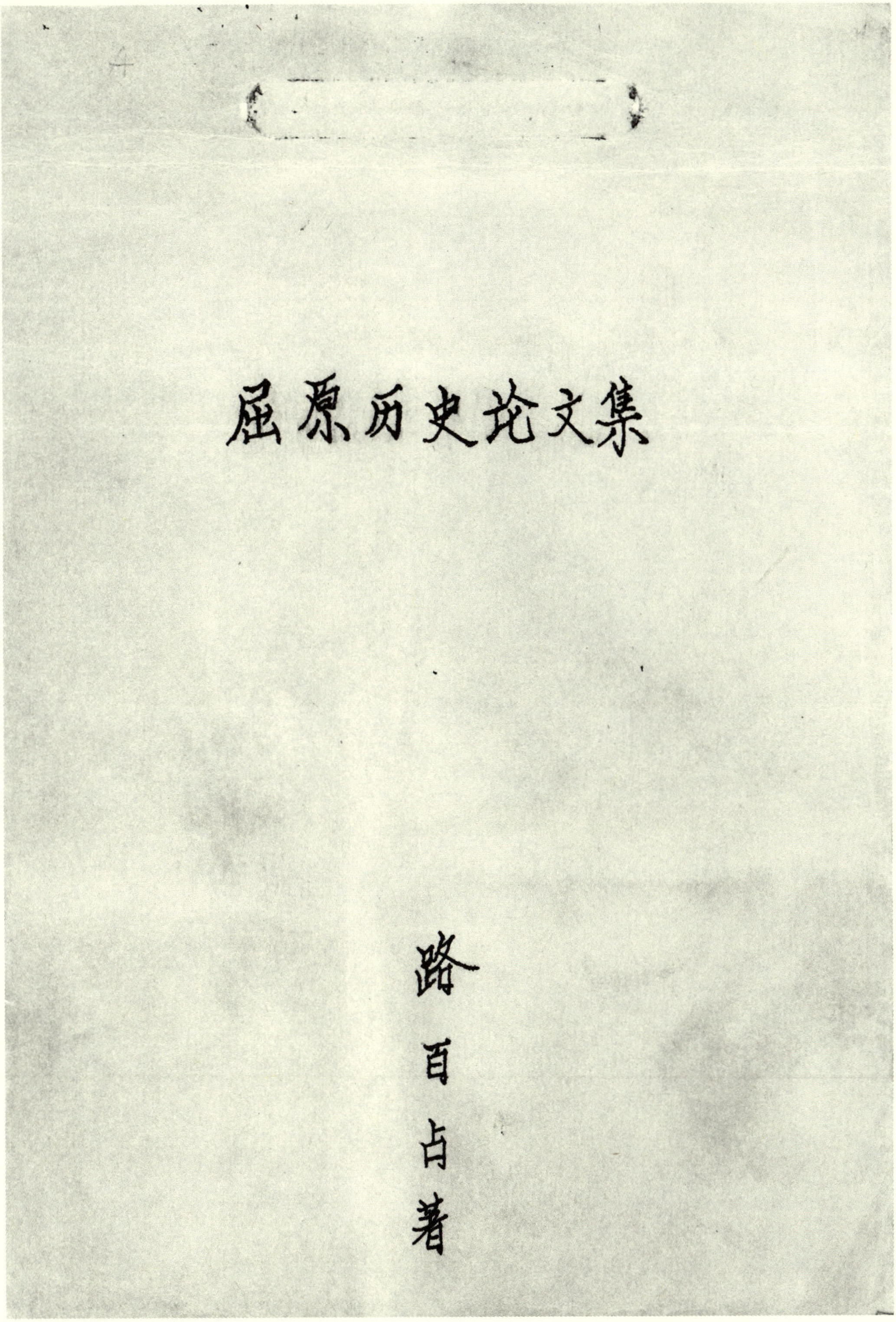

屈原历史论文集

路百占著

稿　纸

目录

20×15＝300　　第2页

稿　纸

20×15＝300　　第 2 页

稿　纸

序

此书为余六十来年，研究屈原历史的结集，名曰《屈原历史论文集》，另有《屈原列传发微》、《楚辞发微》四卷，为其系列作品。此中有发表者若干，另有未发表者尚多。回首始终突破前人未发现之问题有之，前贤误读之问题有之，匡谬前人之误说有之，亦有创立新说者。问题为余所提出，但是否正确，余未敢尽是也，还祈国人明教之。蒙当馨香以祷。倘食饭之日尚多，余当黾勉以奉献焉。第须声明者，撰稿时，正当四害横行，稿纸难买。为省纸、省字、省时计，乃以浅鲜文言为之，实不得已也。非余爱文言而弃语体，亦冀与《楚辞发微》同体耳，读者谅之。

20×15=300　　第 001 页

稿　纸

余老矣，手颤字不成形，若非省教委资助则此诸腐见，亦难得与世人见面，故今之奉献，亦省教委资助抄誊促成之也，心实铭感。再者，老伴陈瑛长子路雨霖对此役之工作，亦多襄助，余老耄且昏昏，不能多自为之，实深愧恧，故说其成功，实非一人之力也。又回忆始则促成勉力卒业之因，学友赵希尧、张子方四十年来未通音信，生死未卜，实惴惴焉。若能见诸此书出版，亦当有所欣慰耳。倘地下有知，亦当快慰无憾焉！又余所从师，生者不知在何地，亦难通信，实为我愧。噫，读书不易，着书亦不易，而寒士着书，更不易刊行。余当藏书于何山耶？深慨夫，世无如毛子晋者，为余藏诸汲古阁中耳！是为序。

20×15＝300　　第　页

008

稿 纸

1990年10月15日路百占（梅村父）

草于许昌师专

20×15=300　　第　　页

003

襄初屈原迁地为江南说质疑

路百占

司马迁为《屈原列传》称怀王世“王怒而疏屈平”①，为屈原第一次受逐；于襄初称“顷襄王怒而迁之”，为第二次受迁逐。惟均不详迁在何年，更不详在何地。后之研究屈史者谓怀世迁逐在汉北②已成定论，可补史公之阙。至顷襄初年之迁，多云江南或沅、湘。对这一重大问题，笔者认为有可疑之处甚多，为求郑重和的当，因而，大胆摆脱旧说的桎梏，提出这一问题，希专家指正。

一、西汉学人的记述，未明言迁屈原于江南或沅湘者。

最早的西汉学者贾谊（前200年——前168年）是最敬重屈原的人，在他的《吊屈原赋》里仅说：

> 仄闻屈原兮，自沉汨罗。

最早地提出屈原的死地是汨罗，未明言迁地是江南。

司马迁《史记·屈原列传》说：

> 顷襄王怒而迁之。屈原至于江滨，被发行吟泽畔（略《渔父辞》）。乃作《怀沙》之赋，其辞曰（文略）。于是遂自沉于汨罗以死。

司马迁于此极为慎重，未明言迁于江南，虽然有“至于江滨”一语，但话说的含混，他有可能说的是江南之江，但也有可能说的是江北之江。如果根据死在汨罗这一事实，可以说“江滨”是湘江之滨。但何时放迁到江南？是不是放迁到江南？更属若明若暗，实须探讨的重大问题。

和司马迁同时的东方朔有《七谏》之作，王逸序说：“东方朔追愍屈原，故作此辞以述其志，所以昭忠信矫曲朝也。”《七谏·初放》云：“卒见弃于原野。”“原野”是在江北或江南，没有说明，不便瞎猜。但在《七谏·沉江》云：

> 赴沅湘之流澌兮，恐逐波而复东。怀沙砾而自沉兮，不忍见君之蔽壅。

东方朔谓屈原身入沅、湘，沉于汨罗，类史迁说，至于放迁之地，亦未明著，依文意推之，似乎是说迁放到江南，但也只能是推论。

西汉晚期刘向《新序·节士》云：

> 怀王子顷襄王，亦知群臣谄误怀王，不察其罪，反听群谗之口，复放屈原……遂自投湘水汨罗之中而死。

刘向说的“复放屈原”，亦未明说放迁在何地，大体同于史迁说，态度也还审慎。及他作《九叹》共九章，在《思古》云：

> 违郢都之旧闾兮，回沅湘而远迁。

刘向似乎说放迁到沅湘了。但在本篇尾

声的《叹辞》中又说：

容与汉渚，涕淫淫兮。

在同一篇中，又说徘徊于汉水之滨。以视《节士》之记，显然是自相矛盾。此在刘氏实在是不能肯定的说法。但《远游》又云：

见南郢之流风兮，殒余躬于沅湘。

刘氏也还是确定屈原沉于沅湘。

若严忌《哀时命》，王褒《九怀》皆哀悼屈原的作品，并无显明迁于江南的说法。

总之，西汉学者或文学之士，谈及屈原历史，仅云死前到了沅湘，并无人明言放迁江南的，至于"何故"到达沅湘？"何时"到达沅湘？根本没有明显的记载。这说明襄初屈原迁地，在西汉人实在是疑莫能明的一件公案。这就为我们提出研究的理由。

二、东汉王逸大倡襄初迁放到沅湘，后来的屈原研究者，莫不祖之。

班固《离骚赞序》，宗东方朔"卒见弃于原野"之说，又加入个人的研究，他说：

至于襄王复用谗言，逐屈原在野，又作《九章赋》以讽谏。卒不见纳，不忍浊世，自投汨罗。

把班孟坚的说法，和司马迁的记载试作一比较，就知道他把"至于江滨"改作"逐屈原在野"而已。但"野"在何处？却没说出。就投于汨罗而言，只能说是江南之野，不可能是江北的。但毕竟没说出来是"江南之野"，表现了有点犹疑，也还审慎。

到了王逸眼里大变样了。就成了"迁屈原于江南"的说法。而且在多处这样谈，如：

《离骚经序》："其子襄王复用谗言，迁屈原于江南，屈原放在草野，复作《九章》……遂自沉汨罗而死。"

《九章序》："屈原放于江南之野。"

《九歌序》："昔楚南郢之邑，沅湘之间，其俗信鬼而好祀，其祀必作乐歌鼓舞，以乐诸神，屈原放逐，窜伏其域。"

《渔父序》："屈原放逐在湘江之间。"

王叔师由于误认西汉学人含混的说"襄初迁屈原于江南"是有可能的，他就勇敢地一再肯定襄初迁放屈原于江南。他不象前人的疑莫能定，首次作出无据的肯定。由于王逸是研究、注释《屈原赋》的专家学者，也由于前乎他的研究屈赋的著作不传，无疑王逸的说法，成了独传之秘，也就成了权威的定论。几乎两千来，从来没有人怀疑过，也没有人敢怀疑他。即便如宋朱熹也被弄得胡胡涂涂地跟着主张了。在《九歌》中说：

九歌者，屈原之所作也。昔楚南郢之邑，沅湘之间。其俗信鬼而好祀……原既放逐，见而感之。故颇为更定其词去其太甚。

襄初迁屈原于江南说，先经王逸倡说，后经朱熹附和，便成为煞有介事的定论，无人敢疑为非。此后学者若顾炎武，王夫之、林云铭、蒋骥、戴震……以及近今学人，莫不影从，助扇逸风，原书俱在，不须备引了。

事情真值得寻思！西汉学人不能也不敢肯定的问题，为什么王逸敢于，又一再敢于肯定说明呢？他的根据是什么呢？据现有史料看，可以说完全没有。下边谈谈王逸这个误说形成的经过吧！

不难看出，"放迁江南"这一误说，首先起于对史迁文字的误解。

按《屈原列传》"顷襄王怒而迁之"，应断为句号，以结上文。"若屈原至于江滨"与渔父之问答为一事。继之，"乃作《怀沙》之赋"，又为一事。"遂自沉汨罗以死"，则为最后一事。文理脉络，特别清晰。但"至于江滨"之前或其后，就今日所知，时间将近二十年（见后文），这二十年中，屈原都生活在什么地方？有什么活动？有关这些，不知该补入多少文字，多少史料。当以史料湮灭，史公不能臆造，遂付诸阙如。此在史公自为审慎之笔。若刘向一仍迁说，他们是不知原委者不谈，没根据而不明白的决不臆说。这种实事求是的良好史家风操，真堪矜尚，无怪有“良史”之称了。

后来的人就不这样了。班孟坚认为“至于江滨”不如东方朔的“卒见弃于原野”，说得具体，这改为“逐屈原在野”。我们说这是臆改,但他毕竟没说“逐于江南之野”，还算是疑莫能明的问题。到了王逸手下，就发展成为“放在草野”，在句前又增“迁屈原于江南”，就成为“……迁屈原于江南。屈原放在草野……”这样的说明。事情就是这样清楚，一“改”再“增”的结果，就初步形成了“迁江南说”。后代研究屈原的作者，如朱熹等人多见“沅湘”一词，而《哀郢》、《涉江》又明言离郢、浮江抵鄂渚、逾洞庭、入辰溆，乃更信为赴迁所之行。至于到达辰溆，何以又自动北返？则不细究其故，作深入的研究了。随声附合，踵事增华，大唱襄世屈原放迁江南之说，且谓辰溆即二次放迁之所。“语增”成为真史，还不够滑稽么？

试问屈原沉江之地，必定是始初放迁之所么？曰然，又不然！在正常情况下，居处无变化，生与死固可同地，故曰然。在特殊情况下早晚居处发生变化，则生与死必不同其地方呵！象屈原的历史多已湮没，如不详究，必发生错误的结论，不合科学的推断。试想顷襄初屈原被放迁后就没有返朝的机会，差不多有将近二十年的时间，在这漫长的时间里，如不细搜史料，多方研探，很容易发生既死江南，必定是先迁于江南的唯心主义的错误结论。

事情就是这样的出乎牢固迷信王逸说法的人的意外。

三、襄初屈原迁地疑为汉北之“若”（鄀）

屈原江南之行，就屈原诗作无可怀疑是已届晚年。但他于何时赴江南呢？又为什么赴江南呢？此前一段时间是在何地？是不是从郢都放迁到江南呢？这些都须要首先弄清楚。特别是必须明确寻出再迁之地，才能实事求是的解决这些问题。

前人就《九章·抽思》断定怀王世屈原是放逐到汉北，已成定论。但汉北乃一辽阔地域的名称，它究在何处，前无言者。就一国习惯论，襄初屈原放迁之地，似可仍在汉北，为此一设想，谨探讨于下。

考屈原诗作，有《九歌·山鬼》一诗。戴东原《屈原赋注》说是襄世之作，可信。大夫以“山鬼”自况，抒对怀、襄父子之怀思。前三章于怀王则褒之，悼念之，“留灵修兮憺忘归，岁既晏兮孰华余。”灵修，喻怀王（王逸说）可证也。后三章于襄王则贬之，怨之，“怨公子兮怅忘归，君思我兮不得闲。”公子，指襄王可证也，朱说“公子、即所欲留之灵修也。”（拙稿《九歌发微》有详说，当另见）。基此，可定为襄世之作，绝非怀世之制。既知作品时代，就可进而求其作地。作地明，则迁放之所，亦即襄初迁地就可以知道了。

《山鬼》首句云:“若有人兮山之阿”，注解者多说“若”是“如象”、“恍惚”、“仿佛”或“语气词”，余并疑非是。疑“若”，名词，地名，亦山名也。试证说如下：

《左僖二十五年传》：“秦晋伐鄀”。杜注：“鄀，本在商密，秦楚界上小国，其后迁于南郡鄀县，遂为楚邑。”

《楚世家》：“楚恐去郢，北徙都鄀。”

《汉书·地理志》南郡“若”县注：“若、楚昭王畏吴，自郢徙此。后复还郢。”

师古注曰：“《春秋传》作“鄀”、其音同”。

《水经》：“沔水又经鄀县故城南。郦注云：“鄀县，南临延津，津南有石（疑“石”为“若”之脱误）山，山上有烽火台，台北有大城，城即楚昭王为吴所迫，绝郢徙鄀之所。”

《读史方舆纪要》十九宜城县下云：鄀“鄀东九十里城县南，春秋时鄀国，自商密迁于此。为楚附庸，楚灭之，而县其地。定六年，楚令尹子西迁都于鄀，是也。

秦置若县，属南郡，汉因之，后汉改名鄀县。”

诸史所记，知“若”即“鄀”，字之繁简也。地在今湖北宜城县东汉水之北，故又可名曰“汉北也。此其证一。”

《山鬼》另有“采三秀兮於山间”之句。旧注“於”，多属介词，或说是“衍文”。按“於”非衍文，郭沫若先生读为“巫”，最确当。但他说是夔巫之巫，我又认为不对，山当在鄀的近处。《楚策》云：“庄辛去之赵，秦果举鄢、郢、巫、上蔡、陈之地。”《新序·杂事》云：“王果亡巫山、江汉、鄢郢之地。”此顷襄二十一年事，则此“巫山”必在郢都之东北方向，又必居“鄢郢”和“上蔡”之间。以音理言之，疑即宜城东南之大洪山，以“於”、“洪”二字古音可相通的缘故，而“巫山”与“鄀”地相接，方向也没问题，“若”之应为“鄀”此又一证也。

这是就《山鬼》诗作出现的地名，可证其作地，亦即放迁之所。因为他是在襄世的作品，故又可证知襄初迁地就是“若”（鄀）了。“若”在汉水之北，可知第二次放迁的地方，与怀世第一次放迁的地方，有极大可能是同一个地方。朱熹《楚辞辨证》说：“《山鬼》一篇，谬说最多，不可胜辨。”这话是有道理的。孰料八百年后的今天还有不可解的地方，而且含意如此的重要。

下面再简谈一个证据，有关《天问》的写作地点和时间。

昭王后之惠王（元前488年——元前432年）又曾迁鄢。余知古《渚宫旧事》云：“昭王避敌迁都，惠王因乱迁鄢。”何时归郢，旧史缺载。余又云“鄢，即鄢”。宋欧阳忞《舆地广记·八》京西南路下云：“宜城县，故鄢……故鄢子之国，邓之南鄙也。又率道县南九里有故鄢城，汉惠帝改曰宜城也。”按《汉书·地理志》南郡宜城县云：“故鄢也”。《水经·沔水注》郦道元曰：“缠络鄢、郢，地连纪，鄀，咸楚都也”。知鄢，即宜城，确为楚的旧都。鄢北鄀南，地相接邻。但“鄀”为都之年可知，“鄢”为都之年不可考。第就惠王在位时间度之，鄢（郾通）之为都，历时当久长，故史文多“鄢、郢”连称，示其为京城的时间与地位有相同者。

“鄢”既为楚都，不能说没有先王的宗庙，及公卿祠堂，留到后代。屈原放迁到“鄀”，有时或至于“鄢”，感而赋《天问》，如王逸所言者③。王逸，汉宜城人，家“鄢”近“鄀”，当有故老传述屈原佚事，为逸听到，《天问序》所言可谓有据。惜其未明言为“鄢”。但读者也不会想到是

907

“郢都”的先王庙，因为屈原怀疑无边的思想，不会产生在任职楚廷的时期，这也可以说明屈原的迁地是“鄀”了，因为“鄀”在鄢的南边，两地相接，屈原有可能到过的。

现在再判断一下《天问》的写作时间。《天问》最末有句云：

> 吾告杜敖（用喻子兰）以不长，何试（通弑）上自予（取也），忠名弥彰”。

这话涉及襄王时事，我认为乃指子兰不以长兄礼事太子横。当怀王囚秦，他有阴谋王位之举，使楚国没有王位者三年。太子横归，屈原揭发子兰的阴谋活动，结果，襄王反听群谗之口，以子兰为令尹，对屈原则是“怒而迁之”。这就是诗意说的“何试上自予，而忠名弥彰”的史实④。

据此，知《天问》作与襄世，其作地又为鄢，亦为近鄀之地，可证襄初迁地必为“若”鄀了。

又前人已证知怀王时第一次迁放地点为“汉北”，但汉北一广阔地域名称，如同说“淮北”“江北”、“江南”一样。在没有新材料证明这说法有可疑之前，我就一国的历史习惯，说屈原两次放迁都在“鄀”，大概不算无稽之谈。

四、再从《哀郢》《涉江》等诗，证说江南的行色，与放迁无关。

顷襄王立后的十七年中，一味事秦（苏代语见《战国策》）秦利用时机，东攻三晋。十九年转兵攻楚，“楚军败，割上庸、汉北地予秦”（见《楚世家》）。二十年白起又取鄢、邓，逼近“若”（鄀）了。此时的迁臣屈原当不能在“若”过迁臣的生活，必然被迫遄返郢都。虽无楚王命令，人知当不能罪其返郢。可是就在同年，“秦将白起，拔我西陵（《楚世家》）。”兵薄郢西了，国人慌恐，形成流亡之难，屈原立脚未稳，便于二十一年春，仓皇出国，“遵江夏而流亡。”这是作《哀郢》的原因，后又为《涉江》。两诗有屈原南行行程的纪要，也是王逸及后世研究屈原历史的，倡襄世放迁屈原于江南的重要依据⑤。但这个依据，我看是落空了，因为缺乏确切的有力证据，而且尚有不能解答的许多疑难问题，被研究者轻易放过了，或解释错了。

历史告诉我们，战国时代各国被迁放的臣民，莫不有指定的地点，多属边城（参《商君列传》）身往迁所且有限定的时间，而且没有君命是不能随便改变迁地的。

《史记·白起列传》：

> 于是免武安君（即白起）为士伍，迁之阴密（徐广曰：“属安定”今甘肃境内）。武安君病，未能行。居三月，诸侯攻秦军急，秦军数却，使者日至。秦王乃使人遣白起，不得留咸阳中。

屈原和白起是同时的人，可以想见屈原被迁放的情况，在限制自由方面，和秦国不会有多大的差别。现在看到的《哀郢》，首先使我们感觉到是同群众一起过着避兵的逃难生活，并不是他一个人的放迁行动。

> 皇天之不纯命兮，何百姓之震愆？民离散而相失兮，方仲春而东迁。去故乡而就远兮，遵江夏而流亡。出国门而轸怀兮，甲之朝吾以行。

清清楚楚的是同广大群众，顺着江夏向东流亡，那里是个人的放迁形象呢？诗中数处又说：

> “发郢都而去闾兮，怊荒忽其焉极？”
> “凌阳侯之氾滥兮，忽翱翔之焉薄？”
> “当陵阳之焉至兮，淼南渡之焉如？”

“焉极”、“焉薄”、“焉如”并“何往？”“走向何处”意，倘为赴迁地之行，岂当有不知目的地的语言么？倘非避秦寇而流亡，何为有“民离散而相失”的话？更不会说：

心婵媛而伤怀兮，渺不知其所蹠！

我的解释和其他人不同，我说"心"，思念的意思。"婵媛"是近族。（见一九四四年刊本《楚辞发微》上卷）句意是说："想到近族的避寇，渺然不知他们走向那里，伤心呀！"这个"近族"无疑的是指顷襄王。

江南放迁论者，放开这几句话不管，竟谓襄初屈原的迁地是江南，首先就不能解答迁臣何以会和逃难的人一起东迁？如果是赴迁所的行动，何以有不知走向何处才是目的地的疑问？这怎能不是逃难，而是放迁的动作呢？我们再看看路道上多次换舟的情形吧！

"过夏首而西浮兮，顾龙门而不见"。

"遵江夏而流亡"，原来是乘坐舟船，和人群同行，上文"楫齐扬以容与兮"可证。但过了夏首，屈原却"西浮"了。王逸说："船独流为浮"。蒋骥宗之说："西浮，舟行之曲处，路有西向者"。胡文英说："下浮，即顺汉江而下也"。我看"西"不是方向词，应是"栖"的本字，"栖止"的意思。"浮"应借作"桴"。二字并从"孚"得声，可通用。桴，筏也。说的是过了夏首，换乘桴筏，才有栖身之所。按夏首乃江水入夏之口，离郢不远。屈原这样换乘木筏，说明原船上人多，拥挤得不能休卧，得了木筏，才可以休息了。有了这次短程换船的事实，可以说在兵荒马乱中，得舟是多么不容易。如果是放迁的行程，屈原即便是迁臣，我想也会弄到船只的。但他乘坐木筏，向下游飘去了。他在途中又计划：

"将运舟而下浮兮，上洞庭而下江。"

蒋骥解作"下浮，顺江而东下。""上"、"下""左右"。陈本礼《精义》同之。我疑都错了！按"下"离去的意思，同杜诗"便下襄阳向洛阳"的"下"。"上"前往、上溯的意思，意同乘舲船"上沅"的"上"（见后文）。这两句是说：想离开桴筏乘坐舟船，离开长江进入洞庭。可见桴筏是不便远逾洞庭的。但这计划在后来并未实现，却是遵陆而行。更见得舟之不易了。《涉江》云：⑥

乘鄂渚而反顾兮，欸秋冬之绪风。
步余马兮山皋，邸余车兮方林。

蒋骥《山带阁注楚辞》云："方林、地名。此又舍舟（按当云桴筏）登陆也。"说明从鄂渚（武昌）到洞庭之前，不仅是陆行，而且透出艰难隐秘的行色，"山皋"、"方林"（占按大林也）是很好的写照。这一艰难而又隐秘的行色，又一次反映出得舟之不易。甚至隐秘的原因，可能是不愿公开个人的身份和前去的目的地。这就更可说明不是放迁之行了。在过"方林"以后，方才得到"舲船"（注：小船）变作水行。《涉江》接着说：

乘舲船余上沅兮，齐吴榜以击汰。

到了这时才有小船可坐，行动是够困难的。可是到了"溆浦"后，又发生什么情况呢？《涉江》云：

入溆浦余儃回兮，迷（按同弥）不知吾所如！

说的是辗转在溆浦之地，更不知所当往了。诗意告诉我们既不能久居此地，研究者凭什么理由说"溆浦"是迁放之所呢？何况最后又说"怀信侘傺，忽乎吾将行兮。"胡文英《屈骚指掌》解道："怀忠抱质，而反至于去住两难，则亦唯有奋然不顾，忽然而行，庶乎忘此愁苦矣。"胡氏仍陷入迁所说的迷雾而不能自拔，故有此说。但他说"去住两难"，不是也窥见"不能住下去"的实情么？既住不下去又怎能是迁的所在！他在

《涉江》序文里说："玩末两句……则溆浦仍属过径也，"这就对了大半。

象上面说的，屈原江南之行，确由于秦军迫近郢都，乃伙同楚人民一起向东流亡。开始是和人同乘一船，当过夏首后，才独自换乘筏子。到了鄂渚，又有所徘徊（即有所停留），因为不知所当往。当决定入辰溆后，又因弄不到船只，乃遵陆而行，行色是困难而又隐秘的。到洞庭前，才弄到"舲船"可乘。既至辰溆，又复辗转其地，不知所当往，但决计离开它是有文字可证的。这样的一路行色，好象是决定不了目的地，如果是迁放之行，当如此长时不知迁所么？当如此无拘无束地凭个人决定行止么？而且不受时间限制么？这一切统不符合流放人的应有情态，有什么理由说是放迁的行动呢？说是行向迁所，难道不背事理么？说法的不合逻辑，是显而易见的。

再补充一个证据吧！《哀郢》里有"忽若去信兮（一本作迷信）至今九年而不复"，意思是恍忽地离开君王才象两天啊！到现在已经九年没有复职了、"九年"不论是虚数或实数，反正是"多年"没有复职！绝不是最近才发生黜职的事情，不尤可证明前面的说明么！

五、从《九歌》《九章》等诗作，证说屈原的江南之行，是兴亡图存的救国行动。

《楚世家》载二十一年"遂拔我郢，烧先王墓夷陵。楚襄王兵败，遂不复战，东北保于陈城。"当这个年头，屈平以失去迁所之人，发轫鄂渚，南入辰溆了。

辰溆，时属庄蹻的统治区"黔中"。庄蹻是领导楚奴隶革命的人物，也是长期抗秦的英雄。与屈原为同时代人，同历宣、威、怀、襄四代。庄蹻前号"云中君"，后号"湘君"。屈原死后，仍以黔中一隅，从事抗秦，直至老死。他的后人仍以反秦为职志，皆非楚王将。及秦灭楚，其后人庄豪始率众循沅水入滇，身为"滇王"了。余有《庄蹻历史考辩》载八二年《许昌师专学报》创刊号，请参看。这里仅述其大要。

《元和郡县志》卷三十一辰溪县五城山下引《武陵记》云："楚庄王（即顷襄王）使将军庄蹻定黔中，因山造此城"。辰溪即汉辰阳。据此，庄蹻曾于此建城，并非到滇中为王也。此城或庄蹻后期在黔中的政治、军事、经济中心。屈原南来，恰至此地，岂能无因？若为放迁之行，楚襄不能迁放屈原到不臣于己的敌境啊！屈原的入辰溆，非放迁之行，于此可决。我在《考辩》里说，屈原南来是和庄蹻共谋抗秦的。所以这样讲，因为历史上凡是大动乱时期，特别是民族矛盾极巨的时候，必然产生非凡的爱国志士，出人意料不到的爱国英雄！屈原这一行动和过去反秦的意志是统一的。而庄蹻既是反奴隶主又是一贯反抗秦国侵略的斗士，就反秦的思想一致性和长期性来说，屈原南来和他联系，共同抗秦，以谋复国真，是志同道合，是有极大可能的，决不是无据的空想。

屈原作品有《云中君》、《湘挂》二诗，研究者皆以祭歌视之。我跳出旧说，认为非祭歌，乃屈原南来，策划反秦的经过，图谋复兴祖国的爱国行动。试看《云中君》⑦云：

浴兰汤兮沐芳，华彩衣兮若英

是状庄蹻的内美和才华。屈原在《离骚》中，不断以服香佩洁状自己的德洁和修能，在此处用来赞颂庄蹻的才德，当然也是可以的。可是：

"灵（神也，即"君"的意思）皇皇（同惶惶）兮既降，飚远举兮云中。"

说在秦兵压向黔中时，庄跻惶惶然不安而至，应约而至了。但继之则是倏忽远扬而去“云中”，实即战略退却。庄跻有无收复失地的本领呢？

“览（按同揽，收取也）冀州（中土）兮有余，横四海兮焉穷。”

谓以庄跻的神威，揽取中土，绰有余力，即统一天下，力亦裕如。岂仅驱秦兵而已么？但：

《湘君》云：“君不行兮夷犹，蹇谁留兮中州。”⑧、中州，即州中。水中可居地曰州，州中即喻水泽之乡。两句谓庄跻心怀犹豫，而不兴师，竟为谁而留止于水泽之地呢？意在责庄之按兵不动。

“美要眇兮宜修，沛吾乘兮桂舟”。屈原说真正的爱国者，应当如何呢？应该积极采取良策，同舟共济，图谋兴国大业，不该远扬的。是这两句诗的真意思。

“令沅湘兮无波，使江水兮安流”。一定要使沅湘诸水无波涛之险，长江大水亦得安流。比喻翦灭秦寇，使楚地全得安靖。但这一目的没有达到，完全归过于个人了：

采薜荔兮水中，搴芙蓉兮木末。心不同兮媒劳，恩不甚兮轻绝。

自艾自怨的话，谓采摘薜荔应于木上，搴取芙蓉应于水中。今于水中采薜荔，木末搴芙蓉，实采非其地，徒劳无益。设喻反击秦寇，谋于巫、黔中的庄跻，自悔非其人也，亦非其地也。已之无成于事，悉由不善采择呵！又设谕譬诸婚媾，男女异心，媒虽劳而不谐；又如交友，恩情不笃，亦易轻绝。又说：

哀南夷之莫我知兮，旦（同但、伤也）余济乎江湘。

多么伤心呵！既伤庄跻之不践约，又伤南来无功呵！至此，屈原不得不东返，别作良图。

《涉江》末句云“忽乎吾将行兮”。当即指此事。但向何处去呢？《湘君》云：

“采芳州兮杜若，将以遗兮下（疑“佚之脱误。离骚“见有娀之佚女”“佚女”贤女也佚女为屈原习用词、《湘夫人》云：“搴汀州之杜若，将以遗兮远者”。

两处文字，语意相同，盖庄跻不践约后（实际为暂时退却，屈原不知也）大夫欲另寻远方之贤者——即爱国英雄，再事兴国之举。此远方之贤者，我疑有和庄跻行动类似之人物，据有东楚（吴越）广大土地之英雄（容另文考说）。若：

“时不可分骤得，聊逍遥兮容与”。王逸注：“聊且游戏，以尽年岁也”。极误。按“逍遥”往来意、容与、疾行意。（《发微》稿有详说），句意为机不可失，时不再得，吾且积极从事呵！

凡此，皆足证离辰溆东返，仍持救国之志继续兴国之谋。对这轶史，我再提一个旁证吧！

东方朔《七谏·自悲》云：“闻南藩乐而欲往兮，至会稽而且止。”王逸注：“藩蔽也。”又“会稽、山名也、言已闻南国饶乐而欲往，至会稽且休息也。”按王注说“南国饶乐”，得其旨趣，说“南国诸侯，为天子藩蔽”，则悬想之解。今知南藩当指庄跻之“黔中”，庄非臣于楚王者。东方此语，当出自对屈作的全面领悟，或有见于佚史。惟当注意者，东方睹屈原南行为主观意念所驱使，是不受拘束的自由行动，非放迁的生活。”此应注意者一。东方朔亦看到南行不果，复拟东至会稽，此应注意者二。又本诗前云：“忽容容其安至兮，超荒忽其焉如”王注云：“不知所至也。”此又谓南行目的地不明，绝不同于放迁之行，此应注意者三。凡此，并符合笔者上述对屈作之分析为解释，不能说是自我作俑！当知古人已先我隐约言过了。

屈原的江南之行，是非常时期的爱国救亡行动。说他是行向迁地，丝毫不符合作品的诗意，只能是一桩盲人的梦话。

最后谈谈绝笔的作品《怀沙》里有关的诗句！

“舒忧虞哀兮，限之以大故。”

王逸说：“大故、死亡也。”也不对，按《国语·郑语》：“王室多故。”韦注：“故、犹难也。”郑注：“郑司农云：故、谓祸灾也。令宿、令宿卫王宫。玄曰：故、凡非常也。”是“故”可训“难”、“乱”之证。“大故”大难、大乱也，当指秦兵及于洞庭而言。又云：“修路幽蔽，道远忽兮。”无疑是指秦兵塞路，道远难达的苦情。屈原走向东方的救国计划渺茫了，这种前进无路，退无所归的苦况，怎能说江南的救国之行，是迁放之行呢？

大夫积年放迁于汉北，已至不堪，今以垂老之年，被滴之身，履庄跻之境，此最果敢之救国行动，我们认为不能以放迁之臣，不得和不臣于楚之庄跻共谋恢复楚国的大事要知在此三年之前田单破燕存齐之功，已名震诸夏。以素称爱国的屈原和反秦的庄跻胡不可联谋复兴楚国呢？倘所谋成功，或可归报楚王。当以庄跻有战略之按排，作暂时的退却，屈子以为庄不践约，遂而东归，想另作他计，惜前路受阻，虑受秦辱，乃萌死志，于顷襄王二十二年夏，投身湘水。班固“不忍浊世”的说法，是仅就楚内政论，没有看到秦国的兵侵，更没有看到屈原南行救国的行动没有结果，是不全面的看法。⑨

按顷襄即位于三年（元前296年参《子兰阴谋王位及诬陷屈原的史情初探》）听了谗言，当即放迁屈原于汉北之“鄀”，迄二十二年（元前277年）沉湘，放迁时间共二十年，身居“鄀”地者计十七年，流亡江南，奔走复国者又三年。此三年，固不得以救亡图存的爱国行动当做走赴迁所的放迁，因他的迁地本在汉北的“鄀”嘛！

此一历史的揭述，愈见屈原热爱祖国，仇视秦寇，忠心谋国，至老弥笃的精神。他不仅留给我们震古烁今的鸿篇巨制《离骚》，丰富了世界文学宝库，使我们看到屈原的进步倾向和战斗精神，更为我们留下崇高而又伟大的救亡历史。光耀历程，齐明日月，诚可动天地而泣鬼神。他真是一生是一位坚强的斗士，晚年又涌现钢铁般爱国事迹。可惜！伟大的救亡复国实践历史，被王逸及各家注释湮没不闻了近二千年！我们实在愧对我们最早也是最杰出的爱国大文学家。

陈素村《屈辞精义序》说：“迨王叔师《章句》出，而骚反晦，唐宋诸儒，不能闯其樊篱，踵其悠谬，愈袭愈晦，使后之读者，望洋向若，莫之适从”。真的，以王逸倡襄世迁屈原于江南一说论来，实在是太荒唐了。我们读屈作，应跳出归说，博搜详考，贯通全作，务折衷事理之当然，求切合历史之真实。真不能以古人的“谬说”，蔽我目而囿我见，我们应科学地用辨证唯物主义观点、方法、实事求是地研究古代文学遗产！

注　释：

①疏、黜通，亦即流放、迁放。见1944年刊《楚辞发微》上卷。又拙作《屈传疏、黜词义证解》当另见。

②王夫之《楚辞通释》、黄文焕《楚辞听直》、林云铭《楚辞灯》、蒋骥《山带阁注楚辞》及近人诸家说。

③王逸序《天问》者：“屈原之所作也，屈原放逐，忧心愁碎，彷徨山泽，经历陵陆、嗟号昊旻

《天问》羿事十二句辨释

龚维英

《天问》问"天"部分，阐释者首推闻一多氏《天问释天》，囊括殆尽之矣。而《天问》问"人"（神话、传说、历史）部分，问题特多，诠释者虽夥，但时至今日，犹不能通读。问"人"部分于夏史尤详。①在问罢启事后，即问羿事：

> 帝降夷羿，革孽夏民，
> 胡射夫河伯，而妻彼雒嫔，
>
> 冯珧利决，封狶是䠶，
> 何献蒸肉之膏，而后帝不若？
>
> 浞娶纯狐，眩妻爰谋？
> 何羿之䠶革，而交吞揆之？

此四问十二句，包括着古代夷夏交争（以及夷族内讧）的一段著名故事，神话传说与历史事实杂糅在一起。马克思说："过去的现实又反映在荒诞的神话形式中。"②这是古代巫史不分时习见的事。《天问》这一小章节，似不难解，实则古今注家并未讲清楚。

现在，略抒拙见如下。

先抄录两则常见的与此有关的历史资料，均载之于《左传》。

> 昔有仍氏生女，黰黑，而甚美，光可以鉴，名曰玄妻③。乐正后夔取之，生伯封，实有豕心。贪惏无厌，忿纇无期，谓之封豕。有穷后羿灭之。夔是以不祀。
>
> ——昭公二十八年
>
> 昔有夏之方衰也，后羿自鉏迁于穷石，因夏民以代夏政，恃其射也。不修民事，而淫于原兽。……寒浞，伯明氏之谗子弟也，伯明后寒弃之，夷羿收之，信而使之，以为己相。浞行媚于内，而施赂于外，愚弄其民，而虞羿于田，树之诈慝，以取其国家。外内咸服，羿犹

仰天叹息，见楚有先王之庙及公卿祠堂，图画天地山川神灵，琦玮僪佹，及古贤圣怪物行事……"

④参看《许昌师专学报》1983年第一期拙作《子兰阴谋王位及诬陷屈原的史情初探》一文。

⑤蒋骥说："陵阳"就是南迁之所，也不对，当另见。

⑥《涉江》原次《哀郢》前，据学者研究结果，《哀郢》应先于《涉江》，我同意这一说法。在纪行程方面，有可互参的地方，我按时间先后引用了。旧注有误，我随文略提出个人的解说。

⑦《云中君》都说是祭神的祭歌，"云中君"是神名，我认为都不对。请参看《庄蹻历史考辨》里说"云中君"不是神名一节。

⑧关于《湘君》等，我有《九歌发微》稿本，内有详说，这里仅略述拙见。

⑨参看《庄蹻历史考辨》，载1982年《许昌师专学报》第一、二期。

（许昌师专学报84年第一期）

010

子兰阴谋王位及诬陷屈原的史情初探

路百占

一

《楚世家》载顷襄王元年“秦要怀王不得地，楚立王以应秦。秦昭王怒，发兵出武关攻楚，大败楚军，斩首五万，取析十五城而去。”《世家》系此事于顷襄元年，若云：“楚立王以应秦，”似所立之王即为顷襄。实则不然，所立者摄政之王耳①。

《楚世家》又云：“秦因留之（指怀王）。楚大臣患之，乃相与谋曰：吾王在秦不得还，要以割地，而太子质于齐。齐秦合谋，则楚无国矣。乃欲立怀王子在国者。昭雎曰：王与太子俱困于诸侯，而今又倍（背）王命，而立其庶子，不宜。乃诈赴于齐。”此叙“楚大臣”当怀王被留之后，“乃欲立怀王子在国者”，名为应齐秦之合谋，实质当为趁机为某庶子夺取王位，并阻太子横之归楚。事理浅鲜，莫过于此。此议一出，曾谏阻怀王不会武关之昭雎，则力排众议，予阴谋夺王位者以驳斥。昭雎所持之原则，乃“倍王命而立其庶子不宜”。进行阴谋之“大臣”，在昭雎之驳斥下，暂时放弃“立庶子”之议，“乃诈赴于齐”。“诈赴于齐”之含义，一为在国内暂停立庶子之议，一为向齐扬言已立庶子，国已有君。此《世家》前云“顷襄元年，楚立王以应秦”，立王之实际情况也。然此所谓“诈”，意在骗昭雎等人，非所以诈齐也。冀齐知楚已有君，置太子横于不顾耳。阴谋者所称之“诈”，夺取王位一策略耳，一骗词耳。实为挫败昭雎或同于昭雎主张之人。果也，秦昭王不以为虚，“怒楚立王以应秦”，齐之君臣亦曰“郢中立王”（见下引文）。楚外之人，谁以为诈乎？

《楚世家》继曰：“齐湣王谓其相曰：不若留太子以求楚之淮北。相曰不可，郢中立王，是我抱空质而行不义于天下也。或曰：不然，郢中立王，因与其新王市，曰予我下东国，吾为王杀太子。不然将与三国共立之。然则，东国必可得矣。……齐王卒用其相计，而归楚太子。太子横至，立为王。是为顷襄王。”

就齐君臣之谋划观之，齐人固一再称“郢中立王”、“新王”。此“新王”顷襄归国前楚大臣以“诈赴于齐”之“新王”，在齐人固不以为“诈”，且谋求淮北（即下东国）之地，欲与之共图杀太子者也。斯则怀王留秦，顷襄未嗣位也。齐君臣干预楚太子与庶子之王位争夺矣。此一争夺王位之激烈情况，验之《国策》，亦有徵据，且加详于《世家》。

《战国策·齐策》云：“楚王死，太子

在齐质……（苏子）谓楚王（按即“郢中立王”之新王）曰：齐欲奉太子而立之。臣观薛公之留太子者，以市下东国也。今王不极入下东国，则太子且倍王之割而使齐奉已”。

此一记载，极堪注意。一、怀王死，太子仍在齐，则楚王位之争，已近三年。二、苏子所称之“楚王”，于口中一再称曰“王”。三、苏子劝此“楚王”以下东国之地市齐，图杀太子横于齐。四、此“楚王”当即《楚世家》所云“诈赴于齐”之楚王。

此一重大争夺王位之内讧，亦复见于《楚策》。策云：“楚襄王为太子时，质于齐。怀王薨，太子辞于齐王而归，齐王隘之……。”又女阿谓苏子曰：“秦栖楚王（按指怀王），危太子者，公也。今楚王归（按归丧也），太子南，公必危。”又“长沙之难，楚太子横为质于齐。楚王死，薛公归太子横。”并谓太子横于怀王死后方归楚，得立为王，与《齐策》所记同。此当为真实史情，足证怀王入秦之后，太子横未能即时回国继承王位。《楚世家》所称顷襄元年、二年、三年之说，实则顷襄并未继统也。

考齐利楚有国难，欲谋楚之下东国，于楚之“诈赴于齐”者，曾默认其为楚王。唐余知古《渚宫旧事》云：“怀王入秦，齐人使郢中立王”。余氏窥见齐人之手法矣。惟齐予以默认，方能于新王及太子之间，舞弄权术，冀在要割淮北地时，双方增地，以高其王位之值。又虑其基之不固，复以兵力压秦，希转施压力于怀王，允割淮北。齐国各施其技俩焉。此一阴谋，《楚世家》亦载之（见前引文），此其合者也。若就《国策》与《楚世家》合观，则策文详赡，史公载绝时，有所删削。然《楚世家》何以归顷襄王于怀王入秦后邪？余疑此乃楚史不欲显言楚无王而有王，有王而非王，以为楚讳。

尋《国策·燕策二》苏代与燕昭王约曰：“秦之行暴，正告天下，告楚曰：蜀地之甲，轻舟浮于汶，乘夏水而下江，五日而至郢……楚王为斯之故，十七年事秦。”此顷襄时事也。按秦攻黔中地为襄王十九年，上溯十七年，正当襄王三年，三年至十九年，实顷襄事秦时期。及十九年，秦怒顷襄之复为从，乃取汉北、上庸、黔中诸地。苏代之说亦可证顷襄嗣位，乃怀王死后事也。当其未归之前，“郢中立王”已有三年。在国外之太子，与已立之王，争夺王位者，自亦三年。今《楚世家》纪年，不归于郢中所立之王，而以顷襄元年续怀王三十年之后者，非史公之疏略，特古史独有之探续笔法也。

揆之前论，知怀王留秦三年，卒于昭王十一年，当元前二九六年。怀王卒后，顷襄返国嗣位。今《楚世家》以顷襄元年探续怀王三十年之后者，亦必探续之纪年。特史公未明言之耳。然史公于《屈原列传》确云：“（怀王）复至秦，竟死于秦而归葬。长子顷襄王立”。明言楚襄之立，在怀王归葬之后，与《国策》所记相同，此又史公考信之证也。

二

怀王入秦不返，楚“大臣”相与谋，“欲立怀王庶子在国者”。由昭雎之反对，乃“以诈赴齐”。有此“诈赴”，在昭王则视为“楚立王以应秦”而怒伐楚。在齐国则曰“郢中立王”、“新王”，苏代直称曰“王”、楚外之人固皆以王视之也。此楚之“新王”执政者且有三年之久，在国内或不自称王，就春秋史例推之，或名曰“摄政”耳。《周公世家》：“惠公卒，长庶子息摄当国，行君事，是为隐公……及惠公卒，为允少，故鲁人共令息摄政，不言即位……隐公曰：有先君命，弃为兆少，故摄代”。则楚怀王之庶子某，亦必曰太子不在国，权且“摄政”也。

然此一摄政，又以淮北之地市齐，冀杀太子横者，实欲谋取“王”之号，而为“楚王”也。此一摄政之庶子，又必系楚大臣愿立为王者，以其有较多奴隶主贵族之支持耳。就怀王子在国者论，余疑即子兰其人。

按子兰为上官大夫，显职也。怀王听其言，黜良臣屈原。又听其言以入武关。爱阿谀之贵族，视其有爱子之宠，拥过重之权。必如蝇之逐臭于素日，而为朋党。及怀王不返，太子留齐，群大臣欲立而为王者，自当属意子兰。子兰较无名之他庶子，实有先登之势也。此谋取王位之摄政，宜为子兰之一证也。

昭雎劝阻怀王入武关，子兰则力劝怀王会秦昭②。各有所持，相峙之人也，子兰一极活跃之人也。大臣主立庶子，昭雎主立太子，针锋相对，斗争倍前。昭雎之所以反立庶子者，正反子兰之排斥太子，阴谋王位也。此摄政应为子兰之二证也。

就子兰之疾屈原，两次谗毁、排逐之狠毒心肠论③，亦必疾太子横之嗣位，而与之争国。若市齐王以淮北之地求杀横者，更见其毒辣手段。就其个性视之，此摄政之宜为子兰之三证也。

怀王入秦，子兰在国。三年之中不见营救乃父之举，徒见郢中争王位之行。虽有游腾说秦，实欲秦昭之不出怀王耳④。（另有说）此人盖不利怀王之归楚，更不喜太子之来齐。倘非子兰摄政，倘非子兰有此心行，胡为不见其反大臣立庶子之论？胡为不见反“以诈赴齐”之讲？胡为不俱救怀王之兵？胡为不阻割淮北之地？又胡为不迎乃兄？此摄政宜为子兰之四证也。

《楚世家》记成王时事曰：“令尹子上曰，楚国之举，常在少者”。又记叔向之言云：“芈姓有乱，必季实立，楚之常也。子比之官则右尹也。数其贵宠，则庶子也（按子比曾为楚王十日）。”子兰以稚子居贵宠之势，在右尹（余考上官大夫即右尹）之位，值楚国之难，默念楚史，系心当前，怀王囚秦，太子质齐，能不跃然欲试乎？楚大臣主立庶子者，符叔向之论。此楚之摄政宜为子兰之五证也。

顷襄归国，即令子兰为令尹。若非素居显要，身为摄政，树党满廷，权倾一时，顷襄不能以之为令尹也。此盖顷襄初归，为巩固王位，权宜之计。《楚策·二》载，顷襄初立，齐讨东国地。顷襄为应急，与之共谋者，其傅慎子、上柱国子良，大司马昭常而已。子兰以令尹之尊不预焉。若非已斥，定为顷襄知伊曾许齐东国，故不与共谋。此楚之摄政，宜为子兰之六证也。

屈原忠君爱国，深受子兰之疾。怀王欲入武关，屈平与昭雎同有谏言，与子兰所持异。若昭雎反立庶子之在国者，当亦为屈原所同唱。惜史文不载。然屈赋《惜诵》：“疾亲（同新）君而无他兮，有（又）招祸之道也”。“思（忧也）君其莫我忠兮，忽忘身之贱贫”。“行不群以颠越兮，又众兆（人也）之所咍也”。亦主立太子之心音也。此一迎太子之志，又必为子兰所同恨。当怀王不返，摄政之庶子阴谋王位之丑行，当同为屈、昭所洞悉。故顷襄入国，子兰即令上官大夫谗之而放于外。若昭雎事迹之亦泯者，亦当由子兰之谗，而被斥也。盖子兰惧发其私耳。白起云：“良臣斥疏”⑤，故不止屈子一人也。子兰如非当日之摄政，无觊觎王位之罪行，何为毒狠，至于斯极耶？此可反证楚当日之摄政，宜为子兰之七证也。

按子兰为令尹，仅见于《屈原列传》⑥。《新序·节士》云：“怀王子顷襄王立，亦知群臣谄误怀王，不察其罪。”所谓“群臣”、子兰当为首。谓楚襄非不知子兰等误怀王入秦之罪，所以“不察”者，当以返国伊始，王位未固，乃以子兰为令尹，羁縻一时。此后国事，子兰不能预其谋，盖可知矣。此楚当日之摄政，宜为子兰之八证也。

《天问》云：“吾告杜敖以不长，何试上自予，忠名弥彰”？吾疑杜敖隐喻子兰，以其有摄政欲篡夺王位之行，时仅三年，故得以杜敖喻之也。告、告言、揭发也、“试”假作弑。“予”、取也。此诗大意为：吾曾揭发杜敖（子兰）不以长兄礼事顷襄，意即不欲横之返楚也。但弑杀君上，谋取王位者，何故反获崇高之忠名？此诗实当指子兰劝怀王入秦，为弑父之罪，利怀王不反，窃居摄政，并市齐杀太子，又弑新君之罪。似此罪恶滔天之人，应予诛戮，而楚襄反引为功在国家，任之以令尹。若事君以忠者，反遭斥逐，此真不可解者。屈原之斥责子兰者，极明。此摄政之人，宜为子兰之九证也。

《九歌·东君》一诗，当作于顷襄质齐未归之时。此期楚廷有立长立庶之争，终以太子横未归，内立摄政之人。诗人借迎日之典，舒迎太子之志，此自然情致。诗云：“暾将出兮东方，”喻太子将归，犹如日之东升也。曰“照吾槛兮扶桑”，谓王德将及于己及楚国也。曰“夜皎皎兮既明”，谓太子东归，楚之黑暗时期将尽，国势必将振兴。曰“夜”必归之于子兰之盗窃国柄也。若“举长矢兮射天狼”，“操余弧兮反沦降”冀外报秦仇以安楚国，收复失地以安黎民也。在楚三年无王之期间作此《东君》之诗，既舒迎太子于齐之志，亦示不满子兰之弄权也。此摄政之人，宜为子兰之十证也。

十证既陈，益知子兰乃一贪权媚外之人。顽固守旧，反对变革，勾通张仪，破坏合从，恐秦亲秦，务称敌志。排除忠良，窃篡国权，弃君亲于不顾，谋王位而外市之狠毒人也。屈平斥以“弑上自予”，非虚言也。

襄王既“知群臣谄误怀王之罪”，于子兰之市齐杀己，阴谋王位，终亦不能不知。子兰虽为少弟，亦必相机除之。良以卧榻之旁，不容他人酣睡，况争国之敌乎？是以襄王在位三十六年（实为三十三年）中，不见子兰之活动矣。《楚世家》顷襄十八年称楚相为昭子，《通鉴·四》作“令尹昭子”。《周季编略》作“令尹昭睢”，此说无据，不可信，但并非子兰，可知也。

怀王留秦，郢中争国，一激烈复杂之王位争夺，必为时人所不忘。春申君黄歇之言可证也。史载顷襄病亟时，侍太子质秦之黄歇说应侯曰，“今楚王恐不起疾，秦不如归其太子……而将不归，则咸阳一布衣耳。楚更立太子，必不奉秦……”黄歇为楚太子计曰：“秦之留太子也，欲以求利也。今太子力未有以应秦也。歇忧之甚。而阳文君子二人在中。王若卒大命，太子不在，阳文君子必立为后。太子不得奉宗庙矣。不若亡秦，与使者俱出。臣请止，以死当之。”（见《春申君列传》）。春申之为此言，必深惧于太子完如乃父顷襄质于齐时所遇，盖所谓殷鉴不远者。惟此所谓阳文君，是否顷襄弟辈，即子兰其人，不可考矣。然可旁证怀王留秦后，楚内有王位之争也。

要之，怀王留秦，楚无王者三年。顷襄于怀王死后，方自齐归。楚史于此，探续怀王入秦之岁，曰顷襄元年。当顷襄归楚之前，楚群臣以子兰为摄政，“诈赴于齐”以为王者也。子兰弃亲父而不救，唯王位之谋取，敌我不分，国命不顾，阴狠险毒，布露不遗。乃父死秦，厥兄迟归，皆子兰之咎也。岂独谗屈原之罪乎？

《韩非子·备内》云：“犯法为逆以成大奸者，未尝不从尊贵之臣也。”韩子之为斯言，岂亦有鉴于子兰之行乎？千古名言也。

三

《屈原列传》云："（怀王）长子顷襄王立，以其少弟子兰为令尹。楚人既（皆也）咎子兰，以劝怀王入秦而不反也。屈平既（久也）嫉之，……令尹子兰闻之，大怒。卒使上官大夫短屈原于顷襄王，顷襄王怒而迁之"。

此为叙述屈原被迁于顷襄初年，最详亦最早之文字。细绎史文，可知五事：一、当怀王死后，楚人皆怨子兰陷君父于死，屈平怀往昔恨子兰之情，益以怀王死于子兰之误国，乃倍憎恨于子兰，而有刺斥之行。子兰实处于爱国之楚人群起而攻之之境地。二、子兰怨于国人之攻己、且怒屈原与爱国之群庶有呼应之行。三、子兰于国人无可如何，惟恨屈原。四、子兰本人不直接露面，指使上官大夫谗之。五、顷襄即"怒而迁之"。但所短者何事？竟使顷襄大怒，子兰等得以达其目的，则未明言之。此一关键性之问题，关乎楚廷政治斗争之真实情况，关乎屈原一生中之重大历史，兹探研于下。

刘向《新序·节士篇》云："顷襄王亦知群臣谄误怀王，不察其罪。反听群谗之口，复放屈原。"又曰："屈原以暗王乱俗，汶汶嘿嘿（喻君王之不明）以是为非，以清为浊"。刘文实谓诸有罪之臣，反诬无罪之屈原为有罪。正所谓以叛逆为忠臣，视忠臣为叛逆矣。然诬屈原者究何事？亦未明言之也。

史公于《自序》云："怀王客死，兰咎屈原"，司马迁于此吐露消息矣。史称怀王欲会武关，屈平曾谏之曰："秦虎狼之国，不可信，不如无行"。而子兰则曰："奈何绝秦欢！"两人之论昭昭、孰不知之。及怀王死，顷襄归。楚人痛怀王之死，群起而怨子兰之际，子兰为转移目标，排逐屈原，以固己位，竟肆无忌惮，颠倒黑白，捏造是非，诬称怀王死秦，责在屈原。是谓屈原劝怀王入会武关也，是屈原不忠于君国也。奸小偷天换日，众口铄金之丑行，狠毒至此，竟不为楚襄所觉者何也？缘楚襄早质于齐，怀王入武关决策时，横不在国内，自不知其详。及顷襄归国，群小惧屈平发其私，乃先发制人，诬屈原陷怀王于死地。盖子兰为脱己罪，杀人灭口之计耳。

曹孟德《与孔融书》云："屈原悼楚，受谮于椒兰。"是孟德亦知屈平伤怀王之不反，恨子兰之主会武关，由此一念，受子兰之谗矣。证之史公《自序》，子兰颠倒历史，栽诬屈子，固其实矣。唐李贤注此文曰："又诱请会武关，平谏，王不听其言，卒客死于秦。怀王子子椒子兰谗之于襄王，而放逐之，见《史记》"。揆李贤之意，亦谓子兰等诬屈原劝怀王入武关也。惜章怀不善于引《史记》之文，以明其详，反不若孟德九字之文，能示其梗概。

然吾于此，窃有疑焉。子兰辈颠倒此事，能掀拨楚襄之怒乎？《节士》不明言"顷襄王亦知群臣谄误怀王，不察其罪"乎？即使屈平有劝怀王入秦之言，既不罪群臣，岂能独罪一屈原，"怒而迁之"乎？况顷襄利其父死，犹子兰利其父兄之死，可登王位也。故凡劝王入秦者，于怀王自为有罪，于顷襄则为功臣，"不罪诸臣"，可证也。彼以此谗屈，当不能衷其心，且怒其情也。语曰："虽有亲父，安知不为虎。虽有亲兄，安知不为狼（《汉书·韩安国传》）"。此盖阶级社会中统治人物之残酷性格也。观子兰不肯救其父，且欲死太子于齐，以谋王位者，基此阶级属性；太子横市地于齐求归嗣位，亦基此阶级属性。若乃父之囚秦死秦，固无能动二人之方寸！而楚襄十七年事秦，不知振作，不事雪耻，可知其不恤乃父之死也。《世家》载弋者谏横之言，即其明微耳。似此不哀其父死秦之熊横，如能怒于子兰辈颠倒劝王入秦一事，而迁屈原者，必非其主因也。子兰辈所颠倒之事实，捏造之是非，必当尤甚于此，方能激起熊横之怒以迁屈原焉。

试再循“屈平既嫉之”一语，以窥当时屈原之行动。

屈平作《离骚》于被黜之后，盖自怨生也。其中责数椒兰者，实“嫉”之情。然《离骚》徒诗也，抒愤怨之作。屈于完稿后，未能或不须传于外也。及楚伐秦失利后，原复位立朝，一使于齐，实立足朝廷，不失建言之机，亦无须外传《离骚》也。及怀王不返，太子留齐，奸人得势，阴谋王位，屈平虽嫉之，不能无所忌戒，轻出《离骚》于外也。三年隐忍，抑郁结胸，及怀王死秦，太子归楚，楚人尽咎之时，亦屈原泄怨之期。出《离骚》旧作，以泻久积之愤，悼怀王之死，并借以揭子兰前后误君国之罪，与国人尽咎子兰之舆论相呼应，此则大有可能。故“既嫉之”不仅叙屈子嫉子兰之久，且谓至尔时犹依然也。于怀王之死秦，固尤嫉于子兰也。惟其如此，故曹操曰：“屈原悼楚，受谮于椒兰。”若非出《离骚》以泄怨，不能有此论断也。

然若据此，谓子兰以《离骚》有斥兰之语，乃为诬谤之根，则亦不近情理。盖子兰恨《离骚》之怨已固可，若据《离骚》而短之，正自发其丑，引刃向胸，子兰虽愚，必不为也。即云子兰计不及此，而楚襄岂能据之以怒屈原乎？以迁屈原乎？人固知当据此以察兰之罪，不宜归罪于屈平，亦不当永迁屈原于外。凡此种种，可证子兰绝非据《离骚》以兴文字狱。近人云云者，不知子兰颠倒事实，尤有甚于此者也。

按子兰乃图删改新法内容而不能，向怀王进谗以黜屈子者（说详拙稿《屈原列传发微》）。力主怀王入秦，陷怀王死秦之罪人也。又摄政三载，阴谋王位，欲杀太子于齐之野心家也（见前文）。当闻《离骚》斥己以往之非，势必揭己误国之罪，死怀王于秦之罪。此时也“国人既（尽也）咎之”，是广大群众亦起而责之矣。子兰又必惧屈发其阴谋王位，以地市齐，谋杀太子于齐之罪恶勾当，于顷襄嗣位之初。

《天问》云：“吾告杜敖以不长，何试（同弑）上自予（取也）忠名弥彰”？大夫固明言曾揭发子兰不以顷襄为长兄，意即有杀兄长谋王位之行也。但以弑杀君上，自谋王位之人，究何为反得崇高之忠名乎？此大夫曾将子兰阴谋王位之罪行告诸顷襄矣。非然者，不能以“告”字明其事。非然者，不能有“弑上自予”，符合子兰罪行之一言。非然者，不能以央央之语，写及弑君父之人，忠名愈彰！此“屈平既嫉之”，长期思想之突然爆发，亦“令尹子兰闻之大怒”之真实原因。激烈斗争，当甚于此。若《离骚》之刺斥，子兰当唾面自干而忍之。

子兰为维护一己及其集团之利益，不能不反噬。其反噬之伎俩，又必不出捏造黑白，颠倒是非之一途。然子兰已为屈原所控，自身露面诬陷，不如借助他人，易为顷襄信。故退居幕后，指挥上官大夫子椒（见拙稿《上官大夫考略》）等人短之，众口烁金，竟达目的。此虽上官职守使然，亦子兰作贼心虚，丑态之露也。

四

古今中外一切反动派，常以“贼喊捉贼”为毁灭对手之伎俩。上官辈亦自不例外。若“怀王客死，兰咎屈原”，不正真实历史之颠倒乎？子兰辈于此问题能作颠倒，则为摄政之经过又胡为不可颠倒耶？况屈子既予以揭发，子兰为掩护罪行，势必予以颠倒矣。

子兰跃登宝座之举，曾为昭雎所阻。乃更使阴谋，"以诈赴齐"。此则对外称王，对内称摄政之手法也。为取得齐国之承认，不惜以下东国之地市齐，并求齐杀太子。职斯之故，顷襄迟入国者三年。（详见前文）。

反对立庶之谋者，《世家》明载有昭雎。以情势度之，以屈原之忠贞度之，以屈子仍居左徒之位论之，屈原亦不能不反对立庶之议也。子兰及"大臣"之阴狠策划，必为屈平所深嫉。故于楚襄归国之初，予以揭发。此一揭发，自若霹雳，子兰能不落魄乎？但为垂死挣扎，乃施颠倒是非之惯技，贼喊捉贼曰：立庶之议，倡自屈平！"以诈赴齐"倡自屈平！"市地于齐，主杀太子者，乃屈原之谋！……似此种种诬蔑，无不可出诸其口。籍此逃顷襄之诛，且使新君衔恨于屈子。既除忠良，且安己身，即整个反动集团，亦可不受损伤。颠倒是非之狠毒，自无大于此者。子兰策划于幕后，上官面谗于顷襄，一人言之，或不直信，群口一辞，则三人成虎。顷襄怒而迁屈原者，当非由怀王入秦一事，而因听信屈原曾主立庶子之一诬也。

《节士》云："反听群谗之口，复放屈原"。若非诬屈子主立庶子一事，岂能撩拨楚襄之怒乎？又云"以是为非、以清为浊"，岂非明言子兰等之颠倒是非欤，此正以叛逆为忠臣，视忠臣为叛逆也。

"吾告杜敖以不长，何试上自予，忠名弥彰"？乃自述揭发子兰阴谋王位之无畏斗争。而此忠君行动，竟为阴谋王位之子兰所击败。此一史情，就屈原《惜诵》验之，当时激烈斗争面貌，益昭然若揭矣。

考《惜诵》乃顷襄初被迁后之首作。《惜诵》者，悼惜公言明言国事也。盖诗人回忆怀襄时代在朝时激烈斗争之诗作也。

诗作之始，诗人即愤怒而直言曰："惜诵（讼）以致愍兮，发愤以抒情。所非忠而言之兮，指苍天以为正。意谓由于勇敢揭发控告，竟而获罪，因之发愤为诗，以抒心情。过往公言，如非出于忠心，敢誓诸苍天，以求评断。大夫为诗时，不忘获罪乃由于立朝时之公言，即揭发子兰之阴私也。此与《天问》所云相合也。

诗人继述在怀、襄两世之受谗。于怀王称"明君"，以曾复用屈原也。诗曰"相臣莫若君兮，所以证（通徵、召用也）之不远"是也。于顷襄世则曰"吾谊先君而后身兮，羌众人之所仇。专惟君而无他兮，又众兆之所雠"。此当为主营救怀王，为群小所仇视，主迎太子横，又为诸奸所反对。曰"疾（同亟、忠也）亲（通新）君而无他兮，有（又）招祸之道也。"此当为主立太子，特别关心未来新君之利益，乃招子兰辈之忌妒。曰"行不群以颠越兮，又众兆之所咍"。"行不群"当指反"立庶子在国者"之议，与昭雎为同一卓识，"不群"于诸"大臣"也。下文曰："故众口其铄金兮，初若是而逢殆"。意谓众谗之口，颠倒是非，栽诬屈原也。

屈子愤怒揭露子兰等阴谋罪行时，若"矰弋机而在上兮，罻罗张而在下。设张辟而娱（同误）君兮，愿侧身而无所"。当为斥子兰及其党羽之种种阴谋，如：劝怀王应秦约会武关；主立庶子在国者，"以诈赴齐"，市齐以淮北之地，谋杀太子，及不营救怀王诸举动。所谓"罻罗"、"矰弋"、"张辟"，状伊辈设置之种种圈套。此一系列阴谋，射向君王者，曰"在上"，射向臣下者曰"在下"。阴谋既施，怀王死秦，顷襄晚归，致楚三年无君，国势岌岌。此屈子所谓"误君"也。豺狼当道之时，大夫深感立身无地矣。

然此诗作作于已放之后，屈曰"误君"，

且斥子兰等前时之罪行，岂或惧子兰夺王位于此后乎？《哀郢》云“信非吾罪而弃逐兮，何日夜而忘之”。大夫固一再明己树忠遭谤，实非己罪。卒致放迁者，盖由党人颠倒是非，诬罔构陷耳。就《惜诵》以证《天问》所云，当知“卒使上官大夫短之”，“短屈原”者为何事。顷襄怒而迁原者，非徒“怀王客死，兰咎屈原”一事之颠倒，乃更诬屈原倡“立庶子”矣。似此颠倒，顷襄能不怒迁原乎？（拙稿《九章发微·惜诵》有详说，当另见）。

《惜往日》曰：“何贞臣之无罪兮，被离谤而见尤”。“罪”、“尤”所指，显非寻常事。“蔽晦君之聪明兮，虚惑误又以欺。”上官靳以虚、惑、误、欺四种手法，向顷襄进谗。“君含怒而待臣兮，不清澈其然否”楚襄信上官之谗，不澄清其是非，大夫于诗中又多道“不参验”、“不考实”，可证上官靳所颠倒之是非，乃极重大之问题，为顷襄所不能原谅者。若非将“立庶子之在国者”主张，诬加于屈，致推迟顷襄之归，甚至顷襄险被杀于齐，无他事可使顷襄怒而迁之也。大夫亦不能一再怨楚襄之“不参验”、“不考实”也。此一苦诉，验诸《离骚》无此怨诉。此又可证《离骚》必作于怀王世也。

《七谏·沈江》：“正臣端其操行兮，过鲍肆而失香”。王注“言己积累忠信，为谗人所毁，失其忠名也”。《论衡·累害》：“屈平洁白，邑犬群吠，吠所怪也”。虽并无确事显书，亦谓群小诬屈原以不忠也。就《楚世家》所记楚当时之政争情况论，舍颠倒“主立庶子”之人外，他无大事可诬屈原以不忠也。

王闿运《楚辞释·离骚序》曰：“顷襄初立，原年四十有六，名高德盛，新王初立，势不能不与图事，原乃结齐欺秦，荐列众贤，诋毁用事者，众人皆患之。乃谮以本欲废王，又以怀王得反，将不利王及令尹。王积前怒因是诬以贪纵专恣，放之江南……，故行吟泽畔，作为此篇”。

王氏此说有显误者五：一、不知顷襄于怀死后，始得回国嗣位，迟归者三年之久；二、谓原“结齐欺秦”于顷襄之初，无据。“欺秦”一语，诬原特甚；三、谓“荐列众贤”于襄初，无据。四、怀王已归葬，有何不利于顷襄？如谓怀王尚在，梦呓也。五、谓《离骚》作于襄世之江南，不主乃怀王世之作品，失考之论。惟所云“谮以本欲废王”，实同吾所云“诬以主立庶子在国者”，可助证吾之说焉。

五

总上所陈，顷襄怒迁屈原之原因，盖皆由于子兰之诬构。其谗毁之事有二：一、为“怀王死秦，兰咎屈原”，此史公之明言也。二、为诬“屈原欲立庶子在国者”，以拒太子之返楚。此一史情，史公仅以“短之”二字概括，使当时楚廷政治斗争面目隐晦者二千余年。兹经梳理，史情昭晰。屈平忠于君国之斗争精神，倍增无限光辉，腐朽奴隶主贵族摧残爱国志士之毒辣行径，更加引人仇恨！而屈原诗作，亦赖之得以深刻理解。

呜呼！史公嫉群小诬原之狠毒，暗王乱俗之误国，忠良蒙辜，谗佞称忠，允屈原之大恨也。其曰“好谀信谗，楚并于秦”。一叶落而知天下秋矣。

注释

①文中着重号，全为笔者所加，后同此。

②《楚世家》

③《屈原列传》

④《战国策·楚策》

⑤《战国策》

⑥《新序·节士》虽有“令尹子兰”、的话，但系叙怀王时事，疑有误。

说“正则”“灵均”不是屈原的名和字

路百占

《屈原列传》说：“屈原者，名平。”可是《离骚》中又说：“名余曰正则兮，字余曰灵均。”自古注者，率以屈原的名和字讲说，虽有小名、小字、笔名的解释，乃是以今释古，想当然的说明。

我认为关键问题在上句“肇锡余以嘉名”，“名”旧解作人名，大误。按名，美誉、嘉奖的意思。《礼记·表记》“先王谥以尊名”，注：“名，声誉也。”《荀子·正名》“无势列之位，而可以养名”，注：“名，令闻也。”令闻意即声誉。《卜居》“将游大人以成名乎”，王注：“名，誉立也。”《哀郢》“被以不慈之伪名”，《抽思》“名不可以虚作”，《惜往日》“卒没身而绝名兮”及本诗下文“恐修名之不立”，诸“名”字并当作声誉解，其证也。《朱叔夜与彭宠书》“惜乎，弃休令之嘉名”，嘉名即美誉也。《国语·楚语》“其有美名也，唯其施令德于远近，而小大安之也”；所谓美名，义同嘉名，可为佐证。按《屈原列传》“博闻强志，明于治乱，娴于辞令”，又“入则与王图议国事，以出号令；出则接遇宾客，应对诸侯，王甚任之”，既然怀王如此信任屈子，怎能没有奖许之词的颁给呢？屈原于全诗叙畀官（《许昌师专学报》1985年第2期，拙作《“惟庚寅吾以降”降字解》）的时间以后，接叙怀王明察，在官己的初日即赐以奖誉，盖追叙怀王昔日信己的情形，与王今日之易行作对比，以表达对怀王持策不固，不辨谗言的一腔愤慨！这不是文章的神乎变化，实忧郁感情所驱使，当见无限沉痛蕴于内耳！

下边谈“名余曰正则兮，字余曰灵均”。

占案：名，誉也。解见上文。这里作动词用。正则非原之名，疑正通政，正则即政则。《左桓三年传》：“政以正民，是以政

（接下页）

（接上页）

笔法效屈，一望而知。“名”“誉”之用，一同于《离骚》，不更可证明旧解是误说么？

再者，“灵均”造词与灵修同，灵修指明君，乃怀王，那么灵均义当属良臣，而为奖誉，非字可知了。《曲礼》：“男子二十，冠而字之”，成人之道也。知古者贵族男子命字在既冠之年，倘灵均为原字，且系初生时所命，揆之古礼，实属不合。

最后，我把《离骚》的前八句意译在下边，供大家参考：

我是高阳大帝的后代，
近祖啊就是先王熊通。
（我和王室有这样的密切关系，）
但在寅年的正月，
庚寅的凶日我被裁出朝廷。
想当初君王考察了我的政治谋划，
就赐给我很好的奖评。
先赞许说真是“为政的准则”，
又奖誉道可使“人人吃穿不穷”。

（江汉论坛87年10期）

（作者单位　河南许昌师专）

① 屈原之前有楚国令尹子文小名谷於菟，意为虎奶养大的人。但其小名通俗，不能与正则、灵均相比。

023

成而民听。”《乐书》“声音之道，与正通矣”，正即与政通用。《淮南子·主术训》：“耳能听而执正进谋。”孙怡让云：“正与政通，声同古通。”也是证据。本句意谓品性忠贞，持策纯正，实在是为政的准则。盖原叙述怀王奖誉之词，不当引为屈父所命的名。考其不能为名的理由有八项：

一曰：《史记·屈原列传》：“屈原者名平，楚之同姓也。”既为本名、本字，为诗时何故以正则代之？倘正则为名，何不见于史传？

二曰：蒋骥《楚辞余论》引都玄敬《听雨纪谈》云：“古人有小名小字，正则灵均，则其小名小字也。”寻小名小字，秦汉后始盛，且字义不雅，若司马相如小名犬子是。像正则灵均质义雅深，与小名小字命法不合，故未可说是屈原的小名小字①。

三曰：屈原时代的人名为一文名时期，也就是一个音一个名，一个字乃一个名，如陈轸、昭睢、靳尚、苏秦、张仪、白起、商鞅、司马错、宋玉、景差等。屈原处此时代，命名方法，不能例外。况原居三闾大夫之职，姓名之学，必甚娴熟。即使行文以象其德，亦不能借二文名来改变时俗。

四曰：清王邦采《离骚汇订》云：“嗟夫，文字之祸，自古而然哉！……正则隐其名矣，灵均隐其字矣。夫非忧谗畏讥之意乎？”近人或有引用其说，以为屈原写文章的笔名，但屈原为什么不以单文代之呢？这样以今释古，是绝不可通的。

五曰：战国时代人仅仅一名一字，若双名双字，汉后始行，到三国仍然。

六曰：前文“皇览”之“皇”，既非原父，而为怀王，安有君上为臣下命名字的理？

七曰：古代命名，礼有定法。《内则》云：“子生三月，父咳而名之。”倘旧解为是，则屈原出生的初日，父亲就给他起了名和字，岂不大违于古礼么？屈子王族，必不如斯。

八曰：东方朔《七谏·初放》云：“平生于国兮”，汉初东方生以“平”为屈原名，而不以“正则”为名，与司马迁同，岂是偶同呢？

上述八端，自来解屈赋的，率多忽略，沉溺于王逸的旧说而不能自拔，实在是失其本义。

下边接着谈“字余曰灵均”。

古案：字，爱也。《诗·生民》：“牛羊腓字之。”传：“字，爱也。”《左氏成四年传》：“楚虽大，非我族也，其肯字我乎？”《文公十一年传》：“又不能字人之孤而杀之”。并注：“字，爱也。”《释名·释言语》“慈，字也。字，爱物也。”是“字”训爱之证。“字余”与“字我”同，《广雅·释诂》“灵，善也，均平也。”灵均者，善于“均平”，意谓屈原良臣，善于导君，入于正道，使国家臻于治平也。寻《国语·楚语》十八：“叶公闻之曰：吾怨其弃吾言，而德其治楚国。楚国之能平均，以复先王之业者，夫子也。”《穆天子传》“和治诸夏，万民平均。”《淮南子·齐俗训》：“安乐无事，而天下均平。”《乐书》“修身及家，平均天下。”《盐铁论·轻重篇》“夫理国之道，除秽锄豪，然后百姓均平，各安其业。”《方言》：“平均，赋也。”诸所谓平均、均平，并指治国之手段与成绩，即为了百姓衣食足和各安其业而施行的政策。就屈原言，曾事变法，内容当为改善奴隶的生活与待遇，缓和国内的阶级矛盾，以延续怀王的统治地位。故怀王复誉之曰灵均。意谓屈原的主张变法，必使楚国入于均平，即富强康乐之境。故“正则”“灵均”并当系怀王奖誉屈原之评语。《怀沙》“内厚（应作直）质（同姿）正兮，大人所盛”，即追怀楚怀王对屈子之奖誉与赞许。奖誉之实，当即此“名余曰正则兮，字余曰灵均”。按屈原见誉楚怀王，本可一再，故称正则以名，道灵均以字，示美誉之赐，犹名字之孳乳。潘岳《怀旧赋》：“余总角而获见，承戴侯之清尘，名余以国士，眷余以嘉姻”。

·61·

023

方国瑜《滇史论丛·从秦楚争霸看庄蹻开滇》第一辑.上海人民.

庄跻历史考辨

——兼论屈原诗作和庄跻的关系（上）

路百占

读司马迁《西南夷列传》，得知记载有误，及读他种史籍，益知史迁得之传闻者多误。乃为斯文，考究庄跻之历史，并求正于国史专家。

本文以行文之便，反复论证以下四个问题：

1、庄跻非楚王将军，活动于楚宣、威、怀、襄四代，乃领导楚奴隶革命之杰出人物，打击楚奴隶主之强大力量，并始终反秦，并迫使威王，怀王父子变法。庄跻未王滇池，据地乃巫黔中。庄曾号“云中君”，后号“湘君”。

2、伟大爱国诗人屈原与庄跻并世，亦历宣、威、怀，襄四世。屈原于襄初被流放汉北长时之后，因白起破郢，顷襄“东伏于陈”。屈乃自动秘入辰溆，要约庄跻，驱逐秦兵，以救楚之危亡。原诗《哀郢》、《怀沙》、《涉江》、《湘君》、《云中君》多有吐述。

3、庄跻于屈原死后，持续反抗秦兵之军事行动。及其胜利，楚民怀德，建“湘君祠”祀之。

4、庄豪、庄跻之后，亦非楚王将。继统巫、黔中以反秦，并常迫使“南郡备警”。后以王翦兵众，乃作战略退却，西循沅水，王滇池，终不臣秦。秦始皇深怨之，严防之，并毁“湘君祠”以除影响。庄之滇国到纪元前一零九年入汉，计庄氏建立之独立政治区域，前后共二百二十年之久。

《史记·西南夷列传》云：“始楚威王时，使将军庄跻将兵，循江上略巴、黔中以西。庄跻者，故楚庄王苗裔也。跻至滇池，地方三百里，旁平地，肥饶数千里，以兵威定属楚。欲归报，会秦击夺楚巴、黔中郡，道塞不通，因还，以其众王滇，变服从其俗以长之。”司马贞《索隐》：“楚庄王弟为盗者。”按此庄王当即顷襄王，谓为其弟，不知何据；说“为盗者”，又显不同于《史记》称庄跻为楚威王“将军”，一可疑。史称楚威王命庄跻“略巴、黔中以西”，直至顷襄二十二年秦夺巴、黔中时，方欲归报楚王，以威王元年（公元前339年）至顷襄二十二年（前277年）计之，时距约六十二年，且中隔怀王一代，此极不合情理之事，二可疑。

晋人常璩《华阳国志，南中篇》：“周之季世，楚威王遣将军庄跻，溯沅水，出且兰，以伐夜郎，植牂柯，系船衫，且兰既克，夜郎又降，而秦夺黔中地，无路得通，遂留王滇池”。又以庄跻溯沅水而王滇池，说不同于《史记》。《汉书》记载与《史记》略同。此三可疑。

宋范晔《后汉书·南蛮西南夷传》：“楚顷襄时，遣将庄豪，从沅水，伐夜郎，军至且兰，椓船于岸而步战。既至夜郎，因留王滇池。”。又“滇王者，庄跻之后也。”是主庄跻后人庄豪王滇池，时在顷襄世，且系自沅水西溯、与史公所言大异，此四可疑也。

说庄跻之史，如此之不同，究何者是？何者非也？兹析论于下。

就古代以谥为氏说，庄跻为楚庄王之苗裔，当无误，犹昭氏之为昭王后，怀氏之为怀王后。惟庄氏至楚威王时已二百五十余年，当不同于有统治权之贵族，已沦为平民矣。司马贞曰“庄王弟”自为误说。庄姓，跻名可证也。

较史公为早之故记，或较后之著作，皆谓庄跻为“盗”（反动派加于反压迫者之诬词），或述及其具体行动，并无言为楚王将军者，此为吾人首应注意之事。如《荀子·议兵》：、庄跻起，楚分而为三四。”荀卿固不以庄为楚将军也。而杨倞注荀，调和司马迁之说：“跻初为盗，后为楚将”，显系诬庄。《商君书·弱民》：“庄蹻发于内，楚分为五”。商君早于庄跻，不当有此语。显系伪作者，抄自《议兵》，然可证荀说也。

《韩非子·喻老》载楚庄王（按即顷襄）欲伐越，杜子谏曰：“庄蹻为盗于境内而吏不能禁；此政之乱也。王之弱乱，非越之下也。”杨倞注《议兵》，引《韩非子》庄蹻作庄跻。韩非，荀况弟子，明言庄为《盗》，为革命者，而非楚将，较其师说，更为明白。于此，又知庄跻于顷襄时仍为盗，自非楚威或楚襄之将军。若奉命“略巴，黔中以西”之说，自亦不可信。按楚宣王十五年（公元前三五五年）楚已灭越。此云顷襄欲伐越，当为类庄跻者据越以叛，然其势当弱于庄跻，故杜子重视庄跻，曰：“此政之乱也。”此又可证荀说：“楚分为三四”非虚言也。

《吕氏春秋·介立》：“庄跻之暴郢也，荆之将帅贵人皆多骄矣，其士卒众庶皆多壮（通“庄”，指庄跻）矣，因相暴以相杀。”“多”，今语“赞赏”也，“多壮”谓赞赏庄跻耳。知庄跻暴郢，确有群众基础。高诱注“庄跻，楚成王之大盗。郢楚都。”而于《淮南子·主术》：“明分以示之，则跖、跻之奸止矣。”高注云：“跻，庄跻，楚威王之将军，能大为盗也。”知高注成王应为威王之误，称庄为楚威王将军，亦误从史公说。

《吕氏春秋·异用》：“仁人之得饴，以养亲侍老也。跖与庄跻得饴，以开闭取楗也。”高诱注：“庄跻，大盗人名也。以饴取人楗牡，开人府藏，窃人财物者也。”据此，又以跻为大盗，不曰楚将军。高诱原无定见耳。

贾谊《吊屈原赋》：“世谓跖跻廉。”李奇曰：“跖、鲁之盗跖，跻、楚之庄跻。”贾生亦谓庄跻为盗矣。

《史记·游侠列传序》：“跖、跻暴戾，其徒诵义无穷。”（班固《汉书》同）。史公于此，又以跻为盗，且知极受群众之拥护、爱戴。曰“暴戾”，统治者之诋词也。

上引七证，莫不谓庄跻为“盗”，或谈及其初起，以饴开人之府藏，或涉及力量大时，竟至“暴郢”，威胁楚都，“为盗于境内而吏弗能禁。”或述及强到极顶时，“楚分为三四。”此一奴隶领导人所率领之革命力量，由小而大，由弱而强，由流动而固定于一域，史迹昭[illegible]可无疑问。虽尚未明其地域所在，然终非楚将军则至明也。

褚少孙《补史记·礼书》亦云“庄跻起，楚分而为四三。”当系源于《荀子·议兵》。《索隐》：“（庄跻）楚将之名，言其起兵乱后，楚分为四。”曰“楚将”者，自本史公说；曰“起兵乱，”意先将军而后乱楚也。主观折衷，不能取信。然称由庄之起兵楚分为四、则可信。又《韩诗外传·四》亦有“庄跻起而楚分”之语，亦当源荀，惜并不言其所谓四者及其地望究何在。

后于史公之著述，若班固（公元32年——公元92年）《汉书·古今人表》列庄跻于第八等下中，而名曰严跻。庄作严者，汉人避和帝讳而改字也。犹庄周作严周，庄助作严助。班固品庄跻如此之下，可证班笃信庄跻为盗之说，而不重视庄之革命活动及开发西南之功。然于《游侠列传》仍师太史公之说曰：“跖、跻暴戾，其徒诵义无穷。”虽旨在贬责庄跻，然亦展示庄之坚持革命原则，斗争贵族坚决，受群众之拥戴，且长期受其歌诵矣！

王充（公元27年——公元97年），《论衡命义篇》云：“庄跻横行天下，聚党数千，攻夺人物，断斩人身，乃以寿终。”仲任古之唯物论者，立说谨严，不发无据之论。所述者涉及庄跻之才智、勇猛、归付者众，所向披靡。而庄之立场，鲜明坚定，以剥夺奴隶主财物为职志，以断斩奴隶主生命为目的，又至晰也。故仲任于《本性篇》又曰：“盗跖非人之窃也，庄跻刺人之滥也。”曰：“非”，曰“刺”，犹今语批判，反对，抗拒，打倒也。“人”指奴隶主，奴隶主以残酷剥削所得，过其腐臭靡滥生活。仲任名曰“窃”与“滥”，当本庄跻名曰“窃”与“滥”也。仲任盖以炽烈之感情，歌颂庄跻之革命行动，何尝视为楚将军哉！

然一考先秦典籍，荀子固早赞美庄跻于前矣！《议兵》云：“故善附民者，是乃善用兵者也。故兵要在乎附民而已矣……。故齐之田单，楚之庄跻、秦之卫鞅、燕之缪虮（疑燕将乐毅之音转），是皆世俗之所谓善用兵者也。”荀子所称“善附民，”乃谓为人民谋利益，保护人民之生命，受人民之爱戴，人民听其使也。曰“善”，特别关注，备极周到耳！

夫田单，逐燕存齐之爱国人物也。卫鞅、强秦拓疆之功臣也，缪虮，能雪燕耻，下齐七十余城者也。今以庄跻与田单并列，如无辉煌业绩、声播人间，荀子不当如此歌颂也。再者，以生时先后论，当次为商、庄、乐、田。荀卿与后三人并世，不容不知。然竟伯田单而仲庄跻，叔卫鞅而季缪虮者，当以田单兴齐之功最显，庄跻反秦之兵屡胜，（见后考辨文字），故而伯仲之，若卫鞅功虽著而不保其身，乐毅绩虽距而终奔其命，故而叔季之乎？若此者，庄跻固大有为人，荀子所谓“庄跻起，楚分为三四，”实独立自主之大业，不受节制于楚王者。故史公谓为威王将军者，不考之言。后之注释家，若司马贞《索隐》称庄跻先将军而后举兵乱、抑或杨倞等所谓先盗而后将军者，并附会史公说，不足信也。

《盐铁论、诏圣》云：“铄金在炉，庄跻不顾，钱刀在路，匹夫掇之。”谓庄跻“盗”也。《抱朴子、塞难》：“盗跖穷凶而自首、庄跻极恶而黄发。”。后代统治阶级文人，磨牙切齿，斥骂庄跻为“盗”，何曾言其为楚威王将军耶。

据上陈说，吾固知前于史公之著述，并不以庄跻为楚王室之将军，而谓之“盗”。若荀、韩与庄跻时同或近，其称述庄跻者，史料价值，自高于史公说也。庄跻为楚威王（或顷襄）将军之说当废矣！

庄跻既非楚将军，所谓楚威王遣将军庄跻将兵“循江上略巴、黔中以西，”自属子虚。试问如史公所云，乃威王时之大事也、胡为不见于《楚世家》及《六国年表》？即云互见笔法，势不能并略此二者也。再者庄跻兵过之处，尽楚地也，兵捷之报、不宜久间，岂有兵行于蛮荒六十年，当抵滇池后，方欲一报楚廷乎？此大悖于事理者！如云归路为秦塞断，胡不回兵击秦乎？此岂所谓善用兵者也？况滇地遥远，当日交通，特有不便，楚廷何贵而西略也？即以威王“好用兵”论，胡不以此兵力，北向中原，以逐鹿乎？不此之图，而以善战之将与兵虚掷西荒、宁有斯理？准此以论，庄跻略巴，黔中以西、当为误说。庄跻之非楚将军，于此亦可窥得消息矣！

徵诸《史》、《汉》，并称楚威王命庄跻循江西略地，而后王滇池。然《后汉书》则称顷襄王命庄豪循沅水西略土，而后王滇池。并特著"滇王者、庄跻之后也。"略庄跻之史而不谈，且无秦兵断黔中之路一说。

两相比观可知发命之楚王不同，亦即时间不同也。将兵之人物不同，亦时间不同也。西略之路线不同，亦当系时异而人自别也。若始王滇池者、不同人，此可大疑也。范蔚宗生也晚、不容不读《史》《汉》，何为不循旧作、而别开生面、大不同于前史耶？意者，范氏晚生刘宋之际，当见常璩《华阴国志》溯沅水之说，且知事关庄豪，乃审知史公之误，故为之娇正耳！

然顷襄之世，楚势益弱，屡挫于秦，因之事秦为志，苟安而已，何有雄图？自顾不暇，复有何心遣将西略地乎？以当时国事论，与其谋边功于西陲、何如击秦寇于北边耶？故范晔称顷襄遣庄豪西略至滇池、亦必不符当时之楚情，准此可知庄豪亦非楚将军也，然称庄豪为庄跻后、自沅水西溯、终王滇池，而别于史公之说，自属可信。当于后文详论之。若史迁称庄跻"略巴、黔中以西，"当以得之传闻，非尽无根之谈。第其真象，亦当于后文辨之。

庄跻为革命者，（封建文人诬称曰"盗"），而非楚将军之事理，既明于前，至其生时及年令又若何？兹乘行文之便，继为说之。

司马迁于《史记·西南夷列传》称庄跻为楚威王时人，已见前引文，而早于史公之荀子，于《荀子·议兵篇》则云：

> 然而兵殆于垂沙，唐昧死焉。庄跻起，楚分而为四三。

谓唐昧死后，庄跻等起而分裂楚国。按唐昧楚将军，战死垂沙，时楚怀王二十八年（公元前301年）也。杨宽《战国史》亦有此说。此谓庄跻怀王时人。盖楚统治者，屡败于秦之后，国势陵夷；革命力量，自易大为发展，因而造成四分五裂之局（此一史情，《楚世家》未谈及）此历史规律也。

考荀子约生于怀王十五年（公元前314年）。唐昧败死之年，荀已十三岁，庄跻起而分楚，为天下大事，荀子生际其会，不容不知，其言最为确切也。

据《楚世家》楚威王在位十一年，（起公元前339年），楚怀王在位三十年（止公元前298年），共计四十一年。以威王元年庄跻起兵论，时当在二十岁左右，则其生年应在公元前三六零年，即楚宣王十年也。下距怀王三十年，庄有六十一岁。垂沙之役时，庄则五十九岁。即以威王五年起事论，此时庄之年令已有五十四岁。而史公称"秦击夺巴、黔中"时，庄跻仍在，则庄之年令，至顷襄二十二年（公元前277年），寿有八十二岁，或七十七岁。此一年令，完全符合《论衡》所云："乃以寿终，"《抱朴子》所云"极恶而黄发"之说。果如此论，则庄跻生于楚宣王时代，其革命活动，实经威王、怀王、襄王三世也。据荀子所言知怀王二十八年之后，庄跻拥有广阔、巩固、而独立之政治区之域，若类庄跻者，尚有人焉。惟荀子未言其地域所在，此不得不于后文探讨之。

于此应先言及者，正以庄跻从事革命活动于威王、怀王之际，楚威王、怀王乃并有变法之举。若伟大诗人屈原，特助怀王从事变法者，除受中原各国变法影响，及楚悼王变法之遗规在，庄跻革命力量，必亦迫使楚廷，不得不尔也。

寻威王前之楚国，由于奴隶主之残酷压榨，奴隶暴动，不断发生。《国语·楚语》载：

> 民之羸馁，日已甚矣！四境盈垒，道殣相望。盗贼司目，民无所放。是之不恤，而蓄聚不厌，其速怨于民多矣。

此论昭王时令尹子常之为政也。若公元前506年，"盗以戈击（昭）王"于云中，即统治者自招之果。至前402年，又有盗杀楚声王之壮举。革命之兵，悉指最高之楚王，即楚史亦难讳言之。故楚悼王（前401——前381年）被迫用吴起变法于晚年，极度损夺贵族之利益。及悼王死，奴隶主贵族乃射杀吴起于王尸之上。吴起死，新法自废。楚阶级斗争之激烈，于此可见。后经肃王、宣王两代之残酷统治，乃又暴发庄跻领导之奴隶大革命。

楚威王熊商在位十一年，揆其卒后，所以得威王之谥者，对外必有侵略之军事行动，对内必有血腥镇压之残酷暴行。当臣子议君时，方予“威”之谥也。“猛以刚果曰威”，其证也。

《越王勾践世家》云：“楚威王七年，楚灭越。”近人谓其不可信，可勿论矣。《战国策·楚策》载张丑对田婴评威王云：“好用兵而甚务名。”“好用兵”一语，可证谥威之由来。第考《楚世家》威王十一年中，有“七年伐齐，败之徐州。”《秦策》载“楚魏战于陉山，魏许秦以上洛”。为威王十一年事，《楚世家》失载。熊商两次对外之军事行动有胜利，故得谥曰“威”。夫庄跻为盗于境内，而吏不能禁，且至“暴郢”，熊商复有何威之可言也？然竟谥“威”者，当以摇摇欲坠之王朝，由其用兵镇压，兼“爱法制”之故，得以保社稷之血食，持王位于不覆也。凭此谥威，自属厚颜。《论衡·佚文篇》云：“谥法所以彰善，即以著恶，”实窥见其内在之辩证关系。故就威王之得谥论，必有镇压奴隶革命之行动，然由于庄跻“善附民”、“善用兵，”反镇压之斗争，亦必英勇。故能保其力量，终致“楚分为四三，”建立独立之统治区。

庄跻发难，起于何地？史无明文，秦汉故典，亦无涉及者。然可据事理及屈原诗作进行分析研讨，以见其仿佛云。

考古代人民革命，其始也多于江河湖泽之区。因其港汊屈曲，芦苇茂密，便于隐没出入，退守进攻耳。如《左传》昭公二十载：“郑国多盗，取人萑苻之泽。”《韩非子·七术》亦言。“郑少年相率为盗，处于萑泽。”知萑泽为郑革命者出没之地。此元前五二二年中原情况也。而公元前五零六年，楚国发生盗以戈击昭王于“云中”（见《楚世家》）。“云中”当即“云梦”。《左氏传》昭公三年云：“王以田江南之梦。”杜注：“楚之云梦，跨江南北。”故有江北名“云”，江南为“梦”之说。王逸注《楚辞·招魂》云：“楚人名泽为梦”。则云梦实即“云泽”。故“云中”者，云泽之中也。昭王既被攻于云中，是证“云中”为楚革命者出没之地。此战代革命者据湖泽之显证也。

及乎秦末，革命者起事时，固亦以江湖为基地。《史记·彭越传》：“常渔钜野泽中为群盗。”《黥布传》：“布皆与其徒长豪杰交通，乃率其曹偶，亡之江中为群盗。”《张耳陈余列传》：“陈余独与麾下数百人，之河上泽中渔猎。”若陈涉起义大泽乡，尤其著者也。及西汉末农民起义军亦占领湖泽，王莽云：江海湖泽，象乱麻沸汤（范文澜《中国通史》132页）亦一证也。

凡革命者，当力量初形成时，必有其号，以资号召。如《张耳陈余列传》云：“豪杰皆然其（武臣）言。乃行收兵得万人，号武臣为武信君。”此众推之号也。《黥布列传》：“项梁号为武信君。”此自号也。以并世之楚人，同以反秦为事，且同号“武信君”。虽有自号众推之异，皆在号召与张势则一也。而其意又如陈涉之号“张楚”耳。此可证古代革命者，于初起事时，必率有其号焉。

若庄跻者，“横行天下，聚党数千。”首事之初，亦必有基地。就楚以论，“云中”既有革命先行者出没于前，则庄跻吸取经验，聚兵“云中”，极易推而知之。再者，战国时代封君多以地名命，若商君，信陵君其著者也。若庄跻果以“云中”为首事之基地，自号也，众推也，固并可号“云中君”也。虽旧记缺载，以史例推之，不能背云中、史田 … 入 … “王迹 …” … 论 … 是有…

乎事理也。

伟大爱国主义诗人屈原，其生存时间，亦历宣、威、怀、襄四世，与庄蹻之生时同。而两人卒年又相近。晚年又同处黔中，不能无相遇之机。此一史情，至堪注意。（详见后文）

屈原作品《九歌》中有《云中君》一诗，说屈原赋者自来以为神名，并说为祀神之歌，余则深以为不然。盖就诗意研析，知旧解牵强，得以洞知其不然也。兹简论于下：

吾谓“云中君”非神名，其理由有五：

一、说“云中君”为神名者，乃据《汉书·郊祀志》：“晋巫祀五帝，东君，云中君之属。”有祀云中君之说。盖以晋祠说楚祠耳。其不适于楚俗或楚祀，理自明也。其非楚应祀之神名可知矣。

二、“云中君”之神何职，其说又不一。如王逸曰：“云神、丰隆，一曰屏翳。”后世注家多沿其说。戴东原《屈原赋注》云：“云师也”，即其证。今人仍多宗之。清徐文靖《管城硕记》十四卷，谓“云中君乃云梦水神。”近人姜亮夫《屈原赋校注》云：“春秋以来无祀云神者，楚民即特殊，不能出入太甚。则与其谓为云神之无据。不如指为月神之有根矣。”义主云中君为月神。按诗中明言“与日月兮齐光，”则显非月神也。总之，异说纷纭，难指为何神。意者本非神名，故纷生模象之说。

三、《云中君》有句云：“览冀州兮有余，横四海兮焉穷。”按冀州不在楚望，非楚人应有之祀。凭此以说“云中君”为楚祀之神，无据也。其非神名，于此可决。

四、即云降至战国时代，楚人容有祀云中君之事，而此诗既无乐神之词，亦乏赋祀典之文，则“云中君”一词，岂得为神名也？再者若为云神，胡不名曰“云师”、“云君”，而称曰“云中君”耶？

五、《九歌》中《东君》、《河伯》、《司命》旧说为神名，但就诗作而言，非祀神之歌，更非赋祀神之礼，乃用以论涤怀、襄父子及齐王，以抒己忠君之怀，从成之乐，与祀神无丝毫关联。（拙稿《九歌发微》另有详说）。以此相推，则“云中君”即为神名，亦犹是而写庄蹻也。况庄本可有“云中君”之号乎？若“湘君”亦庄蹻之号（后有考说）复足证“云中君”之非神名也。

东原曰：“怀幽思，作《云中君》。”窥见作意矣，惜不知庄蹻号“云中君”也。按“云中君”之号，史册阙如，后人不详，遂使屈之幽怀不彰，索解为难。注家误以三晋之神名说之，以讹传讹，莫之究诘，遂率以为神名，而不知为庄蹻之号也。

试再就《云中君》一诗之内容论之。诗一开始，颂“云中君”服饰整洁，仪态不凡。安居一隅，勋业灿烂，继又望其事业大成，能与“日月齐光。”尔时，自可龙驾帝服，翱游周章。惜“云中君”心计犹豫，欲来又止。且“飙远举兮云中”矣，诗人乃就“云中君”之才力，能统一华夏，光被四表，绰有余力而不为以抒慨。”览（通揽）冀州兮有余，横四海兮焉穷”之谓也。最后乃惋惜于不如己愿，终不践约，乃令诗人忧心忡忡耳。故诗作内容，显示“云中君”其人，定居一方，德业昭昭，允一人民英雄也。在大夫固欲其灭强秦而兴楚国，进而统一华夏，与“日月同光”者。诗思明白如此，岂为祀神之歌？既非祀神之歌，“云中君”之应为庄蹻号也，可无疑矣！

寻《九歌》、《九章》之诗，知屈原之入辰溆，并非放迁之行，曾为交通爱国者，冀其能兴兵抗秦，以救楚国，进而统一天下。而庄蹻之统治区，适及辰溆，此时之屈原亦适居辰溆（见后文），则此爱国者舍庄蹻殆无可指！此就屈、庄两人，生时相同，居地相近，反侵略之心意同，可作出正确之推

029

断。

若《湘君》一诗，既抒发对“佚女”（贤者）之认识，亦即对爱国者之赞赏、好感、希望、与失望之情。仍依生时同，地域近，反侵略之心行论，则此贤者，若非庄跻，又无可指。斯则“湘君”，“云中君”之并非神名，必为庄跻之号，尤为无可置疑之推断。后仍有考辨、此不赘。

惜古今注屈原赋者，不知此一史实，乃误解曲解《云中君》、《湘君》为祀神之歌，终不能读通《云中君》等诗作。皆坐祀神之说，不察其底蕴耳。颖若徐文靖，虽不以“云神”旧说为然，而说以“云梦水神”者，固仍陷神论说而不能自拔。足证旧说为谬说，诬屈作、晦屈史之甚。

“云中”当郢之东。庄跻“善附民，善用兵”者，其始必进攻附近之奴隶主贵族，所谓“吏不能禁”，所向无敌也。庄以“云中君”之号，西向郢都，《吕氏春秋》所谓“暴郢”可证也。揆当时情况郢都未破，故熊商得威王之谥。若谓庄跻兵挫于郢地，亦属可能。此一战役，既保郢都，且驱庄跻西向矣。

《史记·西南夷列传》云：“使将军将兵循江上略巴、黔中以西”，当系庄跻于“暴郢”后，挥兵西向之真实史情。至云“上略巴、黔中以西”，余疑“以西”，乃传闻之误，盖庄跻所略者，即所建之根据地，乃巴、黔中耳，位郢之西，跨长江南北，并非越巴、黔中之谓也。兹为证说之。

《通鉴·二》：“周显王七年（前363年），楚自汉中，南有巴、黔中”。是楚于楚宣王六年已有巴、黔中，不待庄之西略也。此一史实，史公当知之。然根据传述，庄氏有循江西略地之说，史公乃臆断庄之西略必为巴、黔中“以西”也。此史公不知庄跻本非楚将军，且不知于“暴郢”后挥戈西向，乃夺取巴、黔中为根据地耳。

然一考《六国年表》，秦惠文王十二年（当怀王十三年，元前316年）十月秦击灭蜀，并灭巴，则庄兵于怀王十三年之际，必渡江而南向黔中、巫郡发展。当怀王二十八年时，庄之据地，应尽在长江之南，若巴者已非庄氏领域矣。

若庄跻者，起义于威王年间至怀王二十八年，方告底定，武装斗争，实已三十余年矣。就当时政治、经济条件论，“楚分为三四”后，所有独立之政治区域，当皆在长江以南边远之地，亦即楚王统治力薄弱之区。庄跻之领地，征诸前论，始初活动地区应即“云中”，后转移至巴、黔中，再后则为巫、黔中及江南也。

一九五七年，安徽寿县城东丘家花园，出土怀王六年（元前323年）所制《鄂君启节》四件。内规定鄂君启（怀王至亲，封于鄂）运载货物，舟一百五十六只，限于今湖北、湖南、江西一带之湖河航运；车五十辆，可通行于今湖北、河南、安徽一带。并规定不准携带武器及马、牛、羊等牲畜。此事极应注意，谭其骧君撰《鄂君启节铭文释地》一文（载《中华文史论丛》第二辑），称鄂君以鄂（今湖北鄂城县）为交通中心，进行商业活动，西行之舟节路线，仅及于郢。郢之西无舟节路线以达巫、黔中、巴者，必以此时之巴、巫、黔中自威王以来已为庄跻所据，怀王时巴为秦所有，非楚政令所能及，故无交通路程著于节文。此真庄始据巫、黔中之铁证，胜过多少文字之说明。当知地下发掘之古器物，补正古史缺误之功者至巨。

顷襄时代，宋玉为讽襄王“思万方，忧国害”而为《高唐赋》，极陈巫山之险，知其为楚西要塞也。中云：“虎豹豺兕，失气恐喙；雕鹗鹰鹞，飞扬伏窜”，不正隐示革命者庄跻盘据其地乎？验诸《启节》，其义益显。故《启节》所反映者，不仅为经济形势，亦且反映当时楚国重大之分裂形势矣！

饶宗颐《楚黔中考》（见《楚辞地理

考》），论证楚黔中疆域，“当跨有今四川东南，湖南西南，贵州东北一带之地”。结论至确。而《后汉书》称庄跻后人庄豪，以沅水西溯，伐夜郎，而王滇池，又足证黔中确为庄氏数世之疆土，否则，庄豪不能由沅西溯也。

再者，庄跻果王滇池，而非据巫、黔中，何为复有庄氏后人，溯沅水、伐夜郎、王滇池之说哉！此不又足证庄跻始略巴、黔中，及秦人得巴，庄氏乃南略巫、黔中乎！史公云“略巴、黔中以西”，诚载笔之误。

《元和郡县志》三十一辰溪县五城山下引《武陵记》云：“楚威王使将军庄跻定黔中，因山造此城”。辰溪即汉辰阳，亦即《楚辞》“夕宿辰阳”之所在。此一记载，虽不知所据，但可证庄跻非略“巴、黔中以西”，实避秦锐，定巫、黔中也。庄跻且于辰阳建城矣。不益可证知巫、黔中乃庄跻之根据地乎？前云屈原入辰溆，旨在联庄跻、抗秦兵，不益可信乎？

试再验诸《鄂君启节铭文》，入沅，资水路无地名之出现，水程必甚短。足证其上、中游非楚怀王政令之所能及，而为庄跻之统治区。故启之商船不得达其地。若禁马、牛、羊及兵器之载运，岂非惧敌人庄跻之获得乎？巫、黔中既非楚王所有，则庄跻及其后人并非楚王将不尤为显豁耶。谭文云：

> 入资、入沅、入澧、入油各为一路，其时这几条水路的沿岸，可能尚无较大城邑。故铭文但言入某水，而不言庚某地。”

盖不知资、沅以西广大地域为庄跻之疆域，非楚王政令所能及，故不详载地名，示不得从事贸易于其地也。近年出土古器物，堪证其地域，文化并不低耳。

要之，庄跻曾西略巴、黔中以为据地，及秦人攻占巴，庄氏乃继据江南之巫、黔中。

然古史记载，涉及巫、黔中时，又率以为楚王之地者，何也？

《战国策·楚策》载苏秦为赵合纵，说楚威王曰：“大王不从亲，秦必出两军：一军出武关，一军下黔中，若此则鄢郢动矣。”按出武关，下黔中之说，为设想秦攻楚之进军路线，非谓武关、黔中乃楚有也。如武关在商于之西，商于早于秦孝公时被秦攻占，武关早非楚土矣。则黔中于威王时，固亦不必为楚所有。就庄跻当时之政治领域论，谓下庄之黔中后，秦兵将及于郢也。

《史记·苏秦传》秦说楚威王曰：“楚西有黔中、巫郡。”《张仪传》：“秦要楚，欲得黔中地，欲以武关外易之。”又“秦西有巴、蜀……扞关惊，则从境以东尽城守矣。黔中、巫郡非王之有。”凡言巫、黔中为楚王所有者，皆基于统治阶级之正统立场。故其地虽为庄跻据，在楚王固以庄为盗，于其土固仍视为己有；异国统治者，基于同一认识，亦视为楚王之国土。故威、怀两世之纵横家，得称楚有巫、黔中也。若怀王三十年，楚王被留于秦，秦要怀王割巫、黔中，而不要割宛、叶者，当谂知庄跻据有巫、黔中，非楚王所有；以为怀王不惜弃之，易于承认也。而怀王不许者，亦当系知巫、黔中为庄跻据，若应之，将难以履约，徒增纠纷。章太炎于《菿汉闲话》云：“楚上游之险，惟在于此。怀王虽被留，犹不肯以予秦”。以爱国思想评楚王。看似正确，实则“要以割巫、黔中之郡，楚王欲盟”（见《秦本记》），当以“秦欲先得地”，乃“不复许秦”。堪证怀王不爱其版图，实虑庄跻不许秦得之也。秦不能得巫、黔，已终不能得脱虎口耳！何察于军事形势，爱国思想之可云？不益可证知巫、黔中非楚王所有乎？

《秦本纪》孝公元年“楚魏与秦接界……楚自汉中，南有巴、黔中”。《正义》

曰："楚自梁州汉中郡，南有巴、渝，过江南有黔中、巫郡"。是巫、黔二地，均在江之南且接壤，巫东而黔西也。

《通典》卷百八十三，州郡十三："黔中郡，黔州（原注：今彭水县）古蛮夷之国，春秋战国皆楚地。"《楚黔中考》云："汉涪陵即隋后之彭水（原注：彭水，隋始置）亦即唐黔州所理，亦即楚之黔中。"其说甚是。然系论首治，非论辖区也。想庄氏之首邑，始亦或在此，盖承旧基，为防秦之要冲耳！

据前考辨，知庄跃之统治区，在顷襄时，南境及于沅水流域之辰溆，若湘水上游或亦在其掌握中。盖顷襄时代国势之弱，更便于庄之扩展也。是则今四川东南部、湖南西部、贵州东北部、湖北西南部，固皆庄氏之辖区也。此"庄跻起，楚分为四三"，有关庄氏所建之"解放区"也。时或改号"湘君"，以别于起义时之号"云中君"。再就《始皇本纪》："荆王献青阳（即长沙）以西，已而畔约，击我南郡"论，乃顷襄东伏陈后事，是庄氏之域又扩大及洞庭湖以南广大地域。是湘水流域，亦必为庄氏有。此元前二七六年（楚襄二十三年）发生之事。荀卿年令时约三十八岁，应为熟知之事，故其评庄有"善附民，善用兵"之语。

考楚襄东伏于陈后，即不爱其旧土，乃于前二七八年，秦楚襄陵会时，在秦昭要胁下，自可献已虚有青阳以西之地，以图秦之欢心，惜史未明言此事耳！

（许昌师专学报 创刊号）

庄蹻历史考辨

——兼论屈原诗作和庄蹻的关系（下）

路百占

巫、黔中，位郢之西南，当时开发情况，无疑落后于长江的北岸。第就军事形势论，确为要地，庄氏植基于此，无形中成为楚王之屏障。故威、怀二世，不被此路之秦兵。及项襄七年，郢北之宛、叶沦于秦手，南向迫郢之势成。如复因巴、蜀之兵，循江而下，则郢都必危，盖钳形之兵也。

顷襄十九年（元前280年），秦兵两路攻楚矣。

《楚世家》："秦伐楚、楚军败，割上庸、汉北之地予秦。"《六国年表》："秦击我，予秦汉北及上庸地。"此当为北路之兵，所谓"一军出武关"也。云梦出土秦简《编年记》："廿七年，攻邓。"又可证。《秦本记》昭襄二十七年（元前280年）："使司马错发陇西，因蜀，攻楚黔中，拔之。"此当为秦西路之兵，所谓"一军下黔中"也。

《水经·沅水注》："昭襄二十七年，使司马错以陇蜀军攻楚，楚割汉北予秦。"不详攻黔中，殊不当也。《通鉴》四，沿其误而加详曰："司马错发陇西兵，因蜀，攻楚黔中，拔之。楚献汉北及上庸地。"似云秦拔黔中之后，楚又献汉北及上庸以和。揆诸事理，断乎不当。试问安有既亡黔中，又献汉北之理乎？近人饶宗颐《楚黔中考》竟谓："秦拔黔中之后，楚献汉北上庸以和，秦乃归黔中于楚。故至顷襄二十二年，有秦复拔我巫、黔中之语。"按此说极误。

考楚黔中地，当西汉水（即嘉陵江）入江之南之黔江流域，巫郡在其东。秦西路攻楚之兵必先拔黔中，而后巫郡、江南，而后郢都。其势不能越黔中而先巫郡。《秦本纪》云："昭襄二十七年拔楚黔中……三十年伐取巫郡及江南，为黔中郡（秦郡也）。"次第至明也。如谓拔黔中之后，楚人献汉北及上庸以和，而秦归黔中于楚，为诚然之事，则于三十年应云取黔中、巫郡、江南为黔中郡"。今（《秦本纪》不作斯记，仅云"取巫郡及江南为黔中郡"。是二十七年所拔之黔中未还于楚，至为明显。况楚王何厚爱于庄蹻所有之黔中，而甚恶于己有之汉北耶？以已有之汉北及上庸，代庄蹻恢复版图，无斯里也。此理明，便知《水经注》、《通鉴》及近人说归黔中于楚，为子虚之事。而元前280年两路攻楚之说，为无可疑者。

再者，时巫、黔中为庄蹻所有，抗秦兵者当为庄蹻，暂失地于秦者当为庄蹻。庄蹻既非楚将军，楚襄虽愚，岂能损己以扩张庄之领土乎？若云梦秦简《编年记》："（昭王）二十七年，攻邓。"出自时人所记，足证秦败楚于邓，故楚人割汉北及上庸于秦以和也。古人说此已误，而近人则再误，故辨之。

史称"因蜀攻楚黔中，拔之"，非谓攻取庄蹻之全部黔中也。试思善用兵之庄蹻，

033

“副君之重”，而“妙善词赋”，又“体貌英逸。明确地肯定了他对建安文学的倡导作用也作。但刘勰对曹丕也有很多批评，《乐府》篇论“魏之三祖”说：“气爽才丽；宰割辞调，音靡节平。观其“北上”众引，“秋风”列篇，或述酣宴，或伤羁戍，志不出于滔荡，辞不离于哀思，虽三调之正声，实韶夏之郑曲也。”批评是严厉的，但用我们今天的观点看，也是不适当的。他说曹操的《苦寒行》和曹丕的《燕歌行》这类有名的诗篇，内容不外乎淫荡，文辞不离于哀伤。从内容到形式都加以否定，未免太过分了。这正是他受了儒家正统文学观的影响，才做出的偏激的结论。从这点看来，被郭老看作态度公允的刘勰，并不是象郭老所想象的那样把曹植和曹丕并重相看的，倒是他对曹丕作了有点过分的贬低。此外，《谐隐》篇中“虽有小巧，用乖远大”，也是对曹丕的批评。《才略》篇中，他赞扬了曹丕的《典论》，说“《典论》辨要。”而在《序志》篇中也指出了《典论》在论文方面的不足，说“魏《典》密而不周”。其它，关于曹丕的评价，《文心雕龙》中就涉及不多了。刘勰的评价固然有不足之处，但他决不是象郭老所说的那样，批评了前人扬植抑丕的倾向，就把曹丕看得同于曹植或高于曹植了。曹植在刘勰心目中的重要性，是曹丕远不及的。

总之，曹植是建安时期最杰出的诗人，因此受到刘勰和钟嵘的高度重视和交口称赞。钟嵘从“自然英旨”这一诗歌理论出发，大力肯定了曹植五言诗所取得的辉煌成就。他赞扬曹植诗歌的“骨气奇高”、“情兼雅怨”，实际上也就是对建安文学具有丰富的现实内容和慷慨悲凉的风格这一主要倾向的肯定，他赞扬曹植诗歌的“词采华茂、体被文质”，正是他的文学理论和文学批评文质并重的表现。他的宝贵意见值得重视。刘勰对曹植及其作品的评价和分析是细致、具体而又深刻的。虽然他从儒家正统观念出发，观点有时并不适当，但他不过分求全，又不轻易吹捧，既肯定其成就，又不忽略他的缺点，这种批评作风值得我们借鉴。对于曹丕，刘勰和钟嵘都肯定了他在建安文学中不可忽视的地位和作出的贡献，也作出了许多批评，比较适当地论述了他在文学上的成就得失。对于我们研究曹丕，仍有重要的参考价值。当然我们还必须遵照马克思主义对于古代文学遗产批判继承的原则，对刘勰和钟嵘的文学理论和批评实践，作深入的研究、分析，这样才能从中吸收有益的东西，剔除其糟粕。如果象郭老那样，以点代面以偏概全地理解《诗品》和《文心雕龙》的观点和意见，那么，就会误会刘、钟二位理论家的真正意图，而把《诗品》和《文心雕龙》中的精华也当作糟粕加以剔除的。

（上接第17页）

宓妃唱：

鱼鳞屋兮龙堂，紫贝阙兮珠宫。
灵何为兮水中？
（注：“灵”指河伯。“何为”干什么）

河伯唱：

乘白龙兮逐文鱼，与女游兮河之渚。
流斯纷兮将来下（音户）。

说着说着他们快到南浦了。南浦是黄河南岸与洛水交会的地方，也就是一双情侣要分手的地方，因为洛神宓妃住在洛水。于是他们话别。

宓妃唱：

子交手兮东行（你向我拱手告别转回东方吧）！

河伯唱：

送美人兮南浦（我送你到南浦）。

宓妃唱：

波滔滔兮来迎，鱼鳞鳞兮媵予（您看，滔滔的洛水波浪已经来迎接我了，那成群的鱼儿已在陪伴我，请您放心回去吧）。

一双情侣在依依惜别的情景中演唱结束。

这是我的浅见，愿就正于同志们。

于秦兵犯境时能不奋勇抵抗乎？所暂失者必沿江土地及其首治。若巫居其东，斯年秦即无力及之，此明证也。是则庄跻仍保有巫郡全部及黔中南部以事抗秦。考《华阴国志·蜀志》“司马错率巴、蜀众十万……浮江伐楚”，是秦付出重大代价，方攻占黔中一角，司马错之才力竭矣。庄跻抗秦之英勇，亦当于此见之。故秦于休整之后，且在白起拔郢之后，易白起为帅，再攻巫、黔中于元前277年。

《秦本纪》昭襄王二十九年：“大良造白起攻楚，取郢为南郡。”《白起列传》：“攻楚拔郢，秦以郢为南郡。白起为武安君。武安君因取楚，定巫、黔中郡。”《秦本纪》：“三十年，蜀守若伐楚，取巫郡及江南为黔中郡。”《春申君列传》：“秦已前使白起攻楚，取巫、黔中郡。”曰“取”，曰“定”，情势不同于司马错明矣。《方舆纪要》卷八十武陵县临沅城下云：“一名张若城。《地记》秦昭王三十年，使白起伐楚，起定黔中，留其将张若守之，若因筑此城，以拒楚。”又引志云：“城西又有司马错城，与张若城相距二里。秦使错与张若伐黔中，相对各筑一垒，以扼五溪咽喉。”此临沅城在今常德西，扼沅江下游，知其中上游非秦所有，仍当为庄跻据也。

凡此，可证秦廷视庄跻为劲敌，以司马错为无能，故于白起拔郢之后，即易白起为帅，再事兵戍。想白起鉴于错以十万众，仅获小胜，所率兵力决不能少于错，甚或倍于错也。故黔中（楚郡）北部、巫郡、江南乃暂沦于起手。此《楚世家》《六国年表》所云“秦复拔我巫、黔中郡”，所称“复拔”之实况也。若江南或未全陷，故《白起传》不及之，《六国年表》亦不及之。至黔中南部亦不必尽陷也。观夫“留其将张若守之，若筑此城以拒楚”，所谓“拒楚，”当非拒远伏于陈之楚襄，而为拒拥有实力，据于近处之庄跻。盖襄王东伏于陈，秦在江北已设南郡，势可防楚襄之西来，兹乃于远在江南之临沅，筑张若城与错城以拒“楚”，则此“楚”非顷襄之楚，而为拒巫，黔中庄跻之楚，不益明乎？斯庄跻之力固在，且保有周旋之余地，反攻之基地也。

秦前用廿万众（？）耗时四载（元前280——元前277），再易帅，始获暂胜。筑城临沅者，示秦之力仅及于此，且惧庄跻也。

或以《楚世家》“秦复拔我巫、黔中郡”，《六国年表》“秦拔我巫、黔中”之记，以否定吾说，吾曰此楚史之遮羞布也。盖就巫、黔中早属于楚言之，非就属于庄跻而言也。若以为楚廷土地，且知其为复拔，则何为于襄王十九年不明著“秦拔我黔中郡”耶？胡为仅记秦之北来，而曰“秦击我，与秦汉北及上庸地”耶？如此史笔岂无故乎？盖楚史官处于不须记，而又不能不记之尴尬境地矣！

后之述古者，多暗于史实，竟谓秦定巫、黔中之后，长时统治其地，如《方舆纪要》卷八十云：“秦白起取巫、黔中，自是楚势日削，而沅湘以南皆秦境。”按白起破郢，襄王东北保于陈城，是楚势之削，不始于秦拔巫、黔中。况巫、黔中为庄跻有，与楚廷无关，白起拔之，乃暂削于庄，于楚廷何关乎？至于“沅、湘以南皆秦境”，就顷襄二十二年一年论之尚可，其翌年即为庄跻逐于境外矣！

《秦本纪》昭王三十一年（元前276年）“白起伐魏，取两城。”白起由黔中而北矣。又“楚人反我江南。”《正义》：“黔中郡反归楚。”曰“楚人。”楚之人民也，与楚王无关。江南，大江之南，应包括元前277年秦占领之黔中、巫郡、江南等广大地域。《正义》所称之黔中郡，乃秦设之郡，非楚设之黔中郡。曰“反归楚”。重回楚人民之手，非谓归楚王也。此秦史所记，最为可信。《六国表》顷襄二十三年下云："秦拔我江旁十五邑，反秦。"曰"江旁十五邑"指沿江地域，符合秦史江南之说、亦足证离江较远之地域，不曾入秦手，仍为庄跻所有。于此更应注意者，楚史亦谓江南之人民，不堪秦人统治，起而反秦，抗秦，与楚襄无关也。盖楚史官由衷记录，心喜之际，无殊秦记。虽遗憾不详，亦珍贵史料。

然《楚世家》则云："襄王乃收东地兵，得十余万众，复西取秦所拔我江旁十五邑，以为郡，拒秦。"迥异《年表》，矛盾其说，其何故耶？

考楚襄王在位，史称三十六年（元前298年——元前263年），以实论之，则为三十三年（余另有说）。三十三年中，除和秦、被秦兵外，无用兵攻秦之迹。寻楚襄王二十一年亡郢前尚无报秦之举，岂能于国破播迁之后，遂兴反秦之师？即云萌复仇之志，当西攻宛、叶、恢复旧京，岂能舍近而图远？况仓卒成军，逾江而南，何如遵陆西向，收复江汉？趋难避易，愚者不为，以恐秦成病之顷襄，益不敢为也。再者，东军十余万，远渡而南，仰攻秦兵，以疲弊之卒，岂能克坐逸之兵？楚史云云，为楚襄饰粉黛、谋遮羞，窃人民之功为己有，真无耻之尤者。断以伪造楚史，当非故抑楚王也。

江南人民反秦之胜利，不言而喻，必为庄跻指挥之功，而史不著其名者，当以非楚将军也。

无须怀疑，此人民必庄跻统治区之人民，训练有素之人民，亦必拥护庄跻坚决反秦之人民。故庄跻得痛击司马错于黔北，使之不前。及白起之临也，想以敌众我寡，势力悬殊，庄跻乃作战略退却，暂避秦锋。《云中君》："猋远举兮云中"，《湘君》："君不行兮夷犹，蹇谁留兮中州。""心不同兮媒劳，恩不甚兮轻绝。""期不信兮告余以不闲。"《湘夫人》"鸟何为兮蘋中？罾何为兮木上？"并当系就庄跻之战略退却，未践屈约而言也。庄跻采此战略，以挫敌气，以骄敌志，以懈敌心，以迷敌意。收效之后，乃于翌年出敌不意，英勇出击，一举而驱秦兵，光复旧物。庄跻诚领导人民革命之英雄，反抗侵略，保卫人民之人杰。较庄跻稍后之荀子，亲闻此役于壮年，时约三十八岁，且于顷襄二十年（元前279年），早闻田单破燕，复兴弱齐之举，并许以"善附民，善用兵"，不为虚美，若伯田单而仲庄跻者，当为赞赏其同能反侵略，保疆土而成大功也（按单破燕仅早于庄破秦三年）。次第先后，区以有别，庄跻之英姿耸立人间矣。惜乎！史公未能传庄跻之史如传田单也。试揆其故，当以庄跻远处西南，知其事者，难播于中原，而楚廷史官，终以其非楚臣，故又不为书简耳。今幸屈诗、荀作尚在，可窥见大略焉。

《始皇本纪》："丞相御史曰：荆王献青阳以西，已而畔约，击我南郡，故发兵诛，得其王，遂定荆地。"《集解》引苏林说，青阳即长沙。《汉书·邹阳传》："越水长沙，还舟青阳"者是也。是青阳以西，当即长沙之西。所传献青阳以西、岂秦楚间有密约，共谋庄跻乎？此又足证《楚世家》所称"顷襄收东地兵，得十余万众，复西取秦所拔我江旁十五邑，以为郡拒秦"之说，必为伪史也。

秦简《编年纪》于始皇十九年下云："口口口南郡备警。"必楚民有反秦之军事行动，故南郡备警云。秦简始皇二十年南郡守腾，告县道啬夫之文告，有云："今法律令已具矣，而吏民莫用，乡（同向）俗淫佚之民不止，是即法（发）主之明法殹（也），而长邪避（僻）淫失（佚）之民，甚害于邦、不便于民。""闻吏民犯法，为闲私者不止，私好乡俗之心不变。"具体反映楚人民爱恋楚之旧俗，不甘秦之统治，在郡守腾以为犯法也。郡守腾之文告，发于次年，可知为镇压楚民叛秦之文告也。要之，二者均足证明楚人不服从秦之统治，且有军事反抗行动。就白起破郢于公元前二七二年至秦始皇十九年（元前228年），已近五十年，楚民始终不臣于秦之心可见。若“南郡备警”当为庄跻孙辈以江旁地为出击秦人之基地。当此之际，大江以南，似无秦人足迹。

《秦始皇本纪》又云：“二十五年（元前222年）王翦遂定荆、江南地。”此江南地当即昭襄三十一年（元前276年）“楚人反我江南”之江南，亦即“江旁十五邑”，与十五邑以南之土地，是则庄跻及其子孙领有之湘黔流域，至始皇二十五年，方为秦有。上距“反归楚，”庄氏继统其地者，又五十四年。于此可知顾氏《方舆纪要》于白起定巫、黔中后，称“自是……沅湘以南皆秦境，”殊为失考之论。

从各方判断，庄跻略巫、黔中，保卫巫、黔中，经营湘黔流域之先后情况，已如上述分析推断，知庄跻未曾离巫、黔中也。其非楚王将军甚明。楚史称楚襄以东地兵收江旁十五邑之说，虽不可信，但可证即在郢破后，大江以南入郢之路未断也。若庄跻王滇池之说，就其生之时代，政治需要论，兵争情况论，的无任何历史因素，司马迁之说，要不若范晔之正。

屈原与庄跻皆楚人，并世而生，当最了解庄之为人及其事业，如荀文之赏识庄跻者。

前论庄跻可能起事云中，因自号“云中君”，而屈诗适有《云中君》之作。就诗意推敲，知责“云中君”失击秦寇之约也，复可证知庄跻之曾号“云中君”。《云中君》之诗情明，两《湘》之诗旨，亦得藉而显。曰“令沅湘兮无波，使江水兮安流”，岂非望清除寇氛乎！曰“横大江兮扬灵”，岂非望收复江北之土地乎！曰“恩不甚兮轻绝，心不同兮媒（同谋）劳，”岂非责庄之不践约乎！曰“麋何食兮庭中，蛟何为兮水裔”，岂非责庄处己非宜，不救国难乎！而《涉江》云：“哀南夷之莫我知兮，旦（同怛）余济乎江湘”，当为伤庄之不践约，己之南行无功也。曰“入溆浦余儃回兮，迷（弥）不知吾所如（入）”，当系伤离辰溆后，更不知向何处寻求救国志士也。凡此可证“湘君”必实有其人，湘君系握有重兵者，湘君之兵必在辰溆近处，此人如不居湘，自不能号“湘君”，为至浅鲜之理。又君，长也。（《尔雅》）湘君者，湘地之长也。揆时之处沅湘流域者，舍庄跻殆无可指。故前疑庄跻后号“湘君”耳。

寻屈原深入沅湘，绝非迁所之行，而为寻救国志士，其时间当在元前二七八年之冬。《涉江》云：“唉秋冬之绪风”，可证也。其抵辰溆当在元前277年之春，但就当年兵争形势论，白起方鏖兵巫、黔，庄跻运筹帷幄，作战略退却，乃不能践屈原之约。故屈原于《云中君》、《湘君》诗中吐怨望之言。此后屈原亦被迫东归，仓惶奔命，以秦兵塞路，去无所往，退无可归，乃沈身汨罗，以殉国难。大夫固不及见元前二七二年庄跻和巫、黔人民，一举逐秦人于境外之英勇战绩，震惊当世之丰功伟业也。然屈原生前之约言，汨罗沉尸之壮烈，亦必深感于庄跻，深感于南楚之人民，因之有“招屈亭”之建。

《方舆纪要》卷八十一溆浦县义陵废城下引常林《义陵记》云：“项羽杀义帝，武陵人缟素哭于招屈亭。高祖闻而义之，故曰义陵。”知楚亡前，溆浦县有招屈亭之建也。此亭当为招屈原之魂而建，非楚王之建，而为同时人同地人，如庄跻者所建明矣，果如所论，则屈原卒后，庄民即为屈原建亭作纪念矣。屈原不为人民所忘，二千多年前已有之，足证庄、屈确有交通之事，屈原之入辰溆决非放迁之行也。

公元前276年，庄跻逐秦人于黔、湘之外，时年已八十许，（参前），戎马生活，必至劳瘁，一代英雄，或即弃世于此后一二年之内。承其业者，自为其子。如以庄跻三十岁有子计，顷襄二十三年，佐庄跻逐出秦兵时，其子年令当在五十岁左右。亦以八十岁计，为其地首领者二十五年。当卒于元前251年，即楚考烈王五年，与秦昭王同年而卒。此后承位者皆以二十五年为一代计，则庄跻之孙当卒于秦始皇十三四年时，此后统其地者，为跻之曾孙。范晔云："庄豪者，庄跻之后"，言之甚确。

《华阳国志》称庄跻泝沅水，王滇池，绝不可信。然可证知庄跻之必王黔中也。今又知庄豪亦复有泝沅，王滇池之说，益足证庄跻祖孙四代，乃统治黔、湘之世袭人物，势非楚将军也，而豪之统治时间以元前234年推之，理非顷襄之世，其承位应在幽王时期。范晔称庄豪顷襄时人，亦不当也。

史称王翦以六十万众攻楚，不仅以楚域之广，当以江南地域类庄氏者，尚有三四，而庄兵之奋勇，为翦素知，必有余悸耳！当灭楚（元前222年）之翌年，王翦乘灭楚之余威，当即向西南攻庄氏之地域。想当时之沅湘，人少兵寡，力非其敌，而北之巴、蜀已为秦有，湘水之东，亦为秦得。庄豪受兵逼，惟有循沅水而西，方能脱秦军之围歼。庄豪循泝沅水而西者，必职斯之故。以时间论，何有关乎襄王之遣哉！庄豪为保存实力，战略退却，长征滇池，军事上之上策也。观其入滇而为滇王，终不臣于秦庭，犹庄跻不臣于楚，英风壮志信非常人所能及。太史公曰："秦灭诸侯，惟楚苗裔，尚有滇王"。以秦之强，固未能尽灭楚人也。秦始皇衔恨于庄氏，自在意中。

元前214年（始皇三十三年）秦政发五十万人，伐南越，戍五岭。所以戍五岭者，除防南越外，亦当系防庄氏之复来也。庄氏深使秦政梦寐不安矣。

《秦始皇本纪》载始皇二十八年有毁湘君祠之举，极耐玩味。

（始皇）"至湘山祠，逢大风，几不得渡。上问博士曰：湘君何神？博士对曰：闻尧之女舜之妻而葬此。于是始皇大怒，使刑徒三千人，皆伐湘山树，赭其山。"

按《始皇本纪》："三十七年十一月，行至云梦，望祀虞舜于九疑山"。秦政既敬重虞舜，岂能轻怒于二妃之祀？当别有故焉。余疑秦政怒于"湘君"毁其祠者，非以尧女舜妻而兴大风也。知庄跻曾号"湘君"知"湘君祠"为祀庄跻，恨庄跻耳。

前论庄跻于公元前二七六年，曾逐白起兵出巫黔，其后人于始皇十九年，竟使"南郡备警"。下迄元前二二二年，"王翦定江南地"时，庄氏继统大江以南者五十四年。即在始皇时代，庄氏统其地者，仍二十五年。始皇于庄氏之仇秦，不能不积怒于平日。而江南楚民却戴庄氏之德，于庄跻死后仍祀之。"其徒诵义无穷。"可谓有据也。故湘君之祠，又可证庄跻生前必有"湘君"之号也。秦政固素知此号，于是故为问，而博士以"秦俗多忌讳"（《过秦论》）不敢以实对，乃诡对曰"尧女舜妻"。此固不能止秦政之怒火也。政所以伐树赭山者，泄其近三十年之宿愤耳。即以除庄跻在楚人心目中之影响耳。秦政及博士固皆知湘君乃庄跻之号，然终无明言之者，此一哑剧也。明陈士元《江汉丛谈》"尧女舜妻之说，则始于秦博士之妄对耳"。"妄对"二字，实得我心。（见《中华文史论丛》七九年第四期，陈子辰先生《〈楚辞·九歌〉之全面观察及其篇义分析》一文所引。）

秦皇毁湘君祠，屈赋有《湘君》歌，时距仅五十八年。依事理可推知庄跻之曾号"湘君"也。且知庄跻据沅湘以仇秦反秦，积怒于秦皇者，如此其极。此不益见庄跻之建树，的宜膺荀子之赞颂乎？

《史记·西南夷列传》："滇王者，其众数万人……元封二年（元前一〇九年）天子发巴蜀兵……以兵临滇。滇王始首善，以故弗诛。……赐滇王印，复长其民……滇小邑，最宠焉”。述汉初庄氏事，当无可疑。近年云南晋宁石寨山，出土金印一方，文曰：“滇王之印”。堪证赐滇王王印之说也。

前文已述庄豪于前二二二年，由沅水上诉，西王滇池，则至元封二年归汉，庄氏立国于滇池者一百一十三年。设庄跻于威王末年得黔中地，为建立根据地之始计之，则庄跻及其子孙建立之独立政治区域，由湘黔而滇池，共二百二十年之久。

下面试谈“庄跻起，楚分而为三四。”

《鄂君启节铭文释地》云：“鄱阳湖迤西迤北之地，在怀王初年，若不在怀王版图之内，便当系楚越两国间瓯脱之地，其未经开发，更可想见。”疑此说不确。

按楚宣王十五年楚灭越，下距怀王六年（前三二三年）制启节，越并于楚，已三十三年，不得谓鄱阳湖周围广大地域为越王版图，亦不得谓楚、越间瓯脱之地。谭君之论，一时失检。

兹就《启节铭文》观之，鄱阳湖之北，循长江北岸，有舟节路线，自鄂以至爰陵。若鄱阳湖东西，以至南之陵阳，不惟无舟节路线，且无车节路线，此一疑问也。

就荀子“庄跻起，楚分而为三四”论之，疑此一地域，在越被灭后，楚统治者注意北方，与秦争逐，越民纷起割据，楚史不载耳。直至庄跻起，荀于行文时，乃连类及之。《韩非子·喻老》杜子曰：“王之弱乱，非越之下也”当为谈此事之迹。《始皇本纪》（王翦）“降越君，置会稽郡”，亦为史证，果如此论，则有如庄跻革命人物，分据各地，为楚政令所不及，故舟节、车节路线，皆不及之。惜古籍不传其名和事，惟有据荀文及《启节铭文》说明当日之形势。至如屈原诗作及其它史实，亦可证明此历史真象也。

《涉江》末章云：“怀信侘傺，忽乎吾将行兮。”谓抱忠心，伫立思考后，当离辰溆，疾行向远方也。《湘君》云：“采芳州兮杜若，将以遗兮下（疑佚之脱误）女。”佚女，即贤者，爱国者之意。《湘夫人》云：“搴汀州兮杜若，将以遗兮远者。”远者，远方之英杰。亦即“忽乎吾将行”，所谓急求者也。诗句大意，当为一己爱国之谋，将与远方之爱国者共之耳。按屈原此后已东返，揆当时情理，实非返陈之行，有径东之意。《怀沙》云：“修路幽蔽，道远忽兮”。谓赴东方之长路，为秦兵所遮，伤道远而不能至矣。凡此所云，并当指远据湘东、赣境，不臣于楚王，握有兵力，类庄跻者之人物也。于此可设想鄱阳湖东西所以无舟节车节路线者，亦非怀王政令所及。

正以此一地域非楚政令所及，而为反楚廷者所据，故前二七八年白起破郢时，顷襄东北保于陈城”，而不沿江东下，迁都吴越之旧墟者，惧鄱阳湖周围人民力量之存在，将不利于其播迁也。当时隐情，赖此而明，其快何如？

亦正以江表有庄跻式人物之存在，故秦皇二十四年（元前二二二年）令王翦灭楚时，翦无六十万众而不出将之故，亦当为怵于此地区人民力量，而非计及楚廷之强。惜史册缺载，遗憾莫详，今幸考辨庄史，得知梗概云。

庄跻实祖国古代人民革命英雄最早之杰出者，庄不仅对奴隶贵族之压迫和剥削，进行长期、坚决、卓绝、富有成果之斗争，即对于侵略之秦军，亦进行顽强、英勇、机智、果敢、长期之抵抗，获得辉煌之胜利，为我国奴隶革命史、阶级斗争史，增添无限光彩。若建立独立政治区于湘黔，及庄豪之身，时约百年，开发湘黔地区，推进历史发展，厥功至伟。及庄豪入滇，立国者复一百一十三年，南楚较高之文化，当又播植于滇地矣。

屈原一忠君变法，伟大爱国诗人，与庄蹻思想不同。然能于郢破后，赴沅湘之域，共策反秦者，在屈自为爱国，忠于楚王，而庄蹻则为楚民。此就二人之行事以为言也。

庄、屈二子，并生晚楚，卓踔行事，光齐日月。故一建革命之奇迹，一放文苑之异彩。惜庄蹻之史，久为人诬，屈原之制，多受曲解。此文之作，旨在竭其端绪耳，幸达者匡其不逮焉！

附　说

一、唐人张守节《史记·正义》于《礼书》解"庄蹻起，楚分而为三四"云："楚昭王徙都鄀，庄蹻王滇，楚襄王徙都陈，楚考烈王徙寿春，咸被秦逼，乃四分也。然昭王在庄蹻之前，故荀卿兼言之也。"张氏以徙都说分，已属谬妄，云"咸受秦逼"，更误。若昭王徙鄀，受吴兵之祸，乃春秋重大战争，为历史常识。而张氏竟亦白日说梦，颠倒错乱。读古人书，如不慎审，极易受欺，此显例。

二、杜佑《通典·边防·三》马端临《通考·南蛮·二》曾辨庄蹻时代，定为顷襄时人。后之学者，多沿其误，据此文当知其所以误。

三、宋王应麟《困学记闻》主将军庄蹻与盗同名，断为二人，极无据。

四、清王先谦《后汉书·集解·卷八十六校补》《夜郎传》"遣将庄豪"下云："案后载滇王者庄蹻之后也，仍作庄蹻。此作庄豪者，豪，酋豪也，前书言，蹻王滇变服，从其俗以长之。长之者，即为其酋豪耳……故庄蹻一呼庄豪，非是二名。"又《集解》王补曰："庄豪王滇，豪即蹻也。"主庄豪庄蹻为一人。按史文析言"滇王（庄豪）者，庄蹻之后也。"明是二人，强解为一，不当也。近人亦或就声之侪侈，判为一人，其误与王同。

五、1978年谭戒甫先生《楚辞新编》228页《东君·概说》云："因为齐国位在楚国之东，故称齐王为东君，而云中是楚泽，故也称楚王为云中君。"此外对湘君、大司命等亦各有所喻。虽不同于敝说，但不以为神名，及祀神之歌则一也。请参看，以证余说有同似者。若孰是孰非，读者可明辨之。

六、《吉林师大学报》1980年第一、二期刊孙常叙《庄蹻起，楚分而为三四和楚辞·九歌》一文，引方国瑜同志说："沅水当是延水之误。""庄蹻将兵循江上略巴、黔中以西，溯延水，出牂牁，以伐夜郎，至滇池。"孙云："延水即今乌江下游黔江，亦即古巴陵水，也就是涪陵水，或涪陵江。"其说是也。若云沅水当是延水之误，乃调停《史记》、《华阳国志》及《后汉书》之异说而一之。据本文之考辨，当知其误。

又称"庄蹻入滇，秦取商于（孙说，南商于，非商密之商于），楚分为三。""失汉中，楚分为四。"盖谓庄氏入滇，秦取商于、汉中，益以楚本土，则为四分，或四次"分割"。按庄氏王滇，固可曰"分"或"分割"。若秦取商于、汉中，并入秦土矣，对楚言则为"失"为"亡"，岂可言"分"乎？盖"分"者，从楚版图中"分出"，"分裂"，独立之谓也。不臣于楚，也不臣于秦，乃其特点。若"庄蹻起"之"起"，当为"起义""举事"之意，孙同志忽略此"起"字，极不当也。再者，庄蹻在时，于怀王三十年，"秦复伐楚，取八城"（《楚世家》）又顷襄元年，"昭王怒，发兵出武关，攻楚，大败楚军，斩首五万，取析十五城而去。"《秦本纪》（顷襄七年）秦将白起，"攻楚取宛。"（顷襄九年）"左更错取轵及邓。"《楚世家》顷襄十九年，"秦伐楚，楚军败，割汉北，上庸地予秦。"顷襄廿一年，郢破"东北保于陈城。"此六役皆大失地于秦，时荀子尚在，胡不曰"楚分为十"耶，此为孙说所不能解答者，知孙同志忽视"起"之义，说"分"之义，更属离奇矣！

七、本文脱稿后，看到姜亮夫先生的《楚辞今绎讲录》52页里说：1、怀王二十九年，庄蹻暴郢，因之屈原有《哀郢》之作；2、屈原到南方为联庄蹻，恢复国土，但没成功。姜说未明庄蹻之始末，与余说异；所主屈原联庄，则又与说同，但时间稍异。请参看姜书。

（1943年初稿，1982年六稿）

（江汉师专学报81年创刊号第二号）

《哀郢》中的“陵阳”当即“辰阳”证说

路百占

屈原《九章·哀郢》里有句云：“当陵阳之焉至兮，淼南渡之焉如？”自来注屈赋的，于“陵阳”一词，约有二解。一曰水名，王逸承上文，“陵阳侯之氾滥兮，”说此乃阳侯的省文，意为大波。戴东原《屈原赋注》宗之。二曰地名，洪兴祖《补注》“前汉丹阳郡，有陵阳”。王夫之《楚辞通释》以为今宣城。蒋骥《山带阁注楚辞》说同：“为屈原南迁之地。”姜亮夫先生《屈赋校注》谓：“按《汉书》丹阳郡下有陵阳县，是也。在今安徽省陵阳县南六十里，去大江南约百里，而在庐之北，陵阳山在今县南。”

蒙按这两说并不当，盖以阳侯之省，乃增字为训说，于文意不切，不可从。主为地名则是。但说在今安徽境，又绝非屈原所履的地方，或欲至而未至之地。像近人游国恩氏称：“指屈原东迁于陵阳，非遥逐于沅湘，亦非东迁于陈。”（见《哀郢辩惑》）但在解放后所撰的《屈原》一书中他又说，“陵阳”现在不可考。又云“有人说即今安徽丹阳县南六十里的陵阳，当大江之南、庐江之北。但屈原行踪未必至此”。实已修改前说，陷于不可知之论。则主陵阳在今安徽之说，也不当从了。

我们研究的结果，疑为当即《涉江》中的辰阳，在今湘省的西南。试说证于下，

一、《史记·秦纪》，“昭襄七年，拔新城”。《括地志》云：“许州襄城县即古新城是也”《六国表》：“楚怀王二十九年，秦取我襄城。”按昭王七年，即怀王二十九年，新、襄声近，自可通用，犹陵阳之即辰阳！

《礼记·檀弓下》：“工尹商羊与陈弃疾追吴师。”郑注“陈或作陵，楚人声然。”正义曰：“陈或作陵，楚人声者，谓陈弃疾，余本有作陵弃疾者，故云陈或作陵。楚人呼陈及陵声相似，故云楚人声。”按陈弃疾即后来的楚平王。是陈、陵古通的证明。而陈、辰古声分属禅部、澄部，则陵自可通辰了。那么，陵阳当即辰阳。这是最好的证明。

二、《涉江》中所计行程为鄂渚、方林、沅、杜渚、辰阳，并没有陵阳的记载。而在《哀郢》中特别提到它，按《哀郢》里的陵阳如为屈原南行的目的地（姑不论是否放迁之行），而《涉江》中的辰阳，亦为屈原的终点站。则辰阳与陵阳应为一地。于此亦可得一仿佛，若今之安徽陵阳，果为屈原所履的地方，则于《涉江》中不容不道及。盖属皖的陵阳，位于夏浦以东极远之地，不容不涉及。再者，果抵皖的陵阳，后又说沅湘，就何迁所言，则不合乎逻辑。以自由行动论，有何必要？当知说屈史者，把陵阳当作今天的皖之陵阳，不符合屈原当时行程目的。说为湘的辰阳极符合当时的行程方向。这是第二个证说。

三、《哀郢》里所纪南行发轫之地为鄂渚（今武昌），而南行经地为洞庭、大江、夏浦、陵阳、而陵阳尚为未至之地。现在除去陵阳，行程方向衔接《涉江》的鄂渚，如以陵

041

阳为辰阳，则更符合行程之终点。所以解作今皖的陵阳，固大可疑也！此三证也。

四、“当陵阳之焉至兮，淼南渡之焉如？”意为值将到陵阳之前，渡大江而远往南方，将先到何处呢？这是背夏浦而西思之后，继写未来行程及目的地（辰阳）非已抵陵阳之谓。况皖的陵阳在夏浦之东，如欲东征，则当云东行、东航，不必说南渡的。可是，今竟说陵阳，非其地望，而辰阳正在它的南边，这是第四个证说。

五、《招魂》“路贯庐江兮左长薄”，王逸注云：“庐江、长薄地名也。”洪兴祖补注则云：“《前汉·地理志》庐江出陵阳东南，北入江。”蒋骥注同。而顾观光《七国地理考》云：“此即今之青弋江也”，并谓“在安徽境内”。

近人谭其骧曰：“到庐江当指今襄阳县宜春界之潼水，水北有汉中庐县故城。中庐即春秋庐戎之国。故此水当有庐江之称。自汉北南行至郢，庐江实所必经，……若以庐江移植皖境，则全不可解矣”。（见《中华文史论丛《第一辑159页）谭说破两千年的迷雾，极确。现在以视明说陵阳之在皖，实与此同。这是第五个证说。

六、余曾考屈原之赴辰阳，非放迁的行动，是他的联庄蹻以共同抗秦的爱国行动（见《许昌师专学报》创刊号及第二期）。盖屈原审知庄蹻的所在，握有兵力，始终是反秦的人，和自己是同道，且知其“善附民、善用兵”。（《荀子·议兵》）故在郢破后，来此密谋庄蹻，冀幸其以兵力驱秦兵，以复兴楚国，是爱国的政治行动，绝非放迁的行动。若皖的陵阳一带，当亦有类庄蹻的吴越人割据其地，荀子云“庄蹻起，楚分为三四”可证也。唯其力或不及庄蹻，或其领袖为越族，故襄王东伏于陈，不东入吴越之故可明。而屈原乃南及辰叙耳。诗人的行动目的，可证陵阳必为辰阳也！这是第六个证说。

上述六证，就音理、行程、意义讲，说明陵阳必不在皖，实为在湘的辰阳。它充分说明楚辞中的地理，应引起研究屈史者的重视。

（许昌师专学报 86年第一期）

· 简讯三则 ·

△ 本刊在全国高校学报中首辟“《三国演义》研究”专栏，推动《三国演义》研究，在最近召开的中国《三国演义》学会一九八五年年会上获好评。

△ 河南省高校学报研究会理事会最近举行会议，评出河南省优秀学报研究论文五篇，河南省优秀学报工作者二十六名。本刊编辑部有二人获奖。

△ 本刊一九八六年成为全国唯一的一家经邮局公开发行的师专学报。

伯庸考

路百占

《离骚》首二句，“帝高阳之苗裔兮，朕皇考曰伯庸。”研究屈赋的，从王逸以来，于屈原自述乃高阳的苗裔无异说，独于次句则解说不同。

王逸认为“皇考”为原父，云“父死称考”。《文选》王臣注不以为然，曰：“以伯庸为屈原父名，皆非也。屈为人子，忍直斥其父名乎？”王闿运、闻一多并谓“皇考”当训祖考，即屈原始祖，而不详其为何人？

按刘向《九叹·逢纷篇》曰：“伊伯庸之末胄兮，谅皇直之屈原。”又《愍命》云：“昔皇考之嘉志兮，喜登能而亮贤。”知所谓“皇考”实屈之远祖，且为其先王，不然，不能称以“伯庸”之末胄也。刘子政固早于王逸不以“伯庸”为屈原之父也。

近人饶宗颐为《伯庸考》疑为祝融。寻《楚世家》：“楚之先祖，出于帝颛顼高阳，”其六世孙重黎，居火正，帝喾命曰祝融。而《左传》称“颛顼氏有子曰重黎，为祝融”，姑不论其为高阳氏之子或孙，屈文不能先叙为高阳之后再叙为高阳之子之后。以时间过近，误涉烦琐耳。近读谭戒甫先生《屈赋新解》得知谭氏称伯庸为熊通，但缺解说，谨试补说之，请益于通人。

余谓屈既直著“伯庸”，则庸之声名必甚显赫，武功必特昭著，且能与时之楚势相较。基此，疑即楚武王熊通。其证说有七焉。

一、熊通始振武功，扬威国外。

自熊绎受封于楚，传至熊通共十七世（见《楚世家》）。通字号武王（公元前七〇四年），始振国威。《汉书·地理志》云：“周成王时，封文武先师鬻熊之曾孙熊绎于荆蛮，为楚子，居丹阳。后十余世至熊达（按即熊通）是为武王，寖以强大。”是其证。再据《左氏传》，《楚世家》载，桓六（武王三十五年）伐随，桓八（武王三十七年）再伐随，败随师。桓十一（武王四十年）败陨师，桓十二伐绞，为城下之盟而还。桓十三伐罗，师败。庄四（武王五十二年）伐随。《路史·国名纪·五》引桓九（武王三十八年）围邓、鄾、大败邓师。知武王曾败随、败陨、伐绞、伐罗，较诸熊渠时之自行虚夸，不与中国之号谥，处于江上楚蛮之地者，盛多了。然是时楚地，北未逾鄂，东仅至随，虽有武功，未能大拓地也。通卒，子文王赞立，用兵邓、蔡、申、郑、息、黄，兵力得及今豫南及中部，势强土广了。及子成王恽立，召陵之役，齐恒管仲不胜。公元前六三四年（城濮战前一年）陈、蔡、郑、宋、鲁、曹、卫皆从风。晋文公合齐秦于公元前六三三年战于城濮，楚势杀。至庄王侣，更观兵于洛，败晋师河上。基上略述，可证楚强始于通，盛于成王恽（或作頵）庄王侣。然此一强基，通发之，通奠之，当为楚人所不能忘的人物。

二、不能为通以后之楚王。

熊通以后之楚王，若悼王熊疑至威王商，共七十三年，与屈原时距近，不能以末

胄状之，自不能属之其中任何人，可勿论矣。至悼王以上，若杜敖，康王昭、陕敖员、简王中、声王当，皆庸庸碌碌，无何事功，楚人自不重视，其中无伯庸可知矣。若共王审、平王弃疾、昭王珍，皆弱甚且昏，其中无伯庸，又可知矣。若惠王章虽较强，得以灭陈、蔡、杞，然三国早为灵王所蹂躏，仅存其名，不足示惠之强。即灵王之强，能致“鲁往朝之，卒主中国”（《五行志》），亦不及成，穆王在世，可无论矣。即成、穆、昭三王，名固昭显，然又武王所奠基也。自不若武王之自号武王者，首振楚威之有显赫地位也。由上述论，舍通殆无人呵！

三、以屈受氏时间论，必为熊通。

王逸注“楚武王子瑕，食采于屈，因氏焉。屈原其后也。”《屈原列传·正义》：“屈、景、昭皆楚之族”。王逸云：“楚王始都，是生子瑕，受屈为卿，因以为氏。”《古今姓氏书辩证》卷三十七屈姓下云：“出自芈姓，楚武王子瑕为莫敖，食采于屈，以邑为氏（按此二十三字，据邓名世《校刊记》卷三十五补）。自瑕及屈重、屈完而下，世系具《春秋人谱》，可知武王子瑕，食采于屈，因以地名为氏，屈子其后也。屈原曰“帝高阳之苗裔兮”，明楚之由来及己之由来，示其远也。然高阳之后多矣，仍复明为伯庸之后，示其近也。示其近，则必然与受氏之先王有关，始能明其源流族谊之亲，并彰先王之功以自省。此历史之回忆也。而其受氏恰当武王，此皇考之所以应为通，伯庸应即熊通之证也。

四、后人常效此法为交，以明氏姓所自。

扬雄《反离骚》曰：“有周氏之婵嫣兮，或鼻祖于汾隅。”师古注：“雄自言系出周氏，而食采于扬，故云始祖于汾隅也。”知扬子云着叙远祖，次序受氏，一明其远，一明其近，与原之叙氏所有出相同！班固《幽通赋》首二句也说：“系高顼之玄胄兮，氏中叶之炳灵”。《叙传》曰：“班氏之先，与楚同姓，令尹子文之后也。子文初生于曹中，而虎乳之。楚人谓乳、谷，谓虎、于檡。故谷于檡字子文。楚人谓虎班，其子以为号。秦之灭楚，迁晋代之间，因氏焉。”孟坚叙班氏亦高阳苗裔，次及其得氏之先祖，同屈原之笔也。蔡邕《郭有道碑》：“其先出自有周，王季之穆有虢叔者，实有懿德，文王咨焉。建国命氏，或谓之郭，即其后也。”《边让传·章华台赋》云：“胄高阳之苗裔兮，承圣祖之洪泽。”孙绰《王导碑》云：“公胄奕姬父，氏由王乔。”并效屈原首叙远祖，后叙受氏之祖。俱可旁证伯庸与屈氏之受氏有关。“皇考”之义为先王，伯庸之宜即武王，不亦愈明乎？

五、以时间论，应为熊通。

自熊绎开国至武王通共十七世。至怀王则三十七世。武王至怀王二十世，历时四百零五年，时已甚远。故特著先王以明与怀王为同祖，示族谊之近也。《逢纷篇》曰：“伊伯庸之末胄兮”，谓末胄时已久矣。以第三证之，舍武王通，实无可指。

六、以庸通字义相应论，又可证其即熊通。

古人命字，意必应名，如孔丘字仲尼，颜回字渊，仲由字子路，言偃及晋籍偃，荀偃、郑驷偃，字并作游（按偃为㫃之假字。《说文》：“㫃，旌旗之游”）是其证，若楚先王之名，除熊通外，无与庸相应者。

按庸，通也。《公羊隐元年传》疏引《春秋说》“庸者，通也”。《庄子·齐物论》“庸也者，用也。用也者，通也。”是庸，通意应之证。按《广韵》：“亨，通也，或作亯”。而庸古文作𡭋，𡭋、则亯实古文“庸”的半字。亯有通意，是庸亦有通意之又一证也。《礼记·郊特牲》蜡祭之入为“水庸”。“水庸”者，田间水路，所以通水也。亦可证庸通意相应。是伯庸即熊通，可无疑矣。

七、以武王应名庸字通论。

屈原曰："朕皇考曰伯庸"。王逸云："伯庸，字也。"蒙以为非是，按庸乃名，其证复有三。

1、伯当训王。古人命字，固多以伯仲叔季及子诸字冠之，以示行第或美称。然伯庸之伯，就"皇考"意证之，当训为王。古王、君、伯同意也。《逸周书、尝麦解》："其在殷（当作夏）之五子，忘伯禹之命。"《国语·郑语》："昆吾为夏伯矣，大彭豕韦为商伯矣。"《天问》："伯禹腹鲧。"《竹书纪年》："彭伯寿帅师征西河。"诸"伯"字并与王同义，是其证。

2、古人多以庸为名。《竹书纪年》"仲任名庸"。庸，殷帝，次于外丙也（见《三代世表》）。《国语·吴语》："越王勾践，乃命范蠡、后庸，率师沿海以绝吴路。"后汉赵晔《吴越春秋·吴王寿梦传》："寿梦以巫臣子狐庸为相，任以国政。"是其证。

3、武王字通。考古人称字多减其美称字（行第字亦属之），如晋狐子犯的减称舅犯，伍子胥的减称伍胥，是。《楚世家》："熊严十年卒。有子四人：长子伯霜，中子仲雪，次子叔堪，少子季徇。熊严卒，长子伯霜代立，是为熊霜。少帝季徇立，是为熊徇。"此楚王于即位后减行第字以称字的特点也。又载"蚡冒弟熊通弑蚡冒子而代立，是为楚武王"。知熊通行第不为伯。以楚王减行第字以称字论，熊通未为王时，当为仲通或叔通也。以楚王即位后，减字之行第字以称论，自当称熊通。通当为字也，证诸以前各论，复可知伯庸之庸为名，伯不适于通之行第，碻应解作王也。庸碻即熊通之名也。

又熊通亦作熊达。通，达义同，故古籍互用。今本《史记》作熊通。而《左传》文公十六年，宣公十二年，昭公十六年，孔颖达《正义》及陆德明《经典释文》引《楚世家》并作熊达。《淮南子·主术训》、《汉书·地理志》注，亦作熊达。据本不同原。梁玉绳《史记志疑》二十二有说，可参看。

据上论证，知《离骚》首二句，实屈原自叙，乃帝高阳氏的后裔，武王熊庸乃其远祖。盖就屈氏自来以为言，示与怀王族谊之近也。

又按《史记·集解》云："《皇览》曰：楚武王冢在汝南郡鲖阳县葛陂乡城东北。民谓之楚王岭，汉永平中，葛陂城北祝里社下于土中得铜鼎，而名曰楚武王。由是知楚武王之冢。民传言秦项赤眉之时欲发之，辄颓坏镇压，不得发也。"《正义》云："葛陵应作葛坡。"知楚武王鼎曾流传人间，倘得复出，治楚史及屈赋之一助也。

（许昌师范学报1986年第二期）

《离骚》“惟庚寅吾以降”中的“降”字别解

路百占

流传到现在的《楚辞》注本，要算汉代王逸的《楚辞章句》最早了。他的注释，有极对的，也有极错的，但他为《楚辞》的流传做出了不可磨灭的贡献。这里想对“惟庚寅吾以降”句中“降”字的解释，作一讨论。他在注中首先解说“降”字是“下也”，又说“言巳以太岁在寅，正月始春，庚寅之日，下母体而生，始得阴阳之正中也”。宋代朱熹于《集注》曰：“降，下也，原又自言，此月庚寅之日，巳始下母体而生也。”后代讲《楚辞》的人和近今学者，大都据前文和本句，以考订屈原的生年、生日，说法很多，到现在还没有哪一家的说法，能成为定论，倘如继续研究下去，屈原的生年、月、日，是不难得出正确结论的。但这个“降”字确系句中一个关键字，核心词。也给研究者带来不少迷惘，它究竟该不该解作“生下”？或“降生”呢？按语法看，上边的年、月、日都是他的时间副词，也即状语。“降”到底是“降生”或其他意义呢？修饰和被修饰的关系是否合理呢？这就有了研究的必要。

按“降”篆文作“[illegible]”、金文作“[illegible]”、甲文作“[illegible]”①并象人两足从“阜”走下的形状，是个会义字，故有“下”意，音读为“hòng”。本意与“降生”无关。“降生”乃“降”和“生”复合词，是长时间内汉字滋乳而成的结果，在汉代以前只能解“降下”或“下落”的引申义，如“陨落”；解作“降生”，是不符合字义的演变和时代性的。

我们知道，战国以前，说“生了孩子”有许多用词来称它，有的说“生”：

《崧高》“维岳降神，生甫及申。”

《长发》“汤降不迟，圣敬日跻。”

《诗·生民》“居然生子。”

《诗·玄鸟》“天命玄鸟，降而生商”。

《史记·殷本纪》“因孕生契。”

《天问》“帝降夷羿，革孽夏民。”

《史记·秦本纪》“玄鸟陨卵，女脩吞之，生子大业，女华生大费。”

《诗·鲁颂閟宫》：“是生后稷。”

《楚世家》“楚之先祖，出自帝喾，生高阳，……高阳生称，称生卷章，卷章生重黎。”

《周本纪》“居期而生子、……因名曰“弃”。

又“践之而身动如孕者，居期而生子。”

《五帝本纪》“黄帝者……生而神灵。”

“瞽叟更娶妻而生象。”

《卫康叔世家》“及生子、男也。以告襄子。”

《晋世家》“穆后四年，取齐女姜氏为夫人，七年伐条，生太子仇，十年伐千亩，有功生太子，名曰成师。”

《吕不韦列传》“姬自匿有身，至大期时，生子政。”

《孟尝君列传》“（文）以五月五日生。”

《越语》“生丈夫，两壶酒一犬，生女子，两壶酒一豚。”

《卢绾传》“生子同日，壮又相爱，总贺两家羊酒。”

有的说“产”，到现在还沿用，七五年十二月在湖北发现的《秦编年记》②记载：

“昭王十五年，喜产。”

046

"四十七年敢产"。

"五十六年速产"。

《史记·日者列传》"家产子，必先占吉凶，后乃有之。"

有的说"出"。

《左成十三年传》"康公我之自出"。

《秦本纪》"襄公之弟名雍，秦出也"。

《楚世家》"楚之先祖，出自帝颛顼"。

有的说"免"。（娩同）

《越语》将免者有以告，公豎守之。"

有的说"育"。

《周易·渐》"妇孕不育"。

有的说"乳"。

《吕览·音初》"孔甲迷惑，入于民屋，主人方乳。"注"乳、产"。

据上引文，可知只有古代少数帝王如契，汤、后稷，神话传说是"上帝的旨意，下降自天，当人间帝王。"臣子们因生用降是很少见的，屈原富有文学修养，必不僭分，使用"降"字来说明他的"降生"。所以在楚辞、《尚书》、《诗经》里虽多见"降"字，只是"降下"意，如：《离骚》"勉陞降以上下兮，求榘矱之所同"，《东君》"操余孤兮反沦降"。《湘夫人》"帝子降兮北渚，目眇眇兮愁余"。《云中君》"灵皇皇兮既降，飚远举兮云中"。《天问》"禹之力献功，降省下土四方。""何后益作革，而禹播降，""帝降夷羿，革孽下民"，"帝乃降观，下逢伊挚"。《诗经·云汉》"天降丧乱，饥馑荐臻"《瞻仰》"孔填不宁，降此大厉、""天之降罔，维其优矣。"《有客》"既有淫威，降福孔夷"《烈祖》"降福无疆"。《殷武》"天命降临，下民有声。"

《尚书·汤誓》"天道福善祸淫，降灾于夏，以彰厥罪。"《伊训》"惟上帝不常，作善降之百详，作不善，降之百殃，"《论语》柳下惠降志辱身，"降卑下也。

上见"降"字，多是上天"降下"的意思，涉及的事，是祸福灾详。王叔师注《离骚》中的"降"作"降下"意，无可厚非。朱熹说："下母体而生"，虽增字为训，亦立说有据。后人径说"降"乃降生，恐怕就违背词意了。细思起来，我们不能以今天的复合词"降生"，来解古代的单言词"降"。我认为这里的"降"字，是"黜"意，《左昭六年传》"有犯命者，君子废，小人降"，废降当同意，这是楚弃疾的誓言，《离骚》中的降和此降字当相同，这是楚史中一个铁证，（有人把"降"译作"降等"，我看尚须斟酌，参看下文）那么，还有无其他证据呢？有的，如：

《山海经·大荒西经》"乃降于巫山"注"降、窜放也。"《左昭六年传》"中声有降"

"五降以后，"注"降、罢退也。"这是"降"有罢退、废黜意的例证，另有——

一、楚人视庚寅日非吉日的事实

楚国是个特别迷信的国家，早在屈原以前就重视"星象"、占卜、"日忌"五行之说，如《楚世家》载"共公氏作乱，帝喾使重黎诛之而不尽，帝乃以庚寅日诛重黎，"又"将战庚寅昭王卒于军中"，又"庚辰吴人入郢"《左昭元年传》"五月庚辰，郑放游楚于吴。"

两记庚寅日，或庚辰日，可证日忌之说，在楚人心目中是何等迷信，故大书特书之来记载所发生的大事。

汉贾谊《鹏鸟赋》开章就说"单阏之岁，四月孟夏，庚子日斜，鹏集余舍，"特著庚子，和上引庚辰，同属日忌之要者，固不论其为寅为子为辰，只特注重一个"庚"字。理由是：

《竹书》"南庚名更"《释名》"庚、更也，"郑注《月令》庚之为言更也。《史记·律书》"庚者言阴气庚万物故曰庚。"

旧时代术者尚说"逢庚必变，"也就是逢庚这一天，人事将由吉变凶，全以庚日为转移，庚日是出现倒霉官的，件事如罢、放逐、死人或其它不详的事，这个庚寅日，和"降"罢官是相应的，也就是修饰和被修饰的关系是相适应的。屈原早年是有迷信思想的，这是一个证据，后来不迷信了，也是从实践中得到了进步。

二、以《屈原列传》证之

《屈原列传》："王怒而疏屈平……屈平既黜，不复在位，（四部丛刊本，王逸离骚序：王乃疏屈原，注疏——作逐，知疏逐古字通）屈平疾王听之不聪也，谗谄之蔽明也，邪曲之害公也，方正之不容也，忧愁幽思而作《离骚》。"

班固《离骚赞序》"屈原初事怀王，甚见信任，同列上官大夫妒害其能，谗之王，王怒而疏屈平，屈平以忠信见疑，忧愁幽思而作《离骚》"。

史迁、孟坚并主《离骚》的作成，在怀王世罢退左徒之职以后，今屈原开章即叙和王室的密切关系，罢退年月日时，特示忧所自来。意很明显，符合史实，也切合诗意。

三、以《离骚》诗作求内证：

《离骚》中不少地方，谈到这次罢官放逐的事，是符合主题的。

余既不难（同叹）夫离别兮，伤灵修之数（通术、政策）化。"译意：我既不伤叹离别君王呵！所悲伤的只是君王的政策改变！

"謇朝谇而又替。"译意：竟然早上受责，到了晚上就罢了我的官职！

"何离心之可同兮，吾将远逝以自疏"自疏同"嗜黜"，译意：怎么相异的思想能够同一呵！我要远去，因为甘心受黜。

"既替余以蕙纕兮，又重之以揽茝。"

译意：既因为配带香囊而罢官，又因为我坚持政策而放逐。"所谓"替"应即前边所说的"降"，《史记》所说的"疏"、"黜"。

《左传僖公卅三年》"不替孟明"，替即废，不用之意。又按《郑语》"天之所启，十世不替，"韦注"替、废也。"《晋语》"荐可而替否"韦注"荐、进也，替、去也"蕙纕、喻德洁行芳的忠正行为，实指变法，即后文所说的"正则"，揽茝、喻善政，实指合从之策即联齐，即前文所说的"灵均"。

至于诗中后边所谈的远逝、出国、更是在罢退放逐之后的幻想心情。

总之全诗反映的是罢退放逐以后的思想、生活，不能是在职时的感情、吐述，那么诗一开始就谈到罢官放逐的时间，是合乎情理的，合乎事实的，合乎诗的内容的，讲作生日，只是未经细加研思，一厢情愿，主观的想知屈原的生年罢了，所以都忙不迭的说是生日，各人考究个人的，这真是"何方圜之能周兮，夫谁异道而相安"，无怪乎谁也摸不到屈原的真正生日了！

陈本礼感慨地说③"追王叔师《章句》出，而骚反晦，唐宋诸儒，踵其悠谬，愈袭愈晦，使后之读者，望洋向若，莫之适从。"真的，这句话早给我们敲起了惊钟，可是，后来学者，迷而忘返，应该说是研究屈作屈史中的一件憾事。

把前四句译作今语吧！我是高阳大帝的后代，我的近祖就是武王熊通（我和王室有这样密切关系）?在寅年寅月寅日那天，我被闬出朝廷！

它的含意，无关生辰美，名字美，出身美，（蒋骥说）是显而易见的。的的确确告诉我们屈原遭迁到倒霉事情(罢官)发生的时间。

浅见短说，是否有当，请通人指正！

注　释：

①参见康殷：《文字源流浅说》(荣宝斋印)。

②参见《睡虎地秦墓竹简》(文物出版社本)。

③参见陈本礼《屈骚精文》(扫叶少房本)。

(安昌师范学报 1980年第二期)　9430

许昌师专学报(社会科学版)
JOURNAL OF XUCHANG TEACHERS' COLLEGE
1990年第1期 (SOCIAL SCIENCES EDITION) No.1.1990

为《离骚》“乱曰”进一解

路百占

韦昭注《国语》云：“凡作篇章，篇义既成，撮其大要为乱辞。”洪补申之云：“《离骚》有乱有重。乱有总理一赋之终。重者，情志末申，更作赋也。”朱熹曰：“乱者，乐节之名。”元陈皓《礼记集说》：“乱者，卒章之节。”

按《离骚》叙受谗后，离君之愁思，徒诗也，不必合乐，强以为合乐，强以乐之卒章以说乱曰，义恐不确、余疑乱曰即叹曰。其证有六：

一、乱为歎之假字。《说文》：“歎，吟也。从鷬。省声、𣤶籀文鷬，不省。”考鷬即難字，从鸟与从隹同。《说文》：“難古文鷬，難古文鷬、難古文鷬。”是其证。歎既从难得声，则歎難可通用明矣。前文“余既不难夫离别兮”，余有五证，以说歎難之通假，及歎误为難之因，尤其证也。而难乱古字通。《国语·楚语》：“七月乃有乾溪之乱。”《郑语》：“君若以周难之故……周乱而敝。”难、乱谊相应，难即乱也。《晋语》：“国家多难。”《庄子·逍遥游》：“越有难。”《离骚》“不顾难以图后兮。”难并当训乱。《列子·说符篇》：“民果作难。”《释文》“难一作乱。”可证难乱古通用也。而难、歎可通，则歎乱自亦可通。又歎、难、乱古韵同部，复可证其能通假也。此乱为歎之假字之证明也。其证一。

二、屈赋“乱曰”以下之辞，并为歎语。《离骚》“已矣哉，国无人兮，莫我知兮，又何怀乎故都！既莫足与美政兮，吾将以彭咸之所居。”叹词也。其他篇章，“乱曰”下之辞句，若《九章》之《涉江》六句，《哀郢》六句，《抽思》十句，《怀沙》十二句，宋玉《招魂》十六句（词繁不引，其他篇章未用），并叹词也。既为叹辞，乱曰之应为叹曰，可无疑矣。又上文曰：“仆夫怀余心悲兮，马蜷局而不行(据余校正，见前)。”乃屈子忽睹故乡，百感丛生，感而作叹，又自然之势，复可为一佐证也，其证二。

三、刘向《九叹》用作叹曰。寻刘向《九叹》仿骚体而作，共九篇。每篇终并用叹曰，下为叹辞，特示大夫“叹息无巳”，故名《九叹》。倘为总理上文，则不当称以叹曰也。刘向并作“叹曰”，可知屈原之作，本为叹曰也。其证三。

四、诗中多用叹词。屈原以忠信见疑，离谗放逐，文中感喟，乃自然之势，如“长太息以掩涕兮”，“忳郁邑于侘傺兮”，“喟凭心而历兹”，“曾歔欷余郁邑兮”，诸如太息、郁邑、喟；歔欷诸词，并叹词也。诗中数数用之，于诗终用“叹曰”以变其文，乃自然之理，其证四。

五、“乱曰”非楚辞之特殊文体。王逸曰：“乱，理也。所以发理辞旨，总撮其要，而重理前意也。”按叔师祖曹大家《幽通赋》注之说，非其自创。及《文心雕龙·铨赋篇》乃曰：“既履端于倡序，亦归余于总乱。序以建言，首引情本，乱以理篇，迭致文契。按《那》之卒章，闵马称乱，故知雅人辑颂，楚人理赋，斯并鸿载之寰字，雅文之枢辖也。"是彦和首谓"乱曰"，乃楚辞之特殊文体，而并闵马之辑乱为一。寻《国语·鲁语下》"闵马父曰：昔正考父校商之名颂十二篇于周太师，以《那》为首。"其辑之乱曰："自古在昔，先民有作，温恭朝夕，执事有恪。"韦注"辑，成也。凡作篇章篇义既成，撮其大要，以见乱辞。诗者，歌也，所以节午者也，如今三节午矣，曲终乃更变章乱节，故谓之乱也。"按韦氏训乱，意谓乐之卒章，与《论语》"关雎之乱"之'乱'同、实则此所谓乱，乃并辞之误字。按乱篆文作亂，金文作𤔲（番生敦）。辞、籀文作𤔲，形极近乱，易误。彦和不知其然，复不察楚辞中乱之真谛，乃误而为一，誉为楚辞之特殊文体，益慎耳。退而言之，乱即为乐之卒章，而《离骚》不必合乐，且无从证其合乐，岂得以商颂之短制，以例此长篇巨作也？

愚考"乱曰"非楚辞之特殊文体，其证复有二：一曰屈宋之作，未尽用乱曰。屈原诗作用"乱曰"之篇章，仅《离骚》、《九章》之《涉江》、《哀郢》、《抽思》、《怀沙》耳。余若《天问》、《九歌》及《九章》之《惜诵》、《思美人》、《惜往日》、《桔颂》、《悲回风》诸篇均未用之。宋玉之作除《招魂》用"乱曰"外，《九辩》未用之，《大招》（或曰景差作）亦未用之。统上计之，用者三之一，未用者三之二，如谓为特殊文体，自当篇不能缺也。今不用者如斯其多，非特殊文体也明矣。二曰后于屈原之辞赋作者，亦不多用、屈原以后之辞赋作家若贾谊之《吊屈原赋》、《惜誓》、《鹏鸟赋》，庄忌之《哀时命》，淮南小山之《招隐士》，司马相如之《子虚赋》、《大人赋》并未用"乱曰"。知西汉初叶，倘未误解乱字。稍后之扬雄本以摹仿著名，其作《反离骚》未用之，《长杨赋》亦未用之，其非特殊文体也，愈明矣。

"乱曰"之用，既非楚辞之特殊文体，"乱"自无特殊之义，无特殊之义，而以特殊之说解之，则为乖理。故乱之义，除训叹外，别无他解以统驭楚辞也。其证五。段注《说文》曰："叹近于喜，叹近于哀，"得之矣！

六、以楚人论叹之道证之。《国语·楚语》："子西叹于朝。兰尹亹曰：吾闻君子唯独居，思念前世之崇替，与哀殡丧，于是有叹，其余则否！"屈原之作《离骚》正思崇替也。合楚人论叹之道。用叹曰以舒心音，君子也。此与《礼记》"仲尼之叹，盖叹鲁也"。有类似之情，而《孔子世家》："喟然叹曰：莫知我否？"与"叹曰：'已矣哉，国无人莫我知兮"，又几尽同。可证"乱曰"即"叹曰"也。其证六。

《论衡·变动篇》云："《离骚》楚辞凄怆，孰与一叹。"谓其辞痛苦，实同叹声。欧阳修《送杨寘序》："悲愁感愤，则伯奇孤子，屈原忠臣之所叹也。"《文赋》："思涉乐而必笑，方言哀而已叹。"《左昭廿八年》："馈入召之，比置三叹。"魏献子将受女乐，因之三叹而谏。段注《说文》："叹近于喜，叹近于哀。"《礼书》："清庙之歌，一唱而三叹。"郑注曰："三叹，三人从叹。"虽就全作立论，深窥叹情。移以释"乱"，吻切前证。益可知乱之为叹，实非悬解。

统上六证论之，"乱曰"之为"叹曰"，疑可成立。然其致误之由，或系原文作歎，夺欠为難，复作难，再作乱。后人不得其解，乃妄为之说，班固误用于《幽通赋》，大家误解之（见《文选》），王逸误祖之，影响所及，六朝人为赋，遂喜以"乱曰"收尾。以彦和之博，且深迷于逸之说，下之者无论矣。一字解讹，遗误之烈，有如斯者。读古人书，诚当审思也。

“已矣哉！国无人莫我知兮，何怀乎故都！既莫足与为美政兮，吾将从彭咸之所居。”《说苑》：“仲尼曰：合二十五人之智，智于汤武，并二十五人之力，力于彭祖。”《庄子逍遥·游》：“而彭祖乃今以久特闻，众人匹之，不亦悲乎。”《史记·舜本纪》：“……彭祖自尧时而见举用。”

国，古人称国都为国，此谓郢都，与下“故都”应，解作楚国者，误。故都，郢也。楚首封丹阳，后迁于郢。昭王时受吴袭，迁都避吴，及昭王之身，复返于郢，故郢可称故都也。与，共也。美政、善政、新政也。内持变法，以救民艰，外主合纵，以抗秦兵之政也。此为屈原一生所坚持者，深知为“内美”。初且受怀王“正则”“灵均”之嘉誉。全诗始终为“美政”之受破坏，而发凄苦忧伤之辞。彭咸，《离骚》两称之，《天问》一言之，《悲回风》三颂之，《思美人》《抽思》皆一道之。就屈原钦佩悻直、信直、志介，耿介诸德言之，彭咸实乃“志介而不忘”之人，始终忠君，不变其揉者。居，《悲回风》“托彭咸之所居”两句同意，居字当“同”解。寻上文云“愿依彭咸之遗则”，《抽思》云：“指彭咸以为仪。”仪，即遗则。《说文》“居，寄也。”则居亦即遗则或仪之意。实不当作居住解。将、欲，愿也。从，随也。四句承上，由怀念宗国之崇替，发为无可奈何之叹。谓国势岌岌，已不可为，吾之远游当止。但楚京无人知我之忠，又何为怀恋故都耶？既不能和彼辈共为美政，我愿守彭咸之遗则，以终此生，誓不能离宗国之土，以仕异邦！

叹曰以下，全诗之收束语也。大夫被谗放逐，萌想离楚，神游天地，俯仰上下，胸膺怀诚，巫咸有助，终无遇贤之机。其归也仍以故国为念，情不离楚。惟朝政败坏，无人知我，是不能返朝也。是不能与为美政也。似此情况，何须怀念故都耶？然楚人爱楚，宗子忠君，虽不立朝，不能害楚。惟抱忠心，以彭咸为则耳。

《许昌师专学报》79年第一期

051

《天问》发微

路百古

司马迁读《天问》，而悲其志，见于《屈原列传》，是屈原作《天问》也。及王逸为《章句》，亦云："《天问》者，屈原之所作也。"屈原作《天问》，固无可疑。

王云："何不言问天？天尊不可问也。故曰《天问》也。"按《天问》一诗，问事一百七十八，先问人所关心宇宙之天，继问生于自然界之人，终则问历史上人事活动之著者。故其问之范围，从天事到人事，涉及之时间，复从遂古而及当世。纷纭繁多，尽诗之始终。萃聚所疑，一一问之，固不以天尊而不问，实为不尊天而问之。若问天，天问，事本不殊，义无轩轾。叔师之解，汉儒腐见耳。

夫"问"者，东原云："难也。"今语献疑陈义，反对批判之谓。故天问犹问天，批判俗传天事，史传人事之谓。大类王充《问孔》之问。倘如逸说，汉代尊孔特甚，仲任胡不题《孔问》为目耶？

古初以至奴隶社会，由生产落后，文化低下，固不知宇宙形成，生物由来，与夫阶级产生之原因。若日月丽天，昼夜交替；冬去夏来，风吼雷怒；彩云飘忽，白雪纷飞；长时观察，莫可究诘，乃谓天帝所创。若草木荣枯、人身生死，才富者治人而为君，力绌者受治而为民，亦复委之天意。"天子"，"天保"，义源于此。而"皇天无亲，唯德斯辅"，盛称于春秋者，此耳，《墨子·天志》下："天子有善，天能赏之，天子有过，天能罚之。"亦此意耳！

屈原生战国晚期，"明于治乱"，且博闻强志"。历观古代兴亡之迹、盛衰之因，知天不与于国之兴盛或衰亡、尤不见有德而辅。无德而去之真；却见"眩弟并淫，危害厥兄。何变化以作诈，而后嗣逢长？"何天帝违人意之甚耶？故复感慨而精确断言曰："天命反侧，何罚何佑？齐桓九会，卒然身杀？"类此尚多，大夫怀疑天命论矣。专注目于君德矣。若纣者，如贤且睿，无使乱惑，不听谗谄，必不抑沈比干，赐封阿顺，使"梅伯受醢，箕子佯狂"，纣亦必不亡。此大夫之论也。。以此例他，亦复如斯。《离骚》云："何桀纣之昌披兮，夫唯捷径以窘步。"又可证此说也。此大夫据人事怀疑天命之显例，亦"借古论今"之明谊。实富有崇高哲理之诗作。鲁迅云："放言无惮，为前人所不敢言。"信哉。《荀子·天论》亦有此思想，可知天道观，在斯时呈动播之势。《荀子·修身》："倚魁之行、非不难也。"杨注："倚，奇也，"《秦律·封诊式》："两足下奇。"奇，即倚通之证也。见《睡虎地墓秦竹简》。

天无关于兴亡，则天命之有无可疑。天命可疑，则天帝之有无，天帝创造万物之说更可疑。此简单之逻辑推理，以屈原之智，不能不知之。故《天问》一诗，首问天地月日，盖疑于时传神话。夫疑之，即根本否定之谓，非怀半信之态。然疑之为一事，能否作正确之解答，又为一事。屈原能疑之，而不能解答之，以时代局限论，无伤也。受时代之局限，而能拨俗以疑，此大智也。《法言·吾子篇》云："或问屈原智乎？曰：如玉如莹，爰辨丹青，如其智，如其智。"当就屈原能辨书传所言之是非而颂之也。深究所指，不能谓与《天问》一无关也。

《庄子·天下篇》："南方有倚人焉，曰黄缭、问天地所以不坠不陷，风雨雷霆之故。惠施不辞而应，不虑而对，编为万物说；说而不休，多而不已；犹以为寡，益之以怪。以反人为实，而欲以胜人为名，是以与众不适也。弱于德，强于物，其涂隩矣。"惠施与屈原同时，啮桑会上，可能相遇。惠主联楚者，公元前322年罢魏相后，又曾被逐至楚，时屈原尚在朝廷，又可能旧友重逢，欣然话故。或谈及宇宙形成之理，为屈原所闻，而所谓"倚(奇)人"者，亦或即屈原乎！即非屈原亦可知南楚对于宇宙形成有普遍研究之兴趣，观夫王逸序《天问》"图画山川之记述可知矣。庄子大宗师"畸人者，畸于人而侔于天"畸、倚形似，并得通奇，倚人，即奇人也。

王逸《天问序》云："屈原放逐……见楚有先王之庙，及公卿祠堂，图画天地山川神灵，琦玮僪佹，及古贤圣怪物行事，周流疲倦，休息其下。仰见图画，因书其壁，呵而问之，以泄愤懑，舒写愁思。楚人哀惜屈原，因共论述。故其文义不次序云尔。"

王逸，后汉南郡宜城人。约公元89年至158年间在世。距屈原之卒约266年。宜城地近鄢都，入汉北之孔道。屈原于怀襄两世放汉北时，当经其地。有关屈原传说，王叔师当有所闻。

《路史》："鄀。今襄之宜城西南有鄀亭山，上有城险固。有鄀县、鄀水，此即鄀城也。楚并为邑。昭王曾徙于此。"《水径》："沔水水经鄀县故城南。"郦注云："鄀县、南临沔津。津南有石山，山上有烽火台，台北有大城。城即楚昭王为秦所迫，绝郢迁都之所。"据是知鄀在汉水之北也。《左氏定公六年传》云："楚令尹子西迁郢于鄀。"是楚昭王十二年，公元前504年也。班固《地理志》云："昭王畏吴，自郢徙鄀，后复还郢。"是昭王之身，即已还郢。而昭王在位共二十七年，则徙都至卒，都鄀之年，不能逾十五年至明也。

昭王后之惠王（公元前488年至公元前432年）又曾徙鄢。余知古《渚宫旧事》云："昭王避敌，迁鄀，惠王因乱迁鄢。"其后归郢，旧史缺载。余又云"鄢即鄢"。宋欧阳忞《舆地广记》八京西南路下云"宜城县，故鄢，楚之别都。"《史记·正义》曰："鄢音鄢。……古鄢子之国，邓之南鄙也。又率道县南九里，有故鄢城，汉惠帝改曰宜城也。"按《汉书·地理志》南郡宜城县云，""故鄢也"《水经·沔水注》，郦道元曰："缠络鄢、郢，地连纪、鄀，咸楚都矣。"知鄢，即宜城，确为楚之一都，与鄀都固相近也。

鄀为都之年可知。鄢为都之年不可考，第就惠王在位之时间度之，鄢之为都，历时当久，故史籍多鄢、郢连称也。鄢，鄀即先后为楚都、"楚先王之庙"不能不具，"公卿祠堂"或有存者。据《华阳国志》："诸葛亮乃为夷作图谱，先画天地日月、君长、城府，次画神龙，生夷……"《汉书·成帝纪》："元帝在太子宫甲观画堂。"应邵注："画堂，画九子母。"又《汉书·叙传记》："时乘舆幄坐张画屏风，画纣醉踞妲己作长夜之乐。"《后汉书·莋都夷传》："郡尉府舍，皆有雕饰，画山灵海神，奇禽异兽"之故事证之，则叔师所云："见楚有先王之庙及公卿祠堂，画天地神灵，琦玮僪佹及古贤圣怪物行事。"可谓传信之记。若云："仰见图画，因书其壁，呵而问之，以泄愤懑，舒写愁思。"亦必有据之言，不能谓为虚造也。

考大夫被放顷襄之初，放地即在汉北之鄀。亦即《山鬼》所云"若有人兮山之阿"之"若"。若即鄀，字之繁简也。（参《山鬼发微》）。鄀既为迁地，且近鄢都，屈有见先王之庙及公卿祠堂壁画之可能。观画生感，因作《天问》，非无故也。故《天问》当作于鄀。又诗已涉及襄初政情，又可证得写作于顷襄之初也。

再者，江南无楚先王之庙、必非作于江南；既为放臣，又必非见郢都之画，其为鄀地之作、又可知。王云“因共论述”，盖谓评论诗思，为之抄纂耳。此鄀地楚人传屈作之功。若不次序之因，当非论述者之过。盖循画以录诗，不能有违误也。然不次序之故，或生于错简，或生于后人之不解，妄谓为不次序耳。

屈子一生，曾两使齐。时齐稷下学者甚众。如彭蒙、田骈、宋研、尹文、慎到、环渊、邹衍之学大盛于齐。大抵皆驰骋遐想，骛为迂怪。而庄周、惠施之徒，亦便琦玮漫衍，凿空道古于宋楚之间。是屈子于其学必有所闻。今观《天问》陈事，又可验诸《竹书》、《韩非》之书，不与邹鲁需生和墨家之说相同，可知所染也。然诸家书多佚，注者不能详说《天问》者此耳。益以字有舛误，辞或错简，义愈难晓。古今学者，虽多有所说，终以不知大夫重人为而反天命，故多不当。兹就私见，续陈于后，若无新义，概从略诸。

不任汩鸿，师何以尚之？佥曰何忧？何不课而行之？

按《天问》一诗，自“遂古之初”，至“乌焉解羽”，乃问天地、日月、山川、昼夜、寒暑、奇兽、珍木诸事。中间忽闯入“不任汩鸿”，至“地何故以东南顷”，共二十六句，遂致问天地之事不相衔，即鲧禹之实，亦与后文“禹之力献功”不相属。其为错简无疑。今如位此二十六句于“乌焉解羽”之后，“禹之力献功”之前，诚所谓移之则两美，如故则两伤也。然“鲧何所营”四句，又疑当在“不任汩鸿”之前，方能总摄夏事，文理昭晰。再就《天问》文例，率以四句为韵论，又疑“应龙何画，河海何历？”下脱两句，以文义不足故也。

汩、《说文》“治水也。”鸿、通洪，洪水也。师、《尔雅》“众也”。尚、逸注“举也”。

《尚书·尧典》：“汤汤洪水方割，荡荡怀山襄陵，下民其咨，有能俾乂？佥曰：于，鲧哉。帝曰：吁咈哉。试可乃已、帝曰：往，钦哉。九载绩用弗成。”众人举鲧，记述相同。

阴阳三合，何本何化？

甲骨文三作☰，气作☰，故疑☰误作三，原文应作“阴阳气合”也。

鸱龟曳衔，鲧何听焉？顺欲成功，帝何刑焉？

解此句者，纷然异义。王逸以为“鲧治水，绩用不成。尧乃放杀之羽山，飞鸟水虫曳衔而食之。鲧何能服不(疑不为衍文)听乎。”案诗文无食尸之义，叔师说显误。洪补谓“此言鲧违帝命而不听，何为听鸱龟之曳衔也。”说亦不明所以。柳宗元《天对》云：“方陟元子，以胤功定地。胡离厥考，而鸱龟肆喙。”柳仍宗王逸说，朱熹云：“详其文势，与下文应相类似。谓鲧听鸱龟曳衔之计，而败其事，然若且顺彼之欲，未必不能成功。舜何以遽刑乎？”谓“听鸱龟曳衔之计”亦无据。清肖山毛奇龄（公元1623—1716年）《天问补注》云：“鲧筑堤以障洪水，宛委盘错，如鸱龟牵衔者然。是就鸱龟形而因之为堤。盖听鸱龟之计也。古人制物，多因物形，如视鸱制柂，观鱼制帆，类此不足怪。”说较前人为进。但余仍以为可商。案“鸱龟曳衔，鲧何听焉。”义为鲧何听任鸱龟之曳衔耶？实谓鸱龟曳衔于大地，洪水未退耳。盖谓鲧治水不成功也。寻《论衡·吉验篇》：“洪水滔天，蛇龙为害。尧使禹治水，驱蛇龙。水治东流，蛇龙潜处。”是古传治水，且以驱蛇龙之害。兹云鸱龟曳衔，害同蛇龙，自为洪水未退之证。而鲧听之任之，又在明鲧之治水无功矣。考鲧之治洪，以堤坊为防。《书·洪范》云：“箕子乃言曰：我闻在昔，鲧堙洪水。”《史记·宋世家》同。而《山海径》云：“洪水滔天，鲧窃帝之息壤以堙(同陻)洪水。不待(同持)帝命。帝令祝融杀鲧于羽郊。”《博物志·人命考》：“昔彼高阳，是生伯鲧、布土取帝之息壤，以填洪水。”见其失败之因也。故鸱龟曳衔者，述洪水未退之象耳。下文“顺欲成功，帝何刑焉？”谓鲧倘能顺尧之欲以获成功，帝尧胡为加之以刑耶？后二句又可证前二句之义为洪水未退也。又蒋骥以鸱龟为龟之如鸱者，如《山海经》之旋龟，《岑海异闻》之海龟，《南越志》为鸯龟，乃一物名。

永遏在羽山，夫何三年不施？

永遏即壅遏，《孔子闲居》：驰其文德。郑注“驰、施也。”谓囚困鲧于羽山，何以三年不放也？

洪泉极深，何以置之？地方九则，何以坟之？

朱熹校云：“泉，疑当作渊，避唐讳改也。”按王注“洪水渊泉极深”，则作渊是也。洪补“置与填同。”前两句谓极深之洪渊，伯禹究以何填实之，而不见也，按屈赋中方字，或作“方圆”之“方”，或作“方向”之“方”，亦或用作副词。无“地方”二字复用如后世者。则“地方”之“方”必为误字。寻方古作〔或〕匚，与亡形近易误。亡、失陷于水之谓。则、即作载。同声也。九则、即九载、《尧典》“九载绩用不成。”鲧治水九年无功，即地亡九年也。《孟子·滕文公上》：“禹抑洪水而天下治。”抑、按也。坟、朱注“土之高者也。”按《说文》“墓也”。墓葬之土隆起乃得为坟也。故坟有隆起意。《左僖四年》：“公祭之地，地坟。”即隆起之意，其证也。　后两句谓土地陷没于水中者九年，禹以何术隆起之耶？两问相承，一就水问，一就地问，盖颂禹功“纂就前绪，遂成考功。何续初继业，而厥谋不同”也。《李斯列传》云：“禹凿龙门，通大夏，疏九河，曲九防，决渟水，致之海。”徐广曰：“致、一作放。”此禹填渊坟地之术，即治水之术。盖疏通与堤防兼用，不师其父鲧专意于堤防耳。旧注多据《禹贡》分地为九等以为说，疑大误。

闵妃匹合，厥身是继。

闵通愍、强也、勉也。见《尔雅·释诂69》谓强妃成婚，以求子嗣也。

浞娶纯狐，眩妻爰谋。何羿之射革，而交吞揆之？

王逸注云：“浞娶于纯狐氏女，眩惑爱之。遂于浞谋害羿也。”按《竹书纪年》夏仲康八年“寒浞杀羿。”《笺》云：“寒浞，伯明氏之谗子弟也。”《汉书·古今人表》第九等下下作韩浞。颜注“羿之相也。”娶通取。纯狐，疑即《孙子》“羿得宝弓，犀质玉文，日珧弧”之珧弧。前文“凭珧利决”，当即所谓珧弧。第一句谓寒浞盗取羿用之珧弧良弓也。眩妻，《左氏昭公二十八年传》云：“叔向曰：昔有仍氏生女黰黑而甚美，光可以鉴，名曰玄妻。乐正后夔娶之，生伯封，实有豕心，贪惏无厌，忿纇无期，谓之封豕。有穷后羿灭之”。是羿有妻玄妻之可能。眩妻当即玄妻也。爰、于也。爰谋、犹与谋也。第二句谓玄妻与谋盗取羿弓也。是玄妻为子复仇之心。羿、《左氏襄公四年传》云：“浞行滑于内，而施赂于外，愚弄其民，而虞羿于田。树之诈慝，以取其国家。外内咸服，羿犹未悛。将归自田，家众杀而烹之，以其食子。其子不忍食诸，死于穷门。”是浞善行诈慝，收笼人心。知玄妻有死子之恨，乃勾通之，使近盗其弓。则羿无兵制仓卒之变矣。故浞得烹羿。交、疑众之形误。《左传》云“家众”可证也。癸，兵器。故从癸之揆，当有杀意。下文“何亲揆发足”。揆亦杀灭之意，可证也。又吞揆连文，一义可知。王注训度，非是。

四句谓寒浞盗取羿之珧弧，玄妻实与共谋。何羿有射革之力，家众能吞灭之？王逸以下注家，皆不探史实，而妄为之说，不可从。（待续）

稿纸

《屈传》"疏"、"黜"词義征解

《屈原列传》中"疏"谊为"疏远"，抑与"黜"通用而为同义词，乃一关键字。盖"疏"谊不明，於屈原之历史，必生异说。究屈原历史者，多谓屈史多抵牾，甚至疑其人之存在。盖以此"疏"字解义不同之故。吾长期研思，得知"疏"、"黜"字通。以之解说《屈传》，不唯无扞格之病，且左右逢源，切合事理。兹陈浅见于下，求正专家。

一、就屈传文字互证，並与《节士》文字比观，论"疏"即"黜"

《晋语·十四》："子朱怒曰：皆君之臣也，班爵同何以黜朱也。"韦注："黜，退也。"此一时之退也，不用意。《公冶长》："三黜之无愠色。"《论语·微子》："柳下惠为士师三黜。"《楚语》："昔斗子文三舍令尹。"《论语·微子》作："三黜令尹。"《老子列传》："世之学老子者则绌儒学，儒学亦绌老子"。《索隐》："绌音黜，黜，退而后之也。"《晋语》："公将黜太子申生。"韦注："黜，废也"。《屈原列传》曰："王怒而疏屈平。屈平疾王听之不聪也，谗谄之蔽明也，邪曲之害公也，方正之不容也，故忧愁幽思而作《离骚》……屈平既黜，其后秦欲伐齐……是时屈平既疏，不（余考"不"当为立或亟之形误）复在位，使于齐……屈原虽放流，睠顾楚国……自疏（于）濯淖污泥之中……"。"疏"下所说"嫉王听之不聪"等五事，实非疏远后之心情。而"方正之不容"一语，更像受黜后对朝廷背

稿　纸

暗、群奸弄权之揭露，与受黜之经过详情。以之证前文之"疏"，自当为黜义也。史公径称作《离骚》在"疏"之后，与刘向《新序·节士》说作《离骚》在"放"之后义同也。而"放"即"黜"（见后文），则"疏"能非"黜"义乎？继曰"屈平既（既，久也）黜"，叙事与前文相应，时间亦与"既"（久也）之义相合，正遥承"王怒而疏屈平"之"疏"。"黜"、"疏"之义，不当异也。《国语·周语》："三年乃流　于　。"韦注："流，放也。"流所，有指定地方。《周语》："十八年，王黜狄后"。韦注："黜，废也。"《鲁语》："为我流之于夷。"《周语》："有在刑辟，流在裔土。"又"余一人其流辟于裔土"。韦注："流，放也。言将放辟于荒裔。"《周语》："其利滋矣，流之若何？鲁后归，乃逐。叔孙

稿 纸

侪如。”(鲁成十七年事。)知流逐为一事。又“是时屈平既疏,立(原作不,余校改)复在位,使于齐”。“立复在位”明言前此之不在位。不在位之义,自非疏远而为黜义。由于屈平联齐抗秦,故“立复在位”。则此之所“疏”,实即篇首称之“疏”,亦即前此所云“屈平既黜”也。“既黜”、“既疏”所指之事当为一,所发生之时间,理应一致。揆诸史公夹叙夹议之文字,无他事以实之也。不亦愈明篇首之“疏”,即后文所云之“黜”之“疏”乎?

史公于议论将终时,复曰:“怀王以不知忠臣之分,故内惑于郑袖,外欺于张仪,疏屈平而信上官大夫令尹(疑令尹二字为衍文,当删。说见《屈原列传发微》)子兰”。此之“疏”即篇首之“疏”,理与明也。然在传之前后叙曰“疏”,

中一用"黜"字，是疏即黜之特证。史公于无意中泄其通假之用。若易"黜"为"疏"，自不启人疑窦，其奈有乖史实何！史公曰："不忘欲反"，"故不可以反"，而云"反"，返于朝廷也。若非"黜"而为疏远，岂得云返乎？若云先疏远，后黜职，则史公又何为不着其见黜之时？胡为既云黜而又云疏耶？事理发展固可由疏远而黜职，若由黜职而疏远，则为不合情理之事，此固人得而知之者。

又"自疏濯淖汙泥之中"之"自疏"，非自行疏远之谓。夫以屈原忠君爱国之诚，岂能计及环境险恶，自行疏远乎？余疑"自疏"即"啨黜"（说见《离骚发微》）下省"于"字。屈子本人亦自叙其受黜也。凡此並可证屈传之"疏"与"黜"，当为通用字，义自同也。

20×15＝300　　第 5 页

稿　纸

甬者，怀王既怒矣，岂能仅疏远之乎？疏远之行，岂能适怒者之心，岂能饱谗者之望，又岂能餍敌国之欲？疏之即黜，于此可决。

史公《报任少卿书》曰："屈原放逐，乃赋《离骚》。"于《贾生传》曰："屈原楚贤臣也，被谗放逐，作《离骚赋》"。史迁两云作《离骚》于放逐之后。以崇敬且同情屈原之史公，乃详于屈史者，自不可变其常说"放逐"（即黜）为"疏远"也。斯则《屈传》所云之疏必与黜同义无异。此就屈传本文多处文字互证，与刘向《节士》文字对勘，可证疏即黜。屈子固一放于怀王之世矣。

二、就"疏""逐"词义之同，证疏即黜

疏、黜之义，古自有别。《荀子·仲尼篇》：

稿纸

"主疏逐之，则全一而不倍。主换黜之则恐惧而不怨"。是其证。惟屈传之"疏"确同"黜"，复可得而证焉。

考《战国策·中山策》白起曰："良臣斥疏，百姓心离"，《七谏·初放》："斥逐鸿鹄兮，近习鸱鸮"。良臣、鸿鹄并指屈原也。而斥疏当即斥逐，同谓屈子被黜也。《史记·李斯列传》曰："请一切逐客……向使四君却客而不纳，疏士而不用"。知逐、却、疏固同义词也。此疏即黜之确证也。《潜夫论·贤难》："屈原放沉，贾谊贬黜，钟离废替，何敞束缚，王章抵罪，平阿斥逐，盖其轻者也"。知"放"、"黜"、"替"、"废"、"斥逐"并为同义词，即黜也。《潜夫论·论荣》："与闻国政而无益于民者斥，在上位而不能进贤者逐"。斥、逐并谓黜也。

又斥、黜同声，古属穿部，自得通用。《汉书·韦玄成传》："自伤贬黜父爵"。《皇甫规传》："亦以贬斥"。《王莽传》："请加放斥"。此斥黜通用，同义之证也。《史记·天官书》："辅星明近，辅臣亲强，斥小疏弱"。斥、疏同义词也。《楚世家》："秦女必贵，而夫人必斥矣；"又"君臣斥绝不知。"斥绝当同斥疏、斥逐，亦即黜也。诸例並可证疏即逐。斯则"王乃疏屈原"。实即王乃逐屈原。故《任少卿书》曰："屈原放逐"。史公本人未尝自相矛盾也。《屈传》曰："既疏"、"既黜"，在史公意本无殊耳。

又疏、黜、逐古本　部字，亦得通段。四部丛刊本《楚辞章句》王逸序曰："王乃疏屈原"，洪注"疏、一本作逐"。是证疏、逐同，即黜也。《七谏·怨世》："信谗谀而疏贤兮"。王注："言

稿　纸

君親信讒谀之臣，斥逐忠臣"。王固解"疏"为"斥逐"，不以疏远说之也。王注洪补尚得史公原意，可谓一字千金矣。

三、就《离骚》文字，内证疏即黜

屈原《离骚》作于放逐之后，固史公、刘向、班固、王逸之同说也。今按《离骚》叙事多言黜而不言疏远，知前贤不诬古人且不欺后人也。曰："吾庚寅吾以降"。降，罢退也，即黜。记罢官之时间也。诗人怀沉痛之情，于诗之开始，即叙罢退时间，正符史实（详说参《离骚发微》）。曰："既不难（同叹）夫离别兮，伤灵修之数化"。曰"离别"自非疏远而为斥黜之行。曰："朝谇而夕替"，"既替余以蕙纕兮，又申之以揽茝"。替，废也。申，亦废也，退也。《赵语》："荐可而替不"。韦注："荐，进也，替，废也。"虽九死其犹未悔"，"虽体解吾犹未变"，"伏清白以死直兮，固前圣之所厚"。并当指黜而言。曰："吾将远逝以自疏"。《后汉书·冯衍传》注引作"吾将远逝以自适"。疏作适。按适通谪，即黜也。"闺中既已邃远兮，哲王又不寤"，是李贤见本《离骚》疏即黜也。又自通嗜，"自疏"者，甘受怀王之罢官也。若解为"自行疏远"，岂不大杀风景，削弱诗人之性格？原传又曰："自疏濯淖污泥之中"，自、疏之用同此解也，唯"疏"下省介词"于"字。屈子本人诗作，固一再道及黜退，可证原传之疏即黜也。

或诘问曰：史公何以不用"黜"字而用"疏"字也？答曰，秦汉之世，字之得声同或近者，每可通假，黜之作疏，学人习知。且《离骚》亦自用疏，并非无据。今人有谓史迁于史料无别择，乃铸成疏之误解，此不知古有也，于史迁何尤乎？

四、就他作，证疏即黜

《惜往日》："弗参验以考实兮，远迁臣而弗思"。屈子被黜放，始得曰"迁臣"，身已离朝故曰"远"耳。《抽思》："有鸟自南兮，来集汉北"，"道远而忘兮，愿自申而不得，……郢路之道远兮，魂一夕而九逝"。均谓不在郢中，非放而何？《七谏·初放》："王不察其长利兮，卒见弃于原壄"。标题《初放》，自係怀王时事，亦自非"疏远"之谓。曰"见弃于原壄"，自係黜于朝廷，放于边远，方得云尔。东方与马迁並世，闻见无异，固可证疏之为黜也。又《两京遗编》本《风俗通义》引贾谊《过秦论》，文字多与他本不同。文曰："于时议者，

稿纸

恨楚之疏远屈原，魏不用公子无忌，故国削以至于亡"。贾长沙就屈原被黜后之境遇，说曰疏远也，与下文"不用"当作同解。与白起所称之"斥疏"，又属同义，此最明显者。

《前汉书·息夫躬传赞》："上官诉屈，怀王执"。注引張晏曰："屈平忠而有谋，为上官子兰所谮，見放逐"。是張晏亦解疏为放逐，不轻以疏远之义释之也。《齐策》："齐放其大臣孟尝君于诸侯，诸侯先迎之者，富而兵强"。谓孟尝君就 于薛也。又"孟尝君逐于齐，而复反"。

《论衡·效力篇》："吴不能用子胥，楚不能用屈原，二子力重，两主不能举也。"仲任所谓之"不能用"，即贾谊所谓之"不用"，亦就黜立言也。唯亦可解作顷襄时之遭遇，凡此无不可明疏之非黜也。

稿纸

五、就他史证屈原乃受黜

《论语》："柳下惠为士师，三黜"。皇侃疏曰："黜，退也。"《左氏传》文公元年："黜（太子）乃乱也……既又欲立王子职而黜商臣"。黜亦废退不用之意。《新策》："三苗……特此险也，为政不善，而禹放逐之。"《战国策·赵策》："（谅毅曰）敝邑之君有母弟（指平原君），不能教诲，以恶大国，请黜之，勿使从政，以称大国。秦王乃喜。"身记屈原，"既黜，不复在位，使于齐"之黜字，当不误。正说明"既黜"之后，不得从政，楚怀王为应秦之难"亟（不之形误，见《列传发微》）"复其位，"（亟）使于齐"，又得从政耳。二原先后为秦所忌，楚、赵之事秦者，同予排斥，以快秦志。内奸之行，相类如此。则屈子于怀王世固为受黜而非疏远，

20×15＝300　第 13 页

068

可断言矣。

又考《史记·司马穰苴列传》："田氏日益尊于齐。已而大夫鲍氏 国之属害之，谮于景公。景公退穰苴，苴发疾而死"。苴受人害，蒙谮（即谗）见退，犹屈子之遇也。则屈原见谗受怒，其归也不仅不惟与平原君同，且必与穰苴同。斯则屈原必非受疏远，而当为黜退也。

六、就楚国阶级斗争情况，证屈原受黜

刘向《新序·节士篇》："秦欲吞灭诸侯，并兼天下。屈原东使于齐，以结强党，秦国患之。使张仪至楚货楚贵臣上官大夫、靳尚之属；上及令尹子兰，司马子椒，内赂夫人郑袖。共谮屈原。屈原遂放于外。乃作《离骚》"。再以白起死前被迁出咸阳作证。刘向说屈原之被谗以放在张仪相楚后，与史公说异，实误。而此

20×15＝300　第14页

069

稿纸

时之子兰亦非令尹（参拙作《列传发微》）。然说张仪牢笼楚奸之众，及"夹谮"之罪，确留下当时楚廷新旧斗争之激烈面貌，为至可宝贵之史料。

夫先后于悼王时代变法之举，风弥各国，势不可挡。盖新兴地主阶级在奴隶社会末期孕育降生，为维护其阶级利益要求政治地位与经济权益，思想与行动和奴隶主间，暴发斗争乃必然之势。加以奴隶暴动，蜂湧四起，变法之举相继而生。风向所趋，大促封建社会之出现，此社会发展规律也。

怀王世，楚新旧派之对立，更尖锐于前。屈原等前进人物主合从，上官等守旧人物主亲秦，外交路线之冲突也。屈子草令主变法，上官夺（改也）稿守旧制，立法路线之冲突也。

20×15=300　　第 15 页

070

稿　纸

一关内政，一属外交，新旧对立，长时无已。验诸史册，二者不能待张仪之入楚始轩然大波耳。

齧桑会盟，屈原报捷，张仪失利。成败系诸二人，盛衰归之秦楚。楚之国势，自此蒸蒸日上矣。然张仪横心不死，希图未来，既能相魏为秦，长期伺机，岂不知阴结楚奸，收功异时。若上官者素嫉原能，睹其成功，忌心当重，专意事仪，力图内基，又其势焉。故吾疑齧桑会期，张仪有阴结楚奸之行。上官辈时或为副使，入仪掌中。既至十六年相楚，更重结之。张仪益利用楚之矛盾，巧施其阴谋。然亦楚阶级斗争反映于楚之外交者也。

上官等之忌心，由屈原建树愈多，损害贵族权益者日大，上升而为排除之恩，亦势也。

20×15＝300　　第 16 页

071

稿　纸

然又必窥测方向，坐待时机，此又反动派之故技。当怀王失利函谷，"欲与秦平（见《楚策》）"，合从之心摇矣。上官辈本仪植之内奸，为邀功秦、仪，排除政敌，趁机进谗，归罪屈原，正其时，亦正其势。既符素志，又适君心。故谗言一入，屈子被黜。

余为此说，非故张其辞，窃有据焉。《离骚》曰："众女嫉余之娥眉兮，谣诼谓余以善淫"。"善淫"，守旧之上官辈，用以诬屈原之罪名也。曰"淫"，屈子所谋所为必为上官辈所反对可知也。淫而"善"，又必屈子坚持力行者也。惟其"善淫"，乃为上官辈所深恶痛绝。寻诸屈史，一生所持者，变法与合从耳。二者自为"淫"之内容。《离骚》又曰："既替余以蕙纕兮，又申之以揽茝"。替、申并黜之义（见《楚辞发微》）。

稿　纸

惠缠、揽茝当指二事，绝非一事。盖隐喻变法合从二者为治国之良药。然竟以此"替"，复以此"申"。此屈子所深叹者也。此足证吾说谗原者，不仅"草宪令"一事，且必涉及非议合从之策也。

试再就屈子自道之言，进而证之。

《离骚》曰："初既与余成言兮，后悔遁而有他。余既不难夫离别兮，伤灵修之数化"。曰"初"，屈原为政之始时也。诗意盖谓受怀王任左徒之初，与怀王图议国事，在内政和外交上有重大的决定。以后怀王悔之，因改谋其他，所谓遁也。"他"则必毁弃前时之"成言"，反步往日之故路。在此情况下，素主变法合从之余，乃受斥逐，不能立足朝廷。我之离别朝廷，无伤叹（难，叹通）之必要，所可痛心者，怀

20×15＝300　　第 18 页

073

稿纸

王改变政策耳。诗意显明如此，固怀世黜后之怨言，非襄世迁后之怨词。然细究之，"悔遁"有何事？"后"当于何时？此须注意者。

考《楚世家》怀王十一年"为从长，至函谷关，秦出之。六国皆引兵归，齐独后"。《楚策》"楚欲与秦平"。于此窥知"欲与秦平"，必悔合从之策也。"皆引兵归"，"遁"之实也。屈曰"悔遁"，不其事乎？而所谓"后"，舍斯年之"后"，无当时也。此足证怀王动摇合从之策时，上官辈必有落井下石之举，非议屈原之合从且及变法也。藉此更能明"善淫"之为何事何物也。今寻《屈原列传》，史公仅以"草宪令"一事说之，而刘向《节士》之记，则侧重合从方面之斗争，想本始《屈传》未漏此说也。

当怀王失利函谷，上官辈诽谤屈原之合从

稿　纸

主張，于楚史复可得以旁证焉。《春申君列传》云："春申君相二十二年，诸侯患秦攻伐不已，时乃相与合从西伐秦（徐廣曰：始皇六年）。而楚王为从長，春申君用事。至函谷关秦出兵攻，诸侯兵皆败走，楚考烈王以咎春申君"。观乎此知怀王之孙考烈王亦曾为从長，且以兵败于秦，归咎于用事者春申君。则怀王兵败于秦，归咎于用事者屈原，又何为不可？咎而黜之，方快群小之望，平一己之怒焉。此阶级斗争时，必然之结果。于此，可参看《齧桑会盟考》。

正以屈原被黜，不在朝廷，故張仪于怀王十六年方能相楚，欺诈怀王。張仪之横行无忌，亦足以说明，屈原乃見黜，非一般之疏远情况也。研究屈史者，谓怀王世放于汉北（据《抽思》），既不在朝，豈得云疏远，而非放黜乎？

稿　纸

明乎此，知屈传中之"疏"字，亟当作"黜"解，方合乎历史实际。否则，当日复杂尖锐之斗争面目即要掩盖或阉割，屈原之高大形象即为削弱，此不可不知者。

林西仲《楚辞灯》附《楚怀襄二王在位事迹考》怀王十六年下云："愚意被疏当在前，疏者止是不与议国事耳，未尝夺其左徒之位也。绝齐时亦必谏……则夺其位者亦此年耳。"林氏以疏为疏远，臆测"绝齐时亦必谏"，原之被黜当在十六年。据前证解，知林说无一是处。咎在不深入研析，轻作解人耳。后人治屈史袭林者多，甚或谓《离骚》作于"怀王不反，顷襄未立时"，如龚景瀚是也。或谓作于顷襄三年之后，游国恩君是也，或主作于到江南之后，皆由不审疏之字义而误读作期者，不烦琐论矣。又近人姜亮夫君为《屈原传疏证》释"王怨而疏屈平"时，先援《惜往日》主疏为疏远，"投闲置散之意，非谓去之也"。继据刘向《节士》说曰："原之放，不仅开罪于宠臣矣"，又在主"放"。游移两说，不自知其如何适从。余略陈诸家说于此者，藉以见"疏"之一字，困惑古今多少学人，乃不辞固陋，为说"疏"之义同于"黜"也。

史公前后屈赋钞本试测

太史公于《屈原列传》云："余读《离骚》、《天问》、《招魂》、《哀郢》悲其志"。史公所见屈赋次第，时或如斯。《屈传》首著《离骚》，此又先称之，《离骚》必居第一也。传录《渔父》后，继以《怀沙》，而今本《怀沙》与《哀郢》同属《九章》，则《渔父》必居《九歌之前，次《招魂》之后。斯则《离骚》、《天问》、《招魂》、《渔父》、《九章》或为史公所见屈赋之次第。若《九歌》何居，则不可测定。《汉书·扬雄传》云："又旁《惜诵》以下至《怀沙》一卷，名曰《畔牢愁》。则《九章》似以《惜诵》始，《怀沙》终，为其次第。是否同史公所见，不可知矣。

20×15=300　　第 1 页

078

稿 纸

《史记·屈原列传》所载《渔父》、《怀沙》二赋之文字多与今本异，可证据本有不同。余考史公据本可能有三，试述于下。

一、贾谊钞本

贾谊生于公元前二〇〇年，卒于公元前一六八年，得年三十二岁。《贾生传》云："（谊）能诵诗属书，闻于郡中。""梁怀王、文帝之少子，爱而好书，故令贾生傅之"。谊固以能文名于世。其傅长沙也，过湘水时有《吊屈原文》之作，是贾又为最早熟悉屈原及其作品之辞人也。贾居长沙，时逾三年。以其尊屈爱辞之志，親临屈原殉国之地，不能不收辑屈作也。盖前乎此已親炙《离骚》，哀悼其遇；而已同屈被谗，身居其所，岂能无访屈赋之举乎？

本传云："及孝文崩，孝武皇帝立，举贾生

20×15=300　　第 2 页

稿　纸

之孙二人至郡守，而贾嘉最好学，世其家，与余通书。至孝昭時列为九卿。"案此段文字有显误，孝武当作孝景。迁卒于武帝末，"至孝昭時列为九卿"，绝不应为史公语。凌稚隆云："此句盖后人所增"。其说甚是。按《汉书·贾谊传》："孝武初立，举贾生之孙二人至郡守，贾嘉最好学，世其家"。无"与余通书。至孝昭时列为九卿"之语。盖"与余通书"乃迁与嘉之交往，班固当删之。而"至孝昭時列为九卿"一语，班书应有而反无，足证班书原缺，又非后人以班文篡入迁书者。贾传此段文字，盖当如斯是正云。

迁曰："最好学，世其家"。嘉固善传乃祖之文学事业者，自必珍藏乃祖手稿屈赋。曰"与余通书"，则迁嘉交好甚笃也。史公為谊传曰《贾

20×15＝300　　第 3 页

030

稿纸

生传》，传首一名谊外，中皆一称贾生，又見尊谊之心。过与嘉有如斯之密迩交往，自能見贾氏世传谊之手钞屈赋，并获关于屈原之故事。若贾谊史料及《弔屈原文》，亦必来自贾嘉，此可推知者。

二、刘安辑本

《汉书·淮南王安传》云："時武帝方好艺文，以安屬诸父，辩博善为文辞，甚尊重之……初安入朝，献所作内篇，新出，上爱秘之。使为《离骚传》，旦受诏，日食时上"。按刘安被杀于元狩元年（元前一二二年），则安之书及《离骚传》至迟于此时已入中秘。

章太炎《检论》云："楚辞传本非一。然淮南王安为《离骚传》，则定本出于淮南"。当以刘安爱屈赋，有所辑订耳。

20×15＝300　第　页

081

稿 纸

太史公《自序》："（谈）卒三岁，而迁为太史令。紬史记石室金匮之书。五年而当太初元年（元前一〇四年）……"则史公读中秘之书，已在安书入中秘十三年之后。史公固得见刘安辑本屈赋也。不然，岂得以《离骚传》文字入《屈原列传》耶？既见《离骚传》，则辑本屈赋亦必于同时寓目，为可断言者也。

三、史公自辑本

《屈原列传》之终，史公曰："适长沙，观屈原所自沈渊，未尝不垂涕想见其为人"。于屈原死地作凭吊，可见史公尊屈之心。及为《屈原传》，称颂瞭篇章，愤怨贯始终。援屈作以入传，虽在传文，亦为传人。史迁固壮怀激烈，悲悯屈原之遇者也。

史公爱屈尊屈，爱贾尊贾，併为一传，信

20×15二300　第5页

082

稿纸

見崇敬。夫如斯，于屈作不能不辑于素日，不能不採访于江南，不能不採贾刘之辑而为其自钞本焉。此固推想，无文献可徵，然不违乎事理也。观夫传中《渔父》、《怀沙》文字多与今本异，固可如斯说也。

及刘向校书中秘，辑为《七略》，定《屈原赋》二十五篇。就其去迁不远说之，以三家之本为据，釐订先后，成为定本，实属可能焉。

总上以论，首传屈赋者当为贾谊，次为刘安，再次为史公，总其成者自为刘向。四子者皆传屈赋之功臣也。若"楚辞"之名，前于史公已有之。《史记·张汤传》："买臣以楚辞与（严）助俱幸"。《史记·朱买臣传》："荐买臣，召見，说《春秋》，言《楚辞》，帝甚悦之"。是其证也。然就屈原一人之作论之，似不当以

稿纸

“楚辞”名，其所谓“楚辞”，当兼指宋玉、唐勒、景差之作也。

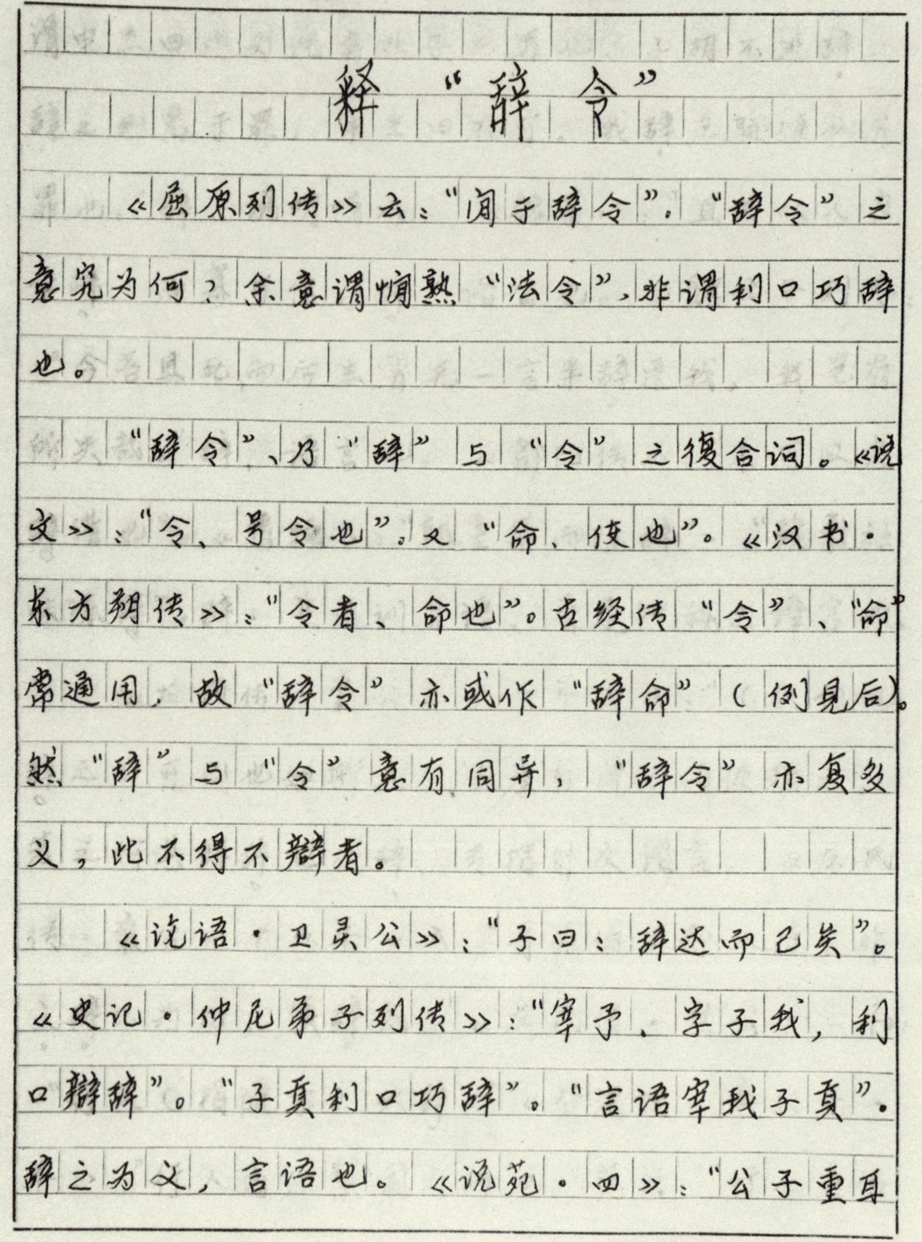

稿纸

释"辞令"

《屈原列传》云："闲于辞令"。"辞令"之意究为何？余意谓娴熟"法令"，非谓利口巧辞也。

"辞令"，乃"辞"与"令"之復合词。《说文》："令，号令也"。又"命，使也"。《汉书·东方朔传》："令者，命也"。古经传"令"、"命"常通用，故"辞令"亦或作"辞命"（例見后）。然"辞"与"令"意有同异，"辞令"亦复多义，此不得不辩者。

《论语·卫灵公》："子曰：辞达而已矣"。《史记·仲尼弟子列传》："宰予，字子我，利口辩辞"。"子貢利口巧辞"。"言语宰我子貢"。辞之为义，言语也。《说苑·四》："公子重耳

29×15＝300　　第 1 页　　085

稿　纸

谓申生曰："为此者非子之罪也。子胡不进辞，辞之必免于罪。"申生曰："不可。我辞之，骊姬必有罪也。"辞，说明情况。《魏策》："且夫从人多奋辞，而寡可信。"辞，语言也。《魏公子列传》："今吾且死，而后生曾无一言半辞送我，我岂有所失哉。"辞，语言也。《邹阳传》："不可以虚辞借也"。《离骚》："就重华而陈辞"。"跪敷衽以陈辞"。辞，并当训言语，普通所称之语言也。

《左氏传·襄公三十一年》云："（叔向曰）辞之不可已也如斯夫！子产有辞，诸侯赖之。若之何其释辞也。"辞，专指外交语言。《左氏传·襄公二十五年》云："晋为伯，郑入陈，非文辞不为功，慎辞哉！"《左氏传·宣公十二年》："行人（指随季）失辞。"《谷梁传·襄公十一年》："行人者，挈国之辞也。"范注："行人是传国之辞命者。"知辞确指外交语言。《文心·书记》云："辞者，舌端之文，通己于人"。是也。

春秋列国有专掌外交文书之专职。《左氏传·文公十七年》云："郑子家使执讯而与之书，以告赵宣子"。旧注"执讯，通问之官也。"余疑讯乃词之形误。"执词"即"执辞"，掌外交书信之吏职，郑之专职也。《国语·楚语》王孙圉曰："楚之所宝者，曰观射父，能作训辞，以行事於诸侯，使勿以寡君为口实"。所谓"训辞"，实国与国间之外交书信也。楚亦有专职掌之焉。又审"训辞"当同于《左氏传·襄公二十五年》"道之以文辞"之"文辞"，实国书也。《国语·鲁语》："齐孝公来伐，文仲欲以辞告，病焉，问于展禽。对曰：获闻之，处大教小，处小事大，所以御乱也，不闻以辞。……展禽使乙喜

稿纸

以膏沐犒师。"辞，文辞，亦外交文字也。范文澜先生曰："古者使受辞命而行。简牍烦累，故用书者少。其见于传与人书最先者，实惟郑子家（文心雕龙注卷五）"。此探史之说也。

　　就上述知口头语言、外交文书，盖通称"辞"焉。然徵之于古，命、令亦得称辞，此为学人所忽者。

　　《国语》祭公谋父曰："先王耀德不观兵，有威让之令，有文告之辞"。则辞亦令也。《中论·法象》："昔者成王将崩，体被冕服。然后发顾命之辞"。辞，命也。《苏武传》："单于使卫律召武受辞"。师古注曰："致单于之命，而取其对也"。按颜说是，辞，亦命也，令也。

　　辞之意既明，令之义易晓，进而论"辞令"之古义。

稿纸

《周礼·秋官·大行人》："七岁，属象胥，喻言语，协辞命"。《大戴礼·少间》作"七岁，属象胥，喻言语，计辞令"。辞命、辞令，同一义也。惟其与语言分科，则非一般语言，显然可知。

《礼·聘义》："正容貌，齐颜色，顺辞令"。知辞令自属外交语言。《孟子·公孙丑》孔子曰："我於辞命，则不能也"。赵注"言辞、命教"。《正义》曰："《礼记·表记》注云：辞谓解说也。《诗·下武》笺：命，教令也。"知辞命即辞令，外交语言也。义同上述之单词"辞"。

《墨子·鲁问》："吾愿主君之上者，尊天事鬼；下者，爱利百姓。厚为皮币，卑辞令，亟遍礼四邻诸侯，敺国而以事齐，国可救也"。《韩非子·说疑》："彼又使谲诈之士，外假为

20×15＝300　　第 5 页　　089

稿 纸

诸侯之宠使，假之以舆马，信之以瑞节，镇之以辞令，资之以币帛，使诸侯，以深说其主”。此之所谓辞令，外交上之国书也，上加印玺，故曰镇耳。

总上所陈，知“辞令”为外交上之口头语言或书面语言也。然汉前复有以“辞令”为“法令”者，则为今人所不请。

考《周本纪》：“于是有刑罚之辟，有攻伐之兵，有征讨之备，有威让之命，有文告之辞。布令陈辞，而有不至，则增修其德”。所谓辞、命（令）著于竹帛之政令、法令也。《左氏传·襄公三十一年》云：“公孙挥能知四国之为，而辨其大夫之族姓、班位、贵贱、能否，而又善为辞令”。《大戴记·文王官人》：“慎重而察听者，使是长民之狱讼，出纳辞令”。《晏子春秋·

20×15＝300 第 6 页 090

稿　　纸

间上》、"辞令穷远而不逆"。《说苑·二》："晏婴曰：社稷之臣……作为辞令，可分布于四方"。《中论·法象》："若夫堕其威仪，恍其瞻视，忽其辞令，而望民之则我者，未之有也"。诸辞令并当训"法令"，倘以语言解之，则大背事义。《新书·等齐》："天子之言曰令，令甲令乙是也。诸侯之言曰令，令仪令言是也。"又考司马迁《报任少卿书》："其次不辱辞令"。李善注："辞谓言辞，令谓教令"。据上说知李说傎失。"不辱于辞令"，实即不为法令所辱耳。

　　《周本纪》曰："有不祀则修言"。韦昭注："言，号令也"。《齐策》："制言者，王也"。注："言谓命令"。《晋语》："臣欣获尽辞而死，固所愿也。公听其辞"。辞，辩理之语言也。《诗·生民之　·板》："辞之辑矣，民之洽矣，辞之

稿　纸

失。民之莫失"。辞、王朝政令也。《淮南子·齐俗训》："博闻强志，口辩辞给，人智之美也"。号令必况清言，故"言"意同号令、命令。辞之训令，当同之。

《文心雕龙·檄移》曰："古有威仪之令，令有文告之辞"。知令藉辞以成文，辞载令以行远。"辞令"复词，当缘此生。况辞兼令意，於古有徵，同谊相衆，孳乳之道。解辞令为法令，不为无据也。

屈原之"娴于辞令"，于其诗作有徵焉。《离骚》："不抚壮而弃秽兮，何不改乎此度"。度，即法令。"此度"维护奴隶主贵族之法令也。"偭规矩而改错"，"背绳墨以追曲"，"规矩"、"绳墨"並指新法。反奴隶主利益之旧制度，

稿　纸

拥护新兴地主阶级利益之新法令也。《惜往日》“明法度之嫌疑”，述制订新法時，对旧法律之反动性质与新法应保护新兴地主阶级利益及减轻对奴隶之剥削，皆有明确之认识与努力。“国富强而法立”，述变法后楚国之現富强也。曰“背法度而心治”，意谓违犯新法之原则，从事维护旧奴隶主之利益（所谓心治），则如“乘骐骥”无衔辔，“乘氾泭”无舟（同周）楫，必陷于复墜危亡之境。就国家说，势必沦于灭绝，“辟与此其无异”矣！此可证屈原之“娴于辞令（法令）”也。《抽思》：“昔吾所陈之耿着兮，岂至今其用亡（忘）”。耿，刑通，着，书通，耿着，即刑书也。（详見《九章发微》）补屈传“然祖屈原之从容辞令”解。東方朔《七谏·初放》：“明法令而修理兮”，《怨世》：“改前圣之法度

稿　纸

兮"，並谓屈子娴于法令也。正惟屈子有此特長，故得"出号令"，"草宪令"，犹郑之公孙挥"多为辞令"耳！又按、东方朔《七谏》"屈平言语讷涩"，屈原《怀沙》"文质疏内"，内同讷，並谓大夫不善言谈，则屈传之辞令，当不指语言。

马迁于《屈传》，一称其"博"，说学养也，二誉其"明"，述才识也。三赞其"娴"，颂专长也。要之，称道大夫秉卓越之眼光，赋丰富之才学，怀爱国之热忱，具前进之精神，明其在朝廷有特殊建树之由来，亦在示忠贞之屈原受反动奴隶主之迫害，终于沈渊之可悲。其归也反动派之丑恶与残酷得以揭露。

20×15＝300　　第 10 页

004

稿　纸

上官大夫考略

《屈原列传》首曰："上官大夫与之同列"。又曰："上官大夫見而欲夺之"。三曰："疏屈平而信上官大夫令尹（令尹、衍文，当删）子兰"。四曰："卒使上官大夫短屈原于顷襄王"。"上官大夫"一词于《屈传》凡四見，他无闻焉。此上官大夫究为何官乎？职守云何？《屈传》所称之"上官大夫"前后是否一人？此本文所欲解决之问题。

考《天问》："不任汩鴻，師何以尚之？"王注："尚、举也"。意谓无能治洪水，众人何以举荐之耶？《外戚世家》："子走侍尚衣轩中"。《正义》曰："尚、主也"。知尚有举、主之意。《古本纪年》载惠成王十二年"郑取屯留、尚子、

20×15＝300　　第 1 页

稿纸

涅”。《太平寰宇记》潞州长子县下引作“郑取屯留、长子”。《路史·国名纪》丁云：“长子，《纪年》之尚子也”。长尚古字通，其音必同也。而上尚古字亦通，《尚书》即《上书》，上古之书，其证也。《吕览·骄恣》：“（齐宣王）遽召掌书曰书之。”《新序》掌作尚，尚主也”。毕沅说：“《新序·刺奢》：‘遽召尚书曰书之’”。《晋语》：“阳子华而不实，主言而无谋”。韦注：“主，尚也”。是“上官大夫”当即“尚书大夫”，主官、举官之大夫也。建言臣子之长短，以为进黜也。此盖楚特设之官，必以亲信为之。《续汉书·百官志》“尚书令一人”。注曰：“主作文书起草”。亦可证尚、主也。尚书为主文书之官，则上官（尚官）为主官之令，可知矣。《晋书·陈寿传》载荀勖忌陈寿，“讽吏部迁寿为长广太

稿纸

守"。上官实后代之吏部耳。

就屈原两次遭黜，皆出于上官大夫，可证上官大夫之职权。《屈原列传》曰："令尹子兰闻之大怒，卒使上官大夫短屈原于顷襄王"。子兰身为令尹，不径短屈原，而卒使上官大夫短屈原者，上官之职权为建言群官之长短以为进黜者，不亦愈明乎？而第二次谗于怀王者，亦为上官大夫，上官之职守盖可知矣。其与后世"讽吏部"之实质又相同乃尔，复可为一证也。

《楚世家》叔向曰："芈姓有乱，必季实立，楚之常也。子比之官则右尹也，数其贵宠，则庶子也"。右尹之秩，次令尹下（说见《左徒考》），与左徒当为同列。而子兰怀王少子，自贵宠。怀王入秦前，曾劝王行矣。怀王留秦后，曾摄楚政三年，阴谋杀太子于齐，图为楚之真王矣

20×15=300　　第 3 页

097

稿纸

（余另有考辩）。其势固与子比同。当顷襄即位，复拔为令尹，就左徒黄歇曾擢为令尹说，上官大夫秩必同于左徒，《屈传》曰"同列"，可证也。就右尹之"佐"令尹以总群尹说，右尹或即上官大夫。右尹旧称，上官新称，犹左徒之为旧称，三闾大夫之为新称欤？

上官大夫之职秩既明，進而论《屈传》中所称之上官大夫究为谁何？

《屈原列传》云："上官大夫与之同列，而心害其能"，未著姓名。《新序·节士》云："使张仪之楚货楚贵臣上官大夫、靳尚之属"。亦未明上官大夫之姓名。

考《风俗通义》："怀王佞臣上官子兰，斥远忠臣"。不仅著官职，且显人物。作者亦助父名玄奉，曾著《感骚》三十篇，数万言（见《后汉书》本传）。劭必为明屈史之人，不当误襄王初之令尹子兰为怀世之上官大夫也。言必有据。此上官大夫当怀王世乃子兰之一证也。惟云"上官"，当係"上官大夫"之简称，犹《孔融传》"忠非三闾"为三闾大夫之简称耳。

《屈传》下文云："长子顷襄王立，而以少子子兰为令尹"。此"少子"之"子"当为"弟"之误。"少弟"即列传所称"怀王稚子子兰劝王行"之稚子子兰，于顷襄为少弟也。据楚人拔居令尹之史例说，春秋之世多以莫敖为令尹，及至战国复有黄歇以左徒为令尹之例。子兰以稚子之爱，决不能无显职，若不居与左徒同列之上官大夫之位，及顷襄之初不能为令尹也，亦不能于怀王之末，建入秦之言也。此怀世谗

稿　纸

屈原之上官大夫立为子兰之二证也，

怀王深知上官大夫主群官之升迁与废降，权秉极重，故以爱子子兰任之。张仪亦知其为贵臣，故特"货"之，此极可玩味者。就子兰言，以己需利用斯职排逐屈原于外，为维护个人地位，及奴隶主之阶级利益，当为令尹于顷襄之初，乃以贵族中与己最亲近之人充之。此最合逻辑者。就"卒使上官大夫短屈原于顷襄"说，子兰所以"卒使"，在其能指使，在关系之近且密，在阶级利益之一致者。而"卒使"又深露子兰必除屈原而后快之狠毒心理。曰"卒使上官"而不使他人，上官之职，便于进谗也。此上官大夫自为子兰之后任。

《盐铁论·讼贤》云："夫屈原之沉渊，遗子椒之谗也"，特著子椒，不及子兰，意子兰帝

稿纸

后人物，子椒台前人物，故特书之，显其罪耳。以斯而知子椒乃谗屈子之冲锋陷阵者。

《后汉书·孔融传》载曹操与融书，有句曰："屈平悼楚，受谮于椒兰"。孟德大书椒兰，彰二人之罪相等耳。唐李贤注曰"屈平楚怀王时为三闾大夫。秦昭王使张仪谲诈怀王，令绝齐交。又诱请会武关，平谏，王不听其言，卒客死于秦。怀王子子椒子兰，谗之于襄王，而放逐之。见《史记》"。李贤所见本《史记》称怀王子子椒子兰谗之于襄王，校诸今本则多出子椒之名，且谓子椒亦怀王子。次名于子兰之前者，当係子椒长于子兰（怀王少子，可证）。虽未着其官秩，就今本《史记》论之，必为"上官大夫子椒"也。盖李贤之注略去其职官"上官大夫"，今本《史记》略去人名子椒耳。《屈

稿　纸

原列传》所称"辛使上官大夫"之上官，必子椒也。故传首所称之上官大夫，与传后所称之上官大夫，实非一人。前者为子兰，后者为子椒耳。椒兰以兄弟之谊，弄权朝廷，放逐爱国之屈原，正見其复辟奴隶制之狂妄，颠倒是非之丑恶。此三证也。

《汉书·息夫躬传》赞曰："上官诉屈，怀王执"。注引张晏曰："屈平忠而有谋，为上官子兰所谮，見放逐。后秦昭诱怀王会于武关，遂执以归，卒死于秦"。张晏曹魏时人，近古，所見本《史记》谓怀王世之上官为子兰也。此子兰于怀王世确为上官大夫之四证也。

司马迁于《屈原列传》论曰："怀王……疏屈原而信上官大夫令尹子兰，兵挫地削，亡其六郡，而客死于秦，为天下笑，此不知人之祸

稿纸

也"。此史公端就怀王以立说，为证实其论点，撮约怀王世之重大事件与有关人物，乃自然之理。但怀王时子兰未为"令尹"，其为"令尹"，顷襄初立時也。斯则叙陈怀王時事，不得称子兰为令尹，彰彰明甚。原传上文虽已明载"顷襄王立，而以少子（当为弟之误）子兰为令尹"之语，史迁论述至此，不得误子兰之官称为令尹也。况传首仅云上官大夫一人谗原，至此岂得分著二人乎？余谓史公之文，断断不能有此歧误。窃疑"令尹"一词，涉上下文而误衍，亦浅人传钞致讹。史公原文应作"陈屈平而信上官大夫子兰"。惟其如此，方合前后文理与史实。而史公前不著子兰者，又或为传抄者所误夺。此误夺发生于应劭之后，以应劭所見本，固作"上官子兰"也。此怀世上官大夫为子兰之

20×15＝300　第 9 页　103

稿　纸

五证也。

《论衡·偶会篇》："世谓子胥伏剑，屈原自沉，子兰、宰嚭诬谗，吴楚之君冤杀之也……子兰宰嚭适为谗，而怀王夫差适信奸也"。王仲任（公元二七年—公元九七年）所见《史记》亦为子兰谗屈原于怀王时。此怀世上官大夫必为子兰之六证也。

总上六证，知怀世之上官大夫定为子兰。襄世之上官大夫，乃为子椒。二人者非爱子之宠，即兄弟之亲，权柄之要，实重二世。《七谏·初放》："数言便事兮，见怨门下"。王逸注："门下，喻亲近之人也。"虽未明言子兰，其为上官子兰可知矣。唯其亲近，故子兰于怀世遂自谗原；于襄世"卒使上官大夫短之"。中历时二十年之久，大夫两次受谗，均起于上官之短。

20×15＝300　　　　第 10 页

104

稿纸

而非出于他官之毁，上官之职守，固当如余前此之说也。

然子椒之官，古有异说，不得不再为辨析。《新序·节士》："乃使张仪至楚，货楚贵臣上官大夫、靳尚之属。上及令尹子兰、司马子椒，内赂夫人郑袖，共谮屈原。屈原遂放于外，乃作《离骚》"。

按《节士》所述佞臣五人，皆张仪收买之楚奸。验之《屈原列传》此谮毁当为楚怀王时事，而非顷襄之时。因张仪已死于怀王二十年，当秦武王二年，公元前三零九年（见《秦世家》），至顷襄时不能有货楚贵臣之行也。又张仪于怀王十六年、十八年两次入楚破从，为收买楚贵臣之时间，而屈子于怀世受谗实在怀王十二年，

稿纸

《节士》所云，盖总撮其事，非就一时之事言之；称"令尹子兰"者，据《屈原列传》衍文以为说也。称司马子椒者，子椒于怀世当係官司马也。亦惟子椒于怀世官司马，故于十二年兵败函谷后，乃共守旧者同反合从之谋，由子兰出而短之，以排逐屈原，则亦为可能也。又怀王世官司马，不得居上官于顷襄之世也。

《汉书·古今人表》别上官大夫、靳尚为二人，极是。然又曰"令尹子椒子兰"，不仅以子兰为令尹，且以子椒为令尹。此说有误。考刘向《节士》之说"司马子椒"，早出班固之前，当为有据。《汉表》称"令尹子椒"，必孟坚一时不审，涉子兰而误者也。然孟坚于上官大夫，不别白其姓名，引为一人，且不知子兰为上官于怀世，子椒为上官于襄初，当为史事纷繁，无以考订，竟以官称作人称，误司马为令尹耳。扬雄《反离骚》曰："灵修既信椒兰之唼唼兮"。子云固信子椒子兰同谮大夫于怀王也。惜今本《屈原列传》不见其迹，若以《七谏·哀命》"惟椒兰之不反兮"，王注："椒，子椒也。兰，子兰也。"《潜夫论》"屈原得君，而椒兰搆谗"证之，当知两汉学人，莫不知子椒乃共子兰谗屈原之佞臣。凡此均可明今本《屈原列传》，实经删削之本。若苏林注《反离骚》曰："椒兰，令尹子椒子兰也。"误袒班氏，不得其朔者也。

《后汉书·崔骃传》："斯贾生之所以排于绛灌，屈子之所以摅其幽愤者也。"旧注李贤《正文》曰："屈原为三闾大夫，上官靳尚妒善其能，幽愁愤懑，遂作《离骚经》"。此亦不辨史实之言也。

稿　纸

左徒考

《屈原列传》曰："屈原者，名平，楚之同姓也。为楚怀王左徒。"张守节《正义》云："左徒，今在左拾遗之类。"胡三省《通鉴注》于"楚以左徒黄歇侍太子"句，引张说而无所深考。按唐代拾遗一官，起于武后则天之时，官职低微，居从八品上阶（见《新唐书·百官志》）。杜少陵曾仕左拾遗可证也。而屈原任左徒时，"入则与王图议国事，以出号令；出则接遇宾客，应对诸侯，王甚任之（见本传）"。既预国政，又主外交，显非拾遗可望。

《楚世家》载"楚使左徒侍太子于秦。三十六年顷襄王病，太子亡归。秋顷襄王卒，太子熊元代立，是为考烈王。考烈王以左徒为令

20×15＝300　　第 1 页

稿纸

尹。封以吴，号春申君”。斯则左徒一职，必甚显要，故可一擢而为令尹也。钱大昕《廿二史考异》云：“黄歇由左徒为令尹，则左徒亦楚之贵臣矣。”其言是也。据此知《正义》说必误。

近人姜亮夫君以为“左徒”即“莫敖”，盖近内官，其职颇与汉太常相似，实即三闾大夫之主官，是掌昭、屈、景三姓（见姜著《左徒莫敖辨》。文载《责善半月刊》，又见《屈原赋校注·屈原传疏证》）。張震泽为《楚莫敖官制考》，不韪姜说。谓莫敖，楚语之官名也。与令尹、司马同为楚显职，而次于令尹之下。及楚之晚期，实名其令。盖由楚语改以通语焉。

余考楚命官，极品之官不曰相，而曰令尹。或以楚语，“莫敖”是也。其名或半异中原，“司败”即司寇也。或悉同中原，“司马”、

稿　纸

"司徒"是也。而"左徒"一职，是非楚语，而其名又为中原诸国所无，仅于《楚世家》一见，《屈原列传》再见，他无闻焉。

司马贞于《楚世家·索隐》云："令尹，尹中最尊者。"说甚是。其次有"左尹"、"右尹"之官。《左氏传》宣公十一年："楚左尹子重侵宋"。昭公二十七年"左尹郤宛"。是"左尹"见于《左氏传》者。《史记·项羽本纪》载项伯为"左尹"。是此官在秦末项军中，仍有之官。又《左氏传》成公十六年云："右尹子辛将右"。襄公十五年云："公子罢戎为右尹"。是"右尹"见于《左氏传》者。《楚世家》叔向曰："子比之官，则右尹也。数其贵宠，则庶子也。"此可证楚左尹右尹，又皆以贵宠充之

《史记·高祖功臣侯年表》"射阳侯项伯"

20×15=300　　第 3 页

110

稿　纸

下曰："兵初起，与诸侯共击秦，为汉（《汉表》作楚，是也）左令尹（《汉表》同）。同上表"新阳侯吕青"下曰："以汉五年，用左令尹初从"。可证"左令尹"乃全称，"左尹"则简称也。而"右尹"之全称，当为"右令尹"也。就楚有乐尹、箴尹、监马尹、中厩尹、卜尹、工尹、玉尹……诸官名说，视其名即知其职守，不似左、右尹之不可明指。

按甲骨文、金文及小篆文，左、右二字並象左右手形。引伸之，当有佐、佑之义。若佐佑则后起字也。《周本纪》："召公毕公之徒左右王。"《礼记·祭统》"卫孔悝之鼎铭曰：六月丁亥，公假于太庙。公曰：叔舅，乃祖庄叔，左右成公。"是"左右"即用"佐佑"谊也。就左右之谊，与左尹、右尹之贵宠说，"左令尹"、

稿　纸

"右令尹"必令尹之副贰，佐之佑之以率群尹，可断言也。又考西汉官制亦法楚，相国下有左右丞相。如《曹相国世家》云："高祖三年，拜为假左丞相……韩信已破赵为相国，东击齐。参以右丞相属韩信，攻破齐历下军。"又可证左右尹为令尹之副贰也。

《左氏传》昭公十七年云："吴伐楚，阳匄为令尹，卜战不吉。司马子鱼（名鲂）曰：我得上流，何故不吉？"是楚有司马也。《左氏传》文公十年云："期思公复遂为右司马，子朱及文子无畏为左司马。"《左氏传》昭公三十一年云："左司马戌、右司马稽，帅师救弦"。知"司马"之外复有左右司马，其秩亦必在司马下，为司马之副贰。据令尹与左右尹之关系，可作此断言也。①

20×15＝300　　第 5 页　112

稿　纸

《左氏传》宣公十一年云："使封人虑事，以授司徒。"《项羽本纪》云："以吕臣为司徒，以其父吕青为令尹。"是楚有司徒也。律之前述楚令尹、司马，各有副贰，分命左右，则司徒亦不能无副贰，其副贰亦当分称左右，如左令尹、右令尹，左司马、右司马，而名曰左司徒、右司徒。其简称亦当为左徒、右徒耳。《屈传》云："为楚怀王左徒"。左徒，正左司徒之简称也。由上论述，左尹之为左令尹，则左徒必为左司徒也。

《文选》卷四十一《报任少卿书》注引《屈原列传》云："屈原名平，楚之同姓，为楚怀王左司徒。"李善所见《史记》正作"左司徒"，实为全称。益可证左徒乃左司徒之简称。此虽孤证，实助成前说，以发千载之秘。

20×15＝300　　第 6 页　　113

稿 纸

惜"右徒"或"右司徒"之名，不見于典记。然不能以史籍阙载，断言其无。盖司徒亦楚钜卿，不能无副贰以佐之也。如谓司徒之职守，或簡于令尹、司马，不必有二副，再以楚人尚左说之（《左氏传》桓八年，"季梁曰：楚人尚左。"是其证），楚设左司徒而不设右司徒，亦属可能。此史籍見左徒而不見右徒之故歟，楚器多出时，当能证其有无也。②

左徒之即左司徒已明矣。下列论述司徒之官守，及与三闾大夫之关係。

按"司徒"金文作"𤔲土"，即"司土"。《𢦏毁》："令汝作司土（徒），官司籍田"。籍田，即公田，属于大奴隶主。在奴隶制社会时期，司土（徒）实乃管理大奴隶主土地之官守。因

稿纸

督奴隶耕种之，故又管奴隶。及后世说"司徒"是"主徒众者"，实即管理土地及奴隶也（徒与众）。《周礼·地官》司徒所属有林衡、山虞、牧人三职，司徒之职守有加（参杨树达《司徒司马司空释名》）。《宋微子世家》："八政……五曰司徒。"《索隐》引孔安国说："主徒众，教以礼义。"《郑世家》："郑桓公友者……幽王以为司徒，和集周民，周民皆悦，河、洛之间人便思之。"则司徒又重在掌教，实质当为督率奴隶而教育之事。《左传》襄二十五年："郑子展子产帅车七百乘伐陈，……祝拔社司徒致民，司马致节，司空致地，乃还。"《荀子·王制篇》："司徒知百宗、城郭、立器之数。"荀卿战国晚期人（约元前三一三年——元前二三八年），说官守当不限于古，而有案乎当世。故说"司

20×15＝300　　第 8 页

稿　纸

徒之职，大异于《周礼》。唯谓"知百宗"，则又沿掌教之说。《汉书·百官公卿表》云："司徒主人"，侧重"教"职矣。

《屈原列传》曰："为楚怀王左徒"，而王逸《离骚经序》曰："仕于怀王为三闾大夫。三闾大夫掌王族三姓，曰昭、屈、景。屈原序其谱属，率其贤良，以厉国士。"叔师叙原官，不曰"左徒"，而曰"三闾大夫"，并继之以释"三闾大夫"之职守，显大异于今本《史记》。叔师博古，不容不知"左徒"，尤不容作无根之谈。况此下文字，"入则与王图议国事，决定嫌疑，出则监察群下，应对诸侯，谋行职修，王甚珍之。"叙事略同原传，又必本诸《史记》可断言也。然叔师以"三闾大夫"易"左徒"者，吾意叔师所见《史记》不同于今本，一也。"左徒"

20×15＝300　　第 9 页　116

稿　纸

旧名旧称，"三闾大夫"异名俗称，二也。

李《后汉书·孔融传》李贤注："屈平，楚怀王时为三闾大夫。秦昭王使张仪谲诈怀王，令绝齐交。又诱请会武关。平谏，王不听其言，卒客死于秦。怀王子子椒子兰谗之于襄王，而放逐之。见《史记》。"李贤约《史记·屈原列传》之文，最后特著之曰见《史记》。其叙原之官职，曰"为三闾大夫"也。襄王时谗屈原之人"子椒子兰"，皆怀王之子也。二者大异于今本。又李《后汉书·崔骃传》"屈子之所以摅其忧愤者也。"李贤注曰："屈原为楚三闾大夫，上官大夫、靳尚妬害其能。忧愁愤懑作《离骚经》"。《孔融传》"忠非三闾"句注曰："掌王族三姓，曰昭屈景，故曰三闾"。李贤实多次称屈原为"三闾大夫"，而不曰"左徒"。则所见本

20×15＝300　　第 10 页　　117

稿纸

固如斯。若特著"見《史记》，其非援引叔师之文，尤可知。就《孔融传》之注文说，反足以证明王叔师李贤二人，虽以汉唐时距之远，所見《史记·屈原列传》，乃一本之传钞。故並说怀王之三闾大夫"也。王叔师绝非据《渔父》之文而妄改者也。此本与今本之不同，犹李善所見一本称"为怀王左司徒"与今本之不同，並为早期《屈原列传》传钞诸本之面貌。王叔师叙原史一段文字，乃当补入《屈传》也。

陈清扬《屈子生卒年月考》称"三闾大夫为始仕之官。怀王六至十六年，擢为左徒。至张仪诈楚而黜"。陈氏谓左徒之秩高于三闾，受黜之时在张仪诈楚后。近人或曰左徒官阶高为初仕之职，三闾官阶卑，乃招返之位。吾曰二说並无据，想当然之臆说耳。

稿　　纸

李左徒（即左司徒）乃屈原一生所仕之最职，始于怀王之初立，《屈原列传》之文可证也。怀王十二年受谗被黜，非仅疏远之谓。屈原被黜后，不仅无职，且迁于汉北，《抽思》等作可证也。"复位"后，当仍仕斯职，以便使齐。无改官之徵候也。顷襄初由阶级斗争之激烈，又被放于汉北（迁江南说，无据。余另为文论之）。究屈史者称降为三闾，无据也。称擢而为司徒，亦无据也。且无恰当时间以证明之，自不足餍人心耳。

今按《屈传》，终篇不言何时为三闾大夫，及《渔父》乃见之。如不同于"左徒"，以史迁之识，胡不明辨其不同。就我国过往称谓习惯说，于人官职爱称极品，不喜道其卑位。渔父称曰"三闾大夫"，敬尊之衷，必其极秩。出诸旁

稿　纸

动者之口，又必通称、俗称，或近称也。如左徒高于三闾，必称左徒而不曰三闾也。今渔父曰"三闾大夫"，正以掌昭、屈、景三姓也。岂不正合"司徒知百宗"之职乎？而司徒实自古昔相沿之旧称、雅名，劳动人民不之道也。此就其职掌论，知"司徒"即"三闾大夫"，就古今称谓论，三闾大夫应即左徒也。

又按《离骚》"予既滋兰之九畹兮，又树蕙之百亩"。"畦留夷与揭车兮，杂杜衡与芳芷。"当为屈子自道为左徒（即三闾大夫）时，"序其谱属，率其贤良，以励国士"之之作。不亦益明三闾之职即左徒之职守乎？

前已论及王逸、李贤所见之《屈原列传》为一本之流传。篇首大抵同言"仕于怀王，为三闾大夫"。此一叙述和屈传后文《渔父》诗中

稿　纸

所陈子非三闾大夫欤”，职官称谓极一致。蒙于此得一消息。窃疑史公《屈传》本作“仕于怀王，为左徒。”因下文“左徒之职，掌王族三姓，曰昭、屈、景。屈原序其谱属，率其贤良，以励国士”数语，乃释“左徒”之职守。而“左徒”与“三闾大夫”又为一官之新旧异称，官俗殊名，汉代钞者，乃以“三闾大夫”易之。此不仅求易解，且冀与后文《渔父》中之叙述一致也。王逸、李贤所见本应如此。若李善及吾人所见本，则未经钞改“左徒”之本也。然今本“为怀王左徒”下，又阑释“左徒”职守者，或为杨子山所删之传本也。又刘向《新序·节士·屈原传》始终不着屈原官职，可证刘子政未别为其有不同也。蒙斤斤辩此者，力求显《屈原列传》之本来面目耳。

20×15＝300　　　　第14页

稿纸

左徒即三闾大夫，其职守掌屈、昭、景三姓已明矣。而屈又胡得出号令、草宪令、应对诸侯耶？考《楚世家》"穆王以太子宫予潘崇，使为太师，掌国事。"则太师权等令尹矣。又"康王弟公子围为令尹，主兵事。"《左氏传》昭公十年云："吴兵之来，楚使子常（时为令尹）以兵迎之。"是令尹又主兵事矣。此外，黄歇为左徒，却出侍太子于秦（见前引文），莫敖本掌典令，而莫敖屈重将兵伐随，且"以王命入盟随侯（见《左氏传》庄四年），"是莫敖主兵又主外交。唐昧以主天文之官，且战殁垂沙（见拙作《屈原列传发微》）矣。

盖古昔军政不分，其职守有常，而任事可变，不以官秩，随限所能，一视才德，量可而使之，此楚之常祀。故屈子虽佐司徒，以受怀王信任，故得出号令，草宪令，议国事，对诸侯，凡政之要者，莫不预焉。《韩诗外传》云："君臣不正，人道不和，国多盗贼，下怨其上，则责之司徒"。以视屈子之政治活动，并未逾乎司徒职权之外。亦惟屈子居此要职，从事多方面政治活动，作出多种贡献，故《越绝书·叙外传记》乃有"楚相屈原"之说。

嵇康《高士传·渔父》曰："楚顷襄时，屈原为三闾大夫，名显于诸侯"。按屈原早于怀王世名显诸侯，顷襄即位之初，听谗而黜之，固不能立足朝廷，何得再显名于诸侯？更何得为三闾大夫耶？嵇康之记，殊为失考。近人亦多说屈原于楚襄王时，任三闾大夫，其误与叔夜同，不须辨矣。

稿　纸

奴隶制度社会，诸侯王族（即大奴隶主）在京畿之内，各有居地，名之曰闾，不与庶民（即奴隶）杂。

《说文》："闾，里门也。"《周礼》："五家为比，五比为闾。闾，侣也。二十五家为群侣也。"段注云："周制二十五家为闾，其后则人所聚居为里，不限二十五家也。"此未就王族、奴隶之不同居住区以为言也。

《齐策·六》曰："齐孙室子陈举，直言，（闵王）杀之。东闾宗室离心。"又"王孙贾年十五，事闵王。王出走，失王之处。其母曰：女朝出而晚来，则吾倚门而望；女暮出而不还，则吾倚闾而望。"是闾乃奴隶主贵族定居之区域，分居之区域。《郑世家》谓子产为郑东里人，

稿纸

郑之东里，犹齐之东闾也。是齐郑奴隶主贵族依氏族分居，不与奴隶杂居之证。《曹叔世家》载："晋文公重耳伐曹，虏共公以归。令军毋入釐负羁之宗族闾。"是曹之奴隶主贵族，亦依氏族之别，而分别其闾，同于齐郑。《国语·鲁语·郈子》："请从司徒以班徙次。"韦注："司徒、掌里宰之政，比大众众寡之官也。敬子自以有罪，君欲黜之，故请从司徒，徙里舍也。"司徒下有司里，负责一里内居宅之分配（后详）。屈原《哀郢》云："发郢都而去闾兮"。可证郢都有屈氏之闾也。又云："望长门而不见。"郢之东门曰龙门，当为昭、屈、景三族聚居之闾所近者，犹齐郑之东里。故望龙门，实为望故闾也。旧注多不鉴此，以为乃望郢都，实非达诂。故知郢都乃屈原之故里也。

稿　纸

关于"三闾大夫"之官职，在晋则曰公族大夫。《左氏传》宣公十二年（元前五九七年）"晋魏锜求公族，未得而怒"。知公族大夫乃显要之官也。《左氏传》成公十八年（元前五七三年）云"荀家、荀会、栾黡、韩无忌为公族大夫，使训卿之子弟，共俭孝弟"。职守甚明，类近司徒。惟任其事者为四人，此异乎楚制者。宋程公说《春秋分记》有公族大夫条，可参看。

钱穆曰：古无掌公族之大夫，并谓三闾非官名乃地名，即"三户"，实鲁莽荒唐，失考之大者也。

注：

①．七八年随县曾侯乙墓出土竹简亦见"左司马"、"右司马"两官名。（见《文物》19

稿纸

79年第七期27页）

②、曾侯乙墓出土竹简亦見"右芷（徒）"、"右芷（徒）"两官名。堪证楚确有"右徒"也。（見《文物》1979年第七期27页）

一九七五年脱稿于百色山城

一九八 年

稿　纸

齧桑会盟考

——兼论屈原生年——

《楚世家》怀王六年（元前三二三年）云："秦使张仪，与楚、齐、魏相，会盟齧桑。"此会亦见于其它传记。《魏世家》云："诸侯执政与秦相张仪会齧桑。"《田齐世家》云："湣王元年，秦使张仪与诸侯执政会于齧桑。"《秦本纪》惠王二年"张仪与齐、楚大臣会齧桑东。"《张仪传》云："惠王二年，使与齐楚（按脱魏字）之相会齧桑东。"是其证也。

齧桑地望。《楚世家·集解》引徐广曰："齧桑在梁与彭城之间。"《史记·河渠书》："齧桑浮兮，淮泗满"。《集解》引张晏曰："齧桑，地名也"。汉武帝《瓠子歌》云："齧桑浮兮

20×15＝300　第 1 页　128

淮泗满"。《晋世家》："亦去晋于齧桑"。《索隐》："齧桑，卫地也，恐非也。"如淳曰："邑名，为水所浮飘"。齧桑在汉前实一要地也。近年出土《孙膑兵法·强兵篇》："……□人于齧桑而禽汜皋也。"注："齧桑，今江苏沛县"。齧桑之地望明矣。

据上述有关记载，齧桑会盟之发起者为秦相张仪，参与者有楚、齐、魏三国派出之使臣。《楚世家》、《张仪列传》并曰"相"。《田齐世家》、《魏世家》并曰"执政"。唯《秦本纪》曰大臣耳。曰相、曰执政、曰大臣，皆显示乃各国之重臣。秦相为张仪，已见上引，若楚、魏、齐之相为谁氏，则须探讨之。

《史记·孟尝君列传》载田婴相于宣王九年，下至湣王三年，计在相位六载。齧桑之会在湣王元年（当怀王六年，元前三二三年），

稿纸

时田婴仍在相位也。齐参与之执政，自为田婴。《陈轸列传》："田需约诸侯从亲，楚怀王疑之未信也。"《索隐》曰："需时为魏相"。按此怀王元年事，时近啮桑之会，疑参与斯会之魏相即田需。至楚执政者谁氏，史无明文。《中国史精研·战国宰相表》谓为"赵献"。（魏策七）不可信。蒙就当时之情势，屈原之地位与怀抱说之，确信屈原参与斯会焉。（齐思和亦云张仪秦相、田需魏相、田婴齐相）。

啮桑会盟，就参与成员说，乃至为重大之会。就各世家显著记载说，亦必为重要之会。若详究其召开历史背景、影响，当知乃战国晚期一关键性之会盟。此会盟关系于秦楚势力之消长者至钜。

稿　纸

《魏策》："张仪欲并相秦魏。……史厌谓赵献曰：'公何不以楚佐仪求相之于魏，韩恐亡，必南走楚。仪兼相秦魏，则公亦必并相楚韩也。'"《楚世家》载："怀王六年，使昭阳将兵攻魏，破之于襄陵，得八邑，又移兵攻齐，齐王患之。"徒书陈轸至昭阳军中，劝止攻齐。此后即为啮桑会盟。于此，可知此会召开之原因。

按此期楚、秦两国，力量相敌，並有逐鹿中原之志。楚得志于两河，则秦不能东；秦得志于三晋，非楚所愿。观怀王元年，楚尚不信田需之从约者，实欲跃马北向，有所开拓。所谓"心矜好高人，欲有霸王之号"（见《新书》）者也。故六年有昭阳攻魏之举（见前引文）。此役也，魏失八邑，齐王深患祸之来已。兵威所震，虎视之秦，诚难甘心。张仪本楚人，虑

20×15＝300　　第 4 页　131

稿纸

秦力持削，乃为齧桑之会，冀以遏楚。此就当时形势，抑压楚人之外交攻势也。

仪既发动此会盟，必外示和平与缓和，阴冀笼络齐、魏，行其连横之谋，且破楚已成之功。然在楚不能不烛及秦志，以示好齐、魏，来破张仪之横。故齐、魏两国同为秦楚争夺之对象。陈轸止昭阳攻齐者，当预为此地步。此从横外交之争也。齧桑会盟之实质，盖不出此。

就齐说，邻楚而远秦，不与楚则受楚兵，战无已时。不与秦则秦兵难猝至，且可善楚。昭阳罢齐之兵，齐不能无德楚之意。齧桑会上不听仪旨必矣。

就魏说，被秦兵者屡屡。孝公时以诈破魏军，取地七百里，元前三三〇年献魏河西地予秦。魏之西疆尽入于秦。此当为魏所不能忘者。

稿　纸

然秦欲未餍，贪壑唯填。时惟楚力，堪与秦角。啮桑会上，权衡得失，与楚而不与秦，恃楚以拒秦之势也。合从之基于此奠定。

啮桑之会，楚实胜利，秦实失败。《张仪列传》："会啮桑，东还而免相。相魏以为秦，欲令楚先事秦，而诸侯效之。魏王不肯听仪。秦王怒，伐取魏之曲沃、平周。复阴厚张仪益甚。张仪惭，无以报，留魏四岁"。此一史料，证明张仪在啮桑会上，连横攻势，彻底失败，竟至"免相"。然秦之失败，正楚之成功也。张仪因不得志于啮桑，又设谋为魏相，阳为魏而阴为秦，"欲令魏事秦，而诸侯效之"。然仪不能得之于会期者，亦未能得之于会后，四年间谍，一无成功，至"惭无以报"。仪之失败可谓惨矣。反观楚方，则胜利必大。合从之基，

稿　纸

特为巩固。魏之所以不听仪，终至被兵失地，仍坚不事秦者，可为证明也。然若非有楚力为之援，不能有此坚定表现，若非楚执政合从外交奏效，不能有此英勇斗争也。于此益可证知，啮桑会上，秦楚斗争实甚激烈，故楚收挠秦之功，秦得失败之果。楚得以结齐、魏，秦"愤"而免仪相，秦之初愿未偿也。

楚、魏、齐此时之结好，旨在抗秦。然秦前经商鞅变法，制度改变，国力骤强，势凌各国，及惠文国势更张，用兵三晋不已。楚怀王乃于十一年（元前三一八年）为六国从约长以伐秦。怀王之所以能为从约长，国力强大，自为主因，时势須要，一变元年之态，当为次因，若啮桑会上之胜利，又当为历史事实，有以促成之也。

20×15=300　　第 7 页　134

稿纸

此一会盟既如此重大，楚参加之执政，究为何人乎？余谓舍屈原殆无其人焉。

《屈原列传》曰："入则与王图议国事，以出号令。出则接遇宾客，应对诸侯，王甚任之"。叙屈原受怀王专任之期，楚之内政外交端赖屈原也。屈原之被信任，跡同执政也。就大夫一生之外交主张论，皆係排秦，反对秦之侵略。为达此目的，力主从约，为大夫所坚持。《屈传》曰："齐与楚从亲，惠王患之"。虽未明着约从之人为屈原，寻其时之势与人，不能不为屈原也。《新序·节士》"秦欲吞灭诸侯，并兼天下。屈原东使于齐，以结强党，秦国患之"。则名着屈原为结齐以为强党者，当即《屈传》所称"齐与楚从亲，惠王患之"一事也。斯则

20×15=300 第8页

稿　纸

刘向之文，必本于未经删落之《屈原列传》以为言也。两相比观，知齐楚从親成于原手。此当为不可易之说。惜迁史、刘文並未年代，仍须探讨耳。

就怀王元年楚王不信田需之从约说（見前引文），齐楚時无从親之可能。怀王六年，楚止伐齐之兵，以去"惠王患之"之忧，亦可云楚以武力，迫齐親己。及啮桑之会，齐不与秦必已党楚。此齐楚从親之契机，亦六国合从之基石。《节士》曰："屈原为楚东使于齐，以结强党"，就情势推想，必在啮桑会后。啮桑在彭城附近，密迩齐国。会后专入齐国，以坚啮桑会上齐楚相親之谊，郑重于齐王之前，乃属极大可能。果如斯，则屈原东使于齐之年，必在怀王六年（元前三二三年）啮桑会后。此当为

稿　　纸

因利乘便之行也。斯则屈原必以楚执政之身份，参与齧桑会盟。及入齐行以成功，乃有《河伯》之诗，将以成之欢心，以纪其行焉。

　　试再审之《屈传》，"出对诸侯，王甚任之"。屈原固常出使异国者，楚之外交人才也。以怀王信任之屈原，出而参预齧桑会盟之激烈斗争，以杜秦连横之谋，不能不为屈原也。

　　左徒，楚贵臣也。虽非令尹，以楚制论，"职守有常，而任事可变，不以官秩，随限所能（见《左徒考》）"。屈原固得出使齧桑会盟。《楚世家》曰："秦使张仪与楚魏相会盟齧桑（《张仪传》亦曰相）"。实以"相"称之也。《越绝书·叙外传记》亦曰"楚相屈原"，或以预此会之屈原有"相"之职，权称之也。《孔子世家》："会于夹谷……孔子摄相事"。孔丘本司寇，权

稿 纸

摄相事也。屈子本左司徒，自亦可权摄相事(令尹之职)以会齐枭。

屈原楚变法之士也，政治家中之杰出人物也。"出号令"、"草宪令"之巨卿也。以变法之士，如与怀王关系不密，则不可为；如官职卑微，则亦不可为。试察古变法之英杰，若李悝(元前四五五年——元前三九五年)，魏文侯相也。若商鞅(约元前三九〇年——前三八八年)、秦孝公相也。若申不害(?——元前三三八年)、韩昭侯相也。若吴起(元前?年——元前三八一年)、楚悼王相也。凡此多士皆居相位，方能为变法之举。倘屈原无"相"之权力，胡得有变法之业？是则以"左徒"预齐枭会盟，符乎情理，以左徒使齐以结从，又必合乎史实也。

稿　纸

蒙前考楚怀王罢屈原左徒之官，当在怀王十二年（元前三一七年。据新城新藏氏《东洋天文学史研究》元前三一七年，当为壬寅年）。此前屈原，于外交主合从以抗秦，于内政主变法以强国。在怀王十二年罢官前，实已大著成效矣。怀王十一年，为从约长以伐秦，合从之收获也。《惜往日》曰："国富强而法立兮，属贞臣而日娭。"变法之成就也。二者相辅相成，使楚臻于极盛。此屈子所建树者。然此光辉成就，绝非短时所能奏效。依十二年上推至六年，时仅七年耳。据上述论证，楚行从约，始于六年，七年中虎结六国，从以得合。若谓屈子于怀王六年，方任左徒，坚持合从，似无不可。然屈子于此前，在内政上如无建树，怀王必不"任之"也。如不多事"应对诸侯"，以

稿纸

展其才，又必不能出使齧桑之会也。怀王不当轻擢一己所不信、又无素望、命国不重之屈原而为左徒明矣。于此，可瞭屈原之为左徒，时当更前，不得谓于怀王六年，始任左徒也。斯则，屈原之为"左徒"，必在怀王元年至五年之内也。

《屈原列传》"屈原者，名平，楚之同姓也。为楚怀王左徒"。曰"楚之同姓"，示族姓之親，曰"为楚怀王左徒，"就全传以窥，终怀王之世，屈位虽有黜、复之变，职秩实无迁转之迹。所云为"楚怀王左徒"，盖与怀王之在位，同其始终耳。申言之，屈原于怀王元年即任左徒矣。元至五年，内政外交，并有贡献，为君所重，故六年齧桑会盟，屈子得以"左徒"，摄相事，比执政以预其盟。《大司命》"廣开

稿纸

兮天门，纷吾乘兮玄云……君迴翔兮以下，踰空桑兮从女……高飞兮安翔，乘清气兮御阴阳。吾与君兮齐速，导帝之兮九坑”。即叙怀王初即位时，屈得登庙堂，以伊尹自许，高瞻远瞩，乘变法之利，结合从（御阴阳也）之约，旨在忠诚事君，冀在中国成就帝业（详说见拙作《楚辞发微·九歌·大司命》）。叙于怀王初立，在内政外交上之行事至明，可为佐证也。

屈原既与斯会，得联齐以摈秦，与齐相田婴相亲，理属当然。会后专赴齐都，以固齐楚关系，正《节士》所云“屈原为楚东使于齐，以结强党”者也。故齐、楚之结好，亦当始于怀王六年，为屈子合从成功之巨大胜利。十一年楚得为从约长，屈子之主张与行动，当为促成之主要因素。下至怀王十六年，十年之中，

稿纸

齐楚关係和好无间，实屈子为之奠基也。故秦惠文王患之。

大夫之外交既成功，回国后当益受信任。此后六年中于内政改革必益多，奴隶主贵族"害"原者亦必愈甚。此盖屈原政治事业之黄金時代。后此屈原再使齐于怀王十七年，楚丹淅兰田惨败之后，当藉屈原于田齐曾有往日联合之关係云。

《贾谊列传》云："文帝召以为博士。是時贾生年二十余，最为少"。史公以屈贾合传，当有慨乎其际遇之相同。虽未著明屈原生年，必以其初任左徒時之年令，近于贾谊也。果如斯，屈子年令当怀王元年時，应在二十岁左近，亦惟二十岁左近，方可任左徒也。少乎此，即秉异材，亦不多見。《史记·甘茂传》"甘罗十

稿纸

二为庶子，一使为上卿"。余疑十二为二十之误倒。十二之说，不足信也。多乎此，若三十岁任"左徒"，下迄楚襄二十二年投湘以死，得年当在八十岁以上，揆之辗转沅湘长淑之艰，实非所任。故屈原始任"左徒"于怀王元年，以年在二十岁左近为合理之年令。据此上推，出生之年，当为楚宣王二十三年（元前三四七年）。出盟啮桑之会，年令当在二十五岁左近。此约略考之当如斯。惜其详，不可得而知矣。

近世学人考屈原生年者，莫不据《离骚》"摄提贞于孟陬兮，惟庚寅吾以降"句王逸注，解"降"为"生"，作不同之推定。殊不知"降"在此句中，实与"黜"、"替"、"废"同意，谓黜官且逐之也。本句乃原叙其被黜之年月日，

20×15＝300　　第 16 页

143

稿　纸

当怀王十二年正月庚寅日也（说见拙作《楚辞发微》）。再者，"降"字在屈作中无用作"降生"意，即在屈原时代或其前亦不曰"生"为"降"也。此一事实，竟为前贤近人所忽视，此大可怪者。诸贤虽孜孜考订，其奈不当于事理何？其奈不当于屈辞之真诠何？试陈于下，即知其误矣。

　　邹汉勋、陈旸、刘师培三家，推定屈原生于楚宣王二十七年戊寅（元前三四三年）正月二十一日或二十二日庚寅。陈旸并谓屈原之始官为三闾大夫，六年至十六年为左徒（见《屈子生卒年月考》）。

　　果如三家之说，屈原生于楚宣王二十七年，为三闾大夫且在怀王初年。则屈原初任时仅十六岁。即依其说怀王六年任左徒，亦仅二十二

20×15=300　　第17页

稿纸

岁。以十六岁之人"知百宗"，"掌王族三姓"，且"率其贤良，以励国士"，势属难能，情亦滴怪。此知鄒菁祖王逸之误注，以考定屈子之生年，确为不近情理之说。

郭沫若君说屈原生于楚宣王三十年（元前三四零年），则怀王元年仅十二岁，六年仅十八岁，怀王十二年罢官放逐時，亦仅二十三岁，其违乎事理，同于三家。盖十二岁出仕，数年之间，固不能有如上论证之诸种貢献也。

浦江清君不同意上述诸家之说，出以已之考订，谓屈原生于楚威王元年，即元前三三九年。是则至怀王十二年（元前三一七年）亦仅二十二岁。就初仕于怀王元年计，十一岁之童子耳。

有林庚君者，主屈原生于楚威王五年，即

稿　纸

元前三三五年。是则怀王元年，屈仅七岁，仕为左徒，显为不类。若十二年罢左徒，年仅十八耳。十八岁前能有如许建树，亦至可疑之事。张汝舟君虽驳之，惜仍主陈旸旧说，不审其误。

总上诸家之说，知据王逸误注，以推定屈原之年令，验之大夫事迹，莫不乖乎情理。旧说误人，此为最大之例证。是以，"惟庚寅吾以降"，实大夫于诗之首大书特书其罢官放逐时间也。（参拙作《离骚发微》"惟庚寅吾以降"句，或《江汉论坛》八八年第十期该论文。）

《孟子列传》："自邹衍与齐之稷下先生，如淳于髡、慎到、环渊、接子、田骈、邹奭之徒，各著书言治乱之事"。大夫爱谈治乱，出使齐国时，如不与诸学人交通，实不可能之事。又"邹衍之术，迂大而闳辩，奭也文具难施。

稿　纸

故齐人曰："谈天衍，雕龙奭"。屈原之作，洪丽无涯，出入天地，倏忽古今，对语神灵。亦或受稷下学风之鼓荡焉。因考及大夫之使齐，乃说其受稷下学风之影响云。

20×15=300　　第20页

屈原赋中"从容"词义解说

余读屈赋，于王逸训诂"从容"一词，多感不当。而近人说屈赋，又多略而不谈。寻之《广雅·释训》亦仅"举动"一解。验之屈作，复不切合。余混沌者有年矣。乃于读书时，广徵资料，排比揣磨，积思累虑，以求正诂。盖词义不明，则文理难悉；文理不明，则难识其人与志。虽为小道，吾知有助于理解屈作及其伟大人格。虽迹近痴愚，幸或无害于助读屈赋也。

《广雅·释训》："从容，举动也。"虽为义训，实兼声训。其义孳乳，率沿"举动"。初为离析，义别有六。为解屈赋，徵例较多。然已删繁，约而示要矣。

稿纸

一、从容，举动也。《墨子·非乐》："衣服不美，身体从容，不足观也"（《御览》引同）。《大戴·文王官人》："言行亟变，从容谬易。"（原注：安然反复）。《新书·等齐》："衣服不贰，从容有常，以齐其民，则民德"。诸从容並当训举动。依他解者，尽非是。班固《离骚赞序》："莫不斟酌其英华，则象其从容"。孟坚谓宋玉等祖效屈原文章之仪态。盖首误解史公"皆祖屈原之从容辞令"一语也。（参《屈原列传发微》）。

二、从容，周旋也，侍从也。《汉书·陆贾传》："从容平勃之间"。师古曰："谓和辑陈平周勃，以安汉朝也"。说为安辑不当。《盐铁论》："从容房闱之间"。《文选》卷六十《齐故安陆昭王碑文》："公陪奉朝仪，从容左右。"从

稿　纸

容並当训周旋或侍从也。

三、从容，状美好举动。《盐铁论·国病》："秉耒抱锸、躬耕身织者众；聚要敛从容付白黛黑者众"。从容，谓美好举动也。

四、从容借作取容。《战国策》："世以鲍焦无从容而死者皆非也。"《史记·鲁仲连传》容作颂，古字通。《索隐》曰："从颂者，从容也。世人见鲍焦之死，皆以不能自宽容而取死，此言非也"。曰宽容，义晦。不若"取容"之明确。《九辩》："性愚陋以褊浅兮，信未达乎从容"。王注："君不照察其真伪"。此语与君王无关，王说大误。释从容为真伪又不当。按从容实取容之借。《高士传》载挚峻《报司马迁书》："徒欲偃仰从容，以游余齿耳"。从容亦取容之借，可证也。

稿纸

五、从容、自然逍遥之谓。《留侯世家》："良常间从容步游下邳圯上"。《庄子》："儵鱼出游从容，是鱼乐也。"《新序·杂事》："（宋玉曰）从容游戏，超腾往来"。《新书·劝学》："佳态佻志，从容为说焉"。从容、并逍遥自然意，作他解者非。

六、从容、礼敬、郑重、忠诚之意。《史记·淮阴侯列传》："上尝从容与信言诸将能否各有差"。《季布传》："君何不从容与上言耶？"《梁孝王世家》："上尝从容言曰：千秋万岁后传于王"。《汉书·东方朔传》："上从容问朔"。上诸从容并当训郑重、诚恳。《汉书·严助传》："助侍宴从容"。师古注："从容、间语也"。非是，当训礼敬或郑重也。《留侯世家》："留侯尝从容与上言天下事"。曹操《祭桥玄文》："又承从

稿　纸

容约誓之言"。从容，亦忠诚、郑重意。

此下進而讨论屈賦及他人作品中"从容"一词之具体含义。

《怀沙》曰："孰知余之从容"。王注："从容，举动也……谁得知我举动欲行忠信也。"虽增字为训，而曰"欲行忠信"，是为近之。然不若徑训忠信、忠诚、忠貞之为简明。王氏于《哀時命》"孰知余之从容"句注曰："无有知我進退执守忠信也。"同一语句，此注大胜于前。至朱熹以叔师之说为不可取，于《怀沙》中注以"从容、举动自得之貌。"距从容之正解益远，視叔师之说益下。

《九章·抽思》："尚不知余之从容"。王注曰："未照我志之所欲。"曰："志之所欲"，存于中

稿纸

未形于外者也。孟子之意，岂如斯乎？何贵乎言"志之所欲"，而不及前言往行之忠贞耶？叔师之说又背弃在《怀沙》之说矣，说愈下。及《悲回风》"寤从容以周流兮"。注曰："览立徙倚而行步也"。及《大招》"願从容乎神明"。注意为游戏。迷离恍惚，不知其所归，说愈下矣。凡此皆可证古人于"从容"一词，实陷于困惑之境。今若以"忠贞"释之，不简且明，显而易知耶！

"从容"之为忠贞，复可证之他语。《离骚》："孰云察余之中（中通忠）情（通诚）"。"孰云察余之善恶"。善恶，偏义词，重在善，即忠诚。《卜居》"谁察吾之廉贞"。中情、善恶、廉贞意并同忠贞，其实一也。句之结构与"孰知吾之从容"同，益可证知从容之即忠诚。

20×15=300　　第 6 页

稿　纸

忠贞也。又按《怀沙》："孰察其揆（邪曲也）正"，"羌不知余之所臧"，"众不知余之异彩"，"莫知余之所有"，诸谓"揆正"、"所臧"、"异彩"、"所有"意并忠贞之行于外者，而"世溷浊莫我知"，又意同"孰知余之从容"也。以语法论之，率同也，以词义论之，又相同也。则"从容"宜解为忠贞，不当再有异义矣。

《屈原列传》曰："然皆祖屈原之从容辞令，终莫敢直谏"。祖为沮之借（见《列传发微》），"辞令"意同政治（见《释辞令》），今又知从容意为忠贞、忠诚意，则史公之文，盖叙宋等三人"以赋见称"后，急转而抨击三人，莫不沮丧于屈原忠诚于政治之崇高品德而毁弃之，终于莫敢直谏之卑鄙行为耳。

"从容"之义明，不但屈赋有关词语，可

稿　纸

得正确理解，即史公《屈原列传》评宋玉等之言语，亦得以正确认识，恢复史公之作意，揭示原始之真貌。一词之的解，历史为之颠倒。安于习知，溺于旧见者，当不以吾说为然也。

20×15=300　　第 8 页 155

稿　纸

屈原时代大事年表

前　言

此表之制，初不起于屈原之生年，而始于道杀楚声王者，盖冀览表即知夫楚国阶级斗争之激烈；秦之侵楚，非短日事，藉明屈原思想之所以形成，内主变法、外持合从之正确；以及统制者，仅计个人利益，不顾国运之罪行。若表之终于楚之亡秦，不以大夫之卒年为断者，又冀览者知夫反剥削反侵略之斗争，惟人民群众操持左券。忠贞如屈原，虽有善愿，待之者唯悲剧耳。凡此皆陈其大者，不事烦碎。至如学人生卒，亦予着列，以见先秦学术之发达。若個人創说，有考证文字在，则示其要。

一九七五年十二月发现之云梦秦简《秦大

稿纸

事记》，（后易名《编年记》，见《考古学报》年第一期），始于秦昭王元年，终于秦始皇三十年，共九十年。记事甚简，有足珍者，兹亦探及焉。

20×15=300　　第2页

157

稿纸

公元前	楚王纪元	重大事件
548年		司马 进行土地登记"入为赋"。左襄廿五年。
402	声王六年	《楚世家》"盗杀声王，子悼王熊疑立。孔伋约卒于此年。
398	悼王四年	墨翟约卒于此年以后。
391		三晋大败楚师于大梁、榆 。
389	十三年	孟轲约生于此年。
386	十六年	吴起至楚，悼王任以令尹，从事变法，富国强兵。"南收杨越"《秦策三》。
384	十八年	《秦本纪》"秦献公止从死"。
381	廿一年	楚伐魏救赵，军至于大阿。悼王卒，吴起被贵族射杀，肃王立。
380	肃王	名臧。
378		秦开始有市。

稿纸

377	四年	《六国表》"蜀伐我兹方"。《楚世家》"蜀伐楚，取兹方。於是楚为　关以距之"。
376	五年	三家分晋。墨翟约卒于斯年（孙诒让说）。
375	六年	秦献公"制户籍相伍法"见《始皇本纪》。韩哀侯灭郑国。
370	十一年	楚肃王卒。宣王立，名熊良夫。惠施约生于此年。
369	宣王	庄周约生于此年（马叙伦说）。
362	八年	"楚自汉中，南有巴、黔中"（《通鉴》）。
361	九年	卫鞅由魏入秦，见秦孝公，说以变法。时孝公元年。
360	十年	梁惠王十年开鸿沟。庄蹻约生于此

20×15＝300　　第 4 页

稿　纸

		年，见拙作《庄跻历史考辨》。
356	十四年	秦孝公六年，任卫鞅为左庶长。支持变法。田齐威王元年。
355	十五年	昭奚恤任楚相（《周纪编略》）。"工尹奚恤"。帛书《战国从横家书廿七》。楚灭越《中国历史年代简表》。
354	十六年	魏围邯郸，赵使[illegible]良求救于楚。"韩昭侯八年，申不害相韩"。为相十五年（《韩世家》）。
352	十八年	卫鞅升大良造，拥秦军政大权。
351	十九年	秦孝公十一年"城商塞"（《六国年表》）。
350	二十年	卫鞅于孝公十二年第二次变法，废阡陌，行郡县，统一度量衡。秦徙都咸阳。尹文子生于此年，卒于二八五年。

20×15＝300　　第 5 页

稿　纸

348	廿二年	秦孝公十四年"初为赋"（《秦本纪》）。
347	廿三年	屈原当生于此年前后，据拙考。
342	廿八年	《竹书纪年》秦孝公廿年"九月伐魏西鄙"。
341	廿九年	《竹书纪年》"封卫鞅于鄔"。
340	三十年	《秦本纪》"卫鞅击魏，虏魏公子卬，封鞅为列侯，号商君"。韩罢申不害相位。楚宣王卒。
339	楚威王	名熊商。高固始任楚相（《周纪编略》）。屈原九岁。
338	二年	秦孝公死。秦奴隶主车裂商鞅于郑黾池。秦惠公驷立。时周显王三十一年。威王时期庄蹻开始领导革命横行天下，故系于此。详《庄蹻历史考辨》。申不害死，见《韩世家》。

20×15=300　　第 6 页

		屈原年十岁。
337	三年	楚威王闻庄周贤，使使厚币迎之，许以为相。见《韩非列传》，由年代不明，故系于此。
336	四年	梁惠王三十五年；孟轲至梁，惠王称曰"叟"。时年约54岁。秦惠文二年，始用钱。
335	五年	屈原十三岁。《吕氏春秋·去宥》"楚威王学书好制"。《韩策》张丑评威王"好用兵而甚务名"。时在前333年。"书"、"制"並指变法行动，当由于庄蹻革命力量所迫，故系于此。
334	六年	惠施相魏，策划联楚、梁惠王、齐威王徐州之会。魏霸业终。秦相宽

稿纸

		《战国史》说。
333	七年	《楚世家》"七年伐齐，败之徐州"。
		《越王勾践世家》"楚威王兴兵而伐之，大败越，杀王无疆，尽取故吴地至浙江。北败齐于徐州，而越以此散……服朝于楚"。
332	八年	秦惠文王六年。屈原十六岁。
331	九年	屈原十七年。
330	十年	屈原十八年。魏献河西地于秦。
329	十一年	屈原十九年。《秦策》"楚魏战于陉山，魏许秦以上洛"。《六国表》"楚威王卒。怀王立"。
328	楚怀王	屈原二十岁。为怀王（熊槐）左徒，作《橘颂》。张仪始相秦惠王。魏纳上郡十五县于秦。

20×15=300　　第 8 页

166

稿纸

327	二年	屈原二十一岁。
326	三年	屈原二十二岁。
325	四年	屈原二十三岁。張仪取陕，出其人于魏。趙武灵王元年。
324	五年	屈原二十四岁。秦筑上郡塞。秦惠文王后元元年。苏秦说燕。
323	六年	屈原二十五岁。苏秦由燕至齐。
		《竹书》齐威王三十四年"封田婴于薛，十月城薛"。《六国表》"败魏襄陵"。《楚世家》"楚使昭阳攻魏，取八城，又移兵攻齐"。《六国表》相张仪与齐会齧桑。按参与齧桑会盟者尚有楚魏之执政，共四国。斯年齐相田婴，魏乃田需，楚使当为屈原。齐思和称楚相为赵献（引

20×15=300　　第 9 页

稿 纸

		《魏策》）。见《中国史探研》56页。
		会后屈原使齐。详见拙作《啮桑公
		盟考》。《竹书》魏惠成王后元十
		三年"会齐威王于甄"。作《河伯》。
322	七 年	屈原二十六岁。《六国表》张仪免
		相，相魏"。疑屈原于会盟后，始
		系统草宪令。惠施因张仪被免魏相，
		至楚及宋。
321	八 年	屈原二十七岁。田齐威王卒。
320	九 年	屈原二十八岁。田齐宣王元年。
		公孙龙约生于此年。《田敬仲世家》、
		《孟荀列传》载"齐宣王好文学，
		游说之士自如驺衍、淳于髡、田骈、
		接予、慎到、环渊之徒七十六人，
		皆赐列第为上大夫，不治而议论，

稿纸

		是以齐稷下学士复盛，且数百千人”。
319	十年	屈原二十九岁。《六国年表》“城广陵”。魏用公孙衍为相，惠施复归魏。
318	十一年	屈原三十岁。“苏秦约从，山东六国共攻秦，楚怀王为从长，至函谷关，秦出兵攻六国，六国兵皆引而归，齐独后”。“楚欲与秦平”。时周慎靓王三年，秦惠文后元七年。
317	十二年	屈原三十一岁，被谗放逐汉北，作《离骚》。日本新城新藏氏《东洋天文学史研究》定前317年为壬寅年，则屈原之被放当在此年。又张仪复相秦，亦可证屈原失位于此年。《楚世家》秦“与齐争长”。

20×15＝300　　第 11 页

稿　纸

316	十三年	屈原三十二岁。《六国表》秦惠文王初更元年"击蜀灭之"。《秦本纪》司马错灭蜀。
315	十四年	屈原三十三岁。此年左右作《抽思》。
314	十五年	屈原三十四岁。荀况生于此年前后。秦败韩于岸门，见《韩世家》。陈轸用事于楚。
313	十六年	屈原三十五岁。作《司命》于此期。《楚世家》"秦欲伐齐，而齐与楚从亲。秦惠王患之。乃宣言张仪免相，使张仪南见楚王"。诈还商於之地六百里，怀王信之，绝齐交。齐秦阴合。及受秦欺，乃怒秦。《六国年表》"张仪来相"。
312	十七年	屈原三十六岁。《楚世家》"春、与

20×15＝300　　第 12 页

167

稿　纸

秦战丹阳，秦大败我军，斩甲士八万，虏我大将军屈丐、裨将军逢侯丑等七十余人，遂取汉中之郡。怀王大怒，乃悉发国中兵，战于兰田。韩魏闻之，袭楚至邓，楚兵惧，自秦归。而齐竟怒不救楚，楚大困”。《竹书》“景翠围雍氏”。怀王十七年也。又“秦助韩，败楚屈丐”。帛书《战国从横家书》“齐宋攻魏，楚回（围）翁是（雍氏），秦败屈丐”。据《苏秦传》、《战国从横家书。廿二》知斯年陈轸用事于楚，公仲倗（韩朋）用事于韩，张仪用事于秦。屈原作《国殇》吊屈丐等殉国将士。

311　十八年　屈原三十七岁。怀王立复屈原之位，使于齐。《思美人》"开春发岁兮"，当指十八年之春。足证复位时间应在春后，亦即作《思美人》不久之后。《楚世家》"秦使使约复与楚親，分汉中之半以和楚。怀王欲得張仪。仪入楚，因靳尚等言得出。时屈原使从齐来，谏王曰："何不杀張仪"。此行張仪用破合从。靳尚被魏人杀于道。《秦本纪》"伐楚取召陵"。燕昭王即位，师事郭隗。田齐湣王十三年。《張仪传》"張仪既出，未去，闻苏秦死"。

310 十九年 屈原三十八岁。《魏世家》载楚相为昭鱼。《張仪传·索隐》引《竹书》秦武王元年張仪死于魏。魏

稿　纸

		相田需死。惠施约死于此年。
309	二十年	屈原三十九岁。《楚世家》记齐湣王欲为从长，楚合齐善韩。《秦本纪》张仪死于魏，为秦武王二年。秦初置丞相。《楚世家》"韩公子昧为齐相"。
308	二十一年	屈原四十岁。苏秦、乐毅、邹衍、屈景等归燕。
307	廿二年	《周纪编略》载楚灭越，当周赧王八年。《中国历史年代简表》作前355年，与此说异。
306	廿三年	屈原四十二岁。秦昭王即位，昭王楚甥也。苏秦侍燕质子于齐，因委质为齐臣。楚灭越（杨宽《战国史》）。

稿纸

305	廿四年	屈原四十三岁。秦昭王初立，厚赂于楚。楚又倍齐合秦。楚往迎妇。《六国年表》作"秦来。迎妇"。《甘茂传》"怀王新与秦婚，合而欢"。又"怀王使秦以楚人向寿为秦相"。疑召滑据越叛楚，在此年之前。《甘茂传》："（楚怀王二十四年）范蜎曰：且王（怀）前尝用召滑于越，而内行章义之难，越国乱，故楚南塞厉门，而郡江东，计王之功，所以能如此者，越国乱而楚治也"。秦内乱杀其太后及公子。孟轲卒。云梦《秦编年记》"二年，攻皮氏"。
304	廿五年	屈原四十四岁。怀王入与秦昭王盟约于黄棘。秦与楚上庸。《秦本

20×15=300　　第 16 页

171

稿纸

		纪》"三年，王冠，与楚王会黄棘，
		与楚上庸"。《六国年表》同。
303	廿六年	屈原四十五岁。《楚世家》"齐韩
		魏为楚负从亲而合于秦，三国共攻
		楚。楚太子质于秦而请救。秦乃遣
		客卿通将兵救楚，三国引兵去"。
		《六国年表》"太子质秦"。《编年记》
		"四年，攻封陵"。《始皇本纪》"昭
		襄王……立四年，初为田，开阡陌"。
		齐宣王十七年，薛公相齐。
302	廿七年	屈原四十六岁。《楚世家》楚太子
		杀秦大夫逃归。《编年记》"五年，
		归蒲反（坂）"。
301	廿八年	屈原四十七岁。《楚世家》秦乃与
		齐韩魏共攻楚，杀楚将唐眛，取我

稿纸

重丘而去。《六国年表》"秦韩魏齐败我将军唐眛于重丘"。《秦世家》昭王六年"使将军芊戎攻楚取新市。齐使章子，魏使公孙喜，韩使暴鸢，共攻楚方城，取唐眛。"《楚策三》"垂沙之难，死者以千数。"《荀子·议兵》："唐眛死，庄蹻起，楚分而为三四"。《编年记》"六年，攻新城"。《乐毅列传》："南败楚相唐眛于重丘"。《齐策》"魏败楚于陉山，禽唐明"。范祥雍《竹书年表》齐闵王元年。苏秦止孟尝君入秦。

300 廿九年 屈原四十八岁。《楚世家》秦复大攻楚，楚军死者两万。将军景缺亦被杀。怀王恐，乃使太子为质于齐

20×15=300　　第 18 页

稿纸

以求平。昭友侍太子入齐。《秦本纪》奂攻楚，取八城，杀其将景缺。《竹书》魏今王十九年"入雍氏，楚人败"。《编年纪》"七年，新城陷"。

299 三十年 屈原四十九岁。《楚世家》秦复伐楚，取八城。秦昭王邀怀王会武关，遮之西去咸阳，要割巫黔中，王不许。《秦本纪》"楚怀王入朝秦，秦留之"。《六国年表》"王入秦，秦取八城"。《编年纪》"八年，新城归"。昭雎与屈原同谏怀王勿与秦会武关，王不听。怀王留秦，楚廷发生迎太子立庶子王位之争。终"以诈赴齐"，秦"怒楚立王"。苏秦劝孟尝君留楚太子以要割楚下东国之地（见

《齐策·三》)。孟尝君入秦为相。

298 顷襄王熊横 屈原五十岁。《楚世家》秦不能遂使怀王出地，而楚立王（按指顷襄）以应秦。"昭王怨，发兵出武关攻楚，大败楚军，斩首五万，取析十五城而去"。《六国年表》"秦取我十六城"。《编年记》"九年攻析"。

孟尝君逃回齐。齐韩魏击秦于函谷。赵派楼缓相秦，仇赫相宋。

韩非约生于此年。《东君》作于顷襄归国之前。

297 二年 屈原五十一岁。《六国年表》秦昭十年"楚怀王亡走赵，赵不纳"。据《楚世家》、《战国策·楚策》知太子横与国内拥立之王，为争王

稿　纸

		位，各以东国地市齐。详说見拙作
		《子兰阴谋王位考》。齐湣王四
		年，齐逆妇于秦。
296	三 年	屈原五十二岁。《楚世家》怀王
		卒于秦，秦归其丧于楚，秦楚绝。
		时秦昭王十一年。贾谊《新书》
		称秦克尹杀怀王于西河。据《国
		策》《屈原列传》知横于怀王死后
		由齐逃归立为王，以子兰为令尹。
		《楚世家》顷襄元年、二、三年之
		纪元，乃续耳。说見《子兰阴谋
		王位考》。子兰等谗屈原于顷襄，
		怒而迁之。疑迁地在汉北之鄀。《楚
		策·二》"上柱国为子良，大司马
		为昭常，傅为慎子"。《天问》、《惜

20×15＝300　　第 21 页

稿　纸

		编》、《山鬼》当作于此后之近期。
		齐、韩、魏三国攻秦，秦与韩魏和，齐闵王五年也。
295	四　年	屈原五十三岁。《秦本纪》予楚粟五万石。赵灭中山。李兑谋杀赵武灵王。
294	五　年	屈原五十四岁。《六国年表》秦昭王十三年，孟尝出走薛，闵王亲执政。苏秦为燕使齐，说齐伐宋。《编年纪》"十三年，攻伊阙"。
293	六　年	屈原五十五岁。《楚世家》秦大胜韩，斩首二十四万。秦邀楚王战，顷襄患之，乃复与秦平。《秦本纪》"白起攻韩魏于伊阙"。《秦表》"白起击伊阙"。《韩世家》"使公

20×15=300　　第 22 页

177

稿　纸

		孙喜率周魏攻秦，秦败我二十四万，虏喜伊阙”。《编年记》“十四年，伊阙”。齐闵王第一次攻宋（或在次年）。
292	七年	屈原五十六岁。《秦本纪》昭襄王十五年“大良造白起攻魏取垣，复予之，攻楚取宛”。《穰侯传》“取魏之宛叶”。《编年记》“十五年，攻魏”。《楚世家》“楚迎妇于秦，秦楚复平”。燕昭王命苏秦“治燕齐之交”，事齐行反间（唐兰说）。
291	八年	屈原五十七岁。《编年记》“十六年，攻宛”。《韩世家》“秦拔我宛”。《韩表》多城字。薛公去薛，魏昭王以为相。魏冉复相秦。

稿纸

290	九年	屈原五十八岁。《秦本纪》十六年"左更错取轵及邓"。《白起传》十六年"起与客卿错攻垣城，拔之"。《编年纪》"十七年、攻垣、轵"。
289	十年	屈原五十九岁。 孟轲死。庄周死（马叙伦说）。苏秦拘于赵，齐相韩㬎入楚。魏相周最相齐。《吕览·孝行》"鲁取齐之徐州。"《编年记》"十八年、攻蒲反"。《秦本纪》"十八年，错攻垣、河雍、决桥取之"。《魏表》"秦击我，取城大小六十一"。《秦表》"客卿错击魏，取城大小六十一"。
288	十一年	屈原六十岁。《六国年表》秦昭王十月称帝，十二月复称王。斯年齐

20×15＝300　　第 24 页

稿　纸

		亦称东帝。苏秦由燕入齐，主齐去帝号。
287	十二年	屈原六十一岁。《秦纪》秦昭襄二十年"王之汉中"。齐闵王十四年第二次伐宋。苏秦由齐返燕，由燕赴梁，后半年赴赵。五国攻秦，燕出二万兵甲。五国之兵留于成皋。《编年纪》"廿年，攻安邑"。
286	十三年	屈原六十二岁。齐灭宋，宋王偃死于魏。苏秦由赵返齐，齐闵王相韩㠯。庄子约卒于此年。《编年纪》"廿一年，攻夏山"。《楚表》"取齐淮北"。
285	十四年	屈原六十三岁。《楚世家》与秦昭王好会于宛（按宛已于前二九二年

20×15＝300　　第25页

稿　　纸

		为秦攻占），结和親。《六国年表》、《秦本纪》记载略同。秦蒙武攻齐河东。赵相国乐毅将赵、秦、韩、魏、燕攻齐，取灵丘。尹文子卒。
284	十五年	屈原六十四岁。《楚世家》"与秦、三晋、燕共伐齐，取淮北"。《楚表》"取齐淮北"。乐毅破齐。齐闵王出亡，为淖齿所杀。苏秦为燕反间事露，车裂于齐，年五十余岁（唐兰说）。
283	十六年	屈原六十五岁。《楚世家》"与秦昭王好会于鄢。其秋复与秦王会穰"。《秦纪》同，昭王二十四年也。田齐襄王元年。《编年纪》"廿四年，

20×15＝300　　第 26 页

稿　纸

		攻林"。《秦纪》"秦取魏安城，至大梁，燕赵救之，秦军去"。孟尝君死于近期。
282	十七年	屈原六十六岁。《编年记》"廿五年攻兹氏"。《赵表》"秦拔我两城"。《秦纪》"拔赵两城"。
281	十八年	屈原六十七岁。《楚世家》楚人以射事讽激顷襄，报家国之仇。王遣使诸侯，复为从，欲伐秦。秦闻之发兵伐楚。《纲目》载楚相昭子。《周纪编略》作令尹昭雎，疑非是。《编年纪》"廿六年，攻离石"。
280	十九年	屈原六十八岁。《楚世家》"秦伐楚，楚军败，割汉北、上庸地予秦"。《秦本纪》"错攻楚，赦罪人，迁之南阳

20×15=300　　第 27 页

182

……又使司马错发陇西，因蜀攻楚黔中拔之"。《六国年表》"秦击我，予秦汉北及上庸地"。《编年记》"廿七年，攻邓"。或云韩非生于此年，卒于前二三三年，共四十八岁。顷襄十六年至十九年作《悲回风》。

279　二十年　屈原六十九岁。《楚世家》"秦将白起拔我西陵"。《正义》引《括地志》曰："西陵故城，在黄州黄冈县西二里"。一说在湖北省宜昌市西。《秦本纪》"大良造白起，攻楚取郢、邓，赦罪人迁之"。《白起列传》："白起攻楚，拔郢、邓五城"。《六国表》"秦拔我郢、西陵"。按郢在今湖北宜城县，邓在今河南邓县。按

稿纸

秦攻鄢，白起引水灌城，淹死楚军民数十万。齐田单大破燕军。《六国表》齐"杀燕骑劫"。田齐襄王时，稷下学士复盛，荀卿在稷下最为老师，作祭酒。《编年记》"廿八年，攻鄢"。由于汉北、宛、出、鄢、邓连年为秦攻占，屈原当由鄀地返郢。

278 廿一年 屈原七十岁。《楚世家》"秦将白起遂拔我郢，烧先王墓夷陵，楚襄王兵散，遂不复战，东北保于陈城"。《秦本纪》"二十九年，大良造白起攻楚，取郢为南郡。楚王走。周君来。王与楚王会襄陵，白起为武安君"。《编年记》"廿九年，攻安陆"。

稿　纸

		斯年仲春，屈原作《哀郢》于鄂渚。
		斯年冬作《涉江》于辰溆。据余作
		《庄蹻历史考辨》屈原入辰溆，旨
		在联庄蹻兴义师，逐秦兵。庄以秦
		兵压境，未践约，乃有《云中君》
		二《湘》之作，以泄幽怨，时间当
		及于来年。
277	廿二年	屈原七十一岁。《六国年表》"秦
		拔我巫黔中"。《秦本纪》"三十年，
		蜀守若伐取巫郡及江南，为黔中郡"。
		《正义》引《括地志》云"黔中故
		城，在辰州沅陵县西二十里"。《楚
		世家》"二十二年，秦复拔我巫、黔
		中郡"。《编年纪》"卅年，攻□山"。
		黄盛璋君以为"攻莤山"。孟夏作

20×15＝300　　第30页

185

稿 纸

《怀沙》。疑"沙"乃"没"之形误。"怀沙"当即"怀没"，追念楚怀王也。端午前作《惜往日》。地近汨罗。大夫由辰溆东返，盖欲入赣，再访"远者"以谋兴国之举，因"大故"，远路"幽蔽"。乃投汨罗而死。

276	廿三年	《六国年表》"秦所拔我江旁反秦"。《秦本纪》"三十一年，白起伐魏，取两城。楚人反我江南"。《正义》云："黔中郡反归楚"。《楚世家》"二十三年，襄王乃收东地兵，得十余万，复西取秦所拔我江旁十五邑以为郡，距秦"。《编年记》"卅一年□"。《始皇本纪》"已而叛约，击我南郡"。按所谓"叛约"，当为前278年"王与

20×15＝300　　第31页

稿　纸

楚王会襄陵”会上，顷襄承认秦所
侵楚地为秦有，而“反秦”之兴，当为
庄蹻率巫、黔中之民，所进行反秦之
军事行动。庄蹻亦于此后死去。参
《庄蹻历史考辨》。

275 廿四年 《编年记》：“卅二年，攻启封”。按
“启封”，当即开封之原名。《史记》
避汉景帝讳而改也。《秦本纪》“三
十二年，相穰侯攻魏，至大梁，破
暴鸢，斩首四万，鸢走，魏入三县
请和”。

274 廿五年 《秦本纪》“三十三年，客卿胡伤攻
魏卷、蔡阳、长社取之。击芒卯华
阳破之，斩首十五万。魏入南阳以
和”。《六国年表》“秦拔魏四城”。帛

稿纸

		书《战国从横家书·廿六》"秦攻鄢陵"。则鄢陵时属魏，益鄢陵始是四城也。《编年记》"三十三年，攻蔡中阳。"
273	廿六年	《六国年表》"白起击魏华阳军，芒卯走"。《白起传》"白起攻魏，拔华阳，走芒卯"。《编年记》"三十四年，攻华阳"。《秦本纪》："三十四年，秦与韩魏上庸地为一郡，南阳免臣迁之"。
272	廿七年	《秦本纪》"三十五年，佐韩魏楚伐燕，初置南阳郡"。《楚世家》"二十七年，使三万人助晋伐燕。复与秦平，而入太子为质於秦。楚使左徒侍太子於秦。"

稿 纸

271	廿八年	秦昭王三十六年.
270	廿九年	《编年记》"卅七年，□□刚"。《六国年表》"秦楚击我刚寿"。《秦本纪》作"三十六年，客卿竈攻齐，取刚寿，予穰侯"。
269	三十年	《编年记》"卅八年、阏與"。《秦本纪》"卅八年，中更胡伤攻赵阏與，不能取"。《赵表》《韩表》並作昭三十七年。
268	卅一年	《编年记》"卅九年，攻怀"。《魏表》《魏世家》均作斯年"秦拔我怀城"。
267	卅二年	《秦表》四十年"太子质于魏者死，归葬芷阳"。
266	卅三年	《编年记》"卅一年，攻邢丘"。《秦本纪》四十一年"攻魏取邢丘、怀"。

稿纸

		《魏世家》作"郪丘"。《魏表》作"廪丘"。误。
265	卅四年	《编年记》"四十二年，攻少曲"。《赵表》赵孝成王元年"秦拔我三城"。《秦本纪》"九月穰侯出之陶"。
264	卅五年	《秦本纪》"四十三年，武安郡白起攻韩，拔九城，斩首五万"。《韩表》"秦拔我陉，城汾旁"。
263	卅六年	《秦表》四十四年"攻韩，取南阳（徐广曰："一作南郡"。）《韩表》"秦击我太行"。《秦本纪》"攻韩南郡，取之"。《白起列传》"攻韩南阳，太行道绝之"。《编年记》"卅四年，攻太行，□攻"。"顷襄王病，太子亡归。秋，顷襄王卒。太子熊元代

20×15=300　　第 35 页

190

		立，是为孝烈王。孝烈王以左徒为令尹，封以吴，号春申君。"
262	孝烈王	《楚表》"秦取我州，黄歇为相"。《楚世家》"元年，纳州于秦以平"。《编年记》"卅五年，攻大壄王"。《秦表》四十五年"攻韩，取十城"。《秦记》同。
261	二年	《编年记》"卅六年，攻□亭"。
260	三年	《编年记》"卅七年，攻长平"。《秦本纪》、《秦表》、《赵表》同。
259	四年	《编年记》"卅八年，攻武安"。《秦本纪》"王龁将，伐赵武安、皮牢，拔之"。《白起传》"王龁攻皮牢，拔之"。秦始皇生。《赵世家》孝成王七年，"赵以灵丘封楚相春申君"。

稿纸

258	五年	
257	六年	《编年记》"五十年，攻邯单"。《楚世家》"六年，秦围邯郸，赵告急楚，楚遣将军景阳救赵"。《魏表》"公子无忌救邯郸，秦兵解去"。《楚表》"春申君救赵"。《秦本纪》"白起有罪死"。
256	七年	《编年记》"五十一年，攻阳城"。《韩表》"秦击我阳城，救赵新中"。《楚表》"救赵新中"。《周本纪》"周君王赧卒"。汉高祖刘邦生。年六十一。
255	八年	《编年记》"五十二年，王稽、张禄死"。《六国年表》"取西周，王稽弃市"。又楚"取鲁，鲁君封于莒"。
254	九年	魏取秦之陶，並灭卫。（据《韩非

稿　纸

		子》《吕览·应言篇》）
253	十年	《六国年表》楚"徙于钜阳（在今安徽太和县）"。
252	十一年	
251	十二年	《编年记》"五十六年，后九月，昭死"。《秦本纪》"五十六年，秋，昭襄王卒。子孝文王立"。《六国年表》楚"柱国景伯死"。"平原君卒"。
250	十三年	《编年记》"孝文王元年，立即死"。公孙龙约卒于此年。秦蜀郡守李冰修都江堰。
249	十四年	秦庄襄王楚元年。《六国年表》"吕不韦相，取东周"。又"楚灭鲁，顷公迁卞，为家人，绝祀"。《春申君列传》"以荀卿为兰陵令"。（兰陵在

稿纸

		今山东枣庄）后居兰陵著书。是时"楚复强"。
248	十五年	《六国年表》楚"春申君徙封于吴"。又秦蒙骜攻赵，取三十七城。
247	十六年	《编年记》"庄王三年，庄王死"。《六国年表》赵"无忌率五国兵败秦军河外"。李斯入秦，为文信侯舍人。
246	十七年	《编年记》"今元年，喜傅"。《六国年表》"始皇帝元年，击取晋阳，作郑国渠"。李冰在成都附近开凿离堆。李冰为长史。
245	十八年	秦始皇二年。
244	十九年	秦始皇三年。《编年记》"三年，卷军，八月喜揄史"。
243	廿　年	秦始皇四年。《编年记》"四年，□

稿纸

		军。十一月喜为安陆御史"。《六国年表》趙"信陵君死"。
242	廿一年	秦始皇五年。《六国年表》"剧辛死于趙"。
241	廿二年	《编年记》"六年四月为安陆令史"。《六国年表》"五国共击秦"。《秦本纪》"六年，韩、魏、趙、卫、楚共击秦，取寿陵。秦出兵，五国兵罢。拔卫，迫东郡，其君角，率其支属，徙居野王，阻其山，以保魏之河内"。《楚世家》"二十二年，与诸侯共伐秦，不利而去，楚东徙都寿春，命曰郢"。《楚表》云"王东徙寿春，命曰郢"。《春申君传》考烈王为从长，西伐秦，皆败走，考烈以咎

稿　纸

		春申君。
240	廿三年	秦始皇七年。《秦表》"蒙骜死"，
239	廿四年	秦始皇八年。《秦表》"嫪毐封长信侯"。吕不韦公布《吕氏春秋》于咸阳。
238	廿五年	《六国年表·楚表》"二十五（年），李园杀春申君"。《楚世家》"二十五年，考烈王卒，子幽王悍立。李园杀春申君"。《始皇本纪》"九年……令相国昌平君、昌文君发卒攻毐，战咸阳，……"。荀子约卒于此年前后（范文澜说）。
237	幽王	秦始皇十年。《六国年表·楚表》"楚幽王悍元年"。《秦表》"相国吕不韦免"。《始皇本纪》"大索逐客，

20×15＝300　　第41页

稿纸

李斯上书说，乃止逐客令”。又“於

是使斯下韩。韩王患之，与韩非谋

弱秦”。又“大梁人尉缭来说秦王……

（秦王）以为秦国尉，卒用其计，

而李斯用事”。

236 二年 秦始皇十一年。

235 三年 《六国年表·秦表》“发四郡兵助魏

击楚。吕不韦卒”，《楚表》“秦魏击

我”。

234 四年 秦始皇十三年。

233 五年 秦始皇十四年。韩非卒于此年。

《六国年表·秦表》“韩使非来，我

杀非，韩王请为臣”。

232 六年 秦始皇十五年。项羽生。

231 七年 《编年记》“十六年，自占年”。《始

20×15＝300　第42页

197

稿纸

		皇本纪》"十六年九月，发卒受地韩南阳假守腾。初令男子书年"。
230	八年	《编年记》"十七年，攻韩"。《始皇本纪》"十七年，内史腾攻韩，得韩王安，尽纳其地，以其地为郡，命曰颍川"。《秦表》"内史腾击得韩王安，尽取其地"。《韩表》"秦虏王安，秦灭韩"。《楚世家》"九年，秦灭韩"。
229	九年	《编年记》"十八年，攻赵"。
228	十年	《六国年表·楚表》"幽王卒，弟郝立，为哀王。三月，负刍杀哀王"。《楚世家》"十年，幽王卒，同母弟犹代立，是为哀王。哀王立二月余，哀王庶兄负刍之徒袭杀哀王，而立负刍为王。是岁，秦虏赵王迁"。

稿纸

		《编年记》“十九年，□□□□，南郡备敬（警）”。余考当为庄蹻后人据有巫黔，有反秦之失。
227	负刍	《编年记》“廿年，韩王居□山”。秦南郡守腾于廿年四月丙戌朔丁亥为文书，命令官吏镇压人民动乱。见《文物》特刊十三期（76年4月2日）。
226	二年	秦始皇二十一年。《楚世家》“二年，秦使将军伐楚，大破楚军，亡十余城”。《六国年表·楚表》“秦大破我，取十城”。《秦表》“廿一年王贲击楚”。《始皇本纪》作廿一年，“王贲攻蓟”。蓟当为楚之误。按《王翦传》“秦使王贲击荆，荆兵败”。斯年王翦“取燕蓟城”。可证攻荆楚者，乃翦子王

稿纸

		贲，攻蓟者乃王翦耳。《始皇本纪》
		二十一年"新郑反，昌平君徙于郢"。
		《编年记》"廿一年，韩王死，昌平
		君居其处，有（又）死□属"。
225	三年	《编年记》"廿二年，攻魏梁"。《六
		国年表·秦表》二十二年"王贲击
		魏，得其王假，尽取其地"。
224	四年	《楚世家》"四年，秦将王翦，破我
		军于蕲，而杀将军项燕"。《始皇本
		纪》"二十三年……虏荆王……荆将
		项燕立昌平君为荆王，反秦于淮南"。
		《编年记》"廿三年，兴攻荆，□□
		□阳□死。四月□文君死"。
223	五年	《楚世家》"秦将王翦，蒙武遂破荆
		国，虏楚王负刍"。《始皇本纪》"二

稿　纸

		十四年，王翦蒙武攻荆，破荆军。
		昌平君死，项燕遂自杀”。《编年记》
		“廿四年，□□□王□得”。疑原文
		为“荆王为王翦得”。
222	始皇廿五年	秦始皇二十五年。秦灭赵、灭燕。
		《始皇本纪》二十五年“王翦遂定
		荆江南地。降越君，置会稽郡”。
		按王翦兵众，庄蹻后人庄豪裔巫、
		黔，作战略退却，乃循沅水西王滇
		池。史公曰：“秦灭诸侯，惟楚苗裔
		尚有滇王”。
221		秦始皇二十六年。灭齐，统一六
		国。
219		秦始皇二十八年。《始皇本纪》“始
		皇至湘山，毁湘君祠”。《编年记》

20×15＝300　　第 46 页

稿纸

		"卄八年，今过安陆"。
214		秦始皇三十三年。徐广曰："五十万人，守五岭"。（见《始纪·集解》引）《六国表》："遣诸贾人赘婿，略取陆梁，为桂林、南海、象郡，以适戍"。
210	始皇卅七年	秦始皇三十七年。始皇卒。
209	二世元年	秦二世元年。陈胜吴广揭竿而起。
208	二年	秦二世二年。"诛丞相斯、去疾，将军冯劫"。
207	三年	秦二世三年。"赵高反，二世自杀"。"子婴立，刺杀高，夷三族。诸侯入秦，婴降，为项羽所杀"。

20×15=300　　第47页

202

路百占（梅村）公生平及著述

路中等　撰

先父路百占(翰村)公生平及著述

1913年 农历10月18出生于河南省长葛县老城衙后街

1934年 入河南大学文学院文史系，授业于闻一多、姜亮夫

1935年 为谋学费休学在长葛教育馆、嵩县嵩英中学任教.

1936年春 复读授业于高亨(晋生)、嵇文甫、范文澜. 在校刊发表《钟繇年谱》《仲秋节考略》《缠足非始于窅娘考》《诗品序※一篇、三篇》《诗品正讹》《举案齐眉解订》《文心雕龙校纪补》《名字号研究》(初稿)《※的字数考》等二十万字。范文澜指导写《诗品校纪》称：写成后当介

第 2 页

绍给开明书店出版。

1938年 《诗品校记》成书。范先生已赴延安。

1939年 河大毕业，任教长葛中学。

1940年 临汝乡西高中任教。《楚辞发微》上卷完稿。

1941年 镇平扁廷高中任教。着手《楚辞发微》上卷石印。暑假在长葛因为百姓鸣不平而入狱；出狱后赴临汝任职西高中任教。

1942年 任槐店联中校长。

1944年 镇平扁廷高中任教，《楚辞发微》上卷石印完毕。

1945年 任长葛中学校长

1948年 中原大学学习

20×15=300

第 3 页

1949年 长葛中学任教。

1952年 调许昌一中任教。

1956年 调许昌师范（师专）任教，编《中国文学史》。

1957年 定为右派，先后在内黄、修武、焦作劳教。

1962年 二月解除劳教返许。六月，许昌一高代课，开始续写《楚辞发微》

1964年 春，解职回家，靠卖菜、打坯谋生。着手《屈原列传发微》写作。

1966年 藏书被红卫兵或烧、或拉走，在母亲陈淑机智藏匿下，仅存《诗品校记》《屈原列传发微》稿件！同时被红卫兵驱赶到农村漂泊。

1968年 全家被安置到鄢陵县大马公社任营

20×15=300

第 6 页

村落户，继续《屈原列传发微》著作。

1975年 《屈原列传发微》三稿毕。

1977年 九月，石印本《楚辞发微》上卷增订为《楚辞发微》第一卷及二、三、四卷草稿成。

1978年 右派改正，到许昌一高任教。《屈原列传发微》四稿毕，整理《楚辞发微》一、二、三、四卷。

1980年 七月，赴京参加社科院研究员论文答辩，主辩人乃亨、胡念贻、曹道衡。获好评。十二月被告知：年龄过大，无法录取。

1981年 调许昌师专任教。

1982年 在许昌师专学报发表《庄蹻历史考

20×15＝300

第 5 页

辨——兼论屈原诗作及其关系》.

文革中被抄走逾千藏书仅剩六十多册及《楚辞发微》《名字号研究》手稿从许昌图书馆找到，痛惜之余尚有一丝安慰，继续整理《楚辞发微》一、二、三、四卷、

1985年 元月批准离休。《离骚中"降"字解》发表于师专学报第二期.

1986年 《伯庸考》发表于许昌师专学报

1987年 《长社与长葛考略》发表于许昌师专学报第三期

1990年 《楚辞发微》一、二、三、四卷及《屈原历史论文集》完稿.

1991年 农历八月三十辞世.

20×15=300

子女

长子　　西森

长女　　迅

次子　　中

次女　　宏

三子　　炜

20×15=300

路梅村遺稿

上册

路百占◎撰

NLCPH
國家圖書館出版社

路梅村遺稿

上册

路百占◎撰

NLCPH
國家圖書館出版社

出版説明

路百占(1913—1991),字梅村,河南長葛人。1939 年畢業於河南大學中文系,曾在許昌師範高等專科學校(今河南工業大學)等處任教。路先生一生致力於《詩品》和《楚辭》研究,尤重《楚辭》,頗有新見。早在 1938 年,他即完成《詩品劄記》一書,現在研究《詩品》的學者仍在利用。關於《楚辭》,他於 1944 年石印出版《楚辭發微》上卷,後又續成完帙,稿本存世。路先生大膽探索,卷内直抒己見,並旁徵博引,加以佐證,對《楚辭》研究有一定的參考價值。此外,他還有《屈原列傳發微》《屈原歷史論文集》二書,也是研究《楚辭》和屈原的重要參考資料。

這次我們將路先生四部著作的謄清稿本彙集,定名《路梅村遺稿》,後附其子路中等所撰《路百占(梅村)公生平及著述》一文,方便讀者參閱。需要特別説明的是,我們將路百占先生回憶其生平和學術的文字——《我研究〈詩品〉〈楚辭〉的前前後後》置於書前,一爲研究者瞭解其個人經歷,略爲學術導讀。二則以示紀念。該文未經公開發表,略顯駁雜繁複,口語較多,爲尊重先生,未做大的删改,請讀者鑒諒。

國家圖書館出版社

2016 年 4 月

我研究《詩品》《楚辭》的前前後後

——代前言

我生於1913年,原籍是中國長葛縣老城。我不曾有過驚天動地的業績,是一個微小的人物。也不是研究學術的料子,更不具備研究《詩品》《楚辭》的資本。我之所以研究這些,完全是教書的需要,對舊解新説有疑問,鍥而不捨,由漸而然,我用了逾五十多年的時間呢。

不怕閣下笑話,我性魯,才識低下。記得幼小時家嚴先登公教我識字,讓我辨别尺、寸,説:"一尺是十寸","十寸是一尺"。繼而問我"區别何在?"我不假思索,便回答到"一寸是十尺,十尺是一寸"。氣得老父臉都白了,我還不知錯在哪裏。從這個故事可以看出我是多麽笨拙的人。後來因父親不是國民黨員,被罷免掉小學校長,就教私塾了。我即跟著讀私塾,先講後讀,慢慢地開了竅。繼之,進小學、中學。中學的國文教師是孫緘三,著名的秀才。每次發作文,前三名都有奬:小楷本、作文本、拍紙簿呀,可我没得過一次。後來由拔貢張靖臣教國文,他在教育部當過僉事,和魯迅同過事,所以講魯迅的作品,也講自己的作品。記得有一次他説:"後院有一棵棗樹,還有一棵也是棗樹,真妙、真妙!"我不懂問道:"妙在哪裏?"他説:"妙在重複一句,加重説明後院衹有棗樹,修辭的妙法呀!"我認爲語言有技巧,開始熱愛語文了,讀呀讀呀! 讀了不少的古典小説,白話文裏自然有魯迅的,也有茅盾的,而且會用白話文寫文章了。偶爾也得到奬品,學習勁頭就更大了。中學畢業前,我還當過班上的壁報編輯呢。後來升入河南大學附中社會科學甲組,教國文的是蔣建章(鏡湖),他是武昌高師三傑之一,稍有名氣,也有作品(文史學類)。可我和同學就是不滿意他,因爲他愛讀錯字,講錯義。一年多後,我們把他轟跑了——到如今我還以爲學生選擇教師是正當的行爲,是維護學生利益的正義行動。接課的教授是盧冀野(前)先生,他個頭不高,有一個習慣:在下堂前十分鐘必說《紅樓夢》一段,繪影繪聲,娓娓動聽,同學們都愛聽。當然講課也好,能扣著學生的心弦。我學習語文的興趣更高了。我對盧前先生,如今仍在懷念。報載他在臺灣某大學教學,是名曲家吳梅的學生。

在附中有個優越條件,能不斷聽到教授們的講演,讓學生大開眼界。黎錦熙、馮友蘭、尹石公都到校作過講演。還記得陳夢家、聞一多也都作過講演,不,是座談。在七號樓二零二教室。陳夢家(詩人兼學者)放蕩不羈,把兩條腿放到桌上。聞一多並非風采奕奕,講話慢慢的,細聲細語。他説:"我不搞創作了,創作難呀!我轉而研究學術了。"哈,聞詩人都不搞創作了,可見創作不容易呀！我何人敢搞創作呢？也搞學術研究吧！他的話影響了我後半生的學術道路。

升入大學,高亨(晉生)先生講諸子專書及文字形義學,范文瀾(仲雲)先生講《文心雕龍》及《中國通史》,羅根澤(雨亭)先生講《中國文學批評史》,嵇文甫先生講《中國社會經濟史》,邵次公(瑞彭)先生講音韻學及目録學。邵先生有個怪脾氣,不進教室,在門外就哇啦哇啦講開了,不管有没人聽。他還每堂必罵校長劉季洪"不懂辦學方法,不懂科目要求:像本科分量重,鐘點少怎麽講完呢？今天不舒服,下課!"説完就走了。他還有個嗜好:吸大煙,所以課都安排在下午。關於他,還有一個值得説的故事——開封開禁煙禁毒大會,特約邵先生做講演人,這是對他的諷刺,可他講了,講的題目卻是"大煙禁不得","因爲它是藥物,能治病",還説"屬於什麽科什麽種……"我們在下面聽著覺得有意思,不是贊成或不贊成,而是佩服他的敢於用諷刺針對諷刺。後來聽説他吸的大煙是省府供給,你説怪不怪呢？他還有一筆瘦金體的字,寫得真好,就連板書也是一筆不苟,如果照相下來,可以當字帖臨摹呢！一堂課最後是四版書,四版恰容下,這是一堂課的小結,一篇好文章呢!他看不起新科學,説郭紹虞的《中國文學批評史》算什麽玩藝。後來他和某女生發生桃色案件,學校把他解聘了。最後病死在開封,遺稿被哄搶而去。

高先生講書,聲音洪亮,語語凝重。有一句口頭禪"此胡説也"。一是胡適説,二是胡説八道。時出新解,聽者動容。當時他没有夫人,到了四川之後,纔和羅念慈結婚,羅家藏書甚多,也是一個女學者。還有嵇文甫先生,他講課時,愛摸自己的肚子,好像知識是從自己的肚子中流出來的,慢聲慢語,間以詼諧。羅根澤先生,貌不驚人,講書時板書不成擦去,又不成再擦去,最後笑説"你們自己寫吧"。可是他寫的書,細膩妥帖而又生動。范文瀾先生,紹興人。語言難懂,可我能全部聽懂,一字不漏。他的《文心雕龍》我聽了兩遍呢！這也許是緣分吧！另外郭紹虞、姜亮夫、蒙文通、張西堂諸先生的課我没選，但諸位先生齊集河大，可以説是群英薈萃。我求學於當時，也算是幸福無比了。環境的薰陶、誘導，我也想當學術家，但卻没有研究題目，我還在摸索前進呢！范先生和嵇先生七七事變後辦了《風雨》期刊，宣傳抗日，當時是河南的一盞燈，一盞指路明燈。

考大學那年暑假，我有一個表弟黄本仁，當時考高中，和我同住河大附中。一天他説："表哥，你給我起個'字'吧！"我聽後沉思了一會，説："'字'是咋起的，我不會，慚愧。"你知道他怎麽説？"學文學的不會起'字'，笑話。""笑話"二字至今還在我耳邊響！當時感覺臉就紅了，這是恥辱，但我感謝他。他無意間給我出了個題目，研究題目呀！

父親不供學費了，叫我考鐵路、郵政，給他掙錢。我騙得了路費直奔開封考大學了，考入河大文學院文史系。入學後，泡圖書館，跑書店找名、字、號的材料，星期日也泡在圖書館裏，專心致志研究名、字、號的起法。我翻了不少書，做了不少筆記，唐宋人的筆記也翻了不少。功夫不負有心人，我用了一年時間總算知道各個時代有不同的命法，字的字數也不同，時代的影響，人與人的關係都會影響它。總之，時代影響很大，個性的表現也不少。請范老師看了目録，他點了一下頭説："你填了一個空白，好麽！"當時在報上也登過若干章節。這個稿子"文革"中被抄走，平反後我在市圖書館找回，現在看起來還得修改、補正，纔真是一本有意義的書，這算是我研究學術的開始吧。

我是長葛人，梁代的鍾嶸，據説也是長葛人，他的《詩品》是評五言詩的伐山祖，是部名著，但研究的人不多。我就利用圖書館藏書，估計用了五十多種版本校訂一遍，發現問題就寫成文字，像《鍾嶸生年考》，《文史知識》1989 年第十一期曹旭《鍾嶸詩品研究綜述》曾載入。《〈詩品〉正名》《〈詩品〉序的分合問題》都寫了文章在校刊上發表，得了稿費，維持學業。當時用的筆名是路山父，取"許由居於山號山父"，示我一生決不爲官，做官的人雖身榮而名裂，還會落罵名吧！范師知道後，問我"爲什麽研究《詩品》"，我説"鄉賢的原因"。他説"好"。又把他的藏書借給我放在講桌上，交我用，用畢再送回去。我真感謝范師對我的鼓勵，他還説："有了成果時，我給你介紹開明書店出版。"後日寇進逼開封，學校遷往雞公山，我没有書籍可參考，衹好停止研究。這是大學二年級的事。由於研究，我提高了探究興趣，也摸索出了研究方法。説實在的，這時我靠稿費維持學業（一年級結業時没辦法，我休學一年,做教員積點錢重新上學),我在研究過程中認定選題要新、論點要明、論據要可靠明確、文章要明暢、不嚼别人已嚼過的飯,論必己出、言必有據。換言之,即一要新,二要精。所謂新,就是人尚無發現的問題;所謂精,就是人尚未引用過的的資料。

畢業後授課豫西高中,講《楚辭》,我參考了當時能看到的參考書,認爲王逸的注釋有許多可疑點,值得重新研究證實。如"正則""靈君",因我對名、字、號研究,覺得它不是名和字。但又出了問題,研究後知"名"是獎譽之意,但對"唯庚寅日吾以降"又講不通,出現了矛盾。就以此爲突破口,向縱深發展,上下疏通,左右濬導,查書籍,立新解。如"降生也",我認爲古人没有用"降"做"生"意者,乃釋"降"爲"黜",也得到證據,又知"庚寅日"乃凶日。在《楚世家》中也得到論據,似此情形上下連貫,左右探索,有礙即解,遇難不止,以《楚辭》證《楚辭》,以史公書證《楚辭》,心雖勞而喜有獲,積稿日多,成《楚辭札迻》,複印給學生,我對研究開始有了真正的道路。從此我鉆研不懈,孜孜不倦。1940 年夏,我在臨汝豫西高中任教,朱芳圃師在臨汝與宋秀巖結婚時問我:"你是怎樣發現庚寅日爲凶日的?新穎得很。"姜亮夫先生在我提出"庚寅日乃凶日"之説後,發"庚寅日乃吉日"之説,以維持他的"降生"舊説。逯欽立先生《楚辭簡論》肯定我的説法,周文康先生也不同意姜説(見《江漢論壇》1986 年第九期),使我更相信我的認識是正確的。又如"攝提貞于孟陬兮,唯庚寅吾以降"。古今學者都以爲是生日,我獨認爲是黜日,即罷官的時間,諸家考訂雖多,均屬徒勞。至於他的生年,我在《鬛桑會盟考》中定爲楚宣王二十三年左右,即公元前 134 年左右。似此情況不知凡幾,真是甘苦兼有。我因興趣,主動地去探索,作爲我的事業——一生的事業。從此時起我初步相信自己有能力研究《楚辭》了。我開始鉆進去了。我鉆進深深的海洋。我尋找到了用武之地,當然在守舊説的人,會認爲我離經叛道,我不懼詆毁,依然向前走去。

應當説明的是,朋友的勉勵、督促、幫助使我更堅定的走上研究學術的道路。不守舊説,也守舊説;不信新説,也信新説。古人有錯誤,今人也會有錯誤,通過實踐檢驗,相信我的認識,這是辯證的方法。

後又被同學張子萬(光選)邀請到禹廷(彭雪楓將軍伯父)中學授高中語文,一天子萬從南陽歸來,買回一本中央大學的季刊(忘記名字了)贈我,説内有一篇文章是講《離騷》的,可以參考,余讀後,歎曰:"有新意,與余同者三。"子萬與希堯曰:"今日他與你同者三,明日某又與你同者三,最終你成了剽竊者,應速設法出版。"余呀！這説明我在幾經修改的《莊蹻歷史考辨》中有詳説，對解釋《九歌》《九章》也有幫助，假如這算貢獻，算是一滴水的貢獻吧！下邊我引 1988 年《學海擷英》評論拙作的注，做一個證明吧：

> 二五二頁評《襄初遷屈原於江南説質疑》説："説明了屈原到年老，仍不忘反秦的行動，忠心謀國，到老彌篤，是真正的愛國詩人。作品補充了《屈原列傳》的缺失文字。"
>
> 又評《莊蹻歷史考辨》説："本文係作者研究《楚辭》突破性的成果，此一歷史可補史公之不足……作者此文，辨析論證，毫釐不遺，於前世之誤筆，亦多釐析，爲人所不爲也，發人所不發，誠治歷史的卓見。若其辨析近人的誤説，亦多中肯。"
>
> 四六五頁又評《離騷》"惟庚寅吾以降"中的"降"字别解，最後説："這一論文，提供了古今學人誤談屈辭的例子。"

這些評語，我既興奮、慚愧而又欣慰。

我還有《子蘭陰謀王位，及誣陷屈原的史情初探》一文(《許昌師專學報》1984 年第三期)舉出十證以證明子蘭以陰謀王位、殺太子横於齊的陰毒手段，誣陷屈原、陰阻太子横返楚兩事。屈原乃被黜而放。這也説明"短之"一詞的内容。對屈原歷史作了新的探索，對《史記》也作了補充。要説成績，這也算突破性的成果吧！我受過學校兩次學術奬勵。我没向外地投稿的習慣，極少向外地投稿，記得向《江漢論壇》投了一稿，編輯來信説"有新意，即刊出，請勿他投。"這是 1987 年的事。我不向外投稿的原因一是怕門户之見，二怕離經叛道的話淺人多不敢登。説句實話，當《莊蹻歷史考辨》在我校學報發表之後，我不由自主地流下了眼淚——總算有了可以發表文章的地方！我還説過"在國外這篇文章可以拿到高學位"這話，有點自誇。

在鄢陵，我大病一次。好了，就急忙整理舊稿，深怕一旦不飯，稿子完不成時，對不住自己和國家！

若近年的著述，我獨推譚戒甫先生的《楚辭新解》，我所以欣賞他，因爲他和我的觀點相近，雖然有不同之處，我還是欣賞得五體投地。同時，姜亮夫先生也有大膽獨到之處，雖然我也有異議，心裏還是佩服的。

數十年來，我對屈原歷史做了大量研究。我的發現，另有湘君，即湘地之長，就是莊蹻。他的得名和商君、番君(吴芮)的得名相同，又如陵陽即是辰陽，我都有堅實的證據。在别人看來這不算什麽發現，可在我看來還是真正的突破。又如"左徒”即左司徒的簡稱。上官大夫是兩個人,靳尚即景尚。别人都不曾道過。

憶自1944年出版《楚辭發微》上卷之後,以抗戰及右派之故,我没有發表過作品,一方面怕壯悔,不能不藏拙,希望達者先我而爲之。二來以一個右派之身誰個敢爲他發表文章呢?不知者以爲我已作古不在人世。知我者或以爲我不努力之故。所以四十年來没文章見諸國人。人生波折,實難預料。我受貶廿載,同於屈原,此亦奇事也!不禁想起右江畔、小樓中,深夜下淚、右江翻滾,我胸中澎湃,思及“前不見古人,後不見來者,念天地之悠悠,獨愴然而涕下”!中國之大我無立足之地!每念及一生艱辛,研究成果無可發表,私下裹不知掉下過多少愴然之淚!

又憶及1957年夏,開封師範學院開學術討論會,遇到嵇文甫先生,他説:“你在何處,打聽不出來,你的《楚辭發微》受到北京圖書館季刊《圖書評論》新四卷一二期的好評。”還説:你也是研究屈原的,發發言吧。會後我托趙理之同學找到一本嵇師所言之書看看,大意説:發人未發,言人未言,立意新,言有據。讀後愧甚,這是我的作品受到大刊物的一次好評,感謝嵇老念著通知我。

1988年,余乘離退休同志赴東南考察訪問之機,申請隻身獨往常德,考察地形地物及張若城,以印證我的莊蹻據湘抗秦説法,領導以我年老、體弱,路途遥遠,懼生意外,堅不允許。讀司馬遷“鄙没世而文采不傳於後世”,我深感遺憾!

更有一事,需説明的:我早白髮,快成八十老翁了,雙目不明,兩手戰慄,字不成形,稿不能抄,向天浩歎,高吁奈何!幸省教委得知,資助我七百圓謄抄費,費時年餘,抄者難找,最近纔尋得學生爲我謄抄。還有一些篇章也將在未來寫出來,姑名曰《楚辭發微之餘》,自然這是後話。還有一些考證文字也將寫出,名曰《黑白樓雜考》《梅村札記》,不寫出來,對國家是一大損失呀!何況當《楚辭》研究斷層時代,更不能不寫。突破多少、貢獻大小請讀者正之。

慚愧地説,我錯過機會,没有評定職稱,像副教授、教授之類頭銜我没有。請讀者勿以“專家”視我,試想不是教授怎能榮膺“專家”的稱號呢?亦自知水準不高,不足以此稱之。我有一齋名,曰“黑白樓”,我意知白守黑,最近看到蘇聯阿・朱别伊的書説“黑白相摻,優缺點兼存”,我想這更合適。這是一。另外我研究屈原《楚辭》,據前述可知是由於“名、字、號”引發出來的,多年來持之以恒,不顧綿薄,悉心讀書。如“懷王死秦,蘭咎屈原”就是我第一個發現的材料。又如《離騷》一篇,我閲讀何止百過(比古人説的萬過,還少得多),但尚有不能解決的問題,我還得繼續努力。幸好我獨不懷疑自己的鉆勁。我愛屈原勝過愛自己,以有生之年,釋殘燭之光,爲研治《楚辭》這塊人類的瑰寶再做貢獻。

路百占

1990 年夏

總目録

上册目録

詩品札記

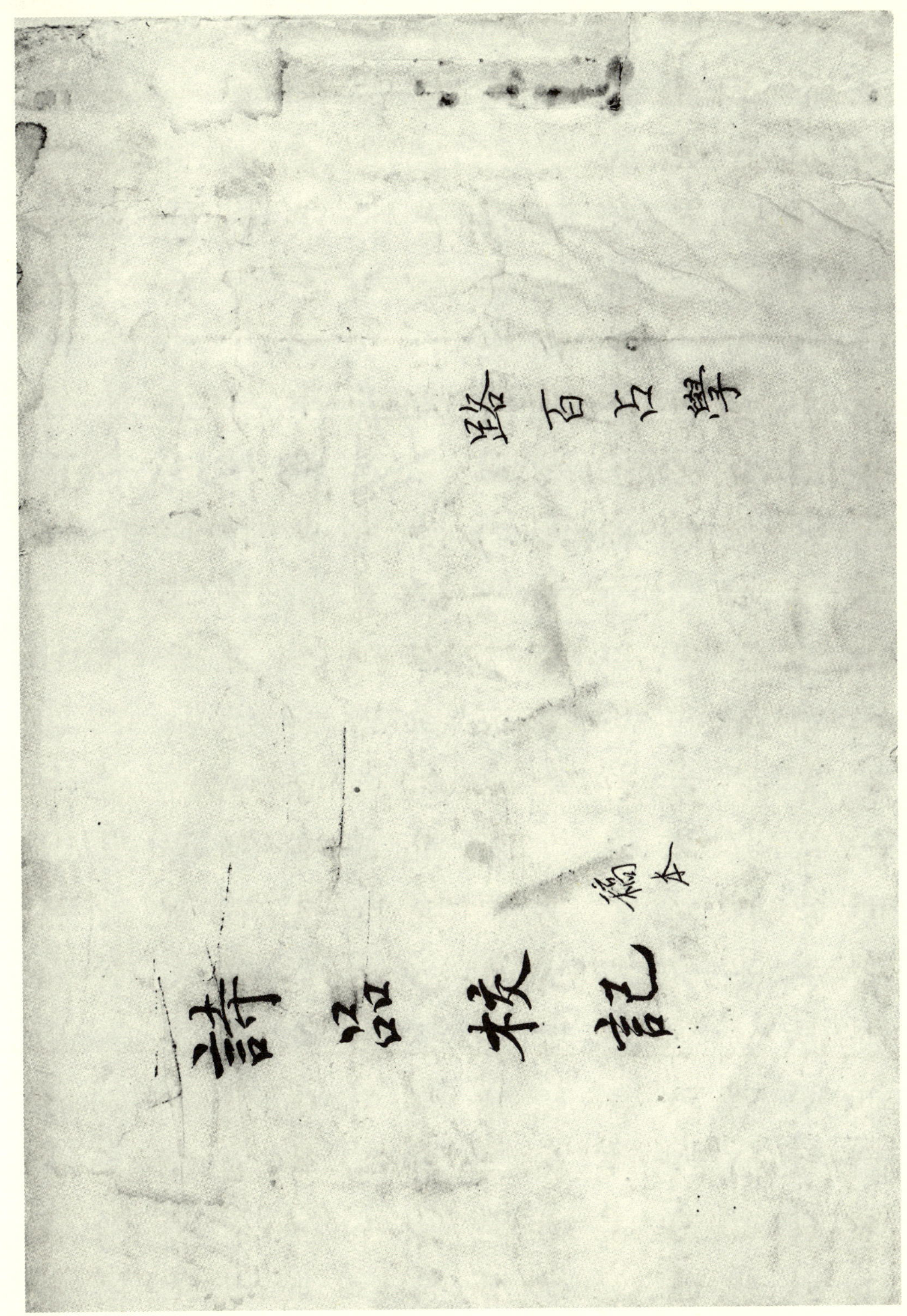
詩品校記 稿本
路百占署

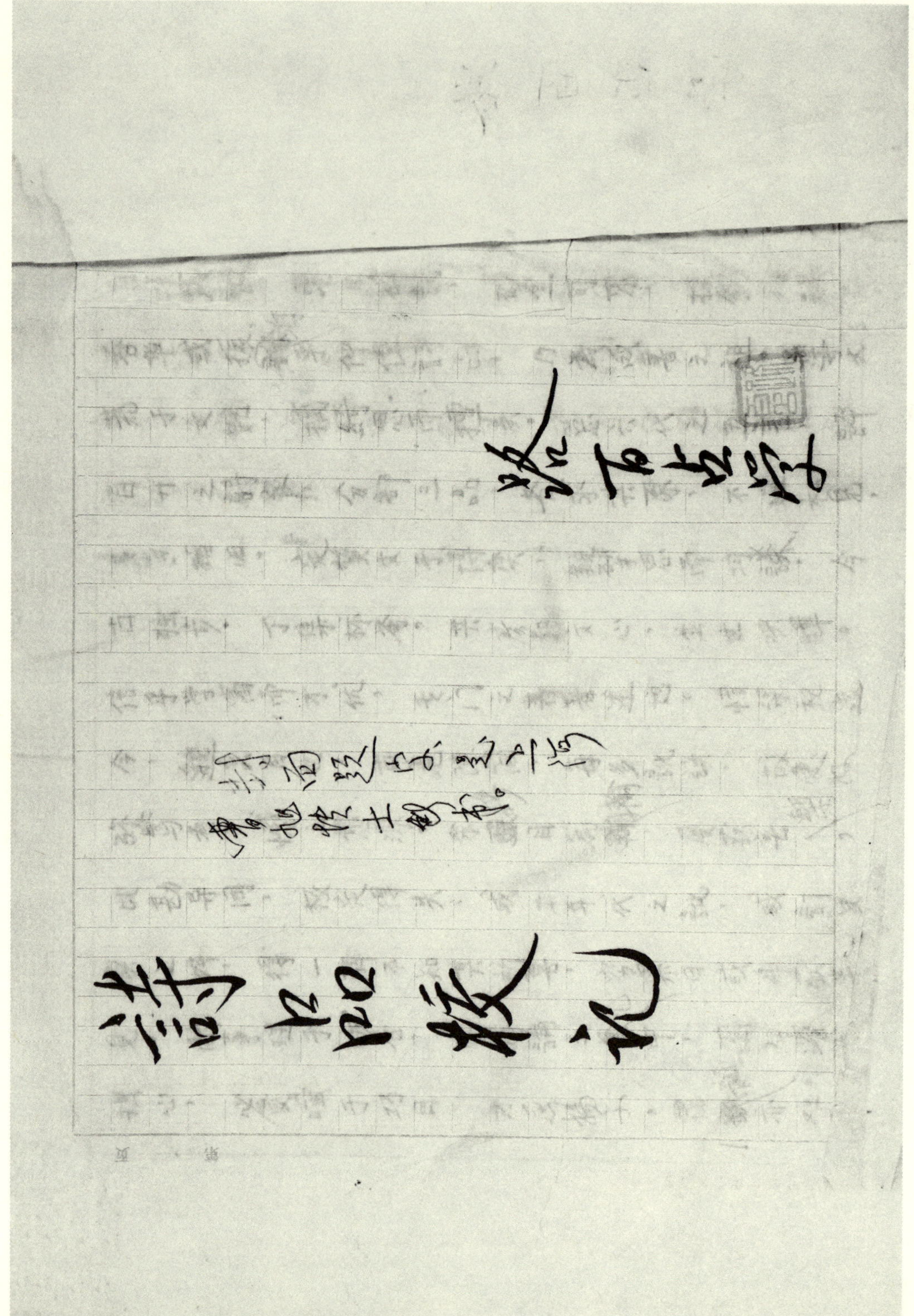

序

詩評之興，肇自尚葉。興觀群怨，孔氏之言。自茲厥後，零文碎詞，砂金可求，披錦列繡，春華或振。迨乎仲偉詩品，乃為成書之祖。導大荒于文路，摘綺思而擅美。總六代之五言，評百廿之詩家，分部三品，各求其原，不逞私見，多当指归。定質文于博奕，銳研思而均談。今古独步。丁集杯誉。共彥和文心，並世映暉。信乎学富而才优，专门之著述也。惜梁祀迄今，邈矣百世，古卷陳簡，每多訛誤，故爱好弥笃者，感之愈深。余騁目篇翰，屡获善，比勘异同，校定得失；或正年代之訛，或訂史實之舛，得一解不知其所喜，窮累日或弗获半見。酌事理于吻合，求持論之允中，固知濬发拙心，必受嗤于巧目，才愚揚子，震誡亦难希

闡也。然以鍾家長社，窃崇鄉哲，心慕高风，
踵羅宜澄，虽無積学，唯秉斯德。非敢有所述
作，求藏名山不[illegible]刊，亦犹仲偉周旋闾里，
均之談笑，龙驹荒棧旧籍，庶贤無所用心耳。
步在屠維，闻于四月既望。路百占梅村父自叙
於铸肩肩楼。

校讎引用書目及版本

詩品版本

陽山顧氏文房小說詩品　明正德顧元慶輯

刊本。商務影印本。

漢魏叢書詩品　明程榮何允中清王謨輯刊

夷門廣牘詩品　明萬曆周履靖輯丁酉刊商務影

印本

天都閣藏書詩品　明程好之校刊。

津逮秘書詩品　明崇禎毛晉校刊

龍威秘書詩品　清乾隆馬俊良輯。乾隆甲

寅刊本。

學津討源詩品　清嘉慶張海鵬輯刊。同津

逮本。

談藝珠叢詩品三卷清王啟原輯。光緒十一年長

沙玉尺山房刊本。連詩品共十二冊。

怀德堂及文秀堂刊本詩品三卷。序釐为三

前刊王世贞及蘭莊詩話評語。

螢雪軒叢書詩品三卷　日人近藤元粹評訂

大正四年。大板嵩山堂刊。題曰宋鄭鍾嶸撰

連詩品共十册

說郛　明陶宗儀撰

圖書集成本詩品　清乾隆聚珍版本。中華

影印本。

四部備要本詩品　中華書局版

歷代詩話本詩品　何文煥輯丁福保印本。

續百川學海詩品

擇是居叢書詩品

全梁文詩品　清嚴可均輯本

國學基本叢書本詩品　商務印本

對雨樓叢書本詩品

第　　頁

繁露堂本詩品三卷　明　　四部叢刊續編影印本

國學用書本詩品　　世界書局印

20×15=300

第　页

校讎引用書籍

梁書

南史

竹莊詩話　四库本

詩人玉屑

御览

升庵詩話

藝林伐山

石林詩話　葉梦得

詩藪

詩学葵函　汪师韩撰

西溪叢語

吟窗雜録

隋書经籍志考證　姚振宗撰

渊鑑類函

20×15=300

第　　頁

文章缘起

三國藝文志　　姚振宗撰

詩紀　　馮氏

重訂文選集評　　于光華評輯

柳亭詩話

歷代詩話　　吴景旭撰

稗編　　唐　川

天中記

山堂肆考

廣博物志

類說（五十一卷）宋曾慥輯　　古籍刊行社

影印本

20×15=300

第　　頁

李孜·周書

詩品注　　陳延傑注

詩品集釋　　葉長青著

鍾記室詩品箋　　古直著

近有郭紹虞集本，未見。

鍾嶸詩品研究

世說新語　　鍾嶸詩品疏證　王叔岷

見中央日報文史周刊七二、三期

蘭莊詩話

藝苑巵言　　王世貞

談藝錄　　陳石遺

四庫提要

四史

南史

晉書

宋書

20×15=300

、子書

、术書

説文解字

書録解題　陳振孫

、初学記

、六朝詩話　明楊慎藝林伐山、詩品、

詩

、文心雕龍

續世説

昭明文選

歷代名人年譜

玉台新詠

、隋書經籍志

20×15=300

詩品校記　長葛　路百占著学

詩品序

形諸舞詠

龍威本「形諸歌詠」，舞作歌。

照燭三才

梁書鍾嶸傳引，及嚴可均輯全梁文，均作「欲以照爥三才」，句上多「欲以」二字，疑是。按燭爥古通用字，文選班固東都賦「散皇明以爥幽」，後漢書班固傳爥作燭，注曰照是也。證淵鑑類函引作「照燭之才」，誤三作之。按嚴可均輯全梁文於序後称「錄自鍾嶸傳故梁書及全梁文用字略同。

煇麗萬有

梁書本傳引煇作「輝」，津逮、龍威、学津、擇是、歷代、續百川、漢魏、説郛諸李㷸俱作「暉」。按說文㷸光也，暉光也。

莫近于詩

全梁文、懷德、津逮、學津、擇是、龍威、說郛諸本于俱作於。按于於古通用字。

昔南風之詞

擇是、學津、津逮、續百川、龍威、漢魏、說郛、全梁文諸本、及梁書鍾嶸傳引詞俱作辭。

楚謠曰名余曰正則。

全梁文本及梁書鍾嶸傳引，曰字并作云。

龍威本誤余作子，懷德本余作予。

然是五言之濫觴也。

梁書鍾嶸傳引文及全梁文本然下俱有略字。龍威本誤之作二。

始著五言之目矣。

全梁文龍威本、俱無矣字、

古詩眇邈

詩人玉屑引詩作人、誤、

人世難詳

全梁文本引世作代、梁書鍾嶸傳、竹莊詩話、詩人玉屑諸書引世亦均作代、當係避唐太宗諱改、

固是炎漢之製

文章緣起、五言詩条（陈奂功注引）詩品是作自、

全梁文本製作制、梁書鍾嶸傳、竹莊詩話及詩人玉屑引製亦作制、又詩人玉屑引炎作劉、誤、

非衰周之倡也、

全梁文本倡作唱、竹莊詩話及詩人玉屑

引倡亦作唱，並無也字。按倡唱古通用。

禮樂記：「壹倡而三歎。」注：「倡發歌句也。」

玉篇引禮記曰：「一唱而三歎。」倡即作唱。是

其證。

自王揚枚馬之徒。

竹莊詩話引自上有「洎」字。是。

詞賦競爽。

梁書引及全梁文本，詞均作辭。按是本

詞作「詩」，非是。蓋此作辭，是言王　徒

作辭賦，未作詩也。

從李都尉迄班婕妤

梁書、全梁文及竹莊詩話引，迄俱作訖。

訖迄通用。龍威本、全梁文本婕誤，妤作好。

將百年間

姚振宗隋書經籍志考證引無將字。近人

古直之鍾記室詩品箋無此句，並誤。

東京二百載中

竹莊詩話本引載作年。

質本無文

謝氏大文学史引「文」下有致字。

降及建安

梁書誤降作致。全梁文本句上有致字。

衍。

鬱為文棟

竹莊詩話引鬱作蔚

次有攀龍託鳳

竹莊詩話、学津、擇是、説郛、漢魏、懷德、叢書諸本託俱作托，是

龍威、圖成、自致于屬車者。

自致于屬車者。

擇是、龍威、全梁文本于俱作於。竹莊

詩話引同。

蓋將百許

竹莊詩話引無將字，許作「許人」擇是

李誤許作年。

大備于時矣。

竹莊詩話引「擇」是、續百川及全梁文李

于俱作於。

尔後陵迟衰微。

津逮、学津、函成本尔作是。竹莊詩話

詩人玉屑引尔並作「漢魏」，按竹莊詩話、詩人

玉屑二書宋人著，時近梁代，所見当真，

作漢魏是。

迄于有晋。

梁書嵘傳、引詩人玉屑引及全梁文本迄

均作訖。龍威、学津、函成、全梁文諸

本、及梁書嵘傳引于均作於。

三張二陸

竹莊詩話引三作二，按三張指張協、張華、張載言。竹莊詩話三作二，誤。

勃爾復興

詩人玉屑、竹莊詩話引爾作然。續百川、漢魏、學津、懷德勃作敦，梁書嵘傳引同。

風流未沫

詩人玉屑、竹莊詩話引沫並作沬。誤。

亦文章之中興也。

竹莊詩話引亦下有「有」字，誤。

永嘉時

詩人玉屑引，誤永作來。

稍尚虛談。

詩人玉屑引，隋書經籍志考證、嚴輯全梁文並無稍字，按有晉一代文人，大多崇

尚虚談，東渡江左，茲風彌熾，無稍字，
足。
又梁書嵘传引誤兟尚字，竹莊詩話引稍作
帀，談作玄，並非。
淡乎寡味。
竹莊詩話及詩人玉屑引，乎並作然，味
並作欲。擇是本淡作澹。通。疑仲偉原文
作「澹然寡味」，許郭璞詩云「始変永嘉平
淡之体」。知时尚虚談，文則平淡。
孫綽許詢。
竹莊詩話引許作湛。誤。
詩皆平典，似道德論。
津逮、学津本誤詩作時。全梁文本及梁
書嵘傳引並無詩字，誤。又竹莊詩話，詩
人玉屑引似俱誤作以。懷德本典誤作興。

建安風力盡矣。
　梁書嶸傳引序及全梁文本詩品，安下均有之字，風下力字並缺。疑原文本作「建安之風盡矣」
先是郭景純用儁上之才。
　竹莊詩話引先作由。按此句上文云「爰及江表，微波尚傳，孫綽許詢桓庾諸公，詩皆平典似道德論，建安風力盡矣」，所謂孫綽許詢桓庾諸人，其生卒年代，均係同時，與劉郭相較，亦無先後，彼此詩風既不相謀，劉郭出而變創其體，自屬頎行，生時雖同，詩格各宗，或襲近體，或變時風，由字是，先字非。又梁書、竹莊詩話、詩人玉屑引序及全梁文諸本，儁均作俊，按本一字，由詩郭璞詩云「始變永嘉平淡之

20×15=300

體匕郭氏生於諸学後。劉琨卒於晋太興元
年，郭璞卒于於晋明帝永寧二年，相去五
載。
又詩人玉屑引序上作士，非。
變創其體
梁書引序及全梁文本詩品，變創並作
創變，意較佳，是。
劉越石杖清剛之氣，贊成厥美。
隋書經籍志補引，類劉字，一厥作其，又並
誤。怀德本杖作仗。
然彼衆我寡
詩人玉屑引誤然作使。
未能動俗
竹莊詩話及詩人玉屑引亦上並有亦字，
能字並脫。疑原文作「亦未動俗」

謝益壽斐然繼作

詩人玉屑及竹莊詩話引序，繼并作之，

疑誤。

元嘉中，有謝靈運

詩人玉屑及竹莊詩話引序，

梁書引序及全梁文詩品，中俱作初，按

元嘉宋文帝年號，在位三十年，未行改元

靈運卒于元嘉十年，見拙撰詩品四表」当

元嘉之初也。梁書引序作初是。蓋衍上文

中而誤。又竹莊詩話引序无中字，詩人玉

屑誤无作永。

才高詞盛

梁書、竹莊詩話及詩人玉屑引序，全梁

文詩品詞均作辭。

固已含跨劉郭。

20×15=300

竹莊詩話詩引文无跨字，劉下有蹤字。詩人玉屑引文跨劉作劉跨。按蹤疑为跨之誤。宋人所見詩品，必多誤作「含劉跨郭」。竹莊本誤之耳，詩人玉屑可證。

凌轢潘、左。

百[illegible]占案：凌當为輷假字。輷轢，超踰也。隋書「輷轢軒唐」可證。又宋本輷轢或作軥轢，本車所踐也。

公幹仲宣为輔

竹莊詩話、詩人玉屑引，宣下有陸機二字。誤奪下文。

陸機為太康之英，安仁景陽为輔，謝客为元嘉之雄，顏延年為輔

竹莊詩話、詩人玉屑引序無此四句。擇是本誤，元嘉作嘉元。

嶠皆五言之冠冕。

梁書嶸傳，詩人玉屑引序及全梁文詩品嶠均作此。姚振宗隋書經籍志考證錄無「嶠皆」二字。

文詞之命世也。

梁書嶸傳、竹莊詩話及詩人玉屑引序，詞俱作辭。又梁書嶸傳引序及全梁文詩品並無「也」字。

文約意廣。

釋是、續百川、龍威、漢魏、懷德諸叢書本意均作「易」，是。按「意廣」與下文「意少」義相反，楊慎升庵詩話所作義，非。

取效風騷。

升庵詩話引序，騷作雅。宗上品評沈結

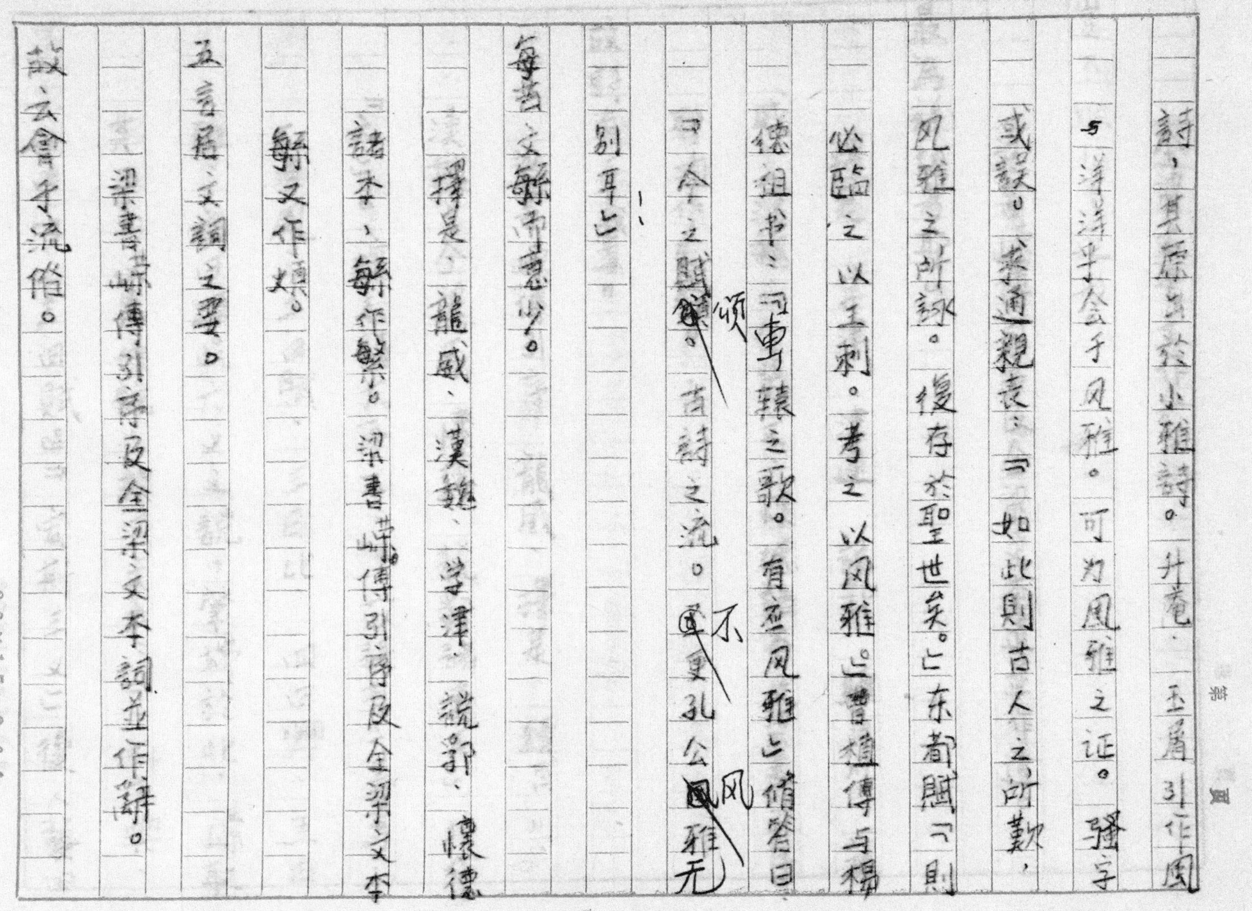

詩、其原出於小雅詩。升菴、玉屑引作風

5 洋洋乎会于风雅。可为風雅之证。騷字

或誤。裴通親表：「如此則古人之所歎，

风雅之所録。復存於聖世矣。」东蓟賦「則

必臨之以王刺。考之以风雅。」曹植傳与楊

德祖书：「可車轅之歌。有应风雅。」脩答曰：

「今之賦颂，古詩之流。不更孔公，风雅无

别耳」、

每苦文辭不意少。

擇是、龍威、漢魏、学津、説郛、懷德

諸本、辭作繁。梁書峠傳引序及全梁文本

辭文作煩。

五言居文詞之要。

梁書峠傳引序及全梁文本詞並作辭。

故云會于流俗。

20×15=300

全梁文本乎作於。

豈不以指事造形。

梁書嵘傳引序及全梁文本並作遺。

最為詳切者耶。

擇是、學津、津逮、說郛、續百川、龍威、漢魏、全梁文、懷德諸本及梁書引序耶均作乎耶。

故詩有三義焉。

梁書嵘傳引序、龍威、擇是、續百川、漢魏、全梁文、懷德、說郛諸本三上均作「六上」。按毛詩大序云：「故詩有六義焉：一曰風，二曰賦，三曰比，四曰興，五曰雅，六曰頌。」六義之說，肇端於此，嵘取其三，以為作說，故下文云：「一曰興，二曰比，三曰賦。」「宏斯三義」，後人襲用

第　　頁

不察，誤二為六，失嶸原意也。

一曰興，二曰比，三曰賦。

梁書嶸傳引序及全梁文詩品並作「一曰興，二曰賦，三曰比」。

寓言寫物賦也。

嚴輯全梁文詩品誤寫作寓。汪師韓詩學纂聞注引「鍾嶸詩品序論：……直書其事，賦也」脫「寓言寫物」四字。

宏斯三義。

梁書、龍威、擇是、説郛、續百川、全梁諸本宏均作弘。

潤之以丹采。

學津、漢魏、梁書、津逮、説郛、擇是、續百川、龠成、懷德諸本采均作彩。

患在意深。

20×15=300

梁書、擇是、学津、漢魏、龍威、續百川、函成、説郛、懷德及全梁文諸詩品悉上均有則字。疑原文作「則患在意浮」

患在意浮。

梁書、学津、津逮、漢魏、龍威、續百川、函成、説郛、懷德及全梁文諸本上均有則字。疑〃上文，對句成詞，有則字是。

有蕪漫之累矣。

擇是本漫作湯。

冬月祁寒。

擇是本祁作祈。誤。按祁盛也，大也。祁寒，大寒也。書「冬祁寒」是其證。

至手楚臣去境。

擇是、学津、津逮、漢魏、龍威、説郛、續百川、全梁文、懷德諸本，手俱作於。

殺氣雄邊。

梁書嶸傳引及全梁文本殺上俱有或字，是。

塞客衣單。

歷代詩話本詩品塞作寒，非。

孀閨淚盡。

全梁文孀作霜，誤。

或士有解佩出朝。

梁書及全梁文本或並作又，是。漢魏、龍威、續百川、說郛諸本，均誤或又作文。

又全梁文本佩作珮，懷德本或作故。

一去忘返。

梁書嶸傳、歷代詩話及全梁文本，返俱作反。

非長歌何以騁其情。

梁書嶸传及全梁文本，騁並作释，是。

故詞人作者。

择是本詞作詩，是。梁書嶸传及全梁文本詞並作辞。

才能勝衣。

梁書嶸传及全梁文本，才並裁。

于是庸音雜體。

择是、学津、津逮、漢魏、龍威、圖成說郛、全梁文、懷德諸本，于均作於。

人各為容。

择是梁書嶸传及全梁文本，並作「各为家法」。择是、龍威、續百川、說郛、懷德諸均作「各各为容」，疑嶸传引是。

至使膏衣子弟。

梁書嶸传及全梁文本，使並作於。是。

附：这两頁本加在「成負戈外戍」和「决有輕薄之徒」中间

或逯逯飛達。
學津、說郛、續百川、懷德諸本，逯均
作逯。
或負戈外戍。
說郛、漢魏本，戍並誤作戎。
[illegible]
梁書峤傳、學津、津逮、漢魏、龍威、
歷代詩話、擇是、續百川、眉成、說郛、
及全梁文、懷德諸本，衣均作服，是。
次有輕薄之徒。
梁書峤傳及全梁文本，薄並作蕩。
謂鮑昭等輩上人。
津逮、續百川、懷德本照並作昭。陳振
孫曰：「照東海人，唐人避武后諱，改為
昭。」（　）照之為昭，有自來矣。

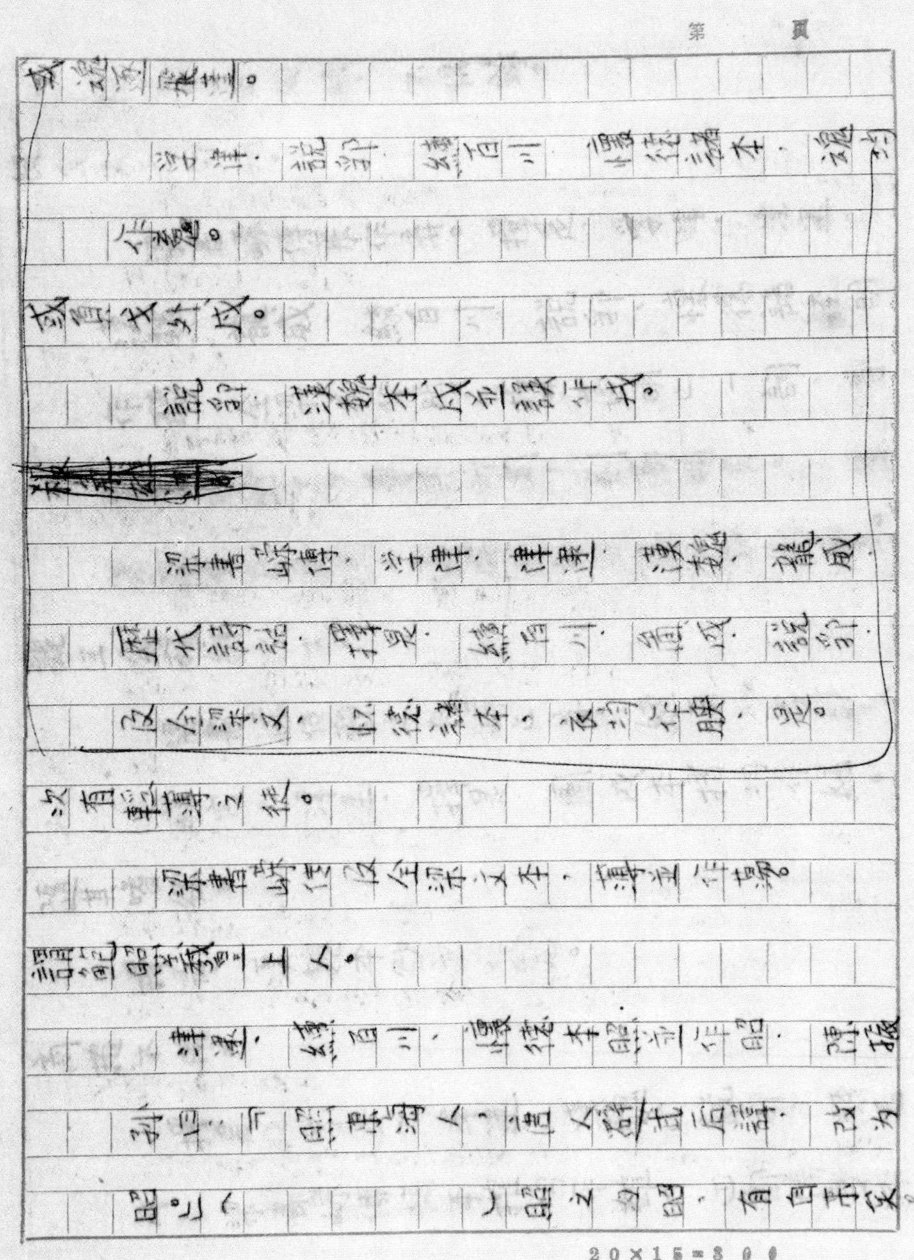

後之異者同此，不俱錄。

徒自棄于高明。

梁書嵘傳棄作弃。擇是、学津、津逮、漢魏、龍威、續百川、說郛、懷德諸本明作聽，全梁文作所。按高明之一詞，首見董仲舒文。尋其所聞，則高明矣。之意謂学有專長者。高聽未知所出，疑高明是。

觀王公搢紳之士。

梁書嵘传觀上有於字。續百川本誤公作宮。津逮、擇是、圖成本搢均作縉。

隨其嗜欲。

擇是、漢魏本欲並作慾。

商搉不同。

擇是、学津、津逮、漢魏、說郛、續百川、梁書嵘傳諸本搉均作確。四部備要本

20×15=300

作擢。

淄澠并泣。

梁書峙傳「并泣」作「泣泗」，全梁文本

注亦作泣。

喧議競起

梁書及全梁文詩品，議並作譁。誤。梁

書淮十作准。

感帝作焉。

梁書及全梁文本感上並有峙字，是。

殆均博弈。

梁書及全梁文本均作同，續百川本弈作

奕。

貴空天人。

梁書及全梁文本貴並作實。按「貴空天

人」不詞，「貴」作「實」是。

20×15=300

者在貴游。

梁書、擇是、漢魏、津逮、說郛及全梁文本游均作遊。是。

況八弦既奄。

梁書及全梁文本奄並作掩。

抱玉者聯肩。

梁書及全梁文本聯並作連。升庵詩話引「鍾嶸詩品」「劉繪字士章，抱玉者聯肩握珠者踵武（言文士之多）」句。上有「劉繪字士章」五字。誤。藝林伐山第十有。斷之。可證。

固以瞰漢魏而不顧。吞晉宋於胸中。

擇是、学津、津逮、漢魏、龍威、說郛歷代詩話、懷德謂本俱無「固」字。誤。

梁書以作已、是。梁書及全梁文本瞰作晚

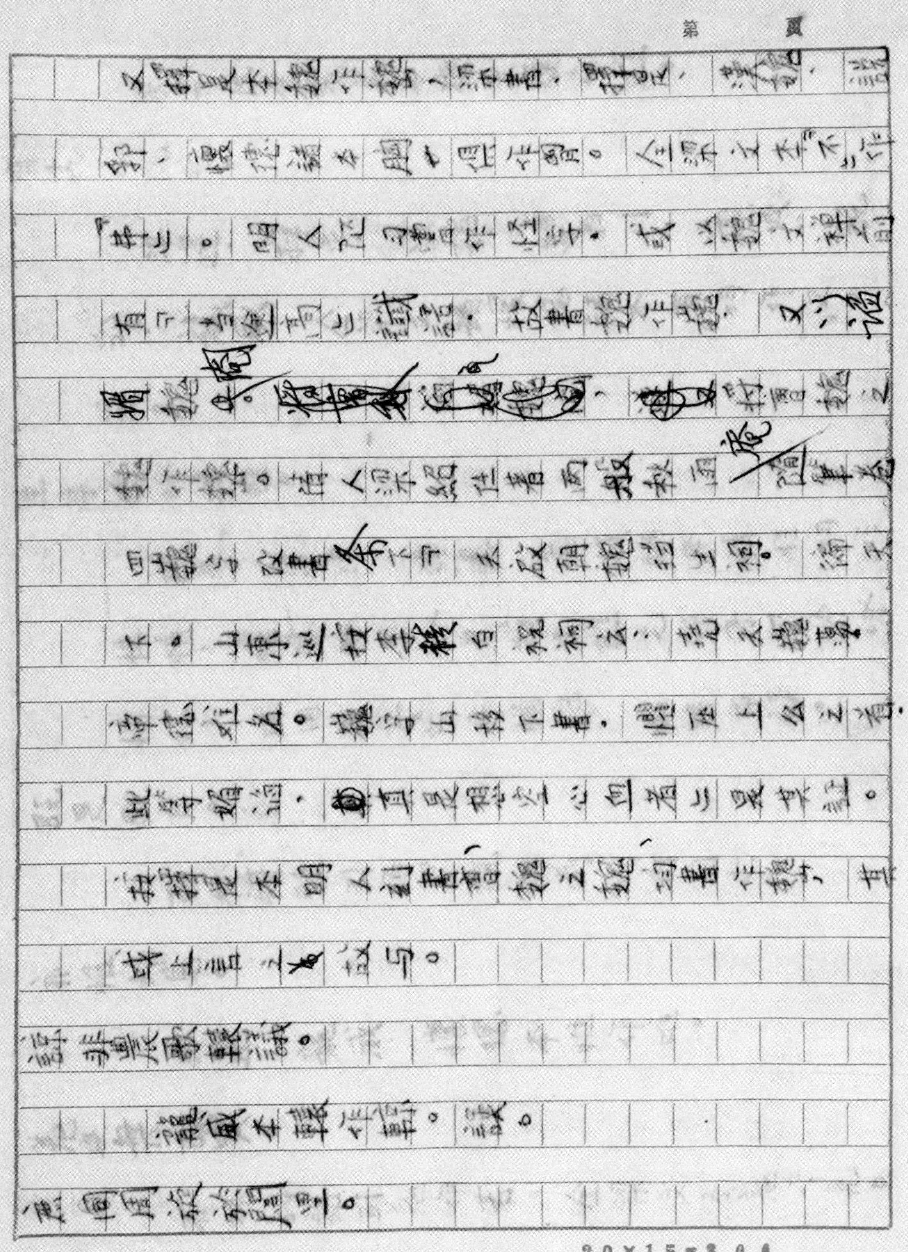

第　頁

又擇是本魑作魑，梁書、擇是、漢魏、說郛、懷德諸本胸中俱作胷。全梁文李「不」作「弗」。明人陋習書作怪字。或以魑文禅前有「丁」字，遂高之識語。故書魑作魑。又以諂媚魑[illegible]，遂將曹魑之魑作魑。清人梁紹任著兩般秋雨盦隨筆卷四魑字條書：「天啟朝魑珰生祠，遍天下。山東巡按李精白祝祠云：『堯天巍蕩，帝德難名。』巍字山移下書。『闓座上公之着。』此等媚諂，真是想空心血着上是其証。」按擇是本明人刻書曹魑之魑均書作魏，其或上言之故与。

諒非農歌轅議。

龍威本轅作輮。誤。

應同周旋於閭里。

20×15=300

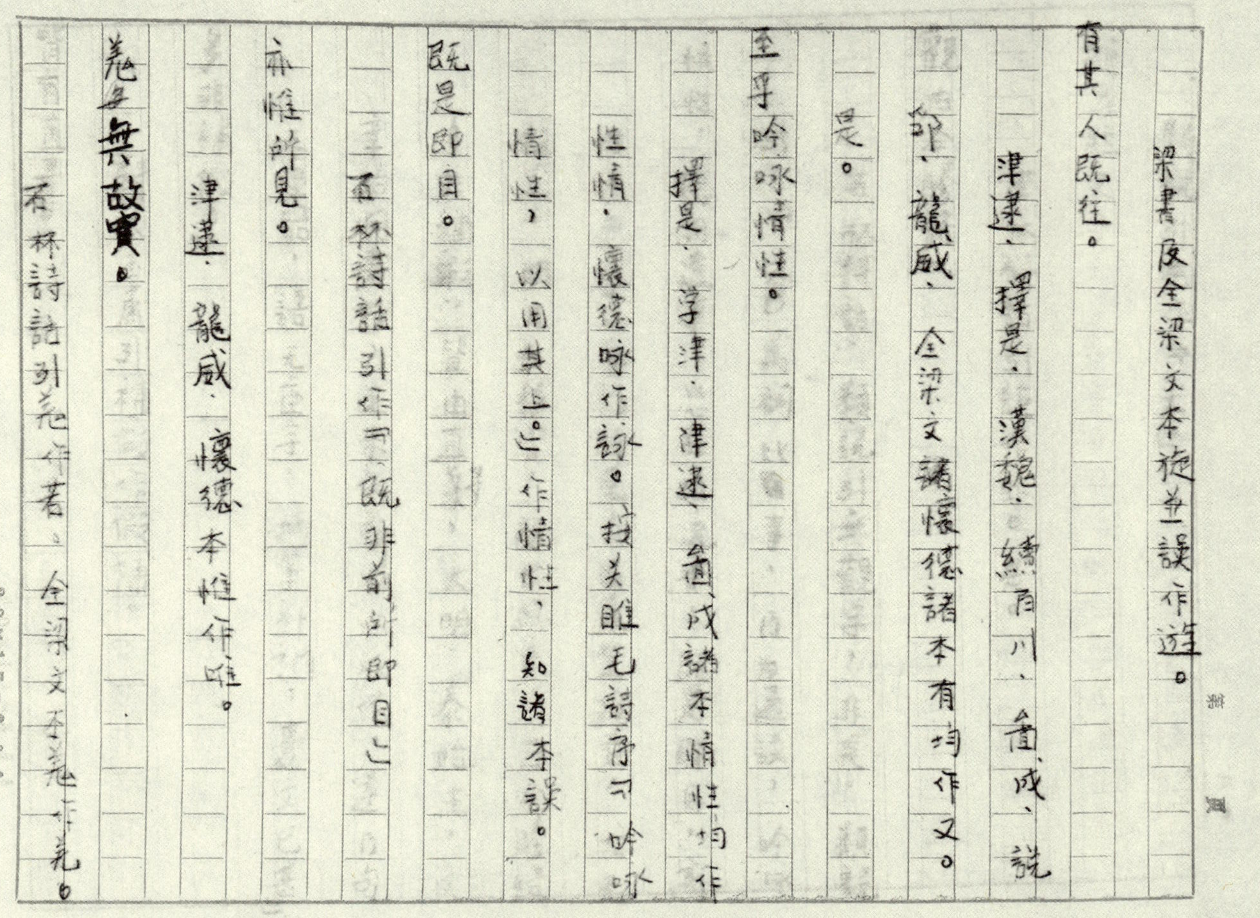

梁書及全梁文本旋並誤作遊。

有其人既往。

津逮、擇是、漢魏、續百川、彙函、成、說郛、龍威、全梁文諸懷德諸本有均作又。

是。

至乎吟咏情性。

擇是、學津、津逮、彙函、成、諸本情性均作性情、懷德咏作詠。按大雅毛詩序云吟咏情性，以用其上。作情性，知諸本誤。

既是即目。

石林詩話引作可既非前句即目之亦惟所見。

津逮、龍威、懷德本惟作雖。

羌無故實。

石林詩話引羌作若。全梁文本羌作羌。

類說引苑作「尤」

詎出經史。

石林詩話引詎作非。是。

觀古今勝語。

石林詩話、類說引無觀字，非是。類說引：「可以屬詞比事，乃為通談，吟咏情性，何用遺事。思君如流水，既是即目，高台多悲风，亦惟所見，清晨登陇首，尤无故实，明月如積雪，詎出經史，古今勝語多非補假，皆由直尋，太明、泰始中，文章殆同書抄，近來作者浸以成俗，遂乃句无虛語，語无虛字，拘挛补衲，蠹文已甚」

多非補假。

詩人玉屑引補假作假補。

皆有直尋。

擇是、創成、說郛、漢魏、全梁文、四
部備要、叢書集成、懷德諸本及類說、石
林詩話引有偶作由、是。
顏延、謝莊。
石林詩話引作「顏延之謝莊」。
尤為繁密。
津逮、學津、擇是、龍威、說郛、全梁
文諸本及石林詩話引繁緐均作繁。
于時化之。
學津、龍威、擇是、續百川、說郛、漢
魏及全梁文諸本于均作於。
文章殆同書抄。
漢魏本誤抄作援。
詞不貴奇。
擇是、學津、津逮、說郛、續百川、龍

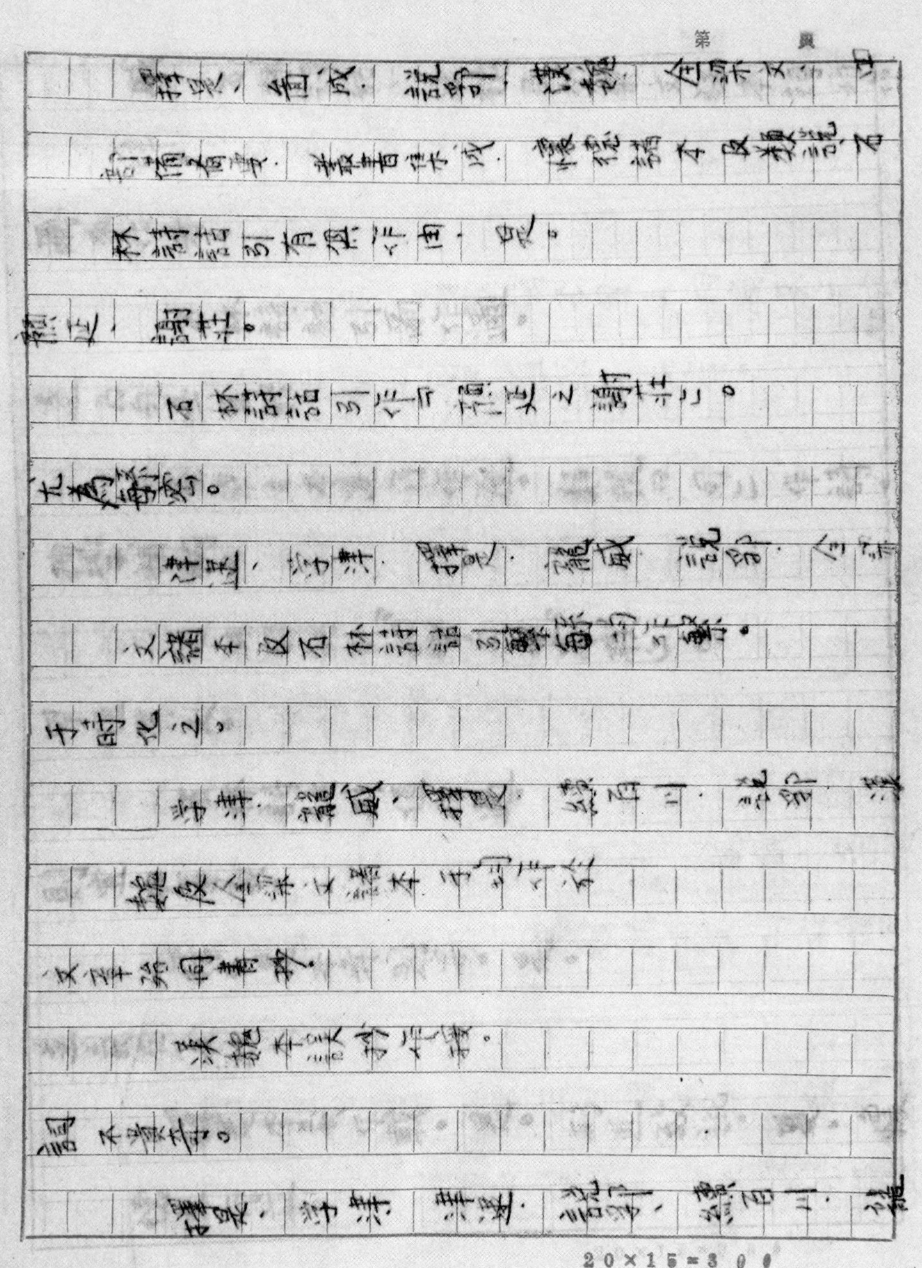

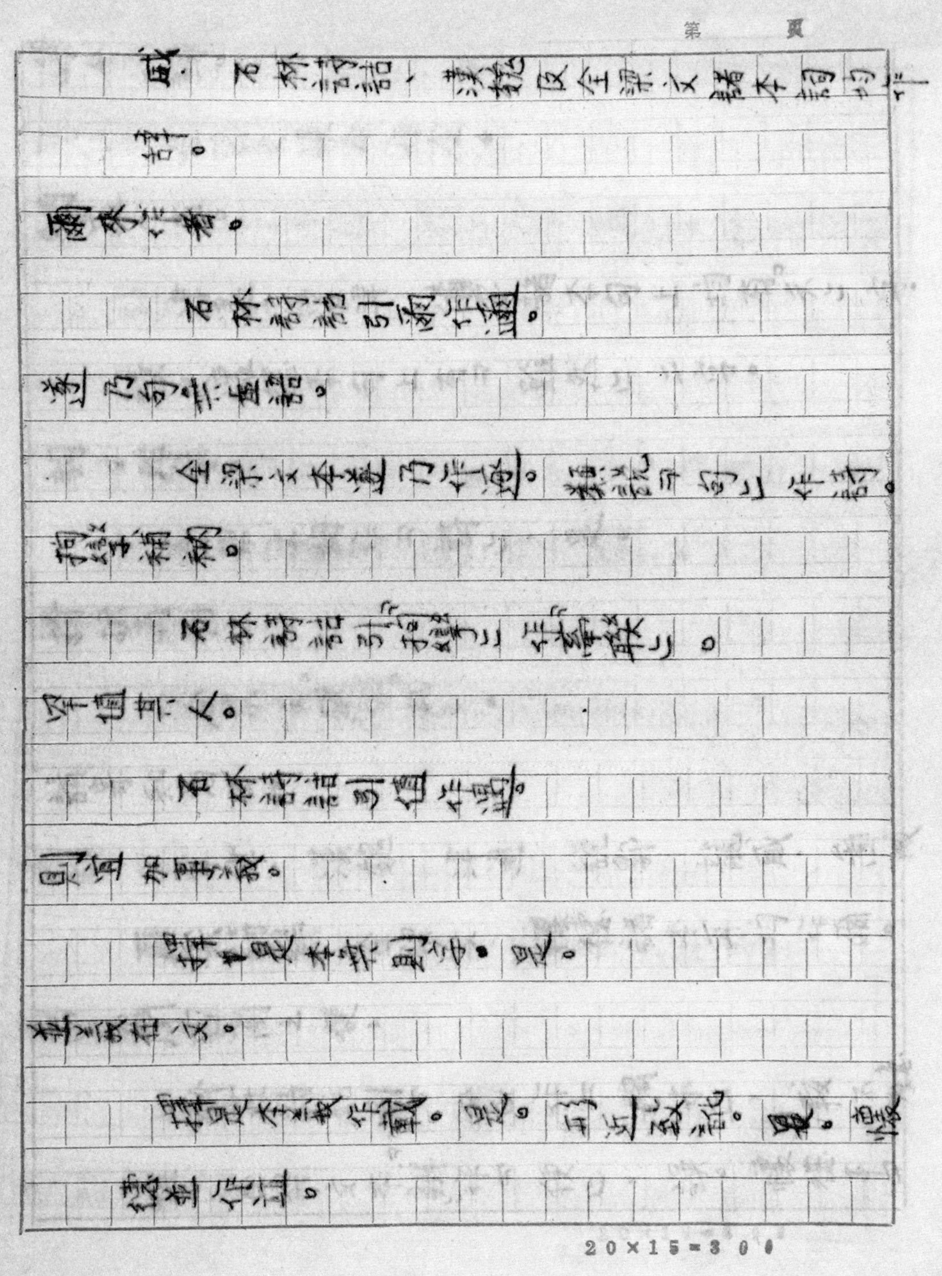

威、石林詩話、漢魏及全梁文諸本詞均作詩。

爾來作者。

石林詩話引爾作邇。

遂乃句無虛語。

全梁文本遂乃作逾。類說「句」作「詩」。

拘攣補衲。

石林詩話引「拘攣」作「牽聯」。

罕值其人。

石林詩話引值作遇。

則宜加事義。

擇是本無則字。是。

並義在文。

擇是本義作載。是。形近致訛。最。懷德並作竝。

蝶今所錄。

全梁文誤今作令。

綺羅今古。

津逮、學津、備要諸本句上均有「夫」字。

誤。懷德本句上有「雖然」二字。

詞文殆佳。

全梁文詞作「詩」，是。

掎摭病利。

全梁文「摭」作「拓」。

請寄知者耳。

學津、漢魏、津逮、說郛、龍威、會成

歷代詩話、全梁文、懷德諸本耳均作爾。

而不聞宮商之便。

竹莊詩話引「不」作「聞未」，較不意

佳。全梁文本「辨」作「便」，誤。懷德本「

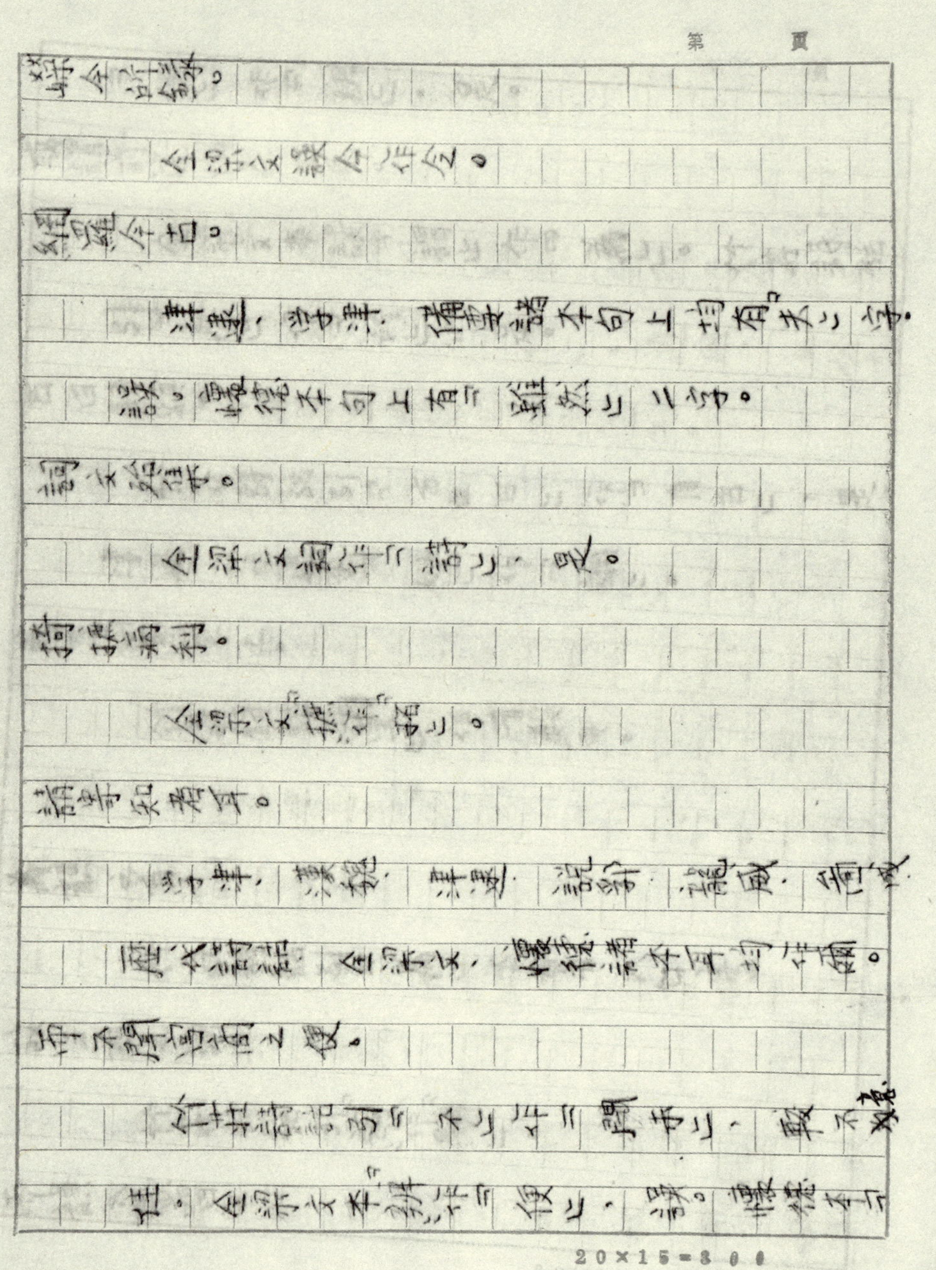

ニ便ニ作ニ辨ニ。是。

或謂前達偶然不見。

　全梁文本誤ヲ調ニ作ヲ為ニ。竹荘詩話

引ヲ然ニ作ヲ所ニ、是。

古日詩頌。

　竹荘詩話引ヲ古白日ニ作ヲ自吉ニ、是。

　津逮・学津逮李ヲ緬ニ作ヲ誦ニ。

若置酒高堂上。

　竹荘詩話引ヲ堂ニ作ヲ殿ニ。

為韻之首。

　竹荘詩話引ヲ為ニ不有ヲ不句ニ。

故三進之詞。

　竹荘詩話引ヲ詞ニ作ヲ辭ニ。

而韻入歌唱。

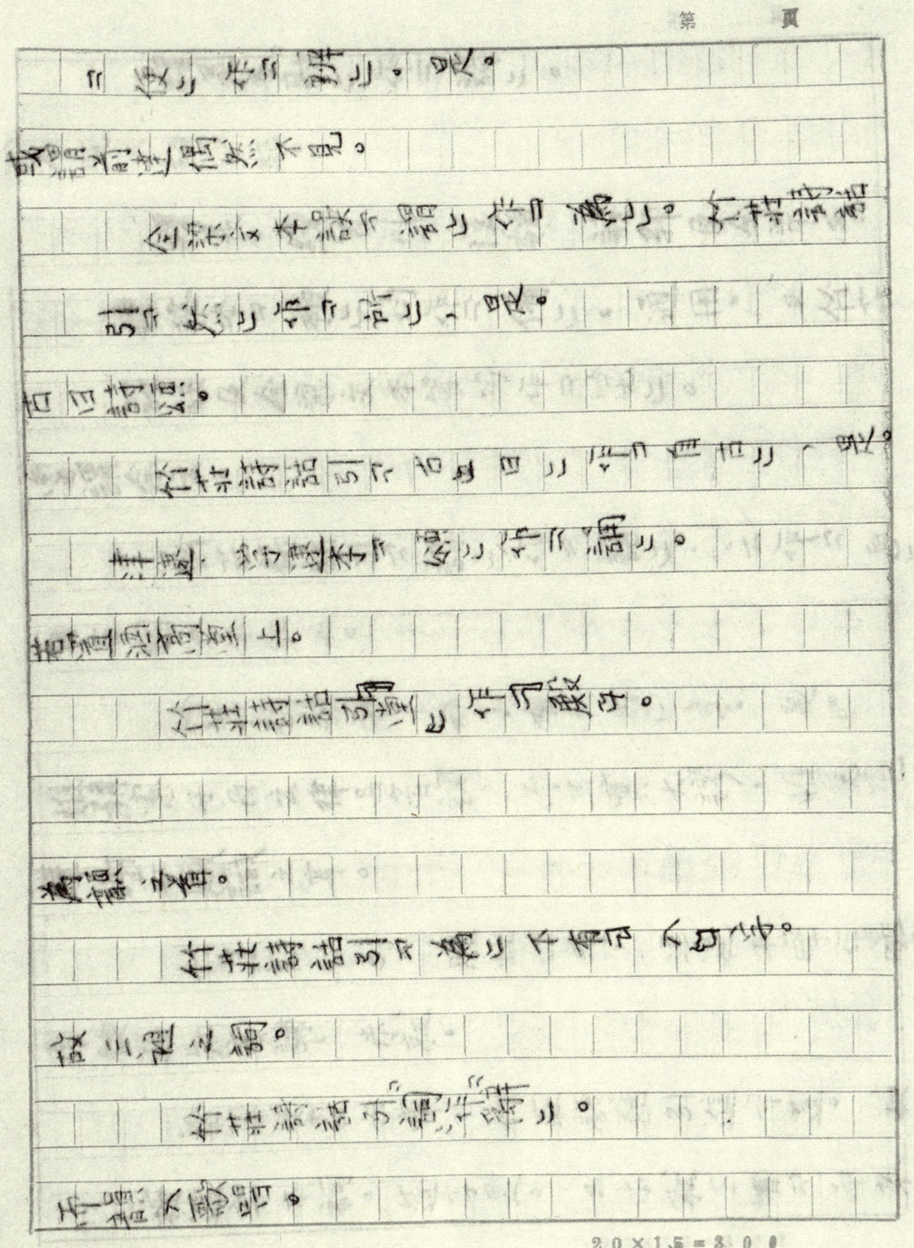

擇是本「歌」作「詞」。
今既不被管絃。
擇是、續百川、漢魏、說郛及全梁文、懷德本「被」均作「備」，通用。又竹莊詩話及全梁文本「管」均作「筦」。
嘗謂余云。
竹莊詩話引「謂」作「語」，「云」作「曰」。
自古詞人不知之。
竹莊詩話引，知下有「用」字。是。
惟顏憲子乃云律呂音調，而其實大謬，惟見范曄謝莊頗識之耳。
竹莊詩話引，脫此四句，津逮本曄作曅。
嘗欲進知音論、未就。
全梁文「嘗」作「常」，竹莊詩話引進作道。按
按進字不詞，道字是。又未就下有「而卒」

20×15=300

二字，是。

王元長創其首。

竹莊本引無「王」字。

三賢或貴公子孫。

竹莊詩話引或作咸。按三賢指元長、休文、玄暉言。三人俱貴子孫（見南齊書王融傳、南史沈約傳、齊書謝朓傳）作咸是。百占本咸或相誤，不僅此例。墨子明鬼篇「咸恐其腐蠹絕滅」之咸即或之誤，蓋全以形近耳。

謝朓裕孫，述子。裕卒，贈金紫光祿大夫。

王融中書令王僧達曾孫。

沈約，淮南太守沈璞之子也。（上俱見南史本傳）

幼有文辯。

20×15=300

竹莊詩話引「無」字，非。擇是、津逮、龍威及全梁文、懷德諸本「辯」皆作辨。

手是士流景慕。

擇是、學津、津逮、龍威、全梁文諸本及竹莊詩話引，「乎」均作「於」。

專相陵架。

竹莊詩話引「架」作「駕」，誤。又全梁文、懷德本誤「陵」作「凌」。

故使文多拘忌。

竹莊詩話引「無」「使」字。是。

本須諷讀。

竹莊詩話引「須」「諷讀」作「風誦」，較勝。

但令清濁通流。

20×15=300

第　　頁

龍威本誤通作迺。

至平上去入。

竹莊詩話引至下有「如」字。是。

閭里已俱。

竹莊詩話引句上有「故」字。是。又具

誤作甚。

陳思贈弟。

竹莊詩話引陳上有「其」字、疑衍、由上下

文氣觀之、疑著之訛、形似而誤。又詩話

誤弟作為。

子卿雙鳧。

龍威本鳧作鳬、誤。

叔夜雙鸞。

詩人玉屑及竹莊詩話引、叔夜並作嵇康。

按作嵇康非。上下文稱人俱以字、無道名例。

20×15=300

二本当俱誤。

茂先寒夕。

詩人玉屑及竹莊詩話引，夕並作食。按茂先雜詩有「繁霜降当夕，悲风中夜興」之句，夕是，作食非。

平叔衣單。

詩人玉屑及竹莊詩話引，「衣單」並作「單衣」。按平叔，魏何晏字，嶸所據詩不詳。由上文觀之，寒夕、單衣對用成文，諷誦流亮，疑單衣是。

景純詠仙。

詩人玉屑引詠作遊，竹莊詩話引作游。按郭璞有游仙詩，詠作游是。

謝客山泉。

竹莊詩話及詩人玉屑引，泉均作水。按

吳蓮，善写山水詩，作水是。

权源離宴。

詩人玉屑及竹莊詩話引，鮑照均作源均作元，宴均作燕。

鮑照成边。

詩人玉屑及竹莊詩話引，鮑照並作明遠。該書年近梁代，疑所見是。又漢魏本照作昭。周壽昌三国志注証遺：「董昭傳，沈氏欽韓傳，晋諱昭，改昭字为照。魏公卿上尊号碑董昭名作照可證。吳韋曜亦改原名昭，原作曜，此當是裴氏追改，偶未及曜耳。東吳張子布志中尚作張昭，初未改名。魏志内尚有胡昭、和昭、吕昭、康昭。」

顏延入洛。

詩人玉屑引，顏延作延之。

惠連擣衣之作。

学津、津逮本及詩人玉屑引「擣」均作「搗」。懷德「擣」作「檮」。

斯皆五言之警策者也。

竹莊詩話一册二三六頁、所引無斯字。二册二頁所引有斯字。又津逮、学津、漢魏、諸本策均作筞。

所以謂篇章之珠澤。

竹莊詩話及詩人玉屑引、龍威、函、成、津逮、学津、續百川、擇是、漢魏、全梁文、懷德諸本均無「以」字，是。

文彩之鄧林。

竹莊詩話及詩人玉屑引，句末均有「乎」字。

20×15=300

詩品校勘記卷二

詩品卷上

古詩，其體原出於國風。

竹莊詩話及詩人玉屑引，並無體字。按此後所評諸人，若魏陳思王植，其原出於國風。上云魏文学劉楨，其原出於古詩。上……原上俱無體字，疑竹莊及玉屑引無體字，是。又竹莊詩話及詩人玉屑引，全梁文、学津、津逮、擇是、漢魏、龍威、說郛、歷代詩話、續百川、图成、備要及叢書集成諸本，原均作源。按原源通用。

御覽卷五百八十六引鍾嶸詩評曰：古詩李陵、班婕妤、曹植、劉楨、王粲、阮籍、陸机、潘岳、張協、左思、謝靈運等十二詩皆上品。上今本全脫。又姚振宗三

國藝文志引曰：古詩如曹植、刘桢、王粲
阮籍等十二人皆上品。」与御览引略同。今
元此數句矣。
漢書李廣利傳：「逼先王至宛。決其水原，
移之」。正原史記正作源。是其證。
陸机所擬十四首。
詩人玉屑引，所擬作擬詩。又竹莊詩話
及詩人玉屑引四並作二。按古詩作者，議
論紛紜，莫衷一是，岐說别見，不可俱證
指要約論，大多如詩人玉屑所謂：「古詩十
九首，非止一人之詩也。」陸機擬古詩集中
有十二首：「行行重行行，今日良宴會，
迢迢牽牛星，涉江采芙蓉，青青河畔草，
明月何皎皎，蘭若生朝阳，青青陵上柏，
東城一何高，西北有高樓，庭中有奇樹，及

20×15=300

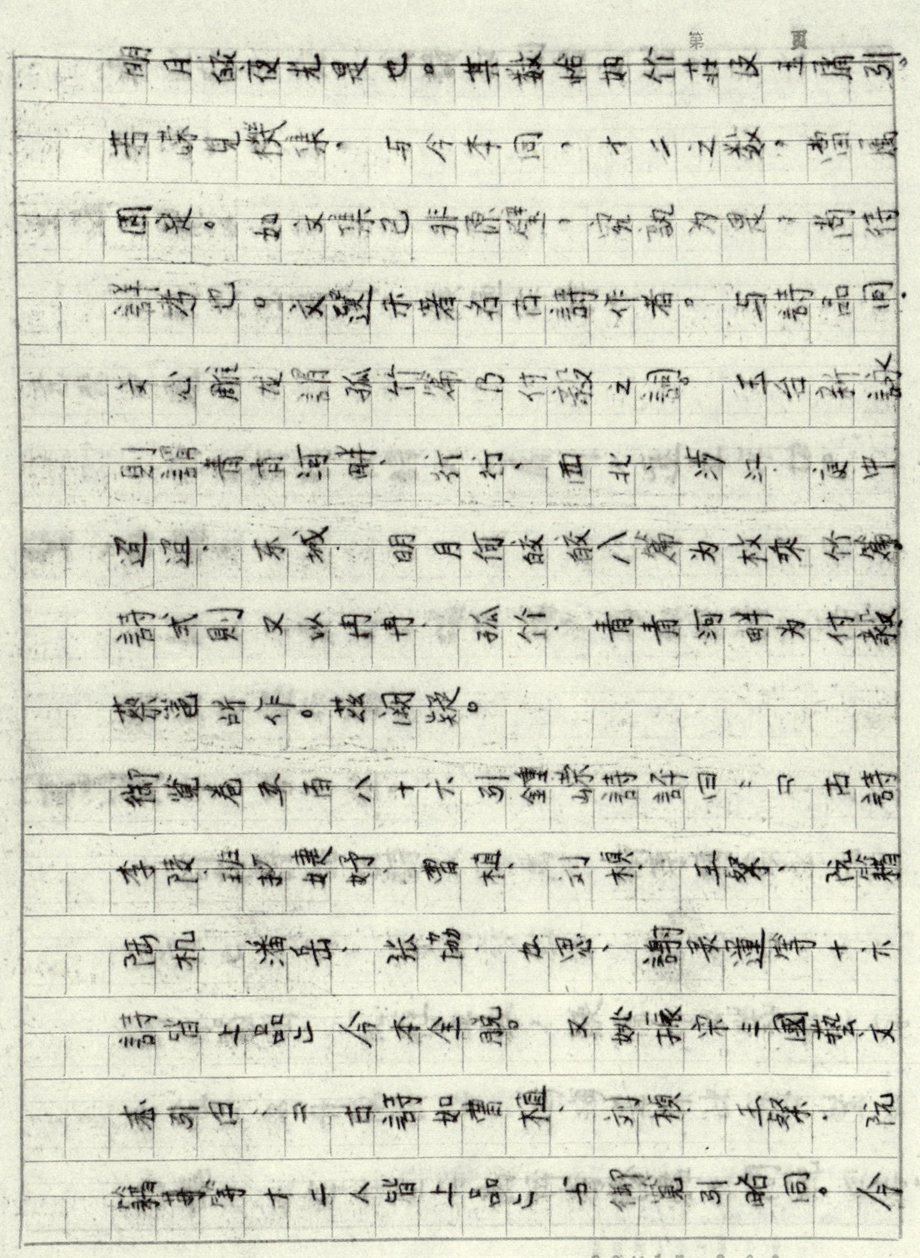

明月皎夜光是也。其数恰如竹莊及王庸引，若謂見機集，与今本同，十二之数，當屬固定。如文集已非原璧，究孰为是，尚待詳考也。文選未著各古詩作者。与詩品同。文心雕龍謂孤竹篇乃傅毅之詞。玉台新詠則謂青青河畔、行行、西北、涉江、庭中、迢迢、东城、明月何皎皎八篇为枚乘，竹篇詩式則又以冉冉孤竹、青青河畔为傅毅蔡邕所作。茲闕疑。

御覽卷五百八十六引鍾嶸詩評曰：“古詩李陵、班婕妤、曹植、刘楨、王粲、阮籍陆机、潘岳、張協、左思、謝灵運等十六詩皆上品。”今本全脱。又姚振宗三國藝文志引曰：“古詩如曹植、刘楨、王粲、阮籍等十二人皆上品。”与御覽引略同。今

第　頁

無此數句矣。或詩品刪略之謬乎。文心明

詩篇可參攷。

文温以麗。

詩人玉屑引，誤温作擇。

意悲而遠。

竹莊詩話及詩人玉屑引，遠並作切。

驚心動魄。

詩人玉屑引，魄作魂，形似致誤。歷代

詩話本魄作惠。

可謂幾乎一字千金。

竹莊詩話及詩人玉屑、柳亭詩話並无可

可謂之二字，乎均作於。

詞句嚴密，然雅量致，疑原作幾於一字

千金。又升庵詩話、滄海並引此作驚心

動魄，一字千金，為評李陵語。間脫四字。

20×15=300

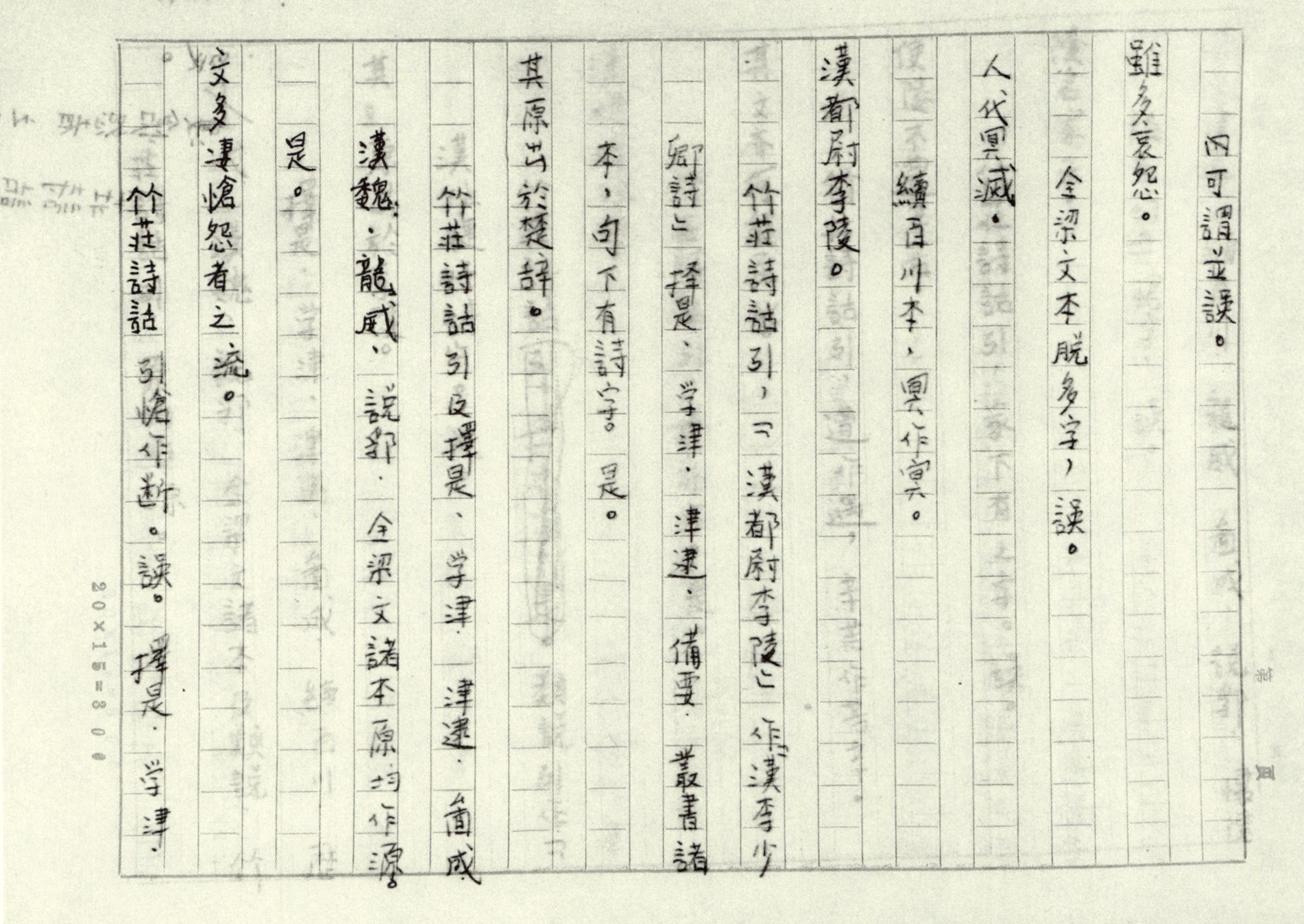
因可謂並誤。

雖多哀怨。

全梁文本脫「多」字，誤。

人，代冥滅。

續百川本，冥作寞。

漢都尉李陵。

竹莊詩話引，「漢都尉李陵」作「漢李少卿詩」。擇是、学津、津逮、備要、叢書諸本，句下有「詩」字，是。

其原出於楚辭。

竹莊詩話引，及擇是、学津、津逮、涵成、漢魏、龍威、說郛、全梁文諸本，「原」均作「源」，是。

文多淒愴怨者之流。

竹莊詩話引，「愴」作「斷」，誤。擇是、学津、

20×15=300

津逮、續百川、龍威、龠成、說郛、懷德

諸本均無倫字，誤。

陵名家子。

竹莊詩話引，家下有之字。誤。

使陵不遭辛苦。

竹壮詩話引，遭作遇，辛苦作苦辛。

其文亦何能至此。

竹莊詩話引，無亦字。是。

漢婕妤班姬。

竹莊詩話~~引，無亦字。是~~。類說引作「

漢班婕妤詩亡。是。

其ゝ原出於李陵。

擇是、学津、津逮、龠成、續百川、歷

代、漢魏、說郛、全梁文諸本及類說、竹

莊詩話引，原均作源。

20×15=300

旨清捷。

津逮、龍威、学津、說郛、擇是、歷代

續百川、甬戍、漢魏、全梁文、懷德諸本

竝均作辭。竹莊詩話引此作詞。類說作詞

旨清婉婉。是。

佚傳一節，可以知其工矣。

竹莊詩話引無此二句。類說有此二句。

「工」作「上」。下有二孔氏之門為周詩……

误。

魏陳思王植。

竹莊詩話引作「子建詩」。御覽卷五百四

八十六引作「曹植詩」。按竹莊詩話所引諸

人，均稱以字（詳見後校記）。

不著世爵之名，御覽所引卻恰反是。致御

覽成書於太平興國二年，較何氏之作竹莊

20×15=300

詩話为前，所引当近真，然律以今本詩品
所述均不相吻，求其至当，有詩字是，他
當宋叢書本。今全梁文、擇是、学津、
津逮諸本有詩字，是其證。又姚振宗三國
藝文志魏陳思王集三十卷下引鍾嶸詩品脫
植字。

其原出於國风。

竹莊詩話引及全梁文、說郛、学津、津
逮、續百川、歷代詩話、漢魏諸本、原均
作源。

骨气奇高。

御覧作「其骨气高奇」，誤多其字。竹莊
詩話引及学津本奇高作高奇。疑原作「骨
气高奇」。

詞采華茂。

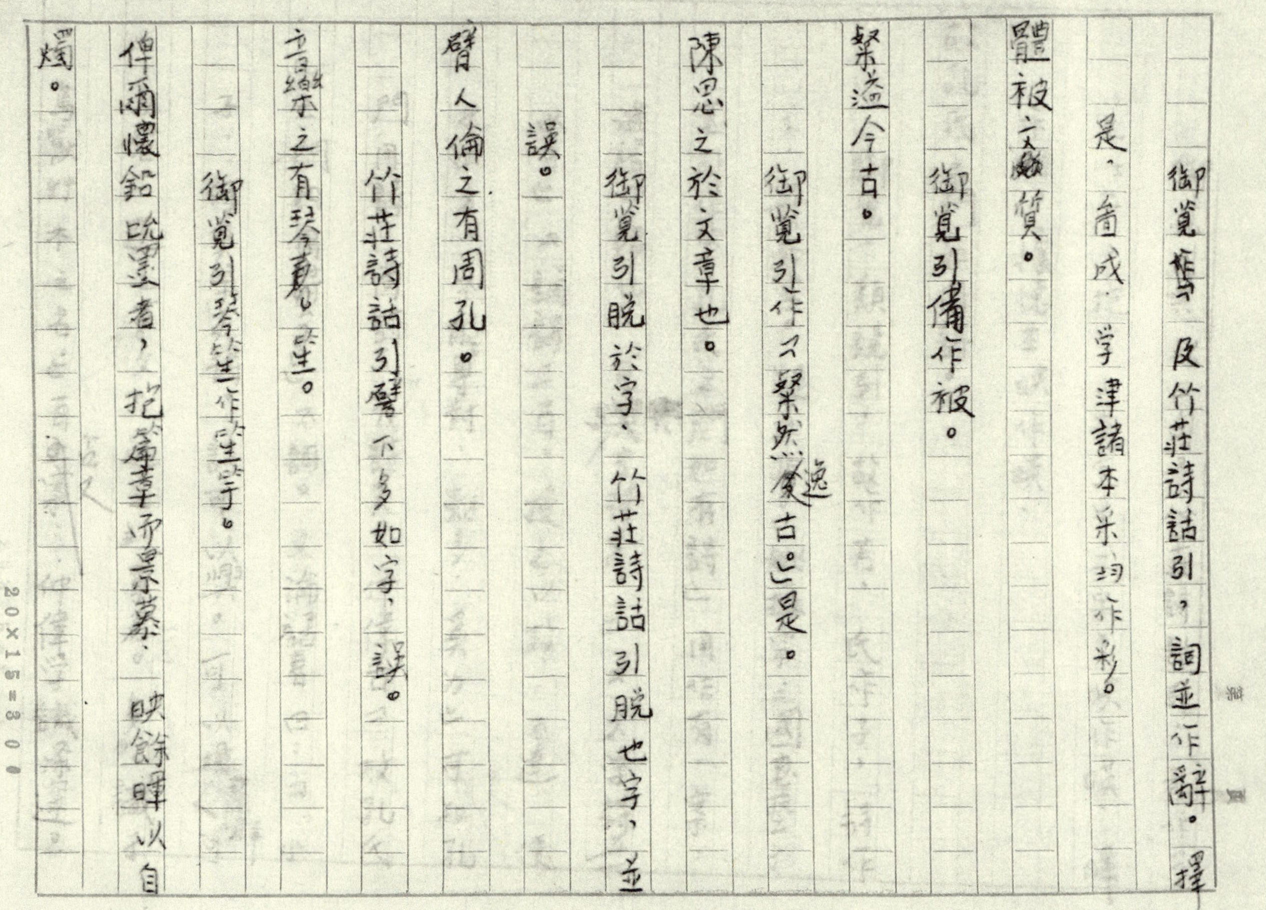

御覧集及竹莊詩話引，詞並作辭。擇

是、畲成、学津諸本采均作彩。

體被文質。

御覧引備作被。

粲溢今古。

御覧引作「粲然逸古」是。

陳思之於文章也。

御覧引脱於字，竹莊詩話引脱也字，並

誤。

譬人倫之有周孔。

竹莊詩話引譬下多如字，誤。

音樂之有琴笙。

御覧引琴笙作笙竽。

俾爾懷鉛吮墨者，抱篇章而景慕，映餘暉以自

燭。

御覧引無此三句。竹荘詩話引，者作之士」，抱字上有宜乎二字，映作暎，暉作輝。懷德本映作暎．

故孔氏之門如用詩。

御覧、類説引，故作若，氏作子，詩作文，無如字。疑並非。姚振宗三國藝文志引作「孔氏之門如有詩」，用作有．案：論語「賜也，可與言詩矣。」「不学詩無以言」「誦詩三百，授之以政，不達，使于四方，不能專對，雖多，奚为」可知孔門用詩，尚詩，有詩矣。仲偉言「故孔氏之門如用詩矣」，不詞。又論語曰：「小子，何莫学夫詩。詩可以興，可以觀，可以群，可以怨。迩之事父，遠之事君。多識于鳥獸艸木之名」。故仲偉学識深邃。

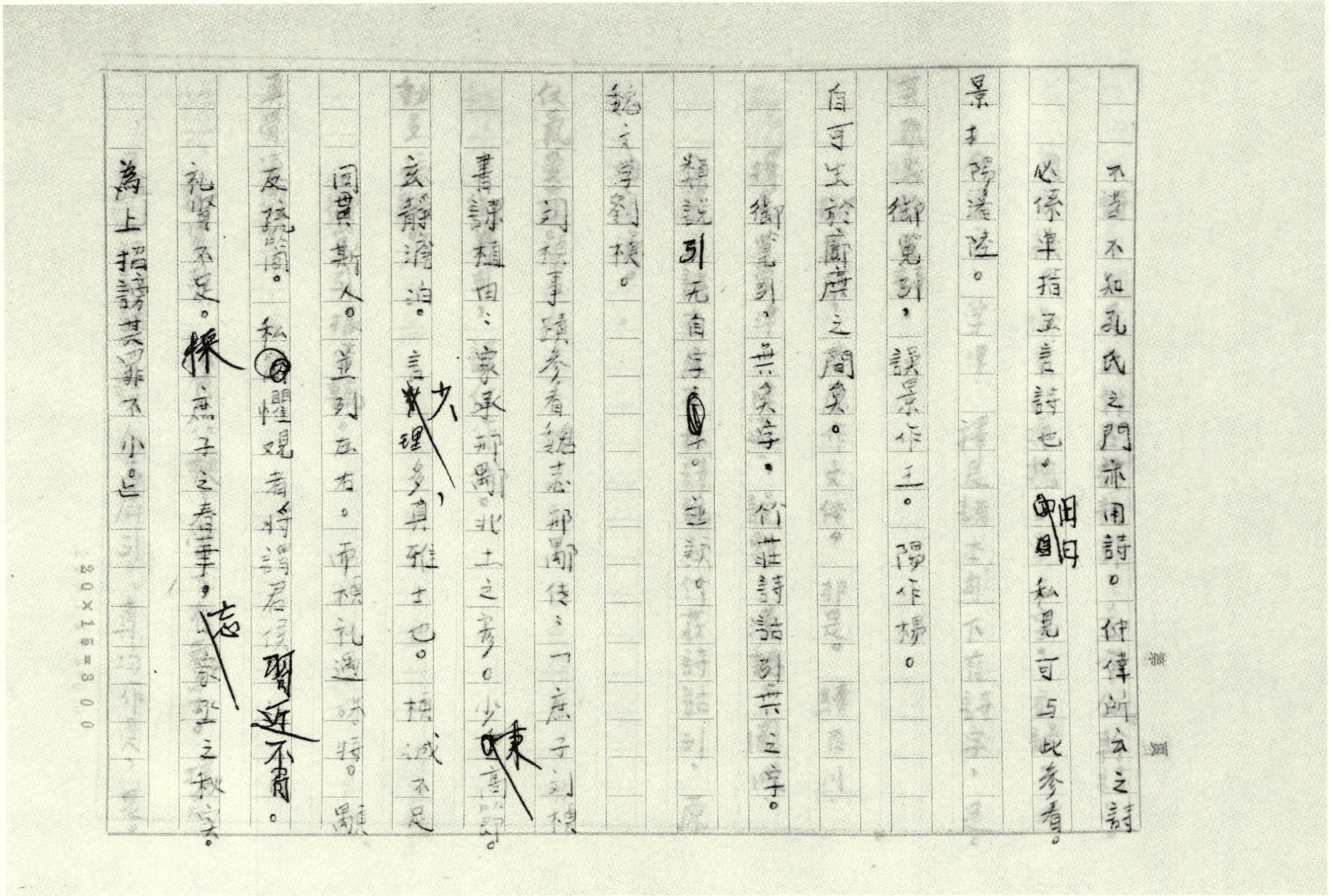

不嘗不知孔氏之門亦用詩。仲偉所云之詩必係單指五言詩也。明私見可与此參看。

景才陽諸陸。

御覽引，誤景作王。陽作楊。

自可坐於廊廡之間矣。

御覽引，無矣字。竹莊詩話引無之字。

類說引无自字。

魏文學劉楨。

劉楨事蹟參看魏志邢顒傳：「庶子劉楨書諫植曰：家丞邢顒北土之彥，少秉高節。玄靜澹泊。言少理多，真雅士也。楨誠不足同貫斯人。並列左右。而楨禮遇殊特。顒反疏簡。私懼觀者將謂君侯習近不肖。禮賢不足。採庶子之春華，忘家丞之秋實。為上招謗，其罪不小。」

20×15=300

詩人玉屑及竹莊詩話引，並作「公幹詩」。

同前誤。御覽引無「魏文学」三字。亦誤。又全梁文、学津、擇是諸本句下有「詩」字，是。

其原出於古詩。

御覽引，「其原」作「文体」。非是。續百川、擇是、学津、津逮、說郛、漢魏、圖成、全梁文諸本及石林詩話、竹莊詩話引，「原」均作「源」。

仗氣愛奇。

御覽引，誤「仗」作「伏」。

動多振絕。

御覽引「振」作「輒」。

真骨凌霜。

御覽引，誤「真」作「楨」，「骨」下有「氣」字。擇是及竹莊詩話、詩人玉屑引，「真」均作「貞」，是。

又何義門評公幹贈從弟詩曰：「峻骨凌霜，高風跨俗，要惟此等，足当之。」貞又作峻。

高風跨俗。

龍威本誤俗作「作」。

彫潤恨少。

詩人玉屑引，脱此句。

然自陳思以下。

御覽引及詩人玉屑引，下並作往。

魏侍中王粲。

詩人玉屑及竹莊詩話引，並作「仲宣詩」。全梁文、擇是、学津、津逮諸本，句下俱有詩字，是。

楨稱獨步。

詩人玉屑引，誤楨作禎。

其原出於李陵。

全梁文、備要叢書、擇是居、学津、津逮、漢魏、圃成、說郛、歷代詩話諸本及詩人玉屑、竹莊詩話引，原俱作源。

發愀愴之詞。

竹莊詩話及詩人玉屑引，發上並有若字，誤。詞並作辭。

文秀而質羸。

擇是本誤秀作質，質作秀。

晉步兵阮籍。

御覽引作阮籍詩。詩人玉屑及竹莊詩話引並作嗣宗詩。同前誤。全梁文、擇是、学津、津逮、備要、叢書集成諸本，籍下並有詩字，是。案阮籍生於建安十五年（西曆二一〇年），卒于魏景元四年（二六

20×15=300

三）距魏亡二年，晉书为魏之誤。

其原出於小雅。

全梁文、津逮、学津、續百川、漢魏、備要、叢書集成諸本及竹莊詩話引，原均作源。詩人玉屑引，小作風。是。案序文曰："又取效風騷"，升庵詩話引騷作雅。近此同为源，於風雅一義，文下文"洋洋乎會于風雅"。實為此呼应之詞。"會于風雅"為其蛛絲馬跡也。宋書謝灵運傳論："莫不同祖風騷。"續百川陽秋曰："自司馬相如、王襃、揚雄諸賢，代尚詩賦，皆体則風騷，攄自家之言。"

興雕蟲之巧。

御覽引無上有雖字。是。全梁文、学津、懷德、津逮、龍威、擇是、歷代、續百川、漢魏、齊成、說郛、懷德諸本均俱作劝。

是。御覽引雕蟲作彫蟲，誤。

而詠懷之作。

詩人玉屑及竹莊詩話引，而下並有詠物

二字，嘯詠懷運，且無之作二字。是。

可以陶性靈。

詩人玉屑引，誤陶作舒。升庵詩話曰：

「鍾嶸詩品陶性靈、發幽思」，亦可以二

字，誤。藝林伐山卷十九引同此。

發幽思。

竹莊詩話引，誤思作致。

言在耳目之內。

詩人玉屑及竹莊詩話引，並誤在作于通。

全梁文誤內作外。

情寄八荒之表。

第　頁

詩人玉屑及竹莊詩話引，表並作外。

洋洋乎會于風雅。

龍威本誤會作曾。詩人玉屑誤會作源，因上文曰其源出於風雅亡而誤。御覽引，雅下有矣字。

使人忘其鄙近，自致遠大〻〻怯言其志。

御覽引脱上七句，詩人玉屑引脱大下諸句。

自致遠大。

漢魏、龍威、說郛、續百川、備要、叢書、懷德諸本誤大作方。

頗多感嘅之詞。

津逮、甯戍、漢魏、說郛、備要、叢書、懷德諸本嘅俱作慨。

顏延年注解。

20×15=300

擇是本脱年字，全梁文年作之，注作註。

懷德注作註。顏延年注步兵詩。

怯言其志。

續百川、圖成、漢魏、説郛、懷德諸本誤怯作法。

晉平原相陸機。

竹莊詩話及詩人玉屑引，並作士衡詩。

同上引誤。擇是本、學津、津逮諸本、均不俱有詩字。是。

其原出于陳思。

全梁文、學津、津逮、續百川、擇是、漢魏、説郛、圖成諸本及詩人玉屑、竹莊詩話引，原均作源。

才高詞贍。

擇是、全梁文、續百川、圖成、懷德諸

李良詩人玉屑八、竹莊詩話引，詞均作辭。

举體華美。

竹莊詩話及詩人玉屑引，美均作密。

尚貴矩。

竹莊詩話及詩話人玉屑引，尚上並有但字。懷德李貴作規。

有停直致之奇。

竹莊詩話及詩人玉屑引，誤致之作「奇之」，詩人玉屑引致作奇，無之字。

然其咀嚼英華。

詩人玉屑引，然其作且字，非。升庵詩話引，無然其二字。藝林伐山十九引同詩話。

文章之淵泉也。

竹莊詩話引，文上有故字，非。詩人玉屑

引文上有故字，渊作源。

張公嘆其大才信矣。

竹莊詩話、詩人玉屑引並無公字。非。

歷代詩話、續百川、圖成諸本嘆作歎。詩人玉屑引誤才作寅。

晉黃門郎潘岳。

詩人玉屑及竹莊詩話中引，並作安仁詩，同前誤。說郛、續百川、懷德諸本誤黃作王。漢張協黃門郎之黃誤為王，其證也。

全梁文、擇是、学津、津逮、備要、叢書集成諸本，句下均有詩字，是。

其原出於仲宣。

全梁文、侖成、学津、津逮、續百川、擇是、歷代、漢魏諸本，及竹莊詩話、詩人玉屑引，原俱作源。類說引原作言。

20×15=300

翰林嘆其翩翩然。

擇是、續百川、侖成、説郛、全梁文諸本，嘆並作歎。詩人玉屑及竹莊詩話引，然並作奕。類説引無「然」字。

如翔禽之有羽毛。

詩人玉屑及竹莊詩話引，並無有字，是。按，初學記引李充翰林論曰：「潘安仁為文，猶翔禽之羽毛，衣被之綃縠，」如作猶，实無有字。

衣服之有綃縠。

類説、詩人玉屑引，縠作穀，服作帔。類説引有「有」字。竹莊詩話、詩人玉屑隋書經籍志補引，並無有字。是。初学記引亦可証。（見上文）

猶淺於陸機。

竹莊詩話及詩人玉屑引，並誤摘下多尚
字。句末並有「則機為深矣」一句。是。
謝混云。
類說、竹莊詩話引，誤混為琨。案：世
說新語文學篇引此下四句作孫興公語，
未知孰是。又七龍威本無混字。
如披沙簡金。
竹莊詩話引，簡作揀；詩人玉屑引，簡
作鍊。
往往見寶。
類說、詩人玉屑引，見作得。
嶸謂益壽輕華〻〻故嘆陸為深。
詩人玉屑引，無此四句。
故以潘為勝。
~~龍威本均無為字。~~

龍威本誤無潘字。全梁文、漢魏、續百川、圖成、說郛本均無爲字。

故嘆陸爲深。

擇是、歷代、續百川、說郛諸本及竹莊詩話引，嘆均作歎。

陸才如海，潘才如江。

竹莊詩話引，如俱作若。類說引，陸上有「予嘗言」三字。類說引第一如字作似字。「才」字同作「才」。詩人玉屑引，陸才作陸文。晉書文苑傳論曰：「機文渝海，潘藻稱江。」蓋據嶸言。疑原文作「陸文若海，潘[illegible]藻如江。」

晉黃門郎張協。

詩人玉屑及竹莊詩話引，並作「景陽詩」。御覽引作「張協詩」，同前誤。全梁文、擇

足、学津、津逮、備要、叢書諸本句下並
有詩字，是。
其原出於王粲。
全梁文、学津、津逮、續百川、擇是、
漢魏、説郛、圖成、備要、叢書諸本，詩
人玉屑及竹莊詩話引，原均作源。
文体華淨，少病累。
御覧引，體作章。少上有實字，是。
又巧構形似之言。
竹莊詩話、詩人玉屑引，又並作有。
或流調達。
御覧、学津、津逮、全梁文、擇是、續
百川、歷代、漢魏、圖成、説郛、龍威本
懷德諸本，詩人玉屑及竹莊詩話引，或皆
作風。是。又御覧誤達作遠。

實曠代之高手。
御覽、竹莊詩話及詩人玉屑引、手並作才。是。又漢魏本誤手作子。
詞采蔥菁。
御覽引詞上有其字，是。詩人玉屑、全梁文同。御覽、竹莊詩話、詩人玉屑引及全梁文本詞均作辭。竹莊詩話引無采字。非。龍威、津逮、說郛、備要、叢書、懷德諸本采均作彩。又全梁文、擇是、續百川、津逮、龍威、学津、懷德諸本及御覽竹莊詩話、詩人玉屑引、蔥菁均作葱倩。漢魏、說郛、藝林伐山卷十九引作葱倩、歷代、圖成作葱蒨。
亹亹不倦。
竹莊詩話及詩人玉屑引，倦並作絕。

晋記室左思。

竹莊詩話引作「太沖詩」，同前誤。全梁文、擇是、学津、津逮、備要、叢書諸本思下俱有詩字，是。

其原出於公幹。

全梁文、学津、津逮、擇是、備要、叢書、續百川、漢魏、說郛及竹莊詩話引，原均作源。

頗為精切。

竹莊詩話引，精作清。

得風諭之致。

擇是本諷作風。

雖野于陸機，而深于潘岳。

竹莊詩話引，野上有浅字，深下有动字。

詞密意深。是。

謝康樂嘗言。

擇是本無嘗字。全梁文、学津、津逮、

續百川、説郛諸本，嘗均作常。

左太冲詩、潘安仁詩。

姚振宗隋書經籍志考證引作左太冲、

潘安仁詩。上少上有詩字。

古今難比。

御覽引及竹莊詩話引，難比並作獨絕。

是。

宋臨川太守謝靈運。

御覽及竹莊詩話引，並作靈運詩。同前

謗。全梁文、擇是、学津、津逮、備要、

叢書諸本連下俱有詩字，是。

其原出於陳思。

擇是、全梁文、圖成、学津、津逮、續

20×15=300

第　頁

百川、歷代、說郛、備要、叢書諸本及竹
莊詩話引，原俱作源。
雜有景陽之體。
御覽引，雜作雅。
故尚巧似，而逸蕩過之，頗以繁富為累。
御覽引無此三句。津逮、擇是、漢魏、
圖成、龍威、全梁文、懷德諸本及竹莊詩
話引，繁富俱作繁蕪。誤。下文亦作繁
富是其證。
嶸謂若人興多才高。
竹莊詩話引，興作典字，高作薄。御覽
引，說郛、漢魏、津逮、龍威、学津、擇
是、續百川、圖成、全梁文、備要、叢書
集成、懷德諸本高下俱有博字。疑竹莊詩
話引薄為博之誤。嶸原文或作「嶸謂若

20×15=300

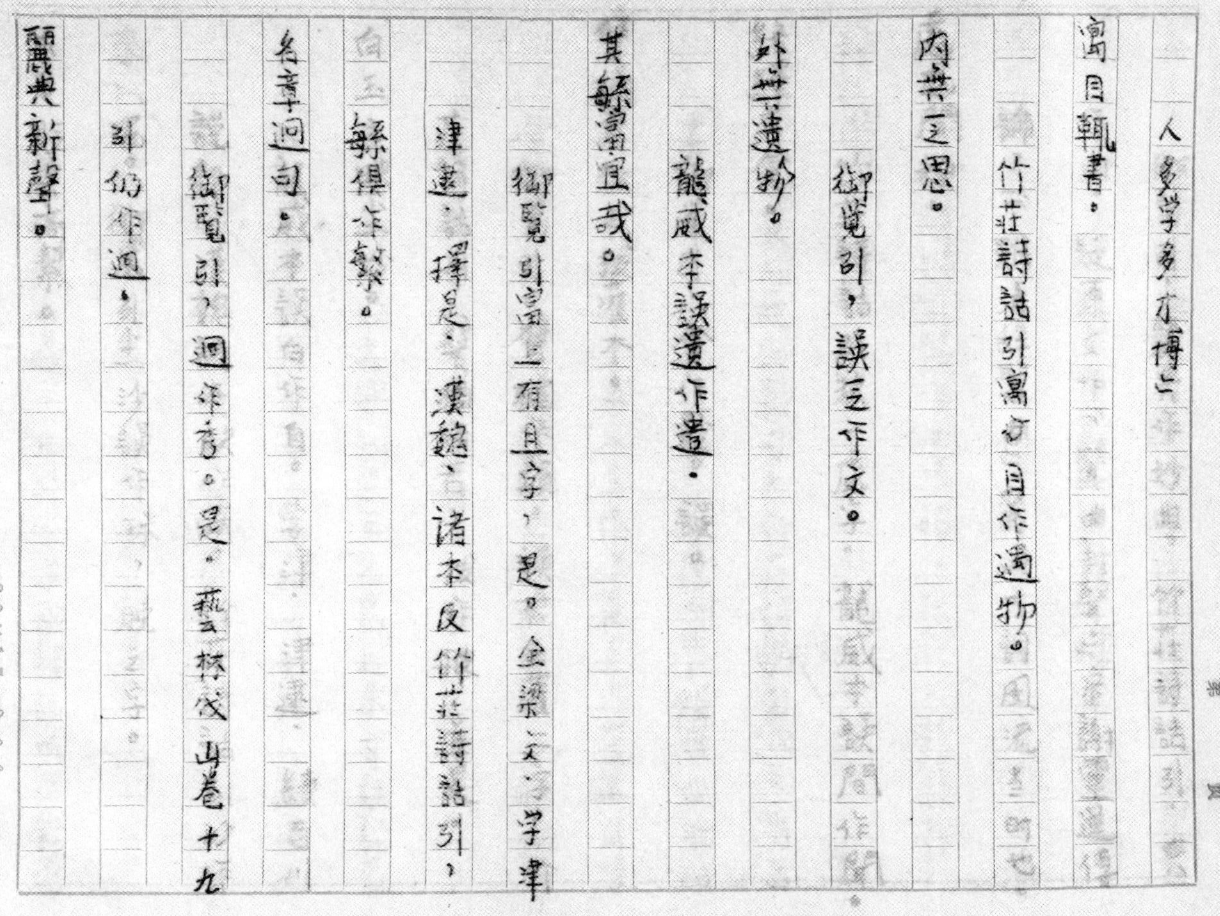

人多学多才博亡

寓目輒書。

竹莊詩話引寓目作遇物。

内無乏思。

御覽引，誤乏作之。

外無遺物。

龍威本誤遺作遣。

其餘當宜哉。

御覽引當上有且字，是。金源文字学津

津逮、擇是、漢魏、諸本及竹莊詩話引，

自五餘俱作餘。

名章迥句。

御覽引，迥作秀。是。藝林伐山卷十九

引，仍作迥。

麗典新聲。

御覽引、麗典作妙曲。竹莊詩話引、典
作曲。疑原文作「麗曲新聲」，宋謝靈運傳
論：「雖清辭麗曲」。麗曲一詞風流当时也。

處處間起。

竹莊詩話引缺一處字。龍威本誤間作聞。

絡繹奔會。

御覽引、會作發。誤。

譬猶青松之拔灌木。

御覽引、譬猶作類。誤並之灌二字。竹
莊詩話引、譬猶作若、拔作披，並是。

白玉之映塵沙。

龍威本誤白作自。学津、津逮、續百川
說郛、漢魏諸本映作暎。竹莊詩話引沙作
泥。御覽引塵沙誤作珠，脫之字。

赤足貶其高絜。

御覽引談賦上有以字，絜作才。全梁文
学津、津逮、龍威、說郛、擇是、漢魏、
備要、叢書諸本俱絜作潔。
竹莊詩話引絜作曲。誤。
初、錢塘：：客兒。上
御覽引共上數句。竹莊詩話引同。百占
宋此故事之實入也。類說：：錢塘杜明師
夜夢东来有人南入其館，是夕，靈運生于
會稽。旬日，而謝玄亡，其家以子孫难得，
送靈運于杜冶音稚奉道之家静室养之。十
五还都，故名客儿。上百占宋此条在類説最
后，靈運送詩是否入上品与杜冶人名与地
名与待考。又此文亦與藝林伐山引者不同。
來入其館，是夕。
藝林伐山卷十九引六朝詩話曰。錢塘

第　　頁

杜明師，夜夢東南有人來，入其館。是夕，

靈運生於會稽。其家以子孫難得，送靈運

於杜治養之。十五方還，故名客兒。詩[illegible]

林謝客是也。注治音雉。奉道之家靖室也。

釋慧琳撰目曰：道室稱治。猶今之觀也。又李

道之室曰化。——蜀有文昌二十四

化。又有主簿化。化，治也。猶今之曰

宮，曰觀耳。然亦罕知之也。

龍威本、李作来，日本上有記字，並誤。

20×15=300

詩品校勘記 卷三 路百占学

詩品卷中

嘉妻徐淑。

擇是、学津、津逮、全梁文、備要、叢書諸本淑下俱有詩字，是。

夫妻事既可傷。

竹莊詩話引，夫上有士會二字，是。

徐淑叙別之作，亞於團扇矣。

詩藪曰：「西漢叢語備載徐淑夫婦往還詩。」木立引鍾嶸詩品云：「徐淑寶釵之什亞團扇矣。」叙別作寶釵，作作什，無於字。

為五言者。

竹莊詩話引，為上有「二漢」二字，是。

魏文帝。

擇是、学津、津逮、全梁文、備要、叢

20×15=300

書諸本，帝下俱有詩字。是。竹莊詩話引，
帝作詩。

其原出於李陵。

擇是、學津、津逮、全梁文、圖成、備要、叢書諸本原俱作源。續百川、漢魏、龍威諸本、原並作文，誤。

則所計百許篇。

學津、津逮、擇是、全梁文、懷德、漢魏、龍威、續百川、說郛、圖成、備要、叢書諸本，所計俱作新奇，並不辭。竹莊詩話引計下有者字。隋書經籍志考證引，計作詩，是。按文帝嘗將自撰文章百許篇，自訂為集。魏志本紀：「初帝好學，以著述為務，自所勒成垂百篇。」又本紀注魏書曰：「帝八歲能屬文，有逸才，博貫古

20×15=300

今經傳子百家之書。帝初在東宮，疫癘大起，時人彫傷，帝深感嘆歎，與素所敬者王朗書曰：生有七尺之形，死為一棺之土，唯立德揚名，可以不朽，其次莫如著篇籍。疫癘數起，士人雕龍，余獨何人，能全其壽。故論撰所著典論詩賦，蓋百餘篇。胡沖吳曆曰：帝以素書所著典論及詩賦餉孫權，又以紙寫一通與張昭。此是其證。

率皆鄙質如偶語。

学津、津逮、擇是、龍威、圖成、說郛、備要、叢書諸本及竹莊詩話四引，質俱作直。

殊美贍可觀。

吳旦生歷代詩話漢魏六朝內引，無殊字。

始見其工矣。

全梁文諸本，誤矢作夫。吴曰：生歷代詩

話引，無矢字。

不然何以銓衡群彦。

御覽引，不然作非然。竹莊詩話引，然

下有亦字。

對揚歌弟者耶。

歷代詩話及全梁文本，耶並作邪。吴曰：

生歷代詩話引無者邪二字，誤。

晉中散嵇康。

擇是，学津，津逮，全梁文，備要，叢

書諸本，康下俱有詩字，是。按嵇康卒于西

曆二六二年，當魏元帝景元三年（見拙撰

詩品四表），晉應為魏之誤。

頗似魏文。

擇是本，魏一作魏。

然託諭清遠。

学津、圖成本、諭作喻。又升庵詩話、藝林伐山引、清並作高。隋志考證引、遠作超，並非。

良有鑒裁。

懷德本鑒作鑑，藝林伐山卷十九及升庵詩話引，鑒作鑑，並注鑒音蕨。是。

晋司空張華。

竹莊詩話及詩人玉屑引，並作茂先詩。類說引作張茂先詩，同前誤。擇是、学津、津逮、備要、叢書諸本、華下俱有詩字。是。

其原出於王粲。

擇是、学津、津逮、全梁文、漢魏、龍威、續百川、歷代、說郛、圖成、備要、

20×15=300

第　頁

叢書諸本、類說及詩人玉屑、竹莊詩話引
原俱作源。
其體華豔。
竹莊詩話引及詩人玉屑引，華並作浮。
類說作華。津逮、續百川、龍威、說郛、
備要諸本，豔並作艷。
興託不奇。
竹莊詩話及詩人玉屑引，不並作多。是。
類說奇作非。
巧用文字。
詩人玉屑引作巧用文□，正無字字。
格為研治。
津逮、學津、全梁文、擇是、說郛、漢
魏、國戚、龍威、歷代、續百川、備要、
懷德、叢書諸本及竹莊詩話、類說引格作

20×15=300

務，是。又竹莊詩話引，為作真。詩人玉屑引格為作以其，誤。

而疏亮之士。

竹莊詩話及詩人玉屑引，疏俱作致。全梁文、疏亮作亮疏。類說引而作為。

猶恨其兒女情多。

類說引有其字，是。竹莊詩話及詩人玉屑引，並無其字。非。

風雲之氣少。

詩人玉屑引，誤雲作流。都穆詩話：「遺山論詩曰：『風雲若恨張華少，溫李新聲奈爾何』，謂鍾記室也」。

張公雖復千篇。

詩人玉屑引，誤篇作韻。類說引前有「謝康樂云」，篇作韻。

猶一體耳。

類說、竹莊詩話引、耳作爾。

今置之中品疑弱，處之下科恨少。

竹莊詩話引，中品作甲科，下科作中品。

詩人玉屑引中作甲，處作乙，下科作中品。

案張華詩鍾嶸列入中品，由下文「在季孟之間耳」觀之，实無疑詞。許詞謂「今置之中品疑弱，處之下科恨少」，互證文意，此為不詞。據竹莊、玉屑引，疑原文作「今置之甲科疑弱，處之中品恨少」，

在季孟之間耳。

擇是、学津、津逮、全梁文、漢魏、龍威、歷代、會成、續百川、說郛、備要、叢書諸本耳並作矣。隋書經籍志考証引無在字。耳作矣。

第　頁

20×15＝300

第　頁

晉著作王讚。

　漢魏本誤王作樊正。擇是、学津、津逮

漢魏、懷德、龍威、續百川、諸本、備要、叢

書、讃均作贊。

晉司徒掾張翰。

　續百川、漢魏、說郛諸本晉下俱有王字。

　按張晉書張翰字季鷹，吳郡人，齊王冏辟

為東曹掾，覩天下亂，東歸，卒于家。司

徒掾一職、未　。

晉中書令潘尼。

　擇是、学津、津逮、全梁文、備要、叢

書諸本，尼下俱有詩字。是

平叔鴻鵠之篇。

　擇是、学津、津逮、全梁文、漢魏、龍

威、續百川、圖成、說郛、備要、叢書、

20×15=300

懷德諸本，鵠俱作雁。

子荊零雨之外。

正長朔風之後。

竹莊詩話引，之作以，誤。案宋書謝靈運傳論曰：「子荊零雨之章，正長朔風之句，並直舉胸情，非傍詩史。」所論與鍾嶸見相似。

季鷹黃華之唱。

漢魏、龍威、續百川、說郛諸本，俱誤唱作鳴。類說引季鷹上有張字。

正叔綠蘩之章。

類說引正叔上有潘字。竹莊詩話引，誤蘩作繁。類說也作繁。類說、擇是、津逮、漢魏、龍威、續百川、說郛、圖成、備要、叢書、懷德諸本及隋志考證引，

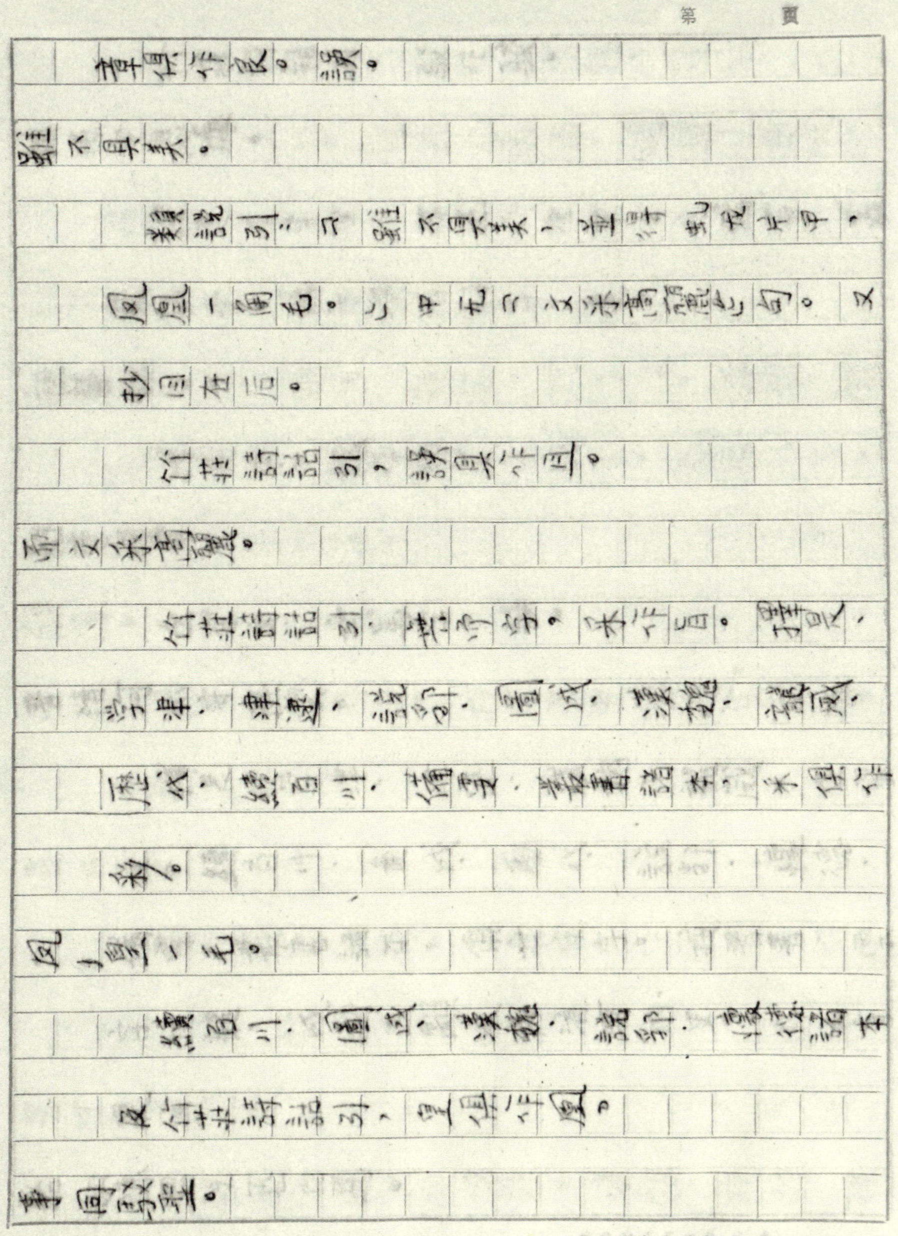

章俱作良。誤。
雖不具美。
類說引「雖不具美」，並得虬龙片甲、
凤凰一角毛。」中无「文采高麗」句。又
抄目在后。
竹莊詩話引，誤具作且。
而文采高麗。
、竹莊詩話引，無帝字，采作旨。擇是、
学津、津逮、說郛、圖成、漢魏、龍威、
歷代、續百川、備要、叢書諸本、采俱作
彩。
凤皇一毛。
續百川、圖成、漢魏、說郛、懷德諸本
及竹莊詩話引，皇俱作凰。
事同駁聖。

竹莊詩話引，駁作駮。

魏侍中應璩。

擇是、学津、津逮、全梁文、備要、叢書諸本，璩下俱有詩字。是。

祖襲魏文。

擇是本，魏作巍。

雅意深篤。

全梁文，無篤字，誤。

晉清河太守陸雲。

擇是、学津、津逮、漢魏、龍威、全梁文、續百川、函成、歷代、說郛、懷遠、備要、叢書諸本，俱無守字。按晉書，雲字士龍，成都王穎表為清河內史。作太守，是。

始如陳思之匹白馬。

學津、津逮、擇是、漢魏、龍威、全梁
文、續百川、說郛、圖成、懷德、歷代、
備要、叢書諸本，始俱作殆，是。

於其哲昆。

學津、擇是、龍威、續百川、漢魏、說
郛、懷德、備要、叢書諸本，於均作于。
歷代本昆作昪。

顏遠。

擇是本遠作延。按晉書曹攄字顏遠。
作顏，非是。

晉太尉劉琨。

竹莊詩話及詩人玉屑引，作「越石詩上
同前誤，龍威本誤琨作混。

晉中郎盧諶。

全梁文、圖成、懷德、漢魏、說郛、備

雯、叢書諸本盧諶俱作劉諶。按劉琨盧諶
為劉琨主簿，轉從事郎，諸本作劉湛或劉諶
並誤。又擇是、全梁文、学津、津逮諸本
諶下俱有詩字，是。
其原出於王粲。
擇是、学津、津逮、全梁文、續百川、
龍威、漢魏、説郛、甸成、備要、叢書諸
本、詩人玉屑及竹莊詩話引，原俱作源。
善為淒戾之詞。
竹莊詩話引，戾作唳。升庵詩話、藝林
伐山引戾作悷。又竹莊詩話及詩人玉屑引
詞俱作辭。
又罹厄運。
竹莊詩話及詩人玉屑引，罹並作離。漢魏
説郛諸本俱作誤罹作悝。

多感恨之詞。

竹莊詩話及詩人玉屑引，詞並作辭言。

是。全梁文李詞作辭。

中郎仰之，微不逮矣。

竹莊詩話及詩人玉屑引，並無此二句。

晋宏農太守郭璞。

類說作「郭景純詩」。擇是、續百川本、宏作弘。龍威本誤宏作引。詩人玉屑及竹莊詩話引，「晋宏農太守郭璞」並作景純詩。同前誤。全梁文、擇是、学津、津逮諸本，句下俱有詩字。是。

憲章潘岳。

竹莊詩話及詩人玉屑引，並脫章字。

文體相煇。

竹莊詩話引，體作質，是。擇是、学津、

20×15=300

津逮、全梁文、續百川、龍威諸本煇俱作
輝。
彪炳可翫。
類說、擇是本，翫作玩。
始變永嘉平淡之體。
竹莊詩話引，無始字，永嘉作中原。類
說引有始字，是，永嘉作中原。
詩人玉屑引，無始字，永嘉作中原，並誤
擇是本淡作澹。
翰林以為詩首。
擇是本，誤脫林字。
但遊仙之作。
竹莊詩話及詩人玉屑引，並脫但字。類
說引有二但之字，是。
詞多慷慨。

20×15=300

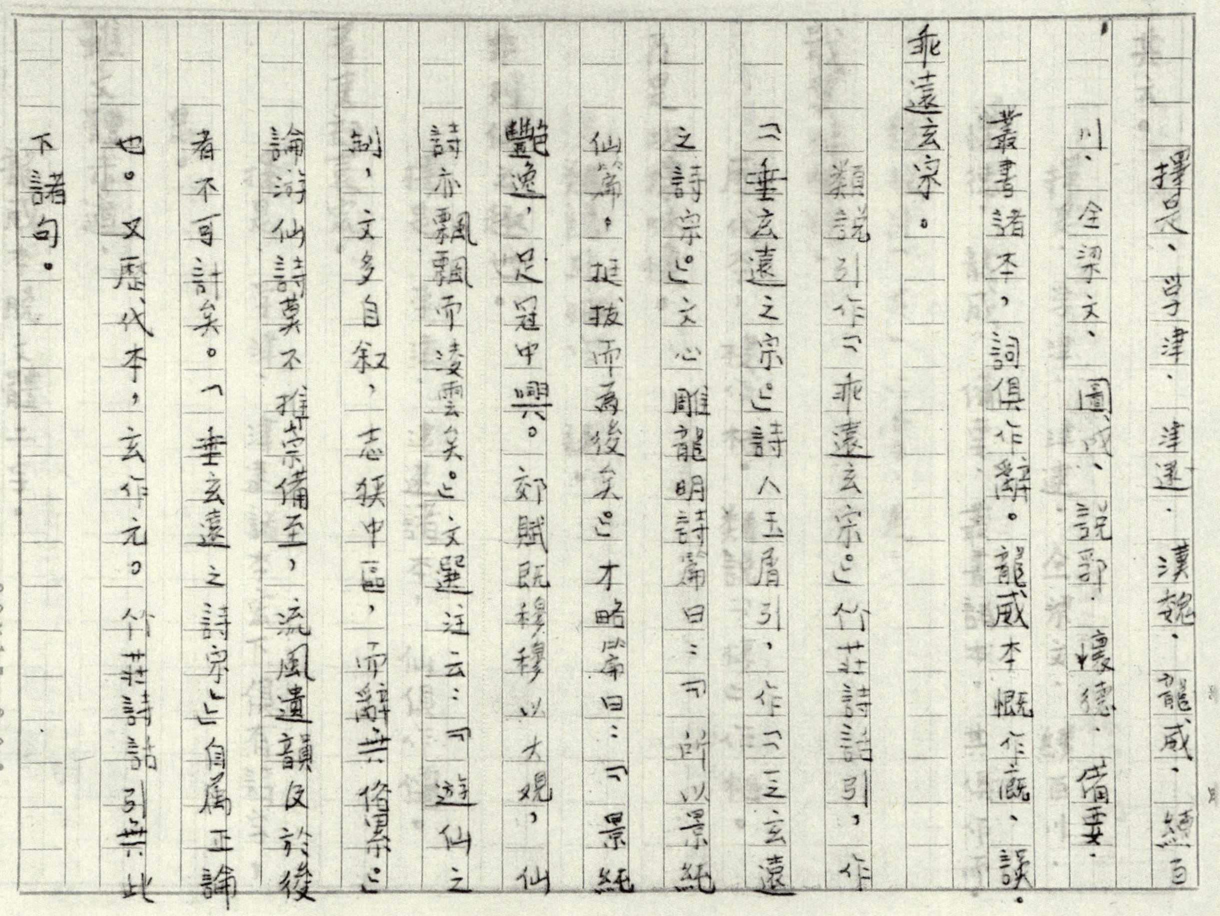

擇是、學津、津逮、漢魏、龍威、續百川、全梁文、圖成、說郛、懷德、備要、叢書諸本，詞俱作辭。龍威本概作祇、誤。

乖遠玄宗。

類說引作「乖遠玄宗」，竹莊詩話引，作「垂玄遠之宗」，詩人玉屑引，作「乏玄遠之詩宗」。文心雕龍明詩篇曰：「許以景純仙篇，挺拔而為俊矣」；才略篇曰：「景純艷逸，足冠中興。郊賦既穆穆以大觀，仙詩亦飄飄而凌雲矣」。文選注云：「遊仙之制，文多自敘，志狹中區，而辭無俗累」；論遊仙詩莫不推崇備至，流風遺韻及於後者不可計矣。「垂玄遠之詩宗」，自屬正論也。又歷代本，玄作元。竹莊詩話引無此下諸句。

20×15=300

其云。

擇是、学津、津逮、全梁文、續百川、

懷德、龍威、備要、叢書諸本，其俱作而。

類説引「其」作「嘗」，是。

戢翼棲榛梗。

歷代本，棲作栖。類説「棲」作栖。

乃是坎壈咏懷。

類説引咏作詠。

非列仙之趣也。

擇是、学津、津逮諸本，仙俱作僊。

晋吏部袁宏。

擇是、学津、津逮諸本宏下俱有詩字，

是。

雖文體未遒、

龍威本脱文體二字。

帀鮮明緊健。

擇是、漢魏、續百川、說郛、懷德諸本

健俱作健。

晉常侍顧愷之。

擇是本誤愷作凱，位顧字上。

宋參軍戴凱。

擇是、学津、津逮、全梁文、備要、叢

書諸本，凱下俱有詩字。是。

秦機寒女之製。

擇是、誤製作裂。

帀才章富健。

擇是、續百川、說郛、懷德、漢魏諸本

健俱作健。

宋徵士陶潛。

御覽引、無宋徵士三字，竹莊詩話引作

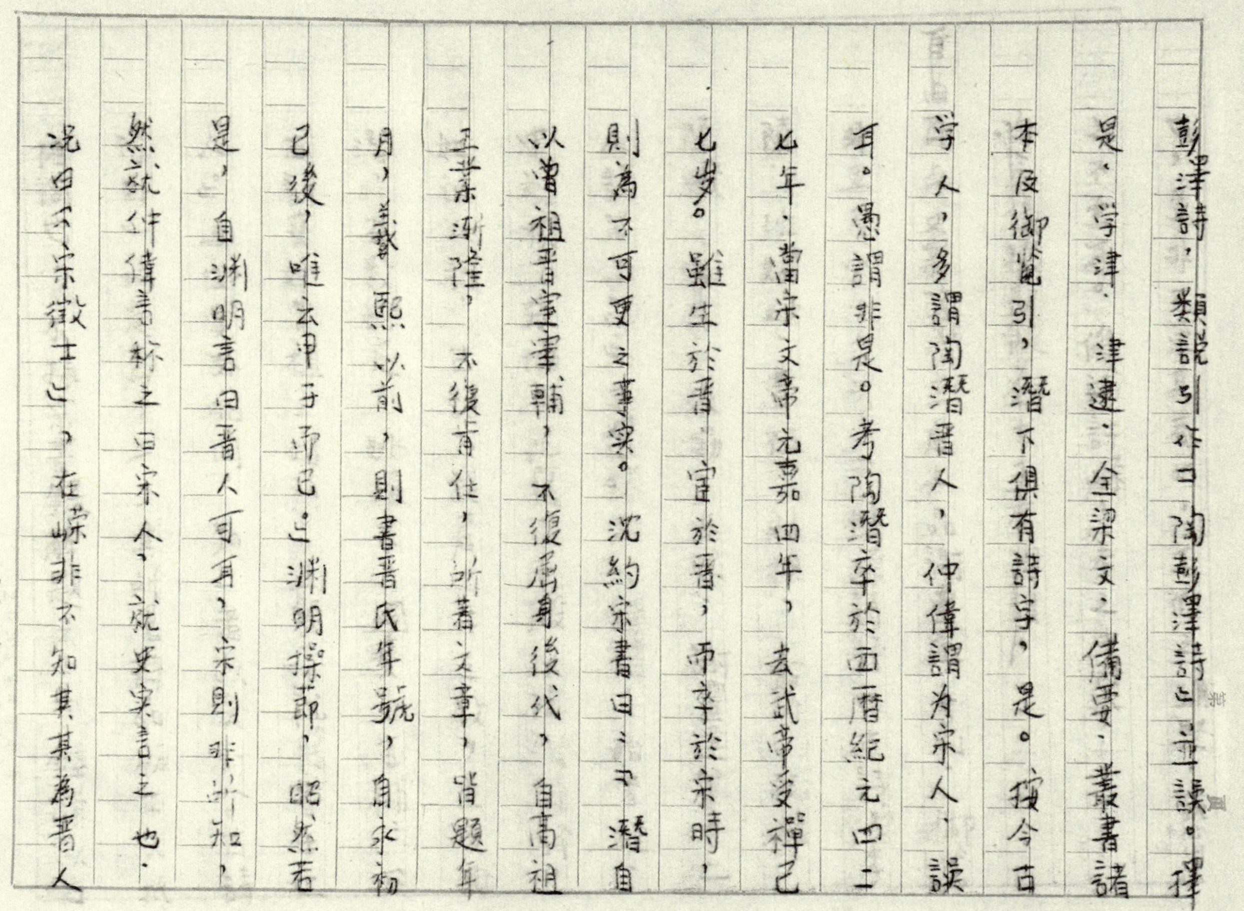
彭澤詩，類說引作「陶彭澤詩」，並誤。釋
是、學津、津逮、全梁文、備要、叢書諸
本皮御覽引，潛下俱有詩字，是。按今古
學人，多謂陶潛晉人，仲偉謂為宋人，誤
耳。愚謂非是。考陶潛卒於西曆紀元四二
七年，當宋文帝元嘉四年，去武帝受禪已
七年。雖生於晉，宦於晉，而卒於宋時，
則為不可更之事實。沈約宋書曰：「潛自
以曾祖晉世宰輔，不復屈身後代，自高祖
王業漸隆，不復肯仕，所著文章，皆題年
月，義熙以前，則書晉氏年號，自永初
已後，唯云甲子而已。」淵明操節，昭然若
是，自淵明書曰晉人可有，宋則非所知，
然就仲偉書稱之曰宋人，就史實言之也。
況曰「宋徵士」，在嶸非不知其為晉人

20×15=300

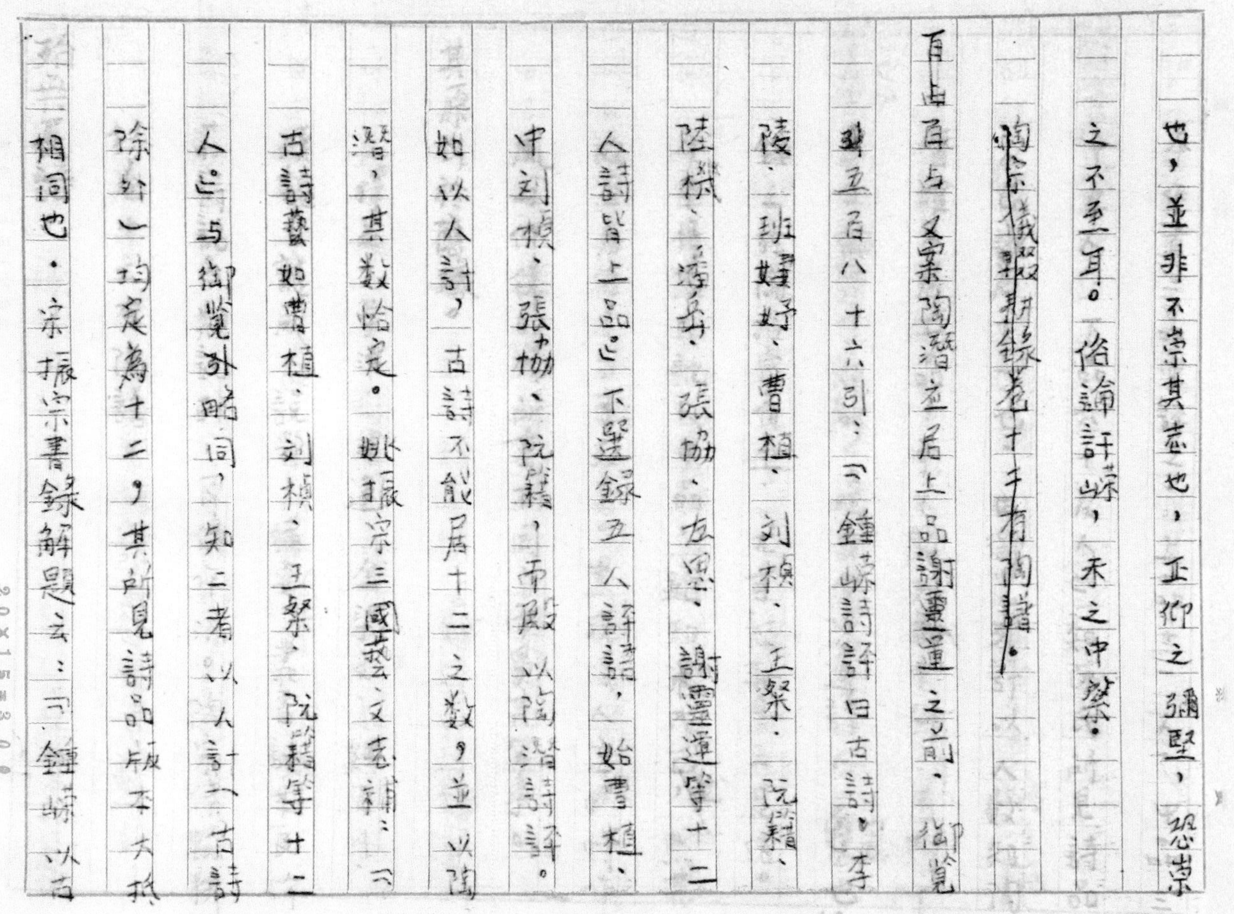

也，並非不崇其志也，正仰之彌堅，恐崇之不至耳。俗論訐嶸，秉之中策。

~~陶宗儀輟耕錄卷十七有陶譜。~~

有由耳与文案陶潛並居上品謝靈運之前。御覽載五言八十六引：「鍾嶸詩評曰古詩，李陵、班婕妤、曹植、刘楨、王粲、阮籍、陸機、潘岳、張協、左思、謝靈運等十二人詩皆上品」。不選錄五人評語，始曹植，中刘楨、張協、阮籍，而殿以陶潛詩評。如以人計，古詩不能居十二之數，並以陶潛，其數恰足。姚振宗三國藝文志補：「古詩藝如曹植、刘楨、王粲、阮籍等十二人」与御覽引略同，知二者以人計，古詩除外，均定為十二，其所見詩品版本大抵相同也。宋振宗書錄解題云：「鍾嶸以古

言醉太酒之作矣。非

風華清靡。

竹莊詩話引，靡作美。類說引“靡”下

有“也”字。

豈直為田家語耶。

御覽引無“為”字。竹莊詩話及全梁文，“豈

德本，耶俱作邪。類說引“豈直”作“豈

為也。

觀竹莊詩話及沈德潛、鍾、何焯評品，為

不分，近人尤多作平論。今據覽諸書知陶

氏之原居上品也，千年訛謬，一朝解明。

若非御覽諸書，何日得雪陶氏之冤耶。

古今隱逸詩人之宗也。

御覽引無“人”字，是。

宋光祿大夫顏延之。

竹莊詩話引作「延年詩」，同前誤。擇
是、学津、津逮、全梁文、備要、叢書諸
本之下有詩字，是。
其原出於陸機。
擇是、学津、津逮、續百川、漢魏、龍
威、全梁文、説郛、備要諸本及叢書，原
俱作源。
尚巧似。
竹莊詩話引，無此三字。非。
體裁綺密。
竹莊詩話引，體上有故字，是，裁下有
貴字。非。
續文世説，文学部「顏延年問鮑昭，已
与謝灵运优劣。昭曰謝五言如初發芙蓉，
自然可愛，君詩若鋪錦列繡，亦彫繢滿眼。

20×15=300

延年每薄湯惠休詩，謂人曰惠休製作，委巷間歌謠耳，方當誤后生。時議者以延年灵运，自潘岳陸機之後，文士莫及。江右称潘陸江左，称顔謝焉。

情喻淵深。

竹莊詩話引，情上有然字，喻作諭，並誤。

動無虛散。

竹莊詩話引，散作發，是。

又善用古詩事。

竹莊詩話引，善作喜，無古字，是。

是經綸文雅才。

竹莊詩話引，句上有故字。是。

則蹈于困躓矣。

竹莊詩話引，蹈作陷，是。

20×15＝300

謝詩如芙蓉出水，顏如錯彩鏤金。

類說引，顏下有詩字，是。竹莊詩話引誤出作照。顏下有詩字，是。按南史〈延之嘗問鮑照，己與靈運優劣？照曰：「謝五詩如初發芙蓉，自然可愛；君詩如鋪錦列繡，亦彫繢滿眼。」延年終身病之〉与嵘述作惠休語者異。續世說引同。月占

宋本太康縣志卷五藝文上謝混秋夜長下，刘盼遂注曰：「見類聚第三。按類聚所為宋之謝混。孜其下文。宋實為晉之誤。則秋夜長或即混之作。似不得另出一謝混」百文占宋，此条似見隋书經籍志考証。待查。

顏終身病之。

竹莊詩話引，終身作深。由南史〈見上引文〉觀之，終身是。

宋征虏将軍王僧達。

擇是、学津、津逮、全梁文、備要、叢書諸本句下均有詩字，是。類説引作「〃〃王、袁謝、五賢詩〃」是。

其原出於張華。

全梁文、續百川、詩觸、成、津逮、漢魏、説郛、備要、叢書諸本「原」均作「源」。

才力苦弱。

擇是本「弱」下有「張」字。類説引苦作　。是。

殊得風流之趣。

類説引作「靈趣」。

可託乘後車。

擇是、後車作車後。類説作後車，又在「不遠猜前矣」以下。類説本有二　豫章太守謝朓，僕射謝琨，徵君王徽，太尉袁淑之征虜四人名，是，加王僧達，則五賢也。

宋法曹參軍謝惠連。

擇是、学津、津逮、全梁文、備要、叢書諸本，連下俱有詩字，是。

小謝才思富捷。

竹莊詩話引，捷作健。詩人玉屑引誤小作二。捷作健。

恨其蘭玉夙凋。

竹莊詩話引，捷作健。詩人玉屑引凋作彫。類說、詩人玉屑引，夙凋作早彫。

故長轡未騁。

類說、詩人玉屑引，無故字。是。

秋懷擣衣之作。

竹莊詩話引，秋上有然字，是。擣作搗

仵作製。翁、成本及詩人玉屑引，擣擣並作

搗。

雖復靈運銳思，亦何以焉。

類說、詩人玉屑引，無復字，亦字。張

氏百三名家集輯本序錄曰：「詩品云：「

康樂銳思，無以復加，若西陵遇風，則非

敵矣」，文句稍異。

又工為綺麗歌謠。

竹莊詩話引，工作巧，綺作瑤，誤。

康樂每對惠連。

淵鑑類函引，康上有謝字。

即成池塘生春草。

竹莊詩話引，成作得。南史謝惠連傳亦

作得。柳亭詩話引，草下有園柳變鳴禽之

20×15=300

句」七字，是。

故嘗云：此語有神助，非我語也。

　學津、津逮、全梁文、續百川、漢魏、龍威、圖成、說郛、備要、叢書諸本，嘗俱作常。淵鑑類函引之「云」作「曰」。竹莊詩話引，誤無助字。又擇是、學津、津逮、全梁文、說郛、續百川、懷德、圖成、漢魏、備要、叢書諸本及歷代詩話（吳旦生氏）、竹莊詩話、柳亭詩話引，誤俱作吾。

宋參寥範照。

　竹莊詩話引作明遠詩，同前誤。學津、津逮、續百川、漢魏、龍威、說郛、備要、叢書諸本，照俱作昭，解見前。

宋子京筆記云：「今人多誤範照作範昭」。金陵

有人得地中石，刻作鮑照。」又宋書本傳亦
一作鮑昭。宋書乃唐人撰，避武后諱，曌（
即照）故作昭耳。謝靈運傳：「靈運既東
与族弟惠連、东海何長瑜、潁川荀雍，太
山羊璿之以文章賞会，共为山泽之遊。時人
謂之四友。」又擇是、全梁文、津逮、備要
叢書諸本，照下俱有詩字，是。

其原出於二張。

津逮、学津、續百川、全梁文、漢魏、
說郛、龍威、擇是、備要、叢書諸本及竹
莊詩話引，句下俱有詩字，是。又竹莊詩
話引，誤脱二字。

善製形狀寫物之詞。

竹莊詩話引，句上有協字，誤。写物誤
作物写。詞作辭。

20×15=300

得景陽之諔詭。
竹莊詩話引、諔作俶。升庵詩話、藝林
伐山卷十九引諔詭並作詭諔。
含茂先之靡嫚。
竹莊詩話引、誤混作皆。
驅邁疾于顏延。
竹莊詩話引、邁作迅、無疾字。並誤。
于作於。漢魏、龍威、懷德、藝林伐山引
誤驅作强。
嗟其才秀人微。
龍威本微作似、誤。
故取湮當代。
竹莊詩話引、代作世。歷代詩話考索引
無故字。並非。
不避危仄。

竹莊詩話引，仄作庂。

頗仿清雅之調。偶有詩字，是。

竹莊詩話引，調作諧。

故言春險俗者。

竹莊詩話引，險作嶮。

多以附照。

竹莊詩話引，照作盇云二字。非是。字津、津逮、龍威、續百川、漢魏、說郛、備要、叢書諸本照俱作昭。

齊吏部謝朓。

類說作「宋謝玄暉詩」。竹莊詩話引，作玄暉詩。詩人玉屑引，作元暉詩，並同前誤。隋志考證引，部下有郎字。按齊書「謝朓字玄暉，陳郡人，解褐為豫章王行參軍，稍遷至尚書吏部郎。」知有郎字，是。

擇是、学津、津逮、全梁文、備要、叢

書諸本脫不俱有詩字，是。

其原出於謝混。

類說、擇是、学津、津逮、全梁文、續

百川、漢魏、説郛、備要、叢書諸本及詩

人玉屑引，原俱作源。類說、竹莊詩話及

詩人玉屑引，混作琨。

一章之中，自有玉石。

類說有此二句。

頗在不倫。

類說、詩人玉屑引，脫此句。

然奇章秀句。

隋志考證引，誤章作氣。

足使叔源失步。

詩人玉屑引，誤源作原。下文除了明遠

變色之句，皆未引。類說源仍作源，下有

〃明遠變色之句。

善自發詩跡。

竹莊詩話引，無自字，是。誤跡作迹。

而末篇多躓。

竹莊詩話引，誤末作米，多作詩。

此意銳而才弱也。

竹莊詩話引，此下有其字，是。

至為後進士子之所嗟慕。

竹莊詩話引，至上有然字，是。擇是本

嗟作嗜。

眺極與余論詩，感激頓挫過其文。

竹莊詩話引，脫此二句。

齊光祿江淹。

擇是、学津、津逮、全梁文、備要、義

20×15=300

畫書諸本，淹下俱有詩字，是。按梁典：江淹，字文通，濟陽考城人。六岁能屬文，齐兴为豫章王記室，天監中为金紫光祿大夫。知江淹曾仕梁至光祿大夫。又按文通卒於梁天監四年（見鈔作詩品四表）仕梁四年耳。故齐应为梁之誤。

文通詩體總雜、

竹莊詩話引，詩作能，總雜作物，是。

善于摹擬。

竹莊詩話引，無于字。隋志考證引于作於。案上句三文，此無乎于字，是。

勔力于王微。

擇是、学津、津逮、全梁文、图、成、備要、叢書諸本及竹莊詩話、隋志考證、升庵詩話、藝林伐山卷十九引，勔俱作筋。

成就于謝朓。

隋志考證引，于作於，句下有「故君子貴自立，不可隨流俗」二句。原案：「此據馮氏詩紀所引。今本詩品無末二句。前有夢郭璞事云云。」百占案：詩品成書遞逾千祀，刪益訛謬，幾不可讀。此僅其一則耳。此兩句，疑嶸原文，下之夢郭璞事，疑注詩品者，節錄梁書，後人不察，遂篡入正文耳。

遂宿冶亭。

晉書文苑傳袁宏傳：「安為揚州刺史。宏自吏部郎出為東陽郡，乃祖道于冶亭，時賢皆集。」

南史江淹傳冶作治。全梁文本冶亭作野寺，並誤。

我有筆在鄉处。

擇是、学津、津逮、全梁文、漢魏、龍威、懷德、說郛、圖成、備要、叢書諸本及南史江淹传，我俱作吾。

梁口 中書郎丘迟。

学津本誤丘作邱。龍威本誤丘作正。擇是、学津、津逮、全梁文、備要、叢書諸本，迟下俱有詩字，是。

續世說品藻门：「梁丘迟詞采麗逸，鍾嵘書詩評云：「范雲婉轉清便，如流风迴（回）雪，迟點綴映媚，似落花依草，雖取賤文通，而秀於敬子，其見称如此。」

范詩清便宛轉、

御览、南史文学略传、續百川引詩作雲齋脱詩字，隋志考證引詩上有雲字，是。

御覽及南史文学传引，宛並作婉，与轉字俱在清便二字上，是。文藝林伐山卷十九升庵詩話引，亦脫詩字。

如流風回雪。

御覽引及擇是本，回俱作迴。南史文学传引回作迴。洛神賦：「飄颻兮若流風之迴雪。」

丘詩點綴映媚。一

学津、龍威本丘作卹，誤。御覽引及升庵詩話引，丘作迟；南史文学传引，丘詩作迟，誤。学津、津逮、龍威、續百川、漢魏、說郛、叢書、備要諸本，映俱作暎。又詩人玉屑引：「一一南史迟传曰：『又范雲婉轉清便，如流風回雪，丘迟點綴映媚，似落花依草。』」与前諸引稍異，文詞綜密，各有指歸，詩人玉屑引，是。

故當由淺於江淹，而秀於任昉。

御覽引作「雖義淺文遒，而秀於敬子」，是。南史沈約傳及續世說引作「雖取賤文通，而秀於敬子」，誤義淺作取賤。

梁太常任昉。

擇是、学津、津逮、全梁文、備要、叢書諸本，昉下俱有詩字。是。

昉深恨之。

續百川、漢魏、説郛、懷德講本、恨俱作悵。案南史任昉傳「既以文才見知，時人云：任筆沈詩。昉聞甚以為病。」知恨非作悵是。

文以遒變。

擇是、学津、津逮、全梁文、漢魏、龍

戚、懷德、續百川、圖、成、備要、叢書諸
本，均誤文作文。
善銓事理。
擇是、學津、津逮、全梁文、續百川、
圖成、漢魏、説郛、龍威、懷德、備要、
叢書諸本，善均作若。誤。
故擢爲中品，但三三
隋志殺證引，無此六字，全梁文本脱居
字，並誤。
梁左光禄沈約。
擇是、學津、津逮、全梁文、備要、叢
書諸本約下俱有詩字，是。
續世説仇隙部：“梁鍾嶸为古今詩評。
其論沈約云：觀休文衆製，五言最优，
永平中，相王愛文，王融等皆宗附約。常

曰謝朓未適，江淹才尽，范云名級故微，

故称独步。謂其詞密於范，意浅於江。

嵘嘗求譽於約，約拒之，故追以宿憾，以此

此极約也。

永明相王愛文。

南史鍾嵘传引作：「齐永明中，相王愛

文」。永上有齐字。明下有中字。是。又此

句前「五言最优」下諸句，嵘传脱引。

皆宗附之。

南史嵘传引，之作約。是。

約于時謝朓未適。

按有約字不詞。南史传無約字，是。

范雲名級故微。

南史鍾嵘传、續布川引，故作又，是。

續世說引故作雖。

故約称獨步。

南史鍾嵘传、續世說無約字、非是。

雖文不至，其工麗亦一時之選也。……

南史鍾嵘传引，脱此下八句。續百川、

漢魏、說郛諸本、誤工作功。

今剪除淫雜。

津逮本誤淫作徑。全梁文誤淫作涇。

故當詞密于范。

南史嵘传引，詞作辭。

義淺於江矣。

择是、学津、津逮、全梁文、續百川、

漢魏、龍威、圖成、備要、叢書諸本、矣

俱作奂也。南史鍾嵘传引無矣字。

20×15＝300

詩品校勘記　卷四　　路百占學

詩品卷下

漢上計趙壹。

擇是本壹作乙。誤。擇是、學津、津逮、全梁文、備要、叢書諸本、壹下俱有詩字是。

而老於掌故。

擇是本、學津、津逮、龍威、[illegible]、備要、叢書諸本、于俱作於。

懷寄不淺。

擇是、津逮、學津、龍威、說郛、[illegible]、備要、叢書諸本、寄上俱有懷字。誤。

魏明帝。

學津、津逮、備要三本帝下俱有詩字、是。

亦稱二祖、

擇是、学津、津逮、漢魏、龍威、續乃川、全梁文、圖成、備要、叢書諸本、二俱作三。按武帝、文帝、明帝俱好文学，世称三祖，上文云：二睿不如丕，丕兼許三人，作三是。

魏文学徐幹。

擇是本魏作巍、学津、津逮、備要諸本幹下俱有詩字，是。

晋頓丘太守歐陽建。

学津、龍威本，丘並作邱。按頓丘地名，春秋衛邑，詩「送子涉淇，至於頓丘」是。作邱非。

晋文学應璩。

按詩品卷中已評應璩，此不宜重出，自

相矛盾，或疑晋亦魏之誤，璩亦作瑒。魏志曰：汝南应瑒，字德璉，太祖辟为丞相掾屬，後为五官将文学。文選載德璉侍五官中郎将建臺集詩一首（五言）。可知德璉亦能詩。璩为瑒之誤，首占案詩品序曰：一品之中，略以世代为先後，不以優劣为銓次。排比次序，重在世代可知矣。考前此云：晋頓丘太守歐阳建。下文云：晋中書令嵇含。所評二人，俱屬有晋一代。至应璩魏人，生年前於二家（指上述二人言），據仲偉詩品體例，应居歐陽建前，而曰魏人，否則即自違體例。今按此文，適位夏侯湛之前，且曰「晋文学」世代無訛，已成固定。应璩之非应瑒，而为另一人之誤，當不辯可知矣。馬心孝晋書

20×15=300

文苑傳云：「貞字士甫，汝南南頓人，魏侍中璩之子也。自漢至魏，世以文章显，軒冕相襲，为晋盛族。貞善谈論，以才学称，魏武帝践祚，迁给事中，帝於華林園宴射，貞賦詩最美，太始五年卒，文集行於世。」

文選注：「孫盛晋陽秋曰：『散騎常侍應貞詩最美。』」魏志王粲传引，文章志曰：「貞字吉甫，少以才聞，能談論，正始中，夏侯玄盛有名勢，貞嘗在玄坐，作五言詩，玄嘉玩之，举高第，歷显位。晋武帝为撫軍大将軍，以参軍事，晋室践祚，迁太子中庶子，散騎常侍，又以儒学与太尉荀顗撰定新礼事，未施行，泰始五年卒。」知貞璩子，以詩文显晋代，世或以貞璩子而誤貞为璩歟。

20×15=300

晋黄門棗據。

学津、津逮、備要本據下有詩字，是。

元瑜堅石七君詩。

全梁文本作二元瑜阮右七羣詩，已誤。

晋司隸傅玄。

学津本玄作元。漢魏本玄作午。

晋侍中繆襲。

按繆襲，魏人，有才学，官至侍中光祿勳。卒于正始六年（即西曆二四五年，見拙撰詩品四表。）晋应为魏之誤。又按詩品排比次序之以世代先後為經十，疑此句宜位于晋中書張載前也。

晋散騎常侍夏侯湛。

全梁文、漢魏、續百川、叢書諸本，俱脱晋字，非。又全梁文、学津、津逮、備要諸本，湛下俱有詩字，是。

晉徵士許詢。

全梁文、学津、津逮、備要諸本，詢下俱有詩字，是。

玄风尚備。

漢魏本玄作幺。圖成、備要二本，玄作元。

晉徵士戴逵。

择是本據吟窗雜録引，逵下云安道詩虽嫩弱，有情工家句，裁長補短，袁彦伯之亚乎？逵子顒亦有一時之譽」按今所見各本詩品俱誤脱此數句，今本将晉徵士戴逵」一語，緊接〻晉东陽太守殷仲文」而下未見評安道之詞，自爲誤甚。吟窗雜録雖一陋书，而引此數語，恢复仲偉原面，功亦不載矣。

晉東陽太守殷仲文（據上、校，此在嵘書並提行）

晉宋之择是本據吟窗雜錄曰：「殷仲文下，所仲文品人脫。宜補「晋謝混」三字」。百占案詩品卷中已評謝混，此不宜再補「謝混」，案嵘原面，吟窗雜錄盡誤下文「義熙中以謝益壽，殷仲文為華綺之冠，殷不競矣」數語，以為此處評言主評謝殷二人。不知嵘之評言多有類斯者，若「魏武帝、魏明帝詩，曹公古直，甚有悲涼之句，叡不如丕，亦稱三祖」，主評操叡，旁及文帝，相互較比，各現其勝，文帝評詞，雖具見中品，此處略較，实不煩累，並不能以此再補「文帝詩」於明帝前也。謝混之不能更補，亦猶此耳。择是，吟窗補錄，可謂並誤

20×15=300

文学津、津逮、備要諸本句下並有詩字，是。

晋宋之際，殆無詩乎。义熙中，以謝益寿、殷仲文为华绮之冠，殷不競矣。

类說平作乎，是。按「殷不競矣」意謂不如謝。上文言謝殷冠当時，益就義熙一時言，若謝殷相較，則尤有差等，殷不及謝矣。此所以謝入中品，而殷處下科。「晋謝混」之不能補於上文，此亦可为一說明。若「冠」下著二人相較之詞，殷不及袁也，詞旨淺釋，可知謝居中品之第有由来矣、类說引「不競」上無「殷」字。

宋尚書令傅亮。

学津、津逮、備要三本亮下有詩字，是。

全梁文本將此句下評詞，与「晋徵士戴逵」

20×15=300

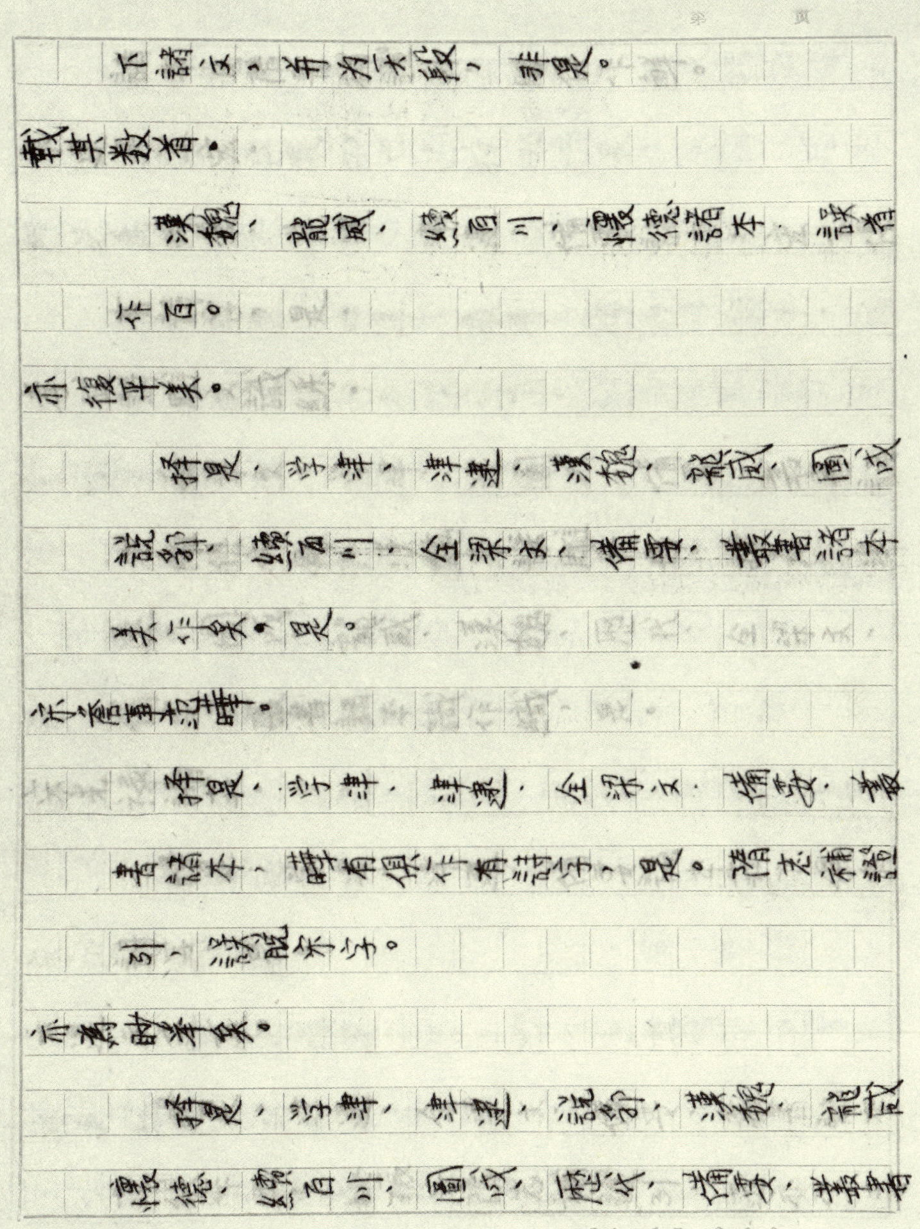
第　　頁

不諸文，並為一大段，非是。

載其數者。

漢魏、龍威、續百川、還德諸本，誤肴

作百。

亦復平矣。

擇是、学津、津逮、漢魏、龍威、圖成

說郛、續百川、全梁文、補要、叢書諸本

並未作矣，是。

亦當書記譯。

擇是、学津、津逮、全梁文、補要、叢

書諸本，時有俱作有詩字，是。諸志補證

引，誤脫詩字。

亦為時卑矣。

擇是、学津、津逮、說郛、漢魏、龍威

還德、續百川、圖成、歷代、補要、叢書

20×15=300

諸本及隋書補證引，盼俱作鮮。

宋建平王宏。

择是、学津、津逮、備要諸本，宏下俱有詩字，是。

孝武詩雕文識綵。

全梁文、学津、津圖成、備要、叢書諸本雕俱作彫。漢魏本誤雕作彫。择是、津逮、圖成、龍威、漢魏、歷代、全梁文、備要、叢書諸本識作織，是。

宋光禄謝莊。

择是、学津、津逮、備要諸本莊下俱有詩字，是。

不逮于范袁。

择是、津逮、全梁文、備要、叢書諸本范俱作王，姚振宗隋志補證引，范亦作王。

姚氏並案曰：「宋此多差，大抵謂同時之王僧達及袁淑也」。按姚說是。

然以下為闕文。

全梁文、津逮、叢書、緣石川諸本，「同」俱作「同」，說郛本誤作「甬」。

宋御史蘇寶生。

津逮、說郛、緣石川諸本，均誤「寶」字作「實」。

宋中書令史陵修之。

擇是、津逮、龍威、說郛、備要、叢書、全梁文諸本「修」均作「脩」。

宋越騎戴法興。

津逮、備要二本，興下並有「詩」，是。

亦為縉紳之所嗟詠。

學津、津逮、龍威、緣石川、備要、

20×15=300

叢書諸本，緒俱作揩。

宋監典事區惠恭。

学津、津逮、備要諸本，恭下俱有詩字，是。類説：「宋監典事區惠恭，本故人大將軍修兆第，充作長。時謝惠連兼記室參軍，惠恭作雙枕詩，謝云：若誠能詩，恐人未重，且可題為謝法曹造。大將軍見之嘆賞，以錦二端賜謝，謝曰：此詩公所長日所製，請以錦賜之。」

顏為詩，輒偷筆定之。

按是，全梁文，本詩下並有畢字，是。備要、学津、津逮、龍威、圖成、續百川歷代、叢書諸本，筆字俱在詩下，按文筆為當時習語。宋書傅亮傳：「高祖登庸之始，文筆皆是記室參軍滕演，……」是其

20×15=300

證。（例不止此，阮福有文筆對，可參看）

詩筆一詞他未見，疑筆畢之誤，奪下文、形近致訛耳。又津逮本輒作輙，擇是本偷下無筆字，非。

造遣大將軍。

擇是、備要本遣作遺，全梁文本脫遣字，此段文云云：「謝曰：君誠能，恐人未重，且可以為謝法曹，造遣大將軍，見之賞嘆，以錦二端賜謝。」按惠連曾為彭城王法曹，謝与人云未宜自稱法曹也，後人刪改所致歟？又見字上，文意散落不貫，似脫「大將軍」三字。

見之賞嘆。

擇是、歷代、續百川、全梁文、漢魏、說郛、備要、叢書諸本，嘆俱作嗟歎。

亦釋寶月。

類說：「惠休淫靡，情过其才，世遂匹之鮑照，恐商周矣。庚、白二胡，亦有清韵。行路难是东阳柴廓所造，宝月尝憩其家，会廓亡，因窃而有之。廓子赍手本出都，欲讼此事，厚赂毋丑乃止。齐惠休上人湯氏，道猷上人白氏，释宝庚氏也。」

学津、津逮、備要三本月下均有詩字，是世遂匹之鮑照。

說郛、津逮、龍威、漢魏、懷德、續百川、叢書諸本匹俱作比。又学津、津逮、漢魏、龍威、說郛、續百川、備要、叢書諸本，照俱作昭，解見前。

似应删掉

是顏公忌鮑之文。

择是、津逮、漢魏、龍威、說郛、續百

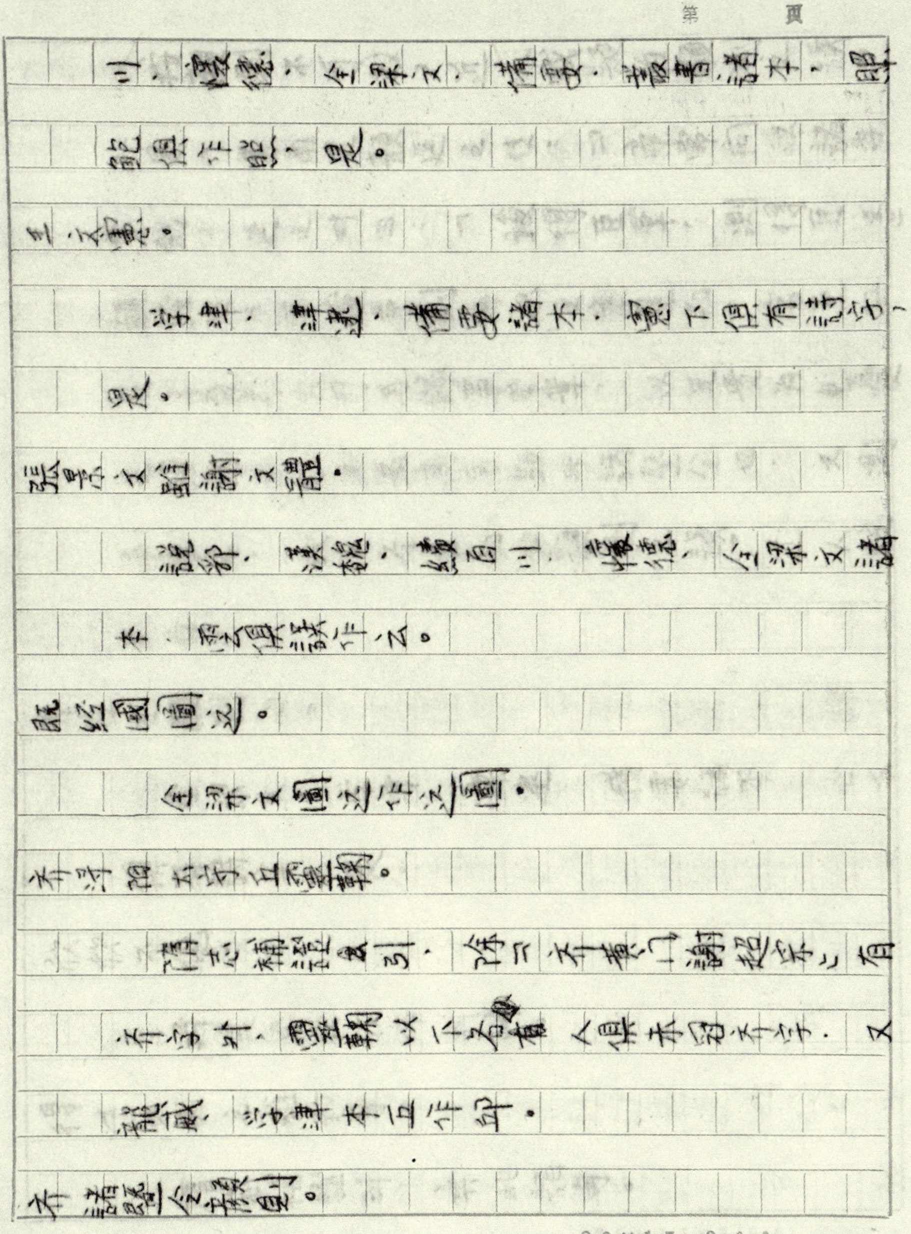

川、懷德、全梁文、備要、叢書諸本，照
　館俱作照，是。
王、文憲。
　学津、津逮、備要諸本，憲下俱有詩字，
　是。
張景、文雖謝文體。
　說郛、漢魏、續百川、懷德、全梁文諸
　本，雲俱誤作云。
既經國圖远。
　全梁文圖远作远圖。
齐浔阳太守丘靈鞠。
　隋志補證引，除「齐黄门」謝超宗之有
　齐字外，靈鞠以下各有人俱未冠齐字。又
　龍威、学津本丘作邱。
齐諸暨令顏則。

按顏則不可考，近人或疑為顏測之誤，非是。考南史顏延之傳：「帝嘗向以諸子才能，延之對曰：『竣得臣筆，測得臣文。』」顏竣傳：「竣弟測亦以文章見知，官至江夏王義恭大司馬錄事參軍，以兄貴為憂，先竣卒。」知測最高官級非諸暨令也。又測系宋人，此曰齊，更知非顏測之誤。近人說亦非。

齊青才顏則心。

全梁文、学津、津逮、備要諸本心下俱有詩字，是。

欣欣不倦。

择是本欣欣作忻忻。

得士大夫之雅致乎。

隋志補證引，無此諸句。

20×15=300

齐參軍毛伯成・

（一）世説新語言語篇：「毛伯成既負其才氣，常稱寧為蘭摧玉折，不作蕭敷艾榮。」注征西僚属名曰：「毛玄字伯成，潁川人，仕至征西将軍參軍。」隋書經籍志總集篇：「毛伯成詩一卷。」伯成東晋征西将軍之掾，此伯成又為東晋人，究何為是，待考。

齐朝請吴邁遠・

姚振宗隋志考證曰：「考齐書文学邱巨源传，巨源与袁粲書言吴邁遠族誅之罚，則操筆太祸，似邁遠為桂陽王休范造檄文因而族誅，事在後廢帝元徽二年。吴由入齐為奉朝請，鍾氏誤也。」百占案：宋順帝昇明元年，袁粲与劉秉謀誅蕭道成，不克而死。（見歷代名人年譜）距齐之建国有

年。袁郊未見有之建國．宋代李於袁前，

（據姚氏上文言）更未能入李華朝請也。

本亦為宋本之誤。姚謬說是。

吳善子風人答贈。

姚、張宗引，能笑人子。

湯何謂遠之。

全詩文本湯下有之字，非。

我詩可為汝詩父。

清夏、注津、津逮、述古、說郛、全詩

文、嚴百川、說郛、顧氏、稗海、叢書、

諸本，我俱作吾。錢說："湯何謂遠之，

吾師可為汝師父，謝文錄之不然，湯可為

無忌。"

湯可為無忌。

全詩文本，誤況作況。

第　　頁

齐韩之二共。

学津、津逮、備要諸本，共下俱有詩字，

是。

往往山斬絶清巧。

择是本、嶄作嶄。津逮、学津、説郛、

龍威、懷德圖戍、漢魏諸本，俱誤嶄斬為

嶄。

昭答孝武云。

漢魏、説郛、續百川、全梁文、懷德、

叢書諸本，答俱作常。

惜使二媛生於上業。

择是、学津、漢魏、龍威、歷代、全梁

文、續百川、説郛、圖戍、備要、懷德、

叢書諸本，惜俱作借。是。

紈素之辭。

20×15=300

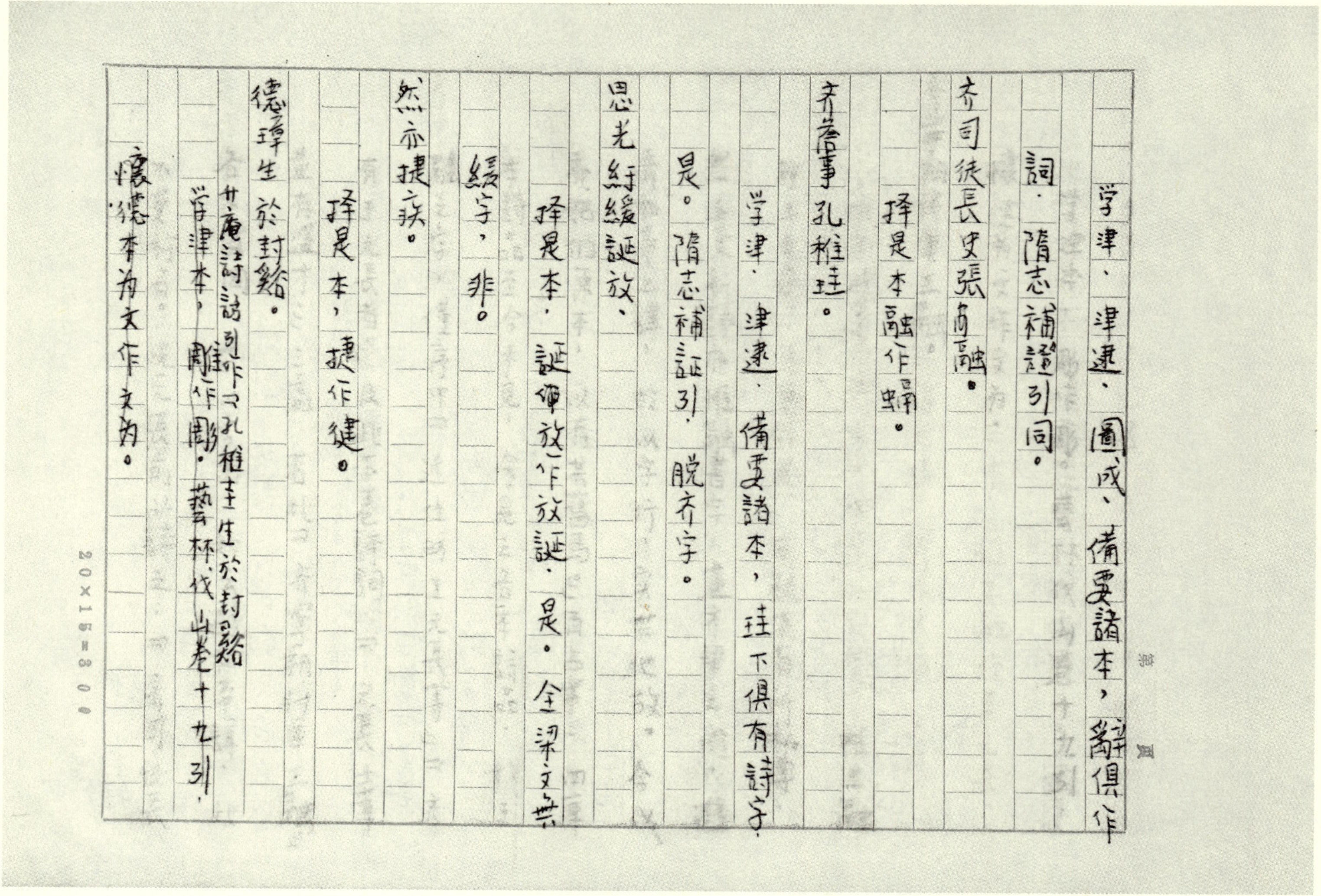

学津、津逮、圖成、備要諸本，辭俱作
詞。隋志補證引同。
齐司徒長史張融。
择是本融作螎。
齐詹事孔稚珪。
学津、津逮、備要諸本，珪下俱有詩字，
是。隋志補証引，脱齐字。
思光紆緩誕放，
择是本，誕俾放作放誕，是。全梁文無
緩字，非。
然亦捷疾。
择是本，捷作健。
德璋生於封谿。
升庵詩話引作「孔稚圭生於封谿」
学津本。雕作彫。藝林伐山卷十九引，
懷德本為文作文為。

而為文雕飾。

学津本「彫作彫」。藝林伐山卷十九引，

懷德为「文作文为」。

齐寧朔將軍王融。

四庫提要云：「又一百三人之中，惟王融

称王元長，不著其名，或疑其有所私尊，

然玉臺新詠亦惟融書字，蓋齐梁之间，避

齐和帝之諱，故以字行，實無他故。」今以

齐姑仍原本，以存其舊焉。」百占案：四庫

本詩品至今未見，今見之各本詩品，「称王

融之字」，僅序中「近任昉王元長等」之「齐

有王元長者」，及此下卷評詞「元長士章

並有盛才」三處。若此「齐寧朔將軍王融」，

各本俱同，無以字者，如云避和帝諱，此

不更称名。況元長前所評之，「齐司徒長

只張融」亦著以名，而不称字，如云避諱，此何不著字。提要説非，殊無疑义。提要云：「一百三人之中，惟王融称王元長，不著其名」。斯論尤非，謬戾之大者。考詩品称述，極不同一。余有詩品中称謂考詳論之。至若称字不限元長，若王粲、劉楨、張協、秦嘉、謝靈運、何晏、孫楚、劉琨、袁宏、張華、江淹、任昉、沈約……等人，莫不称以字，何独王融，此提要未深考之弊也。

齐中庶子刘绘。

学津、津逮、備要諸本，绘下俱有詩字，是。

齐僕射江祏。

津逮、漢魏、龍威、叢書、備要諸本，

祏俱作祐。是。又津逮、学津、全梁文、
備要諸本祏下俱有詩字。是。

齐綏建太守[illegible]卞彬。

择是。学津、津逮、説郛、續百川、圖
以、漢魏、備要、叢書諸本及隋志補證引
建俱作遠。按南齐書卞彬字士蔚，济冤
句人，为南康郡丞，後为綏建太守卒官。
知建作远，非。

齐詩溪令卞录。

学津、津逮、備要諸本录下有詩字。是。
案：卞录人不可考。南史丘巨源传：又初
袁仲明与刘融、卞鑠，俱为袁粲所赏，恒
在坐席，粲为丹阳尹，取鑠为主簿，好詩
賦，多譏刺世人，坐徙巴州云。隋志有卞录
集十六卷，亡，且云卞系梁人。錄或鑠之

20×15=300

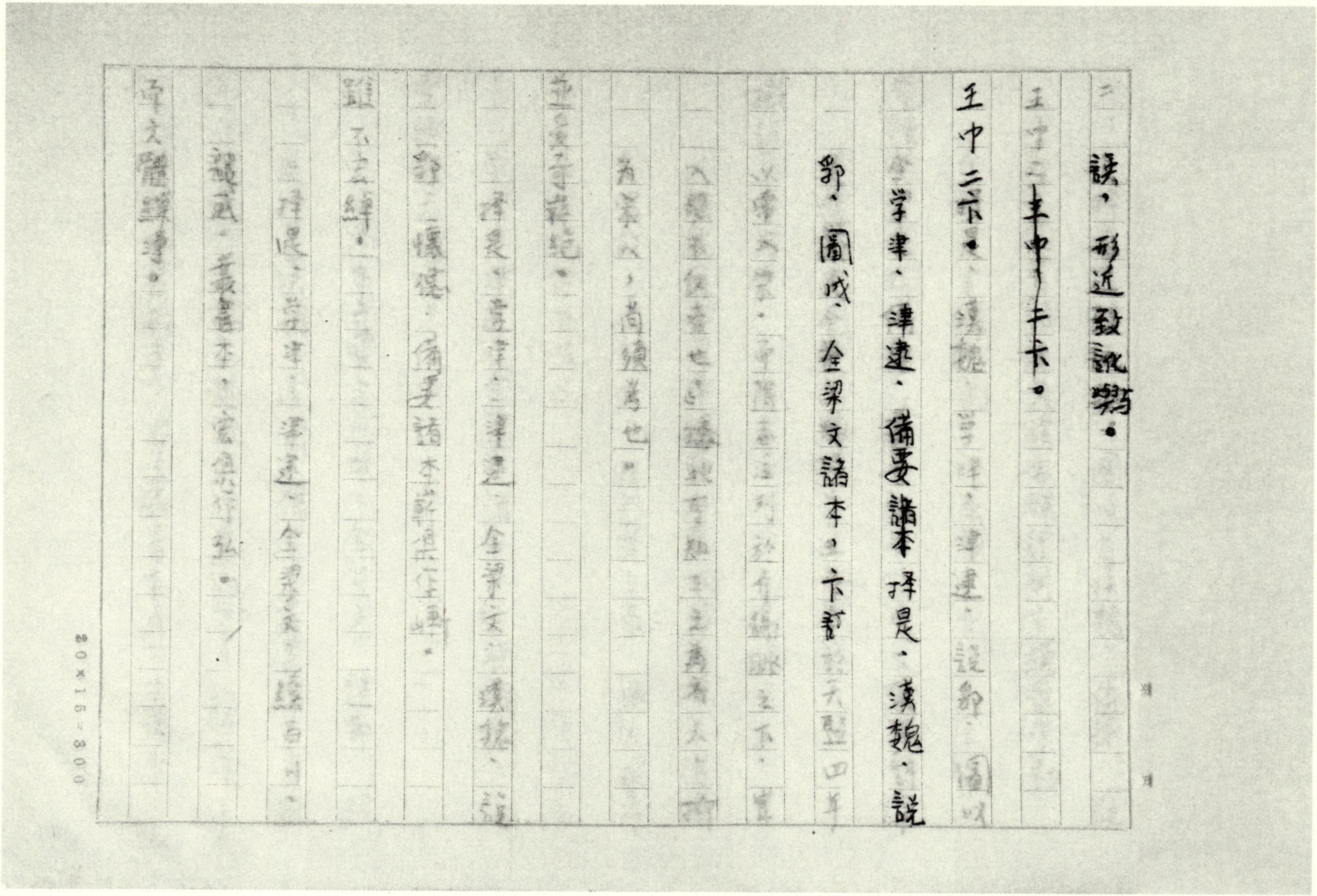

二
誤，形近致訛爲。
~~王中二十中十卞。~~
王中二下。
学津、津逮、備要諸本擇是、漢魏、説
郛、圖成、全梁文諸本，下𧦝天監四年
以庸入梁，平[illegible]於今[illegible]之下，實
入魏至復壹也[illegible]者大[illegible]
為華以，尚續著也。
並見文字雜記。
擇是、学津、津逮、全梁文、漢魏、説
郛、懷德、備要諸本[illegible]作[illegible]。
難不之緯。
擇是、学津、津逮、全梁文、[illegible]百川、
說郛、叢書本，[illegible]作弘。
[illegible]文體[illegible]。

20×15=300

二 誤形近致訛缺。

王巾二下。

择是、漢魏、學津、津逮、說郛、圖以

全梁文、備要、叢書諸本，下下俱有詩字。

是。嚴氏全梁文編曰：王巾卒於天監四年，

以常入梁。而隋志注列於齐謝朓之下，豈

入梁不仕者也？據此可知王之爲齐人，抑

為宋人，尚須考也。

並爰奇棘絕。

择是、学津、津逮、全梁文、漢魏、說

郛、懷德、備要諸本嶄俱作嶃。

雖不宏綽。

择是、学津、津逮、全梁文、續百川、

龍威、叢書本，宏俱作弘。

而文體縟淨。

20×15=300

择是、續百川、圖書、漢魏、備要、說郛、叢書諸本及前志補證引，繹俱作勒。全梁文本繹作剹。按並誤。

齐諸暨令袁嘏。

備要本，句下有詩字，是。

嘏詩平平耳。

類說引「齐諸暨令袁嘏詩平平，且多自謂能，嘗語云：我詩有生氣，須人捉著，不尔，便飞去」

学津、津逮、全梁文諸本，誤脫嘏字。

嘗語徐太尉云。

津逮本無嘗字，非。全梁文、說郛、續百川、漢魏、圖書、備要、叢書諸本嘗俱作常。漢魏、龍威、择是諸本：尉俱作保。学津本無尉字，非。叢書本亦下有保字。

20×15=300

与尉連用。

我詩气有生气，須人捉着，不爾便飞去。

南史六：彬传作"我詩应須大材迮之，

不爾亦飛去"。

齐之维州刺史張欣泰。

按南史張欣泰传云："梁武帝起兵东昏，

以欣泰为雍州刺史"。知齐为梁之誤。又择

是本泰作勝，誤。

梁秀才陸厥。

学津、津逮、備要諸本才下有詩字，是。

梁建陽令江洪。

学津、津逮、備要諸本，洪下俱有詩字，

是。

謝朓嘗嗟頌之。

隋志補遺引，頌作誦。懷德本嘗作常。

20×15=300

第　頁

訂本書後今之殊。

　　學津、津逮、備要諸本，均不有詩字，

是。

而感傷至到耳。

　　津逮、圖書本，並無耳字。

詩品校記終　民國二十七年冬初稿　陳明友抄

20×16＝300

楚辭發微四卷

（卷一——三）

楚辭發微

第一卷

路百占著

稿纸

楚辞发微代序

作有五十年前，以教书之需要，参考王逸《章句》、郭、闻之书。深感叔师之说，多有纰缪，郭、闻之作亦多附会。乃发奋钻研，深味诗旨，以楚辞证楚辞，以史公全书证屈传，主观之所是，客观上求以证明之。先则从个别问题突破，继则诠释全书以成《楚辞发微》及《屈原列传发微》，回首始终，甘苦俱有。然多背弃经传之言，於时贤要著，亦多试商之说，不自安也。深夜惟思，复疑是说之发，不韪今古之说，必为人弃。是以于1944年石印《楚辞发微》上卷之后，虽蒙国立北平图书馆之评许，不敢不以所余，敝帚自享，窃冀能有人先我而为之，庶我之不之为也。不图所冀不遂，余故

20×15=300　　　　第1页

稿　纸

之误。盖在长沙，无怀念先王墓之必要，实乃怀已死之怀王（见《许昌师专学报》83年第二期）。诗曰："伯乐既没，骥焉程兮"。为内证之有力者，就内容说，亦叙追念怀王之文，故吾以"怀沙"称之，不同于蒋骥之旧说。

总之，我阅读勤，乃能多发现。遇材料即抄录之，敏锐分析，勇敢判断，故能创立新说，匡正前贤。

第 6 页

稿　纸

《楚辞》发微

（增订稿）

长葛路百占著

《离骚》发微

司马迁曰："离骚者，犹离忧也。"班固《离骚赞》曰："离，犹遭也；明已遭忧作辞也。"《汉志》曰：大儒荀卿及楚臣屈原，离谗忧国，皆作赋以讽。"《史记·索隐》引应劭曰："离，遭也；骚，忧也。"《汉书·贾谊传》颜师古注："离，遭也。忧动曰骚。遭忧而作此辞。"王逸《楚辞章句》云："屈原执履忠贞，而被谗言，忧心烦乱不知所诉。乃作《离骚经》。离，别也。骚，愁也。经，径也。言已放逐离别，中心愁思，犹依道径，以讽谏君也。"肖该《汉书音义》：

2

稿　纸

《扬雄传》名曰畔牢愁。"李奇曰："畔，离也。牢，聊也。与君相离愁而无聊也。"该案牢字旁着水，音直作牢"。韦昭曰："牢，骚也。"郑氏："愁音曹"《国语·楚语》："伍举曰：'德义不行，则迩者骚离，而远者距违。'"韦昭注："骚，愁也。离，叛也。"宋王应麟《困学纪闻》云："伍举所谓骚离，屈平所谓离骚，皆楚言也。扬雄为畔劳愁，与楚语注合。"宋赵令畤《侯鲭录》曰："愁，忧也。"《集韵》扬雄有《畔劳愁》音曹。今人谓心中不快，为心曹，当用此愁字，即忧也。"

自古解释"离骚"者众矣。前仅述其著者。史公之说古而正，萧氏之论奇而新。若班固、颜师古之训"离"为"遭"，则违误诗意也。

20×15=300　　第 2 页

003

稿纸

夫原履行忠贞，深知刚劲。身受谗言，遂被废黜，原安得不忧也。故作《离骚》以抒己意，比事理之常，无须异解。王叔师为《楚辞章句》宗史迁说，与孟坚之意异者，非无故也。常考《离骚》：“余既不难夫离别兮，伤灵修之数化”，“纷总总其离合兮，班陆离其上下”，“何离心之可同兮，吾将远逝以自疏”。《少司命》曰“悲莫悲兮生别离”。曰“离别”，曰“离合”，曰“离心”，曰“别离”，诸“离”字并当训离别之离，不可训为“遭”也。诗中“离”字既不可训为“遭”，就原被废黜之事实论之，《离骚》之离，训为离别，当合乎情理。故知史公叔师之说是。班应师古之说不足信矣。是知“离骚”之意，即叙离去君王之忧耳。若牢骚一解，实系楚言

稿纸

不必屈子之本意。盖仅以牢骚，放言责数，泥长忧君，文不兼赋矣。降及近世，或云遭扰，或曰地名。甚或谓谗邪离间后之忧愁幽思，谲而不正，迂曲荒诞，另详述矣。

《离骚》本不名《经》，史公之书可证。即如《汉书·贾谊传》、《地理志》、《扬雄传》、《后汉书·马融传》，桓谭《新论》，皆曰《离骚》，不称《离骚经》。虽《论衡·案书》有“扬雄反《离骚》之经”一语，然“离骚”为经，并非连名相称，亦不得引为《离骚经》之名耳。即如王逸为《楚辞章句》时，王充已卒若许年。于《序》一再称曰《离骚》也。独于《离骚章句序》乃一再称《离骚经》，且言刘安、班固、贾逵，各作《离骚经章句》。其言之不可信，余已辨之于《屈

稿　纸

原列传发微》矣。洪兴祖曰："古人引《离骚》未有言经者，盖后世之士述其词，尊之耳。非屈子意也。"洪不直斥王逸作傅，为叔师讳耳。

又考《离骚》当作于怀王十二年罢官放逐后。试简述事实根据于下：一、[illegible]章叙罢退年月日（见"惟庚寅吾以降"解），作诗之时期，必在罢退后之最近时期间。二、罢黜之年系楚怀王十二年，下文有考说。三、怀王十二年至十七年间之秦楚大战，文中概未涉及，知非《离骚》不能在怀王十二年后。四、就"伤灵修之数化"考之，亦当在秦楚大战前。盖原素主联齐以制秦，若不疏原，未能失齐之助。今竟黜之，原当预睹其失计。故于诗中屡言"恐皇舆之败绩"，"喟凭心

稿纸

而历兹”，“既莫足与为美政兮”，以兴慨也。五．屈原于怀王十八年，复左徒之位，使齐返，直至襄初均在朝。此期中自不需作《离骚》也。

帝高阳之苗裔兮，朕皇考曰伯庸。

《楚世家》“楚之先，出自帝颛顼高阳”。苗裔，远孙、后代之谓，则高阳自为楚之始祖。朕，蔡邕《独断》云“朕”，我也。古者尊卑共之，贵贱不嫌。至秦天子独以为称。“皇考”，近人闻君一多云：“王逸，皇，美也。父死称考。诗曰，既右烈考。伯庸，字也。案《九叹、逢纷篇》曰“伊伯庸之末胄兮，谅皇直之屈原”。是刘向谓伯庸乃屈原之远祖，与王逸以为原父者迥异。疑刘是而王非也。”石古案《文选》五臣注云“以拘

稿　纸

庸为屈原父名，当非也。"原为人子，忍斥其父名乎？"知王氏早不主伯庸为父名之说。是"皇考"之义自非亡父也。同君申前人说，甚辩。又案《九叹·愍命》云："昔皇考之嘉志兮，喜登能而亮贤"。此所谓"皇考"者，实楚之先王，原之远祖，刘氏亦不以为原之父也。

"伯庸"，即楚武王熊通之名，通其字也。伯非伯仲之伯，乃伯禹之伯，犹王也。余有七证，说伯庸即武王熊通。参拙作《伯庸考》。

故此两句，实屈原自叙，乃帝高阳氏之后裔，武王熊庸，乃己远祖。盖就屈氏之由，自以为言，重在示与怀王族谊之近，已义忠于王室而怀王亦当重己，不宜废黜于己也。

摄提贞于孟陬兮，惟庚寅吾以降。

20×15＝300　　第7页

007

稿 纸

西占案，汉王逸《章句》，以迄近贤著作，解此二句，均据"降"字谓为原之生日，无作他说者。蒙谓此原叙罢官日也。与生辰无丝毫关系。旧说基此以考定屈原生年者，绝非是。君之证据有六：

一、降，黜退也。《左氏昭公元年传》"中声以降"，"五降以后"。注"降，黜退也"。《山海经·大荒西经》"乃降于巫山"。注"降，窜也。"《尚书》"窜三苗于三危。"注："窜，放也。"又"放驩兜于崇山"。降、放、窜同义。《左氏昭公三年传》"叔向曰……栾、郤、胥、原、狐、续、庆、伯，降在皂隶。"降，沦落之意。《国策》、《秦策》"降其主父"。注"降，贬损之也"。意近屈原此云之降。按降，甲文

稿纸

作良，象人自阜走下形，降、下，自其初意。《诗·大雅·公刘》"复降在原。""玄鸟之降而生商。"《大雅·瞻卬》"降此大厉，"皆用初义。若罢退、穿放、沦落、贬损皆引申义也。考之古记，降之用，固无"生"之义也。

二、古名生子，不用降字。《左氏隐公元年传》"初，郑武公娶于申，曰武姜。生庄公及共叔段。庄公寤（同牾）生，惊姜氏，故名曰寤生。遂恶之。"《孟尝君列传》云，孟尝君于"五月五日生"。《吕不韦列传》"至大期时，生子政。"《樊哙传》"哙以吕后女弟吕须为妇，生子伉。一九七五年十二月在云梦睡虎地发现之秦简《编年记》名之生曰生或曰产，如"喜产"、"敢产"、"速

120×15=300　第9页　009

稿　纸

产"、"获产"、"始产"、"怀生"是也。并不以"降"称。春秋以至秦汉，固皆以产字为生，不以降称也。即屈作中涉及物之生者，如《天问》"夜光何德，死则又育。"《橘颂》"生南国兮"，亦不以"降"说之也。是则《离骚》"惟庚寅吾以降"之"降"固不当解作生也。

三、屈赋中"降"字，无作生训者。《离骚》"巫咸将夕降兮。"《湘夫人》"帝子降兮北渚。"《惜往日》"微霜降而下戒。"《东君》"操余弧兮反沦降。"《天问》"禹之力献功，降省下土四方。"又"帝乃降观下逢伊挚？"帝降夷羿。"《远游》"微霜降而下沦兮。"降望大壑。"诸降字，作降临、降落、降命解。若《天问》"何后

20×15＝300　　第 10 页

010

稿　纸

益作（闻祢）某，而"离骚降"之降，则借作隆，无一作"降生"意者。岂"惟庚寅吾以降"之降，独能解作"降生"乎？训诂违乎词义之时代性，又知其不可也。

四、以史实证降字意义。《屈原列传》云："王怒而疏屈平……故忧愁幽思而作《离骚》。"《报任少卿书》"屈原放逐，乃赋《离骚》。"《太史公自序》亦云："屈原放逐，著《离骚》。"班孟坚《离骚赞序》云："王怒而疏屈原，屈原以忠信见疑，忧愁幽思而作《离骚》。（按《汉书·贾谊传》云："屈原楚贤臣也。被谗放逐，作《离骚赋》……遂自投江而死。"谓作《离骚》复在顷襄之世。矛盾其说，不足据。盖《赞序》本史迁立言，此则失检之语。）班子长孟坚，

20×15＝300　　第 11 页　011

均谓《离骚》作于放逐，（按疏、逐、黜通用，古文证之）之后，则诗之开始，即叙罢官放黜之日，非常合乎情理。"降"为"罢退"、"放黜"，切合历史实况也。

五、降意之为黜逐，《离骚》中仍有内证。《离骚》诗中云："予虽好修姱以鞿羁兮，謇朝谇而夕替。既替余以蕙纕兮，又申之以揽茝。"王逸注"替，废也。"是，即黜逐意。而"申"亦废也（见后文）。意同替，亦黜逐之谓。诗首叙放逐时间，诗内叙放逐原因，此文理之自然。替、申之词义，固可证"降"之为意耳。若"余既不难（同叹）夫离别兮"，"余将远逝而自疏（按同谪黜，见后文）曰"离别"，曰"谪黜"，不益可证降之意等诸黜、替乎？大夫于诗中，再再

稿纸

言及放逐，其于诗稍揭示放黜之时间，盖伤于己之见黜，系乎楚之存亡，致怨于怀王耳。

六、就重视"庚寅"日，以证降之词意。楚本信巫，陷溺天数。日忌之说，时亦盛行。《史记·天官书》"昔之传天数者：在齐甘公，楚唐昧。"《正义》引《七录》曰："甘公，楚人，战国时作天文星占。"而屈原与唐昧并世，早年时或有所染，故《离骚》中有"索藑茅以筳篿兮，命灵氛为余占之"之语。今曰"惟庚寅吾以降"，特出"庚寅"者，盖视其月非吉月也。考《楚世家》载"共工氏作乱，帝喾使重黎诛之而不尽，帝乃以庚寅日诛重黎"。又"将战，庚寅，昭王卒于军中"。两记庚寅，并关大事，可窥知庚寅日，在楚史目中，必视为凶日，故特书之。若《楚

稿纸

世家》云"伐随，武王卒师中而兵罢"。同为楚王卒于军中，而一则书其日，一则不书其月。知"庚寅"月，确为迷信过深之楚人所深忌也。(注：参看拙作《离骚》"庚寅吾以降"中"降"字别解》见《许昌师专学报85年第二期》)

又考《左氏昭公三十年传》云："六年之此月也，吴其入郢乎？终亦弗克。入郢必以庚寅辰。"注"定四年十一月庚辰，吴入郢。"知楚人重视属庚之日，固不论其为庚为寅也。

贾谊于长沙为《鵩鸟赋》，开章即叙"单阏之岁兮，四月孟夏，庚子日斜兮，鵩集于舍。"年月既出，又著庚子，虽师屈原笔法，而庚月为楚地民所忌，又一佐证也。

20×15=300

稿 纸

《竹书记年》载：南庚名更。《释名》"庚，更也。"郑注《月令》"庚之言更也。"《史记·律书》："庚者，言阴气庚蒙物。"今之术者，尚道"逢庚必变"，知其由来已久。屈子之叙"庚寅日以降"，就楚俗论，当不视"庚寅"日为吉日，而以为凶月也。必矣！庚寅既为凶月，则所谓"降"，自非叙出生，而为谈放黜，曰凶月见黜，语言成理。若凶月降生，必非所吐。此以知王叔师以下说降为生者，殊为失考耳。

据上说论，知诗意乃叙述太岁为庚之年，正月庚寅日遭放黜也。屈原开章叙与楚王虽有族谊之亲，而竟见放，并特著年月日时者，亦忧所自来也。《哀郢》云："甲之朝吾以行"，特记出出行之日，亦蕴浓重隐痛之情，

稿纸

可为旁证。

然放黜，究在何年耶？考《屈原列传》"屈原既黜，其后秦欲伐齐，齐与楚从亲，惠王患之。乃令张仪详去秦，厚币委质事楚。"可知原之黜在张仪相楚前也。此章以《六国年表》及《楚世家》考之，知张仪相楚在秦惠文王更元十二年，即楚怀王十六年（公元前三一三年）。案《吕氏春秋·序意篇》"维秦八年，岁在涒滩。"知公元前二三九年（即秦政八年）为申年，上推周慎靓王五年，即楚怀王十二年，当公元前三一七年，实为寅年。据新城新藏氏《东洋天文学史研究》公元前三一七年为壬寅年，又可证也。怀王十二年，即属寅年，其去十六年仅四年。屈原黜职，既在仪相楚前，则必此年去职也。

稿纸

盖怀王十二年以前之寅年，为楚威王十一年，不属于怀世。其后之寅年，当怀王二十四年（公元前三〇五年），屈原固在朝也。

屈原何以于怀王十二年见黜也？试略言之。

考怀王六年“啮桑会盟”后，屈原联齐成功（参拙作《啮桑会盟考》）。楚王为纵长。于怀王十一年，五国攻秦不胜，楚王对合纵政策产生动摇之心。《战国策·赵策》云：“五国伐秦无功，罢于成皋。赵欲构于秦，楚与魏韩将应之。”又《楚策》“欲与秦平”。又“楚罢成皋后，欲攻市丘（魏地）”。皆动摇于合纵，且破合纵之行也。攻秦失败之后，守旧之投降派上官子兰及靳尚等，乃进谗于怀王，诬以究合之伐功，然就当时形势论

20×15＝300　　第17页

017

之，亦必为屈原之合纵。犹公元前二四一年，考烈王为纵长。西伐秦，皆败走。考烈王怨春申君之故实也。

屈原在罢官放逐之四年中，流浪汉北之地，不在朝廷，故秦伺机使张仪相楚。复以屈子之去，无人阻之，故张仪又得破齐楚之从亲。

余创斯说，与陆侃如君称屈原之去职，在怀王十三四年时（见陆著《屈原》十九页），约略相同。惟陆君不能确指耳。惜前哲近贤莫不误解此句为原之生日，遂使罢逐之日不彰，诗旨全非。若据旧说以考定屈之生年者，自亦随之而大谬留于实为不可信矣。余另有《屈原生卒年考》，此不论述矣。

皇揽揆余初度兮、

稿　纸

皇，王也。指怀王。下文"恐皇舆之败绩"，王注"皇，君也，是其证。览，《文选》六臣注云："五臣览作鉴"。洪补本同。梁章钜《文选旁证》云："《文选》潘安仁《西征赋》："皇鉴揆余之忠诚。"沈休文《和谢宣城诗》："揆余发皇鉴"。注并引楚辞，知古本亦作鉴也"。按注引楚辞并作"皇鉴揆余于初度"。知梁代以前解楚辞者，尚有以皇指君王，不将皇解作"皇考"，并谓君上察其忠诚而官之。解说不同于王逸，时或有他注本可知。

揆、官古字通。《尚书·舜典》"百揆时叙"。《史记·五帝纪》作"百官时叙"，是其证。

度，日也。《素问六微旨大论》"正化度也"。注，"度，日也"。是度训日之证。此句当解为："楚王明察，官我之初日"。此承上叙

20×15=300　　第19页

019

稿纸

说罢官时间后，紧接追述怀王宠己时信任之情景，喜悦之意态，以映衬放逐之不当，已忧之深重。蒙之此解，疑较王叔师所云"文伯庸观我始生年时，度其日月，皆合天地之正中"。王逸注"我父鉴度我初生之法度"的解，之穿凿而不切于训诂，过妄而不合乎情理者为佳。是否？恳质诸通人。据此，亦可知本诗作于怀王世，不能越怀王而及顷襄。或说《离骚》作于襄世，或说始作于怀王十六年，而成于顷襄继立之初。通观全诗所涉及之事，无关襄王，且不及怀王十六年后之大事，即可知其言之无据，不足信也。

肇锡余以嘉名。

肇，王注"始也"。锡，赐也。古亦通用。君于臣下有所赐曰锡。《易·讼》"或

20×15=300　　第 20 页

020

稿纸

锡之鞶带"。《易·师卦》"王三锡命"。《春秋·庄公元年经》"王使荣叔来锡桓公命。"皆君王赐臣下曰锡之证。嘉，美也、善也。《左氏昭公元年传》"帝用嘉之。"《左传·昭公十五年传》"彝器之来，嘉功之由。"其证也。

名，旧解作人名之名，大谬误。按名，美誉、赞许、名声之意。《礼记·表记》"先王谥以尊名。"注"名，声誉也。"《荀子·正名》"无势列之位，而可以养名。"注"名，令闻也。"《信陵君列传》"欲就公子之名。"《卜居》"将游大人以成名乎？"王注"名，誉立也。"《哀郢》"被以不慈之伪名。"《抽思》"名不可以虚作。"《惜往日》"终没身而绝名兮。"本诗下文"恐修名之不立"。诸"名"字，并声誉、美誉意之证。故"嘉

稿纸

名"亦即高誉、美誉。朱叔元《与彭宠书》"惜乎，弃休令之嘉名"，嘉名，即美誉也。又《国语·楚语》"其有美名也，唯其施令德于远近，而小大安之也。"所谓美名，又同嘉名。可为佐证。考《史记·屈原列传》"博闻强志，明于治乱，娴于辞令"。又"入则与王图议国事，以出号令；出则接遇宾客，应对诸侯。王甚任之。"刘向《新序·节士》云："大夫有博通之知，清洁之行，怀王用之。"王逸《离骚经序》"谋行职修，王甚珍之。"《惜往日》曰："惜往日之曾信兮，受明诏以昭时。"均怀王信任屈子之事实也。既信任之，安能无嘉誉之锡乎？《九叹·逢纷》"原生受命于贞节兮，鸿永路有嘉名。"齐名

稿纸

字于天地兮，并光明于列星。"所谓"路有嘉名"，亦"王甚任之"之谓。属于叙署官之时间后。叙怀王明察官己之初时，即赐我以美誉。盖追述怀王昔日信己之情形，与王今日之男行作对比，以见怀王听信谗言持策不固耳。此非文章之神乎变化，实沉郁感情所驱使。当见无限悲哀蕴于中也。又《九叹·离世》"兆出名曰正则兮，卦发字曰灵均。"误解肇作兆，不足为训。

名余曰正则兮、

《百占案》，名，誉也。解见前。此作动词用。《孟子》"王何必曰利？"赵注"孟子知王欲以富国强兵为利，故曰：王何必以利为名乎？"《正义》曰："孟子谓宋牼曰：'先生之号则不可。'名，犹号也。亦可作此"名"之

稿纸

注解。故正则，非原之名。既正通政，政则即政则也。意谓品性忠贞，持策纯正，为政之则也。此盖原叙怀王契誉之词，实不当引为原父所命之名。考其不能为原名之理由有八：一曰《史记》本传："屈原者，名平，楚之同姓也。"既有本名，为诗时不须以正则代之。倘正则为名，何不见于史传，何故书曰平耶？此知非名也。二曰：蒋骥《楚辞余论》引都玄敬《听雨纪谈》"古人有小名小字，正则、灵均，则其小名小字也。"寻小名小字，屈原时尚未着用。小名小字之命法秦汉后始盛。况小名小字，字义不雅，若司马相如小名犬子，最是。且正则灵均，文意雅深，与小名命法不合，故未可谓为屈原之小名小字也。三曰：屈原时代之人命，尚

稿纸

为一文名时期。如陈轸、昭睢、靳尚、苏秦、张仪、吴起、白起、屈匄、司马错、宋玉、景差等，是其证。屈原处此时代，命名方法，不能例外。况原居三闾大夫之职，掌屈昭景三姓，姓名之学，必甚娴熟。即使行文以显其德，亦不能借二文名，以变时俗，此可证其非名也。四曰：清王邦采《离骚汇订》云："嗟夫文字之祸，自古为然哉。……正则隐其名矣，灵均隐其字矣。夫非忧谗畏讥之意乎？"谓正则灵均，乃隐名字之术。近人释其说以为屈原之笔名。然胡不以单字代之耶？以今释古，又想当然耳。五曰：战国时代仅一名字也若双名双字，秦汉后始著，屈原不能变其俗也。六曰：前文"皇览"之"皇"，既非原文而为怀王，安有君上为臣下命名字之理。

稿纸

今以奖誉之词，而解为普通之名字，殊违事理，且剥削诗思之情致。此又足证其非名也。

七曰：古代命名，礼有定法。《内则》云：“子生三月，父咳而名之。”是也。倘旧解为是，则屈原生之初日，父即命名和字，岂不大违于礼乎？屈子王族，必不如是，其非名也，又可知也矣。此解复可证旧说“皇揽揆余于初度”之非是。八曰：东方朔《七谏·初放》“平生于国兮”。故知东方朔以平为名，不以正则为名也。上述八端，自来释屈赋者，率多忽遗，况溺于王叔师之误说，实失其朔。

字余曰灵均

洛西与案：字，爱也。《诗·生民》“牛羊腓字之。”传“字，爱也。”《左氏成公四

20×15＝300　　第26页

026

年传》"其肯字我乎？"《又·十一年传》"又不能字人之孤而杀之。"《左氏昭公三十年传》"礼也者、小事大，大字小之谓。"《又·元年传》"乐王鲋字而敬。"并注"字，爱也"。《义楚钟》"余义楚之良臣，而遂之字父[illegible]。"《逸周书·本典》"今朕不知、、、字民之道。"字，亦爱也。《释名·释言语》"慈，字也。字，爱物也。"是字训爱之证。字余与字我同。又按灵，善也。均，平也。（王臣说）灵均者，善于均平。意谓原乃良臣，善能导君入于正道，使国家臻于治平也。寻《国语·楚语·十八》"叶公闻之曰，'吾怨其弃吾言，而德其治楚国。楚国之能平均，以复先王之业者，夫子也。'"《穆天子传》"和治诸夏，万民平均。"《淮

稿纸

南子·齐俗训》"安乐无事，而天下均平。"《乐书》"修身及家，平均天下。"《盐铁论·轻重篇》"夫理国之道，除秽锄豪，然后百姓均平，各安其业。"《说苑·指武》"吴起曰：'将均楚国之政而平其禄。'"诸所谓"平均""均平"，并指治国之手段与成绩，即为百姓衣食足，各安其业，所施行之政策。就屈原言，曾事变法，当为改善奴隶之生活与待遇，缓和国内之阶级斗争，以延续怀王之统治地位。故怀王复誉之曰"灵均"，意谓屈原之主张变法，必使楚国入于均平，亦即臻富强康乐之境。故正则（正通政，政则即为政之则）灵均，皆当系指怀王奖誉屈原之评语。《九章·怀沙》云"内厚（应作直）质（同姿）正兮，大人所盛。"即追怀

20×15=300　　　　第　　页

0028

稿 纸

楚王对屈子之奖誉与赞许。奖誉之实，当即此"名余曰正则兮，字余曰灵均。"按屈原见誉楚王，不可一再。故称正则以名，道灵均以字，示美誉之锡，犹名字之孳乳也。潘岳《怀旧赋》"余总角兮而获见，承戴侯之清尘。名余以国士，眷余以嘉姻。"笔法效屈，一望可知。若"名""眷"之用，一同于此之"名"和"字"，不亦可证旧解之非，余说之是耶？

又"灵均"造词与"灵修"同。灵修指明君，非怀王名（见后文）。则灵均意同良臣，而为奖誉，非字可知矣。复考"正则"既非原名，灵均自不应为原字。本上述诸理，

（接下页）

20×15＝300　　第　页

029

稿纸

无待解说。但又案《曲礼》："男子二十，冠而字之。"成人之道也。知古者贵族男子命字，在既冠之年。倘灵均为原字，且系初生时与名同时所命，揆之古礼，实属不合。知旧说解为原父所命之字者，殊不当于义理。《班固列传》李贤注"屈原字灵均"，失之不考，惑于俗说矣。昔刘知几《史通》云："《离骚经》首章，上陈氏族，下列祖考，先述厥生，次显名字，自叙发迹，实基于此。降及司马相如、始以自叙为传，至马迁、杨雄、班固，自叙之篇，实烦于代。"验诸上说，知以刘子玄之博雅明达，亦不无失考之言。下之者，祖述误说，迷罔不返，何足怪哉！（参拙作《说"正则""灵均"不是屈原的名和字》江汉论坛80年10期）。

20×15=300　第28页

030

纷吾既有此内美兮，又重之以脩能。

　　王逸曰："纷，盛貌"。五臣云："内美谓忠贞。"说并是。案此承上而言，疑内美即指楚王之奖词正则灵均而言也。具体而言，即指变法合纵之思想。推而行之，则为"美政"。后文"乱曰：既莫足与为美政兮，吾将从彭咸之所居。"益可证"内美"之功为正则、灵均。因受官之始，怀王所锡之嘉名也。不然，不能称为内美也。重，戴云"犹加也。"脩，借作修。《离骚》中凡言好修者五，前修、姱修者再。修，贤也。修能即贤能。别于蕴藏内中之美，而指展于外之才言。《橘颂》云"独立不迁"、"苏世独立"、"秉德无私"、"终无过失"皆内美、贤能之说明也。

扈江离与辟芷兮，纫秋兰以为佩。

　　扈，王注"被也"。"楚人名佩为扈"。"

198　年　月　日

江蓠，香草名。《说文》"江蓠、蘼芜芎䓖苗也。"辟，王云"幽也"。芷《说文》作茝，即白芷。"虈也，生下泽，春生，叶相对婆娑，紫色。楚人谓之药。"王云"芷幽而香"。纫，戴云"《方言》擘谓之纫。注云："今亦以线贯针为纫。"是也。两句谓己被服江蓠与幽芷，并贯秋兰以为佩饰也。喻敦品励行，不敢稍懈耳。按古人有服香草之风，屈原非空想以为文也。见《韩非子·内储说·六微》"衣为贵卿，被玉衣，含杜若，握玉环，以听于朝。"《淮南子·人间训》"申椒杜茝，美人之所怀服也。"《又·说山训》"兰生幽谷，不为莫服而不芳。"《云中君》"浴兰汤兮沐芳。"并古人佩服香草之证。

汩余若将不及兮，恐年岁之不吾与（欤？）。

汩，六臣音于笔切，洪补作越笔切。朱

08412 829　　第30页　　032

198　年　月　日

注钱果之待亦系于笔切。南按《方言。六》"汩，遥，疾行也。南楚外曰汩，或曰遥。"汩余，余汩之倒言。余疾行之谓。承上言，及时好修也。（戴说）年岁）犹时光。与）待也。

朝搴阰之木兰兮，夕揽洲之宿莽。

朝夕，一日之旦暮。就时间论，形似短暂，实则日日如斯，乃经久之谓，不可泥看。下文"朝饮木兰之坠露兮，夕餐秋菊之落英。"之朝夕，亦当如是解。搴，《说文》"拔取也"。阰，戴注"南楚语，小阜曰阰，大阜曰陵"。揽《说文》作擥。五臣本正作擥。许云"撮持也"。洲《诗·毛传》"小渚曰洲。"宿莽王注"草冬生不死者，楚人名曰宿莽。"戴注"犹礼记之称宿草，谓陈根始复萌芽者。"《方言》云："莽，草也。南楚曰莽。"余疑木兰、宿莽生于阰、洲，实喻奴隶中之有贤

08412 829　第 31 页

033

者，非指在朝之贵族。曰搴、掔，皆拔取贤才于原野之谓。此承上谓余疾行新政如不及者，恐年岁不我待而老耄也。又虑一己之力微而不能速奏效，故又汲汲于拔擢贤才以助己。

以上追陈己之黾勉从政，忠诚君国，所以自辩也。

日月忽其不淹兮，春与秋其代序。

忽《广雅·释诂》"疾也。"按忽初意为忘。训疾速乃飔之借字。日月忽，谓日月迅疾运行。其，亦比其也，姜说。淹，戴注《尔雅》淹久也"。近世注屈赋者多从之。按日月速其不久"，不辞。疑淹当解作贾谊《鹏鸟赋》"淹数之度……迟数有命"之淹。淹数、迟数同义。淹数，即迟速。故淹，迟也慢也。不淹，亦犹速也。日月句谓日月迅疾运行如比之速也。代序，犹代谢。舜序谢古字通。《诗·大雅·崧高篇》"于邑于谢。"《潜夫论》引作"于邑于序"。是其证。屈原《远游》"恐天时之代序兮。"代序，亦代谢之意。谓年复一年，春秋迭相轮代，状时光逝去之速，申上文也。

惟草木之零落兮，恐美人之迟暮。

惟，《说文》"凡思也。"零，《广雅·释诂》"堕也。"意同落，零落，双声字，状飘落之貌。美人，喻怀王。案《抽思》"结微情以陈辞兮，矫以遗夫美人。""与美人之抽怨兮，并日夜而无正。"《思美人》"思美人兮，揽涕而竚眙。"并以美人喻怀王。可证也。刘永济氏谓美人乃屈原自指。又按屈原于怀襄父子，爱憎不同，感情自异。见于诗作者，一称谓不同。于怀王称"美人"、"灵修"、"荃荪"、"明君"、"哲王"，于顷襄则曰"君"或"壅君"。二、个人怀思不同。怀王世放后，每陈欲返朝之言，《离骚》、《抽思》、《思美人》等诗中屡见之。若襄世放后之诗篇，《哀郢》、《涉江》有思乡之情，无返朝之念。《惜诵》陈远身之志，《怀沙》吐死国之音。《惜往日》发绝之词。三、责数有轻重之别。在怀世责数君上者轻，怨詈党人者重；在襄世直斥君上者多，责怪群小者甚寡。此其大较也。故据此，可考得诗作之写成时间。迟暮，衰老之喻。两句谓思及草木枝叶之凋落，乃恐君上年将衰老，则不能奋发图强矣。

不抚壮而弃秽兮，何不改此度。

《文选》六臣本抚上无不字，钱杲本亦无不字。按有"不"字，文意畅通。洪本有不字是也。抚壮，王逸云："言愿君抚及年德盛壮之时。"大误。余前解抚壮通模状，规矩也。亦不谛。按抚、弃对文，并动词。壮、秽对文，并名词。寻《说文》"抚，安也。"壮，借作臧，善也。下文"及余饰之方壮兮"，壮，亦善也。今河南方言尚云善为壮。其证也。抚壮，谓安宁善之善政。当指持变法合从二策及任己而言。弃秽，谓抛弃恶人恶事，当指群小及贵族奴隶制而言。不字贯抚壮及弃秽二者，谓怀王不任己所持之变法与合从之美策，不抛弃群小贵族奴隶制之秽行。度，法度之省文。《思美人》"未改此度。"《怀沙》"常度未替"、"前图未改"，所谓"图"、度与此度，同当解作法度。唯"此度"指奴隶制，是其异耳。两句承上文，谓怀王不安于善政，不弃于恶制，胡为不改此奴隶制也。戴东原云："来及时好修言之。"谓屈原自勉，非是。

乘骐骥以驰骋兮，来吾导夫先路。

　　乘，君乘也。骐骥，骏马，喻良臣，新

法。来，非往来之来。后文"来违弃而改求"，来，亦非往来意。细玩句意，义当同"再"。谓再放弃而改求也。"来吾导夫先路"，即"我来导夫先路"，谓我再导夫先路也。此盖楚君之怀故，可云再。"来"，自系楚方言。两句承上，"望君之改行。急欲君乘骐骥而驰骋天下。吾当再为君王导夫先路耳。"

昔三后之纯粹兮，固众芳之所在。

三后，王逸以为禹、汤、文王。王夫之以为鬻熊、熊绎、庄王。戴震曰："三后谓楚之先君，贤而昭显者。故径省其辞，以国人共知之也。其熊绎、若敖、蚡冒三后乎。"疑诸说并非。古之法家崇今而薄古，法后王不师古帝。屈原变法者，当崇变法之君。下文曰"忽奔走以先后兮，及前王之踵武"，前王，楚先君，当系变法者。《惜往日》云"奉先功以照下兮，明法度之嫌疑"。"奉先功"即承先君变法之业，亦就楚而言。则此之"三君"，自当为楚三先君而事变法者。考楚变法之君，悼王用吴起变法，国以富强，昭著史册。此一变法之先王也。《吴起列传》云："太子立（即肃王），乃使令尹尽诛射吴起而并中王尸者。坐射起而夷宗死者七十余家。"似楚肃王亦重吴起，必重其新法。此一守新法之先王也。《战国策·魏策》评楚威王曰"好用兵，而甚务名"。名即法，务名，当为务新法也。《吕览·去宥》："荆威王学书（亦法也）于沈尹华，昭釐恶之。威王好制，有中谢佐制者（高注：中谢，官名，佐王制法制也），为昭釐谓威王曰：国人皆曰王乃沈尹华之弟子也。王不悦，因疏沈尹华"。是楚威王亦爱新法之君也。威王又怀王之父。此三王者，皆前于怀王，故得称"昔三后兮"。纯粹，不变曰纯，不杂曰粹

198　　年　　月　　日

喻贤明能抚壮弃秽也。众芳，喻贤臣（变法之臣）之多。屈赋习用词，下文"哀众芳之芜秽"，"苟得列乎众芳"是也。两句承上，述楚三先君之爱新法，重变法之士。以明怀王弃己之非是。

杂申椒与菌桂兮，岂惟纫夫蕙茝。

杂，集也。申椒，姜亮夫云："大椒也"。旧说谓为胜。菌桂，稽含《南方草木状》云"桂有三种，如柏叶皮赤者为丹桂；叶似柿叶者为菌桂；叶似枇杷者为牡桂。"惟，犹独也。蕙茝，香草名。两句谓集大椒菌桂之香木，岂独贯蕙茝香草。申上文"固众芳之所在"，所谓纯粹之实也。又蕙茝，喻贵族中之贤者，申椒菌桂喻平民中之贤者。

彼尧舜之耿介兮，既遵道而得路。

耿介，王逸云："耿，光也。介，大也。"王注洪补并谓为三后遵尧舜之道。疑非是。

08412 829　　　　第 42 页

040

按道应读为"导夫先路"之导。道，导古字通。《荀子·不苟》："以闻道人。"《又·非相》志乎上所以道于下"，《性恶》"必将有师法之化，礼义之道。"杨倞注：诸道字均读为导。是道导通用之证。路《说文》道也。得路者，得治天下之道也。史传尧舜圣君，其德耿介，听良臣之言，信贤士之行，故舜得举于尧，禹得举于舜，而成其治功。盖遵谏道而得路也。屈原陈此辞者，讽怀王之不听忠言，未能如尧舜也。再者屈原之称道尧舜，与儒家之称道先王，旨意全异。当区别认识，不能混同。如孟子称先王在复辟奴隶制之等级、世袭、分封三腐朽而反动之制度（见《尽心》、《梁惠王》章）。故曰"不行先王之道也"。"徒法不能以自行"，"遵先王之法而过者，未之有也"。（《离娄》章）二、称先王在散布天命论："天与贤则与贤，天与子则与子。”（《万章》）“五百年必有王者兴，其间必有名世者。”（《公孙丑》章）是也。而屈原所称道之尧舜等帝王，重在取其选贤举能，听信忠言，无关拥护奴隶制、天命论。相反则为反对此反动之奴隶制而事变法，批判天命论（见《天问》）而重人为。故称尧举舜于畎亩，擢禹于罪孽，汤拔伊尹于鼎俎，武丁官傅说于版筑，周文贵吕尚于屠狗，齐桓重贩牛之宁戚，秦穆贵赎臣之百里，诸所拔擢，率出奴隶，非世袭之贵族。屈子盖以此望诸怀王，能取贤于群氓之中，勿依守旧之贵族。并望其既擢之则任之以始终，勿中道而回畔，“后遁悔而有他”，彻底变法，坚持合纵，不回护贵族利益，以“哀民生之多艰”。屈子称道尧舜等前王者此耳。韩非云：“儒墨俱道尧舜，而取舍不同。”以此视屈，可见文心焉。

何桀纣之猖披兮，夫唯捷径以窘步。

猖披，王注："衣不带之貌。"《文选》六臣注刘良云："昌披，谓乱也。"钱杲之《离骚集传》云："猖披，行不正貌。"按猖披，本应作裮被，不带也。"则猖披意当为不检束之错乱行动。捷径，邪路。窘，困穷也。两句谓桀纣悖乱，惟邪路是尚，因之国步艰窘。上八句就楚之先君之纯粹众芳，先辨讨盛衰之由，慨乎以申"抚壮弃秽"之要，并启下文论当世之政。

惟夫党人之偷乐兮，路幽昧以险隘。

惟，思也。夫，犹彼。党人，王逸曰："党，朋也。论语曰：'朋而不党。'"后人解此句，均从王说，恐非是。按党应为谠之通用字。《玉篇》："谠，直言也。"《荀子·非十二子》"博而党正。"杨注："党与谠同，谓直言也。"是其证。古籍或借为侻。《庄子·天下篇》"时姿纵而不侻。"侻即说之借。党、侻、说音同通用。盖古无说字，故《庄子》以侻为之。荀子屈子以党为之。此党人者，直言之人也。直言之人违其责而不言，谓之偷乐。偷乐者苟且图乐也。然此种情况，总由王不听贤臣之辅助，国政败坏之甚，故直言者亦不言矣。直言之人，竟至不言，则奸邪守旧，误国之举必更多。故曰"路幽昧以险隘"，国事之愈下可知矣。疑此指襄王疏流屈原之楚政，盖以庄蹻横行天下，更不能禁之情形而言。路喻朝政。幽昧，王注"不明也"。"险隘"王注喻倾危。是也。本句盖谓朝政败坏国事危险也。

岂余身之惮殃兮，恐皇舆之败绩。

惮，《说文》"忌难也。"殃，《说文》"咎也。"皇舆，王注"皇，君也。舆君之所乘，以喻国也。"按韩非子。外储说》"国者，君之车也。势者，君之马也。"《新书》

审微》"国者，所以载君……政亡而国从之，国亡而君从之。"是证舆所以喻国。皇舆犹君国也。败绩，戴震云："车覆曰败绩。《礼记·檀弓篇》马惊败绩。《春秋传》'败绩厌覆是惧'，是其证。"两句谓我一己岂惮诛戮，惟恐君国覆亡耳。此言指怀初任左徒时之心胸，启下文奔走先后之忠行。

忽奔走以先后兮，及前王之踵武。

忽，疾也。见上解。奔走，《国语·楚语》"诸相将奔走承亭。"以，用同于。及，犹追及。先后，偏义词，重在先字。前文云，"导夫先路"也。前王，当指变法之楚先王，悼王是也。悼王任吴起，事变法，"明法审令，废公族疏远者"。（《韩非子·和氏》）。"令贵人往实广虚之地"（《吕览·贵族》）。"罢无能，废无用，捐不急之官，塞私门之请"（《国策·秦策》）。"使封君之子孙三世而收爵禄"（《韩非子·和氏》）。"禄臣再世而收地"。（《韩非子·喻老》）。变"厉甲兵，以时争利于天下"。"南平百越，北并陈楚"（《说苑·指武》）。《后汉书·南蛮传》亦云："吴起相悼王，南并蛮越，遂有洞庭、苍梧。"此悼王变法之明效也。踵武，并迹也。两句谓我急急奔走为王导夫先路，旨在追及前王（悼王）之足迹也。又奔走，当指行变法合从（纵？）二事而言。

荃不察余之忠情兮，反信谗而齌怒。

荃，王逸注"荃以喻君。"戴云："荃，灵修，相谓之美称。篇内借以言君也。"是也。中，王云"中，一作忠"。《文选》中作忠。按中忠古字通。《尚书·仲虺之诰》"建中于民。"《释文》"中，本或作忠。"《孝经》"中心。"《释文》"中，本亦作作忠。" 皆中忠通之证。 齌《说文》"炊餔疾也。" 或借作齐。《尔雅·释言》"齐疾也。" 《荀子》"齐给便敏。" 杨注"齐，速也。" 是其证。 两句承上，谓余惧皇舆败绩，故愿王之世如前王，而奔走先后。乃怀王不体察忠情，反听信谗言。疾怒于我，黜放于外。《屈原列传》云："王怒而疏（同黜）屈平。" 《抽思》"与余言而不信兮，盖为余而造怒。" 可证屈原受黜，实由守旧之奴隶主贵族反对新法，反对合纵，因而谗毁之也。（参《屈原列传发微》）

余固知謇謇之为患兮，忍而不能舍也。

謇謇，王注"忠贞貌也"。 为，犹生也。 患，难也。忍，诸家皆忽之而不释。余谓屈赋中忍字，并当训爱。寻《墨子·非

稿纸

命上》"昔上世暴王，不忍其耳目之淫，心涂（宋同术）之辟（邪也），不顺其亲戚，遂以亡失国家，倾覆社稷。"《非命中》作"不缪其耳目之淫。"孙云"缪即纠之假字。纠，改变也。《非命下》作"昔三代暴王，……不能矫其耳目之欲。"是忍、纠、矫同文，并当训变之证。《荀子·儒效》"志忍私然后能公，行忍性情然后能修。"杨注"忍矫其性也。"矫其性，即变其性也。《国语·晋语》"有父忍之，况国人乎？"韦注"有父忍自杀之，况国人乎？"韦氏以常义解之愚意亦当训变，谓变爱父之道而自杀之，何况国人？《左氏昭公二十年传》"奋扬曰：臣不佞，不能苟贰。奉初以还，不忍后命，故遣之"谓不变于后命也。《孟子·告子下》"所以

20×15=300　　第 51 页

048

稿　纸

动心忍性，增益其所不能。”忍性，变其性也。《淮阴侯列传》评项羽曰：“至使人有功，当封爵者，印刓敝，忍不能予。”朱浮《与彭宠书》“高论尧舜之道，不忍桀纣之性。”两忍字，并当训变。是其证也。就原赋说，“纵欲而不忍”（《惜诵》），“遂自忍而沉流”（《惜往日》），“不忍此心之常愁”（《悲回风》）。……诸忍字，并应训变，诗意畅晓。唯“忍而不能舍”之忍，有问意，同“忍乎”，今语“改变忠贞吗？”两句谓我深知忠贞之行易生祸难，能变易忠心以避害乎？余实不能舍弃忠君之心也。此承上文，追述往事。

指九天以为正兮，夫唯灵修之故也。

指，王注“语也。”意同誓。下文“指

20×15＝300　　第 52 页

西海以为期"指示誓也。九天，王注"谓中央八方也。"非是。按贾谊《新书·耳痹》"大夫种……割白马而为牺，指九天而为正。"此盖战代俗习语。《汉书·郊祀志》"荆巫祀堂下，巫先，司命，施糜之属；九天巫，祀九天。皆以岁时祀宫中。"则九天，国神名也，与苍天同。正，王注"平也。"按正声证同。《惜诵》"所以证之不远。"注"验也。""指九天以为正"，意即向九天发誓以求验证。又屈原以俗语入诗，不限于此。他如《离骚》"喟凭心以历兹"，《惜诵》"九折臂而成医兮"，《怀沙》"邑犬之群吠兮，吠所怪也。"皆是也。夫惟之惟，钱本作惟，洪补引一本作惟。唯惟古字通也。"夫惟"一词，《离骚》凡[凡?]三用："夫惟捷径以寡步”，“夫唯圣哲以茂行兮”，及此“夫唯灵修之故也”。唯又作惟也。夫，发语词，表深重之情，又训敬，亦通惟思也。许慎说。灵修，王逸云：“灵，神也。修，远也。能神明远见者，君德也。故以喻君。”五臣云：“灵修，言有神明长久之道者，君德也。”朱熹曰：“灵修，言其有明智而善修饰，盖妇悦其夫之称，亦托词以寓意君也。”王夫之云：“灵，善也。修，长也。称君曰灵修者，祝其所为善，而国祚长也。”古今学诸家解灵修为君甚是，而其释义则非。寻灵，善也。修，饰也（见《说文》）。修者，修明政治之谓，变法是也。《秦本纪》载商鞅之“变法修刑”。《韩世家》申不害“修术行道国内以治”。《田敬仲世家》云慎到“谨修

稿纸

法律，而督奸吏，吾国大治"。《李斯传》亦云"然君可谓能明申韩之术，而修商君之法。知国之法重在修。屈原常云："恐修名（即贤名、美名，行法之名）之不立"，"余独好修以为常"，"莫好修之害也"。"固前修（前贤也，往者之变法者）以菹醢"、"謇吾法夫前修兮"两"前修"与"固前圣之所厚"之"前圣"意同。则修固屈子称变法之专用词。故灵修之意，当为善变法之君也。怀王之初，由于君臣同以变法为重，故臣称君曰灵修，君誉臣曰灵均。灵修，灵均之命固莫不与变法有关也。近人游国恩君据《山鬼》"留灵修兮憺忘归"一语，臆说楚人称鬼神为灵修。此时怀王已死，故以称之、据前考《离骚》之作，在怀王十二年罢退放逐

20×15＝300　　第 55 页

052

之后，是游君之说，自不可信矣。再者，吴修若为已死之君，则灵均亦必已死之臣。以已死之人，议已死之君，有斯理乎？是知其不然。所谓向九天发誓以求验证我盖系念明君变法之事。故献謇謇之忠，不以能生祸难而舍弃也。旨在明谠言之祸已。故，事也。

曰黄昏以为期兮，羌中道而改路。

洪补云："疑此二句，后人所增。"是也。姜亮夫申其说，可参。

初既与余成言兮，后悔遁而有他。

初任左徒之始也。成言，王注"成，平也。"洪补曰："成言，谓诚信之言。一成而不易也。《九章》作诚言。"按洪说是。《庄子·庚桑楚》"不足以滑成。"成借作

稿纸

诚。"《诗》"我行其野，成以不富。"《论语·颜渊篇》成作诚，是成诚古字通之证。所谓诚言，即要约之言。当指内政事变法，外交合纵二者。考《屈原列传》称"怀王使屈原造为宪令，屈平属草稿未定，上官大夫见而欲夺（夺，改变也）之，屈平不与（许也）。因谗之……王怒而疏屈平。"此怀王与屈原谋变法，王听谗臣之言而毁弃之，一事也。《新序·节士篇》云："屈原博通之知，清洁之行，怀王用之。秦欲吞灭诸侯，兼并天下，屈原为楚东使于齐，以结强党。秦国患之，使张仪货楚贵臣上官大夫，靳尚之属，及令尹（案子兰时非令尹，此说误）子兰，司马子椒，内赂夫人郑袖，共谮屈原。屈原遂放于外。"知怀王与屈原所谋之合从

20×15=300　　第 57 页

054

稿纸

由谗谄受张仪之贿，共谮于原，怀王又复毁之。二事也。此楚怀持策合国之事实。然在始初，必为诚信之要约。悔遁、悔恨遁变其约言也。按《楚世家》怀王十一年"为从长，至函谷关，秦出之，六国皆引兵归，齐独后。"《战国策·楚策》"（楚）欲与秦平。"《赵策》"五国伐秦无功，罢于成皋。赵欲构于秦，楚与韩魏将应之。"《孔丛子·论势》云："五国西诛秦……未入境而还，诸侯留兵于成皋……事败不集，又久师于市丘。谤君者（即楚怀）或以君欲取市丘。"所谓"欲与秦平"、"将应之"，"悔合从之策也"。"皆引兵归"，遁变之实也。此后谗人乘之以间王，乃变合从以亲秦。并黜屈原毁新法，"悔遁而有他"也。细嚼《离骚》

稿纸

密合史传，说明诗情，且晓屈传之误？疑？。此一例耳。

余既不难夫离别兮，伤灵修之数化。

王逸曰："化，变也。言我竭忠见过，非难与君离别也。伤念君信用谗言，志数变易，无常操也。"林云铭《楚辞灯》曰："己之见疏不足恨，但君德无常操，不足与有为，是可悲耳。"案林氏沿袭王说，故作之"化，变也。"是。至训数为屡屡，难为难易之难，窃疑不然。考原之仕齐为合从之行，据之《新序》，证诸《史记》，在罢退前仅一次耳。原结齐之举虽成功，因谗臣之间言，楚王遂反其计而亲秦，在原罢退前亦仅此一次耳。而罢退之直接原因，据原传以论，则为上官大夫夺宪令，屈平不与，因而见谗。据余考事在怀王十二年（见前文），时在十一年伐秦无功之后，是则合从变化二策之动摇，生于一时，固不能以"数变易"说之。前文"初既与余成言兮，后悔遁而有他"：意之所示亦仅一次。云"数变易"其计，实无其事以为证明。窃疑数，术也。犹言政策。《荀子·劝学篇》"其数则始乎诵经"。杨注"数，术也。"《庄子·天道》"有数存焉。"《释文》引李注"数，术也。"《吕览·决胜》"知先后远近纵舍之数。"《察实》"任其数而已矣。"《长攻》"固其数也。"并注"数，术也。"《新书·时变》"不知守成之数，得之之术也。"数术对文同义，尤可证也。"是数训术之证。《乐毅列传》"伍子胥……至于入江而不化。"化，谓变其操

稿　纸

也。"故"伤灵修之数化"者，悲夫怀王之政策改变也。何悲乎变，即由屈原主持之变，亦一变而事秦，由变法一返于旧制也。焉能得不悲哉！《七谏·谬谏》"怨灵修之浩荡兮，信中途而叛之。"意同于原，或本于此。抑有他指，今不可知矣。难，疑原作歎。歎从難得声，故可通用，其证一。歎，籀文作歎，省欠则为鷬。鷬即難。从鸟与从隹同。（参"乱曰"解）其证二。林云铭曰："已之见疏不足恨"，言恨则必叹，已窥见其意。其证三。《九歌·少司命》"悲莫悲兮生别离。"言别离即悲，与此之言离别，情同。故训难易之难意浅。况原之离朝，王罢之耳，岂直云难耶？其证四、难读作叹，与下句伤字相俪。后文"虽萎绝，其亦何伤兮，哀众

稿　纸

芳之芜秽"。谓众芳自然之死亡不足伤，中道之变节乃可哀。哀伤对文，益见其悲。与此二句构造相类，意相似。可证难之应作叹也，其证五。两句谓己之见黜不足叹，但伤王之改节耳。今古释《离骚》者，多不合此意，实失其朔。

余既滋兰之九畹兮，又树蕙之百亩。畦留夷与揭车兮，杂杜衡与芳芷。

滋，王注"莳也。"按《说文》"兹，草木多益也。"滋当为兹之借字。畹，王注"十二亩为畹"。树，植、艺也。蕙，《上林赋》注引郭璞《山海经注》云"蕙，香草，兰属。"畦，《说文》"五十亩。"戴云"犹陇也。"留夷，戴云"《诗》谓勺药，《广雅》谓之挛夷。留挛语之转，世俗音讹，殊

稿　纸

字异称，大致然也。”揭车，戴之《尔雅》谓之　　《广雅志》云：“黄叶白花。”杜衡，《尔雅》郭注“似葵而香。”戴云：“似细辛，俗所呼马蹄香者也。”盖以其状类名之。《尔雅》谓之土卤，《广雅》谓之楚衡。戴东原云：“此以众芳比贤才。”按诗云滋树、畦、杂，并言培艺也，众芳实喻贤才。是屈原在左徒之职守，在屈、昭、景三氏中，曾培植拥护法制之贤士，为变法图强积蓄力量。按诸春秋以降，私人讲学之风气，邓析子倡旧法于郑，少正卯讲新学于鲁，孔丘授徒于山东，荀况倡教于兰陵。各有所持，不相尊尚。或奉守旧，或求改新，互相攻诘，至用极刑。此阶级斗争之激烈表现也。屈原生当其际，秉官司之便，呕擢群才，鼓吹变法，

20×15二300　　第 63 页

稿　纸

不适风尚也。屈原此比数语，不徒示改革之坚决，亦见其欲大树立求新之政治派别。定仅知面对贵族，而不知深入群众，则为其短。然亦阶级及时代之拘限耳。

冀枝叶之峻茂兮，愿俟时乎吾将刈。虽萎绝其亦何伤兮，哀众芳之芜秽！

王逸云："冀，幸也。峻，长也。刈，获也。萎，病也。绝，落也。"戴注云："萎绝黄落也。芜秽，如后所云：兰芷变而不芳之属是也。非诚好修，有不随世遇转移乎？是屈原之所哀矣。"按此承上，述树芳之目的与终局。前两句谓我希望众芳长相峻茂，待时机成熟，愿收而用之。虽有自然之死亡，不足为伤，今者众芳芜秽而不芳，是可哀耳。前人据此以兰根隐喻君子兰、子椒，意谓兰

20×15＝300　　第 64 页

081

椒亦为屈原所辅教之人，后为倾原者。至子兰怀王稚子，屈原为左徒时，已任上官大夫，与国相若，不可能受教屈平。故此兰椒之陈，实为泛称，如杜若之与芳芷也。杜若芳芷无可确指，则兰椒之可凿穿，轻指其人，理至明也。此与后文所称之蘭、椒、榝、揭，确指子兰子椒、景尚者，当不同。又或以“萎绝”，系诸屈身，虽文义可通，究不如指众芳之为愈。盖萎绝来自自然规律，情有可原，乃不足伤。若芜秽变操，源由众芳，固可哀者。大夫于此，情兼怨憎，区以有别。无关于己，理势之自然也。又屈原亦用“众芳”作反语之贬辞。后文“委厥美以从俗兮，苟得列乎众芳”。众芳，实指佞人。与此“众芳”，意用并异，当审别之。

众皆竞进以贪婪兮，凭不厌乎求索。羌内恕己以量人兮，各兴心而嫉妒。

稿纸

众，《离骚》中"众"字，粗视之为众人，细审之则指奴隶主贵族。与人共构成之复合词，如"众女嫉余之蛾眉兮"，即其一例。《九章》"众骇遽以离心兮"，"众果以我为患兮"，"众不知余之异彩"，"羌众人之所仇"，"又众兆之所仇"，《渔父》"众人皆醉我独醒。"均其显证也。此众，指上文之"众芳"。王逸曰"爱财曰贪，爱食曰婪，楚人谓满曰凭。按贪婪，今语搜括也。训满不谛。冯，大也。引申其义，可训太，特别也。《庄子·知北游》"彷徨于冯闳。"《释文》引李注"冯，大也"。《庄子·则阳篇》，"不冯其子，灵公夺而里。"《博物·异闻篇》作"不逢箕子，灵公夺我里"。冯、逢古字通。逢通训大，故冯可训大也。《天问》

稿　纸

"冯珧利决。"冯珧即大弓。又一佐证也。是冯、冯皆训大。引申之，故宜有特别之谊。猒，厌，餍之本字。《国语·晋语》"厌餍而已矣。"注"厌，饱也。"《史记·货殖传》"不厌糟糠"，《索隐》"厌，饱也。"

求索，意同勒索。此指奴隶主贵族之残酷压榨与剥削。屈原曰"哀民生之多艰"，为其贪婪求索之结果。吴起论楚国贵族，"上逼主而下虐民"。《韩非子·孤愤》论当世贵族云"亏法以利私，耗国以便家"，乃"无敌富贵"。而并世之庄跻等纷纷领导农民起义，又足证反压迫反剥削斗争之激烈。此又可证屈原揭露朝政之昏暗、贵族之残暴，既深刻且形象。羌，王逸注"楚人语词也，犹言卿何为也"。吕延济云"羌，乃也。"

20×15=300　　第 67 页

064

稿纸

高亨先生云："羌，语词。犹今之竟字。羌，韵一声之转。边疆，边境意同，故疆境意通用。又境竟同音，故羌竟通用。王逸云：羌，卿何为也、实非。"按师说，发千古之疑。王注"兴，生也。害贤为嫉，害色为妒。"

四句承上，谓众芳芜秽变操之后，皆竞进于朝廷以事搜刮，特别不厌饱于勒索。乃复内自宽恕，而于表之，各生私心，以相嫉妒。大夫失望于众芳矣。朝政日非，民命何堪！忽驰骛以追逐兮，非余心之所急。老冉冉其将至兮，恐修名之不立。

忽，疾也。前文"忽奔走以先后兮"，两忽字意同。驰骛，直骋曰驰，乱驰曰骛。驰骛，犹前文之竞进，不以正道也。追逐，遑遑求名利也。老，屈子时年约三十一岁，

稿　纸

固不得称老。曰老者犹其将至也。按贾谊年时，年三十三岁。而此前为《惜誓》已曰“惜余年老而日衰兮。”知古人称老，不限于五十岁以上。是则屈原之称“老冉冉其将至”并不乖于古俗。冉冉，王注“渐渐也。”

修名，即嘉名、美名也。要使成功之美名也。（参见美修解说）。立，实现，成功之谓。四句承上，谓如“众芳”急忽驰骛以追逐私利，并非我心之急务。所恐者老髦将至，美名不得实现耳。此与篇首“锡嘉名”相应。

朝饮木兰之坠露兮，夕餐秋菊之落英。苟余情其信姱以练要兮，长顑颔亦何伤。

坠露：美言“饮坠之露”，犹诗言“零露漙兮”，形容露之多也。坠漙古双声，则坠

稿　纸

露犹满露矣。”較他说为长。落英，洪兴祖云：“秋英无自落者。”《尔雅》“落，始也。”则落英为初放之花。后文落蕊同此。愚意落同络，结络成片之谓。信姱，洪补云“实好也。”按信姱，与信美、信芳、信姱同。高先生曰“姱，美也。练要，洁白也。白绸曰练，要，此处为皦之假字。”高先生说圆通不滞，是。颇颔，《说文》“饭不饱，面黄起行也。”王逸注“不饱貌。”洪补“虽颜色憔悴，形容枯槁，亦何伤乎？”“颇颔，食不饱面黄貌。”此承上“恐修名之不立”而言。朝饮木兰之坠露，夕餐秋菊之落英华，喻时不忘洁身心，以报宗国也。果余之中情诚美而洁白，虽长憔悴其容，又何伤乎？

20×15＝300　　第 20 页

067

稿纸

揽木根以结茝兮，贯薜荔之落蕊。矫菌桂以纫蕙兮，索胡绳之纚纚。

王逸云："揽，持也。"洪补曰："荀子云：兰槐之根是为芷。注云：苗名兰槐，根名芷。然则木根与芷，皆喻本也。"贯，串也。薜荔，香草名。戴云："蔓生，缘木石墙垣。大者谓之木莲，小者谓者络石。"矫，五臣曰："矫，举也。"按说文："挢，举手也。"矫挢同音，得通用。《文选·甘泉赋》"仰矫首以高视兮。"注"矫同挢。"《公羊僖三十年传》注"矫君命聘晋。"《释文》"矫亦挢。"是挢矫通用之证。索，洪补云："索《说文》昔各切，草有茎叶可作绳索。"按索，与揽、贯、矫并动词。索谓绳索之也。胡绳，王注"香草也。"戴云：

“蔓生布地，或谓之结缕。《尔雅》谓之傅，亦谓之横目。”纚纚，高先生曰：“纚纚，一束一束之貌。王逸云：索好貌。非也。”按先生较诸家为胜，当从。四句承上，在顑颔不足伤之心境下，继过往忠志，坚持不懈。故云揽木根结茝，贯薜荔之始花，举菌桂以穿蕙茶，索胡绳成纚纚之束。就后文“既替余以蕙纕兮，又申之以揽茝”，味之，实喻坚持变法及合从二策也。而此诗紧蒙下文“謇吾法夫前修兮……”，又是证此非徒托空言，确有喻指也。

謇吾法夫前修兮，非世俗之所服。虽不周于今之人兮，愿依彭咸之遗则。

謇，《文选》作蹇。按《九歌》“蹇谁留兮中洲。”作蹇。謇或蹇，并语词，犹竟

20×15＝300　第72页

069

稿纸

也。盖羌之转。或转作庆。扬雄《反离骚》"庆夭悴而丧荣"，庆即羌之转也。前修《后汉书·刘恺传》李注"前修，前贤也。"后文"固前修以菹醢。"前修，亦前贤也。又同"固前圣之所厚""依前圣以节中兮"之"前圣"。疑前修指变法之士，若商鞅吴起者。《史记·孟荀列传》"秦用商君，富国强兵。楚魏用吴起，战胜弱敌。"《战国策·秦策》蔡泽曰："夫公孙鞅事孝公，极身无二。尽公不还私，信赏罚以致治。"又"妇人婴儿皆言商君之法。"《盐铁论·非鞅》"革法明教，秦人大治。""功如丘山，名传后世。"于吴起变法，参前"昔三后之纯粹兮"说解。屈原主变法，争变法者，所崇前修，固当属诸商鞅和吴起。 世俗，世，六臣本作时，洪补

稿纸

钱传引一本亦作时。洪曰"李善注本有以世为时为代，以民为人之类。皆避唐讳。当从旧本。"世俗，指因循守旧，坚持奴隶制度之心行。《商君书·更法》"（甘）龙之所言，世俗之言也。"又"论至德者，不和于俗。"所谓世俗，守奴隶制度也。下文"变彼美以从俗兮，愧易初而屈志"。所谓俗，义并同此"世俗"。而所谓"美"即上文"擥木根以结茝……索胡绳之纚纚"之实也。服，用也。周，合也。之，屈作中"人"之一词，率指奴隶主贵族。此即一例。（若"惟夫党人之偷乐兮"、"羌内恕己以量人兮"。《九章》"固切人之不媚兮"、"吾又何怨乎今之人。"、"好夫人之忼慨"、"人心不可谓兮"，《渔父》"世人皆浊"，凡诸之

20×15＝300　第74页

071

稿　纸

字，并指奴隶主贵族。）苦劳动之民，即当时之奴隶，屈原目之曰“民”，下文“哀民生之多艰”，其明证也。彭咸，王注“殷贤大夫谏其君不听，自投水而死。”按王说何据，不可知。戴云“彭咸未闻。盖前修之足为师法者，书阙不可考矣。”寻《抽思》“望三五以为像兮，指彭咸以为仪。”仪即此之“遗则”也。文终曰“吾将从彭咸之所居”。居，亦此所谓遗则也。《思美人》“独茕茕而南行兮，思彭咸之故也。”故，故事也，亦遗则之谓。无投水死之可说。《悲回风》云“夫何彭咸之造思兮，暨志介而不忘”，又云“孰能思而不隐兮，昭彭咸之所闻”。闻，声，闻誉也。无水死之义。《悲回风》“凌大波而流风兮，托彭咸之所居”，

20×15＝300　　第 75 页

稿纸

涉及于水，但不必为水死。而云"所居"，又必《离骚》"从彭赞谋佐治，无敢或懈者。惜其详，不可得而知矣。四句承上文以抒感慨。谓吾效法吴起等赞助君王以变法，非守旧者所习服。吾之志行虽不合于朝廷之臣，但愿守彭咸之遗则，终生而不改吾志也。

长太息以掩涕兮，哀民生之多艰。余虽好修姱以鞿羁兮，謇朝谇而夕替。

长太息，犹文久叹气也。以同而。掩涕，犹揩泪。民，屈原作中民多指劳动人民，即当时之奴隶。不同于称贵族之"人"。二词含义，必须划清，不能混同。《离骚》"怨灵修之浩荡兮，终不察夫民心。""瞻前而

073

稿　纸

顾后兮，相观民之计极。”“民好恶其不同兮，惟此党人其独异。”《哀郢》“民离散而相失兮。”《怀沙》“万民之生，各有所错兮，”《大司命》“荪独宜兮为民正，”《天问》“革孽忧民。”此内证也。若《商君书·徕民》“山东之民……西者”，《孟子·滕文公》“贤者与民并耕而食。”《韩非·八说》“以寡民乎。”《荀子·议兵》“善附民者也。”此时相近或同之著作中出现之民字，亦指劳动之民，即奴隶，此外证也。

艰，难也，谓疾苦。西周接楚庄蹻与屈原同时，领导奴隶革命，信受荀子赞扬（见《议兵》）并云“庄蹻起，楚分为三四”。足证楚之民不能忍受剥削，多有疾苦之状。拙撰《庄蹻历史考辨》有详说。戴云“艰读如根，盖方音

074

也。"戴读与替协。虽，王念孙《读书杂志》"虽与惟同，言余惟有此修姱之行，以致为人所系累也。惟字古或作虽。《大雅·抑篇》曰：汝虽湛乐从，弗念厥绍。言女惟湛乐之从也。"王说虽同惟，极确。马帛书《战国纵横家书·二〇》"惟然，夫知（同智）者之举事，因过（同祸）而为福，转败而为功。"今传《战国策·燕策一》、《苏秦列传》"惟然"并作"虽然"，亦其证也。好修姱，按《抽思》"憍吾以其美好兮，览余以其修姱"。修姱，复词与此同，谓贤美。隐指"明法度之嫌疑"，忠贞于合从也。则修前好字，必为衍文。再者前文"余情其信姱以练要兮"与此句法同，信姱意近修姱，更足证好之为衍文。以间而。鞿羁，王注"以马自喻。

稿　纸

轡在口曰鞿，革在头曰羁。”王念孙以“为人所系累”释之，非是。戴震之：“古制马者，”仅明其用。亦不切。案鞿羁，实衔辔也所以约束马使听命。既羁其马，亦须加之。故《惜往日》曰“乘骐骥而自驰兮，无衔辔而自载”（载，坐也）。则此之鞿羁，犹言受朝廷约束，知遵命耳。隐示主合从，革党令亦奉王命也。謇犹竟，见前。谇，王逸训谏，非是。《说文》“谇，让也。”责让之让。替，本作普，《说文》“普，废也。”《国语·晋语》“荐可而替否，献能而进贤。”韦注“替，去也。”《郑语》“天之所启，十世不替。”韦注“替，废也。”《左氏僖公三十三年传》“不替孟明。”亦废也。是其证。又替废，实同前文“降”，《说苑》卷八“章善而替否。”替

20×15＝300　第 78 页

076

稿　纸

意固为放黜也。

既替余以蕙纕兮，又申之以揽茝。亦余心之所善兮，虽九死其犹未悔。

王注"纕，佩带也。"又云"替，废也。言君之所以废弃己者，以余带佩众香，行以忠正之故也。然犹又复重引芳茝以自结束，执志弥笃也。"解前句是，次句非。朱熹云："此言君之废我，以蕙茝为贿而遣之。如待放之臣，予之以玦，然后被废也。"说最谬误。钱田间（1612年——1693年）《屈诂》云："蕙纕指其怀芳，上所云秋兰以为佩是也。揽茝，指其树芳，上所云揽木根以结茝是也。言既以芳佩见替，而又以树芳加罪焉。"说近是，然仍逊一间。按替，即前之所谓"降"，《史记》之所谓疏。纕，编结之佩也。《悲

稿　纸

回风》“纠思心以为纕兮”，可证也。蕙纕者，编结香蕙以为纕。喻联齐合从之策，前所谓正则也。又，再也。申，引也。与替字相俪。引有相反二义，前之曰引，《信陵君传》“引之上座”，引导使前也。退之亦曰引。《报任少卿书》“宁得自引深藏，岩穴耶？”引，谓退也。此其证。盖并从引之拉弓初义引申而来也。揽茝，持茝也。喻变法之善政，前所谓灵均也。前两句承上述被黜之故。谓己之见黜退，既因联齐合从，复由坚持变法也。大夫于此固详述受逐朝廷之由。不益可证前文之“降”，不当作降生解，而必义同黜逐乎！善，爱也。谓蕙纕揽茝为余所爱。即合从与变法二策，为余所爱重。九死，谓惨死也。《秦本纪》

20×15＝300　　第81页

078

稿　纸

"鞅亡，因以为反，而卒车裂以徇秦国。"《商君列传》"秦惠王车裂商君以徇。"《韩非子·和氏》"吴起枝解于楚。"《史记·蔡泽传》"吴起定楚国之政，兵震天下，威服诸侯。功已成矣，而卒枝解。"屈原"法夫前修"，而吴起商鞅被被反动派所惨杀。前车可鉴，故云"九死未悔"。悔，改也，谓合从变法之决心，虽死不变也。戴震曰"謇𫄨揽茝，喻所陈告之事。言己之进于君者虽屡挫，而必以善道，不改所操也。"说"陈告之事"极确。惜语焉不详。若谓屡挫者乃所陈之言而非屈原之身，则误解诗意殊甚。斯知读屈赋，注屈赋之不易也。

怨灵修之浩荡兮，终不察夫民心。众女嫉余之蛾眉兮，谣诼谓余以善淫。

20×15二300　　第 82 页

079

稿纸

王逸云："灵修，谓怀王也。浩犹浩浩，荡犹荡荡，无思虑貌。"说亦可通。六臣张铣注"浩荡，法度坏貌。"按屈原见替，新法以弃，释以法度坏貌，得乎文理。民，王逸以为万民，是也。即指楚之奴隶群众。前云"民生多艰"，楚民自望变法。今法制败坏，是不察众民之心也。蒋骥、戴震等以民为原自谓，而忽于大夫就群众方面立言，殊失。众女，王逸谓众臣。蒋骥云："喻党人也。"按蒋说是。战代轻女重男，故以女喻小人。指谗佞之贵臣。蛾眉，洪补，朱注钱传皆引一本作娥眉。王注"好貌"。按《方言》云"秦谓好曰娥。"《广雅·释诂》云："娥，美也。"是美好古谓之娥。蛾眉，当即娥眉。蛾假为娥。娥眉，谓好眉耳。《大

20×15=300　　第83页

030

稿　纸

招》"娥眉曼只"。"亦作娥眉也。娥眉喻忠国之行。谣，王逸云"毁也。"诼，《方言》云"愬也，楚以南谓之诼。"谣，邪乱之谓。《商君书·更法》守旧之杜挚曰："法古无过，循礼无邪。"是以变法者为邪，即谣也。善，爱也。善谣，爱为邪乱之攻。守旧之上官等诬原主合从变法之谤语。怨，及物动词，灵修、众女，两受事也。四句承上，抒野后之心情，谓深怨怀王败坏法度终不明察（即不关心）人民之要求；更怨群小嫉害我革新之忠诚，大肆谤伤，以爱护旧制谗我也。

固时俗之工巧兮，偭规矩而改错。背绳墨以追曲兮，竞周容以为度！

　　西占按，此四句乃守旧贵族反对新政之

之谤語，诸家皆不会此意。·固，诚然，真正之意。　时俗，变法之风气。前于屈者在魏有李悝，韩有申不害，秦为商鞅，楚有吴起，此变法之世俗也。工巧，善于取巧，同“善谣”之义。偭《说文》“鄉也。”王注“背也。”此一词两义相反之一证。贾谊《吊屈原赋》“偭蟂獭以隐处。”应劭以偭为背。王逸训背，义可通。寻宋玉《九辩》“何时俗之工巧兮，灭规矩而改凿。”东方朔《七谏·沉江》“固时俗之工巧兮，灭规矩而不用。”两言偭为灭，义更显明。规矩即法制。喻此[illegible]镇压奴隶之旧法。改错，即改措，措错声同，得通用。谓改行新法也。

背，弃也。绳墨，亦喻旧法。《商君书·定分》“不待法令绳墨。”绳墨，亦法令也。

其证耳。追，洪朱皆曰古随字，非。王逸云："追犹随也。"是。曲，邪曲。新法削弱贵族之利益，故守旧者名曰曲。竟，穷也。周容，旧说以为谄媚，全包，实属曲会。疑周容，犹韩非所云同合、周合。《主道》云："同合刑名，审验法式，擅为者诛，国乃无贼。"《扬权》云："凡治之极，下不能待，周合刑名，民乃守职。"所谓周合，在"齐民萌"，"利民萌"，上下一其法，功赏及于民，不使贵族享特权，奴隶专受刑也。《商君书·赏刑》"圣人之为国也，壹赏壹刑壹教。"壹，即上下同。韩非以为周合，屈原以为周容。度，即法度。下文"何不改乎此度。"《惜往日》"背法度而心治兮"；"明法度之嫌疑。"《韩非子。问

稿纸

田》"主有度，上有术，""立治术，设度数，""夺民萌之度。"其证也。又竟同句，依文理应在前，并为协韵，倒置于末。四句承上，申群小所谓"善淫"之实。意谓屈原实变法风气中最乱政者。屈背弃祖先之旧制而设行新制。力争贵贱同一诛责以为法诫。毁弃良规以追随邪道。此一诬蔑和反对时屈原宜向在楚悼王时亦曾有此类叱述。如"数逆天道"，"善治国者，不变故不易常"，"砥砺甲兵"乃"阴伏之行，行者不利矣"。（见《说苑·指武》）与屈原所揭露者相同。可为佐证也。再者，据此更可证，《离骚》所作时间，又必在怀世无疑。

忳郁邑余侘傺兮，吾独穷困乎此时也。宁溘死以流亡兮，余不忍为此态也。

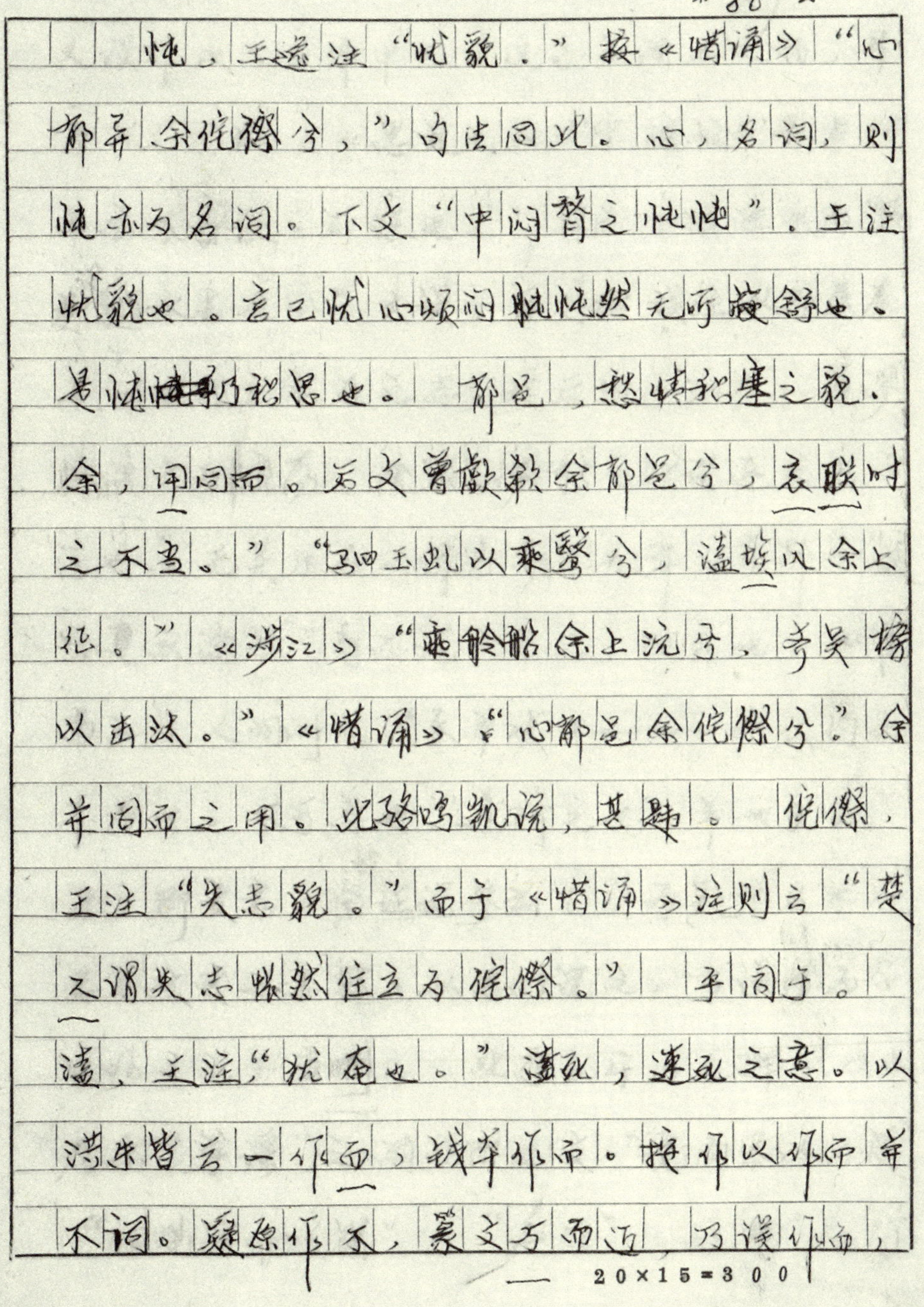

忳，王逸注"忧貌。"按《惜诵》"心郁邑余侘傺兮，"句法同此。心，名词，则忳亦为名词。下文"中闷瞀之忳忳"，王注"忳，忧貌也。言己忧心烦闷忳忳然无所舒也。"是忳乃郁思也。郁邑，愁怫郁塞之貌。余，作用同而。后文曾歔欷余郁邑兮，哀朕时之不当。""驷玉虬以乘鹥兮，溘埃风余上征。"《涉江》"乘舲船余上沅兮，齐吴榜以击汰。"《惜诵》"心郁邑余侘傺兮。"余并同而之用。此路鸣凯说，甚是。侘傺，王注"失志貌。"而于《惜诵》注则云"楚人谓失志怅然住立为侘傺。"乎同于。溘，王注"犹奄也。"溘死，速死之意。以，洪朱皆云一作而，钱本作而。按作以作而并不词。疑原作不，篆文丂而近，乃误作而，又误作以。原作中凡"流亡"词上之而，并为不之形误。《思美人》"宁隐闵而寿考。"而亦不字误。可证也。流亡，旧注以为"淹没随水去也。"大误。后人据误注以为屈原于怀世已立求死之志，故后沉于汨罗。更谬。按流亡为流荡，流浪之声转，就放逐后之生活也。无关求死。详说参《九章·哀郢》"遵江夏以流亡"句证说。忍，改变也。《淮南子·人间训》"乐羊攻中山……是伏约死节者也。不可忍也。遂降之（乐羊也）。"忍，即变志。余证说参前。为疑说者不知忍为改变之意转，以忍而推说之，乃误增"为"字以畅文气，当删。此态，守旧之群小攻击屈原"善淫"之词。即上文"竞周容以为度"，"偭规矩而改错"，"工巧""追曲"之行。

20×15=300

036

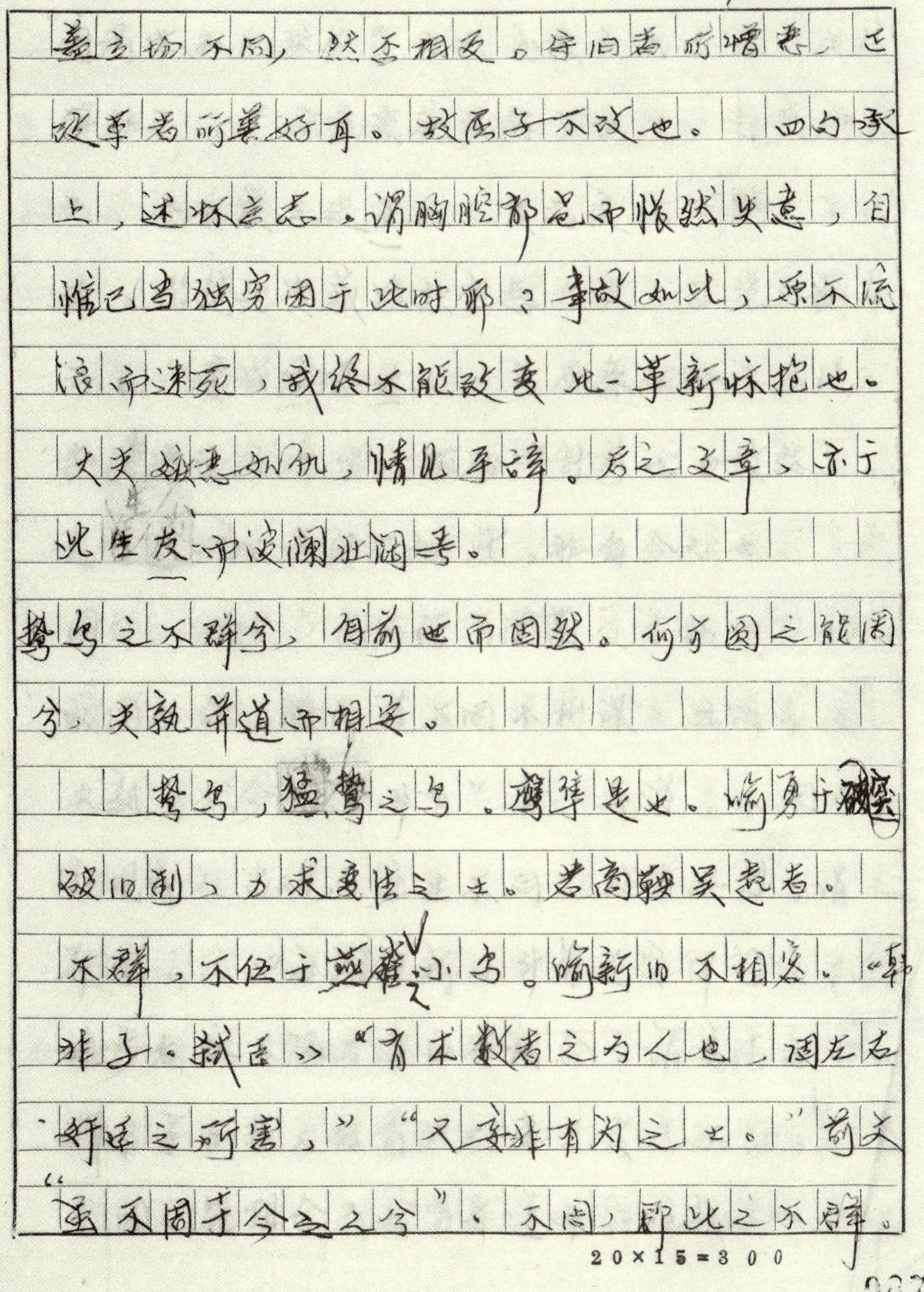
第90页

盖立场不同，然岂相安。守旧者所憎恶，正改革者所美好耳。故屈子不改也。四句承上，述怀言志。谓胸腔郁邑而怅然失意，自憾己当独穷困于此时耶？事故如此，愿不流浪而速死，我终不能改变此一革新怀抱也。大夫嫉恶如仇，情见乎辞。屈之文章，亦于此生发而波澜壮阔焉。

鸷鸟之不群兮，自前世而固然。何方圜之能周兮，夫孰异道而相安。

鸷鸟，猛鸷之鸟。鹰隼是也。喻勇于突破旧制，力求变法之士。若商鞅吴起者。不群，不伍于燕雀之类。喻新旧不相容。《韩非子·孤愤》“有术数者之为人也，固左右奸臣之所害。”“又云非有术之士。”前文“虽不周于今之人兮”、不周，即此之不群。

20×15=300

987

"自前世而固然"[?]，史载商鞅变法于秦，甘龙等非之，"宗室贵戚多怨望者"，赵良劝阻之，公子虔之徒害之。吴起变法于楚，吴传云："楚之贵戚皆欲害起"，《吕览·贵卒》云："贵族皆甚苦之。"屈原佐怀王变法，亦受贵臣之谗伤，故曰"自前世而固然"。意自前代以来实已如此，非自今始也。"方圜句，王注"言何所有圜凿受方枘而能合者，以喻不合。按所道不同不相谋，且相反也。夫孰，犹今语"哪有"。异道，不同之宇宙观或人生观，产生不同之政治思想，谓之异道。"此句概说新旧斗争（实即阶级斗争）进步者永不能与守旧者相合。谓变法之士不群于守旧者，自前代以来，实已如此，安有方圜之能相合？安有异道而能相安者耶？中上文"不忍此态"。

屈心而抑志兮，忍尤而攘诟，伏清白以死直兮，固前圣之所厚。

屈，折也。屈心，犹言折节，改变初志也。抑，按压也。抑志，犹言敛消意。屈心抑志，并谓改变始初变法之心。《思美人》曰"愧易初而屈志"，可证此解也。忍，受也。尤，过也。忍尤，犹言受过为福。攘诟，朱骏声训包羞，非是。今按：攘，除也。传："襄，除也。"襄即攘之省。《诗·大雅·皇矣》："攘之剔之。"疏："攘除剔剔。"是攘训除之证。故攘诟者，除去诟辱也。两句盖疑问语，意谓能回心变节，以求去"过"去"辱"乎？盖尤辱之来由于"不群"，倘能折节而同流，群小自不谗毁排挤也。说者以委曲心志，抑压志情，忍受罪尤而包羞度日为解，实于下句之思不属，且非屈子之性行，误得殊甚。伏，借作服，古同音通用。《汉书·宣元六王传》"悔过服罪。"《后汉书·冯衍传》"悔过伏罪。"可证伏服通用也。服，服用也，坚持之意。直，正直、真理之谓。《离骚》"鲧婞直以亡身兮，"《抽思》"何灵魂之信直兮。"《怀沙》"内直质正兮，"直，均正直也。屈子之直，不同于儒家"子为父隐，父为子隐"之直（见《论语·子路》）。盖真理、进步主张之谓。为维护真理，实现真理，不惜以生命以之，故曰"死直"。前圣，意同"法夫前修"之前修，即前贤、前哲之谓，商鞅吴起是也。《韩非子·奸劫弑臣》"贤圣之戮死，"圣贤即指商吴等。《利民篇》云"枝解吴起，而车裂商君者，何也。曰大臣苦法。"即所谓欲直之前圣。故于《问田》云"不惮乱主闇上之患祸，而必思以齐民萌之资利者，仁智之行也。"厚，重视、珍视也。四句申上文"夫孰异道而相安"。谓我岂能折节回心，以求非跻罪尤诟辱乎？曰是不能，服清白之操以死于直理，此前圣之所珍重者，吾当以为则也。 又按自"余既滋蓝"迄此，述说[illegible]毁怀王之坏法，并不以"民生多艰"为念。己之受黜，自因持义为民，与群小异道。此种情况，前世亦然。余虽处穷困，势不能变操以求福，盖服膺清白，死于直道，乃前圣所珍，己以为则。此点君之誓言，《离骚》之主题。君之文章、文字涉触于此，极沉哀

20×15=300

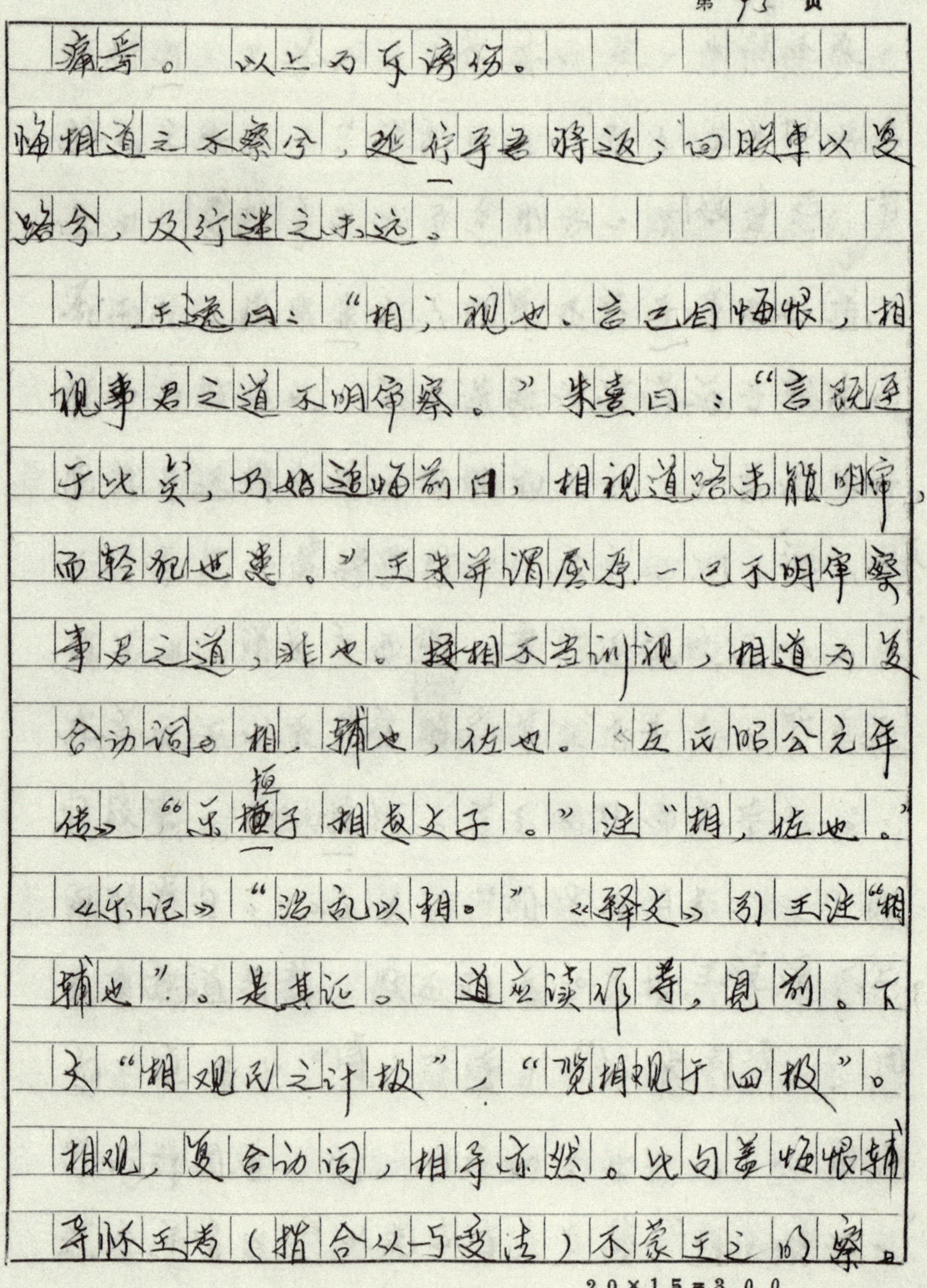

痛吾。以上为斥谤伤。

悔相道之不察兮，延伫乎吾将返；回朕车以复路兮，及行迷之未远。

王逸曰："相，视也。言己自悔恨，相视事君之道不明审察。"朱熹曰："言既遇于此矣，乃始追悔前日，相视道路未能明审，而轻犯世患。"王、朱并谓屈原一己不明审察事君之道，非也。按相不当训视，相道为复合动词。相，辅也，佐也。《左氏昭公元年传》："乐桓子相赵文子。"注"相，佐也。"《乐记》"治乱以相。"《释文》引王注"相，辅也"。是其证。道应读为导，见前。下文"相观民之计极"，"览相观于四极"。相观，复合动词，相导亦然。此句盖悔恨辅导怀王者（指合纵与变法）不蒙王之明察。

20×15=300

032

迷行也。王逸曰：“长立而望，将以还返，终己之志也。”洪补曰：“伫，直吕切。久立也。异姓事君，不合则去。同姓事君，有死而已。屈原去之，则是不察于事君之道，故悔而欲返也。”王洪之说皆谓返于朝廷。实忽于返朝之举，不能取决于己。其说不谛，不待言矣。案将且欲也，未然之词。返，还故里也。谓长立而望，当欲还返故里也。又此文以下，至“惟昭质其犹未亏”，皆言返归故里，不欲偏行，并不因黜而变节也。

回朕车句，王逸云：“同姓无相去之义，故屈原遵道行忠，欲还归也。”按王说误。上行，道也。《诗·大东》“行彼周行。”周行，即周道。行，用其初义也。《左氏昭公十三年传》“以光启行，”注“行，道也。”

是其证。行迷即迷道。盖原心怀悔恨，一时引为迷途，故中言回我車以复旧路，当迷路未远之时，尚不晚也。此屈子独善己身之思一时消极情绪耳。不须为之讳言。

步余马于蘭皋兮，馳椒丘且焉止息。进不入以离尤兮，退将復修吾初服。

王逸注："步，徐行也。泽曲曰皋。"椒丘，五臣云："丘上有椒也。"步馳于芳香之丘，喻不忘洁身也。进不入即不进入，不返朝也。离尤，获罪也。蔡景翰说。尤，《说文》"异也。"训罪乃訧之假字。《说文》"訧，辠也。"《诗·绿衣》"俾无訧兮。"毛传"訧，罪也。"是其证。修借作修飾也，治也。《荀子·修身》"见善修然，所以自存也。"杨注"修，整飾貌。"

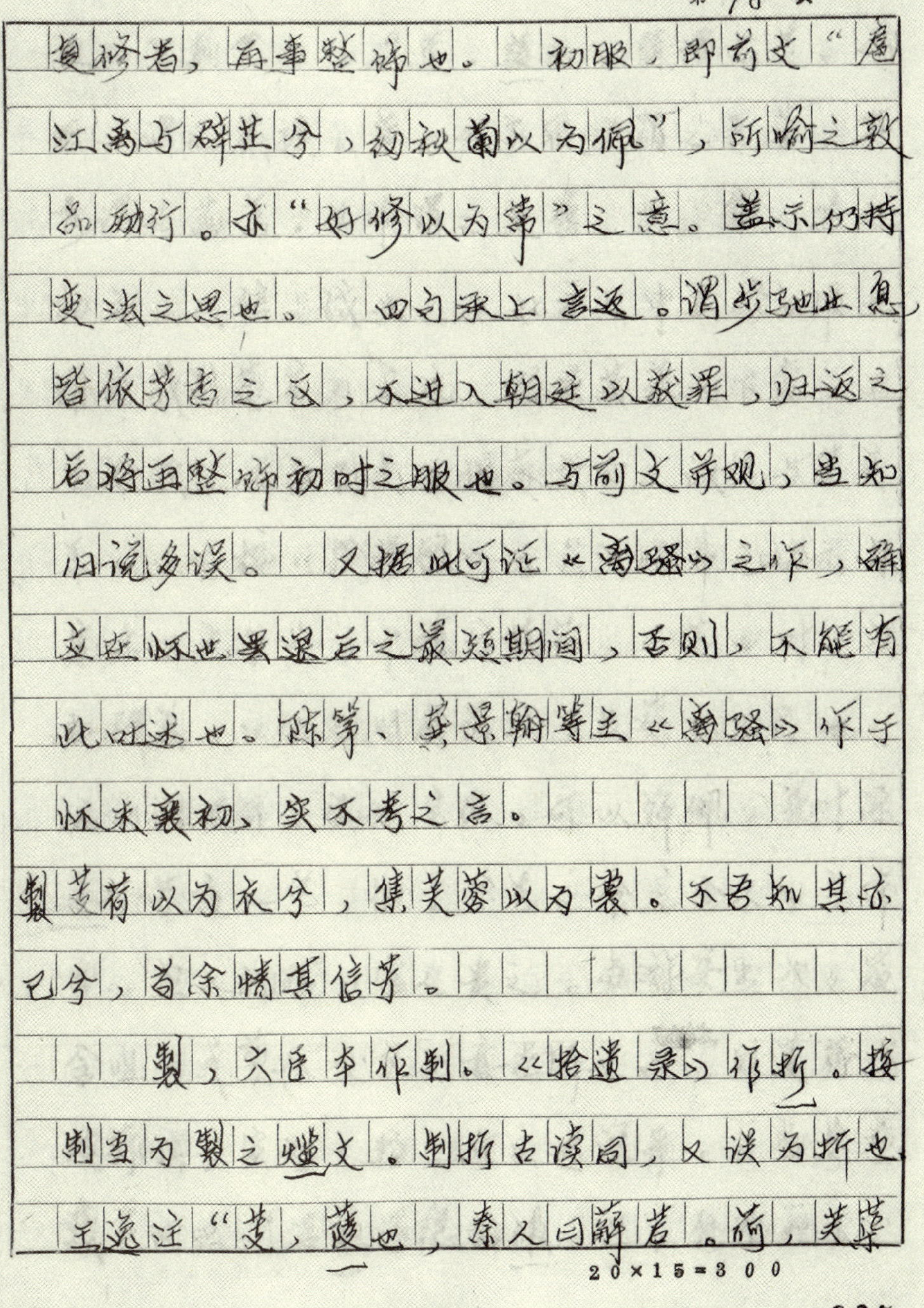

复修者，再事整饰也。初服，即前文“扈江离与辟芷兮，纫秋兰以为佩”，所喻之敦品励行。亦“好修以为常”之意。盖示仍持变法之思也。四句承上言返。谓步驰止息皆依芳香之区，不进入朝廷以获罪，归返之后将再整饰初时之服也。与前文并观，当知旧说多误。又据此可证《离骚》之作，确应在怀世罢退后之最短期间，否则，不能有此叙述也。陈第、龚景瀚等主《离骚》作于怀末襄初，实不考之言。

製芰荷以为衣兮，集芙蓉以为裳。不吾知其亦已兮，苟余情其信芳。

製，六臣本作制。《拾遗录》作折。按制当为製之省文。制折古读同，又误为折也。王逸注“芰，蔆也，秦人曰薢茩。荷，芙蕖也。"戴震曰："芰，蔆也。楚谓之芰。《尔雅》谓之薢茩。荷，《尔雅》谓之芙蕖，其秀谓之菡萏，其华谓之芙蓉。"雧，集之初文。信，诚也。此承上申言修初服也。谓将裁制芰荷为上衣，缀集芙蓉为下裳。君不知我，亦云已矣，但求我心之诚信与芳美耳。又按《拾遗录》云"汉昭帝元始元年，穿淋池千步，中植分枝荷，一茎四叶，状如骈盖，日照则叶低荫根，若葵之卫足也。名曰低光荷。实如玄珠，可以饰佩。花叶杂萎，芳香之气，彻十余里。食之令人口气常香，益人肌理，宫人贵之。每游宴出入，皆含咀。或剪以为衣，或折以蔽日。"则芰荷分枝荷也，实为一物。与王逸说异。可备参考。戴震又云"言服退隐之服，但衣自芳，不必

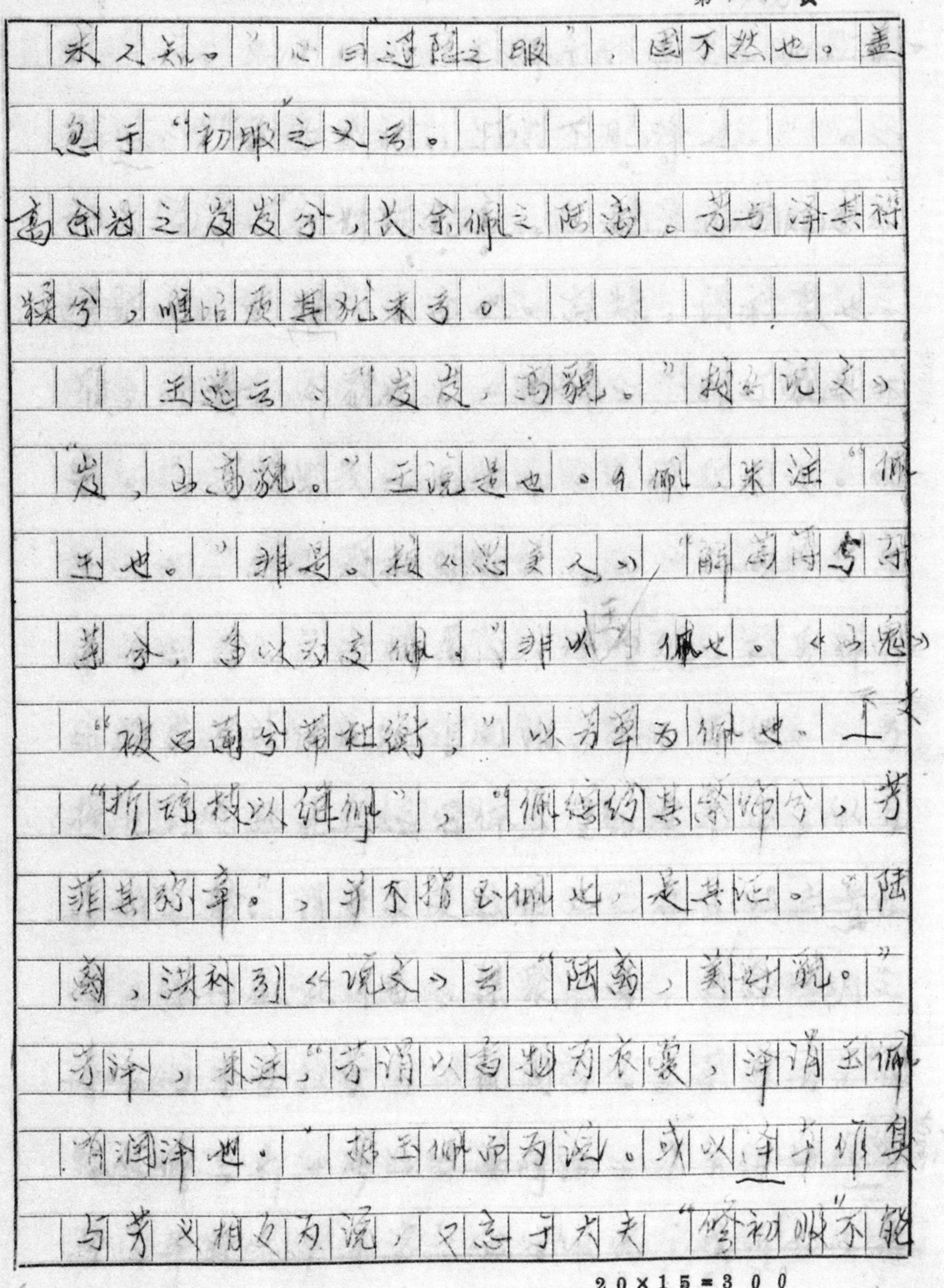
未之知。"心同遂隐之服"，固不然也。盖忽于"初服"之文云。

高余冠之岌岌兮，长余佩之陆离。芳与泽其杂糅兮，唯昭质其犹未亏。

王逸云："岌岌，高貌。"《说文》"岌，山高貌。"王说是也。佩，朱注"佩玉也。"非是。据《思美人》"解萹薄与杂菜兮，备以为交佩"，非以玉佩也。《山鬼》"被石兰兮带杜衡"，以芳草为佩也。"芳"、"折琼枝以继佩"，"佩缤纷其繁饰兮，芳菲菲其弥章。"，并不指玉佩也，是其证。"陆离"，洪补引《说文》云"陆离，美好貌。"芳泽，朱注"芳谓以香物为衣裳，泽谓玉佩有润泽也。"却玉佩而为说。或以泽字作臭与芳义相反为说，只忘于大夫"修初服"不能

20×15=300

0037

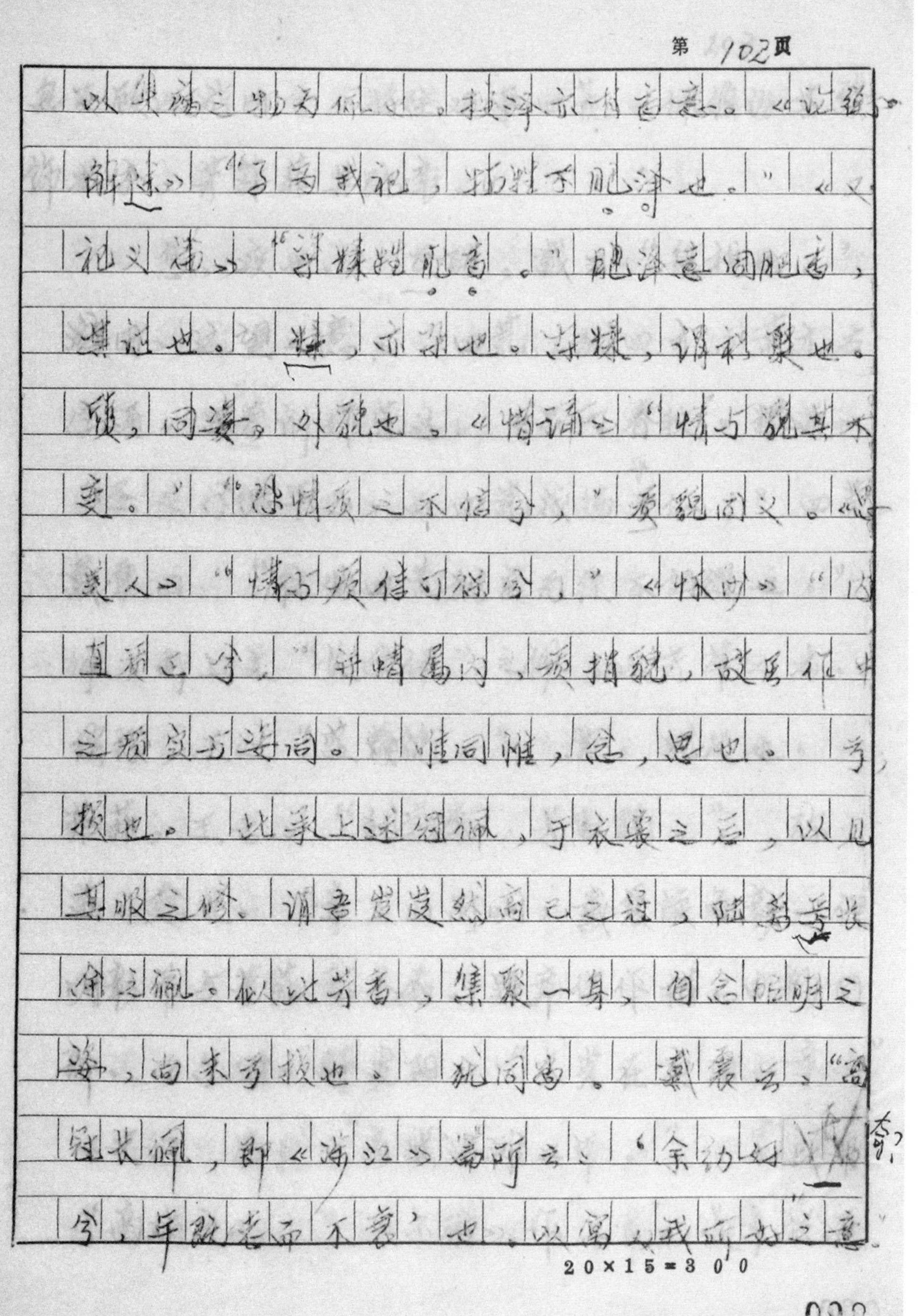

以其滑之物为饰也。棘泽亦有此意。《说文解字》“予写我袍，物料不能泽也。”《文祖义疏》“泽糅错乱者。”脂泽意同脂泽，其证也。糅，亦杂也。杂糅，谓混杂也。质，同姿。外貌也。《惜诵》“情与貌其不变。”“恐情质之不信兮，”质貌同义。《思美人》“情与质信可保兮，”《怀沙》“内直质重兮，”并情属内，质指貌，故在作中之质皆与姿同。唯同惟，念，思也。亏损也。此承上述衣服，于衣裳之后，以见其服之修。谓吾岌岌然高己之冠，陆离吾长余之佩。似此芳香，集聚一身，自念昭明之姿，尚未亏损也。犹同尚。戴震云：“高冠长佩，即《涉江》篇所云：‘余幼好奇兮，年既老而不衰’也。以寓我所好之意

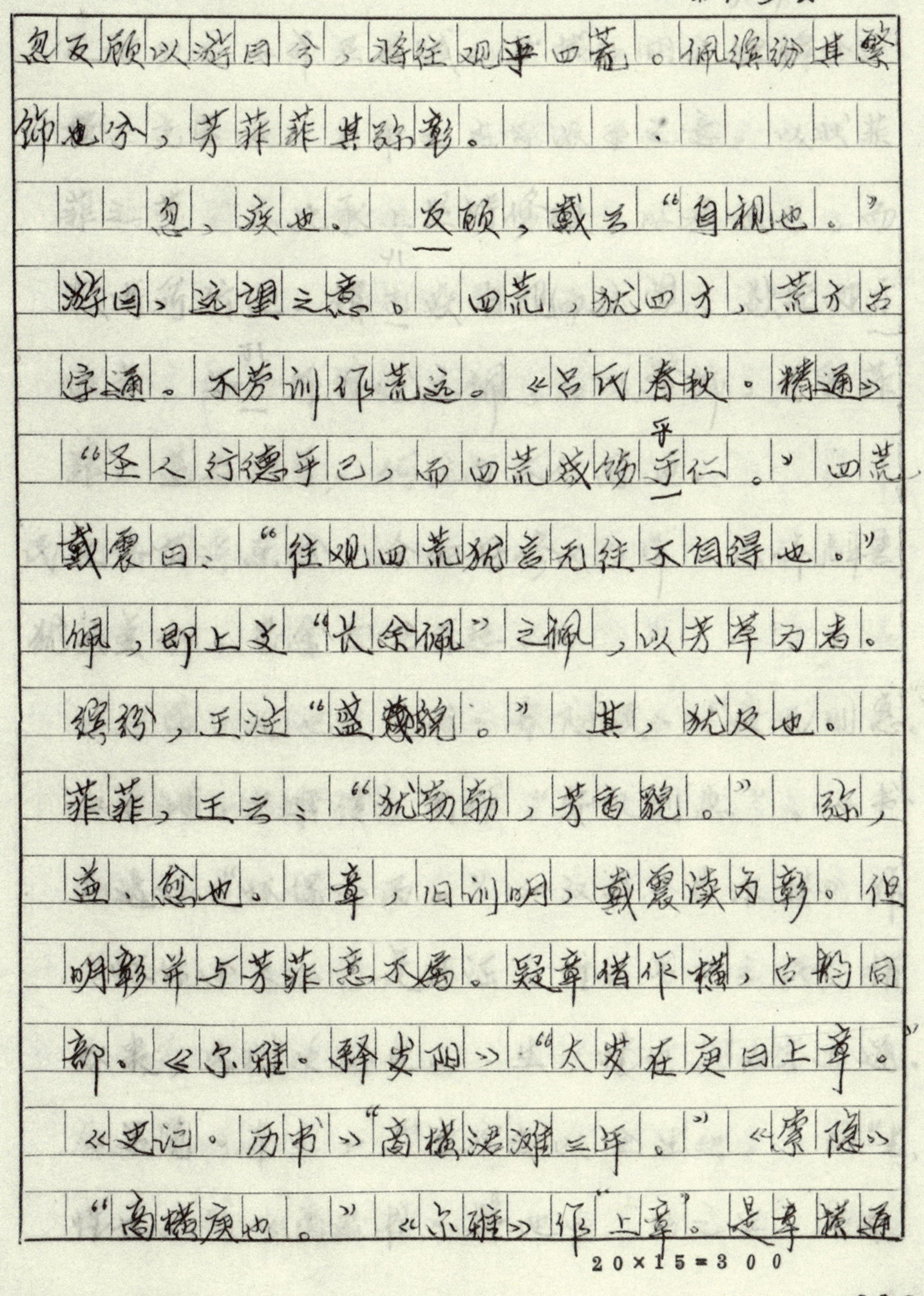

忽反顾以游目兮，将往观乎四荒。佩缤纷其繁饰也兮，芳菲菲其弥彰。

忽，疾也。反顾，戴云"自视也。"游目，远望之意。四荒，犹四方，荒方古字通。不劳训作荒远。《吕氏春秋·精通》"圣人行德乎己，而四荒咸饬乎仁。"四荒戴震曰："往观四荒犹言无往不自得也。"佩，即上文"长余佩"之佩，以芳草为者。缤纷，王注"盛貌。"其，犹及也。菲菲，王云："犹勃勃，芳香貌。"弥，益、愈也。章，旧训明，戴震读为彰。但明彰并与芳菲意不属。疑章借作横，古韵同部。《尔雅·释岁阳》"太岁在庚曰上章。"《史记·历书》"商横涒滩三年。"《索隐》"商横庚也。"《尔雅》作"上章"。是章横通

20×15=300

099

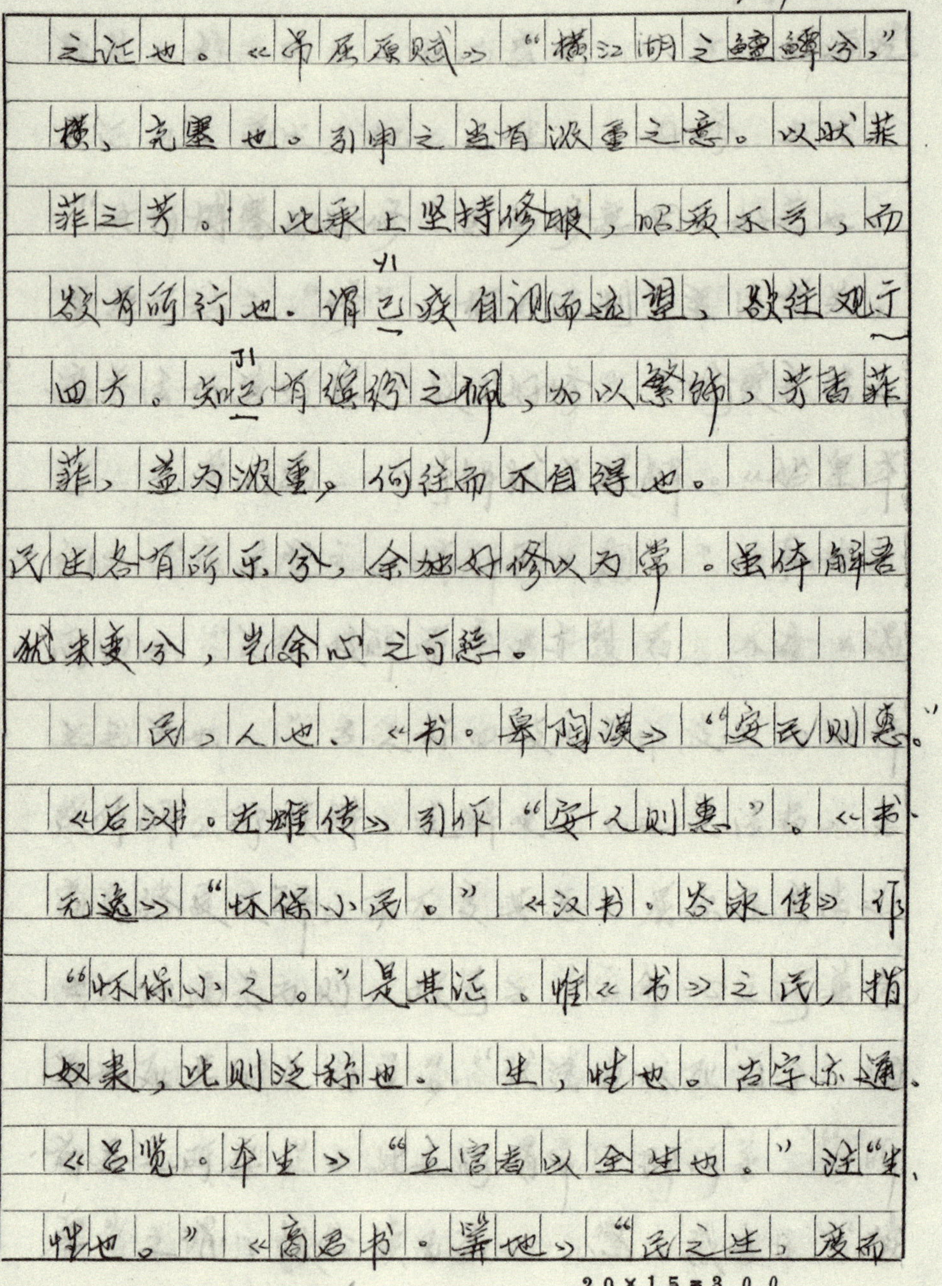

之证也。《吊屈原赋》"横江湖之鳣鲟兮，"横，充塞也。引申之当有浓重之意。以此菲菲之芳。此承上坚持修服，昭质不亏，而欲有所行也。谓已疾自视而远望，欲往观乎四方。知己有缤纷之佩，加以繁饰，芳香菲菲，益为浓重，何往而不自得也。

民生各有所乐兮，余独好修以为常。虽体解吾犹未变兮，岂余心之可惩。

民，人也。《书·皋陶谟》"安民则惠。"《后汉书·左雄传》引作"安人则惠"。《书·无逸》"怀保小民。"《汉书·谷永传》作"怀保小人。"是其证。惟《书》之民，指奴隶，此则泛称也。生，性也。古字亦通。《吕览·本生》"立官者以全生也。"注"生，性也。"《商君书·算地》"民之生，度而

20×15=300

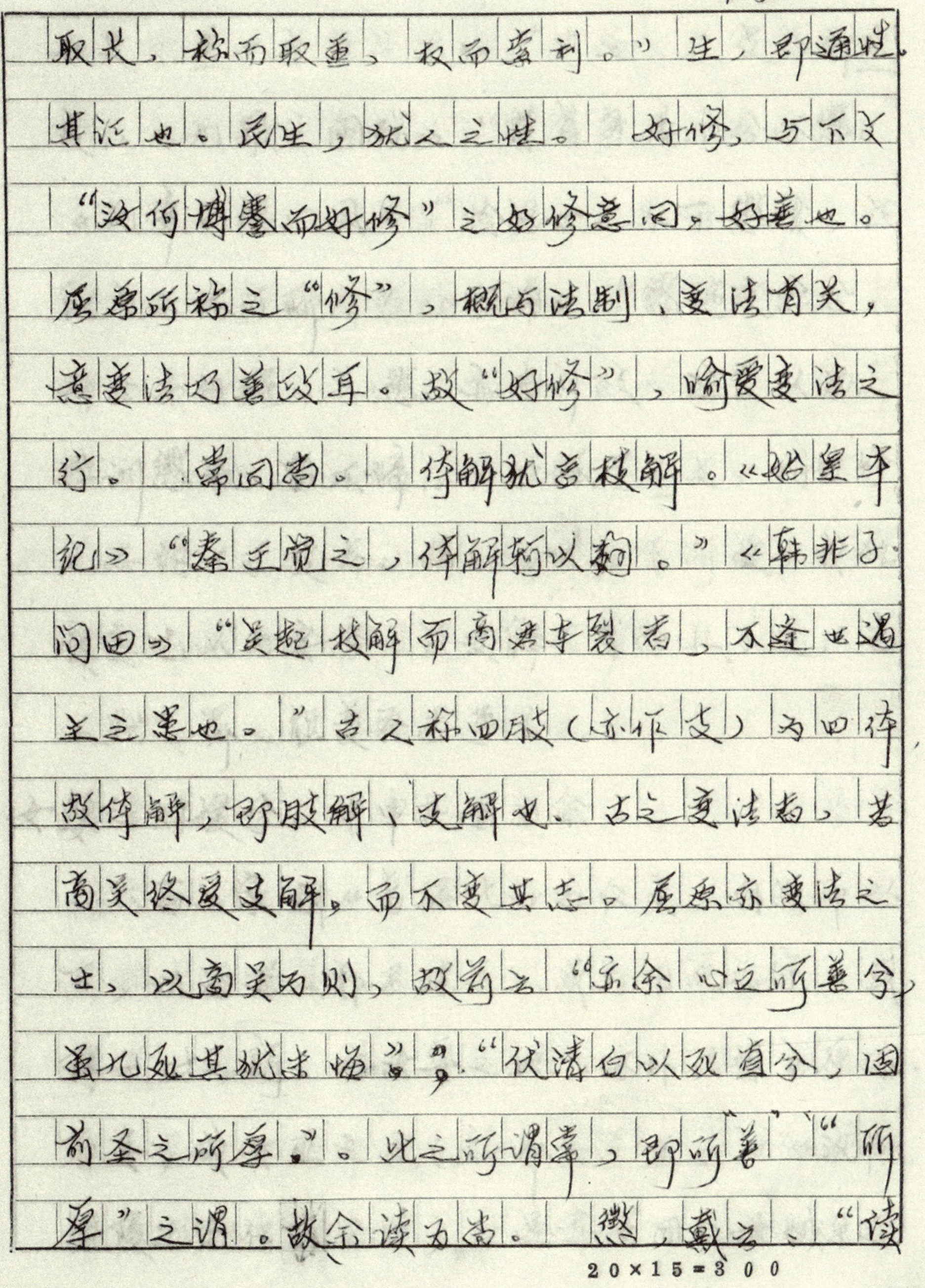
第105页

取长，称而取重，权而害利。”生，即通性。其证也。民生，犹人之性。好修，与下文“汝何博謇而好修”之好修意同，好善也。屈原所称之“修”，概与法制、变法有关，意变法好善设耳。故“好修”，喻爱变法之行。常同尚。体解犹言枝解。《始皇本纪》“秦王觉之，体解轲以徇。”《韩非子·问田》“吴起枝解而商君车裂者，不逢世遇主之患也。”古人称四肢（亦作支）为四体，故体解，即肢解、支解也。古之变法者，若商吴终受支解，而不变其志。屈原亦变法之士，以商吴为则，故前云“亦余心之所善兮，虽九死其犹未悔”；“伏清白以死直兮，固前圣之所厚”。此之所谓常，即“所善”“所厚”之谓。故余读为尚。惩，戴云：“读

20×15=300

101

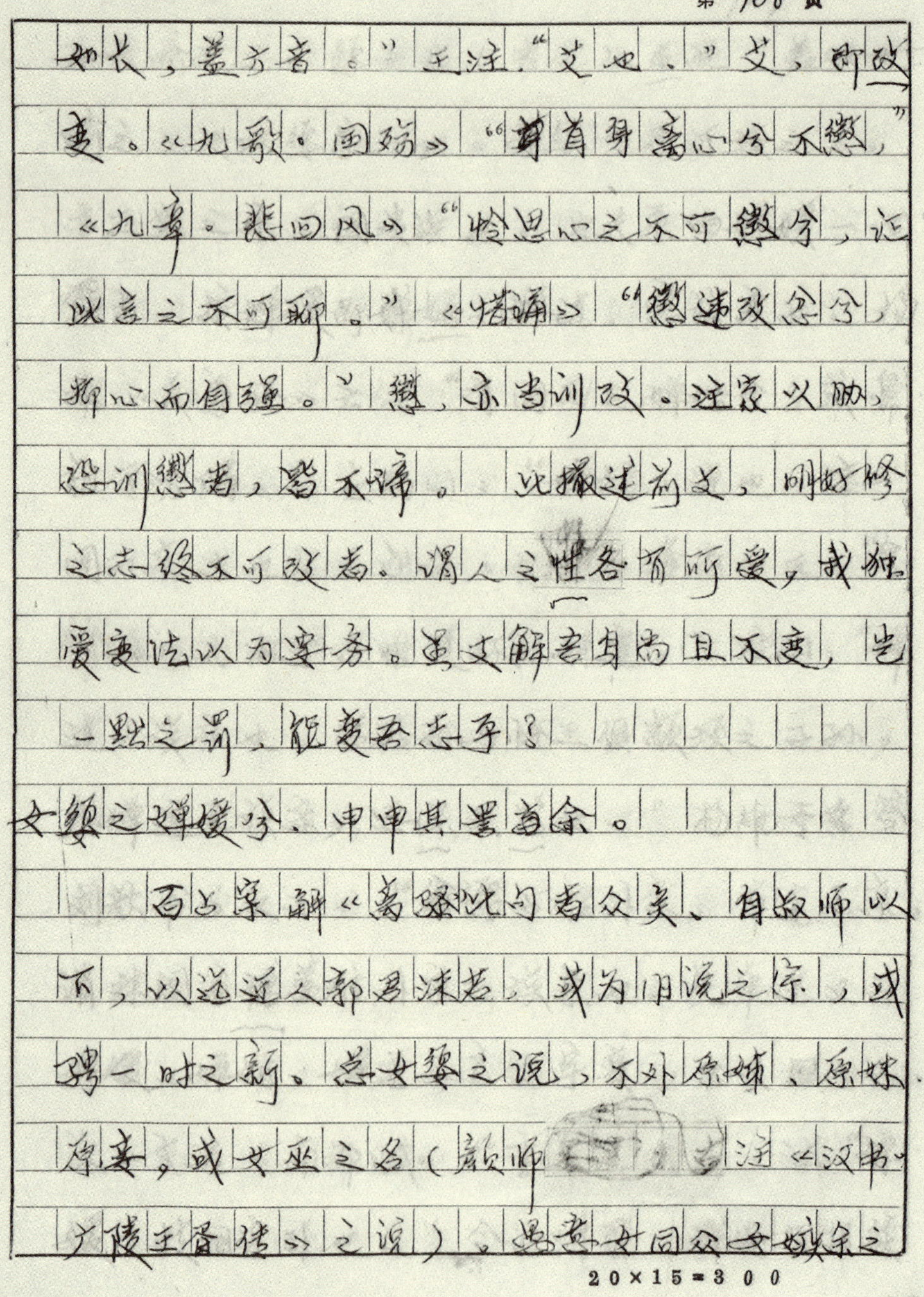

第 106 页

如长，盖方音。" 王注："艾也。" 艾，即改变。《九歌·国殇》"首身离兮心不惩"，《九章·悲回风》"怜思心之不可惩兮，证此言之不可聊。"《惜诵》"惩违改忿兮，抑心而自强。" 惩，亦当训改。注家以创、恐训惩者，皆不谛。此揽述前文，明好修之志终不可改者。谓人之性各有所爱，我独爱变法以为要务。虽支解吾身尚且不变，岂一黜之罚，能变吾志乎？

女嬃之婵媛兮，申申其詈余。

百上集解《离骚》此句者众矣。自叔师以下，以迄近人郭沫若，或为旧说之宗，或骋一时之新。总女嬃之说，不外原姊、原妹、原妾，或女巫之名（颜师古注《汉书·广陵王胥传》之说）。愚意女同父女媭余之

20×15=300

女，喻美之。媛女字，当从叔重说，盖以女喻之，又以媛字之也。寻媛乃原近族之义，亦王室之亲，同贵族也。此关系由婵媛一词露出。按婵媛即婵嫣、婵连，意族亲也。杨雄《反离骚》云："有周氏之婵嫣兮，或鼻祖于汾隅。"应劭曰："婵嫣，连也。言与周氏亲连也。"刘向《九叹。逢纷》云："余肇祖于高阳兮，惟楚怀之婵连。"注曰："婵连，族亲也。言屈原与怀王俱颛顼之子孙，有婵连之族亲，思深又笃也。"杨雄于《答刘歆书》又云："翁孺与雄外家，牵连之亲。"谓林闾翁孺盖雄外家之族亲也。是牵连又为婵媛、婵嫣、婵连之音转字变，含义相同也。又《文选。南都赋》"垂条婵媛。"注"婵媛，枝相连引也。"今语蝉联、蝉连皆相续不犹意，亦当为婵媛之变字。故婵连、婵媛于之释族亲。婵媛于木释：枝相连，皆言其关系之近也。若就"垂条"源于一本说，实亦族亲也。此婵媛即族亲之证解也。复按《九歌·湘君》"女婵媛兮为余太息。"《七谏·哀命》"念女媭之婵媛。"《九章·哀郢》"心婵媛而伤怀兮，"（心亦念也）《悲回风》"忽倾寤以婵媛。"《九叹·思古》"心婵媛而无告兮。"诸婵媛皆当训族亲，意无窒碍之失。而洪补、朱注，钱传皆引一本作撣援、《白氏六帖》引媛作娟，皆一音之借也。又婵媛，一叠均字名词，屈作中类此者，如崑崙，薜荔、丰隆、琪璜、从容（忠贞）皆是，不当疑其不可为言词也。之，犹以也。下文"依前圣以节中兮"，《文选》以作之。

"夏桀之常违兮，乃遂焉而逢殃"之，亦以也，是其证。遇之此解，疑较王逸之训牵引，洪氏之训牵连，李周翰之训牵引古事，张铣之训抵触，《文选集解》之训嫉恚及闻一多之训嫌忌，申此而违彼者为胜。并可证谓媭为原姊妹原妹或原妾者，为悬臆之说。申申，王逸曰："重也。"洪补："和舒之貌。"按申申所以状詈，詈人者，岂有和舒之态？知洪说必误。戴注"详複也。"义亦未允。疑申为词之假字，申申，犹词词也。考《史记·张良世家》"以良为韩申徒。"《汉书》申徒作司徒。《庄子·大宗师》"申徒狄"《释文》"崔本作司徒狄。"知申、司古字通。按金文凡司徒司马司空之司，并作𤔲或辞（见《兮甲盘铭》），而𤔲辞为一字，司乃

20×15=300

古婞字（见《汉书叙传音义》），知申、訇、婞、訇古并可通用也。则"申申其詈余"，意谓女媭每言则责詈于余也。词词之构造与人人、日日、争争同。詈，王注"骂也。"詈字之从网从言，谓触罪网者，则詈实以罪责人，亦足证女媭之系楚族也。而句谓女媭以族亲之关系，每言即责罪于我。"婵媛"乃指怀王乎？

曰："鲧婞直以亡身兮，终然殀乎羽之野。"

鲧，即鲧。婞，《说文》"很也。"《九章》"行婞直而不豫兮，鲧功用而不就。"婞直，狠直。东坡云："鲧盖刚而犯上者。"

亡身，王逸云"不顺尧命。"李延济注"不用尧命"，是。亡身本作"方命"。古方亡形近，身命可通故也。《尧典》"方命圮族"，尤其证矣。然，同焉。殀，王注"早死也。"疑非是。按《舜典》"殛鲧于羽山，"《山海经·海内经》"洪水滔天，鲧窃帝之息壤以堙洪水，不待（按通持）帝命。帝令祝融杀鲧于羽山。"所谓殛、杀，是同"放驩兜于崇山"、"窜三苗于三危。"之放、窜，而"窜三苗"在《孟子》曰"杀三苗"，在《庄子》又曰"投三苗"，知殛实近投也，荒弃困，不使返之谓。故《天问》曰"永遏在羽山"。寻永遏同壅遏，《管子·立政》"奸人在上，则壅遏贤者而不进也。"是。壅遏，阻塞之意谓也。亦作壅阏，《列子·杨朱》"勿壅勿阏。"《释文》"阏与遏同，"其证也。又转而为夭阏，《庄子·逍遥游》"背负青天而莫之夭阏者，"贾谊《新书·修政语下》

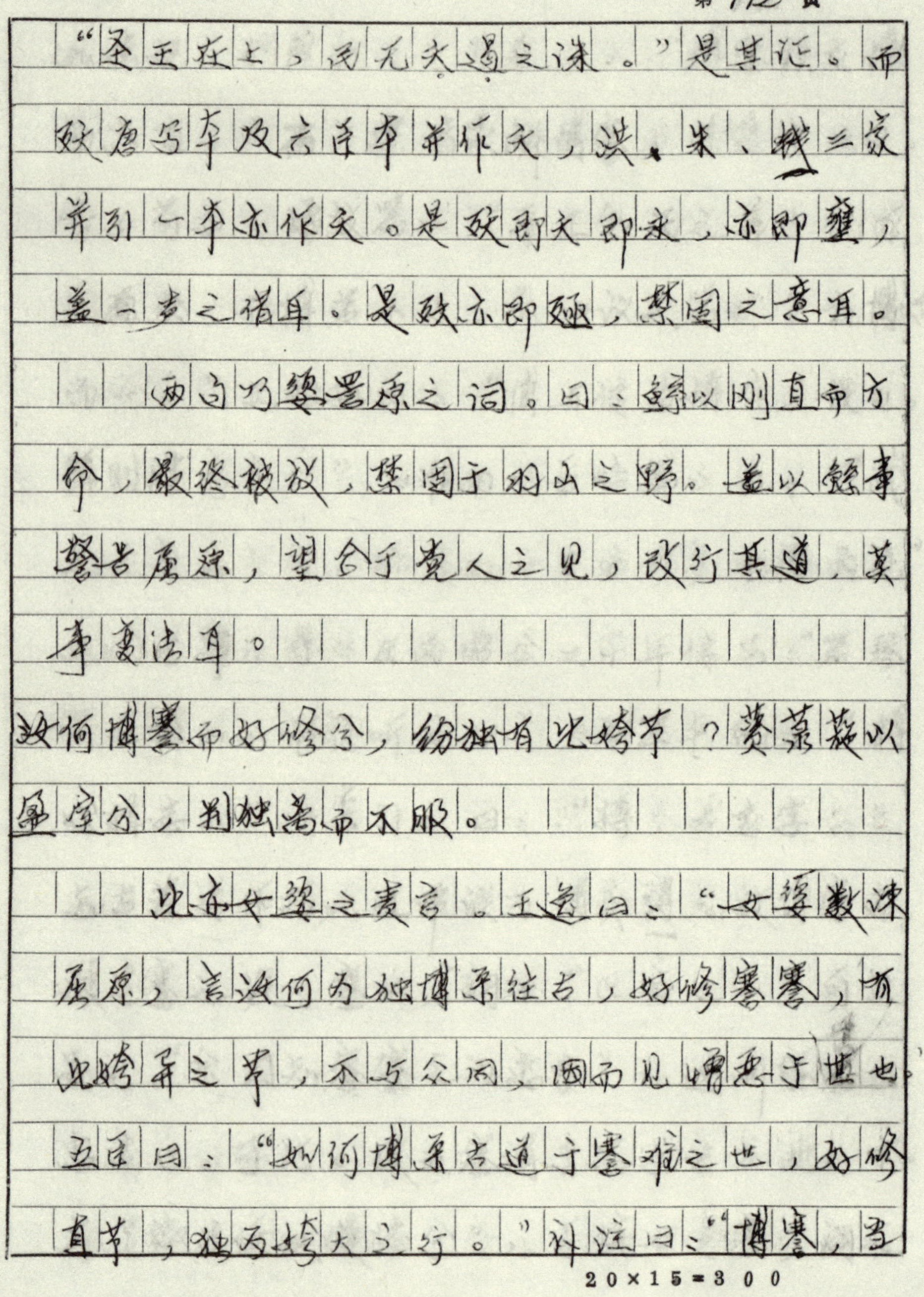

"圣王在上，民无夭遏之诛。"是其证。而敦煌写本及六臣本并作夭，洪、朱、钱三家并引一本亦作夭。是殀即夭即遏，亦即壅，盖一步之措耳。是殀亦即殛、禁锢之意耳。

此句乃女嬃詈原之词。曰：鲧以刚直而方命，最终被放，禁锢于羽山之野。盖以鲧事警告屈原，望合于党人之见，改行其道，莫专变法耳。

汝何博謇而好修兮，纷独有此姱节？薋菉葹以盈室兮，判独离而不服。

此亦女嬃之责言。王逸曰："女嬃数谏屈原，言汝何为独博采往古，好修謇謇，有此姱异之节，不与众同，而见憎恶于世也。"五臣曰："汝何博采古道于謇难之世，好修直节，独为姱大之行。"补注曰："博謇，言

如远说。纷盛貌。”朱熹曰：“博謇谓广博而忠直。”以上录诸家解博謇，并望文生义。考《荀子·儒效篇》“平正和民之善，亿万之众，而博若一人。”《议兵篇》“和傅而一。”王念孙曰：“傅与传皆搏字之误也。搏则胜矣。”《淮南·兵略篇》曰：“武王之卒三千人，皆专而一。古书多以搏为专。”王说甚是。寻《左氏昭公二十年传》“若琴瑟之搏一，谁能听之。”《始皇本纪》“搏心揖志。”《索引》曰：“搏，古专字。”知古者专作搏，因常误为博或傅。故博謇者，疑专謇之误。謇《广韵》“正言也。”可训忠。“余固知謇謇之为患兮”，逸训謇謇，忠言也。可证。故专謇谓专忠于君上也。下文“椒专佞以慢慆兮”，专佞与专謇，词之

20×15=300

109

构造词。而意相反，可作一有力佐证。又《惜诵》"专惟君而无他兮，又众兆之所仇也。壹心而不豫兮，羌不可保也。"所谓"专惟君而无他"即所谓专謇也，更可作一证明。好脩，即好修，爱美洁也。解见前。纷，盛貌，犹纷然。姱，美也。节，朱骏声以为饰之误。按姱饰与上文好修应，意美饰也。薋，王注"蒺藜也。"高先生以薋为茨，积字之通假。又为"积"是也。菉，戴云"《尔雅》谓之王刍，或谓之蓐草，或谓之卷耳葹，染黄草也。"葹，戴云："今之苍耳。《周南》谓之卷耳。《尔雅》谓之苓耳，或谓之枲耳。"案菉、葹无香之草，用喻谗佞守旧者。以，犹已。盈室，王注"言众人皆佩薋、菉、苓耳，以喻谗佞之

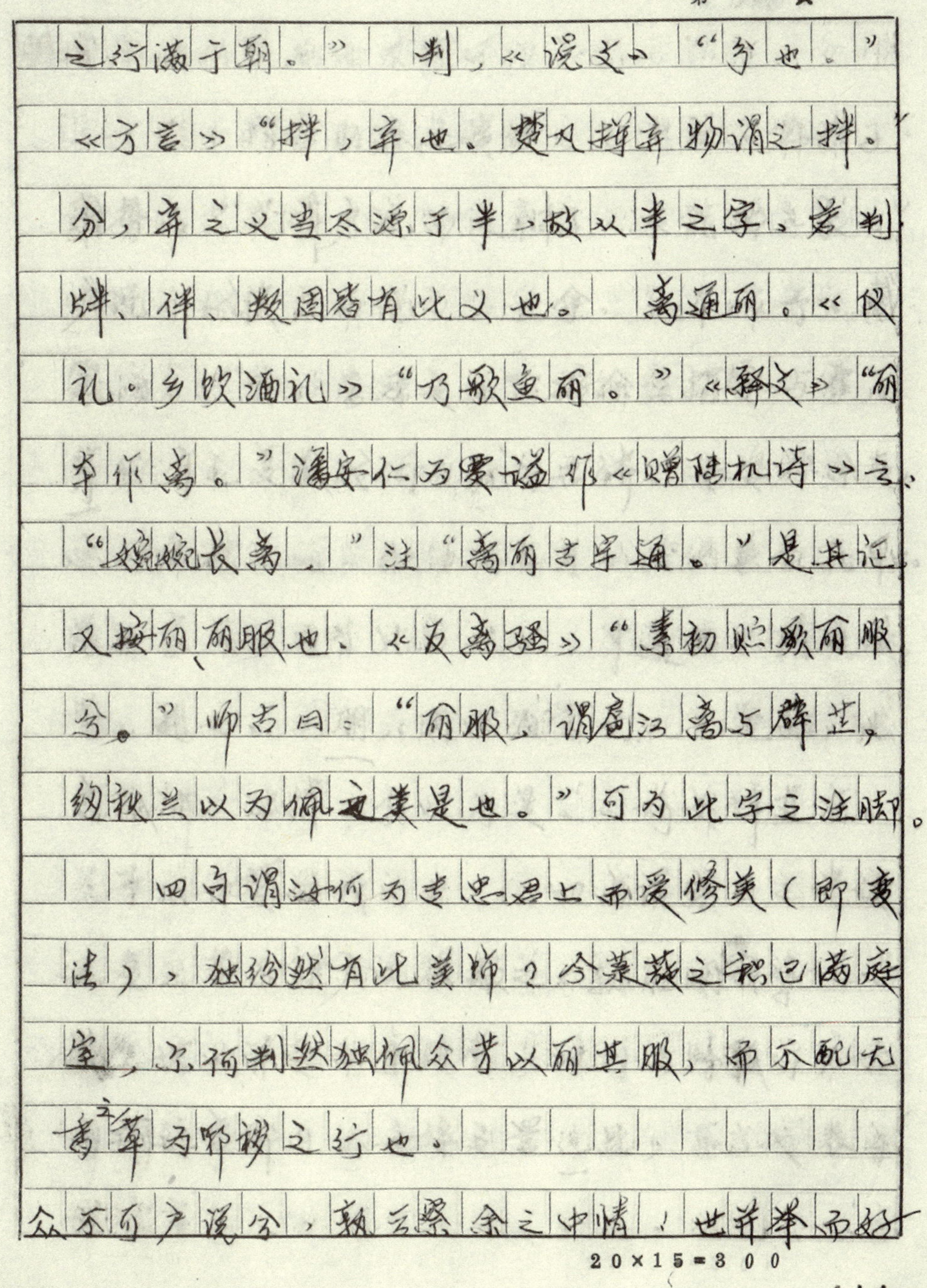
第115页

之行满于朝。”判，《说文》“分也。”《方言》“拌，弃也。楚凡挥弃物谓之拌。”分，弃之义当尽源于半，故从半之字，若判、胖、伴、叛固皆有此义也。离通丽。《仪礼·乡饮酒礼》“乃歌鱼丽。”《释文》“丽本作离。”潘安仁为贾谧作《赠陆机诗》云：“婉婉长离。”注“离丽古字通。”是其证。又按丽，丽服也。《反离骚》“素初贮厥丽服兮。”师古曰：“丽服，谓扈江离与辟芷，纫秋兰以为佩之类是也。”可为此字之注脚。

四句谓汝何为专忠君上而爱修美（即变法），独纷然有此美饰？今菉葹之类已满庭室，尔何判然独佩众芳以丽其服，而不配无离之草为邪秽之行也。

众不可户说兮，孰云察余之中情！世并举而好

20×15=300

111

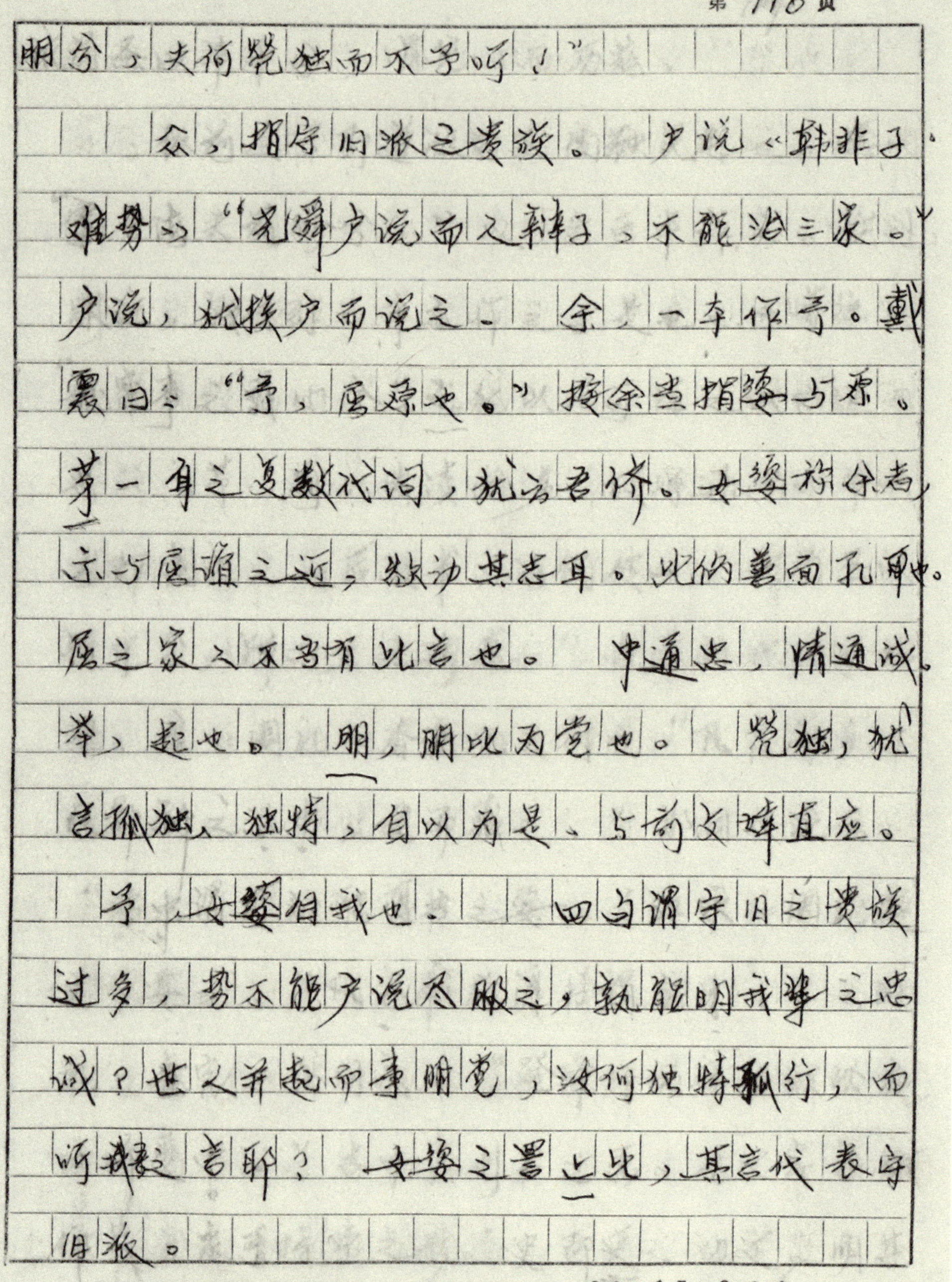

115

第116页

明分分，夫何茕独而不予听！”

众，指守旧派之贵族。户说：《韩非子·难势》：“尧舜户说而人辩之，不能治三家。”户说，犹挨户而说之。余，一本作予。戴震曰：“予，屈原也。”按余当指嬃与原。第一身之复数代词，犹云吾侪。女嬃称余者，示与屈原之近，欲动其志耳。此伪善面孔耳。屈之家人不当有此言也。中，通忠，情，通诚。举，起也。朋，朋比为党也。茕独，犹言孤独、独特，自以为是，与前文婞直应。

予，女嬃自我也。四句谓守旧之贵族过多，势不能户说尽服之，孰能明我辈之忠诚？世人并起而争朋党，汝何独特孤行，而听我之言耶？女嬃之詈止此，其言代表守旧派。

20×15=300

112

依前圣以节中兮，喟凭心而历兹。

依前圣，即遵依前圣商鞅吴起也。意同"謇吾法夫前修兮。"以，六臣本作之。洪补、朱注、钱传引一本亦作之。是也。《惜往日》"秘密事之载心兮"。之犹以，可证之以古通用也。节，制，古读同声，故得通用。节中当即制中。《后汉书·冯衍传》"揽前圣以制中兮，矫二主之骄奢。"与此同比，可证也。案《周礼·春官·天府》"凡官府乡州及都鄙之治中，受而藏之。"郑司农注云："治中谓其治职簿书之要。"江永《周礼疑义举要》："凡官府簿书谓之中。"《周礼·春官·小司寇》"登中于天府，狱讼成，士师受中。"古中实刑书之属。案史字篆文作𠭁，象手持中之形。史即吏之初文，明其职也。《论语》"允执厥中。"中指图籍，其证也。《淮南子·诠言》"听狱制中，皋陶也。"制中，意即治刑耳。故"依前圣之制中兮"，意为遵依前圣之刑书，以事新法。《惜往日》曰"奉先功以照下兮，明法度之嫌疑。"亦谓依前圣以制新法也。允此语之良好注脚。戴震云："此下陈辞，以自明其学之正。"略窥文意，而不能详其旨。然已超过前人矣。王逸曰："喟，叹也。喟然愤懑之心，历数前世成败之道，而为此词也。"五臣曰："历，行也。凭，满也。"补注曰："喟凭心而历兹者，叹逢时之不幸也。历，犹逢也。"按诸家说解，除训喟为叹外，余均违文意。寻凭，依也。《思玄赋》"凭归云而遐逝兮，"注"凭，依也。"《左氏哀公七年传》"凭恃其众。"注"凭，依也。"是其证。心中正之心也。凭心者谓遵守忠正之心也。今吾乡长耆方言尚有此词。《思美人》"独历年而离愍兮，羌凭心犹未化。"凭心意同此，亦一证焉。历兹，戴注"犹言~~如此~~也。"非是。阎若璩《释地三续》云："兹年也。《左传僖公十六年》'今兹鲁多大丧，明年齐有乱。'杜注曰：'今兹，此岁。'《吕氏春秋》'今兹美禾，来兹美麦。'《史记·苏秦传》'今兹效之，明年又复求割地。'《后汉·明帝纪》'昔岁五谷登衍，今兹蚕麦善收。'"说甚辩。下文~~"委厥美而历兹"~~，可与《孟子》"今兹未能，请轻之以待来年。"下文"委厥美而历兹"、《古诗》"况复待来兹。"兹亦年也。《思美人》

20×15＝300

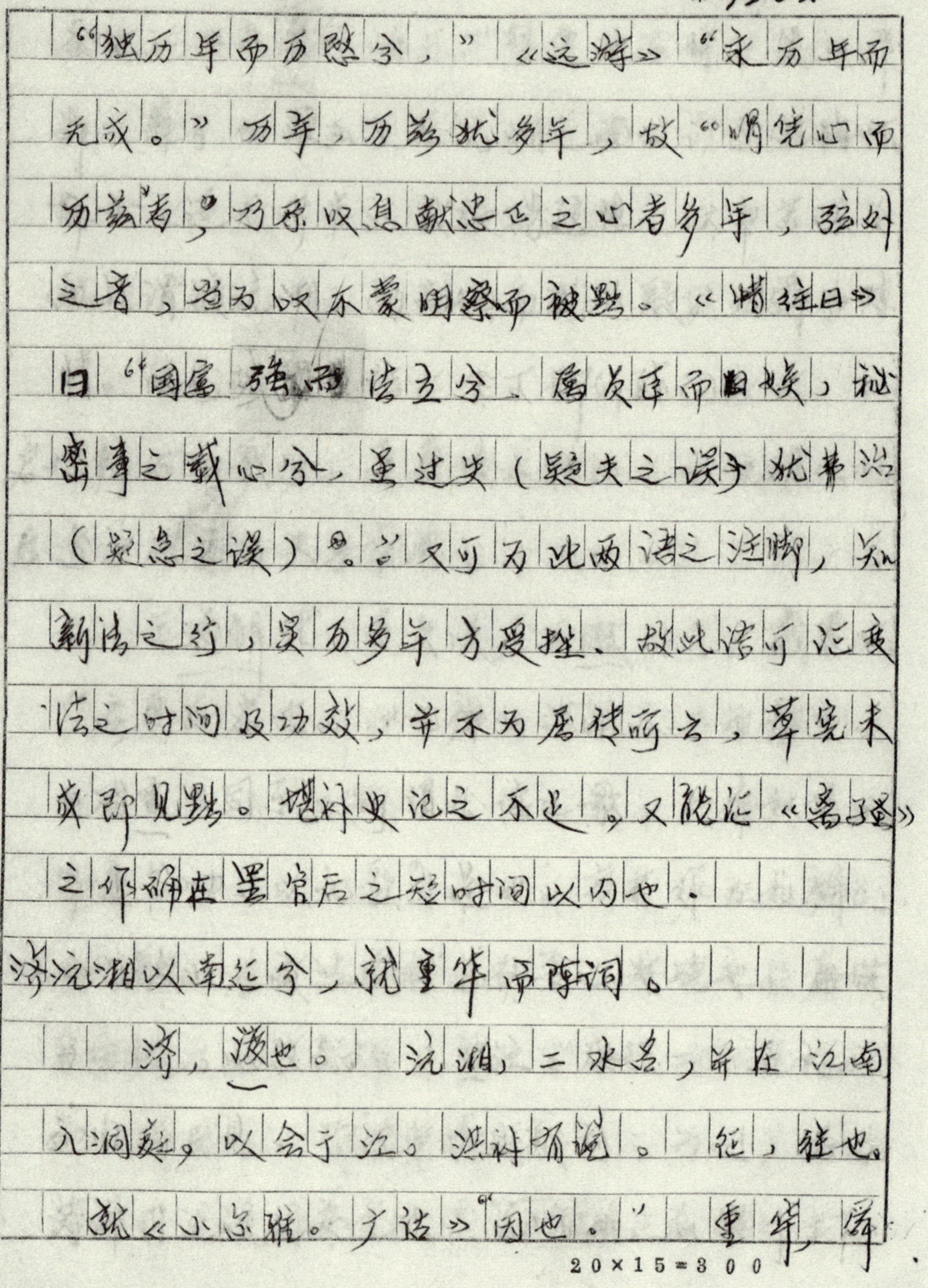

第120页

"独历年而历悯兮，"《远游》"永历年而无成。"历年、历兹犹多年，故"惘凭心而历兹者，"乃原以自献忠正之心者多年，弦外之音，当为以不蒙明察而被黜。《惜往日》曰"国富强而法立兮，属贞臣而日娭，秘密事之载心兮，虽过失（疑夫之误）犹弗治（疑怠之误）。"又可为此两语之注脚，知新法之行，实历多年方受挫。故此语可证变法之时间及功效，并不为屈待所云，草竟未成即见黜。堪补史记之不足。又能证《离骚》之作确在罢官后之短时间以内也。

济沅湘以南征兮，就重华而陈词。

济，渡也。沅湘，二水名，并在江南入洞庭，以会于江。洪补有说。征，往也。就《小尔雅·广诂》"因也。"重华，舜

20×15=300

116

名也。《帝系》曰："瞽叟生重华，是为帝舜，葬于九疑山，在沅湘之南。"此胸怀郁邑，近无所告，故驰骋遐想，以申其怀。而自谓渡沅湘，向南征而至九疑，因舜而陈情。以见己之冤结。此下即所陈词。

启九辩与九歌兮，夏康娱以自纵。不顾难以图后兮，五子用失乎家巷。

王逸解此，多失误，不缴引矣。戴震曰："启，夏后启也。《九辩》未闻。《九歌》，《周官大司乐》所谓九德之歌，《春秋传》引《夏书》劝之以九歌"是也。言启作《九辩》《九歌》，示法后王，而夏之失德也。康娱自纵，以致丧乱。旧注以康娱二字连文，篇内凡三见。"说审慎且较前人为进，惜仍欠详明。近人姜亮夫君说此极确。兹援引于下：

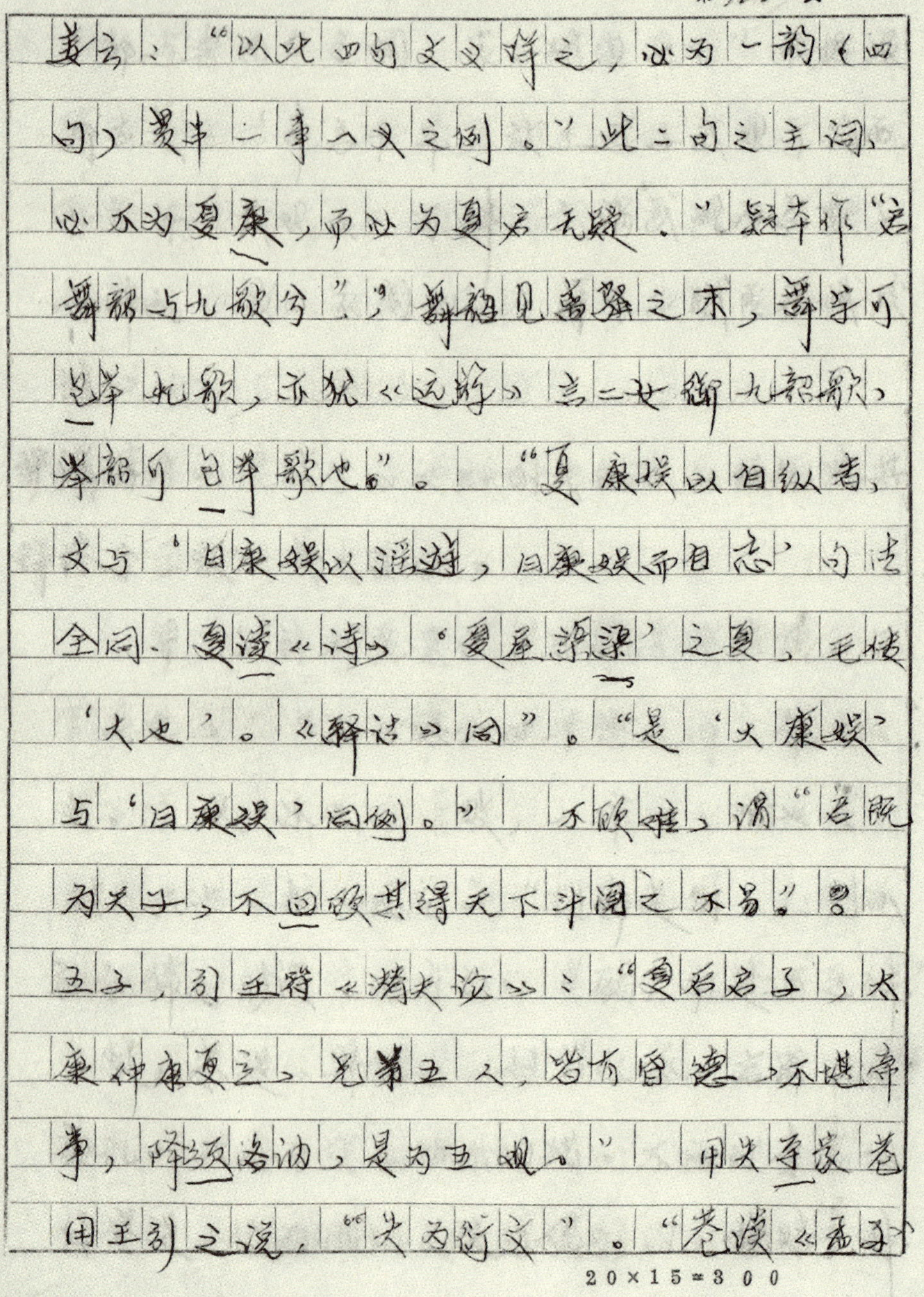

姜云：“以此四句文义推之，必为一韵（四句）贯串一事一义之例。”此二句之主词，必亦为夏康，而必为夏后无疑。”疑本作“启舞韶与九歌兮”，“舞韶见离骚之末，舞字可包举九歌，亦犹《远游》言二女御九韶歌，举韶可包举歌也”。“夏康娱以自纵者，文与‘日康娱以淫游，日康娱而自忘’句法全同。夏读《诗》‘夏屋渠渠’之夏，毛传‘大也’。《释诂》同”。“是‘大康娱’与‘日康娱’同例。”不顾难，谓“启既为天子，不回顾其得天下开国之不易”。启五子，引王符《潜夫论》：“夏后启子，太康仲康更立，兄弟五人，皆有昏德，不堪帝事，降须洛汭，是为五观。”用夫享家卷用王引之说，“夫为衍文”。“卷读《孟子》

20×15=300

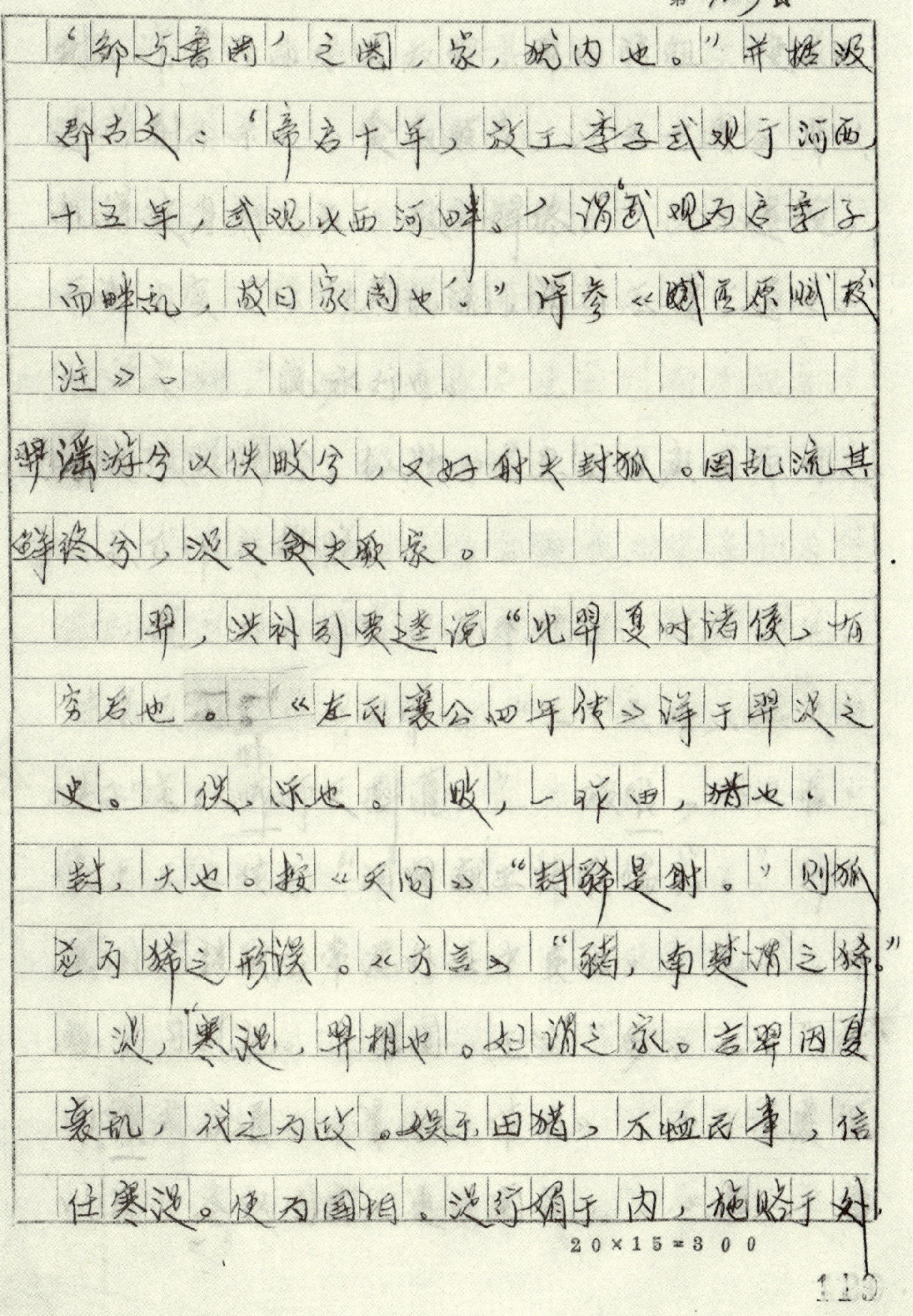
第123页

‘邹与鲁閧’之閧，家，城内也。”并据汲郡古文：‘帝启十年，放王季子武观于河西。十五年，武观以西河畔。’谓武观为启季子而畔乱，故曰家閧也。”详参《屈原赋校注》。

羿淫游兮以佚畋兮，又好射夫封狐。固乱流其鲜终兮，浞又贪夫厥家。

羿，洪补引贾逵说“此羿夏时诸侯，有穷君也。”《左氏襄公四年传》详于羿浞之史。佚，乐也。畋，亦作田，猎也。封，大也。按《天问》“封狶是射。”则狐应为狶之形误。《方言》“豬，南楚谓之狶。”浞，寒浞，羿相也。妇谓之家。言羿因夏衰乱，代之为政。娱于田猎，不恤民事，信任寒浞。使为国相。浞行媚于内，施赂于外。

20×15=300

119

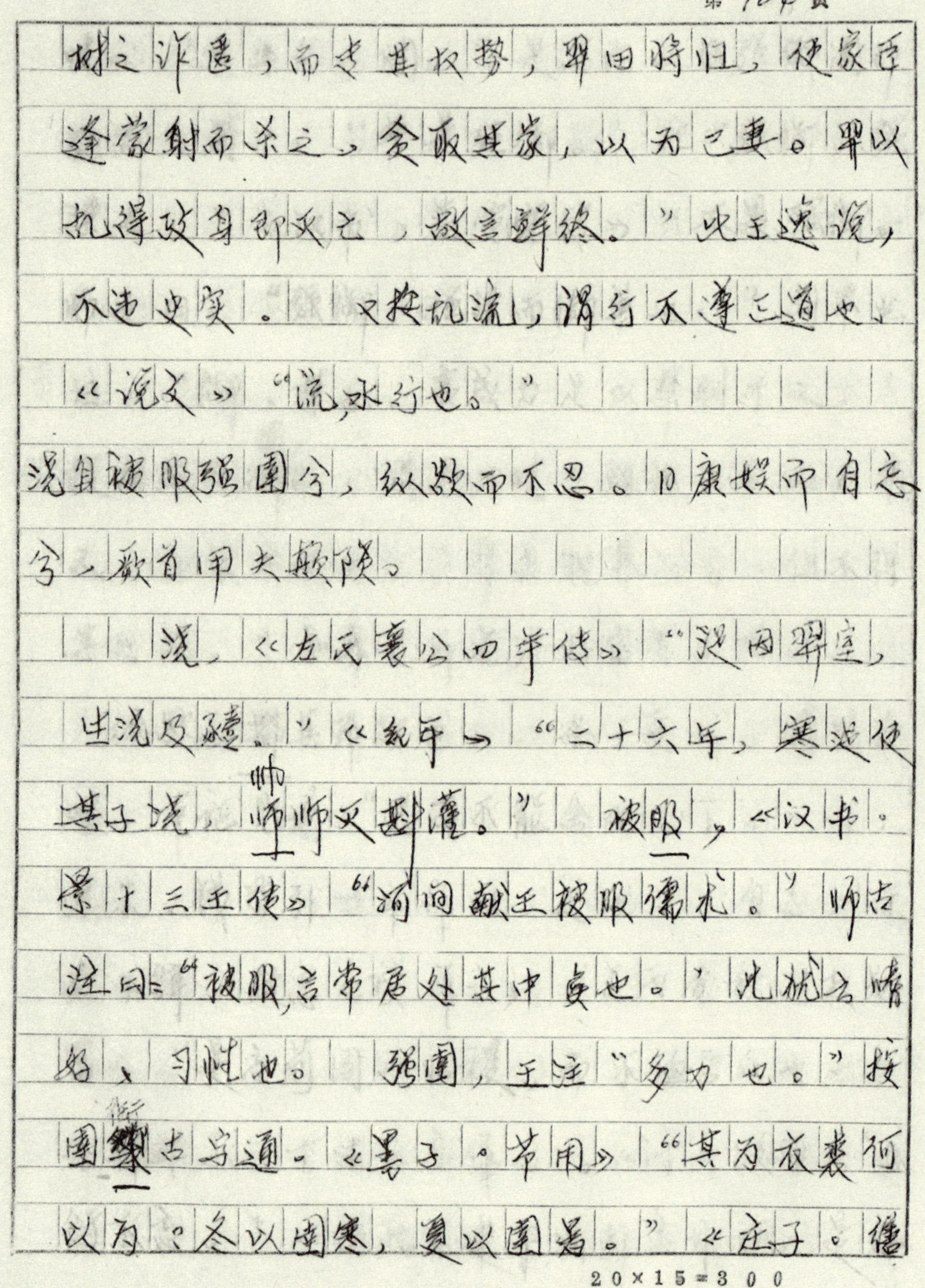

第124頁

树之诈慝，而专其权势，羿田将归，使家臣逢蒙射而杀之，贪取其家，以为己妻。羿以乱得政，身即灭亡，故言鲜终。" 此王逸说，不违史实。"又按乱流，谓行不遵正道也。《说文》："流，水行也。"

浇身被服强圉兮，纵欲而不忍。日康娱而自忘兮，厥首用夫颠陨。

浇，《左氏襄公四年传》："浞因羿室，生浇及豷。"《纪年》："二十六年，寒浞使其子浇，帅师灭斟灌。" 被服，《汉书·景十三王传》："河间献王被服儒术。" 师古注曰："被服，言常居处其中也。" 此犹言嗜好、习性也。强圉，王注"多力也。"按圉、御古字通。《墨子·节用》："其为衣裘何以为？冬以圉寒，夏以圉暑。"《庄子·德

20×15=300

120

性》"其来不可圉。"是其证。故强御圉即强御。诗云："曾是强御。"注"强御，强梁也。"《汉书·盖宽饶传》"不畏强御。"师古曰："强御，强梁而御善也。"刘奉世曰："御，禁也。言威力足以禁制于人。"故被服强圉者，谓洗习性。强梁，言以力服人。《论语》云："羿善射，奡汤舟，俱不得其死然。"知奡（即浇）乃富有力者也。"

纵欲，肆其邪欲也。忒，变也。谓终其性，说证见前"忍而不能全也"下。而，洪、朱、钱皆引一本作以，是也。自忘，于此不辞。疑忘应读作亡，《吕氏春秋·权勋篇》"是忘荆国之社稷，而不恤吾众也。"《韩非子·十过》忘作亡。《诗·假乐》"不衍不忘。"《说苑·建本》引忘作亡。是忘

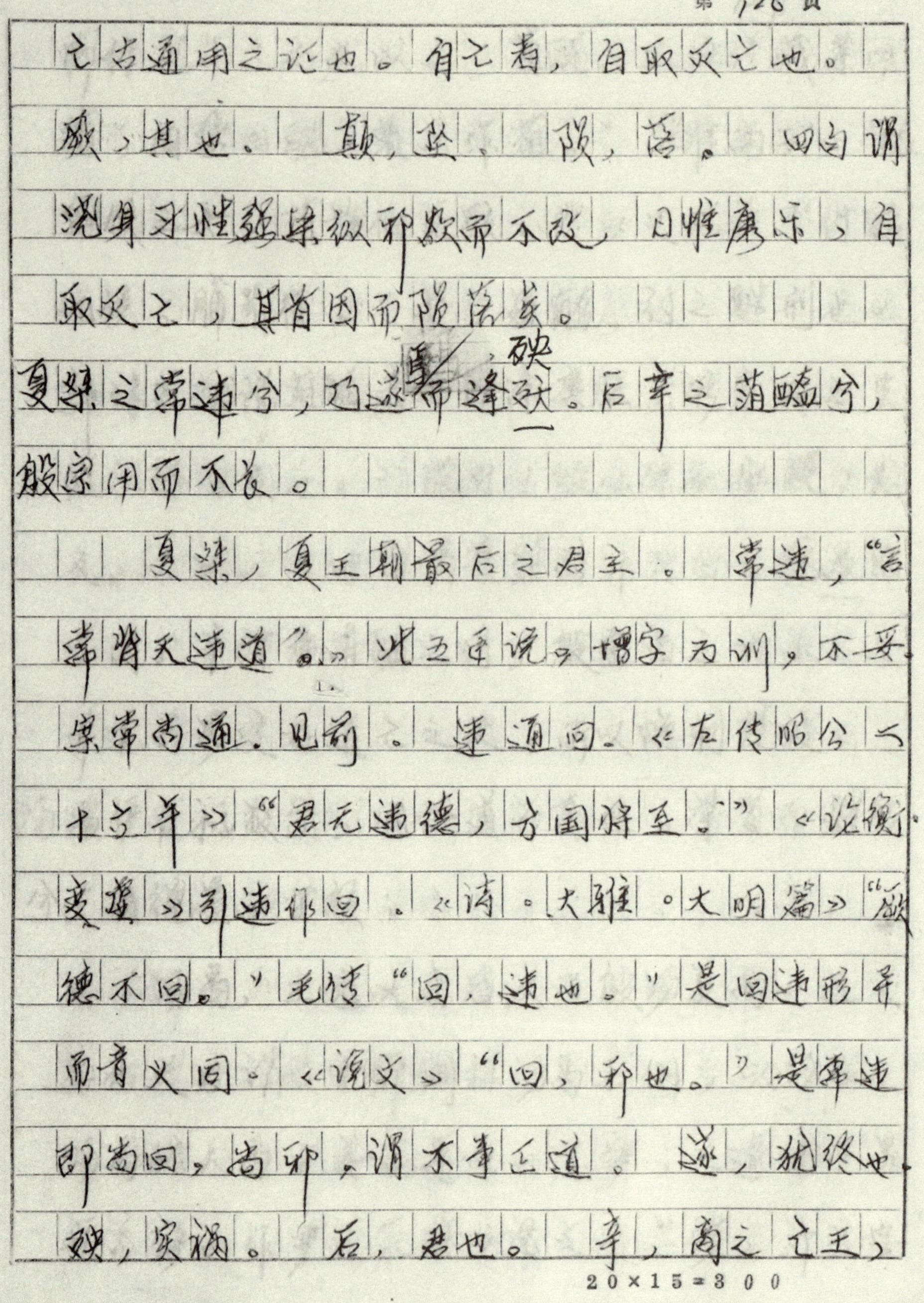
第126页

亡古通用之证也。自亡者，自取灭亡也。

厥，其也。颠、坠、陨，落。四句谓浇身引性强梁纵邪欲而不改，日惟康乐，自取灭亡，其首因而陨落矣。

夏桀之常违兮，乃遂焉而逢殃。后辛之菹醢兮，殷宗用而不长。

夏桀，夏王朝最后之君主。常违，“言常背天违道也。”[1] 此王逸说，以增字为训，不妥。案常尚通，见前。违通回。《左传昭公二十六年》“君无违德，方国将至。”《论衡·变虚》引违作回。《诗·大雅·大明篇》“厥德不回。”毛传“回，违也。”是回违形异而音义同。《说文》“回，邪也。”是常违即尚回，尚邪，谓不守正道。遂，犹终也。殃，灾祸。后，君也。辛，商之亡王，

20×15=300

122

即纣也。之，就以。菹醢，王注"藏菜曰菹，肉酱曰醢。菹一作葅。"《淮南子》"醢鬼侯之女，菹梅伯之骸。"《史记》"纣醢九侯，脯鄂侯。"是，菹醢，纣之酷刑也。郭沫若君说菹醢意为糊涂糜烂，形容纣之生活，恐不当也。殷宗，殷之宗庙社稷。长，久，永也。四句谓夏桀尚邪失正，终遇祸亡国。辛纣施菹醢之刑，殷宗因之不永。上并述行暴政者速亡之史，所以隐刺楚政。

汤禹俨而祇敬兮，周论道而莫差。举贤而授能兮，循绳墨而不颇。

汤禹，王逸以来皆以为殷汤夏禹。近人姜亮夫君谓古无倒称汤禹之例，以汤为大，汤禹犹大禹。姜说是也。俨，王逸云"畏也。俨一作严。"按《说文》"俨，昂头也。"

"严教命急也。"严俨古字通。《曲礼》"严若思。"《释文》"严，亦作俨。"其证也。注"矜庄貌。"《荀子·儒效》"严严然其能敬己也。"严严，当为敬貌。下文言祗敬，则俨亦敬意无疑。祗《说文》"敬也。"祗敬连文，犹谨敬之意。周，王逸云指周文王，洪补以为指文武，朱熹谓论指国家，皆非也。按《说文》"周，密也。"所以疏状论道。论道，犹论德。《荀子·君道》"论德而定次，量能而授官。"《韩诗外传》三"王者之论德也，而不尊无功，不官无德，不诛无罪"之谓也。差，失误之谓。举贤授能，谓拔取贤才，授能者以官。循，顺遵。绳墨，准则，喻法制。颇《说文》"头偏也。"引申为偏邪，今语偏差。四

20×15=300

句谓大禹之为君，举贤良授能者以官，循准则而无偏差。意谓此禹之所以治也。与上抨击之暴君行事相反，而意相成，皆所以刺楚政耳。

皇天无私阿兮，览民德焉错辅。夫维圣哲以茂行兮，苟得用此下土。

皇天两句，《左氏僖公五年传》"故周书曰：皇天无亲，惟德斯辅。"今见伪孔《尚书·蔡仲之命》。《新书·春秋》作"皇天无亲，惟德是辅。"《论衡·福虚》作"天道无亲，惟德是辅。"是皇天即指天帝，神权社会以天为有意志者。私阿，犹亲私也。王逸曰："窃爱为私，所私为阿。"览，察也。民德，群众所感德者。错同措，置也。辅佐，辅佐也。名词指君王。君王代

20×15=300

天行事，乃天之法也。故云然。旧注于辅或训臣佐或训辅导，皆非也。夫，犹彼也。《汉书·贾谊传》"夫将为我危，故吾得与之皆安。"师古注："夫，夫人也。亦犹彼人耳。"《论语·先进》"非吾也，夫二三子也。"夫亦彼也。是其证。圣哲，结合上文，当指禹言。维，犹惟也。以，同之。朱熹本作之，前文"依前圣以节中兮"以同之，皆其证也。茂行《国语·晋语》"茂穑。"韦注"茂勉稼穑也。"《尔雅·释诂》"茂，勉也。"是茂行即勉行，勉强其行也。苟，乃也。得，能也。用，循也。下土，犹言天下。四句谓皇天无所偏爱，察辟众所感德者，置以为之佐。彼唯有圣哲强勉不懈之行，乃得有此天下也。

20×15=300

126

瞻前而顾后兮，相观民之计极。夫孰非义而可用兮，孰非善而可服。

瞻，观也。顾，回视也。相观，补注"互言之也。"同义复用，意如熟视、审视。计极，王逸曰："计，谋也。极，穷也。"补注："极，至也。"王训计是。而洪说极并误。朱骏声训计为假，计极犹究极。云之究竟，亦不辞。案计本训会算，故计，犹谋也。极同亟，《广雅·释诂》"亟，急也。"是计极，谋急，犹急谋也。《惜诵》"有志极而无旁。"志极，犹极志，亟志，急志也。可为佐证。故相观民之计极，谓视群众之急谋。即人民不能忍受压榨，生造反之心也。此与前文"哀民生之多艰"意相应。《抽思》"览民尤以自镇"，民尤即民祸民灾，群众所爱之庶谁也。民受罪则思变乱，即计极亦可作此解之是也。旧之说解莫不泯没大大关心诉瘼之情，且抹煞阶级斗争之实。夫，彼也，指王者。孰、谁。义，善也。关心民隐之行。用，用为君王也。服，臣服人民也。四句承上结言谓瞻顾前圣后王兴亡之史，熟视当前人民谋乱之意，岂知彼为君者，谁不行义而能被天用为君主，谁不持善而能臣服人民哪？王逸云："言世之人臣，谁有不仁义而可任用，谁有不行善而可服事者乎？"就人臣立言，不惜诗意，削弱原意志，一至于此。后之注家，亦多袭之。概不可从。又，因舜陈词止于此。

阽余身而危死兮，览余初其犹未悔。不量凿而正枘兮，固前修以菹醢。

20×15＝300

阽，洪补：“临危也。《前汉》注云：近边欲堕之意。”按：《汉书·食货志》“天下阽危。”颜注：“阽危者，欲堕之意。”知阽，有堕意，此云堆坠耳。危，疑厄之形误。厄即阨、隘。阽死，犹穷死，被迫而死。其，犹则。犹则，犹仍。此同“虽九死其犹未悔”之悔。凿，洪补“穿孔也。”正，王注“方也。”是。《九辩》“圜凿方枘兮吾固知其难入。”《淮南子·氾论训》“是犹持方枘而周圆凿也。”其证也。枘，洪补：“刻木端所以入凿。”固，诚也，信也。前修，前贤，指变法之商鞅。菹醢，见前，此谓惨死。四句承上，述己之遇，谓虽阽危坠我身，被迫穷死，我揆察初志，则仍不悔改。不料圆孔而为方枘（喻新旧之不容），信乎前贤固之惨死也。

曾歔欷余郁邑兮，哀朕时之不当；揽茹蕙以掩涕兮，霑而襟之浪浪。

曾，王注"累也。"歔欷，叹泣声。戴云"悲者口鼻出气。"余，犹而。郁邑，即忧郁。哀，伤。当，戴注"犹遇也。"不当，王注："自哀生不当举贤之时，而值菹醢之世也。"茹，柔也。蕙，香草名。掩涕，拭泪也。霑，濡湿也。浪浪，泪不止貌。四句谓我累以泣而忧郁者，伤我生时之不遇也。乃持取柔蕙，掩涕而泣，然泪流浪浪，霑湿襟裳。

跪敷衽以陈辞兮，耿吾既得此中正。驷玉虬以乘鹥兮，溘埃风余上征。

敷，铺，布。衽，戴注："谓衣裳交

幅交裂者。”以同已，毕也。帛书《战国纵横家书·十一》“臣以好处于齐。”以通已。陈辞即陈词。屈赋习用，“就重华而陈词。”《抽思》“结微情以陈辞”，“历兹情以陈辞兮”，与此共四见。陈辞谓陈述己意也。

、炯同，明也。中正，即忠正。谓志与操并为君国也。驷，驾四马。虬，虬之俗字，无角龙也。以《海内经》注，引作而。鷖亦鹥。椉古乘字。鷖，王注：“凤凰别名。”疑车以鷖名者。溘，奄忽，疾也。埃风，王夫之云：“埃当作竢，传写之误。”按竢即俟，待也。竢待与奄忽之溘意不协。王夫之说不当从。疑埃乃凌之形误。凌乘也。乘凌二词，屈原常用。如《少司命》“乘回风兮载云旗”。《惜往日》“乘骐骥而驰骋兮”，《悲回风》

"凌大波而流风"，《哀郢》"凌阳侯之泛滥兮"，《国殇》"凌余阵兮躐余行"，皆是也。故"凌风"意乃奄乎乘风耳。余同而，见前说。上征：行向天上。四句谓布衽敷陈，陈辞已毕，耿然明吾得此忠贞之道，乃"驾四马之玉虬，乘凤凰之车，奄忽乘风而上行于天也"。此设想之词，苦痛中之遐思也。

朝发轫于苍梧兮，夕余至乎县圃。欲少留此灵琐兮，日忽忽其将暮。

轫，戴注"碍轮木也，车行则去之。"苍梧，九疑山所在，舜所葬地。县圃，神山，在昆仑山上。见《穆天子传》。灵琐，当为县圃之门。忽忽，疾貌。叙离舜所，上征也。谓早晨由苍梧发车，夕时即抵达县圃神山。思在灵琐门前暂留片刻，而日色忽忽将已暮矣。

吾令羲和弭节兮，望崦嵫而不迫。路曼曼其修远兮，吾将上下而求索。

羲和，王注"日御也。"弭，戴注："弭，止也。弭节，谓止其行节。"《文选·子虚赋》"弭节徘徊。"注"节，所杖信节也"。弭节，徐行之意。崦嵫，王云"日所入山"。迫，近也。曼曼，修远也。上下，戴云"犹云登降"。求索，寻求也。四句谓吾冀白昼之长久，令日御徐行，远望崦嵫而莫迫近。因道路曼曼遥远，吾欲上下而寻求也。

饮余马于咸池兮，总余辔乎扶桑。折若木以拂日兮，聊逍遥以相羊。

咸池，王注"日浴处也。"洪补"按下文言扶桑，则咸池乃日所浴者也。"揔，总之俗字。束结也，今俗语拴也。扶桑，王逸注"日所拂木也。"引《淮南子》曰："日出汤谷，浴于咸池，拂于扶桑，是谓晨明。登于扶桑，爰始将行，是谓朏明。"《说文》"榑桑，神木，日所出也。"若木，王注："若木在昆仑西极，其华照下地。"拂，王注"蔽也。"非是。拂，拂拭也。逍遥，观望也。相羊，犹徘徊。四句谓在日浴之咸池，饮余马以水，在扶桑之木，束结手中之辔。折若木之枝以拂拭日光（使之明洁）且于此观望徘徊，以待月之升也。

前望舒使先驱兮，后飞廉使奔属。鸾皇为余先戒兮，雷师告余以未具。

望舒，《淮南子》曰："月御曰望舒，亦曰纤阿"。使，屈原命之也。先驱者奔驰于前。飞廉，《吕氏春秋》云："风师曰飞廉。"王逸曰"风伯。"奔属，随后奔走。鸾皇《山海经》"女床山有鸟，状如翟而五彩毕备，声似雉而尾长，名曰鸾。见则天下安宁。《尔雅》云"鶠凤其雌皇。"为假作谓。《汉书·刑法志》"秦之陵夷，谓之出矣。"王先谦曰"官本谓作为，谓为同字。"是其证。下句"雷师告余以未具"告与谓相对成文。又可证也。先戒，在前戒备也。《孟子·梁惠王》"大戒于国。"赵岐注"戒，备也。"雷师句，王逸曰："雷为诸侯，以兴于君。言己使仁智之士，如鸾皇先戒百官将往适道。而君怠堕，告我严装未具。"案王说非是。自来解楚辞者，率亦忽视而不得其真谛。如蒋骥云："使风之佐正前戒，而雷师犹谓其未备。故又使凤鸟亲行，而后诸神毕至也。"说更瞢瞢。予自前望舒使先驱兮”至本句，盖原写其入理想国时之威仪。以望舒、飞廉、鸾皇及雷师为其侍卫，象其德盛群从之多也。望舒、飞廉、鸾皇既先后奔属，雷师何能独曰严装未具，而迟迟不就道也。即以前后文意观之，雷师兴君，亦属牵强附会。下文曰：“吾令凤鸟飞腾兮，继之以日夜。”《远游》“召丰隆使先导兮，问大微之所居。”“左雨师径侍兮，右雷公以为卫。”《九辩》“属雷师之阗阗兮，通飞廉之衙衙。”益以本文，并可证雷师（或作雷公），或作云师，皆丰隆也。望舒、飞廉及鸾皇并为前驱之使从，同可使之。其非兴君，于此可证，其不可曰不从，其不可曰严装未具，亦于此可证，窃疑未当为末，形近之误。《平原君列传》“其末立见。”《文选·求自试表》注引末作未，可证也。末具者，随侍身后也。“先驱”与“后属”

相对成文，"未具"与"先戒"，亦相对为文也。前解"为"（即谓）"告"相俩成义，呈示鸾皇及雷师之主动，同者为原侍从，以见其德之盛也。又考杨雄《反离骚》曰"鸾皇腾而不属兮，岂独飞廉与云师（亲即雷师，下同）"知杨子云所见《离骚》四者同为相随之追从，故反之而曰不属也。未应为来之误，此又一极大佐证。东汉应劭注曰："楚辞云：鸾皇为余先戒兮，后飞廉使奔属。云师告余以未具。飞廉，风伯也。云师，丰隆也。鸾皇，俊鸟也。"知应劭见本楚辞，已误来为未矣。四句谓，在我之前使月御先驱（喻时逢黑夜，有明月照路），在我之后使风伯追随（喻心欲速达，御风而行）。而鸾皇请我在前戒备，云师告我在后侍从。然己不仅有修美之服，且有群众之盛。己之心行，不得云独。

吾令凤鸟飞腾兮，继之以日夜。飘风屯其相离兮，帅云霓而来御。

凤鸟，《山海经》曰："丹穴之山有鸟焉，其状如鸡，五彩而文，曰凤凰。是鸟也饮食则自歌自舞，见则天下大康宁。"飞腾，犹飞举。令凤鸟飞腾，望康宁也。夜，戴云"古音豫。"飘风，《尔雅·释天》"回风为飘。"诗"其为飘风。"传："飘风暴起之风。"知飘风即回风，暴风也。此用以喻小人（王逸说）。屯，聚也。《前汉·赵充国传》"分屯要害。"屯，聚也。是其证。屯其相离，谓屯其相离者，是飘风之势，更为盛猛而避。喻人朋比结党。霓，《说文》"屈虹青赤，或白色，阴气也。"又郭璞《尔雅注》云："雄曰虹，谓明盛者。"是。霓喻夜人也（亦王逸说。御或训迎，非是。按御当为禦之通假者，止也。《左氏襄公四年传：“季孙不御。”注“御，止也。”《孟子》：“莫之能御也。”注“御，止也。”是其证。 此四句谓吾命凤鸟飞举，日夜相继而不止（喻衔命至天，以求康宁）。然飘风聚其分离者，且率阴霓而来阻止。盖谓飘风本各驰骛己利，离不相合，今见贤者来，乃聚而为一，协同云霓，共事阻止，不使己见天帝耳。屈原写天上之不清静，亦犹人间实之间污秽之反映也。王逸云：“飘风云霓，喻邪恶佞人，相与屯聚，致谋害己，使我变节。”曰喻邪恶佞人者是，曰害己变节，则不符诗意。类此者皆不可从。

纷总总其离合兮，斑陆离其上下。吾令帝阍开关兮，倚阊阖而望余。

首二句状飘风云霓阻原之行动也。纷，王注“盛多貌。”总总即總總，王注“犹僔僔，聚貌”。五臣云：“纷乱也。”其，代飘风云霓。　离合，乍离乍合也。　斑，洪补"驳文。"　陆离，光采夺目貌。　帝、天帝。　阍《说文》"常以昏闭门隶也。"　关《说文》"以木横持门户也。"　阊阖，楚人名门曰阊阖（说文）。　四句承上谓飘风云霓纷然相聚，乍离乍合，又复斑文陆离，或上或下以阻余，然未能止余之行也。我命天帝司门之阍，开关进我，而彼阍者却依天门而注目于余，不为开关之举。亦天庭亦有握权者，嫉斥于己，慨人间天上，莫非浑浊之地也。

时暧暧其将罢兮，结幽兰而延伫。世浑浊而不分兮，好蔽美而嫉妒。

　　王云："暧，昏昧貌。罢，极也。"洪补："暧暧，日不明也。罢，止息也。"按上已言"望舒前驱"，乃月行之时，此不得再言月暧暧而止息。疑时，当时，今语时代也。暧暧，昏暗貌，喻黑暗也。罢同疲，疲弊之短言。谓时代如斯昏暗，君将疲弊不堪也。延伫，过延久立也。浑浊，污浊。王云："君乱臣贪，不别善恶。"以别训分。按分，分别明察之谓。"终不察夫民心"，"荃不察余之忠情"。《卜居》"世浑浊而不清"，可知分为分别善恶，明察忠奸之意。　四句结上文也。谓时代昏暗，君将罢弊不堪，乃固结幽兰，过延伫立以为深思：世事混浊，不别忠奸。于贤者障蔽之，嫉妒之，又不时好。此可慨者也。

朝吾将济于白水兮，登阆风而緤马，忽反顾以流涕兮，哀高丘之无女。

济，王注"渡也。"于，洪本，钱传引一本并作乎。《屈原赋校注》引近之季镇淮说："离骚句法，凡二句中连用介词于乎之字时，必上句用于，下句用乎……若于乎二字往用一字，亦必于连上句，乎连下句……此文朝吾将济于白水兮，登阆风而緤马正符上句用於之例。一本作乎，则非例，断不可从。”按李说是也。白水，《淮南子》云：“白水出昆仑之山，饮之不死。”阆风，山名，在昆仑之上。《淮南子·地形》“悬圃、凉风、樊桐在昆仑阊阖之中。”《淮南子》地又云：昆仑之丘，或上倍之，是谓凉风之山，登之而不死。”凉风即阆风。緤，系也。《说文》作绁，云“系也。”反顾，回视也。高丘，王注“楚有高丘之山。”钱传云：“高丘指楚山。”按高丘，实指楚京。古代国都皆建于丘，如《左传》“阏伯居商丘。”《周本纪》“封尚父于营丘，曰齐。”《秦本纪》“非子居犬丘。”他如蔡居蔡丘，鲁居曲阜，燕居蓟丘，陈居宛丘。皆是也。《五帝本纪》“帝颛顼高阳。”

张晏曰"高阳者，所兴地名也。"《高唐赋》"妾在巫山之阳，高丘之阻。"《水经注》引高丘作高唐。是高阳、高丘、高唐，盖一名而异字也。《七谏·哀命》"哀高丘之赤岸兮，遂没身而不反。"《九叹·思古》"还顾高丘。"注"还视楚国"。《又·惜贤》"望高丘而叹涕兮。"注"高丘楚国"。又"步哀哀而怀高丘，心愁愁而思旧邦。"高丘与旧邦对称，不仅为楚地，且为楚京也。必矣。无女，无贤女，喻无贤臣，不同于众女之女，当互见看。四句述转题而之他。谓我将于朝旦渡过白水，登阆风山而系马。忽焉回视高丘，不禁流泪，盖伤楚京之无贤臣也！

溘吾游此春宫兮，折琼枝以继佩。及荣华之未落兮，相下女之可诒。

溘，忽焉之意。凡溘皆提，用于主语之

前。春宫，王逸注"东方青帝舍也。"琼枝，玉树。王注"琼，玉色美也。因以为洁美之通称。"荣华，《尔雅》"草谓之荣，木谓之华。"相，视也。下女，戴云"侍女也。"余疑下乃佚之脱误。佚，篆文夺失，则乃易误为下。下文"见有娀之佚女"，佚女，美女也。可证。《九歌·湘君》"采芳洲兮杜若，将以遗兮下女。"下女亦当为佚女之误，谓美女也。其意与《湘夫人》"将以遗兮远者"之远者，远方之贤臣者意同，并可征下女之非侍女。佚女者，此谓宓妃也。诒，遗，赠与也。四句述求女之行，谓吾忽乎游此青帝之春宫，折取琼枝，续为佩饰，乘琼枝荣华未落之时，察视可贻之美女而赠之。喻得同志也。

吾令丰隆乘云兮，求宓妃之所在。解佩纕以结言兮，吾令蹇修以为理。

丰隆，王注"云师。"或曰雷师，均可通。宓妃，洪补《洛神赋》注云："宓妃伏羲氏女也。溺洛水而死，遂为河神。"所在，戴云："谓其地也。"纕，编织之佩饰。结言，要约之言。蹇修，说最纷。王注云："伏羲氏之臣也。伏羲时敦朴，故使其臣也。"不知何据。戴云："蹇修，媒之美称，蹇蹇而修治不阿曲也。"章太炎云："蹇修为理谓以声乐为使，如司马相如所谓以琴心挑之。《释乐》'徒鼓钟谓之修，徒鼓磬谓之蹇，此蹇修之意也。'"余疑蹇为前之音借。蹇修即前修。前修贤也。前修屈子所礼赞者，取法者，盖志同道合之士。故命之为媒，以通己情也。下云"纷总总其离合兮"，知前修又非一人也。可证。理，王注"语也"。不辞。按下文"理弱而媒拙"，《九章·思美人》"令薜荔以为理，因芙蓉以为媒。"

理媒或礼媒对举，知理即礼，亦为媒也。《广雅·释言》"理，媒也。"正其义。、四句承上，述其求伏妃也。谓吾命丰隆乘云，寻求宓妃所在之地，我解佩纕以表要约之情，并命蹇修为礼媒，而达之。

纷总总其离合兮，忽纬繣其难迁。夕归次于穷石兮，朝濯发乎洧盘。

纷总句，见上文。此谓蹇修纷然相聚，或离或合于宓妃之前。纬繣，王注"乖戾也"；戴注"结碍也。"迁，移也。纬繣难迁，谓宓妃忽心情不愿，难以移志也。次，舍也。王注"再宿为信，过信为次。"穷石《左氏襄公四年传》"后羿自鉏迁于穷石。"《天问》"帝降夷羿，革孽夏民，胡射夫河伯，而妻彼洛滨。"洛滨之女似宓妃。《洛神赋》注引《汉书音义》"宓妃，宓伏羲氏之女，溺死洛水为神。"其证也。"夕归次于穷石”两句，自指宓妃之行。戴注“求之不得也而夕归”，以主语为原，非是。

洧盘，王注“水名。《禹大传》曰：洧盘之水，出崦嵫之山。”四句述蹇修之行动及宓妃之表现。谓蹇修纷然相聚，或离或合于宓妃之前。忽以宓妃心情不愿，难移其志。而宓妃夕则归止于穷石之室，朝洗发于洧盘。

保厥美以骄傲兮，日康娱以淫游。虽信美而无礼兮，来违弃而改求。

保疑宝之讹。宝，珍视也。《周本纪》“展九鼎保玉。”徐广曰“保一作宝。”其证也。康娱，犹佚乐。前文“夏康娱以自纵”、“日康娱而自忘兮”之康娱意同此。骄傲，王注“倨简曰骄，侮慢曰傲。康，安也。”淫游，耽于游。前文“羿淫游以佚畋兮”，淫游同此意。信美，诚美丽。无礼，据上引文，知宓妃与后羿有通淫之说故曰无礼。来，疑楚方言，犹再也。见"来吾导夫先路"下。按"登阆风""哀高丘之无女"，一求也。"求宓妃之所在"，二求也。去宓妃之所，自可言再违弃也。近人卫君瑜璋《离骚集释》云："来，词之助也。句首发语词。"可备一说。违，避也。四句谓宓妃自珍其美，骄傲成性，终日佚乐，耽于游赏。虽我美好但却无礼，当再避弃之而改求其他。

览相观于四极兮，周流乎天余乃下。望瑶台之偃蹇兮，见有娀之佚女。

览相观，三动词连用，犹详细察看。四极《尔雅》"东至于泰远，西至于邠国，南至于濮铅，北至于祝栗，谓之四极。"此谓天上四方极远之地。周流，高先生曰"周流即周游。流游古字通。如水之上下两端，可曰上游下游，亦可曰上流下流。"按《项羽本纪》"必居上游。"《集解》曰："游或作流。"《高祖本纪·正义》曰："游音流"是其证。下文"周流观乎上下"，"路脩远以周流"。周流凡三用。瑶台，王曰："石次玉曰瑶。"瑶台，以瑶玉筑之台也。状其美。《淮南子·本经》"桀纣为旋室瑶台。"《吕氏春秋》"有娀氏有美女，为之高台，而饮食之。"知有戎美女居于瑶台也。偃蹇，王注"高貌"。有娀之佚女《艺文类聚·礼仪部》云："《史记》曰："帝喾次妃，有娀氏简狄，以春分玄鸟至之日，祀于高禖，有玄鸟遗其卵，简狄吞之，孕生契为殷始祖。"佚女，美女也，指简狄。

四句承上述求之行谓身到四极，详细察看遍游乎天，我乃下降乎地。盖天上亦无可求者也。既至于地，远望峣高之瑶台，窥见有娀之美女，名简狄者。

心犹豫而狐疑兮，欲自适而不可。凤凰既受诒兮，恐高辛之先我。

犹豫，未定之辞。戴注："按犹豫双声。凡叠韵双声字，其义即存乎声。"狐疑，如狐之多疑。亦未定之义。适，往也。凤凰：《九章·思美人》"高辛之灵盛兮，遭玄鸟而致诒。"《天问》"简狄在台喾何宜，玄鸟致诒女何喜？"与此乃述一事。知凤凰即指玄鸟，受诒，即致诒，指令玄鸟致聘礼也。是受即致之意，当读作授。高辛，王注"帝喾有天下之号也。"四句承上鸩鸠并不堪使而来，谓我心怀不定之思。欲身往而不能。凤凰已致聘礼于佚女，恐高辛已先我而有之，已不能有所获也。实喻已不能有所入耳。

游远集而无所止兮，聊浮游以逍遥。及少康之未家兮，留有虞之二姚。

按 集，《说文》："合也。" 聊，且也。浮游犹言飘流、飘荡。逍遥，观望也。他解非是。 少康句，《左氏哀公元年传》："昔有过浇杀斟灌以伐斟鄩，灭夏后相。后缗方娠，逃出自窦，归于有仍，生少康焉。为仍牧正。惎浇能戒之。浇使椒求之，逃奔有虞，为之庖正，以除其害。虞思于是妻之以二姚，而邑诸纶。" 未家，犹未娶也。 留，诸家皆忽之而不训。按就留字训解，并不切文意与传说。疑留为思之形误。思，念也。《山鬼》"留灵修兮憺忘归"，与"怨公子兮怅忘归"同一句法。留为思之形误，可证也。 二姚，即虞思之二女。 四句承上理乃无女可求，再致而他事。谓我思远合，无地可止，且飘流而观望。当少康之未娶也，思及有虞二姚尚可求也。 戴震曰："方少康未家之时，若留此有虞之二姚以待之，故

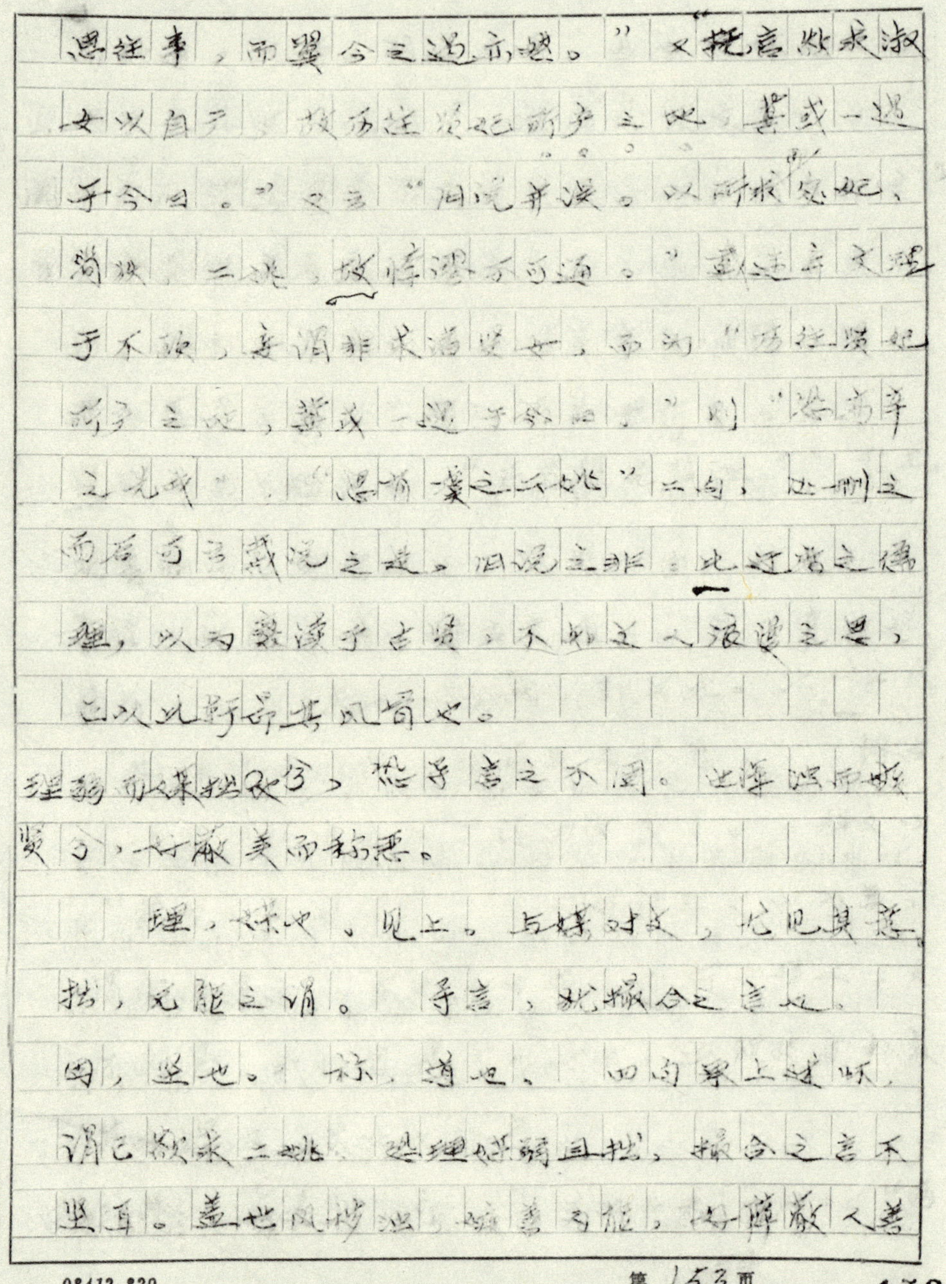

198 年 月 日

思往事，而冀今之遇亦然。”又按言欲求淑女以自广，故历往昔圣妃所产之地，冀或一遇于今日。”又云“周流并观，以所求宓妃、简狄、二姚，故悖谬而不可通。”戴氏亦又理于不破，立说非求逍遥女，而谓“历往贤妃所产之地，冀或一遇于今日。”则“浩荡之无戒”，“思前修之二姚”二句，此删之而后可言戴说之是。周说之非，此过度之偏蹩，以为发谟于古贤，不如文人浪漫之思，亦以此评判其风骨也。

理弱而媒拙兮，恐导言之不固。世溷浊而嫉贤兮，好蔽美而称恶。

理，媒也，见上。与媒对文，尤见其义。拙，无能之谓。导言，犹撮合之言也。固，坚也。称，道也。四句承上述所谓已欲求二姚，恐理弱媒拙，撮合之言不坚耳。盖世风浊溷，嫉善妒能，好蔽人善

08412 829　　第153页　　152

而称道又无害。珍好之言，当为规谋理不必忠于己。文思暗淡，切证用前楚政。

闺中既以邃远兮，哲王又不寤。怀朕情而不发兮，余焉能忍与此终古。

闺中　《尔雅》云：“宫中之门谓之闱，其小者谓之闺。”指上宓妃所居而言。

哲王　《书·酒诰》：“在昔殷先哲王。”哲王，犹言明王。此指怀王。　发，用，行也。

焉能，安能。焉，安古字通。　忍，变改也。见前。　与，共也。与此，即共此。此代上文“世溷浊而嫉贤，好蔽美而称恶。”　终古，《庄子·大宗师》“终古不忒”。《释文》“终古，久也。”　四句结上文以为言，谓闺阁深远，求淑女不得，而哲王又不醒寤。我怀忠情不为时用，焉能改变初衷共此浑浊，长此以终乎？

索藑茅以筳篿兮，命灵氛为余占之，曰：“两美其必合兮，孰信修而慕之！

蕡茅，香草名。《尔雅·释草》："萹，蕡茅。"《说文》"蕡茅，萹也。"《汉书·扬雄传》"又勤索彼琼茅。"颜注："琼茅，灵草也。"以《经传释词》"以，犹与也。"戴云"语之转。"筳篿，王注"筳，小破竹也。楚人名结草折竹以卜曰篿。"《汉书·扬雄传》作筳篿。师古曰："筳篿，折竹所用卜也。"亦作挺专。《后汉书·方术传序》"日者挺专、须臾、孤虚之属。"注"挺专，折竹卜也。"时杨厚、郎顗、襄楷等用其术。考此风元代尚存，陶宗仪《辍耕录》卷二十九姑玄女课条云："吴楚之地，村巫野叟及妇人女子辈，多能卜九姑课。其法折草九茎，屈之为十八，握作一束，祝而呵之，两两相结，止留两端，已而抖开，以占休咎（中略）。又一法曰九天玄女课，其法折草一把，不计茎数多寡，或用算筹亦可。两手随意分之，左手竖放，右手左下横放，以三除之（下略）。"陶氏云：此法即筵篿，可补参考也。据上引述知藑茅与筵篿并占用之竹草。灵氛，即《惜诵》之厉神。厉利，古字通。《左氏庄公二十二年传》陈厉公，《史记·陈世家》作厉公。是厉利古字通之证也。故厉神即利神。而厉神实巫者。王逸云："楚人名巫为灵。"是灵氛即巫氛。氛其名也。灵氛就其职司言，厉神，则就占吉祈福而称耳。故吾疑灵氛即厉神也。"信修"句，朱熹承王逸之误，云"孰有能信汝之修洁，而慕之者"，说信为动词。按屈子习用信修、信美、信姱之词，其意同为诚贤、诚美。不能以信为动字也。而，亦秀之形误，说见前。不慕，谓无人慕求也。

四句紧承失望无贤女之可求，怀王之不悟，乃另寻他想，以启下文。谓我寻蔓茅与筳篿，命灵氛为我一卜。灵氛曰：两美必能合为，谁个诚有美而无人慕求之耶？

思九州之博大兮，岂唯是其有女？曰勉远逝而无狐疑兮，孰求美而释女？

思，灵氛命屈原思之也。博大，辽阔之意。唯，一本作惟，是。独也。女，佚女也。曰，灵氛又云。蒋骥以为再言曰者，叮咛之词，见其语情。勉，强勉也。远逝，远去也。释，舍也。女读作汝，指屈原。四句申上文，但仍就比况为说。谓设思中国之广大辽阔，它独是也有美女

稿 纸

女乎？忠告于君：强勉远去，且勿犹豫；知谁为求修美而能舍弃于君乎？按春秋以至战国，士人爱周流各国以取仕。孔孟周游，楚材晋用，皆其著者，若商鞅吴起，身仕异国，伍胥文种，背离宗邦，并出仕异域，不以为忌。此亦一天下之心态。屈子假所神以为说，固己怀之反映，假卜者为辞耳。

何所独无芳草兮，尔何怀乎故宇？世幽昧以眩曜兮，孰云察余之善恶？

故宇，故居，犹言楚国。宇，洪《补》引一本作宅，姜校谓王逸本宇作宅，盖据宇无居义。《尔雅》言宅为居，王逸训"宇，居也。"据证宇原作宅。沿袭《尔雅》之训也。说是也。世，社会，指楚国。察，明辨也。善恶，偏义词，重在善。 四句申前，明

㊀言屈子不当守故国。谓何地独则无芳草耶？汝何为怀恋于祖国，社会黑暗且惑乱，孰能明辨君子之美？

民好恶其不同兮，惟此党人其独异？户服艾以盈要兮，谓幽兰其不可佩。

民，群众，即当时之奴隶群众。好恶，爱好与憎恶。其读如岂。惟，思也。户通扈。《离骚》曰“扈江离与辟芷兮，”王注：“楚人名被为扈”。扈服，被服，重言之耳。《始皇本纪》“杀赵时扈辄。”《正义》“扈音户。”同音可通用。《庄子·大宗师》“有子桑户。”《山木篇》作子桑雩。《风俗通》作子桑扈。是户通扈之证也。被也。艾，白蒿也。不列芳草。党人，奴隶主贵族。其犹之也。下其字同。要，蹊之初文。承上眩耀而言。谓人民之好恶岂有不同？念此辈党人独异于人民之爱恶。伊等满腰被服白蒿，反说不可佩用幽兰，是党人之眩耀，不能明察善恶也。

览察草木其犹未得兮，岂珵美之能当？苏粪壤以充帏兮，谓申椒其不芳；”

览察，观察辨别也。草木，指草木之芳臭。犹，且尚也。未能，不能也。王逸注“珵，美玉也。”《相玉书》言珵大寸，其耀自照。言时人无能知臧否，观视众草，尚不能别其香臭，岂能知玉之美恶乎？以为草木易别于珠玉，珠玉易别于忠佞，知人为最难也。” 当，宜也。谓善恶、高下之实。苏，补注“犹索也。”戴云“语之转”。吕，洪钱皆云一本作以，按吕正字，以隶变字也。 帏，王注"帏，谓之幐。幐，香囊也。"《尔雅》云："妇人之帏谓之缡。"注云"即今之香缨也。"袆邪交落，带系于体，因名为帏。 四句承上，揆党人之行。谓党人尚不能别草木之芳臭，岂能论美玉之善恶而归于贤者乎？彼粪取臭类以实香囊，反谓大椒乃不香之物。即上文"民好恶其不同兮，惟此党人其独异"。以见奴隶主贵族排斥忠贞之实。 灵氛占辞止此。

欲从灵氛之吉占兮，心犹豫而狐疑。巫咸将夕降兮，怀椒糈而要之。

从，听从也。吉占，谓卜辞吉利。指远游一说。巫咸《秦诅楚文》曰："告于丕显大神巫咸，以底楚王熊相（按指怀王之名）之罪。"是巫咸乃当日楚国之大神，引为能施贵斝于诸侯，故秦王亦祀。夕降，夕时降临。糈《说文》"粮也，所以享神。"王云："精米。"《史记·日者传·索隐》云："糈者，卜神之米也。"要，通邀，请也。四句乃谓大夫之度辞，谓欲听从灵氛之吉卜，但心怀犹豫而不能决断。知巫咸将于夕时降临，乃怀抱椒糈之精米，邀请为余一定不决之辞。

百神翳其备降兮，九疑缤其并迎。皇剡剡其扬灵兮，告余以吉故。

百神，巫咸之侍从。翳，王注"蔽也"。备降，全部降临。九疑说最繁杂。余按《湘夫人》"九疑缤兮并迎，灵之来兮如云。"首句全同于此，其意之同，亦必然也。故九疑实泛指九疑山之神，此地神也。王逸以为舜使之，无据。迎，戴注作逆。云古音御或伪作迎。因《九歌·湘夫人》文误。”

皇，神灵。剡剡，王注“光貌。”王夫之《通释》云“剡剡犹冉冉，仿佛之貌。”吉故，犹吉事也。四句承上，述巫咸之降。谓巫咸方与百神相随，蔽日而全临，九疑之神亦纷然并迎。大神巫咸仿佛扬其神明，以吉事告我。此下即巫咸之告语也。

曰：“勉升降以上下兮，求榘矱之所同。汤禹严而求合兮，挚咎繇而能调。

勉，努力也。升降，指升降天地。上下，谓上天下地而求索。榘矱，王注“法度”。同，洪校：“同一作周。”孙诒让曰：“此同并当作周，与下调协韵。同周形近，前云或方圜之不周兮，洪校亦云周一作同。以彼及此《七谏》别本证之，知此同亦

稿纸

当周也。"《淮南·氾论训》云：有本主于中，而以知矩矱之所周者。淮南王曾为离骚作传，《氾论》所云，必本此文。则西汉本固作周矣。"说是也。按《七谏·谬谏》云："不量凿而正枘兮，恐矩矱之不同。"同亦当周也。汤，大也。严，敬畏也。见前。挚，王注"伊尹名，汤臣也。"按以挚为伊尹，则此语缺主要动词，不成辞。《广雅·释言》云"挚，引也。"引申义可训擢举。《史记·晁错传》"大禹得咎繇而为三王祖。"得咎繇即皋陶，得咎繇即此之挚咎繇也。调，和调。理治也。四句承上怨居原应知择主，谓汤禹努力征求于天地上下，寻求法度之相合者。（亦即政治主张之相同者）。试思大禹敬谨以求合好之臣，得咎繇而能与之调治天

164

稿纸

下。此前我之明例也。

苟中情其好修兮，又何必用夫行媒？说操筑于傅岩兮，武丁用而不疑。

苟，诚也。中情，胸中意志。好修，爱美。喻高尚纯洁。行媒，绍介之意。说操筑、两句《史记·殷本纪》："武丁夜梦得圣人，名曰说。使百工营求之野，得说于傅险中。是时说为胥靡，筑于傅险，见于武丁。武丁曰是也……举以为相，殷国大治。"《书序》曰"高宗梦得说，使百工营求诸野，得诸傅岩。"四句承上申"求矩矱之所同。"谓胸怀意志诚高尚纯洁，又何必劳人绍介，傅说在傅岩之下操筑土之世，殷武丁用之而不疑者，以说有治国之良才也。

吕望之鼓刀兮，遭周文而得举。宁戚之讴歌兮，

稿纸

齐桓闻以该辅。

吕望、《齐世家》"太公望吕尚者，东海上人，本姓姜氏，以其封姓，故曰吕尚。"《战国策》云："太公望老妇之逐夫，朝歌之废屠，文王用之。"洪补引《淮南子·注》云："太公，河内汲人，有屠钓之困。"宁戚，王注"卫人，宿齐东门外，方饭牛，叩角而商歌。桓公闻之，知其贤，举用为客卿。"该备也。 四句申上"何必用夫行媒"。谓吕望以鼓刀而屠之人，遇周文王得举以为师；宁戚以饭牛而歌之隶，齐桓公闻歌拔以为辅。此与传说皆所谓中情好修，不以行媒而被用也。巫咸举三事以证其论点。劝屈原之去楚，为人所赏识也。巫咸之词至此。 又按《惜往日》云："闻百里之为

20×15＝300 第 166 頁

165

庖兮，伊尹烹于庖厨。吕望屠于朝歌兮，宁戚歌而饭牛。”屈原一再歌颂此故事者，盖重其主能识贤任贤，而俊逸之士又多出于贱民之中。望楚王能为哲王，以秦穆、商汤、周文、齐桓为法，举贤授能，且终身任之，以振兴楚国，进而图统一天下也。不当视为屈赞赏或拥护古之奴隶制度。然此一思想，实与儒家“任人唯亲”“世禄”“世臣”之说违反。和《荀子·王制》“贤能不待次而举”；《韩非·显学》“宰相必起于州部，猛将必发于卒伍”之说为近。盖均反对奴隶制度任人唯亲之恶习也。《韩非子·说疑》文云：“观其（尧舜等）所举，或在山林薮泽岩穴之内，或在囹圄缧绁缠索之中，或在割烹刍牧饭牛之事。然明主不羞其卑贱也。以其能为，可以明法，便国利民。”和“礼不下庶

167

20×15=300 第 页 166

人"之谬说相反，亦可藉证。屈原之思想在于明法耳。

及年岁之未晏兮，时亦犹其未央。恐鹈鴂之先鸣兮，使夫百草为之不芳。

年岁，戴注谓"人寿"。晏，王注"晚也。"犹其，当为"其犹"之误倒。前文"虽九死其犹未悔"，"览余初其犹未悔"，"览察草木其犹未得"，皆作其犹，可证也。

央，戴注"中也"，戴于《云中君》"烂昭昭兮未央"注云："极央，中也。凡物以未中为盛，过中则就衰。"甚是。故未央当谓未已、未尽、未衰诸义。鹈鴂，五臣云："鹈鴂秋分前鸣，则草木彫落。"《汉书·杨雄传》"恐鹈鴂之将鸣兮，顾先百草而不芳。"颜注："鴂，鸨字也。鹈鴂鸟，一名

168

第 页

167

稿　纸

买鴂，一名子规，一名杜鹃，常以立夏鸣，鸣则众芳皆歇。”谓鸣之时间不同，此不必计。盖此为设喻之文耳。四句屈原自述之辞，承巫咸之告而言之也。谓当年寿之未晚，时势之未衰，似应及时而去，盖恐害鸟鹈鴂先鸣，使彼百草芳歇耳。若为设喻，意谓事过迟，则年寿将老，世事日坏，大有为之志，即无所展矣。又此云“年岁未晏”、“时犹未央”，可证《离骚》作于壮年，应在怀王之世。若为襄世之作，不当云此也。

何琼佩之偃蹇兮，众薆然而蔽之。惟此党人之不谅兮，恐嫉妒而折之。

琼佩，以琼枝所制之佩。前文“折琼枝以继佩”后文“惟此佩之可贵”，皆此佩也。偃蹇，王注“众盛貌”。薆，戴注“《方言》："掩翳薆也。"注云："谓蔽薆也。"《诗·子衿》"爱而不见，搔首踟蹰。"毛传"爱，蔽也。" 愾，思也。 党人，奴隶主贵族朋比为奸者。 谅，同亮、信。《说文》"谅，明也。"不谅，谓不明是非善恶也。 恐，忧虑也。 折，摧折也。 四句承上，述往念来。谓何为以美盛之琼佩（喻己），众人薆人蔽之，使不得进于前，念此群小不明善恶，忌嫉妒之加，终摧折此琼佩也。言外之意，势不能再与群小为伍。有去国之心矣。或就小人之不利于己，以为行止之计。

时缤纷其变易兮，又何可以淹留？兰芷变而不芳兮，荃蕙化而为茅！

缤纷，乱貌。其，一作以。 淹留，久留也。 茅，草名。 四句承上，说及楚廷

20×15=300　　第170頁

169

稿　纸

形势，以为行止之计。谓时势混乱，政策改变，又何可久留此地而不去耶？若兰芷者，香草也，今变而不芳，荃蕙亦香草也，今化而作茅，了无香味。此总结变易之甚者也。国事无可为矣。即欲不去，岂可得？此应巫咸“百草为之不芳”一语。

何昔日之芳草兮，今直为此萧艾也！岂其有他故兮？莫好修之害也！

直，王注“言往昔芬芳之草，今皆直为萧艾而已。”按直真形近，音近，义通，犹竟也。萧艾，无芳之草，喻群小。好修“汝何博謇而好修兮”，“余独好修以为常”，“苟中情其好修兮”，与此“莫好修之害也”。好修，凡四见，皆喻爱洁之行也。害，今语恶果。四句承上，申说变易。谓昔日

稿纸

之芳草，何以今日竟成此萧艾，一无芳香？此一变易，岂有他因乎？曰无他，惟不爱美（变法）之恶果耳。据此知变法之前，诸贵臣于原无所加害，故原视如芳草，及施新法，群贵损利，乃相率以攻原。此大夫视为不芳，犹芳草之变性。又此语道出阶级斗争之实情。与前文相应，遂可证诸乃怀世之事，作品当成于怀世。

余以兰为可恃兮，羌无实而容长。委厥美以从俗兮，苟得列乎众芳。

兰，就文义与史实以证，兰当隐射子兰。王逸注以为"怀王少弟司马子兰"。以子兰为"怀王少弟"，当为误记。蒋君疑怀为襄之误，出于钞胥之手。王叔师不应有此误也。洪补引史文辩证之是也。 恃，依仗之意。

20×15＝300　　第172页

羌，犹竟也。实，内美也。容，仪表。茂，姣好。委，王逸注"弃也"。自王而下皆作此解。实与上下文情不贯，按委即倚仗、委仗之意。《诗·大雅·卷阿》"有冯有翼。"疏："德者可以委仗。"《魏书·夏侯道传》："执机杨者，有所委仗于上。"委仗即倚仗、依仗也。今语委托，意即自此衍。盖委倚双声，古通用，故委仗作倚仗。倚赖亦可作委赖。《宋书·沈攸之传》"为朝廷所委赖。"是也。故委当训倚或依。帛书《孙膑兵法·见威王》曰"事备而后动，故城小而守固者有委也……夫守而无委，战而无义。"委，亦依也。注曰："委读"非是。从俗，随从流俗，反对变法也。苟，姑且，今语暂时之意。 四句承上，于众芳中言以蘭。谓我原以蘭为可依赖，谁知蘭竟无内美，徒具姣好之外表。彼依其外美，追附时俗，皆得列于众芳耳！按此语即文滋蘭树蕙而芜秽，蘭蕙化茅之谓也。若蕙蘭曾为己佩，则不当有此变异之比，自不当引为同道者之说。此理明，知古人以兰为隐射子兰者，深得之心矣。

椒专佞以慢慆兮，樧又欲充夫佩帏。既干进而务入兮，又何芳之能祗？

椒，王逸以为楚大夫子椒。据兰之隐射子兰，可断椒为隐射子椒也。扬雄《反离骚》"既信椒蘭之唼佞兮，吾累忽焉而不早睹。"《七谏》"惟椒兰之不反兮，魂迷惑而不知路。"西汉文人，固以椒蘭为实有人焉者，当为叔师之所本。古依，古事有言也。

慢慆，傲慢放荡也。樧，洪补曰：“樧音杀。《尔雅》注云：樧似茱萸而小，赤色。”按椒兰既影射子椒子兰，则樧亦当有所实指。疑樧、尚声同，樧以影隐靳尚。史称靳尚“为用事者臣靳尚”（见屈传），“靳尚又能得事于楚王之幸姬郑袖”（见《楚世家》）。而靳尚亦为排原害原者主要人物之一，固当与椒、兰同揭于诗篇也。而充乎佩帏之行，亦足以证为靳尚之行也。佩帏，王注“帏，盛香之囊也。”但朱熹集注云又袆。按《释名·释衣服》“王后之上衣曰袆。”是佩袆当为郑袖所服。充夫佩袆，谓实夫佩袆而受郑袖之赏识，得重于楚王之前也。干，王注“求也。”而一作以。务入，努力钻营。祗，王引之曰：“祗之言振也。”

稿　　纸

是。四句承上，分论椒榝。谓椒若椒者专事谗口巧言，傲慢放荡；若榝者又谋充乎佩帏。既求进而务钻营，复有何芳之能振者哉！

固时俗之流从兮，又孰能无变化。览椒兰其若兹兮，又况揭车与江离？

流从，六臣本作从流。洪、竹、钱本亦作从流。按《哀郢》"顺风波以从流"作从流，王注"言世俗之人，随从上化，若水之流。"是王本亦作从流也。揭车，江离皆芳草名。四句承上，概说其他芳草。谓此种情况，本系随波逐流之时俗，又有谁能不变其气质。鉴以椒兰尚且如此，又况揭车与江离，能不变其操守乎？此下转言及己。

惟兹佩之可贵兮，委厥美而历兹。芳菲菲而难亏兮，芬至今犹未沫。

稿纸

惟，思也。兹，此。兹佩，前云"折琼枝以继佩"之佩。委，依也。他说皆不是。历兹，经历多年之意，见前。又"委厥美而历兹"与前文"谓悦心而历兹"文相应，可相互发明。知悦心为忠心，委为依也。菲菲，盛貌。亏，损也。沫，王注"已也。"戴注"沫，犹微也，香将已而微，曰沫。"又按王逸注"言己所行纯美，芬芳勃勃，诚难亏歇，久而弥盛，至今尚未已也。芬一作芬芳，勃一作渤。"知王本芬下尚有勃字，今误脱，当据补。五臣本芬亦作芬芬，疑原文为"芬勃勃至今犹未沫。"芬勃勃与芳菲菲相俪也。四句转而言己之佩，喻己之德也。谓念及此佩，实可珍贵，我依其美，已历多年，其芳菲菲，确难损伤，芬香勃勃今尚未沬也。喻己忠心及持节至今未变也。

和调度以自娱兮，聊浮游以求女。及余饰之方壮兮，周流观乎上下。

"按和调度，应作"心调度"，《悲回风》"心调度而弗去兮"正作"心调度"可证也。心所以误为和，当以篆文心作[illegible]，隶楷则作匕，乃误作厶，又误作私，和与私形近，又误作和也。此其相误可寻之迹也。又心，思也。合词。调度为一词，朱音调，徒料反，是也。今长葛方言犹有调度之说。意为周密思考也。自娱，自快也。因"芳至今犹未沬"而自行快慰也。聊，且也。浮游，飘流，以出之意。及，当也。方壮，方，正也。壮、莊、藏读音同，可通用，美也，盛也。"不抚壮而弃秽兮"之壮，义同此。

稿纸

周流即周游，见前。四句承上，所以结束前文 振起下文。谓内心快悒，周密思虑，自外出以求美女（喻贤者）。当我佩饰正盛之时，周游观察于上天下地，以求之也。

灵氛既告余以吉占兮，历吉日乎吾将行！折琼枝以为羞兮，精琼爢以为粻。

灵氛，洪补曰："灵氛告以吉占，有神告以吉故，而此独以灵氛者，初疑灵氛之言，复要巫咸。巫咸虽与百神无异词，则灵氛之占诚吉矣。然原固未尝去也。"按洪说称灵氛，不称巫咸之理，极允当。吉，占，一本无吉字。历，朱注云："遍数而实选也。"按屈原于《离骚》累言吉占、吉日、吉故，自为迷信五行思想之反映。执此以审"庚寅"之用，谓为凶日，此为又一佐证也。得，远行也。 琼枝，《洪补》引张揖云："琼树生昆仑西，流沙滨，大三百围，高万仞，其华，食之长生。" 羞，进也。 精，使之细也。靡，戴云"通糜，粥也。"琼靡即玉屑。粻，粮。戴云"四时之珍羞。" 四句承前，述远行之神游。请灵氛既告我吉占词，又选定吉将行之吉日。灵氛折琼枝以赠我，并细碎玉屑为我之食粮。此写灵氛赞同出行之议。

为余驾飞龙兮，杂瑶象以为车。何离心之可同兮，吾将远逝以自疏。

为余，灵氛为余也，且贯下句。此以见"折琼枝"两句亦为灵氛之行。杂，聚集也。瑶，玉之次者，象，象齿。疏，远也。远逝句，《后汉书·冯衍传》注引作

"吾将远游以自适"。远逝犹远游也。

自，非自己之自，自嗜古字通。《书·酒诰》"庶群自酒。"疏"众并自亦嗜"。是其证。《说文》"嗜，嗜欲喜之也。"《书·五子之歌》"甘酒嗜音。"《孟子·梁惠王》"不嗜杀人者。"注："嗜，犹甘也。"是嗜训甘之证。疏同點，解见前。嗜疏即嗜點，谓甘受怀王之放逐也。《冯衍传》注引自疏作"自适"，適谪古字通。自谪，即嗜谪，可证自疏之当为嗜點。盖自疏或可通解，而"自適"必无之事也。是自谪之必为嗜谪，自疏之必为嗜點之证也。《屈原列传》"故死而不容自疏濯淖污泥之中"（据泷川博士考证本）之"自疏"亦此意也。《惜诵》"愿曾思而远身"，"义意近于斯。刘向《七言》"去来归

稿纸

耕求自疏"，自疏，即此意也。诸家于"自疏"之意，多忽而略之，实怫悖文情，强为解耳。

四句承上，谓灵氛为我集瑶玉与象齿以成车，并为我驾飞龙以壮行色，诚可感矣。自知已与异心者无可合之理，将远游以自放逐也。

遭吾道夫昆仑兮，路修远以周流。扬云霓之晻蔼兮，鸣玉鸾之啾啾。

遭，王注"转也。楚人名转为遭。"昆仑，古传说在西方之神山名。修远，遥远也。云霓，虹也。旌旗上所绘，此代旌旗。晻蔼，王注"旌旗蔽日貌"。玉鸾，玉为之鸾鸟，车饰之铃，鸣如鸾也。啾啾，鸣声。四句承上，写远游之初。谓吾将远游而出发，遂转向昆仑之道。此路修长，

20×15=300 第183页

181

足从周流。余乃树蔽日之旌旗，鸣啾啾之玉鸾，盖车已驾矣。

朝发轫于天津兮，夕余至乎西极。凤凰翼其承旂兮，高翱翔之翼翼。

戴注"天津，天潢也。"王注"天津，东极。"西极，指上文之昆仑。凤凰，旗上之饰。翼，王注"敬也。"旂，戴注"《周官·司常》曰：'交龙为旂。'《尔雅》：'有铃曰旂。'"承旂，谓回护旗帜。翱翔，洪补："翼一上一下曰翱，直刺不动为翔。"翼翼，王注"和貌。"一曰飞貌。四句承上，言及游程。谓早晨我于天津启行，至夕时已抵西极。沿途之上，交龙之旗，有凤凰为之饰为之回护，翼翼而飞，翱翔高举。

忽吾行此流沙兮，遵赤水而容与。麾蛟龙使梁津兮，诏西皇使涉余。

息，安息也。流沙，王注"沙西流也。"戴注"《水经注》云：形如月，出五回。"遵，循也、顺也。赤水，王云"出昆仑山。"容与同逍遥，观望也。麾，王注"举手曰麾。"挥使之也。蛟龙，洪补引郭璞云："蛟似蛇，四足，小头细颈，卵生子，如三斛瓮，能吞人，龙属也。"梁，动词，使为梁也。津《说文》"渡水也。"此为名词，谓渡津、渡口也。诏，告也。西皇，王注以为帝少皞。按少皞，东方帝名，不当指为西极之神。此西皇，当指为西极之神。

四句承上，路经流沙。谓急要行于流沙之域，乃循赤水以观望。挥使蛟龙，为梁津上，并告西皇，助我渡此赤水。

稿纸

路修远以多艰兮，腾众车使径待。路不周以左转兮，指西海以为期。

艰，险也。腾《说文》"传也。"

径，诸作径。径亦细慎之谓。旧解作小路非是。此作副词，所以状待。待侍，洪补"一作侍。"古籍待、侍常互假。径侍者尽心服侍也。《远游》"左雨师使径侍兮，右雷公以为卫。"径侍与卫互用，可证其意也。

不周，山名。王注"在昆仑西。"指，以手确指其处。西海，神话名，古说在西方。

期，约意。此以目的地相期也。《九章》"曰黄昏以为期。"期说时间，并含以为约也。

四句承上，写征途。谓迢迢征途，实多艰险，传语众随车，径心侍吾。路经不周山下，即向左转，去前指西海以为约地。

20×15=300　　第185頁

184

屯余车其千乘兮，齐玉轪而并驰。驾八龙之婉婉兮，载云旗之委蛇。

屯，王逸云："聚也。" 齐，同也。

轪，戴注："《方言》轪，毂端锴也。"《方言》：关之东西曰辖，南楚曰轪，赵魏之间曰錬鏅。齐玉轪言并毂而驰。" 八龙，所驾之马。婉婉，王注"龙貌。"状八龙之健壮可爱。云旗，如云之旗也。委蛇，随风飘扬貌。 四句承上，言车仪之盛。谓我聚千乘之车，同玉毂而并驰，车驾婉婉之八龙，并载飘扬之云旗。

抑志而弭节兮，神高驰之邈邈。奏九歌而舞韶兮，聊假日以娱乐。

抑志句，张铣曰："志当作帜。"《汉书·高帝纪》："旗帜皆赤。"师古曰："文

20×15＝300　　第186页

稿纸

字或作识，或作志，音义皆同，是其声通之证。'抑帜'承云旗句，'弭节'承八龙句。上文"扬云霓之晻蔼兮"，洪校云："一本扬下有志字，扬志亦即扬帜也。浅人删之。"按张氏说志通作帜，极确。然谓前文扬下应有志字，则仍可商。盖云霓即帜之名，而帜志字不成辞，文法不能如此为之也。此句承"并驰"之后，谓其徐行时之仪态也。谓车马徐进，则其帜抑而节弭矣。 神，神思。邈邈，王注"远貌"。九歌，夏启乐章名。韶，《竹书》云："夏后启舞九韶。"是韶乃舞名。假，借也。读假音嘏。媮，乐也。颜师古云："此言遭遇幽危，中心郁闷，假延日月，苟为娱乐耳。"今俗犹言借日度时。 四句承上高驰之后，继之徐行，谓命驾徐行，而抑帜而节弭，神高遐远，邈邈高驰。奏九歌而作韶舞者，姑借此时光，以事娱乐耳。

陟升皇之赫戏兮，忽临睨夫旧乡。仆夫悲余马怀兮，蜷局顾而不行。

陟，及也。升皇，犹言升日。赫戏，一作赫曦，王注"光明貌。"临《尔雅》"视也。"睨《说文》"衺视也。"临睨，相视，并动词连用。旧乡，楚国。仆夫，《诗·小雅·出车》"召彼仆夫。"《传》"仆夫，御夫也。"《孟子》"问其仆。"注"仆，御也。"余马怀，不辞，寻《文选·寡妇赋》注，引作"仆夫悲余怀兮，马蜷局而不行。"马属下。卷十五《思玄赋》注，引作"仆夫怀余心悲"。卷二十九曹子建《杂诗》注，引作"仆夫怀兮心悲"。疑卷二十九引兮字

20×15=300　　第188页

稿纸

为余之形误。二句原文应作"仆夫怀余心悲兮，马蜷局而不行"。意为忽视故乡，仆夫兴怀，已亦生悲。下文"又何怀乎故宇"，正写己心之怀悲也。而马则蜷局不行，同有思故土之情。今本悲怀倒植，脱心字，误入马字上句，而顾为蜷局之旁注字，复羼入正文者。《远游》"仆夫怀余心悲兮，边马顾而不行"，文意自同可证也。惟原之临故乡而悲，百感交集，故继之以乱曰（既乱曰，解见下文），以述其感慨耳。蜷局，王注"诘屈不行貌"，状马不进也。四句承上，转视故乡。谓及日之升天，赫戏光明，忽乎望见光耀故乡。触景兴念，我心亦悲。而乘马蜷局不进，盖亦有归思矣。戴云："托言远游，所至忧思不解，忽临睨顾楚乡。终

稿纸

号。

乱曰：

韦昭注《国语》云："凡作篇章，篇义既成，撮其大要以为乱辞。"洪兴祖云："离骚有乱，有重，乱者总理一赋之终，发理情志，未申之使作赋也。"朱熹曰："乱者，乐节之名。"元陈澔《礼记集说》"乱者卒章之节。"

我不为强以叙为思之胡思，亦必合乐，徒诗也强以为合乐，强以乐之卒章以说"乱曰"之义，恐不确。余疑乱曰即叹曰，其证

词衣

一、乱为叹之假字。《说文》"叹，吟也。从欠，省声。𪁉籀文叹，不省。"考鹳即難字，从鸟与从隹同。《说文》難古文鹳。難

ZHOU

古文鷄。"雞，古文鷄。"是其证。難既从雞得声。则雞難可通用明矣。前文"余既不难夫离别兮"，余首立证之，以证以难之通用，及以误为难之因。尤其证也。而难乱古字通。《国语·楚语》"七月乃有乾谿之乱。"《吴语》"君若以国难之故（中略）国乱而蔽"，难乱义相应。难即乱也。《周语》"国家多难。"《庄子·逍遥游》"越有難。"《离骚》"不顾难以图后兮。"难并当训乱。《荀子·议兵篇》"民果作难。"《释文》"难一作乱。"可证难乱古通用也。而以通难，则以乱自亦可通。又以难乱古韵同部，更可证明其能通假也。此乱为以之假字之证明也。其证一。

二、离骚乱曰下之辞，并为以语。《离

稿纸

骚》"已矣哉国无人兮，莫我知兮，又何乎古都？既莫足与为美政兮，吾将从彭咸之所居。"叹词也。其他篇章乱曰下之词句，若《九章》中《涉江》六句，《哀郢》六句，《抽思》十句，《怀沙》十三句，宋玉《招魂》十六句（词繁不引，其他篇章未用），并叹辞也。既为叹辞，乱曰应作叹曰，可无疑矣。又上文曰"仆夫怀余心悲兮，马蜷局而不行"（採余校正，见前）。乃屈子忽睹故乡，百感丛生，感而作叹，文自然之势，更可为一佐证也。其证二。

三、刘向《九叹》用作叹曰。考刘向《九叹》仿骚体而作，共九篇。每篇终并用叹曰，下文叹辞，特于大夫"叹息无已"。故名《九叹》。论亦为"乱曰"以总谓上文，

稿纸

则不当称以兮曰也。今刘向并作兮曰，可知屈原之作中不有兮曰也。证三。

四、诗中多用兮词。屈子以忠信见疑，离谗被逐，文中感情，乃自然之势，如"长太息以掩涕兮"，"忳郁邑余侘傺兮"，"喟凭心而历兹"，"曾歔欷余郁邑兮"，并《离骚》文中所用之兮词也。文中数数用之，于诗未用"兮曰"以变其文，乃自然之理。其证四。

五，乱曰非楚辞之特殊文体。《文心雕龙·诠赋篇》曰："既履端于倡序，亦归余于总乱，序以建言，首引情本，乱以理篇，迭致文契。按那之卒章，闵马称乱，故知殷人辑颂，楚人理赋，斯并鸿裁之寰宇，雅文之枢辖也。"是彦和肯谓乱曰乃楚辞之特殊文体。

稿纸

（王逸曰：“乱，理也。所以发理辞旨，总撮其要，而重理前意也。”实祖曹大家注《幽通赋》之说，非逸之自创），而并闵马之辑乱为一。考《国语·鲁语·下》“闵马父曰：昔正考父校商之名颂十二篇于周太师，以《那》为首，其辑之乱曰：‘自古在昔，先民有作，温恭朝夕，执事有恪。’”韦注“辑，成也。凡作篇章篇义既成，撮其大要，以为乱辞。诗者，歌也，所以节舞者也。如今三节舞矣。曲终乃更变章乱节，故谓之乱也。”按韦氏之训乱，意谓之卒章，与《论语》“关雎之乱”之乱同。实则此所谓乱，乃辞之误字。案乱篆文作𤔔，金文作𤔲盂鼎，辞，籀文作𤔲，形极近乱，易误。唐和不知其然，复不察楚辞中“乱”字真谛，乃误而为一，袭而

稿纸

楚辞之特殊文体，益俱耳。混而言之，乱即为乐之卒章，而《离骚》不必合乐，且无从证其合乐，岂得以商颂之短制，以例此长篇鉅作耶？

愚意乱非楚辞特殊之体，其证有二。一曰屈宋之作未尽用乱曰。屈原诗作，用乱曰之篇章，仅《离骚》、《九章》之《涉江》、《哀郢》、《抽思》、《怀沙》耳。余若《九歌》、《天问》及《九章》之《惜诵》、《思美人》、《惜往日》、《橘颂》、《悲回风》诸篇均未用之。宋玉之作，除《招魂》用乱曰外，《九辩》未用之，《大招》亦未用之（或曰景差作）。统上计之，用者三之一，未用者三之二。如谓为特殊文体，自当篇篇不能缺也。今不用者如斯其多，非特殊文体也

20×15=300　　第　页

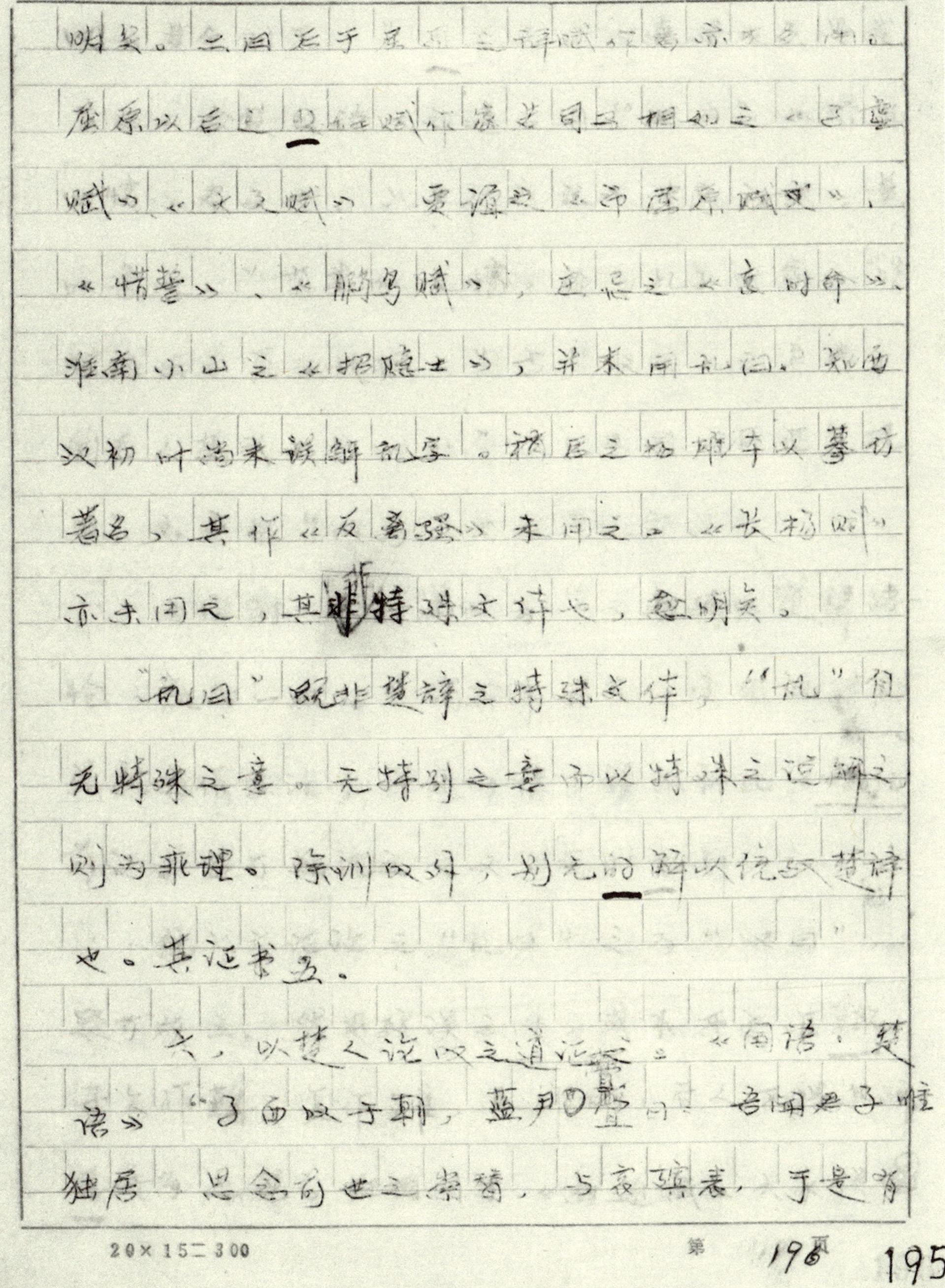
稿纸

明矣。二曰若干屈原之辞赋作意亦不含乱。屈原以后之赋作，如司马相如之《子虚赋》、《大人赋》，贾谊之《吊屈原赋文》、《惜誓》、《鹏鸟赋》，庄忌之《哀时命》，淮南小山之《招隐士》，并未用乱曰。知西汉初叶尚未误解乱字。稍后之扬雄本以摹仿著名，其作《反离骚》未用之，《长杨赋》亦未用之，其非特殊文体也，愈明矣。

"乱曰"既非楚辞之特殊文体，"乱"自无特殊之意。无特别之意而以特殊之意解之，则为乖谬。除训以外，别无的解以说楚辞也。其证者五。

六、以楚人论乱之道证之：《国语·楚语》"子西叹于朝，蓝尹亹曰：吾闻君子唯独居思念前世之崇替，与哀殡丧，于是有

20×15＝300　第196页

195

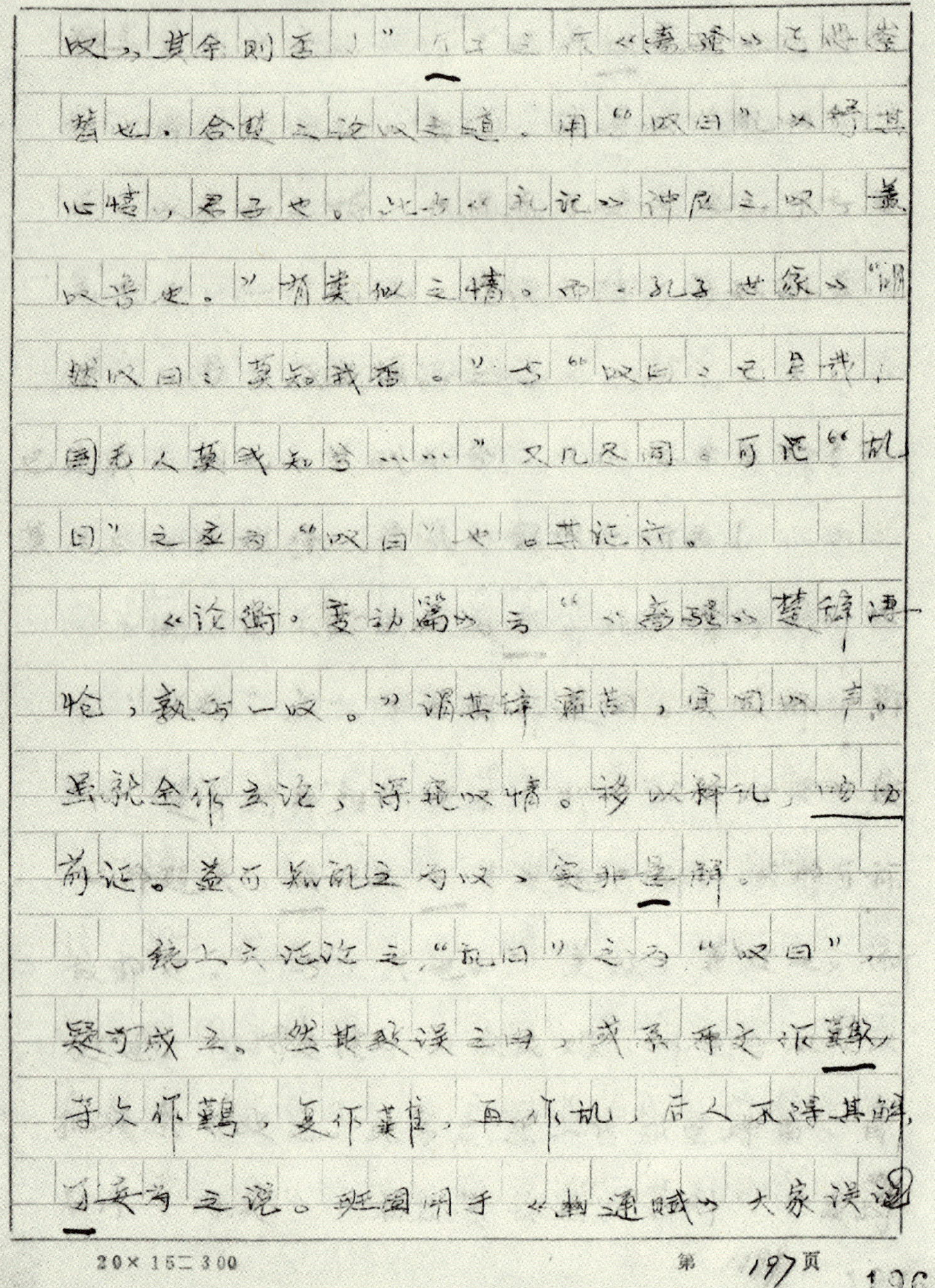

稿纸

叹'，其余则否。'” 屈子之作《离骚》之思哲也，合楚之论叹之道。用“叹曰”以舒其心情，君子也。比于《礼记》仲尼之叹，盖叹鲁也。” 有类似之情。而《孔子世家》“喟然叹曰：莫知我夫。” 与“叹曰：已矣哉！国无人莫我知兮……”又几尽同。可见“乱曰”之为“叹曰”也。其证六。

《论衡·变动篇》云：“《离骚》楚辞凄怆，赖于一叹。” 谓其辞痛苦，实因以声。虽就全作立论，深究以情。移以释乱，亦可助前证。益可知乱之为叹，实非臆解。

统上六证论之，“乱曰”之为“叹曰”，疑可成立。然其致误之因，或系篆文作歎，字又作鸛，复作難，再作亂，后人不得其解，乃妄为之说。班固用于《幽通赋》，大家误认

20×15=300　　第 197 页

196

稿　　纸

解之（见以下之说），王逸误祖之（见前引），影响所及，洪兴祖、吴仁杰、刘梦鹏、戴震亦以"乱曰"之首尾，以应和之情，且牵涉于逸之说，下之者无论矣。一字解讹，遂误至此，有如斯者。读古人书，诚当慎思之。

已矣哉！国无人莫我知兮，又何怀乎故都？既莫足与为美政兮，吾将从彭咸之所居！

国，古人称国都为国，此国谓郢都。与下"故都"应，不当解作楚国。故都，郢也。楚首封丹阳，后迁于郢。昭王时曾一度迁都鄀，又旋迁回郢，及昭王之身复迁于郢。故郢可称故都也。与，共也。美政，善政也。新政也。内修美德，以救民艰；外立合从，以抗强秦之政也。此为屈原一生所坚持者，自知为"内美"，初且受怀王"正则"、"灵均"

稿　纸

之嘉誉。全诗始终为"美政"之受破坏，而发凄苦忧伤之辞。彭咸，《离骚》两称之，《天问》一言之，《悲回风》三颂之，《思美人》、《抽思》皆一道之。就屈原歌颂婞直、信直、忠介、耿介、诸德之，彭咸实乃"忠介而不忘"之人，始终忠君，不变其操者。

居《悲回风》"记彭咸之所居，"与此句同意，两居字当同解。寻上文云"愿依彭咸之遗则"，《抽思》云"指彭咸以为仪"，仪即遗则。《说文》"居，寄也。"则居，亦即遗则，或仪之意。实不当作居住解。将，欲，愿也。从，随也。四句承上，怀念宗国之崇替，发为无可奈何之叹。谓国事岌岌已不可为，吾之远逝当止，但楚京无人知我之忠，又何为怀恋故都也？既然不能

20×15＝300　　第 198 页

稿　　纸

和彼辈共为美政，我愿守彭咸之遗则，以终此生。誓不能离宗国之土，以仕异邦！

"乱曰"以下，全诗之收束语也。大夫被谗放逐，萌想离楚。神游天地，俯仰上下，惆怅殊识，巫咸有助，终无遇贤之机。其归也仍以故国为念，情不离楚。惟朝政败坏，无人知我，是不能返朝也，是不能与为美政也。似此情况，何须怀念故都耶！然屈之爱楚，宗子忠君，虽不立朝，不能离楚，但抱忠心，以彭咸为则迺耳。

楚辞發微

第二卷

路百占著

第 1 页

天问發微

路百占

前言

司马迁读《天问》，而悲其志，見于《屈原列传》，是屈原作《天问》也。及王逸为《章句》，亦云“《天问》者，屈原之所作也。”屈原作《天问》，固无可疑。

王云：“何不言问天？天尊不可问也。故曰《天问》也”。按《天问》一诗，问事一百七十许，先问人所关心宇宙之天，继问生于自然界之人，终则问历史上人事活动之著者。故其问之范围，从天事到人事，涉及之时间，复从邃古而及当世。纷纭繁多，尽诗之始终。萃聚所疑，一一问之，固不以天尊而不问，实为不尊天而问之。若问天，天问，事本不殊，义

20×15=300

001

充轩轾。叔师之解，汉人腐见耳。

夫问者，东原云：“难也。”今语献疑陈义，反对批判之谓。故天问犹问天，批判俗传天事，史传人事之谓。大类王充《问孔》之间。倘如逸说，汉代尊孔特甚，仲任胡不题《孔问》为目耶？

古初以至奴隶社会，由生产落后，文化低下，固不知宇宙形成，生物由来，与夫阶级产生之原因。若日月丽天，昼夜交替；冬去夏来，风吼雷怒；彩云飘忽，白雪纷飞；长时观察，莫可究诘，乃谓天帝所创。若草木荣枯，人身生死，才高者治人而为君，力绌者受治而为民，亦复委之天意。“天子”、“天保”，义源于此。而“皇天无亲，唯德斯辅”，盛称于春秋者，此耳。《墨子·天志》下：“天子有善，天能赏之。天子有过，天能罚之。"亦此意耳。

屈原生战国晚期，"明于治乱"，且"博闻强志"。历观古代兴亡之迹，盛衰之因，知天不与于国之兴盛或衰亡，尤不见有德而辅，无德而去之真；却见"眩弟并淫，危害厥兄。何变化以作诈，而后嗣逢长？"何天帝违人意之甚耶？故复感慨而精确断言曰："天命反侧，何罚何佑？齐桓九会，卒然身杀？"类此尚多，大夫怀疑天命论矣。专注目于君德矣。若纣者，如贤且叡，无使乱惑，不听谗谄，必不抑沈比干，赐封阿顺，使"梅伯受醢，箕子详狂"，纣亦必不亡。此大夫之论也。以此例他，亦复如斯。《离骚》云："何桀纣之昌披兮，夫唯捷径以窘步"。又可证此说也。此大夫据人事怀疑天命之显例，亦"借古论今"之明谊。实富有蕴含哲理之诗作。鲁迅云："放言无惮，为前人所不敢言。"伏哉。《荀子·天论》亦有此思想。可知天道观，在斯时呈动摇之势。《荀子·修身》："倚魁之行，非不难也。"杨注："倚，奇也。"《秦律·封诊式》"两足下奇"奇即倚通之证也。见《睡虎地秦墓竹简》。删去，补入6页上部

天无关于兴亡，则天命之有无可疑。天命可疑，则天帝之有无，天帝创造万物之说更可疑。此简单之逻辑推理，以屈原之智，不能不知之。故《天问》一诗，首问天地日月，盖疑于时传神话。夫疑之，即根本否定之谓，非怀半信之态。然疑之为一事，能否作正确之解答又为一事。屈原能疑之，而不能解答之，以时代拘限论，无伤也。受时代之拘限，而能拔俗

20×15=300

004

以疑，此大智也。《法言·吾子篇》云："或问屈原智乎？曰：如玉如莹，爰辨丹青，如其智，如其智。"当就屈原能辨书·传所言之是非而颂之也。深究所指，不能谓与《天问》一作无关也。

《庄子·天下篇》："南方有倚人焉，曰黄缭，问天地所以不坠不陷，风雨雷霆之故。惠施不辞而应，不虑而对，徧为万物说；说而不休，多而不已；犹以为寡，益之以怪。以反人为实，而欲以胜人为名，是以与众不适也。弱于德，强于物，其涂隩矣。"惠施与屈原同時，齧桑公会上，可能相遇。惠主联楚者，公元前三二二年罢魏相后，又曾被逐至楚，時屈原尚在朝廷，又可能旧友重逢，欣然话故。或谈及宇宙形成之理，为屈原所闻。而所谓"倚

（奇）人”者，亦或即屈原乎？即非屈原亦可知南楚对于宇宙形成有普遍研究之兴趣，观夫王逸序《天问》“图画山川”之记述可知矣。庄子大宗师“畸人者，畸于人而侔于天”畸、倚形似，並得通道，倚人，即奇人也

王逸《天问序》云：“屈原放逐……見楚有先王之庙，及公卿祠堂，图画天地山川神灵，琦玮僪佹，及古贤圣怪物行事，周流罢倦，休息其下。仰見图画，因书其壁，呵而问之，以渫愤懑，舒写愁思。楚人哀惜屈原，因共论述。故其文义不次序云尔。”

王逸，后汉南郡宜城人。约公元八九年至一五八年间在世。距屈原之卒约三百六十六年。宜城地近鄢鄀，入汉北之孔道。屈原于怀襄两世放汉北時，当经其地。有关屈原传说，王叔

师尚有所闻。

《路史》："鄀。今襄之宜城西南有鄀亭山，上有城险固。有鄀县、鄀水，此即鄀城也。楚灭为邑，昭王尝徙于此。"《水经》："沔水又经鄀县故城南。"郦注云："鄀县，南临沔津。津南有石山，山上有烽火台，台北有大城。城即楚昭王为秦所迫，绝郢迁鄀之所。"据是知鄀在汉水之北也。《左氏定公六年传》云："楚令尹子西迁郢于鄀。"是楚昭王十二年，元前五零四年也。班固《地理志》云："昭王畏吴，自郢徙鄀，后复还郢。"是昭王之身即已还郢。而昭王在位共二十七年，则徙鄀至卒，都鄀之年，不能逾十五年至明也。

昭王后之惠王（元前四八八年至元前四三二年）又尝徙鄢。余知古《渚宫旧事》云："昭王避敌，迁鄀；惠王因乱迁郾。"其后归郢，旧史缺载。余又云"郾即鄢"。宋欧阳忞《舆地广记》八京西南路下云："宜城县，故鄢。楚之别都。"《史记·正义》曰："鄢音鄢。……古郾子之国，邓之南鄙也。又率道县南九里，有故郾城，汉惠帝改曰宜城也。"按《汉书·地理志》南郡宜城县云，"故鄢也。"《水经·沔水注》，郦道元曰："缠络鄢、郢，地连纪、鄀，咸楚都矣。"知鄢，即宜城，确为楚之一都，与鄀相近也。

鄀为都之年可知，鄢为都之年不可考。第就惠王在位之时间度之，鄢之为都，历时当久，故史籍多鄢、郢连称也。鄢、鄀即先后为楚都，"楚先王之庙"不能不具，"公卿祠堂"或有存者。据《华阳国志》："诸葛亮乃为夷作图谓，先画天地日月、君长、城府，次画神龙、生灵……。”《汉书·成帝纪》：“元帝在太子宫甲观画堂。”应劭注：“画堂，画九子母。”又《汉书·叙传记》：“時乘舆幄坐張画屏风，画纣醉踞妲己作长夜之乐。”《后汉书·蔡都袁传》：“郡尉府舍，皆有雕饰，画山灵海神、奇禽异兽”之故事证之，则叔师所云：“見楚有先王之庙及公卿祠堂，图画天地神灵，琦玮僪佹及古贤聖怪物行事。”可谓传信之记。若云：“仰見图画，因书其壁，呵而问之，以渫愤懑，舒写愁思。”亦必有据之言，不能谓为虚造也。

屈大夫被放顷襄之初，放地即在汉北之鄀，亦即《山鬼》所云“若有人兮山之阿”之“若”。若即鄀，字之繁简也。（参《山鬼发微》）。

郡既为迁地，且近郢都，屈有見先王之庙及公卿祠堂壁画之可能。覩画生感，因作《天问》，非无故也。故《天问》当作于郡，又诗已涉及襄初故情，又可证得另作于頃襄之初也。

再者，江南无楚先王之庙，必非作于江南；既为放臣，又必非見郢都之画，其为郡地之作，又可知尔。王云“因共论述”，盖谓评论诗畏为之抄纂耳，此郡地楚人传屈作之功。若不次序之因，当非论述者之过。盖循画以录诗，不能有遗误也。然不次序之故，或生于错简，或生于后人之不解，妄谓为不次序耳。

屈子一生，曾两使齐。時齐稷下学者甚众。如彭蒙、田骈、宋鈃、尹文、慎到、环渊、鄒衍之学大盛于齐。大抵皆驰骋遐想，驚为迂怪。而庄周、惠施之徒，亦便琦玮漫衍，畫空道古

20×15=300

010

于宋楚之间。是屈子于其学必有所闻。今观《天问》陈事，又可验诸《竹书》、《韩非》之书，不与邹鲁儒生和墨家之说相同，可知所染也。然诸家书多佚，注者不能详说《天问》者此耳。益以字有舛误，辞或错简，義愈难晓。古今学者，虽多有所说，终以不知大夫重人为而反天命，故多不当。兹就私見，续陈于后，若无新義，概从略诸。

不任汩鸿，师何以尚之？佥曰何忧？何不课而行之？

按《天问》一诗，自"遂古之初"，至"乌焉解羽"，乃问天地、日月、山川、昼夜、寒暑、奇兽、珍木诸事。中间忽阑入"不任汩鸿"，至"地何故以东南倾"，共二十六句，遂致问天与问地之事不相衔，即鲧禹之迹，亦与后文"禹之力献功"不相属。其为错简无疑。今如位此二十六句于"乌焉解羽"之后，"禹之力献功"之前，诚所谓移之则两美，如故则两伤也。然"鲧何所营"四句，又疑当在"不汩任鸿"之前，方能总摄夏事，文理昭晰。再就《天问》文例，率以四句为韵读，又疑"应龙何画？河海何历？"下脱两句，以文义不足故也。

汩、《说文》"治水也。"鸿，通洪，洪水也。师、《尔雅》"众也"。尚、逸注"举也"。佥、皆也。课，试之意。

《尚书·尧典》："汤汤洪水方割，荡荡怀山襄陵，下民其咨，有能俾乂？佥曰：於，鲧哉。帝曰：吁咈哉。试可乃已，帝曰：往钦哉。九载绩用弗成。"众人举鲧，记述相同。

阴阳三合，何本何化？

甲骨文三作三，气作三，故疑三误作三。原文应作"阴阳气合"也。

鸱龟曳衔，鲧何听焉？顺欲成功，帝何刑焉？

解此句者，纷然异文。王逸以为"鲧治水，绩用不成。尧乃放杀之羽山，飞鸟水虫曳衔而食之。鲧何能复不（疑不为衍文）听乎。”案诗文无食鼠之义，叔师说显误。洪补谓“此言鲧违帝命而不听，何为听鸱龟之曳衔也。”说亦不明所以。柳宗元《天对》云：“方陟元子，以胤功定地。胡离厥考，而鸱龟肆喙。”柳仍宗王逸说。朱熹云：“详其文势，与下文应龙相类似。谓鲧听鸱龟曳衔之计，而败其事。然若且顺彼之欲，未必不能成功。舜何以遽刑之乎？”谓“听鸱龟曳衔之计”亦无据。清萧山毛奇龄（公元一六二三——一七一六年）《天问补注》云：“鲧筑堤以障洪水，宛委盘错，如鸱龟牵衔者然。是就鸱龟形而因之为堤。盖听鸱龟之计也。古人制物，多因物形，如视鸱制柂，观鱼制帆，类此不足怪。”说较前人为进。但余仍以为可商。案“鸱龟曳衔，鲧何听焉。"又为鲧何听从鸱龟之曳衔耶？实谓鸱龟曳衔于大地，洪水未退耳。益谓鲧治水不成功也。寻《论衡·吉验篇》："洪水滔天，蛇龙为害。尧使禹治水，驱蛇龙。水治东流，蛇龙潜处。"是古传治水，且以驱蛇龙之害。兹云鸱龟曳衔，害同蛇龙，自为洪水未退之证。而鲧听之从之，又在明鲧之治水无功矣。考鲧之治洪，以填障为防。《书·洪范》云："箕子乃言曰：我闻在昔，鲧堙洪水。"《史记·宋世家》同。而《山海经》云："洪水滔天，鲧窃帝之息壤以堙（同陻）洪水。不待（同持）帝命。帝令祝融杀鲧于羽郊。"《博物志·人命考》："昔彼高阳，是生伯鲧，布土取帝之息壤，以填洪水。"是其失败之因也。故鸱龟曳衔者，述洪水未退之象耳。下文"顺欲成功，帝何刑焉？"谓鲧倘能顺尧之欲以获成功，帝尧胡为加之以刑耶？后二句又可证前二句之文为洪水未退也。 又蒋骥以鸱龟为龟之如鸱者，如《山海经》之旋龟，《岑海异闻》之海龟，《南越志》之鸷龟，乃一物名。

永遏在羽山，夫何三年不施？

永遏即壅遏，《孔子闲居》："弛其文德。"郑注"弛，施也。"谓囚困鲧于羽山何以三年不放也？

洪泉极深，何以窴之？地方九则，何以坟之？

朱熹校云："泉，疑当作渊，避唐讳改也。"按王注"洪水渊泉极深"，则作渊是也。洪补"窴与填同。"前两句谓极深之洪渊，伯禹究以何填实之，而不见也。

按原赋中方字，或作"方圆"之"方"，或作"方向"之"方"，亦或用作副词。无"地方"二字复用如后世者。则"地方"之"方"必为误字。寻方古作匚或𠃍，与亡形近易误。亡，失陷于水之谓。则，段作载。同声也。九则，即九载。《尧典》"九载绩用不成。"鲧治水九年无功，即地亡九年也。《孟子·滕文公上》："禹抑洪水而天下治。"抑，按也。 坟，朱注"土之高者也。"按《说文》"墓也。"墓葬之土隆起乃得为坟也。故坟有隆起意。《左僖四年》："公祭之地，地坟。"即隆起之意其证也。 后两句谓土地陷没于水中者九年，禹以何术隆起之耶？两问相承，一就水问，一就地问。盖颂禹功"纂就前绪，遂成考功。何续初继业，而厥谋不同”也。《李斯列传》云：“禹凿龙门，通大夏，疏九河，曲九防，决渟水，致之海。”徐广曰：“致，一作放。”此禹填洪坟地之术，即治水之术。盖疏通与堤防兼用，不师其父鲧专意于堤防耳。旧注多据《禹贡》分地为九等以为说，疑大误。（接下页）

闵妃正合，厥身是继。

闵通黽、强也、勉也。见《尔雅·释诂》。谓强妃成婚，以求子嗣也。

浞娶纯狐，眩妻爰谋。何羿之射革，而交吞揆之？

王逸云："浞娶于纯狐氏女，眩惑爱之。遂与浞谋害羿也。"按《竹书纪年》夏仲康八年"寒浞杀羿"。《笺》云："寒浞，伯明氏之谗子弟也。"《汉书·古今人表》第九等下下作韩浞。颜注"羿之相也"。娶通取。纯狐疑即《孙子》"羿得宝弓，犀质玉文，曰珧弧"之珧弧。前文"冯珧利决"，当即所谓珧弧。第一句谓寒浞盗取羿用之珧弧良弓也。眩妻，《左氏昭公二十八年传》云："叔向曰：昔有仍氏生女黰黑而甚美，光可以鉴，名曰玄妻。乐正后夔娶之，生伯封，实有豕心，贪惏无厌，忿颣无期，谓之封豕。有穷后羿灭之"。是羿有妻玄妻之可能。眩妻当即玄妻也。爰、於也。爰谋、犹与谋也。第二句谓玄妻与谋盗取羿弓也。是玄妻为子复仇之心。

羿、《左氏襄公四年传》云："浞行媚于内，而施赂于外，愚弄其民，而虞羿于田。树之诈慝，以取其国家。外内咸服，羿犹不悛。将归自田，家众杀而烹之，以食其子。其子不忍食诸，死于穷门"。是浞善行诈慝，收揽人心。知玄妻有死子之恨，乃勾通之，使近盗其弓。则羿无兵刃仓卒之变矣。故浞得烹羿。 交、疑众之形误。《左传》云"家众"可证也。 癸，兵器。故从癸之揆，当有杀意。下文"何親揆发足"，揆亦杀灭之意，可证也。

又吞揆连文，一义可知。王注训度，非是。

四句谓寒浞盗取羿之珧弧，玄妻实与共谋。何羿有射革之力，家众能吞天之耶？王逸以下之注家，皆不探史实，而妄为之说，不可从。

蓱号起雨，何以兴之？撰体协胁，鹿何膺之？

王逸注云："蓱，蓱翳，雨师名也。號，呼也。兴，起也。言雨师号呼，则云起而雨下，独何以兴之乎？"按既云由号呼而雨下，是知兴雨之术矣，又何必问焉？此知王说之非是。疑号，名也、称也。谓蓱翳号称起雨，彼竟何能以兴之耶？清山阳丁晏（公元一七九四年至一八七五年）《楚辞天问笺》云："《三辅黄图》：飞廉、鹿身、雀头、有角，蛇尾豹文，能致风号呼也。言雨师呼號，何以风起云飞，而必应之乎？丁氏亦误解号为呼，知王说锢人之深也。按《吕氏春秋》云："风师曰飞廉。""撰体协脅"，状鹿也。姜亮夫云："撰体与协脅对文。撰即巽本字。《尧典》'巽朕位'，传'巽，顺也'。《广雅·释诂》同。引申则为柔顺。谓鹿之体柔美也。"说甚是。惟谓"协，合也。亦柔嘉之义"，则待商。余疑"协脅"即下文"曾曼肤之平脅"乎，骈声同，转为骈脅。骈、协並有连意。脅，胸脅。骈脅，谓肋骨相合。此当为状鹿肥硕不见肋。《商君列传》"多力而骈脅者为骖乘"，骈脅同此。《论衡·讲瑞篇》："晋文骈脅，张仪亦骈胁。"膺借作应。两句谓柔美而肥硕之鹿，何为应蓱翳之起雨，而与风耶？

惟浇在户，何求于嫂？何少康逐犬，而颠陨厥

20×15=300

022

首？

王逸《章句》云："言浇无义，淫佚其嫂，往至其户，佯有所求，因与淫乱也。"王叔师此言极无据，盖就诗辞作臆说耳。考《左氏传》襄公四年云："浞因羿室，生浇及豷。恃其谗慝诈伪，而不德于民。使浇用师灭斟灌及斟寻氏。处浇於过，处豷于戈。靡自有鬲氏收二国之烬，以灭浞而立少康。少康灭浇于过，后杼灭豷于戈，有穷氏遂亡。失人故也。"此晋人魏绛所言夏中衰之史，及浞与浇之况。而《左氏传》哀公元年云："昔有过浇杀斟灌，以伐斟寻，灭夏后相。后缗方娠，逃出自窦，归于有仍，生少康焉，为仍牧正。惎浇能戒之。浇使椒求之，逃奔有虞，为之庖正，以除其害。虞思于是妻以二姚，而邑诸纶。有田一成，有众一旅，能布其德，以兆其谋，以收夏众，抚其官职。使女艾谍浇，使季杼诱豷，遂灭過戈，复禹之跡。祀夏配天，不失万物。"此任督所言少康中兴之史。较魏绛所谈为详。据是"惟浇在户"四句之文字，得以订正，而后知王逸之说，不着边际也。　据《左氏传》浇既灭夏后相，虽居过，实继夏而为君也。则"在户"应为"作后"形音之误·前文"启代益作后"，"作后"一词可證也。据《左氏传》又知浇有弟豷处戈，并无兄，自无嫂也，嫂非兄嫂之嫂，又可得而知，史又云浇使椒求少康未得，是有搜捕少康之行，而欲杀之也。则嫂应为搜之段字无疑。《方言》"搜，求也"。《尔雅文疏》"搜，求也"，可證。然史又云少康"逃奔有虞"，后且灭浇。是

20×15=300

024

浇救己之心未成也。是何求之求，又应为救之段字明矣。故第二句原文应为"何救于搜"。意即搜求少康未得，无救于己之士也。

少康逐犬，史无显徵。今第知其"逃奔有虞"，而"犬"字篆文与"走"形近易误。则"逐犬"疑当为"逐走"。征有仍被搜捕，"逃奔有虞"之谓也。而、疑"不"之形误。前文"不能固藏"，"不"为"而"之误。《离骚》："宁溘死而流亡兮"，"而"亦为"不"之形误。屈赋中"而"、"不"互误者多，皆其證也。徐仁甫《古诗别解》二十二页，《淮南正篇》亦有不而相误之证可参。"不颠陨厥首"，谓少康不死于浇手也。此两问意相反而相成。首问彼浇已为君，何以搜捕少康不得，而无救于伊之士？次问少康以浇之搜捕而逃奔有虞，何以得不死，而反兴夏耶，大夫固不以天命为解，必以少康能受"戒教"，"能布其德，而兆其谋，以收夏众，抚其官职"，故能灭浇，"复禹之迹"。《离骚》云："浇身被服强圉兮，纵欲而不忍，日康娱而自忘兮，厥首用夫颠陨。"此浇之所以亡也。

据此知《天问》中所疑难之人事，大夫皆不委之于天命。而归之于人谋之臧否，国之隆杀，其不系焉。然为臣下者，忠佞异怀，曲直分途，由所近之君，或圣或痴，有亨塞之殊。愚者归之天命，屈子则责乎君上也。

女岐缝裳，而館同爰止！何颠易厥首，而亲以逢殆？

王逸注："女岐、浇嫂。館、舍也。言女岐与浇淫佚，为之缝裳，于是共舍而宿止也。"此王承其上说以为解。王不悟字之通段与讹

第　　页

误，妄为之说，已见上文。此云"女岐、浇嫂"尤为无据。而沈约于《纪年》附注，更臆造寒浞前妻长子之妇曰女岐，寡居，故为浇淫云云以实之。此真以讹传讹，愈传而愈赘也。考《左氏传》有少康"使女艾谍浇"之记，则女岐应即女艾。《竹书纪年》亦云："世子少康使汝艾伐過杀浇。"汝艾之即女艾、女岐，又为一證。盖艾岐古分隶泰支，泰支相转，而又同声，故艾得为岐也。此女岐即女艾，汝艾之音證也。缝裳，按缝通逢。《庄子·盗跖》"缝衣浅带"。缝即逢之段。然此逢当训遇。与下文"逢殆"之逢同義。裳又尚之段。《荀子·君道》"尚贤使能"。尚、尊尚，敬重之意。故"女岐逢尚"者，女岐遇浇之敬重也。此少康使"女艾谍浇"之阴谋得行也。馆同，犹

20×15＝300

027

同室。爰止，于是而止也。两句谓女歧受浇幸爱，于是同室而居。王逸解颠易两句为少康夜袭，断女歧之首以为浇，故曰易首。主遇危殆者乃女歧，不以为浇，其说大不可信。考《左哀元年传》明言"使汝艾谍浇，使季抒诱豷，遂灭过戈。"《纪年》亦云："使汝艾伐过杀浇。"是汝艾之手杀浇矣。不得云死者为女艾，浇未死也。《左襄四年传》载："处浇于过之后，"靡自有鬲氏收二国之烬以灭浞而立少康。少康灭浇于過，后抒灭豷于戈。"是寒浞父子三人，均灭于少康之世。颠易、同颠陨。厥、其也，代浇。亲、指浞与豷言之。所谓父子兄弟之亲也。以、通亦。两句问浇何以颠坠其首？即其父与弟，亦何为而遭难也？盖惊叹有穷氏之亡，在于失德，

第 页

少康之成功，在于德人，兴亡之道，端在于斯。大夫固感慨係之矣。

湯谋易旅，何以厚之？覆舟斟尋，何道取之？

湯谋二句，王注以为殷湯欲变易夏众。按此与上文意相属，亦当就浇而言。盖就浇兴之暴以为问，旨在晳定天命，与上文相承也。王说不谛。湯，大也。姜亮说。湯谋，大谋也。易旅，当即《左氏传》"使浇用师灭斟灌及斟尋氏"之谓。姜亮夫训易为治，可从。两句谓浇大谋治兵灭夏，天何为施厚爱，使斟灌斟尋尽为所灭？覆舟二句，王注："斟尋，国名也。言少康灭斟尋氏，奄若覆舟，独以何道取之乎？"按"覆舟斟尋"之文意，当为浇之事，不应係于少康，更不宜解作"奄若覆舟"。考《竹书纪年》云："帝相二十七年，

20×15=300

029

浇伐斟寻，大战於潍，覆其舟，灭之。戴震云："《论语》：'奡（即浇）盪舟。'盖谓覆舟斟寻是也。"並引顾炎武说："古人以左右衝殺为盪陈。"是知此句确为言浇事也。取之，犹言攻取斟寻。后两句谓：浇虽勇猛，能盪覆斟寻之舟，但何天理而灭之耶？四句盖疑"皇天无親，唯德是辅"之为虚妄。倘有天意，固不当使此凶残，覆灭二斟也。诸家说皆不会此意，不赘也。

登立为帝，孰道尚之？

《尔雅·释诂一》："尚，右也、尊也、相也"；谓登位为帝后，谁引导、辅佐之也？

该秉季德，厥父是臧。胡终弊于有扈，牧夫牛羊。

王逸注该秉二句云："该，苞也。言湯能

苞持先人之末德，修其祖父之善业……"实不关诗意，言而无据。王国维云："该即殷王亥。季，该之父，即殷王冥（《殷虚卜辞中所见先公先王考》）。"谓殷王亥秉持其父季之德业，季（即冥）以为善也。"弊"，诸家率以为通"毙"，死也。疑非是。考《殷本纪》"冥卒，子振（即亥）立。振卒，子微立。"亥未死于有扈（即有易）也。然《竹书纪年》云："帝泄十二年，殷侯子亥宾于有易。有易杀而放之。"《山海经·大荒东经》："有困民国。有人曰王亥，讬于有易河伯仆牛。有易杀王亥，取仆牛。"两言王亥被杀，据之训弊为死，似无可疑。第《纪年》云："杀而放之"，岂有死而后放之理？再就下文"干协时舞，何以怀之？平胁曼肤，何以肥之？"是王亥放牧牛羊有惊人技术之说明（旧说乃王亥淫有扈女，非是。）
若"去牀先出，其命何从？"固言王亥之不
死于有扈也。斯知训弊为死者，意实悖。寻
《荀子·大略》："氷泮杀内"之杀，意同
禁。《管子·五行》："待天地之杀敛。"
之杀，意为收。则《纪年》所云"杀而放之"
之杀，实收禁之谓，意即囚之，不使迫殷耳。
又《山海经·海内经》："帝令祝融杀鲧于
羽山。"所谓杀，即《孟子》所云"杀三苗"
之杀。其意同《舜典》"窜三苗于三危"之
"窜"，"殛鲧于羽山"之殛。并谓放之边
远，禁囚于其地，非杀戮之谓也。杀之意明。
则《山经》所云"杀王亥"，自为囚禁王亥。
前云"有困民国"之困，又为一证也。"杀
而放之"之放，当为牧意。《书·武成》"放牛于桃林之野。”《周本纪》放正作牧，其证也。曰“牧夫牛羊”，不正云放牧乎？《山海经》云：“杀王亥，取仆牛”，实谓禁困王亥，迫使王亥“仆牛”也。斯知弊之义同杀，但当训困，不使返之谓也。若王亥“宾于有易”，“讬于有易”之故，今虽不可知，但有易不使归殷，迫使牧牛羊，则可知矣。意者，王亥有牧牛之专长欤！《山海经》十四《大荒东经》（三五三页）引郭璞注云：“言有易本与河伯友善，上甲微殷之贤王，假师以伐有罪，故河伯不得不助灭之。既而哀念有易，使得潜化而出，化为摇民国。”考《吕览·勿躬》“王冰即王亥。”《初学记》二十九引《世本》“胲作服牛”。《周易注疏·系辞传》：“服牛乘马”。《书》：“肇牵車牛远服賈。”《世本》：“王亥作服牛。”即以牛輓車之谓也。贾谊新书、刘向《新序》俱载邹穆公“百姓飽牛而耘。”胲亦即亥。而《太平御览》八百九十九卷，引《世本》作“鲧作服牛”。鲧当为胲之讹。是知王亥不仅有牧牛之长，且兼“服牛”，役使牛，即下文之“扑牛”，《山经》所云“仆牛”之能。故有易特（接下页）

“取仆牛”，以提高其生产能力矣。后二句在问以王亥秉有父德之人，胡为终困于有扈，为有扈牧牛羊也？天之报施善类，何爽失如此？说古史，解楚辞者，率不理解之义，轻使王亥见诛于有扈，而王亥之牛羊，复为有扈所夺取，何远违史实之甚耶？

干协时舞，何以怀之？平胁曼肤，何以肥之？

王叔师解此四句，以干协二句为少康事以后二句为殷纣事。朱熹以前二句为舜事，亦以后二句为纣事，并属大误。按此前文字问王亥“解于有扈，牧夫牛羊”，此后文字问“恒秉季德，焉得夫朴牛”，皆殷時事。此不当忽阑入夏少康，殷末帝二事甚明。后之解者，知此理，而又以为乃王亥之淫行，用以引诱有扈之女，为見殺之道。盖据《竹书纪年》

"殷王子亥，宾于有易而淫焉。有易之君杀而放之（《山海经·大荒东经》郭璞注引文）"。中有一淫字而为说。按"杀而放之"，意为禁锢，迫使牧牛，已见上解，则此四句，当为承上文申言牧牛服牛之能。其能超乎寻常，古人以为淫也。有易之君，禁亥不返，迫使牧牛者，此耳。故吾疑干为牛之形误，非干戈之干。协，合也。和也。时，是也。"牛协是舞"谓牛应声是舞也。犹《尚书》"百兽率舞"焉。牛群能如此应命，故惊叹"何以怀之"！怀，动词。《周颂·时迈》"怀柔百神，及河乔岳"。《传》"怀，来，柔，安"。怀之即来之，犹使之也。平胁曼肤，状身体肥硕。今语平瞒。——无论人禽，平胁则不见肋矣。曼，戴震云："汉书所谓柔曼"。颜师古注云："泽也，肤毛柔泽，故曰曼肤。王亥所牧之牛羊，如此肥泽，故赞叹"何以肥之"。此又是"终弊于有扈，牧夫牛羊"之意，当为受禁困，强使牧牛羊者，正以王亥有高超之服牛牧牛技术也。注者皆不会此意遂使殷商一段重要史实，为之湮灭。周代百里傒亦以善养牛称《史记》："百里傒逐之周，周王子颓好牛，臣以养牛干之。《说苑》："秦穆公观盐，见百里奚牛肥曰："任重道远以险而牛何以肥耶？"对曰：臣饮食以时，使之不以暴，有险先后之以身，是以肥也。"可作参考。

有扈牧竖，云何而逢？击床先出，其命何从？

章句说有扈句，"有扈氏本牧竖之人耳，因何逢遇而得为诸侯乎"？按为诸侯之意，不见句内，而逢者逢遇之逢，非"逢长"之逢，尤不得解有扈牧竖为一人。王说自属曲会。或说有扈乃王亥所淫之女，亦为悬解。我疑有扈（即有易）即"其君绵臣"（见《竹书纪年》），收竖，指王亥。牧竖者，贱役也。亥被拘于绵臣，使为牧牛羊，故可以牧竖称。前两句谓绵臣与王亥，一为有扈之君，一为商之世子，何为相遇而为主奴乎？岂天贵王亥之道乎？ 击牀句，王说亦误，若云"其先人失国之命，何所以出乎"？更属呓语。按"击牀先出"的不易解。但就上述亥被有扈所困，迫使牧牛，必非所愿。时欲逃遁，又属常情。循此事理，以窥文意，庶几不远。故疑"击牀"一词，为"击柝"之形误。牀、柝形极近似也。《谷梁传·庄公二十五年》"士击柝"，范注"柝，两木相击"。《庄子·庚桑》"抱关击柝"。杨注"击柝，击木所以惊夜者"。知柝以两木为之，夜间相惠以惊众相守耳。此云惠析，意同防范。 丸、疑伕之脱误。伕通逸，谓逃脱。

两句谓王亥在防范中逃出，其命运果何自来耶？此问王亥逃出有扈事，与上问王亥被困，事反而意同。盖屈原意在人谋，無关天命也。

再按《殷本纪》："冥卒，子振立（《索隐》：云："《系本》作核。故当知振为亥之别名。而振亦作震。《易·未济》"震用伐鬼方"，其證也。）振卒，子微立。"亥倘不由有扈逃出，被殺于绵臣，岂得嗣为殷王乎？斯知吾前此之说，勝于诸家也。

恒秉季德，焉得夫朴牛，何往营班祿，不但还来。

章句云："朴，大也。言湯能秉持契之末

德，修而弘之。天嘉其志，出田猎得大牛之瑞也"。以为殷汤事，失考之甚。王静安曰："恒盖该弟，与该同秉季德，复得该所失朴牛也"（见《殷先公先王考》）。按此殷之逸史也，其详不可知。第《天问》所陈，已知殷王冥（即季）必善服牛者。故前文云"该秉季德"。亦能使"牛协时舞"，"平胁曼肤"，能承季之教，故厥父是臧也。此一妙技，引动有扈之高度重视，竟遇机扣留王亥，迫使为之服牛。兹又云"恒秉季德"，恒为该弟，无可置疑。今云"秉季德"者，以亥之长论之，本必娴服牛之事。

焉，乃也。得，获得。朴牛，即服牛，朴、服古音同，犹服之段作僕。"焉得夫朴牛"者，谓恒乃得服牛之妙术。惊叹之意，非谓得王亥所失之服牛。静安谓"复得该所失服牛"，失于無据。营、王训得，与上下文意不协。余疑营乃地名，或即有扈之国都。下文微天有扈可證。 班禄、赐爵禄之谓。《孟子》"周室班爵禄"。班同颁，赐也。 不但还来，不辞，但当为得之讹误。不得还来，即不能归来。 四句谓恒持其父季服牛之能，与其兄亥同。奉命往营地赐爵禄，岂意营君特重其能而留之，竟不能归来。此亦屈原致感喟于天意者。 据前此解说，知殷代已盛用牛力。为商王者，且娴服牛之能。而服牛之术，且为异国所重。若有扈之君，不惜两次扣留殷王子，迫使为之服牛，珍视服牛之功，有如此者。此殷商奴隶社会之重要史料也。證以甲骨文出现牛字，犁（物）字，《书·酒诰》"厥考厥长肇牵车牛远服贾"，可知商代

20×15=300 041

用牛之力，已极普通。近人研究我国社会经济史，多谓春秋时方大用牛力，执此以论，晚计千年矣。

昏微遵迹，有狄不宁。何繁鸟萃棘，负子肆情。

《殷本纪》"冥卒，子振立（振即该，即亥）。振卒，子微立。"微即上甲微。王季（即冥）之孙，王亥之子。微称昏者，近人刘盼遂云："殷人命名，多取义于十二辰或十日。然亦有取义于时者。自契以下，若昭明，若昌，若冥，皆含昏暮晦冥之义；上甲微殆亦取于辰光曦微，而又取于日入三商之昏，以为别字欤？"（见《天问校笺》）按商王之名，不限于一，若亥又名振（或震，见前），即其明例。故昏微自为兼名。昏微遵迹，乃称上甲微循契旧德事。《国语·鲁语》展禽曰："

上甲微能率契者也。商人报焉"。契、帝喾之子。《商颂·长發》："玄王桓拨"。玄王即契，谓能拨乱反治也。昏微能遵契迹，当指从事武功，雪先人耻，恒为有易扣留之耻。《竹书纪年》"殷侯微以河伯之师伐有易，杀其君绵臣"。王国维说有易即有狄，故云"有狄不宁"也。

繁鸟萃棘、王逸以晋解居父聘吴，过陈，见有负子之妇欲淫之为解。洪补引《列女传》陈辩女事以申之。朱熹曰："亦無所据，补引《列女传》陈辩女事，又無负子肆情之意，要皆不足论也"。按前两句在揭上甲微能循旧德，雪先人之耻，有明行也。后两句在斥其晚操之淫乱，方见天命说之妄诞。繁鸟，疑原作鷩鸟。《广雅·释鸟》：鷩鸟、

20×15=300 043

鸮也”。義与诗“有鸮萃止”切。繁、鸳形近，当为致误之因。“繁鸟萃棘”，谓鸮鸟止于棘上。用解居父事，喻上甲微于狄后有淫祓之行也。

负子，王注“妇人负其子”，大误。后之说者亦不解。按负子一词，古义有二。《山海经·大荒西经》：“西北海之外，大荒之隅，有山而不合，名曰《不周负子》，有两黄兽守之”。《文选·甘泉赋》、《思玄赋注引》并無“负子”二字。《史记·鲁世家》“若尔三王，是有负子之责于天。以旦代王發之身”。负子，即保子、大保、天保之谓。《书·金縢》作丕子。古负、保，丕音同也。保子，古以为传天意于人，复传人意于天者也。故本经视保子为天。《盐铁论·非鞅》：“推车之蝉攫（按络丝之辋），负子之教也。周道之成，周公之力也”。此负子之弟一義。《白虎通·疾病》："天子病曰不豫，言不复豫政也。诸侯曰负子，子，民也。言忧民不復子之也。"亦作负兹。《公羊传·桓公十七年》："属负兹。"何注："属，讬也。天子有疾称不豫，诸侯称负兹，大夫称犬马，士称負薪。"《尔雅·释器》："席蓐谓之兹。"是负蓆兹，犹负席。人病卧则背如负席，故云然。今俗称久病曰背铺，同此义也。此负子之弟二义也。余疑《天问》中之负子，应从弟一义引申之，解为天意。"负子肆情"，谓天意许之肆其淫欲也。后两句谓上甲微修祖德，报先王之恥，使有狄不宁，何以入后有淫秽之行，岂天意许之肆淫欲耶？此盖屈原就上甲微始正而后邪，否定天意之存在耳。若大夫于兵父子之行事，一不归天，而

第 4 页

注目于人事，单识雅音，当为鞭惠时俗。致疑天命说也。

湯出重泉，夫何辠尤？不勝心伐帝，夫誰使挑之？

旧注于此，不注意于上下文意之连属，近人解此，亦有所蔽。按"湯出重泉"，自可成语，而与"夫何辠尤"意不协。盖"出重泉"，必为無辠尤。今曰"夫何罪尤"，知出字必误。疑出为幽之形误。首句应为"湯幽重泉"。《太公金匮》云："桀怒湯，以諛臣赵梁计，召而囚之均台，置之重泉"。《史记·夏本纪》："帝桀之时，召湯而囚之夏台"。《索隐》："狱名，夏曰鈞台"。《竹书记年》"諸侯履来朝，命囚履于夏台"。《淮南子·本经训》高注"夏台，大台"。而鈞亦大也。知鈞台实即夏台。乃桀

20×15=300

046

囚湯之所。重泉当在其内。出之应作幽，可勿疑。两句谓湯被幽囚于重泉，夫何罪过之有？縢、疑段作称。《后汉书·赵岐传》"中常侍左悺兄縢代之"。《桓帝纪》及《单超传》左縢並作左称。是縢称通段之證。挑、洪补曰："《苍颉篇》云：挑，举也。" 二句谓湯于桀之行不称心，因而伐桀，岂有他人挑动之耶？当知更非天意耳。

会鼂争盟，何践吾期？苍鸟群飞，孰使萃之？

王注洪补，均以此为武王伐纣事，甚是。惟王逸以会朝句为武王与膠鬲期于甲子日至殷为说，则不然。按鼂应读为朝会之朝。会朝乃朝会之倒用。一本争盟作请盟，当从。戴云："言诸侯毕会之朝，争趋而至。"是矣。盟，誓也。戴以为地名，非。吾、姜云：

"武字之声误"。是。两句谓诸侯毕会之朝，请盟于天，何为皆践武王会盟之期？ 苍鸟二句，《章句》以为喻辞，并引诗"维师尚父，时维鹰扬"以为證说。洪补以"鹰扬指尚父，此云群飞者，士以类相从也"。按《汉书·邹阳传》"周用乌集而王"。《音義》云："太公望塗觏卒遇，共成王功。若乌鸟之暴集也。"《索隐》韦昭曰："吕尚適周，如鸟之集"。是苍鸟確指尚父等贤士皆归周，故曰群飞也。《淮阴侯列传》："异姓並起，英俊乌集"。乌，即苍鸟也。可作参證。萃，集也。两句谓尚父等群贤皆归向武王，复谁使集之耶？上问会盟之诸侯，下问归周之贤良，皆何因而向武王？言惟武王之德，能使之践期，能使之归周，並非由于天命也。

20×15=300

048

到亶纣躬，叔旦不嘉．何親揆發足，周之命以咨嗟？

到，洪引一本作列。朱本作列。按列亶为並列而亶，不必施之纣身。仍以作到亶为是。此盖就武王到纣王之屍前行动而言。《史记·周本纪》"遂入至纣死所，武王自射之，三發而后下车，以轻剑亶之。以黄钺斩纣头，悬大白之旗"。此亶纣身之详情也。叔旦，周公行三为叔，其名旦，故曰叔旦。嘉，喜、许（赞成之意）。"叔旦不嘉"，谓周公不赞许武王亶纣死之行。按《新书·连语》云："纣走还寝庙之上，身斗而死，左右不肯助也。纣之官卫與纣之躯，弃之玉门之外，民之观者，皆進蹴之。蹈其腹，蹶其腎，践其肺，履其肝。周武王乃使人惟而守之。民之观者，搴帷而入，提石之者，犹未肯止。"与司马迁说异。依贾之说，则"到亶"之到，应作列。但应解作裂，《史记·卢绾列传》："遭汉初定，故得列地，南面称孤"。列地即裂地，列、裂古字通也。谓分断纣之躯。而此行又属诸殷民，为武王所不嘉。故武王"使人帷而守之"。时周公或亦有此意，《史记·三王世家》："周公辅成王诛其两弟，故治"。故去"叔旦不嘉"。"何亲揆發足"二句，王逸《章句》以远近人，解说纷繁，不见切当。若不就周公说解，则违屈原四句二问相反相成之义。王注"百姓咨嗟叹美"，则知命当为民之声误。原文应作"何亲揆發足，周之民以咨嗟"。此句异文甚多，乃如"足"作"定"，及挈"何"字之舛误。按亲，亲自也。揆，杀夭之意。前文"而交吞揆之"，揆意为杀，已见前说。發武王名也。足、手足代称。《仪礼·丧服传》："昆弟，四体也。"四体，即四肢，亦作四枝。《逸周书·武顺》："左右手各握五，左右足各履五，曰四枝。"注"四枝，手足。"故古以手足喻兄弟。故"发足"，犹言武王群弟。《书·金縢》"管叔及其群弟，乃流言于国。"郑注："管，国名。周公兄，武王弟，封于管。"《史记·管蔡世家》云：管叔名鲜，霍叔名处，蔡叔名度。武王立纣子武庚于殷，使三叔监之。成王立，三叔合武庚叛周。周公东征，杀武庚管叔，放蔡叔，贬霍叔为庶人。是周公有放杀武王兄弟之行。所谓"亲扑发足"也。"周之民以咨嗟"，谓周之黎民因而嗟叹也。《淮南子·氾论训》："周公有杀弟之累。"《史记·三王世家》：

20×15=300

第　页

"古者诛罚不阿亲戚故天下治。""周公辅成王诛其两弟故治。……"《商君书·赏刑》云："昔者周公旦杀管叔，流霍叔，曰：犯禁者也。天下众皆曰：亲昆弟有过不违，而况疏远乎？"此周民皆嗟怨之证也。后两句承前问：武王去斩纣尸，既为周公所不赞许，后何为亲诛夫武王之兄弟，致令周之民诋怨叹也。何厚于已死之敌人纣？而薄于武王之兄弟，竟亲诛之耶？盖吴赞周公知刑赏之道，所谓"君子恶恶，不恶其身（《说衡·恢国》）。"非以其事可疑，委之天命也。

争遣伐器，何以行之？并驱击翼，何以将之？

伐器，王注"攻伐之器也。"朱熹、统王、洪之注，衬说曰："争遣伐器，谓《泰誓》言以师毕会也。并驱击翼，谓《大韬》

20×15=300

曰：翼其两旁，疾击其后。言武王之军，人人乐战，并驱而进也。问此二者，何以使其然也。”解诗意可通。唯吾疑此四句，应注“孰使萃之”下，错简至此耳。盖叙诸侯群萃之后，继写其奋勇争先，并驱而进之战斗意态，与下文“到击纣躬”四句之叙陈，行动后先相吻合也。故“争遣伐器”，当为争遣战士斗前，莫不恐后之谓。若为“群后以师毕会”，则与前文犯复，屈原之文不当如斯也。

天命反侧，何罚何佑？齐桓九会，卒然身杀？

姜亮夫疑“何罚何佑”，本作“何佑何罚”，与下文杀字韵，后人误倒耳。甚谛。反侧，反覆无常之意。“天命反侧”，谓天命无常，不可捉摸。实即否定天命之存在。

20×15=300

053

曰何所罚？何所佑？意即无所佑亦无所罚也。天固不能赏善罚恶也。此前所问所陈，皆其验者。此一思想为屈原反天命之具体说明，为新兴地主阶级之进步思想，用以冲击奴隶主统治人民之天命观，实最犀利之有力武器。其不徒托空言，援诸史以明之，乃战代之朴素唯物论。此屈子战斗不息之动力，热爱国家之原因，变法思想之基础，不与奴隶主贵族同流之指针。就《天问》作于襄初说，知此一思想，经历年斗争，至老年而益成熟益坚定矣。故振兴楚国，坚持仇秦，统一天下之怀，永矢不忘，至死靡他。此屈子之所以为伟大爱国诗人，永放光芒于国史，为寰宇所崇敬也。

会，本作合，其义同。故九会即九合。

亦即纠合、鸠合，音义同，得通段耳。《左氏传·僖公二十六年》“桓公是以纠合诸侯，而谋其不协。”《论语》“桓公九合诸侯”……其证也。卒然，犹终焉。桓公之卒，见于《史记·齐世家》。《管子·小称》云：“乃复四子者（按易牙、竖刁、堂巫、公子开方也），处期年，四子作难，围公一室不得出。”《晏子春秋·谏上》：“昔先君桓公，溺于妇侍，故身死乎胡宫而不举，虫出而不收。”《韩非子·十过》：“桓公南游堂阜，竖刁率易牙卫公子开方为乱。桓公渴馁而死南门之寝，公守之室。三月不收，虫出于户。”《吕览·知接》：“公有病，易牙、竖刁、常之巫相与作乱。塞宫门，筑高墙，不通人……嗟乎，若死者有知，我将何面目，以见仲父乎？蒙衣袂而绝乎寿宫，虫流出于户上，盖以杨木之扇，三月不葬。”

《新书·连语》：“谓所中主者，齐桓公是也。得管仲、隰朋则九合诸侯，竖刁、子牙则饿死胡宫，虫流而不葬。”说虽有异，可证“卒然身杀”之为事实。朱注“杀一作弑”。

前二句以坚定语调，否定无佑无罚之天。后二句倒以齐桓公之纠合诸侯，既非天佑，而饿死胡宫，虫尸出户，亦非天罚。藉明臧否之德，决定一人之成功与失败，因非天命左右之。此后所问史事，并当用此眼光论断。

受赐兹醢，西伯上告。何亲就上帝罚，殷之命以不救？

《绎史》卷十九引《六韬》曰：“商王拘周伯昌于羑里，太公与散宜生以千金求天下珍物，以免其罪，于是得大戎氏文马驳身朱鬣，目若黄金，名鸡斯之乘，以献商王。"王注："纣醢梅伯，以赐诸侯，文王受之，告语于上天也。"朱熹以之谓上告于天，无据。按受，纣名。《周书·无逸》："毋若殷王受之迷乱。"是其证。兹，通子。伯邑考也。《帝王世纪》："伯邑考质于殷，为纣御。纣烹以为羹，赐文王。圣人当不食其子羹，文王得而食之。纣曰：谁谓西伯圣者？食其子羹，尚不知也。"《礼·檀弓》："昔者文王舍伯邑考而立武王。"是知伯邑考乃文王之长子，质于纣为所醢。纣且以之赐文王。则兹亦为子之借无疑矣。前解员子，《白虎通》作负子，《公羊传》作负兹，是子兹同音通段之证。则"受赐兹醢"，亦即"受赐子醢"矣。西伯、文王。　上告，非谓上告于天。作此解者，率忽于历代之强烈反天命观。按《新书·君道》："纣作梏数千，睨诸侯之不谄己者，杖而梏之。文王桎梏於羑里，七年后得免。……曰：昔者文王狱帝拥此。"梏从告得声，可通段，可证告为梏之段。梏、刑具，手械。今语手铐。《说文》："梏，手械也，所以告天。"《海内南经》："帝乃梏之疏属之山。"郭朴云："梏，犹击解也，手械也。"《战国策·赵策》："纣醢鬼侯，脯鄂侯。文王闻之，喟然而叹。故拘之于牖里之库百日，而欲令之死。"《韩非子·难二》："纣以其大得人心而恶之，已又轻地以收人心，是重见疑也，固其所以桎梏，囚于羑里也。"《吕览·理塞》："今王胜天，贤不可以加矣。"加，上也。”知文王被系羑里，双手受梏也。是则“西伯上告”，实即“西伯上梏”。上，动词，加也、受也。告，古音梏，则告、梏可相通显矣。两句分述伯邑、文王遭毒死及酷刑，以见纣之残暴，虐及无辜。其失民心也必矣。《吕览·行论》：“昔者纣为无道，杀梅伯而醢之，杀鬼侯而脯之，以礼诸侯于庙。文王流涕而咨之，纣恐其畔，欲杀文王而灭周，文王曰：父虽无道，子敢不事父乎；君虽不惠，臣敢不事君乎；孰王而可畔也，纣乃赦之。天下闻之，以文王畏上而哀下也。”若武王自不能不报父兄之仇也。《周语》：“圣人知民之不可加也。”韦注：“加，犹上也。”知上，亦可训加。《晋语》：“伯氏不出奚齐在庙。”“伯氏申生也。”王逸以远近人说此者，既未显示正确史情，亦且抹杀屈原之反天命思想，违悖殊甚。"何親就上帝罚"两句，親，親身也。就，受也。动词，其主语仍当为殷。上帝之上，涉疑上文而衍。帝，上帝也。两句谓何得云殷纣親受上帝处罚，使殷之王运，随以不救而遭覆灭耶？屈原否定天能施罚佑之妄说，甚明。旧说多误。下文"武发杀殷何所悒？载尸集战何所急？"即申"吊民伐罪"之人事耳。

伯林雉经，维其何故？何感天抑地，夫谁畏惧？

王逸云："伯，长也。林，君也。谓晋太子申生，为骊姬所谮，遂自经而自杀。"按此文前后，並问商周兴亡之际所涉及之事，不当插入晋申生事，甚明。故王说不可信。俞樾云："伯林乃申生字。"又元梧（见《楚辞人名考》）。疑乃言纣事。林当为纣之形误。纣为殷王，故可称以伯纣。犹前云王纣。伯庸、伯禹，伯昌同此称号，可证也。雉经、《晋语》："太子申生雉经于新城之庙。"《论语》："自经于沟渎而莫之知也。"是雉经即自经，谓自杀也。《周本纪》："纣自焚于火而死。"是纣自杀之说。维其何故？问纣何为而自杀？ 何感天两句，感通撼。《诗·野有死麕》："无感我帨兮。"毛传："感，动也。"《庄子·人间世》："无感其名。"感，亦动也。并通撼。崔实《政论》："宽抑酷痛，足感和气。"感亦通撼，动摇也。抑，压之使下也。《殷本纪》："帝纣资辨捷疾，闻见甚敏，材力过人，手格猛兽。"《帝王世纪》："纣倒曳九牛，抚

第　页

梁易柱。”《史记·律书》：“殷纣手搏豺狼，足追四马，勇非微也。”《衡论·感虚篇》：“世称桀纣之恶，射天而殴地。”《又·语增篇》：“传语又称纣力能索铁伸钩，抚梁易柱，”言其多力也。此谓纣有撼天压地之力。“兴谁畏惧”，谓素无畏惧之人。四句谓伯纣自杀，究以何故？彼恃动天压地之大力、素无畏惧之人，何竟生畏惧之行，而自杀耶？旧说文理不贯，吾皆不从。

勳闔梦生，少离散亡。何壮武厉，能流厥严？

王逸以勳闔为吴王阖庐，是也。按勳，功也。勳闔，卓著功勳之阖庐。梦生，寿梦之孙也。王夫之《通释》云：“生与姓同，孙也。”是其证。少离散亡，离通罹，遭也。史传吴王寿梦卒，太子诸樊立。诸樊卒，

20×15＝300

传弟余祭。余祭卒，传弟夷末。夷末卒，当传弟季札。季札不受，夷末之子王僚立。阖庐，诸樊之长子，次不得为王。少罹散亡，放在外。后使专诸刺王僚，得立为王。何壮两句，王注"壮，大也。言阖庐少小离散亡，何能壮大，厉其勇武，流其威严也。"说武厉为厉武，以通解文意，待商。余疑壮通臧，善也。義具《离骚》。武厉疑为虚厉形音之误。《庄子·人间世》"国为虚厉"。《释文》："居宅无人曰虚。死而无后曰厉。"《墨子·非命》："是故国为虚厉。"《战国策·赵策》："社稷为虚戾，先王不血食。"虚戾即虚厉，战代常用词。"何壮虚厉"，谓何爱于虚厉人国，《新书·耳痺》载阖闾与伍胥伐楚，"五战而五胜，伏尸数十万，城郢之门，执高（库之）兵，伤五藏之实，毁十龙之钟，挞平王之墓。昭王失国而奔。妻生虏而入吴。”此阖庐虞历楚国之史实。屈原伤宗国上世之耻，故愤怒问曰：何以受虞历人国之吴王，能流其莊尹之名耶？所谓殷鉴不远，忧惕于秦之亡楚也。尹与亡不韵，当为庄之借。汉人避明帝讳改之者。又破郢事，《楚世家》、《吴世家》、《伍胥传》、《国语》等古记，皆有序列，文繁不录。

兄有噬犬弟何欲

诗“逝不古处”“噬肯适我”，传并云“噬，逝”、“逮也”释文引韩诗噬作逝，“逝及也。”

薄暮雷电，归何忧？厥严不奉，帝何求？

解此四句者，异说至多。疑皆不当于意。唯王夫之《通释》引为舜事，较妥。按薄暮，近暮也。雷电，据《尚书》"烈风雷雨弗迷"而言。归，归家。何，借作荷。荷忧，犹抱忧。两句谓时近日暮，迂雷雨而弗迷。但一言归家，则即抱忧。盖父嚚母顽而弟象不恭也（据《孟子》）。《韩非子·忠孝》载"舜有不孝之名"，是"厥严不奉"也。

帝，当指尧。谓舜行如此，帝尧何为求之以代己位也。尧若代天行事，固不当如斯也。然屈原之意，不限于此。试察此下文字，皆涉楚史，则此亦当与楚事有关。疑借古讽今之笔，所以过渡后文。此实大夫用典之证。借以讽刺顷襄。"薄暮雷电，应视如"风雨如晦"，国势飘摇。状顷襄自齐归来，正社

第　　页

稷危岌之時，自当荷忧，奋发自强。然竟不遵怀王仇秦之志，岂天意所求于顷襄者哉？隐斥顷襄，不以国事为重，反而和秦之非是，意至显豁。此与以下文字，皆可证《天问》必作于顷襄之初。朱熹云："此下皆不可晓，今阙其义。"盖息于不探楚史也。

伏匿穴处，爰何云？荆勳作师，夫何长？

王叔师解伏匿句，谓"屈原将退处江滨，伏匿穴处，当复何言。"曰"将退处江滨"非也。按此時之大夫已放汉北之鄀（見前文），固不得云将也。此谓以放迁之身，伏匿穴处于放地，乃复何言耶？即言之，尚复听谁之？但以忠君之心，乃不忘报秦之念，故又陈"荆勳作师，夫何长"之見。爰，乃也。荆勳作师，乃大夫陈此后楚应如何雪耻，与上

20×15＝300

文意相属，并无故事可实。自不当附会前史。若王逸以边女争桑構吴楚之兵为说，孙仲容训以殊憤々，自属有見。然复以荆勳为鬻拳，言拳之后世其官职何久长为解（見《札迻》卷二十二）又袒裼之与裸裎，同浴而相讥也。或云"楚大兴师旅兵戎，国势将因以衰微，如是则何能久长。"視为恐惧战争，等屈原为反一切战争之人，能忘秦耻，不欲报秦之懦夫，岂不大诬屈子人格欤？故吾疑勳为懃之形误。懃即慟，哀恸。谓楚王哀恸国事也。

作师兴师旅以伐秦也。 长、洪、朱同引一本下有光字。朱又云"非是"。按古音光与云韻，当从。第就此前文例，率以四三四三言为法，则长字当为古之注释误入者。故后二句疑原作"荆慟作师，夫何光？"此大

第　　页

夫设想顷襄能奋发图强，以雪先王之耻。意谓倘荆王惭父仇国耻而兴师，当以何者为先务耶？弦外之音，自为清明政治，排除群奸，内事变法，外主合纵，乃当务之急也。此大夫终生所持者。《孙子兵法·形篇》：“善用兵者，修道而保法，故能为胜败之政。”是也。如此解说，意承上，且蒙下，文理畅晓，诗思协调。而“伏匿穴处”一语，又足证《天问》作于放逐之后也。

悟过改更，我又何言！吴光争国，久余是胜！

悟过两句，旧断层上，不合四句问例，非是。悟，醒也，知也。悟过两句，谓顷襄倘知事秦之不当，改为反秦，则为重国仇爱社稷之举，我尚何言哉！但望如“吴光争国，久余是胜”也。吴光争国两句，姜亮

20×15=300

068

夫说"阖庐与楚国争，至入郢，昭王出奔。乃久已胜我。然若能悟过而求改革，则余又何言乎；亦切戒楚勿兴兵戎之意。"（《屈赋校注》）宗王逸旧说，非是。考吴光与王僚争国，蓄谋多年，始获成功（参《吴世家》）。時自为"久"。余，非余我之余，更不得解作楚。余同而，屈赋常用词。《离骚》"忳郁邑余侘傺兮"，"曾歔欷余郁邑兮"，"溘埃风余上征"，《涉江》"乘舲船余上沅兮"，与此"久余是胜"之余，並同而。"久余是胜"者，久而是胜也。谓吴光争国，久历時间，方获王位。此以吴史喻楚事也。考顷襄质齐，怀王留秦后，国内有立长立庶之争，齐国留难顷襄，要割下东国之地，历時三年，方获归楚即位（余别有考说）。此顷襄争国久而是胜之楚史也。故吴光正以借喻顷襄。然屈原用事之义，远不止此。还当借喻顷襄，如持以毅力，与秦争天下，则亦能久而是胜，以成帝业耳。此望顷襄"悟过改更"后，所应从事者，亦"悟过更改"之具体明验。大夫云"我又何言"，不欲有所言，而又不能止于言者，冀顷襄能大有为，亦期夫"久而是胜也。承上文，申己之望于楚襄者。说屈赋者，以吴光胜楚，持以时久，并谓"切戒楚勿兴兵戎之意"，岂符屈原之忠心与持策乎？又"悟过改更"，明斥顷襄，可证非谏君之作。

何环穿自闾社丘陵，爰出子文。

按第一句八字，洪、朱同引一本作"何环闾穿社，以及丘陵。是淫是荡"十三字。

20×15=300

070

第　页

连与"爰出子文"为四句。诗意衔尾，自係原诗。当从。原诗应为"何环闾穿社，以及丘陵。是淫是荡，爰出子文。"旧注据《左氏传·宣公四年》斗伯比淫于邓女，而生子文为说。言虽有据，殊乖诗意。试问方论当前楚政，陡转前史，岂合伦次。若徒叙子文出生，又何关政要？此知其说之不然矣。余谓承上，转斥顷襄，不"悟过更改"，不仅无振国之志，且倒行而逆施焉。按环通旋，返也。闾，闾里，喻国都郢。环闾，谓顷襄自齐返国也。穿，穴之之谓。穿社，毁坏社稷也。丘陵，同丘垅、丘冢，坟墓也。"穿社以及丘陵"，谓楚襄不爱社稷及祖宗之坟墓，犹若穿穴之也。"是淫是荡"，《淮南子·主术》："顷襄好色，不使风议，而民多昏乱。"《楚策》庄辛说楚襄王"专淫佚侈靡。"《东君》："观者（游子）憺兮忘归"盖以"羌声色兮娱人"。是顷襄既淫且荡之证。出、段作黜。子文，即楚斗谷於菟。楚成王时（元前六一七年——元前六二六年）令尹。《左氏传·庄公三十年》云："斗谷於菟为令尹，自毁其家，以纾楚国之难。"王符《潜夫论·遏利篇》云："斗子文三为令尹，而有饥色。妻子冻馁，朝不及夕。"大夫盖以子文自况，谓当国势岌岌，正待复兴之时，何为黜忠良贞洁之臣如余也？

四句谓顷襄于返国后，何为不爱社稷血食，及宗庙坟墓，而自毁之耶？毁之之术，曰淫曰荡，放黜良臣。何悟过改更之有哉！此又足证《天问》作于襄初被放之后。

20×15=300

072

吾告堵敖以不长；何试上自予，忠名弥章？

《章句》以下说此者，率愦々于词意及史实，说虽多，无当于文理，兹不烦引，规续拙见。吾，屈原自谓。告，告讦也。古揭发人之罪过，曰告讦。《新书·保傅篇》：“所上者告讦也。”《汉书·贾谊传》同。颜注“讦，谓面相斥罪也。”亦作告言。《史记·五宗世家》：“王齐数上书告言汉公卿”。《主父偃传》：“赵王即使人上书告言主父偃受诸侯金。”《韩非子·和氏篇》：“商君教秦孝公以连什伍，设告坐之过。”《定法篇》：“设告相坐而责其实。”今语尚云控告也。堵敖，戴震云：“熊囏也。”杜元凯注《左氏春秋》云：不成君，无号谥者，楚皆谓之敖。”寻《左氏传·庄公十四

第　　页

年》："楚子灭息，以息妫归。生堵敖及成王焉。"《史记·楚世家》："文王十三年卒，子熊囏立，是为杜敖。"堵敖、杜敖一人也。《楚世家》又云："恽弑囏。"洪补曰："庄公十九年杜敖生，二十三年成王立。"则杜敖实以弟恽之弑，而不久于位。据余考怀王留秦，太子质齐未归。子兰在国内阴谋王位，摄政三年，且欲杀太子横于齐。及横归为王，子兰为令尹。就摄政三年言，自可以堵敖称之也，就堵敖为"告"之受事格，亦当指子兰也。就怀王或顷襄已成君，自不当指称怀王或顷襄也。故"吾告堵敖"，意即吾告发子兰耳。　长，读兄长之长。《晋语》："夫长国者唯知哀乐喜怒之节，是以导民。长，君也。"《晋语》："临长晋国者，非汝其谁。"

20×15=300　074

韦注："临，监也，长，帅也。"《晋语》："民不我导谁长？"韦注："不我导，不以我训也，长，君之也。"以君训长，亦可，但不如兄长襄王当，以顷襄时尚未即位耳。《墨子·尚贤》："入则不慈孝于父母，出则不长弟于乡里。"所谓"长弟（悌）"即彼长而我悌之，彼弟而我长之，兄弟间友爱之礼。"不长"，谓子兰不以长兄之礼事顷襄也。谋死顷襄于齐，以夺取王位。此子兰"不长"之行耳。此句谓吾曾将子兰不以礼事长兄之行，控告于襄王。据此知顷襄归国之初，屈原曾揭发子兰阴谋王位之罪行。时因子兰之党，捏造黑白，颠倒是非，诬屈原劝怀王入秦，诬屈原主立庶子，反噬自保，众口铄金。顷襄不察，乃迁屈原于外（余另有文详考）。此为太史公《屈原列传》所不载之重大事件，故略及焉。 试、借作弑。《淮南子·主术篇》：“是故威厉而不杀。”《文子·精诚》作“威厉而不试。”《荀子·议兵》亦云：“威厉而不试。”又《春秋·隐公元年》：“卫州吁弑其君完。”《释文》“弑本作杀。”而《白虎通义·诛罚篇》：“弑者，试也。”凡此足证试、弑、杀古音同可互通也。考诸历史，怀王入武关不返而死于秦，由子兰劝怀王以“奈何绝秦欢！”而太子横险被杀于齐，且晚归三年，亦子兰所为。此子兰弑君父之行也。 予、取也。《商君书·垦令》“民无所于食则必农”，“奸民无所于伏”。诸于字、取也。即借作予。《论衡·祀文》：“庖姑，义臣也。引

40×20=800

罪自予

已，故鬼去之。"予，亦取也。是其证。自予者，谓自取王位也。　忠名弥章、忠正之名，越发彰扬。按《屈原列传》"长子顷襄王立，以其弟子兰为令尹。"《新序·节士》："顷襄王亦知群臣谄误怀王，不察其罪。反听群谗之口，复放屈原。"子政之文，已明言"谗谀得志，忠良斥逐。"以子兰为首诸有罪之臣，反得逍遥法外，高据朝廷。正此谓以叛逆为忠臣，视忠贤作奸慝。屈原胡得不愤激而发，谋杀君上，自取王位之人，何为忠名更加彰显之问也。　此又襄初作《天问》之证。

《天问》自"薄暮雷电"，以迄终篇，皆就顷襄初之国事，作感慨愤激之语，概不同前此就史实以发问，否定天命之思理。而其归于"王之不明"，君谋不臧，则无异也。斯知《天问》之作，乃深惧楚社之危亡，愤慨顷襄之昧昧，复怏怏于忠怀不得展，良谋无所用，坐视国日益衰，民生日困，乃发此呼天呛地之言耳。若"何试上自予，忠名弥章；"怒气塞天地，忠贞光日月之姿，又复照映人寰，遗恨千古。岂终篇之语，亦哀感之巅，戛然而止，见其肺肝焉。

楚辞发微

第三卷

路百占著

稿　纸

目　次

20×15=300　　第　页

稿　纸

九章发微

前言

一、

太史公为《屈原列传》，曾援引《怀沙》全诗，并於传后曰："余读《离骚》、《天问》、《招魂》、《哀郢》悲其志"。无《九章》之名也。及刘向为《九歎·忧苦》有句云"歎《离骚》以扬意兮，犹未殚於《九章》"。屈作《九章》之名，首見於此。

稍后杨雄"又旁《惜诵》以下至《怀沙》一卷，名曰《畔牢愁》"（《汉书·杨雄传》）仍未见《九章》之名。意刘向校书中秘，纂集屈赋，诗以类聚，命名《九章》。及为《九歎》，乃视《九章》为专名，等诸《离骚》矣。此史

稿　纸

迁，赖雄，所以皆不及《九章》之名焉。

班固《离骚赞序》云，"至於襄王，复用谗言，逐屈原在野，又作《九章》，赋以讽谏"。王逸《九章序》云"《九章》者，屈原之所作也。屈原放於江南之野，思君念国，忧心罔极，故复作《九章》"。直视《九章》为屈原所专集，且主尽襄王时在江南之作矣。执前说以论，其误显然。善乎！朱熹之言曰："迁于江南，屈原复作九歌天问、九章、远游、卜居、渔父等篇，主离骚外诸诗作尽作于襄初之江南，失考之甚者。后人辑之，得其九章，合为一卷，非必出於一时之言也"。（《楚辞集注·九章序》）然亦非尽作於江南也。朱则不明焉。

王逸解章之义曰："章者、着也、明也。言已所陈忠信之道，甚着明也"。若解"章"

20×15=300　第 2 页

稿　纸

之义，亦难令人置信。寻《说文》训章为乐竟。是诗之一篇，即为一章。诗篇九，故以《九章》名。初无殊意，可得而言。叔师之说，未免穿凿过甚。

后之注家，不辨班、王作于一时一地之误解，不识"乱日"即"歎日"之真意，更不熟思九章之诗多成于放逐之后，愁苦悲愤之际，仅为抒怀，无暇合乐之实际生活，乃猥以九章为合乐之诗。不知"诗以言志"，岂必管弦。此又为王逸所不误，后人尤误于前人者也。

二、

王逸章句次《九章》篇第为《惜诵》第一，《涉江》第二，《哀郢》第三，《抽思》第四，《怀沙》第五，《思美人》第六，《惜往日》第七，《桔颂》第八，《悲回风》第九。度其

20×15=300　　第 3 页　003

稿　纸

次第，当离诗作完成之先后。就其序言，又明谓悉为在江南时之作品。

往哲近贤，已多疑其非是。朱熹以下，纷纭其说。或卓见不可易，或踬误而不辨，或犹疑以不明，或颠倒而错乱。其说繁多，不能俱引。兹斟酌成说，舒发己见。考内容，定时期、徵史实，别先后，简述拙见于下。若其证说，散见各篇，此不详哉言之。

第一、《桔颂》。怀王初年为左徒时，作于郢都。

第二、《抽思》。怀王十三年，秋七月，作于汉北。

第三、《思美人》。怀王十八年春作于汉北。复位之前。

第四、《惜颂》。襄王三年再过汉北时之

20×15=300　　第 4 页

作品。

第五、《悲回风》。襄王十六年后，十九年前，作于汉北。

第六、《哀郢》。襄王二十一年仲春后，作于鄂渚。

第七、《涉江》。襄王二十一年冬作于辰溆。

第八、《怀沙》。襄王二十二年孟夏，作于北次。

第九、《惜往日》襄王二十二年端午前作。地近汨罗。

观上简述，知九章之诗，作于怀王世者有三，作于襄王世者有六。此就时间以言，若依作地论，则作于江北者有五，作于江南者仅四。此知班、王旧说，以为尽襄世迁于江南之作，为不可信也。

　　蒙考屈原在襄初之迁地，仍为汉北，並非江南，不违旧说。其至江南，为谋兴国大业，要约庄跻耳。（余别有专文论之）若主襄世作品成于汉北者有二，职斯故也。

　　九章既非作于一时一地，就时间论，《桔颂》至《惜往日》有五十年之时距，就空间而论，汉北至辰溆有两千里之距离。就时势论，原入江南，旨在救亡，自无暇捎一生之积稿于风尘中，特为编订，名曰《九章》。斯则，谓九章乃屈原自锡之嘉名，真不可信矣。

三、

　　宋洪兴祖据杨雄为《畔牢愁》，独阙《思美人》以下四篇而不拟具，乃致疑于后四篇非大夫之作。自兹厥后，每见疑论。或曰《惜往日》之文俗；大夫不当自称"贞臣"，目顷襄为"壅君"；又言"不毕辞而赴渊"，乃生时预言死术死地，不合情理，云云复云云。

寻《惜往日》述怀襄两世之被谗，前人已早鉴及。"恐祸殃之有再"，乃"恐邦其沦丧，辱为臣仆"，（並见《惜往日发微》）前人已作确解。盖总结一生之遇，两朝之误，而特重顷襄"背法度而心治"，所铸成之大祸，使国几不国，危殆日甚。大夫处此境地，心烦而情怒，自命"贞臣"，胡为不可？视顷襄为"壅君"，又何有不当？若视屈原不当有此称述，则妾妇之心矣！奈大夫偏有此不屈服之精神，以贞臣称已，以壅君称襄，何？此正见大夫死前忠国之怀，填膺之愤耳。

曰"文俗"！依何标准言？雍容尔雅之文

7 页 007

稿纸

不俗耶？浑浑灏灏之文不俗耶？不视其内含情质，不视其生活遭遇，不视其创作风格，不顾其思想发展，更不思及何时何地因何而作？仅以文词浅鲜而曰俗，因俗而论曰伪作，有斯理乎？夫《惜往日》之位词遣语，布藻陈辞，何者不类屈赋？陈事吐怨何者非屈原所遇？取喻比况，何有异于他作？怒数群小，气更倍于《离骚》？怒情鼓于外，怨思蕴于内，汩汩涌腾，直射壅君，智者心痛，恶之曰俗。俗非屈病，正见情真。藉此曰伪，不足为训！

曰：生前不能予言死之术、死之地，以此知为伪作。此论似然，以之视屈，则不然矣。

夫屈原于襄初放迁，廿年未受顷襄一察，忠者蒙不忠之名，贤者受不贤之诬，痛已深矣，而国事日非，秦祸日急。当汉北受侵，大夫不

20×15＝300　第 8 页　008

得不南返。不意白起继至，乃渡江而南，谋结志士若庄蹻者以兴国家，复国土，庄蹻应约矣，而白起之兵又压巫黔中。庄蹻娴于战略及战术，乃作暂时退却，以避秦锐。大夫不知此战略也，以为庄氏负约，並因秦兵之至，乃转身东返，欲结东方之志士（在赣者）再谋兴国。又不意秦兵塞路，道阻不通。进退维谷，诚日暮途穷之会，时大夫七十二岁矣。回顾往事，一身怆痛，瞻望国势，沦丧无日。所谋不遂，既增哀楚。深虑为虏，受辱秦寇。萌死意以免身患，临湘渊以决死所，此达者之计，勇者所为，非怯懦之夫所敢想也。死前绝笔，著之于文，不背乎事理，曰："临江湘之玄渊兮，遂自忍而沈流。卒没身而绝名兮，惜壅君之不昭"。固恨不欲生之言。终曰"不毕辞而赴渊兮，惜壅君

稿　纸

之不识”。死意已决，且恨死迟。论者不察，谓死前不能予言死之术、死之地，盖不谙于屈原所处之时会也。再者，屈原之死，似仓促而从容，死前栽笔，明其死因，兼其及术地，不知胡为其不可也。

他若《思美人》、《桔颂》、《悲回风》，以换藻言，以情思论，以风格衡，以史事证，固莫不为屈原之作，而非后之辞赋家所能为。不再详论矣。

四、

班固《离骚序》云“又作九章，赋以风谏”。谓九章乃献楚王，所以取讽谏之义。王逸《离骚经序》宗班说而言“屈原放在草野（指江南），复作九章……终不见省……”《九章序》“故复作九章……卒不见纳，委命自沈”。而于《

20×15＝300　第 10 页　010

九辩序》则云"作九歌九章之颂，以讽谏怀王"。

关于《九章》之作地作时，上文已明。而王逸一云作于襄世，一云作于怀世，堪证王逸本不知九章之作时，故矛盾已说。若宋斑说谓九章所以讽谏楚王，更为受欺、自欺、且欺人之论。

试就九章内容论。《桔颂》乃自励之诗，何关于讽谏？《抽思》显怨怀王，且斥党人。既言"愿承闲而自察兮，心震悼而不敢，"又云"理弱而媒不通兮，尚不知余之从容"。自非献诸君王之作，可以断言。既不献诸楚王，何讽谏之可云？《思美人》陈情，确恋恋于返朝，然篇首已云"媒绝路阻兮，言不可结而诒"。自亦非为达楚廷之作。无讽谏之用，又可明矣。《惜诵》一诗作于襄初，愤懑溢于言表，责数

稿纸

激于怒涛。结句云“娇兹媚以私处兮，愿曾思而远身”。无返朝之望，岂致君之前。讽谏云云，实无从得。《悲回风》亦为在汉北作。目睹襄王失策，国事日非。心知其危，极舒忧思，终且谋虑己身，徘徊生死，苦极无聊之悲吟，无关谏君之微旨。妄云讽谏，不知其非。至若《哀郢》以下，尚复四篇。陈国破之哀情，叙涉江之隐痛，悲所谋之不成，决殉国之死志。且一再斥责壅君，岂为讽谏乎？说之不当，不言而喻矣。

要之，九章之诗，大夫抒怀之作，与谏君无丝毫迹象之可言。班孟坚以汉赋家之作意，妄解屈作，信哉不慎。叔师承之而不察，失于轻信古人。吾斤斤辨此者，不敢轻信古人，推而远之，亦不敢且不必轻信今贤之说也。

20×15=300　第 12 页　012

稿纸

惜诵

王逸云："惜，贪也。诵，论也"。洪兴祖云："惜诵者，惜其君而诵之也"。朱熹注"惜者，爱而有忍之意，诵，言也"。戴震曰："诵者，言前事之称，惜诵，悼惜而诵言之也"。王夫之曰："诵古训以致谏也"。林云铭云"不在位而犹进谏比之矇诵，故曰诵"。马其昶《屈赋微》云："惜诵乃痛切陈述之意"。游国恩云："喜欢谏诤的意思"（见《屈原作品介绍》）。刘永济云："诵，箴谏之语也"。解"惜诵以致愍兮"句，谓"自惜忠谏以致困穷"。（见《九章通笺》），

百占案《九章》中数用"惜"字，並痛惜、婉惜之意。如《思美人》"惜吾不及古之人兮"。

20×20＝400　第 13 页　013

稿纸

《惜往日》"惜往日之曾信兮"，"惜壅君之不昭"，"惜壅君之不识"，是也。贾谊为《惜誓》赋，惜、亦痛惜义。诵假作讼，诵犹诵言，即讼言，亦即公言、明言也。《汉书·高后纪》"勃尚恐不胜，未敢诵言诛之"。注引邓展曰"诵言、公言也。《史记·吕后纪》"太尉尚恐不胜诸吕，未敢讼言诛之"。《集解》"徐广曰："讼一作公"，骃案韦昭曰："讼、犹公也"。《索隐》云"韦昭以讼为公，徐广亦云然，盖公为得之。讼言、犹明言也"。又《史记·吴王濞传》"佗郡国吏，欲来捕亡人者，讼共禁弗与"。《集解》"如淳曰：讼、犹公也"。是诵讼通用，诵之义为明言，公言之证也。故说文："讼、争也，从言公声，一曰歌讼。"段注"公言之也，讼颂古今字，古作讼、后人

20×15=300　第14页

014

後颂见字为之”。惜诵者，痛惜明言也。考屈原立朝，抱忠直言，可徵于史者，如谏怀王曰“何不杀张仪”？“秦虎狼之国，不可信，不如无行”。（见《屈原列传》）当怀王留秦不返，楚国有王位之争，迎太子立庶子之议出于群臣，屈子因主迎太子于齐而摈庶子之承王位者（见拙撰《试说熊子兰阴谋王位》及《东君发微》）时不能不明言于朝廷也。及顷襄归国，屈原揭子兰之阴谋于横。《天问》云：“吾告杜敖以不长，何试上自予，忠名弥彰”？此一斗争之沉痛撮述也（详参拙作《顷襄怒迁屈原史情初探》）凡此重大事件，屈原无不挺身，公言于庙堂之上，亦即向守旧派、投降派、篡权派作公开之斗争。但终因宵小势盛，众口反噬，大夫乃蒙不忠之名而受作于顷襄。故《

稿纸

惜诵》者，痛惜过往公言、明言国事，乃招祸之灾也。诗、当作于顷襄即位后迁屈原于汉北之初。旧说谓作于怀世者，尽失考之论，不足信也。

惜诵以致愍兮，

惜诵、痛惜明言也，说见解题。致、王注“至也”。愍、忧也。致愍、犹思美人“独历年而离愍”之离愍亦即遭忧也。此句诗意谓痛惜抱忠君之心，明言国事于庙堂之上，因而至忧困之地，再受放迁也。

考顷襄初立，大夫以“怀王客死，兰咎屈原”而受谗，顷襄怒而迁之。其中原由，为怀王入秦后，子兰与质齐之太子横曾有王位之争，致楚三年无君。其间屈原因主迎太子横于齐而挨子兰者。及顷襄归国，子兰惧屈原之发其私

20×15＝300　第16页

016

稿　纸

也。故咎屈原以死怀王之罪，即诬屈原劝怀王之入秦也。又惧顷襄怒其摄政，而争位也，再诬屈原以主立庶子。此盖颠倒是非，捏造黑白之尤者，顷襄由众人一口，信而迁原。大夫乃蒙不忠之名，其痛尤甚于怀王世之受黜也。乃于迁初为《惜诵》之作、示己无罪而放迁，抱忠而見诬。故继之曰"发愤以抒情"也。

所作忠而言之兮，

作、洪引一本作非。朱注本作非。案作非字是也。姜亮夫曰："所、誓词术语，多与不字连文，如《左氏传》所不与舅氏同心"，"所不与崔庆者"皆是。所非亦犹所不也。所、即今言"设若"之合音，与通用之所字不同。"所非忠而言之者"、谓"设若所言之非忠义"。案姜申戴氏"凡誓词言所者，反质之以白情实"

稿　纸

之说，极翔确。言、立朝时之谏言也。此言字可证上文诵之义，复可证诵乃致愍之因，愍乃诵之果也。

指苍天以为正。

百占案苍天，犹九天也。《离骚》云，"指九天以为正兮，夫唯灵脩之故也"。《新书·耳痺》"割白马而为牺，指九天而为正"。是其证也。《汉书·郊祀志》"九天巫祀九天"。则九天亦神名也。余参《离骚发微》。

命咎繇使听直。

命、洪、朱同引一本作会。使、洪、朱同引一本作以，案上文名词下三字作"以折中"、"与嚮服"，"以备御"，而与以同义，则"使"亦作以为是。且可避与会之意复。听直，戴震曰："平断而治其当也"。当训直，是，是也。《汉书·地理志》"报仇过直"。注"当

20×15＝300　第 18 页　018

也”其证耳。

又案大夫受子兰等诬以不忠于怀王及襄王而被迁，故发呼天抢地之辞，以求质，诚所云“发愤以抒情。”此下先叙怀王世之被谗，终受明察，以复位，证已之忠。

竭忠诚以事君兮，反离群而赘肬。

忠诚见于行动者，外持合从之策，内主变法之政也。君、怀王。群、党人。守旧之奴隶主。赘肬、朱注“内外之余肉”。案谓以有害视之也。两句谓己以忠诚之心，持谋国之策，以事怀王，反为守旧之贵族所弃，视为有害之人。此撮言怀王怒而迁之一事也。不显言者，感怀王之知己，有复位之举措，故为隐辞耳。

忘儇媚以背众兮，待明君其知之。

朱注“儇、轻利也”媚、柔佞也”。

稿纸

20×15=300　第19页　019

稿　纸

戴曰"儇、音翾。《方言》云：慧也。自关而东，赵魏之间，谓之黠"。媚，谄也。背、违也。众、党人，即奴隶主辈。明君，誉怀王也。两句谓在离群之后，我不採狡黠谄媚之态，依然故我，以与众违。固不随波逐流也。所以如此者，待明君（怀王）之知我耳"。"待明君"三字透出见黜怀世。

言与行其可迹兮，情与貌其不变。

两句谓己立朝时，竭尽忠诚以事君上，所言所行，自可循迹复按，而离朝后之内情与外貌，仍往昔本色，並未改变。注家多不辨此言在时间上有早晚之别，故其说解多不当于文理。

故相臣莫若君兮，所以证之不远。

相、视也。证、王注"验也"。案证

20×15＝300　　第 20 页　020

稿纸

通作徵。《汉书·刘歆传》"今上所考，视其古文旧书，皆有徵验，外内相应"。《后汉书·张衡传》"采前世成事，以为证验"。《汉书·王嘉传》"百姓徵验系治"《汉书·薛宣传》"证验以明白"。《春秋繁露·立元神篇》"君人者，国之证也"。注"本是徵字"是证徵古字通之证也。徵、召也、用也。不远、犹不久也。两句谓知臣莫若君，当怀王纵跡我言与行之后，又复徵用于短时之内。考屈原于怀王十二年（前三一七年）被黜（见拙作《离骚发微》）十七年（前三一二年）"春与秦战丹阳，秦大败我军，斩甲士八万，虏我大将军屈丐，裨将军逢侯丑等七十余人，遂取汉中之郡。怀王大怒，乃悉发国中兵，战于蓝田。韩魏闻之，袭楚至邓，楚兵惧，自秦归。而齐竟怒不救楚。

20×15＝300　第 21 页　021

稿　纸

楚大困”。（见《楚世家》）怀王乃“丞复其位，使于齐”。（见拙稿《屈原列传发微》）当系十七年“楚大困”之后也。黜位与复位时距五年。由屈原感激怀王重新起用，行合从之策，故云“徵之不远”也。义应上文“待明君其知之”一语。此上叙怀世受谗被黜，终受明察，得返朝廷，所以希幸顷襄亦有此举也。叔师以下注者，于此乎懵懵不得解。

谊同义，忠君之道也。羌，竟也。两句谓我先君国之事而后己身之务，竟为众人（守旧之贵族重臣）所仇视。

专惟君而无他兮，又众兆之所雠。

惟，思也。兆，洪朱同引一本作人。案屈赋习用“众”、“众人”之词，古人、兆字形近易误。作人者是也。戴震曰：“仇雠连举，则

稿纸

仇为怨，雠为敌"是也。两句谓专思虑君之安危，而不虑及众人之利，此又诸奴隶主贵族之所敌视。考怀王入秦被留，楚廷发生迎长立庶之争。其主迎太子横之事，虽不见于屈传及《楚世家》，第就屈子之为人及《东君》一诗观之，大夫固与昭雎同为力主迎太子者，时与主立庶子者必有激烈之斗争，且时达三年之久。此云"先君而后身"，"专惟君而无他"，当指此时期主立长之行动。就屈原历史论，此政治斗争中又一巨大事件，舍此殆无可说。而曰"仇"曰"雠"，既非怀王时由"草宪令"上官大夫见而欲夺之，屈平不与"一事之可指。故吾疑上四句诗，为屈原主迎太子归国嗣王位，身遭子兰辈仇雠之实况也。

壹心而不豫兮，羌不可保也。

壹心 先秦习用词。犹专心也。或作壹志，壹意，其义一也。《商君书·垦令》"壹意而气不淫，""愚心躁欲之民壹意"。《国策·齐策》"故专兵壹志以逆秦"。《琅琊台刻辞》"抟心揖志"，抟同专，揖同壹，壹志即壹心也。《报任少卿书》"一心营职"，《汉书》"一心"作"壹心"，是其证也。所谓"壹心"即上文"先君而后身"，"专惟君而无他"之谓也。豫，戴注"谓犹豫"，不豫，不游移之意。乃，竟。保段作宝。《史记·周本纪》"展九鼎保玉"《集解》"徐广曰：保一作宝"。是其证。两句谓一心忠君，毫无游移，竟不能受重视。

淚君親而无他兮，有招祸之道也。

自占案《广雅·释诂》"淚，急也"。

20×15=300　第 24 页

稿纸

通极、忠也。君亲、戴注本作"亲君"，案亲新古字通。亲君、即新君也。当指即位之顷襄。有、通又。一本作又、是也。两句谓忠于新君，不重他人，又为得祸之路。考屈子于顷襄归国之初，屈原曾有"吾告杜敖以不长"，（见《天问》）揭发子兰之阴私。无奈权奸颠倒是非，众口一辞，以子兰之罪行。移证于大夫之身，顷襄乃怒而迁屈原，此又"疾新君而无他"之本事也。亦所云"又招祸之道"也。今古注家，不谙大夫此一重大政治斗争事件，故于词不能作达诂，亦自不能显诗意也。

思君其莫我忠兮，忽忘身之贱贫。

首句案、思、屈赋用作忧思解。《渔父》"何故深思高举"。五臣注"思、谓忧君与民也"。是其证。下文云："君可思而不可

20×15=300 第25页 025

稿纸

恃"，"顾曾思而远身"《哀郢》"思蹇产而不释"《抽思》"心郁郁之忧思兮"、"思蹇产之不释兮"思并忧思也。思君者、忧君之事也。莫我忠，谓无过于我忠君之心行。忽、远也。忽忘、犹未想及之意。之、犹至也。贱贫、見诬被黜，不能立朝之谓。两句谓忧君之事无过于我之忠者，在迎长立庶之争议中，我公言宜立长，于时我未想及己身在日后竟受诬見黜，不能立朝，以至贱贫之地。王叔师以下注家以适近世学人说此者，概不符作意，不可从。

事君而不贰兮，迷不知宠之门。

贰、变也。《国语·周语》"事成不贰"，韦注"贰、变也"。《文选·张衡思玄赋》"恭夙夜而不贰兮"，李注"贰、变也"。是其证。迷、弥古字通。《左传·宣公二年》

20×15=300　第 26 页

026

"其右提弥明知之"。《史记·晋世家》作"公宰示眯明知之"。眯即古迷字。此弥、迷通假之证也。案、弥、语词，更加之意。《涉江》"迷不知吾所如"迷亦通弥、语词同此。两句谓事君不变其忠，更不知邀宠之门，以图私利。所谓不贰，实指顷襄回国前后，尽心事之也。

忠何罪以遇罚兮，亦非余心之所志。

以、朱引一本作而，依文义，而字胜。亦、用同既。与下句又字应。志、《说文》"意也"。今语料想也。两句谓一切忠君矣，何罪而遇放迁之罚！此一放迁，实非我心所能料想者。意同上文"忽忘身之贱贫"。并回忆立朝忠君时事也。

行不群以巅越兮，又众兆之所咍。

考《楚世家》云："秦因留之（指怀

稿　纸

王），楚大臣患之，乃相与谋曰：'吾王在秦不得还，要以割地，而太子质于齐。齐秦合谋，则楚无国矣'。乃欲立怀王子在国者。昭睢曰：'王与太子俱困于诸侯，而今又倍（同背）王命，而立其庶子不宜'。乃以诈赴齐"。就《东君》一诗观之，就屈原昭睢同陈怀王不会武关论之，屈子于时固亦反对立庶子者，此所谓"行不群"也。

巅、坠也。越、陨一声之转落也。巅越即巅陨。谓受黜朝廷遭放迁也。兆、亦当为人之误，说見前。咍、王逸注："笑也，楚人谓相啁笑曰咍"。两句谓在群臣主立庶子时，我主迎太子，不同于众见，终以遭罚，此又众人之所嘲笑者。

纷逢尤以離谤兮，謇不可釋。

20×15=300　　第28页　　028

稿纸

纷、众也。逢尤、诸家皆以"遭过"说义，则与"离谤"义複，实不匙之甚。案逢借作缝，《新论·文武》"衣缝掖"。《礼·儒行》"衣逢掖之衣"。是逢通段作缝之证也。缝、犹罗织也。离谤、离通丽，附加谤毁伤也。离谤者加毁谤诬陷也。謇同蹇，竟、乃之意。实羌之声转。"羌、又"屈之常用词可证也。释、解辩也。两句谓众人纷然罗织罪过加以毁诬，由众口一辞，乃至不能解辩。此揭示"众兆之所雠"也。

情沈抑而不达兮，又蔽而莫之白。

情、冤情。沈抑、沈重压抑之谓。达、表达。蔽、壅蔽。白、表白也。两句谓己之冤情受沈重压制，不能表达，而群小复壅蔽君主，无人为之表白。王、洪、朱以迄今人，说上四

20×15=300　第 29 页　029

稿纸

句皆不允当。又释、达、白三动字，皆就对颂褒言。

心郁邑余侘傺兮，又莫察余之中情。

郁邑，王注"愁貌"。案邑通悒，郁邑，屈赋常用词。《离骚》"忳郁邑余侘傺兮"，"曾歔欷余郁邑兮"，是也。余，同而，非吾我之余。侘傺，失志貌。侘，丑加切。傺，丑例切。《离骚》"忳郁邑余侘傺兮"。王注"傺，犹住也。楚人名住曰傺"。王注本句诗下曰"侘，犹堂堂立貌也。傺，住也。楚人谓失志怅然住立为侘傺也"。又案侘傺，亦屈赋习用词，此下"申侘傺之烦惑兮"，《涉江》"怀信侘傺，忽乎吾将行兮"，《哀郢》"蹇侘傺而含戚"，是也。中情，朱熹云："情字以韵叶之，当作善恶。而恶字又当以去声读。由骚经一句之差互"。百占案情字与下文路字实不韵，朱说可参。但姜亮夫云"二句文义，不甚相属，其中疑有夺误或错简，当句文字未必误……宜本盖阙之义焉耳"。

固烦言不可结诒兮，愿陈志而无路。

烦言，烦乱之言。结、下朱本有而字，洪氏引一本亦有而字。"结而詒"谓既结之而又诒之也。《思美人》"言不可结而诒"，结诒之间亦有而字，则此有而字是也。志、《说文》"意也"。陈志、谓条述个人意见。

退静默而莫余知兮，进号呼又莫吾闻。

两句谓欲退而不言，则无人知我之忠，欲进而高呼，则又无人听我之诉。

申侘傺之烦惑兮，中闷瞀之忳忳。

王注"申、重也"。言众人无知己之

20×15=300 第31页 031

情，思念惑乱，故重侘傺怅然失意也”。又云“闷、烦也。瞀、乱也。忳忳、忧貌也。言己忧心烦闷，忳忳然无所舒也”。百占案自“吾谊先君而后身兮”至“中闷瞀之忳忳”一段文字，诉叙忠于顷襄之先后情况，身遭“众人”谗毁之狠毒惨酷，以及被迁后之烦闷心境。

昔余梦登天兮，魂中道而无杭。

昔、怀王时也。登天、喻登朝廷行美政。《大司命》“广开兮天门，纷吾乘兮玄云”。写同一历史也。魂、名梦中之身。中道、半途之谓。《抽思》“羌中道而回畔兮，反既有此他志”。中道、意同此，亦指同一史实。无杭、洪朱同引一本作航，王注“杭、度也”。朱注“杭、方两舟而並济也”。皆就航为说，是也。寻《方言·九》“方舟谓之潢”，郭注“扬州人呼渡津航为杭，荆州人呼横、音横”。亦其证也。又案无、古籍多作亡，则无航、即亡航，意为失航。失所乘之舟也。《惜往日》“无衔辔而自载”、“无舟（同㭖）栰而自备”。下文“有志根而无旁”三无字均应作亡解，可证也。两句谓过往余曾梦中登天，身至半路而失舟矣。喻说受任左徒，推行理想政治与外交，后怀王持策不固，中途变志，余失谋国之位，崇高理想，乃不克实现。

吾使厉神占之兮，

百占案《离骚》“命灵氛为余占之兮”与此句意同。就其答语观之，又有同处。则厉神当亦为卜师。厉当灵之声转。灵神者，谓其占卜吉凶，灵验如神也。旧世称占师为“神仙”，亦犹此耳。旧说不韪。

稿　纸

曰："有志极而无旁"。

志、《说文》"意也"在心为志。极、本义为屋栋。引申义可训高和中。志极，即高志也。无、义同亡，失也。旁、依也。句意为有远大之志，但失去依傍。实指失去左徒之位于怀王也。旧说"无旁"为"无翼辅"，或"无他"者，皆不当。

"终危独以离异兮"？

危独、危困孤独。离异、即分离。此句乃屈子探问之词，姜亮夫以为占者之语，大误。意谓我将永久困独而远离于君王乎？姜又谓"与众人离异"亦不题，盖"众人"非大夫所眷恋者也。此下至"鲧功用而不就"，皆卜者厉神之词。

曰："君可思而不可恃"。

20×15＝300　　第 34 页　034

曰、厉神答曰。句谓对君王可念思，但不可凭恃。朱熹曰"君可思者臣子义也，不可恃者，其明暗贤否，所遇有不同也"。

故众口其铄金兮，

众，前文之众人。口，说也。众口，众人之说。《韩非子·奸劫弑臣》"被众口之谗"。《战国纵横家书·四》"臣恃之（犹此）诏，是故无不以口齐王而得用焉。今王以众口与造言罪臣，臣甚惧"。《战国策·燕策二》"吾必不听众口与谗言"。《史记·陆贾传》"畏大臣有口者"。其证也。句意谓是以众人之谗言，可销溶精金，若施之于人，其孰能支？

初若是而逢殆。

初，怀世。若是，犹如此（受众人之谗）。逢，遭。殆，危。逢殆，谓受黜。句

稿　纸

意谓：怀世大夫即受众人之谗言而遭黜，今又重演一次。旧说上三句为大夫自语，而不视为占师之词，故说义塞碍难晓。其他注家率忽于"初"所指之时间，故亦不能作正确说义。又案据此句之意，可证屈原受黜两次也。

惩於羹者而吹齏兮，何不变此志也？

　　百占案洪补注惩於句多引异文，揆诸文意，当从戴注本以者字为衍文。戴氏云："羹热齏冷。《尔雅》肉谓之羹。郑康成注《周官醢人》云：凡醯酱所和，细切为齏"。惩、戒也。齏音赍。两句谓人有歠羹而中热，心中惩戒，見齏则又恐中热而吹之，此虽愚事，亦谨慎之道。所谓往事不忘，后事之师也。大夫何为不鉴往知来，以改变朋志也？

欲释阶而登天兮，犹有曩之态也。

20×15=300　　第36页　036

百占案释、置、弃之意。释阶、弃置阶梯。疑阶指令尹子兰、众党人，不借助其力以立朝廷，故曰释阶。前文“亡航”来自怀王说往事。此之“释阶”出之大夫说今事。此其大异也。登天，谓仕于朝廷也。登上而字用同以。曩态，犹故态。怀王世不依人而为左徒，不依人而復位。端在一守忠正，“不变心而从俗”，故终受怀王明察，而得返朝。今仍抱此志，冀顷襄亦有此宠锡，故置群小于不顾。此所谓曩态也。两句谓大夫置令尹子兰于不顾而欲再立朝廷此犹在怀王世之故态也。盖厉神引为今不可操。復可证此诗作于顷襄初斥逐大夫之后。

众骇遽以离心兮，又何以为此伴也？

众，党人。骇遽，警骇遑遽也。离心，谓与屈心不合，前云仇雠之故也。伴，王注皆以为伴侣，非是。案伴与下文援字，本複合词而單用，伴援即攀援，伴、攀、同音通段。《远游》"轩辕不可攀援兮，吾将从王乔而娱戏"。《庄子·马蹄》"鸟雀之巢，可攀援而窥"。淮南王《招隐士》"攀援桂枝兮，聊淹留"。亦作扳援。《礼·丧大记》注"欲扳援"。《释文》扳"本作攀"。庄忌《哀时命》"往者不可扳援兮，来者不可与期"。王注"扳一作攀"。洪补曰："扳与攀同，引也。"《庞韵》攀字注"引也"。而援亦引也。《汉书·肖望之传》"为咸育所攀援"。颜注"援，引也"。是攀援乃同义複合词之证也。《惜诵》中分用之，亦援引，援助之意也。时人释作"跋扈"或"自高自大"者，并不符诗意，不可从。两句谓众人（奴隶主贵族）于大夫所为，皆惊骇惶遽

稿　　纸

而不向心，又岂能为汝助，使再立朝廷耶？"何以为"意同"乞能为"。

同极而异路兮，又何以为此援也？

自占案，极，急通。同极，谓同有所急者也。异路，取路不同也。屈子以忠正事君，重视国家安危；众人以个人利益为重，轻视国家安危，此所谓同极异路也。援，引也。见上。两句谓大夫与党人同有急务，但取路不同

众人岂能为汝助，使再立朝廷耶？此上四句就党人与大夫异趣，决不能援以立言，旨在申说"众口铄金"。之后，哈笑之不暇，不唯不能援引之，且必继而排斥之也。

晋申生之孝子兮，父信谗而不好。行婞直而不豫兮，鲧功用而不就。

王注、洪补说申生事至详。王注"好，

稿　纸

负也”。婞直、王注“婞很劲直”。豫、游移也，见前。“壹心而不豫兮，羌不可保也”注《涉江》“余将董道而不豫兮”与此不豫，並当作不游移解。用而、因而也。近人或以功用为一词，大误。就、成功。

两句谓孝如申生，直如崇鲧，皆不得其死。忠正何用耶？意谓大夫“终危独以离异”耳。厉神之语至此而毕。此下大夫抒发感慨，继揭发群奸罪行，陈述处己之道。

吾闻作忠以造怨兮，忽谓之过言。九折臂而成医兮，吾至今而知其信然。

吾、屈原自称。作、行也。造、兴也，生也。忽、朱注：“易而略之之意”。今语忽视之谓。过言、谬误之说。九折臂一句，当为楚国民间谚语。犹今云“久病成良医”耳。兮、

稿　纸

姜云"今字、盖指致愍之时，此必放废不得返国之后也"。而、端平本集注作乃、是也。信然，犹诚然。正确之谓。两句谓吾尝闻"尽忠于君实以兴怨"，以为谬误之论而轻视之。但人九折臂，更历方药，乃成良医，时至今日吾乃确知作忠造怨之说为诚然之论。

矰弋机而在上兮，罻罗张而在下。

弋、洪朱同引一本作隿。《说文》以隿为缴，射飞鸟也。《淮南子·淑真训》"今矰缴机而在上，罟罟张而在下，虽欲翱翔，其势焉得"？即以矰缴连文。许说固有据也。戴震云："结缴于矢，谓之矰。弋、缴射也。罻、小网也。《尔雅》"鸟罟谓之罗"。机、朱熹以为张机以待发。甚是。则机动词，与下文张、词性同也。上、君上。下、臣下。两在字。並

稿纸

以误君”焉。侧身、容身之谓。所、处所。两句谓谗佞小人，陈设张罔，以惑误君上。余希侧身而立，已无地可容矣。陈琳《檄豫州文》“罾缴充蹊，坑穽塞路，举手挂网罗，动足触机陷”。其思理或源于此而益恢廓之。

欲儃佪以干傺兮，恐重患而离尤。

儃佪、旧注非。疑儃佪儃同澶回，即转回也。干、求也。傺、王逸训住，戴氏引《方言》云“逗也”。则干傺乃求住之意。以视“王怒而迁之”，则求住，实不当也。洪补曰“求住而不去”，意更逊于王逸之说。疑傺借作察。或篆文察之宀旁右旁乃误为傺。察，明也，屈赋常用词。《离骚》“终不察夫民心”，“悔相道之不察兮”，“孰云察余之中情”，“孰云察余之善恶”。《惜诵》前文“又莫察

20×15=300　　第 44 页　　044

稿　　纸

余之中情”。《抽思》“願承间而自察兮，心震悼而不敢”。《怀沙》“孰察其拨正”。《惜往日》“君无度而弗察兮”，“弗省察而按实兮，听谗人之虚词”。诸察字並当为明意。干察者、求察也。求王之明察也。考《新序·节士》云：“顷襄王亦知群臣谄误怀王，不察其罪。反听群谗之口，复放屈原”。可证顷襄对群小谄误怀王入秦而死一事，不作深究。独信众人诬屈子以“主立庶子，策杀太子”。乃怒而迁之也。屈子在“众口铄金”之险恶情况下受迁，实蒙极恶之名，故欲儃佪以求君王明察己之冤也。又此为襄世放迁后，屈子第一个行动安排。重、洪朱皆储用反。增益也。离、丽、通、加也，见前离谤注。两句谓我欲转回以求明察，又恐在张辟误君之情况下，再增祸患，

稿　纸

加大罪过。

欲高飞而远集兮，君罔谓汝何之？

高飞、高举也。集、止也。罔谓、戴氏注"犹言得无谓也"。之、往也。此屈子失意后第二个行动计划。两句谓我欲高飞远止，君王得无谓汝屈平何往耶？

欲横奔而失路兮，坚志而不忍。

朱熹以横奔失路乃妄行失道之喻。说可通。百占案横奔一词，屈曾用于《抽思》。"欲摇起而横奔兮，览民尤以自镇"。与此凡两见。古名南北为从，东西为横，合从连横，得自此称。横奔者东西奔走以事秦也。此时顷襄已事秦矣。然此为屈子一生所反对者。倘涉此想，以合时俗，则係失路。失路者，失去过往所行之正路合从也。《离骚》云"既遵道而

20×15＝300　第 46 页　046

稿　纸

得路"之路，盖指变法与合从二美政以言也。今若亦主事秦，则为屈子之失路。此屈子失意后第三个设想也。坚上朱本有蓋字，洪引一本亦有蓋字。有蓋字陈义与文气具足，是也。忍，诸家注释多易视而不解，轻谓之"忍为"，其实非也。古占案忍、变也。谓矫其性。《墨子·非命上》"昔上世暴王，不忍其耳目之淫"。《非命中》作"不缪其耳目之淫"。孙诒让曰"缪即纠之叚字"。而《非命下》缪作矫，是缪、纠、矫古字通用，而忍又必与矫同义，当训为变之证。《淮阴侯列传》评项羽曰："印刓敝忍不能予"。《集解》引《汉书音义》曰"不忍受"，说义不精。按忍、亦变也，谓项羽心变不能予人封爵之印也。《文选·朱浮与彭宠书》"高论尧舜之道，不忍桀纣之性"。

20×15=300　　第 47 页　047

忍、亦变也。此就古书传以证忍之当训变也。若屈原之作，亦有内证。如《离骚》"纵欲而不忍"谓过浇不变其淫欲也。"余固知謇謇之为患兮，忍而不能舍也"。忍、谓变謇謇之忠以苟安。"宁溘死以流亡兮，余不忍为此态也"。谓不变作苟容之态。"忍尤而攘诟"，忍尤、谓变反小人之谤尤以明己之忠。"怀朕情（诚）而不发（同废）兮，余焉能忍与此（小人之行）终古"。忍谓变忠君爱国之道。"坚志而不忍"，盖谓坚持忠心而不变也。前文"情与貌其不变"，不变，即此之不忍也。两句盖谓为安身计，欲同朝廷共事连横以降秦，则必为失却正道，余固坚守宿志而不能变者也。

背膺牉以交痛兮，心郁结而纡轸。

洪、朱同引一本牉上有數字，戴云：

"膺、匈也"匈即胸。郁结，即蕴结，忧思结积也。纡，萦也。轸，痛也。近人姜亮夫说此句，胜前人王、洪、朱之说。其言曰"按牉上宜从一本有𢿱字，𢿱牉即剖判一声之转。古言胸背皆曰剖，《宋策》："剖伛之背"，注'劈也'。《庄子·胠箧》'比干剖'，《释文》'谓割心也'，皆其证"又云"此句言背胸交痛，有如剖判而中分之。此喻己与小人不可合，与楚君亦无可为；君臣本一体，有如胸之与背，今乃不能相合，故其可痛，有如背胸之遭中剖者然"。下句谓中心忧思结积，萦心而痛也。姜君谓上四句"盖总结上文，非语义与上有所複也"。百占案姜说非也。"欲横奔"句为失意后之第三项安排，无关总结至明也。若云"交痛"句为三项计划皆不能行，彷于侧身无所，则可矣。

　　梼木兰以矫蕙兮，糳申椒以为粮。

　　梼，洪引一本作捣，朱本作捣。是也。捣者，舂也。矫、洪朱同引一本作挢。而《离骚》“矫菌桂”，王注“矫、糅也”，而挢乃举手之意，此以作矫为是。糳、戴云“伐米使之精粲”。申椒、姜说“大椒也”。上叙三项设想，皆不能用，惟有独处自好，不败其德，故继之此言。两句谓舂捣木兰，矫糅香蕙，精糳大椒，杂以为服食之粮。盖喻不忘励行洁志也。

　　播江离与滋菊兮，愿春日以为糗芳。

　　播、种。滋、栽培，即植也。糗、糒，即干饭屑。糗与糇同义通段。《说文》食部“餱、干食也。《周书》曰：峙乃餱粮”。餱即糗。《书·费誓》作"峙乃糗糧"。《疏》"糗、捣熬穀也，谓熬米饭使熟，又捣之以为粉"。即干饭屑之谓。糗芳、即芳糗，为协韵，倒用耳。两句谓播种江离，莳培香菊，望之春日，以为食粮。揆之诗意，岂亦培植同志，以备异日之用乎！

恐情质之不信兮，故重著以自明。

情、忠君国之志也。质、王注"性也"。朱注以为交质。姜君以为"至也。情质，犹今言情之所衷矣"。首占案三家说並误。疑质原作资，而资姿通用。《汉书·霍光传》"資性端正如此"。《傅喜传》"姿性端慤"。其证也。此姿性，即屈词之情质。性情属内，姿质属外。情就怀志言，姿就行动言。前文"情与貌其不变"。情即此之情，貌即此之姿（质），

稿　　纸

属于外现者也。《远游》"质销铄以汋约兮"，质、形也、即姿。《怀沙》"内厚质正兮，大人所盛"。质正，即姿正，对内厚之情言。亦即《离骚》所称之"昭质"，意同明姿也。《怀沙》又云"怀情抱质"，《思美人》"情与质信可保兮"，可证情属内，质言属外，质之为姿也。《怀沙》又云"文质疏内兮，众不知余之异彩"。文質疏内，即文疏質讷，谓疏于文饰，木讷其姿。秉此姿貌，众人不知余之异彩也。凡此皆可证屈作中质之一词，固皆当作姿训也。今古注家以质为属于内之质性，而不识其即姿，故其说诗，不能条达圆通。董著、姜云"郑重申说"。两句谓我恐事君之情及行不見信於人，故郑重申说以明其实。此盖大夫说明为此诗之因也。

20×15=300　　　　第 52 页　　052

稿 纸

矫兹媚以私处兮，愿曾思而远身。

矫、举、奉也。媚、好也。《广雅》说。兹媚、此美也。即上文所陈忠君之情与貌。私处，独处。曾思、姜君谓即"远逝"，非是。《离骚》中所出之"远逝"，乃灵氛戒大夫远逝异国之说，非屈子之本志。况屈子曾无远去宗国，出仕异邦之事，固不得以远逝释之也。前文且云欲高飞而远走兮，君罔谓汝何之，已否定远逝之思矣。案《怀沙》曾伤爰哀，永叹喟兮"。王注"曾一作增"。戴注"曾、累也"。故曾思即深思也。两句谓我奉守此美以独处，愿于深思之后，而远身于朝廷也。最后四句，总结全诗，声情悽苦，无可奈何，然终守正不阿，坚持独善，不与龌龊之徒为伍。此屈子之所以伟大而为后世所崇敬也。

20×15=300　　第 53 页　053

稿　纸

大夫于《惜诵》叙两朝之遭迁，而特重襄世之受谗，一再揭发权佞之罪，以見受诬之甚，大不同于怀世。若于怀世称明君，于顷襄仅曰君，褒贬之情見矣。至其辞激切愤怒，甚于骚之凄苦哀怨，又足证《离骚》作于怀世，《惜诵》作于襄初也。近人多信蒋骥之说，谓《惜诵》作于怀王时，失考之甚者也，又此诗致褒贬于怀襄者，极类《山鬼》，可证作期相近耳，请参《山鬼发微》。

29×15二300　　第54页

054

稿纸

涉江

《涉江》济江湘而南也。据诗中谈涉江之经过而为篇题。其起点未明言，第就“乘鄂渚而反顾兮，欸秋冬（同终）之绪风”论之，当即鄂渚，注者谓为发轫陵阳，设想之辞，不知屈原实未到陵阳，亦未曾悬想入陵阳，得此误解者，不知《哀郢》中“当陵阳之焉至兮”之陵阳，实即辰阳也。若为陵阳，其地望于在鄂渚之极东，于哀郢、涉江两诗所陈之诗意与行程悉为不Rather也。

诗之首，有“年既老”之语，考屈原于顷襄初立被迁汉北时，当有五十二岁，及二十一年白起破郢前，屈子南返，继而流亡，行抵鄂渚后写《哀郢》。及入辰溆所谋不协，乃又为

稿　纸

《涉江》，陈南行始终，为折返之计，屈之年今实七十，文曰"年既老"自属信语。此又可知《涉江》之写作时间当在顷襄二十一年冬矣。

诗中叙历程甚明，入溆浦后，"不知所如"，曰"忽乎吾将行"，又欲他往矣。其由秦兵破郢，楚大夫联庄跻抗秦不成，他计而为远行矣！揆之当时情势，齐田单破燕之次年，白起入郢，楚君臣仓皇东伏于陈。以爱国之屈原，不能不感动于田单兴鲁齐之壮举，而谋于据巫黔中之庄跻也。及庄跻不协，乃又欲谋于东方之爱国志士，所谓"远者"也。情错简过多，不能详说矣。

余幼好此奇服兮，年既老而不衰。

奇服，指下文之陆离长铗，崔嵬切云，及明月宝璐也。年既老，时年届于已七十岁。

20×15=300　　第 56 页

稿纸

衰、王注"懈也"。戴震曰："幼好此奇服，以此好修不懈。是以前既不容于世而不顾，至此重遭谗谤，济江而南往斥逐之所。盖顷襄复迁之江南时也"。曰"以比好修不懈"，甚是。《离骚》曰"余独好修以为常"，其证也。曰顷襄"复迁之江南时"则受欺于旧说，失于考史之言也。

带长铗之陆离兮，冠切云之崔嵬。

长铗，戴注"剑名"，陆离、洪补《离骚》注曰"美好貌"。切云，五臣云"冠名"。戴氏云"切云义难通"。据《御览》八、《类聚》一、等书校云"同引此作青云，较畅，当从之"。此一说也。百占案切，摩也。犹至也。切云犹至云，言其高也。王注崔嵬"高貌"。正见切之义焉。《离骚》云："高余冠之岌岌

稿纸

兮"，亦谓戴高冠，但未著冠名耳。寻《史记·郦生传》"衣儒衣，冠侧注"。《集解》引徐广曰"侧注冠，一名高山冠，齐王所服，以赐谒者"。屈原曾使齐，岂受之而为切云冠乎？

被明月兮珮宝璐，世溷浊而莫余知兮，吾方高驰而不顾。驾青虬兮骖白螭，吾与重华游兮瑶之圃。登昆仑兮食玉英，与天地兮同寿，与日月兮同光。

百占案此段文字，极不易理。如"被明月兮珮宝璐"，"驾青虬兮骖白螭"，显係承上写服御，而不连属，此或为错简。若依江晋三《楚辞韵读》谓"被明月"句上挩一句，则又挩简矣。然一简之挩，不能只限于六七字之句，说之不能圆通明甚。近人姜亮夫云："洪朱同引一本不顾下有兮字，此异文为最可疑。又以

稿纸

文意论之，上言冠佩，下言世溷浊，已不相属；而又承以青虬白螭之乘，益见其倒颠之甚"。姜说极应重视。若谓此中必有错简，与脱简，其句數不限于一，理或然欤？

姜氏又云"登崑崙"以下三句，"文义与下哀南夷不类，亦不能与冠剑並举联言"，"疑有错简"。並云"同寿"当从一本作"比寿"。百占案"登崑崙"以下三句，与"哀南夷"两句，文意特不相属，其下夺误更甚于前文。疑当有事实之叙述，方能言及"哀南夷之莫我知"。就屈史论之，大夫入辰溆旨在联庄之举兵抗秦，曾许庄氏"揽冀州兮有余，横四海兮焉穷"，以庄蹻"澹兮寿宫，与日月兮齐光"。无大志之不当。（见《九歌·雲中君》）则此之所谓"与天地兮同寿，与日月兮同光"或即不伤望

20×15=300　　第59页

059

稿　纸

庄跻之言乎，若依朱注本"与天地"前有吾字，则又似赞此己之南行，为不朽之业者。按之吾考庄跻曾应约，但以白起压境，庄作战略退却，当时未及应约，故屈原乃叹于"哀南夷之莫吾知，旦（闻恒）余济乎江湘"，伤、所谋之不成功也。

哀南夷之莫吾知兮，旦余济乎江湘。

南夷、王逸称屈原怨毒楚俗，称楚为南夷，洪补宗之。朱熹解为楚国。王伯厚云："屈原楚人，而涉江曰哀南夷之莫吾知，是以楚俗为夷也。阴邪之类，谗害君子，变于夷矣"。诸家盖均以野人为解也。近人或主辰溆以西之苗夷，不为楚野之人。案此说胜旧注。寻《说文》"尸、古文仁"。《汉书·地理志》颜注"尸、古夷字"。是仁夷古为一字，而仁即人也，则南夷，犹南人耳。大夫又曰"观南人之变态"，可证南夷即南人。然此南夷（人）当为辰溆附近之人，实指据黔中之庄蹻耳。由庄氏之不践约，故曰"哀南夷之莫吾知"。旦，诸家並训明旦，大误。案旦段作怛、伤也，怛从旦得声，自可通段。大夫文例常以"……哀……伤"或"哀……伤……"连用，如《哀郢》"哀州土之平乐兮，悲江介之遗风"。《悲回风》"怨往昔之所冀兮，悼来者之悐悐"。《抽思》"悲夷犹而冀进兮，心怛伤之憺憺"。《云中君》"思夫君兮太息，极劳心兮忡忡。《离骚》余既不难（段作歎），夫离别兮，伤灵修之数化"。皆其证也。"怛余济乎江湘"者，自伤涉江湘，所谋不成徒劳心机也。哀字句惜庄氏之不知我，怛字句伤己之无功。怀沙云："伤怀永哀兮，

稿纸

汨徂南土”，意同于此，述一事也，可互证其所指事。若云中君湘君湘夫人所云，皆亦伤应之不应约，哀已谋不遂也，又可互证屈子南行之目的与伤感。若如旧注明且将济江湘，则下文所叙历程，岂不尽成虚拟之词，况此在辰溆之作，已渡湘水之后，更不宜解作明旦，彰彰明甚。又案屈赋句例，多以四句为一联，上文或或五句或三句为挩误者，固可显知论；即此两句独出，与前文义不连属；后文又有“接舆髡首兮，桑扈羸行”，与上下文义亦不相贯；而行、湘又协韵，窃疑为错简之误。若移植于此两句之前，文义较畅合。岂大夫入辰溆时，为同民俗，便于秘行有改易衣冠之事乎？

乘鄂渚而反顾兮，欸秋冬之绪风。

乘、登也。鄂渚、王注“地名”。洪

20×15=300　第62页　062

稿纸

补"楚子熊渠封中子红于鄂、鄂州武昌县地是也。随以鄂渚为名"。戴曰"在今湖北武昌府江夏县西江中黄鹤矶上三百步"。百占案洪补、戴注所说实异，而戴注则误。近人谭其骧云"鄂是现今湖北的鄂城县，不是今之武昌。古鄂城汉置鄂县，至孙权改曰武昌。一九一三年改名寿昌，次年又改鄂城。今之武昌係元代武昌路，明清武昌府的附郭县江夏，一九一二年废府，次年改县名武昌。《史记·楚世家》熊渠立其中子'红为鄂王'《集解》引《九州记》：'鄂、今武昌'，《九州记》的武昌，就是现今的鄂城"。（见《鄂君启节铭文释地》）谭说精确，反顾、回顾抵鄂渚之来路也。近人姜君谓"反顾陵阳也。盖屈子被放，自郢而东，作《哀郢》；沿江而至於陵阳。此篇则自陵阳西

20×15＝300　第 63 页

063

稿纸

行，逆流而上，至于鄂渚；有如上登然，故曰乘鄂渚"。百占案姜解乘字极凿，古无斯例也。原不曾至陵阳《哀郢》中之陵阳，实即辰阳，此说见《哀郢发微》。又案此句，与《哀郢》"登大坟以远望兮，聊以舒吾忧心"。为同一行程中同一地点之行动。登临举动所顾者（或远望者）为江汉之域，绝非面东也，果如姜说，逆流而上抵鄂渚为乘，则反顾者当为沿流而顾陵阳矣，此不合事理之解说也。欸，王注"歎也"。按从欠与从口同，歎、嘆是也。欸即唉。《史记·项羽传》"唉，竖子不足与谋。"是也。秋冬，在此不能连用。按冬，古篆作[illegible]，仌象结冰形，[illegible]、仌所在之泉也。冰结于冬，故以冬名此季，而冬又为四季之终，故冬有终意，为别于季之冬，故谓死亡为终，故秋冬即秋

20×15=300　第64页

064

稿纸

终之意。绪、残也。《庄子·让王》"故曰道之真以治身，其绪余以为国家"。《释文》司马云"绪者、残也、谓残余也"。则绪风即残余之风也。

步余马兮山皋，邸余車兮方林。

首句象比乘鄂渚反顾后，遵陆以行也。故有步马邸車之词。邸、王注"舍也"。即止之意。两兮字用同於。方林，王洪无注，朱云"地名"。楊树达《兔簋跋》云："古地不虚名。森林所在则谓之林。林所在多有，则别之曰甲林，乙林。咸林（兔簋作述林）其一也"。则方林当为所经道旁之一林名。《山海经·海外南经》"范林方三百里"。又《海内南经》"苍梧之山……氾林方三百里"。氾林当即范林。方范古读近，或即此范林耳。据上下文义求之，此林当在今洞庭之东，以下文字即陈水程也。

乘舲船余上沅兮，齐吴榜以击汰。

余、非余吾之余，用同而，语之舒也。《离骚》"曾歔欷余郁邑兮"，"溘埃风余上征"，与此句之余同用如而。上、洪补"谓泝流而上也"。戴注"自洞庭而舟行溯沅也。舲船，小船有窗棂者。小桨谓之榜。汰、浪淘沙上也。疑、止也。疑凝语之转"。齐吴榜句、王注"士卒齐举大櫂而击水波"，则齐上当有一主词，作士卒解者，洪氏朱氏已不及見之矣。于此，知王训吴为大，而洪氏曰"字书䑶船也，吴疑借用"。朱氏又曰"盖像吴人所为之櫂，如云越舲蜀艇也"。是三家竝以齐为动词，而以齐为齐举，百占案齐、疾急也。《荀子·修

稿纸

身》"齐给便利"。杨注"皆捷疾也"。于《非十二子》注"急也"。《性恶》"齐给便敏而无类"。杨注"齐、疾也"。《淮南子·说山》"力贵齐，知贵捷"。高注"齐、捷皆疾"。是其证。则"齐吴榜"犹急摇吴櫂也。

船容与而不进兮，淹回水而疑滞。

容与，此为不进之貌。淹，留也。回水，旋转之水。疑滞，即凝滞，状难进也。此当为经洞庭之写照。盖溯沅之前，必先逾洞庭，洞庭辽阔，虽急击櫂，而船犹如不进凝止原地也。刻划急欲溯沅，早达目的地之心境。此又当非赴迁所之情绪。

朝发枉渚兮，夕宿辰阳。

此仍係水行，所谓上沅行速大于前矣。发、起碇之谓。枉渚、洪补引《水经》曰："

稿纸

沅水又东历小湾，谓之枉陼”。戴云“枉渚，在今常德府武陵县南”。“自枉渚西溯沅得辰阳。枉渚即五渚，五都邑名也。《水经注》云：“沅水东迳辰阳县东南，合辰水。水出县三山谷，东南流，迳其县北。旧治在辰水之阳，故即名焉。楚辞所谓夕宿辰阳者也”。夕、夜也。

苟余心其端直兮，虽僻远之何伤！

苟、王注“诚也”。今口语“只要”意。其、姜云“如此其也。此推其极而言之意”。是也。之，朱本作其，用同。疑“端直”指联庄抗秦之行。故云不伤僻远。此与前文“旦（但）余济乎江湘”相应，与《怀沙》“伤怀永哀兮，汩徂南土”，文思亦一致。因可证知入辰溆，有其政治目的，决非放迁之行也。

入溆浦儃佪兮，迷不知吾所如。

20×15＝300　　第 68 页

068

稿纸

入、谓行至也。溆浦，王注"水名"。戴云"（辰水）右会沅水，名之为辰溪口……辰溪口在今湖南辰州府辰溪县西南，溆浦亦在县南。《汉志》义陵鄜梁山序水所出，西入沅。山在今辰州府溆浦县东南百五十里"。余、同而、见上解。儃佪，犹徘徊。迷，诸家均作迷惑，心神恍惚解，大误。百占案迷通弥，更也。见《惜诵》"迷不知宠之门"句解。吾所，洪朱同引一本作"吾之所"。有之字文义足，是也。如，同入，进入。据此知大夫行抵溆浦而止焉。考此时溆浦之西北广大地域，即庄跻所据黔中之地，非楚王所有，採之《鄂君啓节》所著商业水程不及于此，盖视为敌占区矣。楚廷不能放迁大臣于此地，其理甚明。斯则屈原之来此，必为自由行动，前云"苟余心其端直

20×15=300　第 69 页　069

兮，虽僻远其何伤”？所谓“端直”，当指此行为忠于国事，非追论被迁也。唯此行为联庄以抗秦，故得云“虽僻远其何伤”也。此云“入溆浦余儃佪兮，迷不知吾所如”。更非放迁之身应有之心谋。然大夫竟如此云者，微泄其行动失败矣。验之前文“朝发枉陼兮，夕宿辰阳”，字里行间，情务趱路，有所急急以图者。如係放迁之行，固不当有此忽迫心理吐露耳。然大夫终不明言者，必非奉王命而为一己之私谋，吾谓大夫深钦齐田单大破燕之胜利，乃作联庄复楚之谋，固非无据也。要之，大夫以累臣密谋，故于其事，隐约言之。更因其不成，乃叹“迷不知吾所如”。

深林杳以冥冥兮，猨狖之所居。

洪、朱同引一本猨上有乃字，是也。

稿　纸

山峻高以蔽日兮，下幽晦以多雨。霰雪纷其无垠兮，雲霏霏而承宇。

幽晦，暗而不明。姜云“书钞一五二引纷下有飞字”是也。霰雪，雪珠及六出之雪片也。垠，边。宇，屋簷。承宇，接于屋簷也。

秋末尚在鄂渚，至溆浦已冬雪。此写当时景物极荒凉，惟見猿狖，不覩人烟，若非秦兵进黔中，庄跻作战略退却，大夫亦皆避兵入深山，即云放迁之身，固不必走入深山老林，特棲于此寂寞孤独之地。此一描述实《湘君》“横流涕兮潺湲，隐思君兮陫侧”。“陫侧”（隐伏也）之具体写真也。

哀吾生之无乐兮，幽独处乎山中。

吾生，犹云吾此生。幽，《国语·楚语》“教之世而为之昭明德而废幽昏焉”。韦

稿 纸

注"幽、闇也"。此幽字当为深藏之意，与上文"深林""山峻"意属。两句谓哀语此生无乐可言，而今又独自深藏于山中。幽，为处之状字，此云"处乎山中"，必避兵之事也。如为迁地，岂能限于溆浦之深山老林耶？

吾不能变心而从俗兮，固将愁苦而终穷。

百占案此两句诗，字面浅明，极易解。唯其浅明，亦最易忽视其所指事。考屈原一生以"独醒"之忠，于内政外交之重大问题，特与党人不合，因之受谗两遭斥逐。大夫倘於復位之后改忠君之心，与党人同流，所谓从俗，则顷襄或不能归国，一己更不必受斥。但以忠贞之屈原"宁九死亦不悔"，"虽体解亦不变"，决以"前修"为法，而不变节。以此解"吾不能变心以从俗"似无不可．然私意仍引为不切

20×15二300 第 72 页 072

稿　纸

当。寻大夫“济江湘”而南，旨在联庄，破秦复楚，已无可疑。不料庄氏当秦白起率兵压境时，作战略之退却，不及践屈原之约。在屈原固疑于庄，且责于庄，此一隐秘历史，余已发之于《云中君》及两《湘》矣。而大夫于《湘夫人》中，又设想庄跻之避秦兵，为安于小天地，无大有为之计。且欲引己逃避民族斗争，同处其乐土，作苟安偷生之行。大夫固以此为不当也。为示坚守初志，决不后退，乃一再捐袂遗褋，以表决心。兹大夫称“迷（弥）不知吾所如”，“幽独处乎山中”岂非在庄氏不践约后，独入深山古林以暂避兵乎”？此之所陈，与《云中君》两《湘》所言者，若合符节，始无所异，此大夫之光辉历史也。信乎斯则“吾不能变心以从俗”，乃谓不能变兴国之心，从

20×15＝300　　第 73 页　　073

稿　纸

庄跻逃避民族斗争，徒为一己之安危计耳。

接舆髡首兮，桑扈臝行。

接舆，王注"楚狂接舆也"。髡，王注"剔也"。戴云"髡首，鬄去发也"。即鬄之借。按剔发，古所以罚罪。接舆狂者，自去其发示与世异。桑扈，王注"隐士"。事跡不详。就《庄子·大宗师·山木》知与孔子同时。就臝行论，亦古之狂者，嫉世愤俗之士也。臝，即裸之别体，当从衣作臝，今从果作臝，非是。裸，袒也，赤体也。百占案接舆、桑扈，皆古之狂者，不从俗之士。髡首臝行，殊骇世俗，大夫著此二人者，或以鬻臣之忠，曾骇于庄跻乎？又疑此二句应在"哀南夷莫我知"之前。位此者错简耳。

忠不必用兮，贤不必以，伍子逢殃兮，

稿　纸

比干菹醢。

以、犹用也。伍子、即伍子胥。本楚人，父兄遭平王惨杀，奔吴。佐阖闾，强吴弱越。及夫差，句践屈身以朝，子胥谏，夫差"赐子胥属镂之剑以死"。殃、祸也。比干、王注"纣之诸父，纣惑妲己，作糟丘酒池，长夜之饮，断斮朝涉，刳剔孕妇。比干正谏，纣怒曰：吾闻圣人心有七孔，於是乃杀比干，剖其心而观之。故言菹醢"。菹、洪引一本作葅。醢、俗谓肉酱。四句谓自古忠贤不必用于朝廷，即用之，亦不能终其用。或逢赐死，或遭惨杀。伍胥比干是也。

與前世而皆然兮，吾又何怨乎今之人。

與、就甲骨文视之，当即举之初文。经典故通用也。《大戴礼·王言》"选贤举能"。

稿　纸

《礼·礼运》作"选贤與能"。其证也。东方朔《七谏》"與世皆然"。王注並云與即举字，甚确。乎、同於。

余将董道而不豫兮，固将重昏而终身。

百占案将、持也。《荀子·成相篇》"吏谨将之无铍滑"。楊注"将、持也"。《史记·直不疑传》"误持其同舍金去"。《汉书》作"将持"。《吕览·根更》"臣有老母，将以遗之"。《初学记》引作"持以遗之"。其证也。董、正也。《墨子·明鬼》"虽有深溪博林，幽涧毋人之所，施行不可以不董，见有鬼神视之"。是其证。故董道、正道也。不豫、不遊移、即不变也。《惜诵》"壹心而不豫兮"，"行倖直而不豫兮"，与此之不豫，並可作不变解。即前文所云"吾不能变心以从

稿　纸

佟兮”。固下将字，欲也。《广雅·释诂》“将欲也”。重昏，朱注“重複暗昧，终不復見光明”。以暗昧训昏也。余谓此与前文所云“固将愁苦而终穷”意近。所不同者一就楚廷而言，一就庄跻而言。

乱曰：鸾鸟凤皇，日以远兮；燕雀乌鹊，巢堂坛兮！

百占案，乱曰，即歎曰，見《离骚发微》。鸾鸟凤皇，以喻忠良，“日以远”谓一经斥逐日远于朝廷。燕雀四鸟，以况谗佞。“巢堂坛”，谓高据庙堂之上。

露申辛夷，死林薄兮，腥臊並御，芳不得薄兮。

戴震云：“露申即申椒，状若繁露，故名。未闻其審”又云“辛夷，今之木笔。或谓

20×15二300　　第 77 页　077

稿纸

之辛夷，或谓之房木”。林薄、丛林曰林，竹木交错曰薄。腥臊、恶臭之物。御、用也。薄、近也。揭露恶政乃“阴阳易位”之因。

百占案大夫于怀王之朝旨在责说佞之贪婪，在襄王之世腥臊进用，芳香难近，重在责顷襄之昏庸，故有别。正见《离骚》之作于怀世，《涉江》之成于襄代。一隅三反，可例推他作之制成时间也。腥臊一词，透出楚廷混浊，人不能近之秽恶情境，亦见大夫疾恶之刚直心肠。以上转斥朝廷，见楚政已不可为。

阴阳易位，时不当兮；怀信侘傺，忽乎吾将行兮。

百占案顷襄二十一年（元前二七八年）秦白起破郢，顷襄东走伏于陈。郢为秦有，楚势顿衰，此大夫所云“阴阳易位”。复喻君子小

20×15＝300　第78页　078

稿　纸

人之在位否也。时不当，屈子谓不遇其时也。怀、抱也。信、忠信之谓。侘傺、怅然伫立。忽乎将行，戴云“伤不见容，而忽被放也”。此说极误。案屈子于襄初遭放，至为《涉江》，时已二十年，在诗之末章，不当有与前文意不相属之言，突兀而言“忽被放”，余疑此写当前事。就全诗以论，“登鄂渚”之前，大体为追述涉江前之往事。次叙涉江之行程，抵溆浦后之生活及行动，亦即涉江之目的（联庄抗秦以兴国），隐隐约约露于字里行间。至意图不成，亦有泄露，虽词旨隐微，然可窥而见之。且知于庄氏有微词焉。由意图之失败，乃兴“董道不豫”穷困终生之誓。最终“欺日”一段作全文之收束，总括朝政，国势，作深刻之揭露与鞭挞，以明楚衰国破之因，一己涉江湘之目的

20×15二300　　第 79 页　079

稿纸

然大夫並不灰心于此行之失败，虽恨生时不当，仍曰"抱忠信而伫立"伫立者，默默观察，策划之姿也。既经考虑，又曰"忽乎吾将行"。则忽乎将行，自非"忽被放"之谓。寻忽、疾也。将、必将之词。行、远行也。句意当係我断然离开此地，必须迅速远行也。《湘君》《湘夫人》之末章曰："时不可以再得，聊逍遥兮容与""时不可兮骤得，聊逍遥兮容与"乃积极从事救国，而不敢懈之意。所谋云何？两诗曰"搴汀州兮杜若，将以遗兮远者"，"采芳州兮杜若，将以遗兮下（佚之误）女"所谓"佚女"、"远者"当指远方爱国志士也，"杜若"喻救国之谋。已明言另寻救国之士，置庄跻于不顾矣。明乎此，则忽乎吾将行者，盖亦示不重视庄跻，而欲疾寻忠国之志士，迅速远

20×15=300　　第 80 页　　080

稿纸

行，以大兴楚国也。此就两《湘》所咏，固可互证其意旨焉！又按《九辩》终篇曰："计专专之不可化兮，愿遂推而为臧，赖皇天之厚德兮，还及君之无恙"！亦当指屈之南行，为救楚之危亡，冀其返时，国势见好转耳。荀子《议兵》云"庄跻起，楚分为三四"是则，类庄跻建立独立政治区域者尚有人焉。屈子由溆浦折返，或即寻其所谓远者也。其人所据之地域，当在鄱阳湖之左近。详参拙作《庄跻历史考辨》此所谓"远者"《怀沙》"修路幽蔽，道远忽兮"，中道被阻，苦志难成矣，又可证也。大夫以七十之年，坚持反侵略，兴弱国。高昂之爱国精神，至老弥笃，真可与天地齐寿，与日月同光矣。

20×15=300 第 81 页 .081

哀郢

《哀郢》者，哀郢都之沦亡于秦，永不得归故乡也。大夫被迁于襄初，地当为汉北之鄀。(参拙作《山鬼发微》)及顷襄二十年，白起拔西陵、取鄢邓，大夫以放迁之身，自须回郢。然郢已陷入秦兵钳形攻势，二十一年春郢都贵族及人民，乃惊恐东迁，循江夏以流亡。大夫亦于仲春甲之朝乘楫东下。及过夏浦至鄂渚，稍有徘徊，而此前郢已为秦破矣。故有"哀州土之平乐兮，悲江介之遗风"，"曾不知夏之为丘兮，孰两东门之可芜"等写实文字。

此作当成于二十一年鄂渚地域，应先于《涉江》，观《涉江》所叙行程，由鄂渚始，盖可知矣。蒋骥以为在陵阳九年作，盖不知陵阳

稿　纸

非今之陵阳，且误解诗意而作论断也。

《哀郢》内容，侧重写郢都沦陷前人民惊恐散离流亡路线，个人怀恋国都、君王、人民之心情，行无定处之哀愁，欲易舟"上洞庭而下江"之设想，南至辰阳之前途，以及回返故郢之无望。在此心境下，乃不自禁揭露楚廷过往事秦和秦之非计，听用谗佞，斥逐忠贤之失政。若返朝廷之意念，则不见于此篇。盖早失望于顷襄矣。

20×15=300　　第 83 页

083

稿　纸

哀郢

皇天之不纯命兮，何百姓之震愆！

皇天、王注"德美大称皇天"。今语上帝也。皇天、春秋战国习用词，屈原亦常称之，《离骚》"皇天无私阿兮，览民德焉错辅"。《天问》"皇天集命，惟何戒之"。是也。纯、林云铭曰"一也"。说简明。不纯命，谓皇天不一其命，有其变化也。大夫称"皇天无私阿兮，览民德焉错辅"。"无私阿"即"不纯命"之真。寻《左氏传》僖公五年云"故《周书》曰：皇天无亲，唯德斯辅"。今见伪孔《尚书·蔡仲之命》。辅、佑也。《新书·春秋》斯作是。《论衡·福虚篇》作"天道无亲，唯德是辅"，古人盖谓皇天于君无远近之分，亲疏之别，一出公心，视有德者而佑之。若无德者即

20×15＝300　　第84页　084

稿　纸

不佑之也。故"皇天之不纯命"，实谓皇天不佑楚王，亦即楚王无德之说明，曲折言之，揭露楚王之昏庸无能，政治腐败，人民离心，外祸频起也。百姓、在战代指受姓之贵族，不谓齐民。震、通娠。《左昭元年传》"方震大叔"《释文》"震本作娠"，是其证也。《说文》"娠、女妊自动也"。愆、尤也、即过误，罪过。震愆、谓震动于己行之罪恶政策。此盖责顷襄及诸贵族素主事秦，今反受秦祸而震恐之，实皆由自取。两句谓皇天以楚王之失德而不佑之，乃降秦祸；而诸权臣素主亲秦者，今何为亦震恐于所招来之秦祸也。旨在揭露，情实沈痛。

民离散而相失兮，方仲春而东迁。

民、齐民也。今所谓百姓。离散、逃离郢都，众人四散。相失、互相不見也。方、正、当之意。仲春、《白起传》云"后七年（按即秦昭王二十八年）白起攻楚拔鄢邓五城，其明年攻楚，拔郢、烧夷陵"。二年之内，秦攻楚之兵未止，是则二十九年春攻郢之兵将发之前，郢人即行弃之，曰仲春东迁，根合时势，可补史之阙文。东迁、按《楚世家》顷襄十九年，即元前二八〇年，楚割汉北，上庸地于秦。前二七九年白起拔西陵（今湖北宜昌市西），取鄢邓。楚都郢之西与北已为秦据，钳攻之势已成。故前二七八年白起破郢时楚人唯有遵江夏以流亡，弃楚之东地以避秦锋。而襄王亦当遵此路由鄂渚北出穆陵关以迁陈。盖出宜城入中原之"夏路"，已为秦扼。路虽捷近，势不能行矣。屈云"东迁"，自为写实，亦形势所迫耳。近人或云东迁乃大夫东抵陵阳。不知陵

稿　纸

阳当即衰阳，一误也；不知"东迁"离指顷襄君臣，不限于齐民，二误也；或系此事于怀末襄初，余均不敢焉。

去故乡而就远兮，遵江夏以流亡。

去、离去。故乡、郢都，下文"发郢都"可证。据此，知大夫固郢人也。就、当读如蹴，《说文》"蹴、蹑也"。远、远方。遵、循、顺。江夏，长江及夏水。《水经》云："夏水出江，流於江陵县东南。戴震云："夏水、首受江入沔（今汉水是也），合沔以会於江，其所经之地，皆在楚纪郢以东"。流亡、王逸于《离骚》训为"死於水"。近人或谓"流亡即放逐"。则民之"遵江夏以流亡"岂为尽死于水或尽放逐乎！《诗·大雅·召旻》"民卒流亡，我居围卒荒"，《管子·尽藏》"民无

20×15＝300　　第87页　087

稿纸

流亡之意”《墨子·所染》“民人流亡”之流亡，岂亦当有斯解乎！此知其不然矣。疑流亡，即流荡之音转，孳乳而为游荡、流宕、流浪、遥惕。（游遥古通、惕为荡之借）《楚辞·远游》“意恍惚而流荡兮，心愁悽而增悲”，是其证也。此盖谓群庶惊恐，循江夏以流浪，谓为流浪者，盖无既定归宿之奔命也。《秦策》应侯责白起曰：“君前率数万之众，入楚拔鄢、郢，焚其庙，东至竟陵，楚人震恐东徙，不敢西向”。此虽写楚贵族，楚之人民自亦在内耳。再者民离散相失，去故乡而趋远方，当为白起兵临郢都前，闻风而逃离之惨状。白起亦曾述其事曰“楚王恃其大，不恤其政，群臣相妒以功，谄谀用事，良臣斥疏，百姓心离，城池不修，既无良臣，又无守备，故起所以得引兵深

20×15二300　　第 88 页

088

入，多倍城邑，以有功也。白起之言，实中楚敝，可助解诗首六句所陈之实况也。

出国门而轸怀兮，甲之鼂吾以行。

国门，都门。轸，痛。鼂，同朝。早晨也。行，远行，《涉江》"忽乎吾将行"，行，亦远行也。

大夫于痛心之事，特着时间。此次由郢都出亡，当在顷襄二十一年二月甲月之晨。由此可证《离骚》"惟庚寅吾以降"，乃叙于庚寅日罢官，实非其生日耳。

发郢都而去闾兮，怊荒忽其焉极。

发，出发，动身之意。郢，《说文》云"故楚都，在南郡江陵北十里"。闾，里门也，楚之王族分闾而居，有三闾大夫之设。荒忽，朱本前有怊字，洪引一本同。怊，悲思也。

有者是，当据补。荒忽即恍忽。心神不安之谓。其、将也。焉、同安、何。极、至也。“怊荒忽其焉极”，谓心神愁思不安，将何所至乎！堪证大夫“发郢去闾”之后，虽已东行，但目的地尚未定焉。此堪证绝非放迁之行，若向迁所，不当有此言耳。王逸注“愁思荒忽焉有穷极之时”之说，不符“流荡”之实，不可从。下文“眇不知其所蹠”，“忽翱翔之焉薄”蹠、薄之词意，当同于极，亦至也。固再再堪证王说之非是。又《湘夫人》“荒忽兮远望”之荒忽，为不分明貌，有别于此。

檝齐楊以容與兮，哀見君而不再得。

容與、疾行貌。見《湘君》。王逸训此词如犹豫、非达诂。试思避兵之行，岂犹豫而缓行乎？君、当指顷襄。此即眷恋楚王也。

20×15＝300　　第 90 页　　090

稿纸

屈子始发，即條水行。

望长楸而太息兮，涕淫淫其若霰。

长楸、王注“大木”。百占案即高木也。《孟子》“所谓故国者，非有乔木之谓也。有世臣之谓也”。乔木、即高木、楸木身高、故云然。太息、长出氣也。淫淫、王注“流貌”。涕若霰、谓泪如霰雪墜落。两句谓望故国乔木，眷恋不忍去，不禁为之长太息，而泪犹霰雪之墜。比錄不忍离故国之情。

过夏首而西浮兮，顾龙门而不見。

夏首、夏水受江水之口也。庾仲雍曰“夏口一名沔口”。杜元凯曰“汉水曲入江，即夏口也”。按夏口非夏首。夏口、乃夏水注汉后再入江之口也，夏首、乃夏水受长江水之处也。一在夏水上游，一在下游。混同为一，非是也。戴震曰"夏首，在今江陵县东南。《水经注·夏水篇》云："江津豫章口东，有中夏口，是夏水之首，江之汜也。屈原所谓"过夏首而西浮，顾龙门而不见"也。龙门，即郢城之东门"，其说是也。西浮，或曰自西而浮，或曰向西浮。皆非也。诚向西浮，岂非溯江趋郢之西乎？上文明曰"东迁"，背行向矣。况风声鹤唳中，情急奔命，岂有"溯洄以望楚都之理"？此知其非。曰"自西而浮"看是合理，实增字为训。又知其非矣。首占案：西浮者，栖桴之通假字也。西、本栖之初文，宿止也。桴、浮同声通用。且从水从木之偏旁，篆文形近，极易致误。桴、栰也。亦作泭。《尔雅·释水》"庶人乘泭"。郝疏"编木为之，大曰栰，小曰桴，乘之渡水"。《又·释言》云"舫、浮也"。孙注"方木置水中为泭栰也"。《论语·公冶长》"乘桴浮于海”。桴即栰也。从竹制者曰筟、筏。从木制者曰桴栰，此其别也。又下文“忽翱翔之焉薄”，《一切经音义》十八引作“忽翱翔之栖泊”。焉、西、篆文形亦近，焉又误作西、栖矣。此西浮应即栖桴之证一。西桴者，谓栖居于桴栰之上也。又案大夫流亡，既係水行，自非一日之程，曰栖桴，吻合情理，其证二。《惜往日》云“乘氾桴以下流兮”，氾、疑即栰之声误。栰桴，二词连用，犹上句骐骥之构词也。大夫固不一用桴之一词也。其证三。下文“将运舟而下浮兮”，浮亦为桴之段字，其证四。顾，回视也。龙门，洪补曰“《水经》云：龙门即郢城之东门”。伍端休《江陵记》云“南关三门，其一名龙门”。百占案《汉书·五行志》“四国共伐鲁，大破之於龙门”。注曰

稿纸

"鲁东郭门"。是鲁国东门亦曰龙门。如此命名，或其时尚。《水经》说似可採。此眷恋于国都也。以上叙怀恋君、国之悲哀。

心婵媛而伤怀兮，眇不知其所蹠。

心、动词，思也。《墨子·公孟》"思虑徇通"。《史记·五帝纪》集解引思虑作心虑。是心、思通用之证。《惜诵》"心郁结而纡轸"，下文"心絓结而不解"，两心字并訧思意。曹操《祭桥玄文》"北望贵土，乃心陵墓"。心、思也。动词，是其证。婵媛、亲族、近族也。说见《离骚发微》。王训牵引，洪训牵连，李周翰训牵引古事，近人训为喘气，並不当从。心婵媛，谓思及近族、楚王也。眇、王训眇远之眇。其、代楚王及诸贵族。蹠、践也。但朱引一本作宅，洪引《文苑》蹠作宅、宅显

20×15=300　　第 94 页　　094

稿　纸

为宅之形误。蹠、为宅之音误。宅、居也。即《诗·大雅·文王有声篇》"宅是镐京"之宅。故余疑作宅者是。两句谓思及顷襄因而怀悲不知其迁都何地矣。考《楚世家》"二十一年秦将白起遂拔我郢，烧先王墓，夷陵。楚襄王兵败，遂不復战，东北保于陈城"。大夫言不知者，当係並在流亡道中，而顷襄或先于大夫东亡。故可得云不知也。《七谏·哀命》"何君臣之相失兮，上沅湘而分离"。当即咏此事也。倘所论不误，《哀郢》者，实哀郢都之沦陷也。此怀念君王宅京于何处。

顺风波以从流兮，焉洋洋而为客。

焉、同乃。洋洋、王注"无所归皃"。此忧念个人止于何处。可证此行，非奉王命，无关于衰初放迁。以上为第一段文字，首先揭

能解之忧思。此情当亦涉及君王。凡此可证离郢时仓皇之状，且可知非奉命之行。实非放逐途中应有之心境也。

将运舟而下浮兮，上洞庭而下江。

有占案前人解此句，並以著于前文"西浮"一词，复昧于此之"下浮"，不仅误解句意，实误说屈原行程。盖轻易其解，乃铸成大非耳。疑将欲也。运、运行也。舟、即扁舟，小船也。其航行，当便于桴。下离去也，浮、段作桴，上文已言栖止于桴。盖流亡之始，有桴即为不恶。当脱离危险地区，乃欲离桴运行扁舟，而乘舟之目的，且在离大江而上洞庭。此设想之事，非已然之实。揆之《涉江》，大夫抵洞庭前，乃遵陆而行，实未得扁舟也。至洞庭后始有舟可乘，"乘舲船余上沅兮"可证

稿纸

也。就此情况亦可证，行动乃兵乱中，若在平时，自易得舟也。上、往、向之意。下、离也。过往注家，解上、下率曰左右，非达诂。两句谓去梓楸，适扁舟，离长江，向洞庭也。行程方向皆很明确。其拟乘舟之地点，或即《涉江》所云"乘鄂渚而反顾兮"之鄂渚。由鄂渚，向洞庭，上字亦极妥。

去终古之所居兮，今逍遥而来东。

终古、久远也。郢、楚之故都，大夫故里。受秦兵威胁而去，诚不得已。今已远离，心计难返，故曰"去终古之所居"。今《说文》"是时也"。逍遥、彷望也。王训游戏，违误诗意。东、郢都之东也。"鄂渚"見于《涉江》，正郢之东，盖其地矣。

以上为第二段文字，承前舒不知何往之忧

稿纸

情，並想得命舟之后，以上洞庭。非赴迁所，文意极明。然何以谋涉江而南，又不明言，可证辰溆之行为出自心裁焉。

羌灵魂之欲归兮，何须臾而忘反？

欲归、欲归故都也。须臾、俄顷，表时间之短暂。反、返故都也。非谓返朝廷。

背夏浦而西思兮，哀故都之日远。

背、负也。已过夏浦，则负背之矣。夏浦、戴云："夏水沔水合流，迳鲁山东南，注於江，为夏浦。春秋传谓之夏汭，或曰夏口，或曰沔口，或曰鲁口。今湖北省汉阳县东汉口是"。戴氏又解此句曰"背夏浦西思者，未至夏浦，回首向西，犹前之过夏首而西浮，思回故都，不忍径去也"。按大夫沿江东下，过夏浦，身自背之，始得云"哀故都之日远"。若

20×15＝300　第 100 页

100

稿纸

未至夏浦，势必面之。为"哀故都之日远"，则必回首，方能回背也。戴说颠倒行动之因果，误矣。

登大坟以远望兮，聊以舒吾忧心。

大坟、王逸云"水中高者为坟。《诗》曰遵彼汝坟"。百占案毛传"坟、大防也"。《说文》"坟、墓也"。"坋、大防也"。是以坟为坋矣。寻《涉江》有"乘鄂渚以反顾兮"之句。意象同此。则大坟当即指鄂渚而言。考鄂渚在夏浦之东，为大夫乘桴东来之终点。就当时兵争形势论，亦顷襄捨舟北伏于陈之地也。大夫抵此，当有所徘徊，决定行止，故于《涉江》有"欸秋冬（终同）之绪风"也。统观两诗，《哀郢》详于离郢后之行程，至大坟而终焉，旨符《哀郢》篇题，而《涉江》之历程起

稿纸

鄂渚而枉渚，而辰阳而溆浦，极符《涉江》篇题。此中剪裁详略允当，行程衔接，无违误之处。且下文曰“当陵阳之焉至兮，淼南渡之焉如”，乃谓将至陵阳（按即辰阳）也。不仅吻合“上洞庭而涉江”一语，尤符《涉江》之目的地。故吾疑《哀郢》之作先于《涉江》其写作地点，应即鄂渚之域，时间即在顷襄廿一年秋季之前。继此大夫即涉江而入辰溆。此就《哀郢》《涉江》两诗之内容：时间、行程、思想、感情可推而知之者。前人及近贤多谓屈子曾东至今安徽之陵阳，因于诗作不深味其言，且昧于当日楚之形势也。或谓《涉江》先判于《哀郢》又违乎事实发展之实际，余不从焉。

望，朱曰“望郢都”。

哀州土之平乐兮，悲江介之遗风。

20×15＝300　第102页

稿　纸

哀、古通爱。《汉书·游侠万章传》“吾以布衣見哀于石君”，是其证。州土平乐，王注“悯惜乡邑之饶富也”。朱注“地宽博而人富饶”。江介，戴注：“介、间也。语之转”。江介、当即江间。汉水、大江间之土地。此地域为楚民自古生息之所。有其良好遗风。今遭秦人蹂躏，故悲之也。此並远望中之哀伤。

当陵阳之焉至兮，淼南渡之焉如？

当、值也。陵阳、或说为陵阳侯之省，即洪波。或说地名，即今安徽省宣城县。按两说皆误。陵阳、当为辰阳之音变。即《涉江》“夕宿辰阳”之辰阳。详说見拙作《陵阳即辰阳考》一文。焉、用如於是。焉至、于是而至。即从此而至。淼、戴注“音渺”。按王逸云“淼漫、弥望无际极也”。意即大水貌。南渡、

稿纸

渡江而南也。之，犹其也。《涉江》"苟余心其端直兮，虽僻远之何伤"。同其，即其证。焉知，犹何人。两句谓当辰阳从此而至，南渡大江其将何人？隐示联庄跻协否，不可知也。从来注家说此，既不辞，益不符合史实。若谓安徽之陵阳即大夫之迁地，则胡为后又至辰阳耶？于此胡为云"南渡"耶？于上文又胡为云"上洞庭而下江"耶？

曾不知夏之为丘兮，孰两东门之可芜？

曾，竟也，简直之意。和不连文，构成否定句。夏，王逸以为大殿。朱注"大屋也。丘，墟也"。疑指宗庙被焚"烧先王墓夷陵"而言。两，与上文，同为动词。知，犹"豫知"两。料也。按两、量、料，古字通。两之初文网，象两端有物形，即衡量本字。今称仍以两为计

20×15＝300　第 104 页

104

稿　纸

量之单位。《周礼·医师》"两之以九窍之变，参之以九藏之功"。《诗·南山》"葛屦五两"。(此以一双为两)《列仙传》(安期生)皆置去。以赤玉舄一量为报"。《世说》"几量屐"。并两、量通之证。又宋玉《对楚王问》"其能与之料天地之高哉……其能与之量江海之大哉"。《悲回风》"渺蔓蔓之不可量兮"。并量、料同意之证。两句意为竟不量郢中宫殿成为废墟，谁料及郢都东门能变荒芜！两句道出郢都残破，非白起破郢之举，实无可说。与篇首情境同一悲哀。不同者，离郢时，秦兵未至；过夏浦，则闻郢已破矣。然"曾不知"，"孰料"云云者，乃致怨于顷襄及党人，非大夫自以为也。又为写已成之事实，非揣测之疑问。注家说此两句之词与句意，多不允当。

稿纸

心不怡之长久兮，忧与愁其相接。惟郢都之辽远兮，江与夏之不可涉。

怡，乐。接，续。惟，《说文》"思也"。此承上江夏沦陷，郢都残破而言，谓内心长久不乐，忧愁相续不已者。盖念及辽远之郢与江夏，不能再涉足其间。

以上为第三段文字。写水行抵鄂渚，一路之哀思。重在哀叙故都沦没，江夏被侵，欲再回归故郢，涉足江夏，已不可能之苦情。

忽若不信兮，至今九年而不复。

忽，恍惚也。若，下朱本有去字。洪引一本亦有去字。百占案"忽若不信"，实不辞。即补去字于若下，亦不辞。就王注"始从细微，遂见疑也"。则讹误已生于叔师后。朱云"或恐去字上下有脱误"。疑篆文去、不形

稿纸

近，去、先误作不，读者见另本作去，乃又误作去。信实信宿之信。即《左氏庄公三年传》"凡师一宿为舍，再宿为信"之信。原句应为"忽若去信兮"。意谓去朝廷恍如两月。状思君无间，翻如去国不久者，心日在朝廷也。下句状君不思己，至于今日竟九年而不返己于朝。九年，首占案屈原再放于顷襄三年（即顷襄返国继位之年，见拙考）至廿一年白起破郢之岁，放迁时间已十八年矣。曰九年，实不限于九，九、数之极也。注者以实数计之者，失之泥。若"九年而不复"，由顷襄三年计起，则为顷襄十二年。顷襄十二年，国无秦或他国之兵威胁郢都之举，大夫不当有《哀郢》之作也。此可证其说之非是。戴注引方晞原曰"此篇上言森南渡之焉如，则至今九年。盖顷襄迁之江南，

20×15＝300 第 107 页 107

稿　纸

没是而九年也”。此说也，如以屈原被迁于顷襄元年论，则顷襄九年，楚亦无国破家亡之横祸，亦不当有《哀郢》之作也。再者，既云“九年而不复”，自非放之始，注者以为放迁江南之行，岂有郢至鄂渚行程用九年之时乎？古人读书，多不统绎全作，爱执一端而掩全貌，此类是也。若云“顷襄迁之江南”，更为无据，余另有专文论之。

惨郁郁而不通兮，蹇侘傺而含感。

惨，本字作懆。惨俗字也。《说文》“懆，愁不安也”。郁郁，郁结之谓。通，一本作开。蹇，乃竟，楚言也。侘傺，怅然住立貌。含感，犹含悲也。

外承欢之汋约兮，谌荏弱而难持。

外，今语外交，对付外强之意。承欢、

20×15＝300　第 108 页

108

献以欢心，見下。汋约、即绰约。王注"好貌"。谌、音忱、诚也。荏弱、即柔弱。荏柔、一声之转。两句评楚王之外交也。意谓对付强秦，以和好之姿，献以欢心；此真柔弱无能之下策，难以久持者也。寻《秦世家》顷襄即位之次年（即顷襄四年，元前二九五年），秦"予楚粟五万石"，当在收买楚王。至六年"谋与秦平"（見楚世家），顷襄七年"楚迎妇于秦，秦楚复平"，楚王以子婿礼事秦，所谓承欢也。下至十九年，秦复攻楚，十六年中，顷襄固一味事秦也。若依苏代之说，"楚王为斯之故，十七年中事秦"。（見苏代《与燕昭王书》）则顷襄即位之年（即顷襄三年）即行事秦矣。十七年中秦未加兵于楚者，旨在先破三晋，使从不成，再谋破楚耳。此大夫所云"谌荏弱而难

稿纸

持”也。即在十九年，二十年、二十一年，秦攻略楚地，破郢都之岁，楚王仍在弱事秦。“秦本纪”云“王与楚王会襄陵，白起为武安君”。此当为大夫最为痛心疾首之事。而郢都残破，正食此外交之果，亦投降路线之必然终结也。大夫着笔于此，盖由于继“蹇侘傺而含感”之后，恸于国难之来，情不自禁，以揭露楚廷事秦之非计耳，朱熹云此“形容邪佞之态”不明确。注家或云：“《哀郢》全篇，止言去郢不復之悲，决不旁及朝廷是非忠佞得失”，岂知言哉！又云“余外虽承欢，有似卓约；内实委顿，不能自持云尔”。谓大夫情感，“强为解慰”，视大夫为何如人耶？

忠湛湛而愿进兮，妒被离而障之。

湛湛、洪引相如赋注云“厚积之貌”。

20×15二300　　第 110 页

稿　纸

被离、即披离、纷盛貌。障、蔽也。两句谓余見事秦之非计，颇将多年厚积之忠怀，言于君上；但党人妬我，纷纷障蔽，不使君見。观此，大夫于长期放迁中或有关于外交之建言。共主旨不外合从抗秦，以反楚王之事秦。投降派自必不使顷襄見焉。

尧舜之抗行兮，瞭杳杳而薄天。众谗人之嫉妬兮，被以不慈之伪名。

抗行、高抗之德行。瞭、远望也。杳杳、远貌。薄、至、近。被、加也。不慈之伪名。按《庄子·盗跖篇》云"满苟得曰：尧杀长子，舜流母弟"。又"尧不慈、舜不孝"。《韩非·当务》"皃说非六王五伯，以为尧有不慈之名，舜有不孝之行。禹有淫湎之意，汤武有放杀之事，五伯有暴乱之谋"。《又·说

稿　纸

疑》“其在记曰：尧有丹朱，舜有商均，启有五观，商有太甲，武王有管蔡，五王之所诛，皆父子兄弟之亲也。”《淮南·氾论训》“尧有不慈之名”。是古代传述尧舜有不慈之行也。伪名、假造之罪名。大夫不信其说也。

四句谓德行高抗如尧舜，眼光远大可上至于天。然众谗佞出于嫉妒之心，竟妄加以不慈之罪名。

憎愠惀之修美兮，好夫人之忼慨。众踥蹀而日进兮，美超远而逾迈。

憎、厌恶。愠惀、深厚貌。修美、贤而好之谓。指忠贞之臣。大夫习用词。夫人、彼人也。轻人之词。忼慨，空有大言之谓。踥蹀、洪补“行貌”。按当训狂乱奔走。美、美人，屈子习用词，良臣之谓。

20×15＝300　第 112 页　112

稿纸

四句谓楚顷襄厌恶富有才能之贤士，爱好彼人空谈之虚论。众小因奔走而日进朝廷，良臣因远振而更加疏远。

又案上八句見于《九辨》。王逸章句本，《九辨》原在《离骚》后。王于比末句云"此皆解于《九辨》之中"。则《九章》固次于《九辨》后也。考宋玉稍后于屈原，"好辞而以赋見称"，其为《九辨》时，袭用比文耶？

以上为第四段文字，舒不得返朝之愁衷，揭露楚王事秦，正所以招祸，並抨击其亲小人远贤臣之不德。

《韩非子·孤愤》曰"朋党比周，相與一口，惑主败法，以乱士民，使国家危削，主上劳辱，比大罪也"。似就楚襄内政外交而发。

乱曰：曼余目以流观兮，冀壹反之何时！

20×15＝300　　第 113 页　113

稿　纸

乱曰、即叹曰。旧注不当。曼、《说文》"引也"。引申为展意。冀、望也。流观、游观，四面观察之意。壹反、壹次回郢，"冀壹反之何时"意为希望壹返，实无可能。盖郢已为秦攻占矣，旧解多误不可从。

鸟飞返故乡兮，狐死必首丘。

鸟飞句、朱注云："礼曰：夫鸟兽丧其群匹，越月逾时，则必反巡，过其故乡"。狐死句、洪补云："记曰：乐、乐其所自生，礼不忘本。古人有言曰：狐死正丘首，仁也"。东方朔《七谏·自悲》"狐死必首丘兮，夫人孰能不反其真情"。王注"言狐狸之死，犹向丘穴，人年老将死，谁有不思故乡乎"？百占案首、乡（即向）古字通。首丘、即向丘穴也。或注首丘、乃枕丘、大误。

20×15＝300　　第 14 页　　114

稿　纸

信非吾罪而弃逐兮，何日夜而忘之！

两句谓我诚无罪而遭弃逐，何能日夜忘之也。信，诚也。重在揭露楚王之失察，群小之诬陷。姜亮夫君称此篇“决不旁及朝廷是非，忠佞得失”，不知何据也。

再者，大夫在流亡途中，再再透露目的地不明，又似行动不受限制，去处决定于个人。岂乱离奔命中，楚王自顾不暇，无能注意放迁之士乎？此大可注意者。果此论之不虚，则大夫放迁江南之说，即难成立。而大夫涉江入辰溆，旨在联庄蹻兴义兵，抗秦师，又得一有力佐证矣。余另有《屈原不曾迁于江南考》一文，此不赘。

20×15＝300　　第115页

稿　纸

抽思

《抽思》二字，节自诗内少歌"与美人之抽思兮"。抽、《说文》作擂。云"擂、引也"擂、古抽字也。《庞韵》"抽或作紬。紬引其端绪也"。《释名·释绦帛》"紬、抽也。抽引绦端出细绪也"。陆机《文赋》"思乙乙其若抽"，正用其义。寻《九章》诸篇题目，或概述诗作内容：《涉江》、《哀郢》、《怀沙》《桔颂》是也。或标举诗作开端文字：《惜诵》、《思美人》、《悲回风》、《惜往日》是也。若抽取诗内文字以总摄诗之主题，惟此《抽思》而已。又案思、忧思也。忧念君国之思也。屈赋用之多作此解。如《惜诵》"思君其莫我忠兮，忽忘身之贱贫"，"君可思而不可恃"。

稿　纸

《哀郢》"思蹇产而不释"。《思美人》"思美人兮，揽涕而竚眙"。《悲回风》"思不眠以至曙"。《惜往日》"远迁臣而弗思"。本诗"蜑遥思兮"，"道思作颂聊以自救兮"，思，並当作忧思解。若仅释作"意"，则不的矣。故抽思者，抽陈忧思也。

清人蒋骥为《山带阁注楚辞》，说此诗作地，篇义，较前人为胜。其言云："史载原至江滨，在顷襄之世。而怀王时之放流，其地不详。今观此篇，曰来集汉北；又其逝郢曰：南指月与列星；则汉北为所迁地无疑。黄昏为期之语，与骚经相应，明指在左徒时言，其非顷襄时作，又可知矣。原于怀王，受知有素，其来汉北，或亦谪宦于斯，非顷襄弃逐江南比。故前陈辞以遗美人，终以无媒而忧谁告。盖君思未远，

20×15=300　　第 117 页

稿纸

犹有拳拳自媚之意，而于所陈耿著之辞，不惮謇謇述之，则又幸其念旧而一晤也。视《涉江》、《哀郢》、《惜往日》、《悲回风》诸篇，立言大有迳庭矣”。蒋氏之说，除谪宦弃逐江南不符史实外，他论可取。戴震引方晞原之说曰：“屈子始放，莫详其地，以是篇考之，盖在汉北。故以鸟自南来集为比。又曰望南山而流涕。其欲返郢也，曰“南指月与列星”，曰“狂顾南行”。篇次列涉江哀郢之后者，九章不作于一时。采得诸篇，合之有九耳”。据三家之立言，大夫于怀王世放居汉北，固无可疑，而《抽思》一诗，自作于汉北。揆其时当在怀王十二年秋季。

近人或祖王逸说于顷襄之世放之江南；或谓作于二次使齐，在齐之作时怀王已囚秦。非受王逸之蒙，即为一偏之见，概不可从。

稿　纸

独永叹乎增伤。

独、独自。永叹、长叹也。乎、《文选·长门赋》及《四愁诗》注并引此句诗作而。增伤、与曾哀同义。重重忧伤也。

曼遭夜之方长。

或云曼遭夜，犹言遭曼夜。意谓曼亦长也。则此句意为遭长夜之方长，实不辞之甚。百占案：曼、憂形近易误。忧与上句"思蹇产之不释"之思对文，一证也。王逸注云"憂不能眠时难晓也"，提出憂字，二证也。"憂遭夜之方长"，谓心怀忧伤，偏逢长夜不能入眠也。

何回极之浮浮。

王注"回、邪也。极、中也。浮浮、行貌。怀王为回邪之政，不合道中，则其化流行，群下皆效也"。

百占案：王氏以下诸家说此者皆不当。惟叔师于《九歎·远游》"徵九神於回极兮"，注云"回，旋也。极，中也。谓会北辰之星於天之中"。谓回极即北辰，朱注曰"或疑回极指天极回旋之枢轴。浮浮言其运转之速而不可常，亦未知是否也"，是也。寻回，旋也。回极，当即旋玑、璇玑。《汉书·扬雄传》"览璇玑而下视兮"。《史记·天官书》"北斗七星所谓旋玑玉衡，以齐七政"是也。浮浮，不定之貌。谓晦明不常也。此盖就秋风之动容，回极之浮浮，天象变化，使人不快，以兴下文"数惟荪之多怒兮，伤余心之懮懮"也。斯则，回极，所以喻怀王，明甚矣。

数惟荪之多怒兮。

戴震曰："数，计也"。或云"数，

稿　纸

屡屡意”。疑非是。按数与下句“伤余心之慢慢”之伤相俪。数当训怨。乐毅《报燕惠王书》“今王数之罪”，班孟坚《离骚序》“责数怀王，怨恶椒兰”。数並责怨之意。其证也。数惟，即惟数之倒用。荪，香草，名。屈原专用以代怀王之词。多怒，犹言大怒、盛怒。非多次之谓。犹《离骚》“反信谗而齌怒”之“齌怒”。此当即屈传所述王“怒而疏屈平”之“怒”也。

愿摇起而横奔兮，览民尤以自镇。

自古按解楚辞者，于此两句率不能归於允当。以王念孙之精到，仅能说“摇起，疾起也，与横奔文正相对”。以蒋涑塍之微实，强云“己身系汉北，而心不忘君，欲违命至郢，以陈其志。又見民之罹罪者多，而知危自止”。

稿　纸

並未能统译屈作，窥見言诠。寻摇通遥、远也。遥起、即离骚"勉远逝"之远逝。犹言"欲高飞而远集"也。横奔、即《惜诵》所云："欲横奔而失路兮"之横奔。横奔者，东西奔走，以事秦，为连横之行也。义具《惜诵》，尤、罪雉。镇、止也。"览民尤以自镇"，谓视楚国人民多罪难，因而自止连横之心，即《惜诵》所云："欲横奔而失路兮，坚志而不忍"。《涉江》所云："吾不能变心而从俗兮"之谓也。此大夫表示坚持合从，反对事秦，端在为楚国人民利益计耳。

结微情以陈词兮，矫以遗夫美人。

百占按微情、至情也。内主变法，外持合从，有利君国人民至意也。结、集也。矫、举也。美人、屈作中称怀王之代词。此谓集结

20×15＝300　　第122页

稿　纸

至诚之情于陈词，举以告君耳。下文八句，即所陈词。

昔君与我诚言兮，曰黄昏以为期。

百占按诚言、即成言。《离骚》云："曰黄昏以为期兮，羌中道而改路"。"初既与余成言兮，后悔遁而有他"。洪补云"成言谓诚信之言，一成而不易也"。诚言之具体内容，当即"入则与王图议国事，以出号令"，为王"草宪令"以变法；"出则应对诸侯"，使齐合从以摈秦之外交政策也。参《离骚发微》。黄昏、日落时也。用喻人之衰耄。犹言暮年，晚年耳。今长葛方言尚云人老为黄昏。郑玄《戒子书》曰："所好群书，率皆腐败，不得於礼堂写定，传於其人。日西方暮，其可图乎？"李密《陈情表》"日薄西山"。所谓"日西方

20×15＝300　第123页

稿纸

暮"，"日薄西山"，并谓衰老之年也。《思美人》"與纁黄以为期"同此。期、约言也。《战国从横家书四·苏秦自齐献书于燕王章》"是王之所与臣期也"，离骚"指西海以为期"，《湘君》"期不信兮告余以不闲"，《湘夫人》"与佳期兮夕张"，期并约言之谓，其证也。"黄昏以为期"者，谓王与臣约，外持合从，内行变法即至老死，亦不变也。诸家说此，率以女子之嫁，中道見弃为解，不谛也。

羌中道而回畔兮，反既有此他志。

羌、乃也。中道，半途之谓。此当就怀王身边论。按怀王十二年（前三一七年）听子兰之谗，怒而黜屈原时，怀王年令当在五十五岁，固可云中道也。上文"曰黄昏以为期"，怀王之言也。此应上文，则中道，必就怀王论

20×15＝300　　第124页

稿　纸

之也。回畔，回，改也。畔同叛。《左传》昭公十八年"使斗缗尹之以畔"。《释文》本或作叛"《墨子·尚贤中》"守城则倍畔"。《又·非命上》"守城则不崩叛"。是畔叛通用之证。故回畔，即回叛，亦即改变之意。谓改变其成言，不以黄昏为期也。反既有，反而有之意。此，鄙视之"此"。他志，他意也。即《离骚》"后悔遁而有他"之他。当指停止变法，废弃合从二事以言。

憍吾以其美好兮，览余以其修姱。

百占按，此追叙怀王初即位时，奋发图强之行动也。憍，朱注"憍与骄同"。洪读如骄，云"此言怀王自矜伐也。憍，矜也。庄子曰：虚憍而恃气"。美好与下文之修姱，并名词。其所指事，即《离骚》所云之"美政"。

20×15=300　　第 125 页

稿　纸

《离骚》曰"余虽好修姱以鞿羁兮，謇朝谇而夕替"。修姱实指"造为宪令"，以求变法之进步行动。则美好自当指合从之谋。屈子盖以抽象代具体也。观此怀王于即位之初年确曾任屈以变法与合从之任，既行之初见成效，乃矜夸于屈原。贾谊《新书·春秋》云："楚怀王心矜好高人"。可证其言之非虚。

與余言而不信兮，盖为余而造怒？

百占　按怀王本谓"黄昏以为期"，以行"成言"。今中道回畔，所谓"与余言而不信"也。盖，通盍。何也。一本正作盍，是也。为，犹对。造怒，犹生怒也。两句谓共我言者，既不笃守其诚而中路改变。又何故对余生怒耶？此又王"数惟荪之多怒"也。

愿承间而自察兮，心震悼而不敢。

20×15＝300　　第 126 页

稿　纸

百占案：承、趁也，一声之转。间，间暇也。察明也，辨也。震、娠通，怀也。悼，《说文》云"惧也，陈楚谓惧曰悼"。两句谓欲趁暇时以自明于君；心怀惧情，竟而不敢。

悲夷犹而冀进兮，心怛伤之憺憺。

百占按王逸于《湘君》"君不行兮夷犹"，注，夷犹与此同作犹豫。夷犹，盖犹豫之倒言，王说是也。惟"悲夷犹"句不辞，就与下句"心怛伤"对文论之，疑悲为思之形误。思犹豫则成辞矣。寻屈作常用心、思二字于上下句以为对文如《哀郢》"心絓结而不解兮，思蹇产而不释"。《抽思》"心鬱鬱之忧思兮，其证也。而心思同义，屈赋中作"心犹豫"者如《离骚》"心犹豫而狐疑兮，欲自适而不可"又"欲从灵氛之吉占兮，心犹豫而狐疑"。是

稿　纸

其例也。此“思夷犹”即“心犹豫”耳。谓思想犹豫不决也。若“悲夷犹”固不见诸语言，即云“夷犹而冀进”为所悲之事，亦难言之言也。故吾疑悲为思之形误。冀、希幸也。進、进自明之言也。怛、戴注“《方言》云，痛也”。憺憺、李奇注“动也”。苏林注：“陈留人谓恐为憺”。两句谓望进言于君，而思虑犹豫不决，盖心怀痛伤之恐惧也。

兹历情以陈辞兮，荪详聋而不闻。

兹历情，洪朱同引一本作历兹情。王注云“发此愤思，列谋谟也”。是王以发训历，以愤思释兹情，以列谋谟说陈辞也。百占按历，播、布、辨之意。《书·盘庚上》“王播告之，修不匿厥指”。《盘庚下》“历告尔百姓于朕志”。播告、亦即历告。《说文》作譒、训敷

20×15＝300　　第128页 128

稿　纸

也。则"历兹情"即布敷此情也。陈辞、当为书面文字之说明。荪、美称怀王之词。详、通佯、诈。此两句谓胪列前后之忠情于文辞，怀王则佯聋而不闻。

固切人之不媚兮，众果以我为患。

切、戴注"切直"。媚、谄媚阿谀之行。众、奴隶主贵族，党人也。两句谓切直之人终不能有谄媚阿谀之行，群小果然以我为彼辈之敌患。

初吾所陈之耿著兮，

初、始初，当初也。陈、胪陈也。耿著、在动词陈之后，为名词无疑。诸说屈赋者，率以为形容词，作光明解，疑不谛。盖古案耿、炯古字通，明也。著、书古形近亦通。书、法也，即刑法之法。耿著、即明法也。进步、革

稿纸

新之法令也。此当即《屈原列传》所称之"入则图议国事，以出号令"，"怀王使屈原造为宪令"，所为之法令也。

寻《尔雅·释诂》"表、著"。作"襄書"。書、書形近，而書、亦书也。《商君书·徕民篇》"者于律也"。者、即著，书之通用字，其证也。《周书·尝麦解》"周王命大正，正刑书"。《左传》襄公十一年（前五六二年）"子产曰：怒难犯，专欲难成。合二难以安国，危之道也。不如焚书以安众。子得所欲，众亦得安，不亦可乎？"书当即贵族统制奴隶之法令。《左传》昭公六年（前五三六年）云："（民）并有争心，以徵于书"。"民知争端矣，将弃礼而徵于书"。此叔向与子产论郑铸刑书之语。书、即法之条文也。《国策·秦策》苏

20×15=300　　第 130 页　130

秦说秦惠王曰"书策稠浊，百姓不足"。书策亦指法令也。《吕氏春秋·离谓篇》"郑国多相悬以书者，子产令无悬书，邓析致之。子产令无致书，邓析倚之"。书法文也。《吕氏春秋·去宥篇》"荆威王学书于沈尹华，昭釐恶之"。《国策·魏策》载张丑评楚威王曰"好用兵，而甚务名"。务名，指变法之行也。知学书者学法令也。《十大经》云"请必审名察刑"。知书、名並为法令之异称也。凡此堪证耿著即耿书。耿书者图变楚为富强国家之新法也。此出于屈原之手，故云"初吾所陈之耿著兮"。又可证耿著之受破坏也。后文"轸石崴嵬"明示井田制仍存。

岂至今其庸亡。

百占按岂、表反诘、难道之意。庸、

稿　纸

容，同声通用。《荀子·修身》“庸众驽散”。《韩诗外传·二》作“容众好（当为奴之误，驽之省）散”。《后汉书·左雄传》“白璧不可为，容容多厚福”。容容即庸庸也。是庸通容之证。容，犹可也。亡通忘。此句意为：难道至於今日其可忘我前时所陈之耿着乎？盖谓不当忘也。

何毒药之謇謇兮。

朱注本作“何独乐斯之謇謇兮”。洪补引一本同是也。姜亮夫君说謇謇即諓諓，乃小人之言，非是。盾占案《离骚》“余固知謇謇之为患兮，忍而不能舍也”。王注“謇謇，忠貞貌也。《易》曰：王臣謇謇，匪躬之故”。洪补注“今《易》作蹇蹇”。《汉书·龚遂传》“引经义，陈祸福，至於涕泣，蹇蹇亡已”。

稿　纸

注"謇謇，不阿顺之意也"。知謇謇亦作蹇蹇。说不胜于前人者，不必更张，仍当从王说。此句谓我何为独乐此謇謇之忠贞乎？谓坚持变法之言行也。

顾荪美之可完。

荪，代怀王。美，德业，当即《离骚》所言之"美政"。完，洪朱同引一本作光。光与上文亡协，作光是也。此谓顾能光大怀王之美政，故我独乐乙謇謇之忠。盖"恐美人之迟暮"，"恐皇舆之败绩"耳。

望三五以为像兮，指彭咸以为仪。

三五，朱引一本，作前圣。疑是也。百占案曰像曰仪，当为屈原就己立言。《离骚》云"謇吾法夫前修（贤也）兮，非世俗之所服。虽不周于今之人兮，愿依彭咸之遗则"。"伏清白以死直兮，固前圣之所厚”。“依前圣以节中兮”。所谓前修，前圣，率指商鞅、吴起诸变法之士而言。顾变法之前贤，多不得其死。故大夫又每言“虽九死其犹未悔”。固以前圣为师，忠贞不二者也。像法也、《桔颂》“行比伯夷，置以为像兮”。朱熹以为“肖古人之形，而则其象也”。仪，即则也。又望、仰也，指、誓通。此谓仰前圣以为法，誓以彭咸为则也。

夫何极而不至兮，故远闻而难亏。

极，戴云“所拟至曰极”。按即极则。今语高标准也。远闻、名声远扬也。亏、损折也。此谓以前圣为法，彭咸为仪，则任何极则皆可达到，而时名声远扬即难亏损也。《离骚》“芳菲菲而难亏”，意同此。

稿　纸

善不由外来兮，名不可以虚作。

善在内修，不由外来。实至誉归，非由虚作。作、生也。

孰无施而有报兮，孰不实而有穫。

谁人能不施與而得报答？不种植而得收穫？朱注"实，当作殖"。可从。此上述取则前圣，励志立行，则名实攸归，远闻难亏。盖善在己行，名由实生，不施不能有报，不种不能有穫也。此固自勉，亦所以戒儆怀王也。

少歌曰：

戴曰："少，犹小也。荀卿书赋篇佹诗之后，亦缀以小歌"。洪、朱同引一本少作小。小歌、短歌之谓。

與美人抽怨兮，并日夜而无正。

與、共也。美人、怀王代词。抽怨、

稿纸

朱本作抽思。按篇题抽思，当取名于此，作抽思是也。义具解题。并、连也。正、戴注"平其言之是非"。《离骚》："指九天以为正"。《惜诵》："指苍天以为正"正义同此。此谓余与君王抽陈己之忧思，连朝及暮言之，而不获正其是非。

憍吾以其美好兮，敖朕辞而不听。

憍同骄、矜伐也，见前。敖、借为謷。《商君书·更法》"有高人之行者，固见负于世。有独知之虑者，必见謷于民"。严可钧氏校曰："元本謷作敖。史记同"。按敖謷，並謷之借字、謷《说文》"不肖人言也"庞均"不肖语也"。即不察人言也。朕、屈原自我之词。此谓怀王以其所谓美好矜诗于我，且不察我之陈辞而不听从。观此知怀王"悔遁而有他"

稿　纸

之时，大夫在怀王前曾有过争论。楚王怒而黜之者，固由于党人之进谗，而楚王动摇其所持，厌恶大夫之争谏，或为一因也。

倡曰：

洪补曰："少歌之不足，则又发其意而为倡。独倡而无和也，则总理一赋之终，以为乱辞云尔"。按倡即唱也。诗作至此，仅有文章之大半，距结束尚早，谓为"总理一赋之终以为乱辞"，疑非是。朱熹云"倡亦歌之音节，所谓发歌句者也"，不从洪说，可证也。

有鸟自南兮，来集汉北。

王逸说此为屈原自喻生楚国。其误至显。姚姬传及近人饶宗颐说鸟乃指怀王，非屈子自喻。姚谓"此指怀王入秦，渡汉而北，故屈子托言有鸟，而悲伤其南望郢都而不得返"。

稿　　纸

饶云"此言怀王入秦渡汉而北。自南、言自楚也。汉北非必指楚属宛邓。凡汉水以北，皆可有是称。秦在楚北，故云然也"。百占按怀王入秦被囚在怀王三十年，即前二九九年。时屈原在朝，曾谏怀王无会武关。及三年之后，怀王死秦，顷襄得返，屈原受再放。怀王三十年时，屈原既未使齐，固仍在朝，饶云"怀王之会武关，正值屈原第二次使齐……《抽思》之作，其意在伤怀王之无识……故《抽思》作期，当在怀王入秦之后，以"宿北姑"语证之，原时正在齐也"。饶说误读史文，大违史实。说虽新奇，言近于诬。固不可信也。

鸟，大夫自喻也。洪补曰"子思曰：君子犹鸟也。疑之则举矣。色斯举矣，翔而后集，故古人以自喻"。自南、郢在汉北之南。来自

稿　纸

郢，故曰自南。集、从隹在木上。隹、短尾禽之总名。即鸟止于木上也，会意。故集、可训止也。汉北、汉水之北也。洪补有说，今郢襄之地也。若如说说、汉北指秦，则怀王曾由秦逃适赵，赵亦在汉北，不亦可解作赵乎？如此训解，违乎事理，是知其不然矣。再者怀王囚也，岂可以"集"状其被囚乎？

好姱佳丽兮，胖独处此异域。

百占案好姱即好修，修姱之意。《离骚》"余独好修以为常"，"汝何博謇而好修"，"余虽好修姱以鞿羁兮"，苟中情其好修兮"，是其证。佳丽、美人之意。屈原不讳言已有之崇高德行，常以美人自喻。如《离骚》"众女嫉余之蛾眉兮"，"两美其必合兮"《少司命》"满堂兮美人，忽独与余兮目成"。《河伯》"

稿纸

送美人兮南浦”，皆是也。故“好姱佳丽”即爱美之美人也。牉独、犹《离骚》“纷独有此姱节”，“判独离而不服”之“判独”“纷独”。判牉同音通用，纷、判声之转。单独、独特之意，此当係楚语。异域、异乡、异方。

既惸独而不群兮，又无良媒在其侧。

惸独、孤独也。不群、不与守旧事秦之党人为群也。良媒、《周礼·媒氏》注“媒之言谋也”。《广雅》曰：“媒、谋也”。屈赋屡言媒，盖即谋也。良媒、即良谋之贤臣。在侧、在君侧也。此谓在朝时不与群小苟同，因而受谗，今君侧又无良谋之贤臣，岂能谅我之忠乎？

道卓远而日忘兮，愿自申而不得。

卓远、洪朱同引一本卓作逴。《说文》

20×15＝300　　第140页

稿　纸

"逴，远也"。此与远连文，卓自借作逴。又按卓远，屈赋亦作超远。《哀郢》"美超远而逾迈"。《国殇》"平原忽兮路超远"。是也。盖卓、召、超古音同，可通耳。如《史记·甘茂传》召滑（即昭滑）《国策·赵策》作卓滑，卓齿亦作昭齿是也。自申即自陈。申、陈古字通。此谓汉北去郢，道路辽远，君王日以忘我。即己愿自陈忠怀，而不能矣。

望北山而流涕兮，临流水而太息。

北山，郢都北十里之纪山。戴震注有详说。

此言远望近郢之纪山而流泪，临视身前之流水而太息。盖感于放逐有年，不得返朝，且与君王不能通音问也。

望孟夏之短夜兮，何晦明之若岁。

稿　纸

洪氏补注曰"上云曼遭夜之方长，此云望孟夏之短夜者，秋夜方长，而夏夜最短，忧不能寐，冀夜短而易晓也"。按篇首言秋风动容，当係追叙初放汉北之情景。依拙考屈原罢官于怀王十二年正月，结合本诗所言季节疑在怀王十二年秋放至汉北矣。此云望孟夏之短夜，乃写当前季节，当係十二年之孟夏，实以秋夜方长，忧不能寐，故写眼前情景矣。则《抽思》一作，盖制于怀王十二年，"望孟夏之短夜，而冀易晓也"（朱熹说）孟夏之月，计屈大夫居汉北，尚未及一载。

又按，望，仰視也。孟夏，即夏历之七月。楚用夏正。晦，闇，即夜。明，晝。夜尽而为旦，此之谓悔明"何晦明之若岁"，谓夏夜本短，何为晨旦不至，今度夜如年。此状思君之

20×15＝300　　第 142 页　142

稿纸

心，终夜未止。故下文云"魂一夕而九逝"也。

惟郢路之辽远兮，魂一夕而九逝。

百占按惟，通作虽。《战国策·燕策一》"虽然，臣闻智者之举事也，转祸而为福"。《战国从横家书》二十《谓燕王章》作"唯然，夫知者之举事，因过而为福"。是惟通虽之证。郢路，由汉北赴郢之路。魂，精魂也。夕，夜也。逝，往也。此言赴郢之路虽辽远，但一夜之内梦魂九往矣。九，虚数，表数之多。

曾不知路之曲直兮，南指月与列星。

曾，竟也。路，返郢之路。曲直，路或曲折或径直之实况。指，犹指而望之，以为向标。此言精魂竟不知返郢必由之路之曲折实况，乃以月与列星（众星也）为南行之向标。又其下两句述写急于归郢之心理状态。

20×15＝300　第 143 页

143

稿　　纸

顾径逝而未得兮，魂识路之营营。

径逝，径直而往。未得，不能也。识路，谓辨认必由之路之曲直。营营，旧注"往来貌"。或作茕茕，则训"孤独"。均不毽。疑营借作瞀。《说文》"瞀，惑也"。《玉篇·上目部》亦云"瞀，惑也"。《广韵》说同。又瞀惑亦作营惑，《孔子世家》"匹夫而营惑诸侯者罪当诛"。《汉书·刘向传》"营惑耳目"。是营通瞀之证。则瞀瞀，实谓视之模糊。两句承上言，缘不知回郢必由之路以月与列星为南返之向标。本拟据此径直往郢，终亦未能实现。盖因精魂辨认路途模糊不明云。

何灵魂之信直兮，人之心不与吾心同。

信直，诚实正直之谓。指急于返郢之心性。"人之心不与吾心同"揭露群小不欲己

20×15=300　　第 144 页　　144

稿　纸

之返郢者，我欲返郢，群小拒之，所谓不同心。

又此上文字，洪朱同引一本作"曾不知路之曲直兮，魂识路之营营；何灵魂之信直兮，南指月与列星。愿径逝而未得兮，人之心不与吾心同"。依旧注则文意不连贯。就余解"魂识路之营营"，不同于诸家说后，则洪朱同引一本，文旨亦甚畅达无碍。

理弱而媒不通兮，尚不知余之从容。

百占按《离骚》"理弱而媒拙兮"，"吾令蹇修以为理"。王注"理，治也"。戴氏从之。疑非是。寻《广雅·释言》"理，媒也"。而理、媒对文，是理亦媒之证。理，亦作礼。《思美人》"令薜荔以为礼，因芙蓉以为媒"。礼、媒对言，正同理、媒对用。知礼即理，亦当训媒。"理弱而媒不通"，谓良媒懦弱，所

20×15＝300　　第 145 页

稿　纸

谋不达于君上。从容、忠贞也。旧说安舒闲暇，或举动者，並不当于文理。详余之《释从容》一文。此言朝廷之贤臣谈己之为人于君王，宜王之尚不知我之忠贞也。

乱曰：

百占按乱曰即歎曰，说見《离骚发微》。

长濑湍流泝江潭兮。

濑、浅水。湍、疾流。泝、《说文》"逆流而上曰泝"。按《尔雅·释水》"顺流而下曰泝游"。诗《秦风·蒹葭》"溯游从之，宛在水中央"。传云"顺流而涉曰溯游"。泝溯音义同。此泝当从《尔雅》说涉水而下也。帛书《战国从横家书八》："终不敢出塞涑（溯通）河，绝中国而攻齐"。涑、亦此意也。潭、深水。洪补一说"潭水出武陵"。为江南水专名，

稿　纸

非也。王逸曰："言以思得君命，缘湍濑之上流，上泝江渊而归郢也"。则取道返郢，方向适反，其说误也。

狂顾南行，聊以娱心兮。

狂顾，急视于左右。南行，向南郢之路也。行，路也。《河伯》"子交手兮东行"行，亦道路也。狂顾南行，谓在向南之路急切回顾也。聊，赖，借之意。上四句言涉浅水急流，循江水以下。狂顾于南路，姑且快慰南归之心。盖由不能返郢，兴此自慰动作耳。刘永济曰"上文南指，乃追维在汉北之情，此文南行，乃述放江南之事"。灭裂为解，不称文心。读古人书，注古人书，不亦难乎哉。

轸石崴嵬，蹇吾愿兮。

轸石，王注为方石，洪承而申之，朱

稿　纸

注以为未详。王夫之《通释》释为轸祝。戴震注曰"轸、戾也、戾石者，戾裂之石也"。疑皆不确。百占案轸当借作畛。《说文》"畛、井田间陌也"。《大招》"田邑千畛"。王注"畛、田上道也"。寻《周礼·遂人》云："凡治野，夫间有遂，遂上有径；十夫有沟，沟上有畛；百夫有洫，洫上有涂"。径、畛、涂均井田间道路，亦即阡陌。径窄，走牛马，畛宽，涂益宽，可行车辆。故畛为田间道，诗中轸字应为畛之借。《战国策·十四》"叶公子高食田六百畛"。叶公与孔丘同时，有田六百畛，自为一较大之奴隶主，且以畛为计地产之单位。诗云"畛石"即井田路中之石也。又畛字透出楚奴隶社会之井田制尚未遭破坏，故下文曰"蹇吾愿兮"嵬嵬、高貌。蹇、《广雅·

20×15＝300　　第 148 页

148

稿　　纸

释诂》"难也"。引申有乖意。"蹇吾愿"即乖吾意。此言田间路上多崴嵬之石，难以行走，实乖吾回郢之愿。窃疑诗人于此用双关语流露对奴隶制强烈不满，与前文"初吾所陈之耿著（按明法之意）兮，岂至今其庸亡（忘），何独乐斯之謇謇兮，愿荪美之可光"。固遥相呼应，作痛切之陈述也。自来注家，不会诗作词意。屈原之光辉历史，被埋没者两千年矣。

超回志度，行隐进兮。

戴云"超，出也。回，回曲。度，谓所拟行也。隐，据也。隐进，言据之以进"。疑非是。百占案此承上文"眇石崴嵬"而言，悉其尚在也。超，远也。回，违古字通。《左传》昭公二十年云"晏子曰：君无违德，方国将至"。《论衡·变虚篇》引作"君无回德，方

20×15二300　　　　第 149 页

稿　纸

国将至"。又《诗·大雅·大明篇》毛传"回违也"。是回违形异而音义同。《广雅·释诂》"违、偝（同背）也"。志度即意度也。"超回志度者，即远背意度，大背我之素怀也。行、道路。隐借作淹。古隐、掩、淹、常通用。《书武成》"乃偃武修文"。《国语·齐语》"隐武事，行文道"。徐偃王亦作徐隐王。是隐、偃通之证也。王褒《九怀》"望太一兮淹息"。《汉书·张纮传》"隐息师徒"。《魏书·管宁传》"偃息穷巷"。是隐、偃、淹古字通之又一证也。贾谊《鹏鸟赋》"淹速之度兮，语余其期"。淹、迟也。是隐有迟意之证。故"行隐进兮"意为在南行之路，迟迟而前。盖屈原目睹奴隶制之井田，依然存在，引为非己之愿。楚王及党人既大背己废井田之素怀，必不顾己之回朝。即便能回郢，亦难行己之志。因心怀忐忑，迟于行路也。古今说楚辞者，于此率不能作通谷之确解。惟董斋《通释》云"远忆昔日所秉之志度，欲行而伤于进。是以心终不可得而娱也"。稍窥旨趣，惜未能见其全豹焉。

低佪夷犹，宿北姑兮。

低佪、犹徘徊。夷犹即犹豫。北姑、王注"地名"。蒋骥《注楚辞》以为地近汉北，甚是。近人饶宗颐为《北姑考》谓"北姑、即齐地之薄姑"。据《史记正义》引《括地志》"薄姑城在青州博昌县东北六十里"谓"薄姑地，盖在今山东博兴县东北也"。并据此"宿北姑兮"，主"《抽思》当作于使齐时"。时在怀王三十年囚秦后。此说非是，百占案，北

稿　纸

姑疑即蒲胥。音近之异文也。《左传》宣公十二年》"軍及之蒲胥之市"。蒲胥，二字通"。是蒲胥，亦作蒲疏。北姑与蒲胥古声读亦同，应即一地也。又按《汉书·艺文志·兵技巧家》载"蒲苴子弋法四篇"。《淮南子·覽冥》"蒲且子连鸟于百仞之上"。高注"蒲且子，楚人，善弋射者"。知蒲苴或蒲且应为楚地名。有人善射，著弋法四篇，因号《蒲苴子弋法》。是蒲苴、蒲且，应即蒲胥、蒲疏，皆以音近而异文。《淮南子·人间训》"微缴薄且子之巧，亦弗能加也"。《文选·张华励志诗》蒲盧縈缴神感飞禽。注"蒲盧、旧云蒲且子也。《汲冢书》"蒲且子見双鸟过之，其不被弋者亦下"。故言感也"。知蒲且又以同音转为薄且、蒲盧矣。是北姑、蒲苴、蒲且、蒲胥、蒲疏、薄且、蒲

20×15＝300　第 152 頁

152

盧、蓋一地而异文有如此者。若北姑地望，自近汉北。依《左传》之文，知北姑乃一名市。依《汉志》之记，知北姑有兵家焉。至其详，容俟再考。

两句言心怀犹豫，低徊不进，乃宿于北姑。

烦冤瞀容，实沛徂兮。

烦冤，屈赋习用词。《思美人》"蹇蹇之烦冤兮，陷滞而不发"。是也。东方朔《七谏·谬谏》"心悇憛而烦冤兮"，亦用烦冤。按冤古作惌，亦作惋。《素问·调经论》"心烦惋善怒"是也。《一切经音义·七》古文冤惌二形，今作怨同"。是冤怨通用之证也。《汉书·韩延寿传》"侵冤延寿"。《后汉书·王符传》"善人君子被侵怨"。侵怨作侵冤，是冤通作怨之又一证也。故烦冤，当即烦怨。

稿　纸

瞀容、王注"瞀、乱也"。朱注"瞀容、瞀乱之容，見于容貌"。戴注"瞀、《说文》云：低目谨视也。实、是也。沛徂、沛然而往也"。王夫之云："心烦容瞀，念此所行，颠沛无聊也"。诸说並难通。姜君云"容当为闷字之误。容闷古形近，瞀闷双声联绵字，即《惜诵》中"闷瞀之忳忳"之闷瞀倒言。瞀闷、心乱也"。又云"沛、迹之借字，《说文》'前顿也'。徂、行也。沛徂、谓颠沛之行。言余所以烦冤瞀闷者，实以此颠沛困苦之行也"。说胜前贤，可从。惟"此颠沛困苦之行"应指放逐汉北一事，无关"狂顾南行"之当前情景。姜君未明言之，此当辨者也。

愁欺苦神，灵遥思兮。

此言虽愁欺伤神，而心灵仍远忧君王，

20×15二300　　第 154 页

154

稿　纸

之政。思、忧思也。見前。

路远处幽，又无行媒兮。

路远，距郢去君之路远也。处幽、居幽闇之地。无行媒、王注"无绍介也。言无有代道其意者也"。

道思作颂，聊以自救兮。

道思、述忧思也。作颂、作《抽思》之文。颂即赋也。聊、赖、借也。救、振也。谓表白初志。

忧心不遂，斯言谁告兮。

百占按遂、终也、止也。忧心不遂、忧君忧国之心无终止之时。斯言、此忧君忧国之言。谁告、谓无可告者也。

20×15二300　　第155頁

155

稿　纸

怀沙

司马迁于《屈传》云"乃作《怀沙》之赋……于是怀石，遂自沉汨罗以死"。谓怀沙即怀石。东方朔于《七谏·沉江》云"怀沙砾而自沉兮"，谓怀沙乃怀沙砾。说近于长。明前说楚辞者宗之。及清蒋骥为《山带阁注楚辞》不蹈旧说，创为"怀长沙"之说。近世学人多以为然。余並疑其非是。

余谓沙乃没（即殁）之形误。怀沙即怀没。怀没者，怀念楚怀王也。感怀王之知遇，任以国事，虽曾受黜，终以复职。而襄王一黜屈原，永不叙用，廿年中一味事秦，其归也秦兵破郢，东至竟陵，襄王东伏于陈，国几不国，此大夫痛心疾首者，亦大夫怀念故君之由也。故于诗

20×15＝300　第 156 頁

稿　纸

云："伯乐既没，骥焉程兮"。伯乐，喻怀王，实无可疑。为怀念故君之知遇，而悲其没，大夫实显言于诗。吾云《怀沙》乃怀没之误，固有徵焉。惟其怀念怀王，故于顷襄多抨贬之词。余有《怀沙解》一文，辨蒋说之误，证怀沙乃怀没之故，此不详哉言矣。

寻大夫于襄初之迁地，亦係汉北，並非江南，（余别有说）当秦兵于顷襄二十年拔西陵取鄢邓，大夫乃不得不反郢。然郢已受钳形攻势，故二十一年春，郢人惊惧东迁，诗人于《哀郢》一诗中详言之矣。流亡途中，得知郢都沦陷，于抵鄂渚乃作《哀郢》（見哀郢发微）若诗中再再吐述，不知所往，自非奉命至迁所。及秋末发轫鄂渚，南入辰溆，时季相衔也。大夫所以入辰溆，旨在联庄抗秦，复旧京、收故

稿纸

土。不意二十二年白起率秦兵压巫黔中，庄跻暂作战略退却，未能践屈原之约。大夫乃于《云中君》两《湘》诗中致切怨于庄氏，（说見《九歌发微》）。及受兵逼乃拟北返，此时此地乃作《涉江》。而《涉江》一诗，亦有责庄之意，复可证入辰溆之目的也。（参《涉江发微》）。

考《秦本纪》"昭襄三十年，蜀守若，伐取巫郡及江南为黔中郡"。时即顷襄二十二年也。而《国策·秦策》云："袭郢，取洞庭，五都、江南"。自係合二年之军事行动而言。是顷襄二十二年，秦人复略洞庭、五都、之地矣。是则屈原北返之路被遮。东进之路复阻，《怀沙》云"限之以大故"者，此耳。

诗首見"孟夏"一词，则《怀沙》之作的

20×15二300　第 158 頁

153

稿 纸

在顷襄二十二年之夏历四月。时间与《涉江》所陈"霰雪纷其无垠兮"之冬季紧相衔接。若复结合当时秦攻楚之史实，与《哀郢》並观，则顷襄二十一年仲春后作《哀郢》，二十一年冬作《涉江》，二十二年孟夏作《怀沙》。在此一年半之时间内，大夫去郢抵夏浦东之鄂渚，当为逃避秦兵之流亡生活，固无王命在身，赶赴迁所之史迹。事实相反，确有不知所往之语言，显非奉命赴迁所也（見《哀郢发微》），而《涉江》之追述入辰溆则有"哀南夷之莫我知兮，旦（同怛）余济乎'江湘'"。伤庄蹻之不践约。曰"朝发枉渚兮，夕宿辰阳。苟余心其端直兮，虽僻远之何伤"吐急疾南行之有目的，凭忠国之正直行动，虽至僻远之地亦复无恨。隐示联庄蹻之举，非奉王命，乃一己之行动。

稿　纸

"忽乎吾将行"者，盖不望于庄跻，须再向他处寻兴国之士矣。当由辰溆而北，秦兵复阻路，乃有《怀沙》之作。斯知顷襄二十一年秋至二十二年之孟夏，时近一载，大夫跋涉于沅湘，端为兴国之谋也。而此举又非王命，故于诗作不能显言之，而出以隐微之辞。

当国破流离之际，所谋不遂，怀念故主，讥评顷襄此自然之事也。及知秦兵拒江之南北，以衰老之年，虑为秦俘，且不知其所宜往，乃以身沉汨罗而殉国。史公谓《怀沙》乃屈原绝笔，非无所见。俗传端阳为大夫沉江之日，以视"孟夏"之词，盖可信矣。

滔滔孟夏兮，草木莽莽。

滔滔、《史记》作陶陶。王注"陶陶，盛阳貌。孟夏、顷襄二十二年之孟夏，见前。

20×15＝300　　第 160 页

160

莽莽、王注"盛茂貌"。余谓此写秦兵"取洞庭、五渚、江南"时之荒凉情景。

伤怀永哀兮，汩徂南土。

伤怀、今语伤心也。永、长也。汩、《史记·屈原列传》《索隐》引《方言》曰"谓疾行也"。徂、往也。汩徂、言疾往也。南土、楚之南疆。此言心伤长哀者，疾往南土之行也。隐露联庄跻之举，徒劳往返、犹为放迁之行，而向迁所，固不必曰"汩徂"也。追叙之词。犹《涉江》所云"旦（同怛）余济乎江湘"也。旧说"汩然放流，往居南土僻远之处"，过信王逸《九章序》"屈原放于江南之野，思君念国，忧思罔极。故复作《九章》"之说也。不可从。

眴兮杳杳，孔静幽默。

稿纸

瞷、《史记·集解》引徐广说"眩也"。杳杳、《史记》作窈窈，字通。王逸曰"深冥貌"。又曰"孔、甚也、墨、无声"。《史记》默作墨。古字通。《正义》曰"言江南山高泽深，视之瞷。野甚清净，漠无人声"。是也。此正写秦兵将至，田野荒漠之状。

撫情效志兮，冤屈而自抑。

百占按撫，持也。情、诚通。效、献也。志、意。谓意图。撫情效志，谓持诚心进献意图。冤屈、《史记》作"说诎"。疑冤屈是也。而、《史记》作以。抑、按、压也。《离骚》"屈心而抑志"，"抑志而弭节"。抑心，抑志皆属同意。刘歆《移让太常博士书》"孔子之道抑，而孙吴之术兴"。抑、兴对文，抑自为压制之意。"冤屈而自抑"，谓自己按压冤屈

稿　纸

之情。两句言我按压一己之冤屈，仍持忠诚献良谋也。所谓冤屈当指襄王放逐己身一事。所谓効志事当指造往辰溆联庄蹻抗秦兵也。以上叙环境之荒凉，示兵祸之降临，并吐述以放迁之身，行报国之谋。

易初本迪兮，君子所鄙。

百占案易初，屈赋习用词。《思美人》"惋易初而屈志"，是也。变易初行之意。本，《正义》"常也"。迪，《史记》作由。王逸曰"由，道也"。按由、道古通。本由，即常道也。此言遭世混浊，改变原初之常道，以为移行，乃君子所耻者也。

前图未改。

百占案前图，即上文"常度未替"之常度，"易初本迪"之本迪。指内主变法以修

稿　纸

政，外事合从以抗秦也。

内厚质正兮，大人所盛。

《史记》厚作直。正作重。王注“言人质性敦厚、心志正直，行无过失，则大人君子所盛美也”。疑厚作直者是，正作重者非。原句应为“内直质正”。盖屈原于《离骚》言“内美”，不云“内厚”。内直犹内美也。质通姿，即形姿也。说见《惜诵》“恐情质之不信兮”句解说。美属内，故曰内直，正属外，故曰姿正。“内直姿正”故对文也。大人，指怀王。旧说泛指君子非是。说见《少司命》“夫人（即大人之误）自有兮美子”句说证。盛、王注为美意是也。百占案《广雅·释言》“盛，多也”。多有奖誉意。《商君书·靳令》“国以功授官予爵，此谓之以盛智谋，以盛勇战。

20×15=300　第 164 页

164

稿纸

以盛知谋，以盛勇战，其国必无敌”。诸盛字皆奖誉意。考屈子于《离骚》曰“纷吾既有此内美兮，又重之以修能。”曾自言内美姿正矣。又“名余曰正则兮，字余曰灵均”。盖怀王奖誉大夫之词。怀王固曾称誉大夫之内美为正则，盛誉现于外之姿正为灵均。两相说证，可知旧说实不得其解。此怀念怀王之明证也。余参《离骚发微》。

玄文处幽兮，矇瞍谓之不章。

处幽、《史记》作幽处。百占按处幽、屈赋习用词。《抽思》“路远处幽”，《思美人》“命则处幽”，是其证。但幽处与下文“微睇”对文，义尤胜，当从《史记》也。瞍、《史记》无之。按无瞍字与下文“瞽以为无明”对文，气势益畅，又意故同，当从。矇、有目

稿纸

眹而无見。

玄，王注"黑也"。玄文，即黑文之意。后之注家无异词，疑非是。百占按玄当借作眩。眩文，光辉之文采也。《离骚》"世幽昧以眩耀兮"。洪补"眩，日光也"。《远游》"五色杂而眩曜"。眩曜，光辉、灿烂貌。《九歎》"揚精华以眩曜"，王注"眩曜，光貌"。《论衡·量知》"文章眩曜"。《司马相如传》"采色眩曜"，《汉书》本传作"采色玄耀"。是玄借作眩，为光辉意之证。故眩文者，谓光辉灿烂之文采也。使处于幽暗之地，则矇者亦不见其彰彰也。又玄文置于暗处，明眼人当谓之不章矣，若矇者不论置文于何处，则皆无所见，故疑矇为明之声误。

任重载盛兮，陷滞而不济；

20×15=300　　第 166 页

166

稿　纸

百占按任、载同义，负荷也。重、盛、同义，多也。陷滞、沉没停止之谓。济、成也。此言变法，合从，责任重大，半途沉陷停止而不成功。

怀瑾握瑜兮，穷不知所示。

瑾、瑜、美玉也。用以喻谋国之良策。即《离骚》所云"美政"也。示、王注"语也"。下句言当处穷困之际，不知有何人可告语也。意即无人识己之才能与忠诚也。

文质疏内兮，众不知余之异采。

余、《史记》作吾。《集解》引徐广曰："异、一作奥"。姜君云："内、讷之借。文质疏内，言文疏质讷；文谓其外表，疏者谓其无繁缛之饰也。与讷正为对文。质、谓其本质本体，内者，谓其木讷不善言也"。其说"文

稿　纸

文疏质讷"义胜他人。然释训尚可商。百占按质通姿，说見前。疏借作素。《战国策·赵策一》"使秦废（原作发，通用）令，素服而听"。近年出土之帛书《战国从横家书·二十一》则作"史（同使）秦废令疎服而听"。疎、疏同，音与素近，固可通借，是其证也。文、姜云："谓其外表"。是也。故"文疏姿讷"即"文素姿讷"。並就外表而言也。谓己之外仪，素而无华；己之容姿，讷而不辩。正与谗言"矜伐其功，以为非我莫能为也"相反。此一不寻常作风，迥异众人，不为人知，故云"众不知余之異采"也。

重华不可遻兮，孰知余之从容。

遻，《史记》作牾。《索隐》"牾作遌，並吴故反"。姜云：遌乃遻之俗字，《史

稿　纸

记》今多作牾，从牛、非。其字应从午作牾。王逸曰"牾、逢也"。

吾肖按重华，舜号，用以喻怀王。盖怀王一再任用屈原，故以舜号名之。不可牾，谓怀王已死，顷襄无德，欲再逢如怀王者，不可逢矣。此又"怀沙"之明言也。从容、忠贞之谓。他说不辞。"孰知余之从容"即前文"莫不知余之所臧"，上文之"重仁袭义兮，谨厚以为豐"也。

懲違改忿兮，抑心而自强。

戴震云："懲、止也"。違、《史记》作违。疑段作憘，《廣雅·释诂》"憘、很（即恨）也"。改、变也、亦止意。忿、怨怒。《左传成公十三年》"各懲其忿以相宥也"。懲忿即止其怨怒。抑心、按压心情。自强、自

稿纸

行强勉，自为奋发之意。此承上重华不可牾，汤禹不可慕谓国无明君，危不可救也。就远、忿二词之用，疑在隐非庄跻之失约。两句谓当止恨去怒，平静心境，自为奋发，不宜恃诸庄跻。此言与《涉江》"怀信侘傺，忽乎吾将行兮"为同一思想，同一行动。与《湘君》所言"时不可兮再得，聊逍遥兮容与"意亦相似。故疑为评讥庄跻氏，并以励志之辞。亦即再求爱国志士，如田单者，共谋兴国大业。

进路北次兮，日昧昧其将暮。

百占按《史记·正义》解"进路北次"曰："北次将就"。意即向北次之路行进也。是解北次为地名。较说为北舍者，义胜。按古代地名多以次名，见《汉书·地理志》者有榆次、勃海郡安次。辽东郡武次，武威郡、揟次。平

20×15＝300　第170页

170

稿　纸

原郡庆次。战国时赵国雁门郡，亦有雁次。就上下文义与沉汨罗之说论之，北次当在汨罗之西南。又据此文，知其北返为陆行，不似入辰溆时“乘舲船余上沅兮”之水行。所以然者，当以沅水下游有秦兵之故。非然时，自当循沅水而下矣。此又可证知大夫之北返，为迫于秦兵之入巫黔中耳。昧昧，即冥冥，一声之转。日昏暗貌。两句言当向北次行进时，日色昏暗，时将暮矣，日暮、当係喻国势岌岌。其指秦兵又取洞庭，五渚、江南乎？

舒忧娱哀兮，限之以大故。

首占案“舒忧娱哀”《史记》作“含忧虞哀”含当为舍之误，舍为舒之坏体。虞娱古字通。娱哀与娱忧同为屈赋用词。《思美人》“遵江夏以娱忧”“吾且儃回以娱忧”，是也。

20×15＝300　　第 171 页

稿纸

而此有"舒忧"之词，则"娱忧"之娱当意同舒。娱哀即舒散哀愁之意。此当为楚方言之用，不同中原之义。旧说娱为乐，盖不審思字义，而轻为说者。今人从之，益见其轻信古人也。限，旧注"度也"非是。按限，艰也，即难。之代"舒忧娱哀"一事。限之，即难以"舒忧娱哀"。大故，王逸注"谓死亡也"。后世注家多宗之。窃疑非是。百占按故，难也、乱也。大故，即大难、大乱之意。《国语·郑语》"王室多故"。韦注"故，犹难也"。《周礼·天官》宫正："国有故，则令宿"。郑注"郑司农云：故谓祸灾。令宿，令宿卫王宫。玄谓：故，凡非常也"。又《夏官》虎贲："国有大故，则守王门。大丧亦如之"。郑注"非常之难，要在门"。《庄子·祛箧》"圣人已死，

稿纸

大盗不起。天下平而无故矣”。《新书·藩强》“长沙无故者，非独性异人也，其形势然也”。故亦当训难。即乱也。凡此皆故训难之证。此所谓“大故”应指顷襄二十二年白起之拔巫、黔中，蜀守若拔洞庭、五渚之兵侵。上文云“日昧昧其将暮”，亦当状此事也。两句言本欲舒忧散哀，但以外来侵略，祸乱特大，难以实现。是则，因秦之兵祸，必更忧哀矣。大夫此作，纡曲幽隐，倘不字酌句析，欲求得其真解，见当日之情怀，信哉难焉。

乱曰：

百占按乱曰即歎曰，说見《离骚发微》。

浩浩沅湘，分流汩兮。

浩浩、大水貌。沅湘、《史记·索隐》“二水名、按《地理志》湘水出零陵阳海山，

稿　纸

北入江。沅即湘之復流也”。《又·正义》“《说文》云：沅水出牂柯，东北流入江。湘水出零陵阳海山，北入江。按二水皆经岳州而入大江也”。今、洪、朱同引一本作汾。按二水分别入江，仍以作分为是。汩、王逸曰“流也”，不谛。戴震曰“汩汩、疾貌”。按《方言》云“谓疾行也”。则汩、应训疾流貌。又按《史记》乱曰下，每句之末，均有兮字，直至篇终。而洪本与之异，且《九章》他篇无此例，应以洪本为是。此言浩浩沅湘二水，分别疾流而下。所以喻时代之动乱，国势之日下。《湘君》云“令沅湘兮无波”，为靖国难之怀，诗情一致也。

修路幽蔽，道远忽兮。

自占按脩、借作修。修路、长路也。时

20×15＝300　　第174页

174

稿　纸

人多以"北次""修路"，为向旧郢之路。非也。考旧郢已为秦有，诗人于《哀郢》云"冀一返之何时"已谓返郢无望矣。则此修路自非谓入故郢之路甚明。又此时顷襄已东伏于陈，就距陈之远近，自亦可云修路，然前文已云"惩违改忿兮，抑心而自强，离慜（遭忧患之意）而不迁（改志也）兮，愿志之有像。（像，法也，余疑即法田单兴齐之事也）不能谓有入陈之思也。《涉江》篇末云："怀信侘傺，忽（疾也）乎吾将行兮"。即为"搴汀洲兮杜若，将以遗兮远者"，比"远者"自非顷襄，而为"庄蹻起，楚分为三四"人之其他领导奴隶革命人物。此一英雄人物所建立之政治区域，就《鄂君启节》所载之水程，车程不及今湘水流域之东，浓阳湖之南观之。意此一庞大区域，

稿 纸

必不在楚王统治之下，乃受另一或另二奴隶革命领袖之统辖，实无可疑者。则屈原取道汨罗，或图东赴波阳以南，与之联络，鼓以兴国之谋也。是则"修路"当指入赣之路矣。惜史文有阙，不能详哉言之。幽蔽，《史记》作幽拂。戴注本作幽茀。並注云："茀，韦昭注《国语》云：草秽塞路为茀，是也"。余疑蔽借作闭。古声韵同也。《释名·释衣服》"蔽，障也，所以自障闭也"。是蔽闭通之证。幽闭者，深闭也。修路幽闭，谓长路深闭。意指顷襄二十二年蜀守若伐取洞庭、五渚、之兵，断大夫东向之路也。远忽、姜云"犹言极远也"，是"道远忽"，由秦兵塞路，感极远之路，难以终行。亦即忧所谋不能遂矣。

又《史记》引《怀沙》文，此下有"曾金

20×15＝300　　第 176 頁

恒悲兮，永叹喟兮。世既莫我知兮，人心不可谓兮”四句二十一字。王引之说“即增伤爰哀之異文，特《史记》在道远忽兮”下，《楚辞》在“余何畏惧”之下耳。后人据楚辞增入，而不知已見上文也。浩浩沅湘以下每句有兮字，而曾伤二句下，独无兮字，与楚辞相合，其增入之跡，又属显然”。其说甚韪。

怀質抱情，独无匹兮！

怀質句，《史记》作“怀情抱質”。按質同姿，属于外，而情则属于内，前已说证。则《史记》作“怀情抱質”者，是也。匹，朱熹《集注》云“匹，当作正，字之误也。以韻叶之，及以《哀时命》考之，则可見矣”。朱说不可易。两句言我怀忠情抱美姿，独无所取正其是。盖谓立朝时不受察于顷襄，入長濑見

稿　纸

绝"(期不信兮，告余以不闲)"于庄跻也。

伯乐既没，骥焉程兮。

伯乐，古之善相马者，即孙阳，曾事秦穆公。既，久也。没，《史记》作殁。古字通。死也。程，王逸曰："量也"。《远游》"高阳邈以远兮，余将焉所程"。《商君书》"兵起而程敌"。程并当训量。《广雅》"程，量也"。凡此均其证也。两句言伯乐死久矣，虽有良骥，何人程量其才力乎？此喻怀王已死，无人识己之才能与忠行也。篇题《怀沙》应为《怀没》之误，此一有力佐证也。此就一己之遇而言。

万民之生，各有所错兮。

万民句《史记》作"人生有命兮"。《集注》本作"民生禀命兮"。按王逸注云"

20×15=300　　第 178 页

178

稿纸

言万民禀受天命”。是叔师見本亦作“民生禀命”。旧占按屈原反“天命论”，《天问》一诗，可为代表。是则“人生有命”，“民生禀命”，皆不如“万民之生”符合大夫思想也。故应以洪补本为是。错，王逸云：“安也”。即错置、错身之谓。两句言万民之生存，莫不有安身之道，弦外之意即楚国人民，绝不能受秦国之压迫，必起而反抗，以为安身之道也。旧注于此，率以天命论说之，徒見其诬古人，欺来世焉。

定心廣志，余何畏懼兮。

定心廣志，即安己心，宽己怀。余《史记》作餘，中华本余作餘，是也。餘事之谓。質言之，指己之死亡。两句承上而言，意为余既料知楚国人民，定能反抗秦国侵略，驱逐敌

20×15＝300　　第 179 页　　179

稿 纸

寇，已心安而意宽；若其馀事，个人之死，何可畏惧乎？知大夫此时所忧惧者，唯楚之兴亡耳。其跋涉江南，仆仆风尘，盖为兴危亡之国，与放迁一事，并无关系也。诗人坚信人民之心，至可宝贵。若历史昭告于吾人者亦复如斯，昔年"江旁十五邑反秦"，后之揭竿而起以亡秦者，又为楚人。大夫之目光，诚炯炯焉。旧说于此懵懵无知，大夫之光辉形象，为之幽蔽矣。

曾伤爰哀，永歎喟兮。

曾，洪引一本作增。《抽思》"独永歎乎增伤"。增伤、屈赋习用词，则作增者是也。曾伤，亦即层伤，谓重重悲伤。王引之云："爰哀、谓哀而不止；爰哀与增伤相对。《方言》哀而不止曰咺"。又曰"爰、喛哀也。爰、喛、咺古同声通用，《齐策》狐咺，《汉书·

20×15二300　　第 180 页

180

稿　纸

人表》作狐爰，是其证"。王说是也。百占按爰，永一声之转，爰哀即前文"伤怀永哀兮"之永哀，长哀也。此言层层忧伤，长哀不止，使已久久欺息。应前伤怀句。

世溷浊莫吾知，人心不可谓兮！

溷浊莫三字，《史记》作溷不二字。人心，《史记》无人字。洪引一本作念字。百占案世溷浊屈赋常用词，莫我知亦习用语。当以洪本为是。谓，犹说也。此言社会恶浊混乱，无人知我爱君爱国。所迁之人心又有不可说者。当係隐责庄跻"期不信兮，告余以不闲"之爽约也。应篇首"伤怀永哀兮，汩徂南土"句。

朱熹于此上四句，有云"若依《史记》移置怀质抱情之上，而以下章顾匀爰兮承余何畏惧之下，文章尤通贯"。所见极确。又王引

稿　纸

之于此，亦申朱说；文繁不具引矣。

知死不可让，愿勿爱兮！

让，除也。爱，吝惜也。百占按此承上"定心广志，馀何畏惧兮"而言。谓环境如斯险恶，知己之死亡，已不可排除。我愿不吝其死。洪补曰："屈子以为知死之不可让，则舍生而取义可也。所恶有甚于死者，岂复爱七尺之躯哉"。

明告君子，吾将以为类兮。

《史记》明下有以字。洪补曰："告，语也。类，法也"。此言明告于世之君子（指爱国志士），我将以不吝其死，以为己立身之法。屈子盖鉴于道路辽远而又被遮，度以垂暮之年，难达远者之地，且虑为秦人执，故萌死志矣。既萌死志，怀念知遇之故主怀王，乃必

稿 纸

然之事；在怀念中褒故君，贬顷襄，又必然之理。在叙述中明示己行，隐非庄跻，亦事理之要。惜哉，大夫不見翌年庄氏揮戈跃马，一举而逐秦人于江北，兵力且及于郢也。此一辉煌战绩，详于拙稿《庄跻历史考辨》，此不赘矣。

稿　纸

思美人

屈赋中"美人"一词，或用以自喻，《河伯》"送美人兮南浦"，是也。或用以喻怀王，《抽思》"矫以遗夫美人"，"与美人抽思兮"，是也。决无用以喻顷襄者。盖怀王在大夫眼中有好感，大夫于襄王多憎怨也。故《思美人》意为思怀王，决无可疑。

王逸、王邦采及近人游国恩等以为襄王时被放江南时作。余于《山鬼》曾论大夫于顷襄时被放，仍在汉北。谓为在被放江南时作者，固不符史实也。若就"指嶓冢之西隈兮，与纁黄以为期"，与《九章·抽思》"昔君与我成言兮"，曰"黄昏以为期"，述事相同，固为怀王时作，于顷襄世并无关系也。曰"东既覆而

20×15=300　　第184页

稿　纸

马颠兮”，是指怀王十七年兵败于秦，覆军杀将之惨重失败。曰“遵江夏以娱忧”，是系身在汉北而非江南。曰“吾且儃佪以娱忧兮，观南人之变态”。系述由汉北转而南向。凡此皆可证《思美人》乃大夫被放于怀世，地在汉北，时在怀王十七年春兵败于秦后之近期作品，此说也，林云铭、蒋骥、方晞原等主之，余申其说耳。

此诗继《抽思》而作，以篇首三字为题。与《离骚》、《抽思》相参，更能会通诗情，明其制作之时地也。再者，大夫为此诗后不久，即行复位，复位前之作也。

思美人兮，擥涕而竚眙。

美人，王注指怀王。甚是。擥涕，犹言收泪。竚，久立也。眙《说文》“直視也”。

20×15＝300　　第185页

稿 纸

申旦以舒中情兮，志沈菀而莫达。

申旦，王注“日日陈己心之言”。朱熹训“申为重，言今日已暮，明日复旦也”。戴震云“申旦，犹达旦。申者引而至之谓”。余谓此三说，皆不得其解，寻申当读作伸，振作之意。《礼·郊特牲》“所以交於旦明之义也”。郑注“旦、当为神，篆字之讹”。此旦当亦神之误。伸神者，振作精神之谓。《惜往日》“芳与泽其杂糅兮，孰申旦而别之”，言谁振作精神、辨别杂糅之芳与臭耶！《九辩》云“独申旦而不寐”。谓独振作精神而不寐也。则此“申旦以舒中情”意即振作精神以舒发心情耳。愚之此解较允当。未知然否。沈菀、即沈鬱、沈积之意。

因归鸟而致辞兮，羌宿高而难当。

20×15＝300　　第186页

186

稿纸

归鸟、王注"思附鸿雁，达中情也"。按归鸟如係鸿雁，则应为北飞。此云归鸟，明为南飞。其非鸿雁可知。当泛指南飞之鸟耳。致辞、前文诒（遗）言之谓。羌、竟也。宿、朱本作迅。洪引一本亦作迅。按作迅是也。迅、状鸟飞之速。迅高、言疾而高也。当、值也。逢迂之意。

欲变节以从俗兮，媿易初而屈志。

变节、改变节操。从俗、附和众人之行。即拥护奴隶制，反对变法；主张事秦，反对合从。媿、耻也。易初、与《怀沙》"易初本迪兮"之"易初"同意。变易初志也。屈志、即抑志。按压忠志之谓。此言欲改变节操而从众人，又耻于按压忠志，而不屑为。

独历年而离愍兮，羌冯心犹未化。

稿　纸

历年，犹《离骚》所云之历兹，多年之意。堪证放汉北之时间。离，遭也。愍同慜，忧患也。羌，乃也。冯心，洪朱同训冯与凭同，意归愤懑，非也。百占按"冯心"为方言用词，意即忠心之谓。说见《离骚发微》。此言一身多年遭忧患，而忠君之心，犹未变也。

宁隐闵而寿考兮，何变易之可为！

宁，宁愿也。隐闵，即隐悯。闵，悯之省。严忌《哀时命》"然隐悯而不达兮"。作隐悯，是其证。隐悯，犹痛忧也。或云"隐悯，犹言幽默，谓不言也"。非是。试问屈原何事不言？何时不言？《卜居》云"宁正言不讳以危身乎？将从俗富贵以媮生乎？"知屈原所守者"正言不讳"耳，不事不言也。故解隐闵为幽默不言，不仅不切词义，亦非屈原性格，

稿 纸

可断言也。而、各本並作而。疑为不之形误。篆文相近也。此其一。再者隐悯只能招致不寿考，不能招致寿考，事理之常也。此其二。《天问》"不能固藏"，不即为而之形误，有证可援此其三。屈原一生常云："伏清白以死直兮，固前圣之所厚"，"阽余身而危死兮，览余初其犹未悔。不量鑿而正枘兮，固前脩以菹醢"。"虽体解吾犹未变兮，岂余心之可懲"。（並见《离骚》）固死且不懼者，岂图长寿而媮生乎？此其四。有此四者，而乃不之形误，可决矣。或云"隐闵寿考，优游卒岁，岂知屈子哉。两句言宁愿㾓怃而早死，岂变节易操之能作？

知前辙之不遂兮，未改此度。

前辙句、王逸云"比干箕子，蒙祸患也。与文意无涉，不可从。朱注以前辙为直道非是。余疑前辄犹前路，前进之路，《离骚》所云之“先路”下文所云之“异路”也。译以今语，即先进道路”。具体以言，内主变法，外主合从之政策耳。不遂、不终也。度、法也。即《怀沙》所云之“常度未替”，“前图未改”之“常度”与“前图”。两句言我知前时所行之正确道路，並未走完，（意即“中道而回畔”，后悔遁而有他”）但我並不改变此一正确政治原则。

车既覆而马颠兮，蹇独怀此异路。

蹇、羌、声转，更也。乃也。异路、不同于保守者所行之政策。两句言車既倾覆马亦颠仆，我更独自抱持此一不同于保守者所行之政策。考《离骚》一诗，作于怀王十二年黜放之初，怀王在外交与军事上尚未遭致严重失败，故诗中云‘岂余身之惮殃兮，恐皇舆之败绩，仅云“恐耳”。及十七年春与秦战丹阳损甲士八万，大将军屈丐及俾将军逢侯丑等七十余人咸被虏，且亡汉中之郡，继发兵战蓝田，又为韩魏袭其后，惧而归，楚大困。（见《楚世家》）自係“車既覆而马颠”所指之严重失败。可证此诗必作于十七年兵败于秦之后，尚未复位使于齐之前。又可旁证《离骚》必作于被放之后，《思美人》一诗之前也。再者此二语说明大夫所持之政策，历残酷考验，益能证明其正确，故云“寡独怀此异路”。固信心百倍于前矣。此盖叙在废黜放后復位前，对一己所持变法合从政策之认识云。

勒骐骥而更驾兮，造父为我操之。

勒，《说文》云“马頭络銜也”。此

当为部勒之意。骐骥，良马，喻己。更驾，再架车乘。造父，周穆王时善御者之名，喻怀王。操，持辔也。此承上"車既覆而马颠"以言。设想东山再起，必如此态。两句言部勒骐骥，更易驾乘，造父告我执辔以驱。盖以造父喻王，重新部勒骐骥，驱以前进也。喻将能信。

迁逡次而勿驱兮，聊假日以须时。

戴云"迁逡次，言但迁移，而逡巡次且不前也"。勿驱，戒莫急驰也。聊，且也。假日，借时间之谓。《离骚》"聊假日以逍遥（观望也。他解非是），假日意同此。须时，待时也。他说非是。意待良机以大驱也。两句言造父知善御之术，始则应缓慢前进，且借时光以待良机，再大驱前进也。旧注于此多谓聊假借时日，以为逍遥。实违误文心，试思骐骥勒、造父操，岂能终次且而行，终逍遥以争乎？当知其不然矣。

指嶓冢之西隈兮，與纁黄以为期。

指，誓也。嶓冢，山名。《书·禹贡》“导嶓冢，至于荆山”。注云“嶓冢在梁州”。《水经注·漾水》“《汉中记》曰：“嶓冢以东，水皆东流，嶓冢以西，水皆西流，故俗以嶓冢为分水岭”。隈，山水之委曲处。洪补曰：“指嶓冢之西隈，言日薄于西山也”。疑非是。案嶓冢在秦域，值楚之西。此大夫派驱时之终极也。亦即《离骚》所云“朝发轫于天津兮，夕余至乎西极”。“路不周以左转兮，指西海以为期”之意。盖大夫灭秦思想之透露。曰“指”，益見坚决不易之志。與，共也。纁黄，洪朱同引一本作曛黄。是也。《抽思》曰“昔君與我成言兮，日黄昏以为期”。黄昏、当即此之曛黄。日落时也，用喻人之衰老，犹言暮年，晚年耳。说见《抽思发微》。期、约也。此言誓以嶓冢之西隈，为驰驱之目的地，並共君王以晚年为到达之期。观此，大夫灭秦之心，固早蓄于怀，虽经挫折，雄心不豫。爱国思想之高昂，持策之坚决，楚之人物，固无出其右者。旧注说词义、句意多不当，更不审所言者为何物，两失之。

又姜亮夫君云“思美人韵例，皆以两韵为则，此二语与下不韵而与上之时为韵，亦不合两韵为则之例，疑此下尚有两句脱误”。按姜说是也。

闹春发岁兮，白日出之悠悠。

闹春发岁，姜云“古献岁祝语；发岁、

谓一岁初发之时也”。百占按“開春发岁”应指夏历正月之上旬。疑即怀王十八年春正月（决非楚怀王十七年楚败于秦之春）。时屈子尚未复位，然已距复位不远矣，故十八年有返楚使齐之行。悠悠，状日出之貌。悠然自得之意。承上心情转愉快。

吾将荡志而愉乐兮，遵江夏以娱忧。

将，洪朱同引一本作且。是也。荡，朱引一本作盪，王注“涤我忧愁”。以涤训盪，以忧愁说志，非也。疑荡志，犹扬志，高其志也。义与愉乐应，遵，循也。然此之江夏当指汉江、夏水而言。娱忧，娱非乐意。实与舒义同。展，散之意。娱忧即舒忧也。下文“吾且儃佪以娱忧”，《怀沙》“舒忧娱哀兮，限之以大故”，娱忧、娱哀之娱並当训舒，旧说並误。参《怀沙发微》。此言我且揚吾志以愉乐，循江夏以舒忧。

惜吾不及古人兮，吾谁与玩此芳草。

不及，谓不及同时。古人、洪朱同引一本作古之人。《离骚》云"昔三后之纯粹兮，固群芳之所在"。三后，即此之所谓古人也。吾谁与、即谁与吾。与共也。芳草、姜云"当据《远游》作遗芳"。按《远游》云"谁可与玩此遗芳"。芳与莽韵，疑是也。此言惜哉吾不及与古人同时，谁共吾玩此遗芳。

解萹薄与杂菜兮，备以为交佩。

解、去也。萹薄、洪补以萹蓄之成丛者释之。戴云"萹、萹竹也。《尔雅》谓之萹蓄"。杂菜、无芳香但可食之多种菜。备、疑为服之借字，帛书《经法》"主积甲士，而征不备（服）。备即服之借字。又屈原之作，如《离骚》“判独离而不服”，“非时俗之所服”，“户服艾以盈腰兮，谓幽兰其不可佩”。涉佩服者用服不用备。此当云“服以为交佩”也。《惜往日》“身幽隐而备之”。备亦当为服之借。谓服芳茝与宿莽也。交佩，朱熹以为左右佩。

吾且儃佪以娱忧兮，观南人之变态。

儃佪，徘徊之谓。娱忧，散忧也。见前文。观，察也。南人，王叔师谓为楚人，蒋涑塍直谓郢都。百占按蒋说是也。郢在成周之南。故云南人。犹周人称故邦为西土，其人则西土之人。《书·牧誓》“逖矣西土之人”。《又·大诰》“有大艰于西土，西土人亦不静”。其证也。姜云：大夫不应直斥宗邦之人为南人。

南人盖土著之彦，靳尚郑袖之伦皆异姓，乃郢都以南之人，大夫指斥此辈者”。余谓说过鑿。郑袖，怀王后，当为郑人，靳尚当即景尚，楚王族也。均非土著三苗之后。以史实论，郢都以南之土著，恐难挤于庙堂之上。其说虽新，不可信也。余疑南人即指郢中贵族，中包括怀王。大夫时居汉北，故得自之曰南人也。变態，怀王叛从，兵败于秦，当有改弦更张转变政策之可能，大夫以变态称之也。姜云“非正常之态”，就靳尚等作解，不合诗情。此言吾且徘徊散忧，观察王室政治态度之改变。盖设想中预测之言，意楚王当转而为合从也。

窃快在中心兮，扬厥凭而不竢。

窃快，主语当为吾。洪朱同引一本窃上有吾字，可证。所以私心快意者，察觉王室必须再事合从也。旧注谓群小等窃快大夫之被逐。大误。憑、旧注怒也，或愤懑，並不的。余疑憑、忠心也。（见《离骚发微》及前文“羌憑心犹未化”句，说证）不竢、同不俟。谓无所待。此承上设想而言，谓朝廷再事合从以抗秦，（所谓变态）吾自私下快意，必当撄我之忠心而不待矣。意即朝廷必復徵用于己，我当尽忠心以为国也。旧说于此，並就小人一方而说，上下文意既不连贯，尤不符词意。概不可从。

芳與泽其杂糅兮，羌芳华自中出。

姜亮夫君云：“依本篇常例，此处当脱二句，以芳与泽意審之，则脱句应在一句之上”。百占按，姜说是也。

情与質信可保兮，羌居蔽而闻章。

百占按屈赋中以質作姿。《惜诵》“

情与貌其不变”。貌、即姿。《怀沙》“怀情抱质”质即属于貌之姿。故于《怀沙》《惜诵》中谓情属内，質属外。情与質谓忠君爱国之情与外姿也。位、诚也。保、宝古字通。見前。羌、犹虽。蔽通鄙、远也，居鄙、居于远方也。《涉江》“苟余心其端直兮，虽僻远其何伤”！僻远，即居鄙之意。闻章、忠国之名声，彰著人间。《抽思》云“故远闻而难亏”，意稍近。此言已有之忠情及外姿诚可宝贵，虽居僻远之地，而忠国之名声彰著人间。

固朕形之不服兮，

百占按形、身也。说見《屈原列传发微》。服、习也。此言登高踰俗之事，实为我身所不习作。

虎遂前画兮，未改此度也。

百占按庬、大。遂成。庬遂、即大成之谓。今语彻底完成也。他说不谛。前画、画、犹计划。《商君书·更法》"孝公平画"，画、指国事之计划。是其证。前画、先进之国事计划：内主变法，外事合从之策也。前文所称"知前辙之不遂兮，未改此度"之前辙，即此前画。度、法也。犹言原则。此言应彻底完成先进之国事策划，我并未改变此一原则。

命则处幽，吾将罢兮，愿及白日之未暮。

百占按命、非命运之命。命、身古字通。《书·盘庚》"汝悔身何及"，《汉石经》身作命、一证也。《惜往日》"惭光景之诚信兮，身幽隐而备之"。身与幽隐连文，二证也。则，犹虽也。幽、僻远也。处幽、即《抽思》"路远处幽"之处幽。上文居蔽之意。此言身虽处幽远之地。他说就命运为解者，皆非也。罢、王逸训疲，洪朱及近人承之，无异说，疑非是。百占按以罢为疲，与上下文意不属贯，且非屈原之性格，其为误解，一望而知。《惜往日》曰“身幽隐而备之”。谓身居幽隐，而备服诚信。意与此句当近。故疑罢乃备之形声兼误。备，即服也，见前。“願及白日之未暮”，谓应在壮年时期，及时而为。此承上，再次申说，以明己之不忘宗国。说楚辞者率依命运论说之，而又不统绎全作，故其说违乎诗旨。

独茕茕而南行兮，思彭咸之故也。

茕茕，孤独貌。南行，即上文“遵江夏以娱忧”之行也。思彭咸句，犹《离骚》云“愿依彭咸之遗则”也。此设想之词。言独自茕茕南行者，为思彭咸遗则之故。彭咸盖古代始终

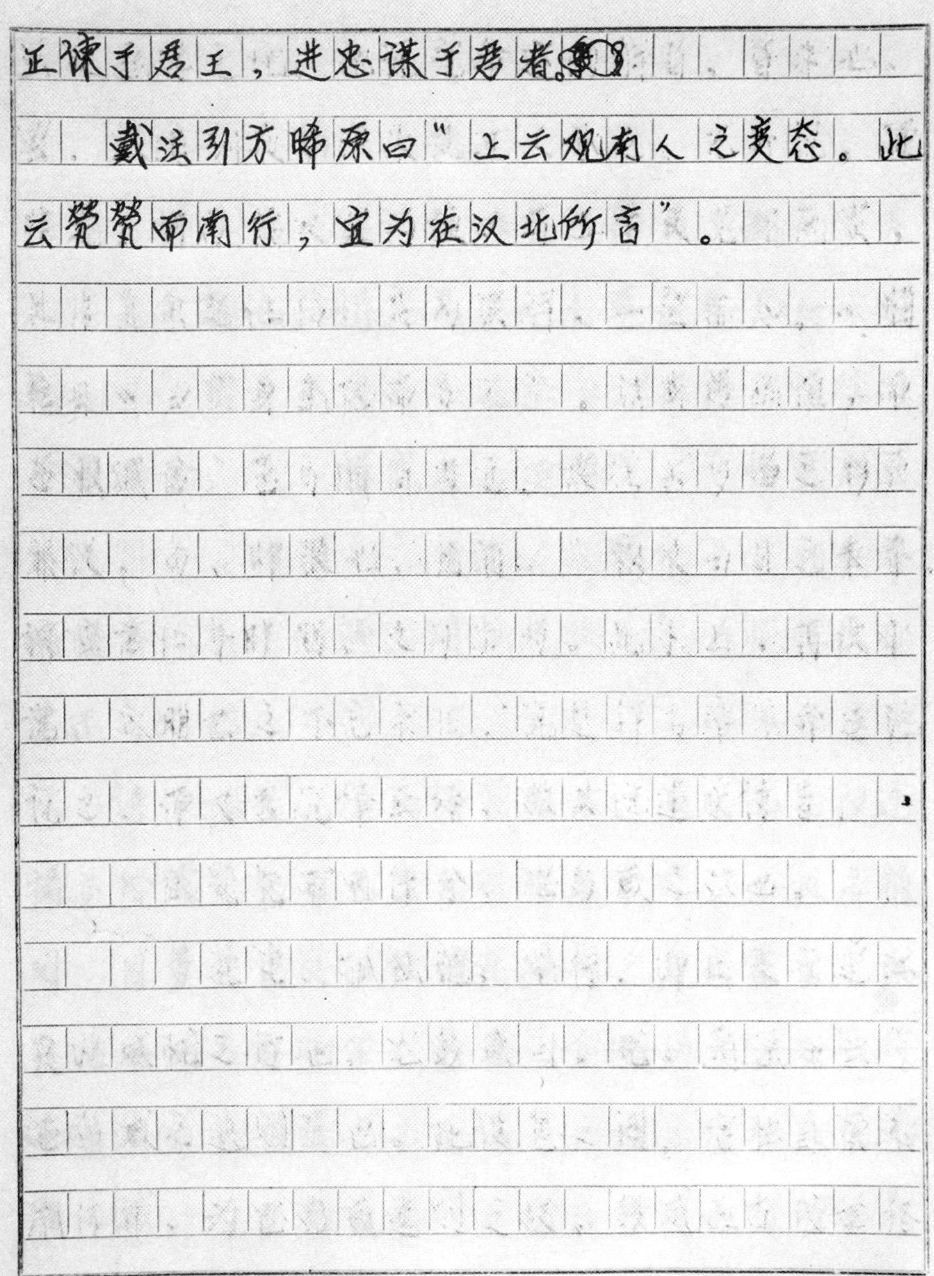

正谏于君王，进忠谋于君者。”

戴注引方晞原曰“上云观南人之变态。此云茕茕而南行，宜为在汉北所言”。

长葛县志编纂委员会稿纸 15×20=300 第203页

203

惜往日

《惜往日》以诗首三言为篇名。犹《思美人》之命题也。惜字见于《九章》者，如《思美人》“惜吾不及古之人兮”，本诗“惜往日之曾信兮”，“惜壅君之不昭”，“惜壅君之不识”，《惜诵》“惜诵以致愍兮”。惜並为惋惜意。不作他解。则“惜往日”为惋惜往日遭迁之义也。

诗作陈义，涉及怀襄两世，並以己之被迁，揭示怀襄父子之无能，朝政之昏暗，小人之祸国，国势之岌岌。故诗作时间，自在襄世。就“临沅湘之玄渊兮，遂自忍而沈流”。“不毕辞而赴渊兮，惜壅君之不识”，观之作地又在沅湘之域，为自沈前之作。所云较诸《怀沙》“

知死不可让，愿勿爱兮，明告君子，吾将以为类兮"，似又晚于《怀沙》，为绝命辞矣。蒋骥曰"《惜往日》盖灵均绝笔与！"不韪马迁以《怀沙》为绝笔，殊为卓识。至云"欲生悟其君不得，卒以死悟之，此世所谓孤注也"。所谓悟顷襄，斯又不然矣。夫顷襄一黜大夫之后，二十年中一味事秦，不稍顾于屈原之持策，识不如乃父之重视大夫。若大夫一再目顷襄为壅君，岂能冀其悟哉！况《惜往日》悉泄愤怨之情，责败之衷，岂为悟君哉！大夫虽忠于楚，而于顷襄实无冀望之心，揆诸《哀郢》、《涉江》、《怀沙》，固知其如斯也。蒋氏云云者，以大夫乃忠君爱国之巨人，设想而为悟君之作，想当然耳之论也。

惜往日之曾信兮，受命诏以昭诗。

昭、明也。诗、朱注本作时，洪补引一本亦作时。百占按诗当为时之形误。此言惋惜过往曾受信用，受楚王命诏以昭明（刷新也）政治。寻《屈原列传》"为怀王左徒，王甚任之。入则与王图议国事，以出号令……命原草为宪令"。符合"受命诏以昭时"之说。

奉先功以照下兮，明法度之嫌疑。

奉、承也。先功、王注以为祖业。朱注谓"先君之功烈也"。百占按《离骚》云"昔三后之纯粹兮"《抽思》"望三五（疑五为王之误，见《抽思发微》）以为象"。吾疑三后三王，即指楚悼、宣、威三变法之君。此云先功，当指三王未竟之变法事业而言。曰"奉先功，继承先王变法之业耳"。照下，照临下土，强国裕民也。明、明确，鳌定之谓。法度，度亦法也。法度、为同义複合词。嫌疑、谓法之是非利害。亦即在草宪令时注意兴革之事，宽严之则。如奴隶人格之应受尊重，赋税之宜减轻，赏罚之有准则，选贤举能应无分贵贱，新兴地主利益之受保护，一皆明着于法，不含胡其辞之谓也。此言承继先人功业以求强国裕民；明确法度之应兴应革者，以为治国之准则。

国富强而法立兮，属貞臣而日娭。

国富句谓法立之后，国以富强。属，付也。貞臣、貞即鼎字。鼎臣、大臣，国之重臣。原为左徒，固鼎臣也。训为忠貞之臣者，疑非是。娭、洪音嬉，戏也。朱云与嬉同。日娭者，谓怀王逸于得人，日事游息无所事也。《新序·杂事》曰"齐桓公曰故王者劳于求人，佚于得贤”。此言法立之后，国以富强；国事付于鼎臣，王以安逸而收功，乃得日事遊息也。《七谏·沈江》“明法令而修理兮，兰芷幽而有芳”。亦谓法立而收功。似屈原草宪令之后，曾在一段时间内，見及功效。並不如《屈原列传》所云在草宪令时，即受谗被黜，此可补正《史记》之不足。

秘密事之载心兮，虽过失犹弗治。

秘密事、王逸以天灾地变当之。无据，大误。朱熹以国所秘之密事释之，亦非。百占按《广韵》“秘、密也”，密有藏意。秘密事，谓藏密事也。之犹以也。载心、记存于心也。今语记载连用，可知其义。过、借作祸。《帛书》战国《纵横家书·一》“因过而为福”，《战国策·燕策一》作“转祸而为福”。是其证。失、注家率以"过失"连义，为一词。遂于上下文意，不能贯通。疑失为夫之形误。"过夫"犹"祸乎"也。治、旧注多云治罪，亦非也。按治从台、怠从台，治当为怠之借字。谓懈怠也。此言藏君王密告之事，以记存于心，虽有祸于己，犹不懈怠而承办之也。前八句述受怀王信任情况，变法效果，及本人不避祸害，效忠于君国之爱国心地。

心纯庞而不泄兮，遭谗人而嫉之。

庞、戴注本作庬。谓厚也。纯庞，忠厚之谓。泄、漏也。不泄当指大夫为宪令时"上官大夫見而欲夺之，屈平不與"一事。谗人，上官大夫之徒。嫉、害也。此言我心忠厚，不泄密事，但遭谗人嫉害我之忠。与屈传参看，可窥新旧两派，斗争之激烈。

君含怒而待臣兮，不清澂其然否。

百占按《屈原列传》云"王怒而疏（按疏、黜、古字通。说见《屈原列传发微》）屈平"。当即"君含怒以待臣兮"之史实。澂、朱本作澂，洪引一本作澂。《说文》"澂、清也"。无澂字。清澂、犹言澄清。然否、是非也。此言君王含怒对我，並不澄清谗言之是否。上叙在怀王世受任、草宪、遭谗，被迁之事。下写顷襄世之遭遇。

蔽晦君之聪明兮，虚惑误又以欺。

蔽晦、郭蔽暗晦也。聪明，善听为聪，善视为明。虚、即下文听谗人之虚辞"之虚。伪情也。惑、误，疑误。诬以劝怀王入武关，並主立庶子在国者。欺，骗也。骗取顷襄信任。此言上官辈彰蔽君之听，暗晦君之视。以虚词疑误君王，骗取君王之信任。此盖揭露上官辈诬屈原不忠于故君及新主，所谓"怀王客死，兰咎屈原"也。实则上官辈前劝怀王入秦致死，后排顷襄欲夺位，故大夫云"又以欺也。《惜诵》云"设张辟以误君"，当指同一事实。

又按怀王时群小无此多种手法以欺君，及怀王囚秦，太子质齐，楚内有王位之争，而大夫主立太子。太子归立为顷襄王，上官辈为掩盖夺位罪行，乃狂肆诬陷，颠倒事实，所云"虚惑误又以欺"者，固顷襄时群小之行也。关于此段史情，拙作《试说熊子兰阴谋王位》一文有考说。

弗参验以考实兮，远迁臣而弗思。

参验，谓参伍考验也。考实，穷究实情。此言君上不进行参伍考验，穷究实情，竟远迁我身，而不深思，刘向《新序·节士》云“顷襄王亦知群臣谄误怀王，不察其罪，反听群谗之口，復放屈原”。与大夫诗作所陈切合也。

信谗谀之溷浊兮，盛气志而过之。

溷浊，谓搅乱是非，颠倒事实。盛气志，即传文所云“怒”也。过之，罪过屈原。此言顷襄听信谗谀者之颠倒事实，竟大怒而加罪过于我。此云“溷浊”，当知上文“虚惑误又以欺”所指者为何事实。

百占按此二句若移于“弗参验”两句之前，则合乎事实发展，文意相属。故疑为错简。

戴注引方晞原云“上言怀王时，此言顷襄时，远迁臣，谓迁之江南也”。百占按“谓此言顷襄时”。是也。見余之前文。若云“迁之江南”，则非也。盖误信王逸《九章》之序文，不知大夫于衺初並未放迁于江南也，其迁地仍在汉北也。余另有专文论之。

何貞臣之无辠兮，被离谤而見尤。

百占按貞臣，即鼎臣也。見前。辠，罪之本字，罪则辠之借字。被离，叠韵複合词，即披离。披离，屈赋习语。纷盛貌。《哀郢》“妒披离而鄣之”，是也。离或作譎、非。或以“离谤”为说，不审披离之用与义也。見尤，获过愆之谓。此言为何以无罪之鼎臣，谤毁纷然相加而获罪？

慙光景之诚信兮，身幽隐而備之。

慙，愧也。光景，景，即影之初文。影，暗于光。昼有日，故为光。夜无光故为影。光景犹言日夜。《悲回风》“借光景以往来兮”，光景、亦谓日夜。诚信、犹忠诚。信亦诚也。幽隐、戴云"谓放废"。備、疑服之借。見《思美人》。此言我惝日夜以诚信事君，而不为君知，今身遭放废，仍服用之也。疑隐指联庄蹻事。以上叙项襄世受谗被迁后之心志。

臨沅湘之玄渊兮，遂自忍而沈流？

臨、临视也。玄渊、深水。遂、终也。忍、变也。疑指西南联庄，不知已顾，乃入赣，纠合其他爱国志士，而修路幽蔽，陷于进退维谷，思变其志也。沈流，死于水之谓。此言临视沅湘之深水，（喻道路阻陷）遂变已救国之心而沈身江流乎？盖在秦兵塞路，环境险恶中考虑之辞也。

卒没身而绝名兮，惜壅君之不昭！

卒、终也。最后之意。没身、身死之

谓。名、令誉也。即《离骚》"肇锡余以嘉名"之名。绝名、灭绝声誉。壅君、"蔽晦君之聪明兮，虚惑误又以欺"。即壅君之注脚。《韩非子·主道》"人主之有五壅：臣背其主，曰壅；臣制私利，曰壅；臣擅令，曰壅；臣得利行谊，曰壅；臣得树人，曰壅。去壅之术无他，明察下奸，固持上柄而已"。是则壅君者权移于下，受蒙蔽之君也。其责虽在谗臣，而君之不能明察是非，自亦不能辞其咎。此壅君自指顷襄，因屈原于怀王则称曰灵修、哲王、明君、美人或荃荪也。不昭、不明，意即眼耳不能辨别是非忠奸。此言身死而名灭，为最终之事。堪惜庸闇之君视听之不明，使己"不立功名，以昭于后世也"（採戴震说）。

君无度而弗察兮，使芳草为薮幽。

君、顷襄。度、调度一词之省。《韩非子·八奸》"人主之所与度计也"。度计，即此度之意。察、前文"参验考实"之谓。芳草大夫自喻。薮幽、薮泽幽暗之地。此言君王心无调度，不与明察受诬之事，竟使芳草成为大泽幽暗处之草，无人见而採服之矣。王逸章句云"上无检柙以知下"，补注曰："检柙、隐括也"。以度为规矩，察为知，说义不切。

焉舒情而抽信兮，恬死亡而不聊。

焉、何所也。舒情、展忠情也。抽信、发诚信也。恬、甘也。不聊、不苟生之谓。此言无地用忠展诚以报国；甘心死亡，不为苟且偷生之计。

独鄣壅而蔽隐兮，使贞臣为无由。

鄣壅、隔绝之意。蔽隐、遮蔽之意。

貞、朱引一本作忠。是也。为，意同上文"使芳草为薮幽"之为。无由"无路可行"朱说。此言独受秦兵隔绝与遮蔽，不得前进，乃使忠正之臣，无路可行。此承上文而言，既责君王，复责秦兵。旧说此为受君之词，恐君蒙不明之识，不知其何所見而云然也。

思久故之親身兮，因縞素而哭之。

久、姜云旧也，是。久故、犹言旧故。《远遊》"思旧故以想像兮"，即作旧故，谓介子推为晋文公之故旧。身、已也。親身、親已也。寻史传文公出亡，子推从行。道乏食，子推割股肉以食文公。且随出亡以终始。此所谓親已也。旧注仅云左右不离。义未洽。

孰申旦而别之。

孰、谁也。申旦、振作精神也。見《

思美人》篇。旧说不允当，别、犹分辨是非也。《惜诵》"情沉抑而不达兮，又蔽而莫之白也"。洪补"群臣莫肯明己所存也"。以明释白。"谅聪不明而蔽壅兮"，百占按谅为竟之通段。《战国策·魏策三》"穰侯舅也，功莫大焉，而竟逐之"，《魏世家》同。但近年出土之帛书《战国从横家书》十六作"而谅逐之"此谅通竟之证也。别，白，其义一也。

愿陈情以白行兮，得罪过之不意。

陈情、陈述真情也。白行、说明行动。不意、不料也。此言愿陈述事之真情，说明忠行实况，以明获得罪过之出于意外。余题欲辨白群小诬己之事：劝怀王入秦与己无关；己主立太子，不主立庶子；己未参与以东国地市齐，要齐杀太子之阴谋，及"疾亲（新同）君而无他兮，有（又同）招祸之道也”。

情冤見之日明兮，如列宿之错置。

百占按情冤，犹言冤情。見、读若现。呈现也。日明、旧说为日明之时。犹言随日之情，是非逾明也。即愈来愈清楚之谓。列宿，夜空罗列之群星。错置、位置也。此言冤情之显现，愈来愈清楚。其为人知，有如仰見群星之错置。此承上言，如能陈情，必至冤明。非谓冤已明矣。

乘骐骥而驰骋兮，无辔衔而自载。

骐骥，王注“如驾驽马而长驱”。朱注据王说，以为骐骥当为“驽骀”之误。百占按朱说是也。当据改。

驰骋。骋、亦驰也。辔衔、戴注“辔、靶也。衔、《说文》云：马勒口中行马者也。载、

稿　纸

章句说无辔衔则"不能制御，乘车将仆"。是以仆训载。是也。百占按《庄子·德充符》"天无不覆，地无不载"。同篇上文作"天地覆坠"。是载坠通借之证。则此文载，应为坠之借字。王氏训为仆，无可疑也。注家不识为借字，说"载、事也"。不谛。《淮南子·主术》："故法律度量者，人主之所以执下，释之而不用，是犹无衔辔而驰也。"此言乘驽骀之马以驰骋，若无辔衔以制御之，将自坠失。

乘氾泭以下流兮，无舟楫而自备。

氾、洪兴祖音泛。泭、洪兴祖引一本作柎，又曰泭与桴同。余疑氾泭即栰桴。与上文驽骀为对文。氾栰一声之转，泭桴同音通用。《尔雅·释水》邢疏"桴栰、编木为之，大曰栰，小曰桴，（桴同泭）乘之渡水"。舟、疑借作周。《诗·大东》"舟人之子"《笺》"舟当作周"。是舟周通用之证。故舟楫，即周

稿　纸

楫，谓舟两旁之楫也。一方缺楫，船不能正前行，两旁俱无，船不能进矣。故椷树方舟，并须周楫。注家不审，谓为舟船之楫，误也。楫，《说文》"舟櫂也"。备，注家以备用释之，非也。百占按备、憊同声可通用。而憊通斃，则備自可借作斃也。寻《列子·黄帝》"单憊于戏笑"。《左传襄公二十七年》"单斃其死"。单斃意同单憊。是備可借作斃之证。此言乘椷树顺流以下，倘无周櫂以制御之，将自斃矣。

背法度而心治兮，辟与此其无異。

背，背弃也。法度，即成文之法律。心治，谓不遵法令，恣君上一己之爱恶而为。辟，洪朱同引一本作譬。按辟譬古字通。此，无辔衔以乘驽骀，无舟楫以乘椷泭。无異，无所不同。此言为君上者背弃法令，专恣一己之

20×15＝300　　第221页

心治，必陷国家于危亡。譬诸乘驽骀而无辔衔，乘泛泭而无周櫂，必自仆倒或自斃，理势无异耳。又按此当係评頃襄以心治而事秦，而毁法，而逐屈之必然结果，秦兵破郢不能不伏于陈也。《韩非子·用人篇》"释法术而任心治，尧不能正一国；去规矩而妄意度，奚仲不能成一輪"。《五蠹篇》云"欲以宽缓之政治急世之民，犹无辔策，而御悍马，此不知之患也"。韩非岂有鉴于屈诗及楚势而为此言欤？不然，何其言之相似耶？又《商君书·修权》云："世之为治者，多释法而任私议，此国之所以乱也"。"夫背法度而任私议，皆不知类者也"。"故明主任法"。凡此与屈原之论亦同。谓屈原秉法家思想以治楚，殆无不可也。余谓《离骚》所尊之"前修"即吴起、商鞅，亦非虚论也。

稿　纸

旧注于此上六句，既不探故，又不审议。多违诗旨，实属失当。惟方晞原云"此盖有見于顷襄之行事而云然。故下言恐祸殃之有再"。（据戴注引文）胜他家说。

宁溘死而流亡兮，恐祸殃之有再。

宁、願词。溘死、犹速死。見《离骚》王注。而、不之形误。篆文形相近也。百占按《思美人》"窜隐闵而寿考兮"，而、即为不之形误，可证也。（見《思美人》发微）流亡。或训水死，或训放逐，並不韪。流亡亦並当作流浪解。盖谓宁愿速死，不再流浪矣。而祸殃句、王氏章句云"罪及父母亲属"。不知王氏何据，认定屈之父母尚在？其说之误，不言而喻。朱熹云："恐邦其沦丧，而辱为臣仆"。較王说为长。揆屈原于辰溆北返，旨在联东方

20×15＝300　　第 223 页

稿　纸

志士，以兴楚国。以秦兵塞路，止于北次（见《怀沙》），时有为秦虏之虑，故发"知死不可让"之言，即"恐祸殃之有（同又）再"之情耳。两句言宁愿速死，不争流浪，盖深恐祸殃之再临于己也。祸殃一词，透出灾难之巨，甚于放逐。非秦兵逼近，惧为敌虏，固无以解释矣。顾炎武说此云："怀王以不听屈原，而召秦祸。今顷襄复听上官大夫之谗，而迁之江南。一身不足惜，其如社稷何？《史记》所云：楚日以削，数十年竟为秦所灭。即原所谓祸殃之有再也"。（据戴注引文）亭林盖以此作，写于襄初被迁江南之始。时地並误，失于不考。

不毕辞而赴渊兮，惜壅君之不识。

不毕辞，犹言之未尽也。赴渊，走向深渊以死。壅君，《商君书·修权》"主不蔽

20×15＝300　　第224页

稿　纸

之谓明，不欺之谓察”。壅君者，既受蔽且受欺之君也。参前。不识，犹不知也。谓不知“背法度而心治”，为害之严重。此国之所以不国也。此承上文。意谓既“恐祸殃之有再”，乃不忍吾之辞，赴渊以死，以免被虏。堪惜庸闇之君，不知释法度而心治，听谗斥忠，使国难日深，以至于此也。

林云铭《楚辞灯》说此诗之结构，可参。其言曰：“以明法度起头，以背法度结尾。中间以无度两字作前后针线。此屈子将赴渊，合怀王顷襄两朝而痛叙被放之非辜，谗谀之得志，全在法度上决人才之进退，国势之安危。盖贞臣用则法度明，贞臣疏则法度废。及既废之后，愈无以参互考验，而得贞谗之实。而君之蔽晦日深，虽有贞臣，必不能用。是君为壅君，国

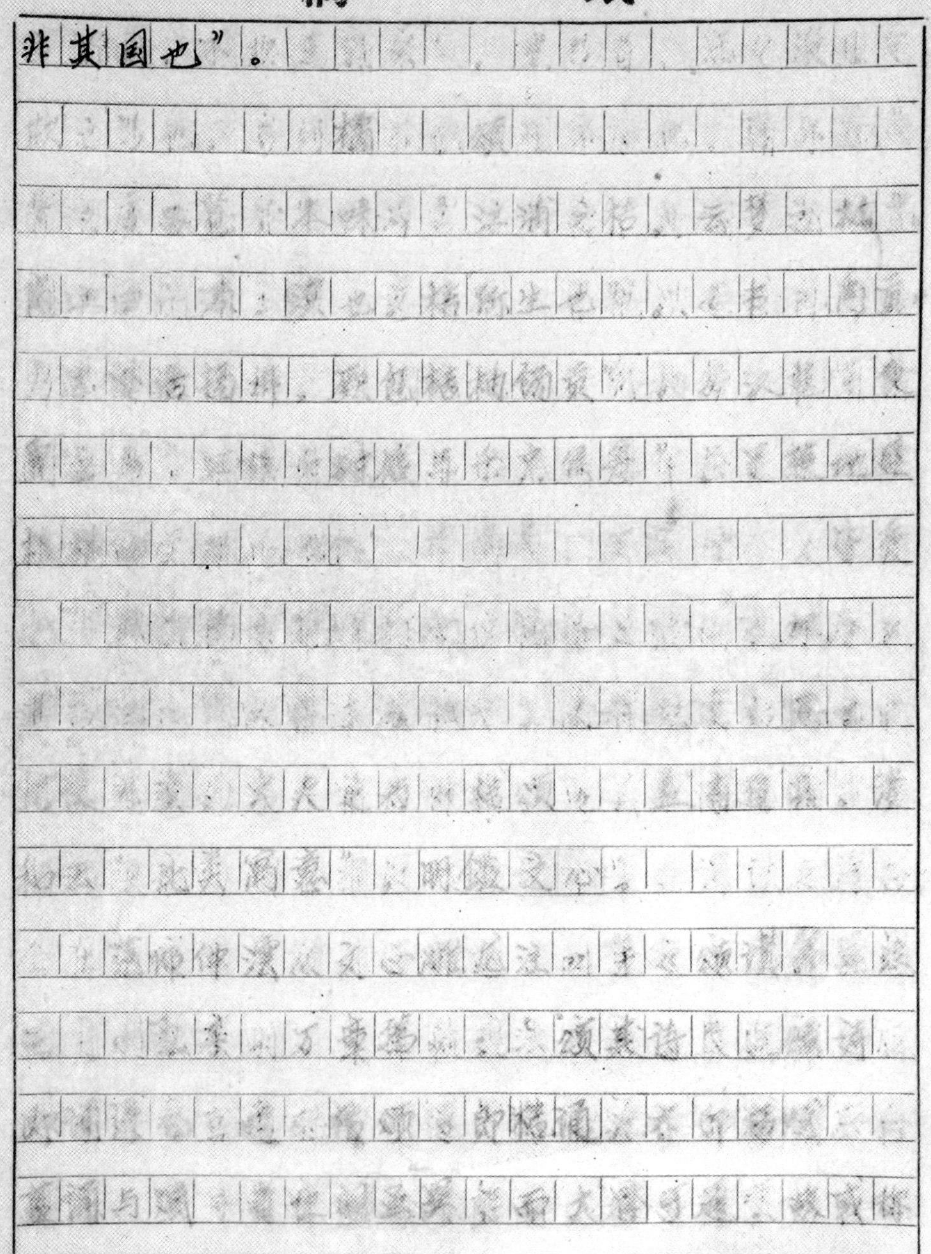

稿　　纸

非其国也”。

20×15＝300　　第226页

226

稿 纸

橘颂

《吕览·本味》"江浦之桔，云梦之柚"。高注曰"浦，滨也。桔所生也"。《书·禹贡》"淮海维扬州，厥包桔柚锡贡"。《汉书·食货志》"江陵千树桔与千户侯等"。是楚地盛植桔柚，桔之为物，其姿美，其实甘，人皆爱之。然桔逾淮北则为枳（見《吕览·本味》《考工记》及《晏子春秋》）是不爱迁之德也，尤受人重。大夫之为《桔颂》，盖有自矣。彦和云"比类寓意"，明鑑文心。

范师仲澐《文心雕龙注》于《颂赞篇》注云"《孟子·万章篇》：'颂其诗'，颂诗，即诵诗也。故《桔颂》即桔诵。亦即桔赋——盖诵与赋二者音调虽異，而大体可通，故或称

20×15＝300　　第227页

稿　纸

颂，或称赋，其实一也”。

《桔颂》一诗，四言为体，犹三百之遗风。其为早作，不脱故习，可知也。屈原他作莫不有抑郁愤恨之语，责数君王之辞，而此独无，又足证为黜前之作。寻大夫于怀初为左徒，“王甚任之”。其或感于桔之质性，为人所重，乃为《桔颂》，以励志乎？观其吐语，“深固难徙”“苏世独立”，“行比伯夷，置以为像”，直座右铭耳。而一生行事，又復如之。作于怀初，可无疑焉。世多谓为晚年之作，其谁信之耶？

后皇嘉树，桔徕服兮，受命不迁，生南国兮。

后皇、即天地。王逸注云。嘉树、美树也。徕、古籍多以徕为来。服、用。用于人。

20×15＝300　　第 228 页

228

稿纸

旧注谓"服者，习于地也"。疑非是。受命、天地受以生命也。不迁、不迁徙于他地。《考工记》云："桔踰淮而北为枳"，是不受迁之证也。此言天地间有嘉树，其名曰桔，来服用于人。桔秉天命，性不受迁，特生于南国。四句吐露爱树、爱乡、爱国之情，皎然蔼然。朱云"旧说屈原自比志节如桔，不可迁移，是也，篇内辞皆放此"。

深固难徙，更壹志兮。绿叶素荣，纷其可喜兮。

深固、根深本固之谓。难徙、难移徙于他处。壹志、壹心之意。素荣、白华（花）。《尔雅》"草谓之荣，木谓之华"。谓桔之花为荣，通称也。纷，疑借作芬，香也。此言桔之本根深固，难以迁徙，乃更壹心热爱南土之

20×15二300　　第229页

稿纸

徵。若绿叶白花，芬芳之香，並可喜也。四句写桔之心性，予以人格美，形象之描述。

曾枝剡棘，圆果抟兮，青黄杂糅，文章烂兮。

曾枝、层层之枝。剡棘、利刺也。抟、即团。状圆也。青黄、橘未熟色青，已熟色黄。此言桔枝层生，身上有利刺，果实团然，其色或青或黄，杂糅其间。文彩章显，烂然可观。承上由华而及果，作可爱之描绘。

精色内白，类可任兮，纷缊宜修，姱而不丑兮。

精色内白、王氏注云"精、明也。言桔实赤黄，其色精明，内怀洁白"。类可任、王注"内有洁白之志故可任以道"。朱本作"类任道兮"。洪引一本亦同。可证，逸本原作

20×15＝300　　第230页

稿纸

“类任道兮”。类、貌也。任、怀也。同妊。《汉书·叙传》“刘媪任高祖”。颜注“谓怀任也”。是其证。道、道术。纷缊、戴注“香气也”。王注“盛貌”。按谓道之盛也。修、屈原习用词。《离骚》“恐修名之不立”。修名、贤名也。“謇吾法夫前修兮”，前修、前贤也。是修有贤者意之证。宜修、适应贤者也。《湘君》云“美要眇兮宜修”之宜修、谓适应良策。不同于此，应分别视之。姱、好也。丑、众也。群也。比言桔实外精而内白，貌类怀道。其道之盛，适应贤者之需，诚美好而不同于众。旧注于此，多不谙其意。盖不深探耳。

此上就桔之形质以颂。以下借桔以舒己志。

嗟尔幼志，有以异兮；独立不迁，岂不可喜兮。

稿　纸

嗟、赞叹也。尔、姜亮夫云：屈子自尔也。因言桔而兴叹及己”是也。异、卓异、异于众人。不迁、不合于世俗。此言：嗟乎，尔幼年之志，即异于众人：孤特独立，不合流俗，岂不可喜乎？应前“受命不迁”洪补云：“自此以下，申前义，以明己志”。

深固难徙，廓其无求兮。苏世独立，横而不流兮。

廓、恢廓庞大之胸怀。无求、无私欲之求。苏、醒也。苏世独立、独立醒世。（而苏复有更生、复活意）则独立苏世犹独立救世也。横、古通皇。光明磊落之意。此承上不迁壹志来。言本根深固，难以移徙，恢廓之怀、无私利之求。而独立救世之志，复光明磊落，不迎合于流俗。味大夫此言，变法之正大，志

稿　纸

行之坚决，夫若此，则"深固难徙"，岂谓已乃王族，受怀王信任，难于动摇乎？

闭心自慎，不终失过兮。秉德无私，参天地兮。

闭心、戴注引王伯厚说云："龚氏注《中说》引古语云：上士闭心，中士闭口，下士闭门"。王逸章句云："言己闭心捐欲，敕慎自守，终不敢有过失也"。不终句、朱本作"终不过失"。洪引一本亦作"终不过失"。章句又云"终不敢有过失"而失与地韵。则原句应作"终不过失兮"。秉德句、王注"秉、执也。言己执履忠正，行无私阿"。参、合也。参天地、谓己德匹敌于天地。此言屏欲敕慎、终不敢使有过失。执履忠正，行可与天地参。以上就桔及已，明舒怀抱。验之行事，亦復如

20×15二300　　第233頁

稿　　纸

之。屈原盖言行一者也。

　　愿岁并谢，与长友兮，淑离不淫，梗其有理兮。

　　愿岁句，诸家说多不允当。百占按并，不用之合音，长茑方言称并食，并走，意即不用食，不用走之意。《商君书·开塞》"故以（知）王天下者并刑，力征诸侯者退德"。俞樾云"并当读为屏，谓屏除之也"。说是。若视并为不用之合音，则尤切当。谢，辞去也。淑离，即淑丽，离、丽古字通。善且美也。他说並牵强不当。不淫，即不摇，淫、摇古字通。不摇，不摇落也。梗，《广雅·释诂》"强也"。理，礼古字通。此承上状桔述怀后，愿以桔为友为师，以励已志。融已于物，化物于情，写物乎？写己乎？难得而辨。此神龙连蜷之笔也。

20×15＝300　　　　第234页

稿　纸

四句之意，言愿时光不去，与桔长为友师。盖桔之有德，不摇落其善美，持强而有礼之度也。

年岁虽少，可师长兮。行比伯夷，置以为像兮。

少、诸家注多读为"老少"之少。清蒋骥以为桔无松柏之寿，故曰年岁少。读少为多少之少。是也。师长、疑长师之倒用。为协像字韵故倒之。其构词犹上文"与长友兮"。长友、长师皆由于重桔之德。旧注多不审此，以"师长"为一名词，大误。行、德也。比、同也。伯夷、寻屈原特重伯夷，就《桔颂》以观，或视伯夷有"独立不迁，廓其无求"，"横而不流"，"梗其有理"诸美德乎？像、法也。此言桔之年令虽少（不多之谓），但可长师。盖其德同伯夷，自应树以为法。姜君书以"年岁

20×15二300　　第 235 页

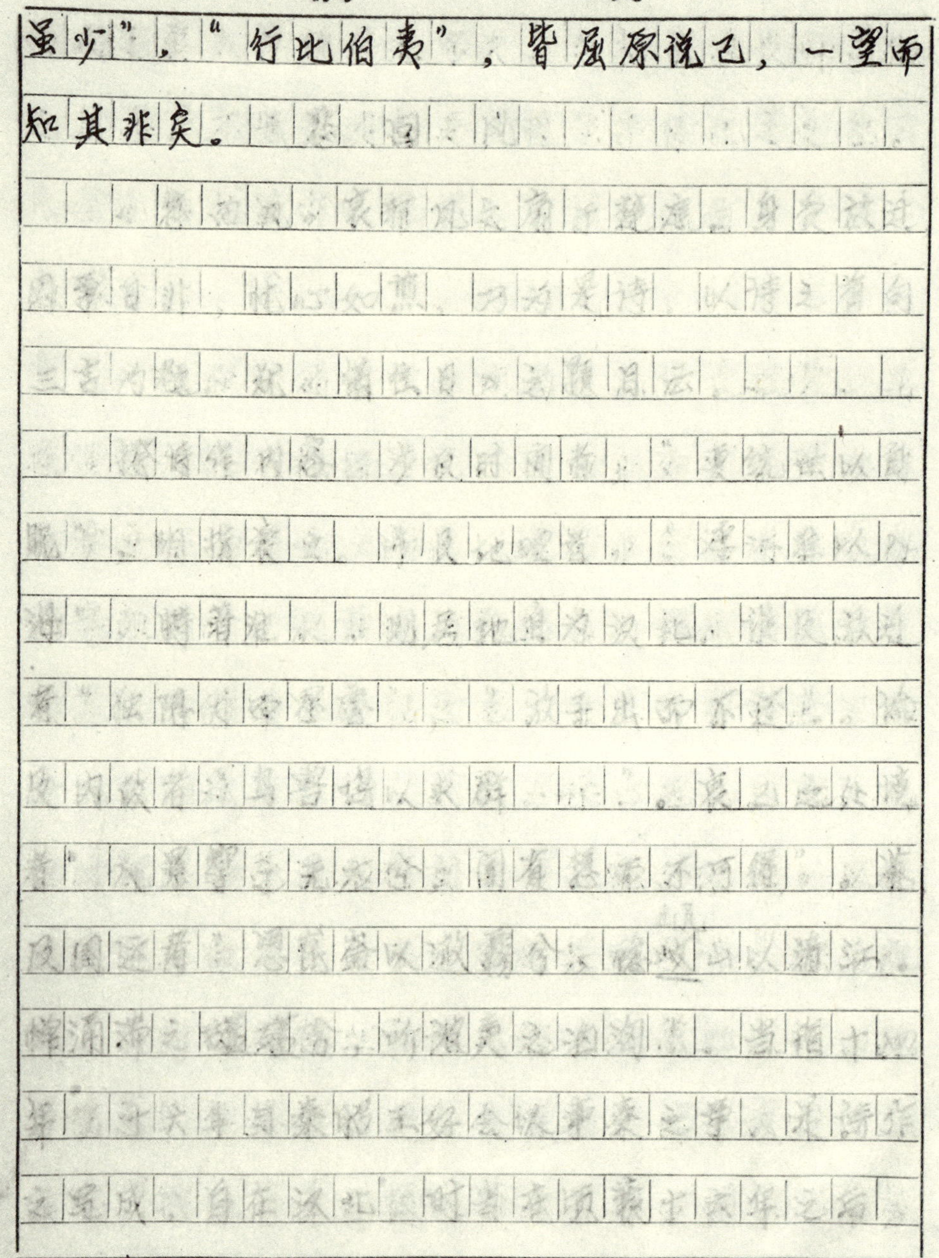
稿　纸

虽少"，"行比伯夷"，皆屈原说乙，一望而知其非实。

20×15＝300　第 236 页

稿　纸

悲回风

《悲回风》哀邪风之扇于楚庭。身受放迁，国事日非，忧心如煎，乃为是诗。以诗之首句三言为题。犹《惜往日》之题目云。

揆诗作内容，涉及时间者，"曰更统世以自贶"，明指衰世。涉及地理者，"浮江淮以入海"，特着淮水，则居地自为汉北。谈及放迁者"独隐伏而思虑"，"放子出而不还"。论及内政者"鸟兽鸣以求群……"。哀己之处境者"入景響之无应兮，闻省想而不可得"。鉴及国运者"冯昆仑以瞰雾兮，隐岷山以清江。惮涌湍之磕磕兮，听波声之汹汹"。当指十四年，十六年与秦昭王好会以事秦之事。是诗作之写成，自在汉北，时当在顷襄十六年之后，十九年秦大举伐楚之前。大夫年在六十四岁以上。诗云"旹亦冉冉而将至"，固垂暮之年云。凡此皆可就诗作以说明。论诗作先后，则在《哀郢》，《涉江》、《怀沙》、《惜往日》之前矣。王叔师以为作于江南者，误违过甚。

诗人隐伏迁地，忧不离心。曰"纠思心以为纕兮，编愁苦以为膺（通贝）折若木以蔽（通拂）光兮，随飘风之所仍"。谓永怀忧国之愁苦，不惧回风之继袭也。曰"存髣髴而不见兮，心踊跃其若汤"。念君之心无已时也。曰"心调度而弗去兮，刻著（通书、法也）志之无适（通敌）"。永不忘在怀世所作之政治规划，及新法内容，引为无敌之良策也。惜回风"摇蕙"，终不能返。大夫乃兴思彭咸，追踪古人，欲托其居。及见秦祸日深，国势愈危，

稿　　纸

则肮思弥巨，愤不欲生。复思效介推之行，不矜迎顷襄返国之功；再现伯夷之节，盖见秦昭入楚之兵。述曰"浮（浮屍也）江淮而入海兮，从子胥而自适"，益痛陈死志耳。然北望大河，申徒离跡，骤谏不听，任石无益，又復徘徊生死，纠结难解矣。

回风之生，有其风穴。风穴所在，楚廷也。回风所害，不徒一屈，楚势日衰，亦由此风。故大夫所悲者，非关一己，重在君国也。思其所应思，悲其所宜悲，多抒忧苦、状悲思，而少陈敷者，此耳。较诸众作，将思迥异。若铸词深沉而飘忽，盖孳生于情思焉。

惜字多通段，间有错简。自来注家，多有不察。蒙准史实以说解，不敢作无据之虚言。

悲回风之摇蕙兮，心冤结而内伤。物有

20×15＝300　　第 239 页

239

稿　纸

微而陨性兮，声有隐而先倡。

回风、王注"回风为飘、飘风回邪"。百占按《史记·邹阳列传》"故回面汙行，以事谗谀之人"。《索隐》引杜预曰"回、邪也"。是回风，即邪风耳。所以喻谗佞之嫉害忠贤，破坏国是也。蕙、香草，大夫自况之词。摇蕙、摇落香草也。谓谗佞者迫害于己。冤结即鬱结。前两句因物兴感。言见回风之摇落蕙草而悲之。心中鬱结，特伤于内。物有微、即有微物。陨、殒通、死也。性通生。《荀子·儒效》"非天性也，积靡使然也"。《论衡·实知》"圣人不能知性"。性並生之段字。陨性、即丧失生命。声有隐、即有隐声。隐、细、低也。先倡、疑先为失之形误。倡同唱。失唱与陨生对文。后两句写回风之为害。比言有微小之物因之丧生，

稿纸

有低细之声因之失響。用喻反动派对新生事物之摧残。

夫何彭咸之造思兮，暨志介而不忘。万变其情岂可盖兮，孰虚伪之可长？

造、生也。《抽思》"盍为余而造怒"《惜诵》"吾闻作忠以造怨"。造並生意、可证。思、忧思也。造思、生忧也。暨、同既，久也。介、王注"节也"。按介、节通，声之弇侈。志介、志节，犹忠志也。前两句论忠贤之行，言彭咸何以为国生忧，而其忠志，久不为人忘耶！盖、掩藏也。长、久也。后两句泛论回风不能久。言谗佞者不能掩盖其多万变之奸术，世岂有虚伪之人能长行虚伪乎？以上言忠贞之士能战胜回风。而谗佞回风，势不能久。就彭咸为证，明非微物，不能陨生；更非隐声，

稿　纸

难以失響。诗作湊理极密，起应有致。注者或不审文意，说有错简，吾未見其然。

鸟獸鸣以號群兮，草苴比而不芳。魚葺鳞以自别兮，蛟龙隐其文章。故荼荠不同畝兮，蘭茝幽而独芳。

號群、以鸣求群也。鸟獸以类聚、喻党人之勾结。草苴句、章句云“生曰草，枯曰苴，比、合也”。此言草苴荣枯不同，虽比而合之，何有芳香，喻小人朋比，无能为善。魚葺句、戴注“葺、言其鳞次”。姜云“葺、借为楫、楫所以刺舟也。楫鳞犹言鼓其鳞”。自别、自以为殊能。此言魚最无识，以鼓鳞为殊能。而蛟龙则藏其文章，不自矜誇。荼荠句、洪补曰“此言荼苦而荠甘，不同畝而生也”。蘭茝句、言蘭茝处幽，独自芬芳，不与众同也。戴震曰

20×15＝300　　第242页

稿　纸

"此言物各一类，不相杂厕，比己之不能与世合，而思彭咸。同心同志。"

以上概论政治之败坏，由于回风之吹扇。而君子小人之举动，则畔然而不同。

惟佳人之永都兮，更统世而自贶。

佳人，王注以指怀王。朱注谓原自言。按大夫常以美人、佳人之词称己。朱说是也。永都，长好也。古以都为男子之美称。更，易也。统世，朱注"谓先世之垂统传世也"。驭世之主也。《国语·周语》"昔我先王世后稷"。韦注："父子相继曰世，谓弃与不窋也"。更统世，谓易新君。指顷襄即位耳。旧注于此多误解。贶，戴注"爱也"。此言己之所以能永保其美者，盖易新君之际，仍自爱之故。此当即《惜诵》所云"疾亲君（即新君）而无他"也。

稿　　纸

云："忽忽、运行貌"。五臣说较切当。颓、洪补"下坠也"。旹、即时字。指暮时，老年也。此言时光疾行，如物之下坠，已之暮年亦渐渐将至。寿大夫此时年已六十四岁。

薠蘅槁而节离兮，芳以歇而不比。

薠蘅、并香草名。节离、谓枝节离断。以、朱本作已，洪引一本作已。按以已古字通。歇、散也。比、合也。此言薠蘅香草，至暮冬则枝节断离，其芳香已散而不能复合。喻言已年已老，于国事无能为力。非谓已无忠心也。

憐思心之不可懲兮，证此言之不可聊。

憐、爱憐。思心、忧君国之心。懲、变也。《离骚》"虽体解吾犹未变兮，岂余心之可懲"。懲、亦改变意。可证也。此言、诸家无达诂。疑此言为訾謷之脱误。訾脱言而为

稿　纸

此，謷脱衛而为言。《管子·形势》"訾謷之人，勿与任大"。訾謷，即訾毁，毁谤也。聊，赖也。此言我爱持不可改变之忠心，以证党人谤语之不能信赖。

宁逝死而流亡兮，不忍为此之常愁。

逝，朱本作溘。洪引一本作溘。按"溘死"，屈赋习用词。作溘死，是也。而，当为不之形误。义具《惜往日》。流亡，流浪之意。《哀郢》、《惜往日》並有说。忍，变也。说见《离骚发微》。忍下文字多异，应从朱注本作"不忍此心之常愁"。此言宁愿速死，不再流浪，决不变此心之常愁。意即死前决不变忧君国之心。他人解此，谓为一死便可无愁，非屈原意也。

孤子唫而抆淚兮，放子出而不还。

稿　纸

孤子、蒋骥以孤子为孤臣，说可通。蒙按古以死国事者之子为孤子。《左氏传》哀公二十七年云：“齐师将兴，陈成子属孤子三日朝。召颜涿聚之子晋曰：隰之役，而父死焉。以国之多难，未汝恤也”。服虔注：“属、会也。孤子、死事者之子也”。《史记·苏秦传》苏代说燕王曰：“秦之所杀三晋之民数百万，今其生者，皆死秦之孤也”。是其证。斯则、屈原之父乃为国战死之楚将矣。唫同吟、叹也。抆、拭也。放子、被君王放逐之人，与孤子同身，並大夫自谓。此言忠臣之后，叹吟而拭泪，盖悲放逐之身，出而不得返也。

孰能思而不隐兮，照彭咸之所闻。

孰、谁也。思、忧思。隐、借作慇。《说文》“慇、痛也”。照、朱本作昭，洪引

20×15=300　　　　第 248 页

一本作昭。按昭、照通。光大也。彭咸、古之忠良，史迹湮没。闻、令闻、声闻、之闻，誉也。此言谁能忧思而不惩痛？我必光大彭咸所誉者。意即效彭咸之所为。《离骚》云："吾将从彭咸之所居"。"愿依彭咸之遗则"。《思美人》云："独茕茕而南行兮，思彭咸之故也"。《抽思》云："指彭咸以为仪……故远闻而难亏"。本诗前文云："夫何彭咸之造思兮，暨志介而不忘"。后文"讬彭咸之所居"。居、亦仪则也。大夫再再述及以彭咸为师之志。

登石峦以远望兮，路眇眇之默默。

峦、山小而锐者。远望、远望郢都。眇眇、远也。之、犹而。默默、寂无声響。

入景響之无应兮，闻省想而不可得。

入、进也。《惜往日》"谗妬入以自

稿　纸

代"。入、亦进也。景響、景通京。高、大也。楚荆台、亦作景台、京台，其证也。響、声也。景響、大声、高声之谓。应、对荅。"入景響之无应"，即《惜诵》"进号呼又莫吾闻之意。闻、听。省想、谓察觉而念己也。《惜往日》："弗省察而按实"。省、当为省察之省。闻。闻省想句、意同《惜往日》"远迁臣而弗思"。此言我向朝廷进行呼吁，则不获应答；欲听得朝廷察觉並念及己之无罪已不能矣。此盖承上远望而言。他说違误屈旨过甚。

愁鬱鬱之无快兮，居戚戚而不可解。

鬱鬱、愁积貌。无快、旧解作不乐。不谛。疑快为央之形误。央、尽也。止也。无央、犹未央。不尽也。《离骚》"时亦犹其未央"。《云中君》"爛昭昭兮未央"。是其证。

20×15＝300　　第 250 页

250

稿　纸

再者，无央与不可解，义相俪，亦一证也。居，姜亮夫云："章句释云：'思念憔悴相连接也'。……思念二字所以释居，居无思念之义，疑居本思字之误，本章皆从思念想像处立义，必为思字无疑"。按姜说极确。解，除也。此言郁郁之愁苦，无时终止。戚戚之忧思不能解除。

凌大波而流风兮，托彭咸之所居。

凌，乘也。流风，顺风而流。托，依也。此言乘大波顺风而流，将依彭咸之居。同义。下文"上高岩之峭岸兮……"即效彭咸之行也。意彭咸亦受斥于君王，深藏自匿，抑心修饰，热爱宗邦，以昭己忠之古人，王注谓彭咸水死，恐非其实。

依风穴以自息兮，忽倾寤以婵媛。

风穴，谓回风之穴。喻楚廷为风穴耳。

稿　纸

倾窘犹顿窘。婵媛、近族、同族。义具《离骚发微》。此言身依回风之楚，因自太息。由婵媛之义，忽而全国艰，蒙下。

冯昆仑以瞰雾兮，隐岷山以清江。惮涌湍之礚礚兮，听波声之汹汹。

冯、据也。昆仑、山名。在秦之西。瞰雾、朱本作澂雾、按澂雾与下文清江义正相对。疑是也。隐、戴注"据也"。岷山、即岷山，江水所出，在蜀之西。时蜀地已为秦有。涌湍、澎湃之急流。礚礚、水石声。汹汹、风水声。此言我据昆仑之颠，以澂清昏雾，依岷山之隈以清江之浊流。盖心惧礚礚之急流，耳襄汹汹之波声矣。当喻秦祸之及楚，思有以禦之也。此一笔法，见于《河伯》之说秦祸将及于齐。可互参证，以见此说之非虚造。

稿 纸

借光景以往来兮，施黄棘之枉策。

百占按《惜往日》"惭光景之诚信兮，身幽隐而備（服通）之"。光景，犹言日夜。说证見该诗注。此光景亦当训日夜，旧注牵强，不可从。施，用也。黄棘，戴注："洪云，据怀王黄棘之会解此，於上下文意不合"。按此为屈原述己之心志，与怀王无关。戴说是也。朱熹云"以棘为策，既有芒刺，而又不直，则马伤深而行速"。深見屈意。当从。枉，曲也。策，马箠也。此承上彭咸不可终从而作他谋也。意谓趁日夜以奔走，並用黄棘之曲策以鞭箠行马。喻速上加速，以求满志。

求介子之所存兮，見伯夷之放逐。

百占按介子，即介子推。《惜往日》云："介子忠而立枯兮，文君寤而追求"。大夫极

稿　纸

赞介推佐文公复国，而不求封之忠志。《新序·节士》介子推曰："推闻君子之道，为人子而不能承其父者，则不敢当其后，为人臣而不見察于君者，则不敢立于朝。然推亦无索于天下矣"。見、同現。放迹、百占按伯夷无被放之事，放定为误字。寻朱熹注云："施黄棘之刺，以为马策，以求介子伯夷之故迹"。曰故迹，足证放为故之形误。寻《桔颂》云："行比伯夷，置以为像兮"。大夫又特重伯夷之品质。盖伯夷有不恋君位、不事周武，之忱也。此言效介子之所为，再現伯夷之故风。斯大夫仇秦思想之透露。亦迎立顷襄，不言功之思矣。注者云求介子之自焚，伯夷之饿死，非通解也。

心调度而弗去兮，刻着志之无適。

心、思也。说見《哀郢》。调度、周

20×15=300　　第254页

254

稿纸

密计划也。说見《离骚》注者谓为惆怅之意，大误。弗去，不弃之意。注者谓为不能决，无据。刻，记也。铭记之意。著志，著即书之借字。书，法也。即刑法之法。说見《抽思》耿著法。志，意也。著志，法意也。谓新法之内容。適，通敌。《史记·范雎传》"政適伐国，莫敢不听"。徐广曰："政適，音征敌"。是其证。敌，匹也。无敌，谓无能匹敌。两句谓念过往对国事之周密计划，不能放弃，铭记新法之内容，实为无敌。此屈子目睹楚日衰之势，益憶过往在政治上之设施为救亡之术也。就"忍崑崙"、"施黄棘"、"見伯夷"诸文论之，非顷襄十九年后之国情，盖十九年以后秦即大举攻楚以至破郢，考《楚世家》顷襄十四年"与秦昭王好会于宛，结和亲"。十六年"与秦

稿 纸

昭王好会于鄢，秋复会于穰”。顷襄再再屈服于秦。汉北近宛鄢，大夫预见危岌，乃有斯言。及十九年汉北入秦，大夫已不能居其地矣。故《悲回风》当作于顷襄十六年以后，至十九年之间。旧注于此段文字多不瞭，或误说。不知管见当大夫之初意否？

浮江淮而入海兮，从子胥而自適。

百占按屈赋多言江湘、沅湘，独此言江淮。寻淮即淮水，戴注云：“出桐柏山，至淮浦入海，山在今河南南阳府桐柏县西南三十里，汉南阳平氏也。故城在县西北四十里”。知淮水上源近于汉水。大夫时居汉北，乃言及耳。若大夫于顷襄世，不放居汉北，固无由涉及江淮也。总前诸说，《悲回风》作于汉北，时当在顷襄十六年之后，可无疑也。子胥、即

稿　纸

伍子胥。事吴王差，因越王勾践事，极谏吴王，受剑赐死，屍体抛入江中。適、適意之谓。此言国事已不堪问，己之主张更难实现。唯浮尸江淮以入海，随子胥之后，方適意耳。大夫已睹楚将不国，乃发此言。

望大河之洲渚兮，悲申徒之抗迹。

申徒、《庄子·大宗师》"申徒狄谏而不听，负石自投于河"。《淮南子·说山》"申徒狄负石自沉于渊"。高注"申徒狄殷末人也。不忍见纣乱故自沉于渊"。《新序·节士》："申徒狄非其世，将自投于河"。遂自投于河。抗迹、高迹也。《哀郢》："尧舜之抗行兮"。抗迹抗行同义。此言北望大河之洲渚，心悲申徒狄谏君不听，因之投渊之高抗行动。

骤谏君而不听兮，重任石之何益？

稿　　纸

骤，数数也。重任石、洪引一本作任重石。章句云："虽欲自任以重石"。则作任重石者是。此承"从子胥以自适"，反义以为之说。犹言数数进谏，而君不听，已便任重石以死，于国于己，有何益乎？大夫又疑自沉之无价值矣。刻划矛盾心情极细，亦极真。赖有此一念，当汉北入秦之际，大夫不死而返郢。及郢危，乃涉江而入辰溆，密联庄跻，图复故国，（参拙作《哀郢发微》《涉江发微》《九歌发微》及《庄跻历史考辨》）于此可见，大夫之言死，公在朝廷昏暗，已不得返。当宗邦受秦侮时，虽年已垂老，则又不死，汲汲于救亡。轻重权衡，生死选择，一基于爱国之志，此屈原之所以为爱国诗人也。

心絓结而不解兮，思蹇产而不释"。

稿　纸

洪朱同引一本无此二句。近人多谓此《哀郢》中文字，窜入本篇者，当删去。余意不当删。按此上文字，于自杀一事，有肯定否定两论，肯定者介子，伯夷、子胥之死，否定者申徒狄之死。内心既有矛盾，终以何者为师，当时自难决定。继之以"心絓结而不解兮，思蹇产而不释"，结语符合情思。倘削之，则幽闭屈心斗争之激烈，亦殊失《悲回风》之情趣。若云雷同《哀郢》文字，此不当有，亦难定论。试检屈赋，异篇互見之句，固不限于此，岂尽窜乱者乎？任人不能言之也。故吾不以窜乱视，雅不愿见断股之刑。有关注释，见《哀郢》。

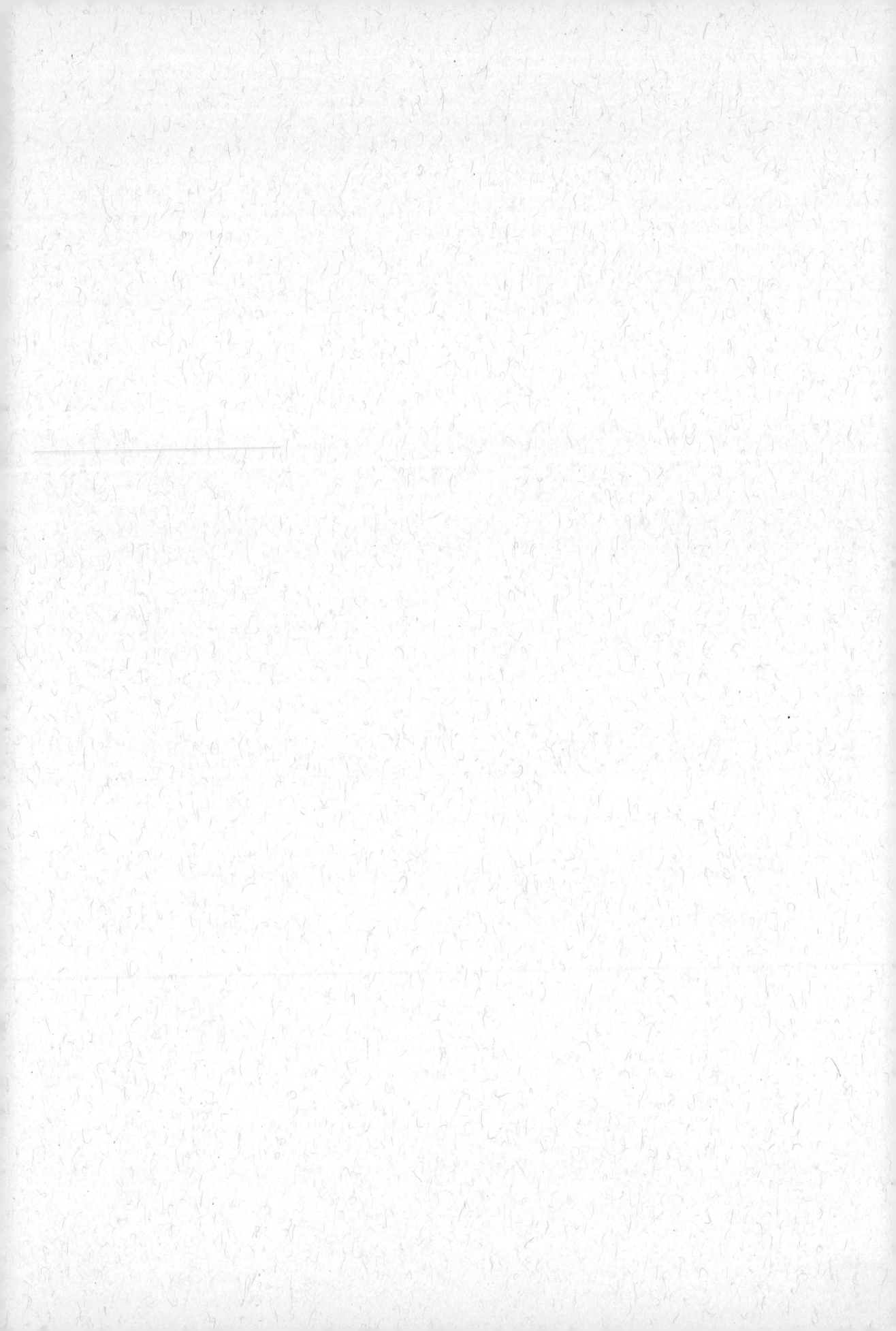